CANÇÃO DE AMOR
AOS HOMENS

OMAR CABEZAS

CANÇÃO DE AMOR AOS HOMENS

Tradução:
Maria Almeida

1ª edição
EXPRESSÃO POPULAR
São Paulo - 2022

Copyright © 2022, by Editora Expressão Popular Ltda.

Traduzido de: Cabezas, Omar. *Canción de amor para los hombres*
Primeira publicação: 1988, Manágua, Nueva Nicarágua.

Tradução: Maria Almeida
Produção editorial: Aline Piva
Revisão de tradução: Aline Piva
Revisão: Miguel Yoshida
Projeto da capa: Marcos Cartum
Projeto gráfico, capa e diagramação: Zap Design

Dados Internacionais de Catalogação-na-Publicação (CIP)

C114c Cabezas, Omar, 1950-
   Canção de amor aos homens / Omar Cabezas ; tradução Maria Almeida -- 1.ed. --São Paulo : Expressão Popular, 2022.
   544 p.

   Tradução de: Canción de amor para los hombres.
   ISBN 978-65-5891-081-7

   1. Nicarágua – História. 2. Nicarágua – Revolução de 1979. I. Almeida, Maria. II. Título.

CDU 972.85"1979"(093.3)
CDD 929

Elaborada pela bibliotecária: Eliane M. S. Jovanovich - CRB 9/1250

Todos os direitos reservados.
Nenhuma parte deste livro pode ser utilizada ou reproduzida sem a autorização da editora.

1ª edição: dezembro de 2022

EDITORA EXPRESSÃO POPULAR
Rua Abolição, 197 – Bela Vista
CEP 01319-010 – São Paulo – SP
Tel: (11) 3112-0941 / 3105-9500
livraria@expressaopopular.com.br
www.expressaopopular.com.br
 ed.expressaopopular
 editoraexpressaopopular

NOTA EDITORIAL

A Nicarágua, como a maior parte dos países latino-americanos, tem sua história marcada pelo domínio colonial e imperialista, bem como por uma longa ditadura, articulada e financiada pelos EUA para garantir seus interesses, levada a cabo pelas classes dominantes locais. A família Somoza se manteve no poder desde os anos 1930 até o triunfo da Revolução Sandinista, em 1979.

No entanto, é importante ressaltar que a resistência popular e a luta por uma verdadeira independência são aspectos fundamentais dessa história. Nesse sentido, Augusto César Sandino (1895-1934) foi uma figura central na Nicarágua. Tendo conhecido a experiência da Revolução Mexicana de 1910, pois trabalhava ali à época, Sandino regressa ao seu país e organiza um processo de luta e de guerra de guerrilhas, com os camponeses, contra o governo subordinado aos interesses dos EUA.

Sandino, ao lado do cubano José Martí, é uma figura essencial na luta anti-imperialista na América Latina. Ambos, cada um a sua maneira, combateram incessantemente a ofensiva dos EUA em terras latino-americanas. O legado desses dois lutadores esteve presente nos muitos movimentos e processos revolucionários no século XX. As ideias de Martí e a tática de guerrilha desenvolvida por Sandino inspiraram os jovens guerrilheiros que desafiaram a ditadura de Batista em Cuba. A tradição inaugurada por Sandino na Nicarágua foi fundamental para os jovens revolucionários que construíram, nos anos 1960-1970, a Frente Sandinista de Libertação Nacional (FSLN) que derrubou a ditadura de Somoza, na Nicarágua, em julho de 1979. Além disso, a Revolução Cubana de 1959 também foi de extrema importância para a construção da organização revolucionária no país centro-americano.

Este livro é a continuação do relato da trajetória de Omar Cabezas iniciado em *A montanha é algo mais que uma imensa estepe verde*, na qual vemos como ele passa de um dirigente estudantil da Frente Estudiantil Revolucionaria (FER) a um combatente da FSLN que subirá as montanhas para organizar a guerrilha. Aqui, acompanhamos o cotidiano da vida de um já experimentado comandante guerrilheiro, suas angústias diante das dificuldades em se fazer avançar a luta, das muitas derrotas que a ditadura impunha à FSLN e de um eterno recomeçar do trabalho organizativo. No entanto, vemos também os momentos belos e felizes desse árduo combate baseado em laços de solidariedade e companheirismo.

Canção de amor aos homens não se propõe a ser uma análise das táticas e estratégia de luta da FSLN para a revolução; tampouco faz um balanço das fortalezas e debilidades da Frente que triunfou sobre a ditadura de Somoza. Apesar disso, são muitos os aspectos que este livro nos ensina também nesse campo, a partir das avaliações pessoais de um dos principais comandantes da Frente Norte da guerrilha. É importante perceber, nesse sentido, como o trabalho de base com a população pobre foi de fundamental importância para o fortalecimento da luta. Assim como no processo da Revolução Cubana ou da resistência vietnamita ao poderoso Exército estadunidense, a tarefa de conquistar o coração do povo foi central tanto para a sobrevivência dos guerrilheiros nas montanhas, que contavam com os camponeses tanto como base de apoio para alimentação, informação, para se orientar nas montanhas etc., quanto para que manifestações massivas questionando a ditadura acontecessem nas cidades.

Outro ponto de destaque nesse belo relato de Omar Cabezas é a maneira como as diferentes gerações em luta se comunicam – não apenas a partir das figuras inspiradoras de Martí, Sandino e dos jovens que derrubaram Batista do poder em Cuba em 1959, mas também dos camponeses nicaraguenses que lutaram no início do século XX ao lado de Sandino. As figuras de dom Leandro, que havia sido base de apoio de Sandino nos anos 1930 e estava aguardando a volta dos guerrilheiros, e dom Bonifácio Montoya, o Bacho, que havia sido um dos primeiros guias de Carlos Fonseca na FSLN, jogam um papel central de motivação e inspiração para esses jovens guerrilheiros.

Por fim, o livro de Omar Cabezas é uma injeção de ânimo para todos, das novas e antigas gerações, que estão em movimento e buscam cotidianamente transformar o mundo. Este livro serve de inspiração para que sigamos em luta pela libertação de nossos povos, para construção de uma nova sociedade *dos* trabalhadores e das trabalhadoras e *para* os trabalhadores e as trabalhadoras.

Apesar de todas as dificuldades e dilemas que enfrentamos em nossa luta, devemos nos lembrar, tal como o fez Omar Cabezas, dos versos de Gioconda Belli:

> Claro que não somos pompa fúnebre,
> apesar de todas as lágrimas engolidas
> estamos com a alegria de construir o novo
> e desfrutamos do dia, da noite
> e até do cansaço
> e arrecadamos risos no vento forte.

E, assim, nos mantermos firmes para que lutemos não apenas um dia ou alguns anos, mas sim a vida inteira e nos tornemos imprescindíveis para a construção da nova sociedade – como bem nos lembra Bertolt Brecht.

Os editores

HONDURAS
EL SALVADOR
Rio Coco
Rio Bocay
Puerto Cabezas
Siuna
Ocotal
Somoto
Waslala
Estelí
Jinotega
Matagalpa
Rio Blanco
Chinandega
Corinto
León
Boaco
Managua
Juigalpa
Rama
Masaya
Granada
Bluefields
Jinotepe
Rivas
San Carlos
OCEANO PACÍFICO
OCEANO ATLÂNTICO
COSTA RICA
0 25 50 Quilômetros
0 25 50 Milhas

Dedicado a:
Emir, Raúl, Javier,
meu pai e minha mãe

Peço perdão ao povo pela demora.

OCL

AGRADECIMENTOS

Meu agradecimento aos seguintes companheiros, porque sem eles este livro não teria sido possível.

Orlando González e Chantal Palláis, por sua entrega e desprendimento sem limites: amigos de verdade.

Teresa García Rodríguez, porque sofreu a angústia de sua prolongação.

María Isabel Aramburu, porque não hesitou em me ajudar até onde lhe foi possível.

Daniel Alegría e Daniel Martínez porque empenharam todo seu esforço para me oferecer toda sua ajuda no momento oportuno.

Danilo Cabezas Lacayo, porque foi um ajudante insubstituível na hora de fazê-lo.

Nubia Morales, por sua capacidade de trabalho e porque sofreu comigo este parto.

Nelba Cecilia Blandón, quem se encarregou de que não me faltasse nada e que tudo corresse bem.

Ao ÍES, e em especial a Flor de María Monterrey, que foram de grande ajuda para minha memória.

A Ineter, particularmente a Isabel Sirias Castillo e Pedro Chavarria Vega.

Sergio Ramírez, Luis Rocha e Julio Valle-Castillo, que são bons conselheiros.

Aos que estou esquecendo porque nesse momento estou cansado e, claro, a que continua sendo a gata mais linda do mundo: minha mulher, minha amiga e companheira.

1

Eu tinha 15 ou 16 anos quando de repente apareceu Sandino, de manhãzinha, em pleno sol, pintado no muro em frente à minha casa: VIVA SANDINO.

Quando dom Leandro Córdoba, o velho colaborador do General Sandino na montanha, me disse na entrada da caverna que já não poderia ir conosco, porque não aguentaria mais uma jornada, acreditando ele que nós somos os sandinistas do general Sandino com os quais ele havia caminhado, e me repete que vai me dar seus filhos e seus netos para que eles possam ir comigo à guerrilha, naquele momento eu penso, incrivelmente, como por um fio telepático direto, em Leonel Rugama, que foi meu primeiro responsável na Frente quando éramos estudantes da Universidade de León. Leonel, com quem tanto aprendi e que tanta influência teve em minha formação revolucionária depois que entrei em contato com ele. Foi Juan José Quezada quem me recrutou da Frente Revolucionária Estudantil, FER, para a Frente em 1968. Penso em Leonel, porque ele me havia falado, em diversas ocasiões, sobre a existência de Sandino, e foi ele que se empenhou em me fazer acreditar que o General era real. É Leonel o que havia tornado real aquelas ideias distantes que eu tinha sobre Sandino a partir de uma pichação no muro em frente da minha casa naquela vez que saí às oito da manhã para o colégio... Era uma palavra de ordem que dizia: VIVA SANDINO, e então dou um salto mental e a associo às histórias de minha avozinha, que me contou que meu avô, que se chamava Isidro Cabezas, havia sido morto pelos ianques quando intervieram na Nicarágua em 1927 para lutar contra o general Sandino e seu Exército Defensor da Soberania Nacional. Meu avô era de origem tico.* Era um velhinho delgado, alto, branco, de grossos bigodes e com um inseparável 38 na cintura. Veio de Costa Rica para comprar uma fazenda no norte da Nicarágua; a ela se dedicou bastante e estava indo bem. Os ianques descobriram que meu avô colaborava com o General, e então, um certo dia, chegaram e cercaram a casa, por volta das 11 da manhã. Minha avozinha me contava tudo isso quando eu tinha oito anos, quando estávamos todos sentados ao seu redor. Era uma velhinha gorda, baixa, branca branca, rosadinha, que dava para ver as pequenas veias vermelhas na pele e no rosto, com seus olhos bem azuis azuis e cabelos brancos. Não tinha um único cabelo preto na cabeça. Ela nos contava que os ianques vieram para tirar meu avô da fazenda e que retiraram toda a família, ela, meu pai, tanto os mais velhos como as crianças, os criados e as cozinheiras, a todos. Que os machos** haviam espancado meu avô, minha avó e até os cachorros, porque colaboravam com os bandoleiros e que os colocaram no pátio; que tomaram a pistola do meu avô e o amarraram em uma forquilha da casa, no lado que dá para a estrada, e puseram fogo na fazenda. Diante de minha avó e das crianças a casa foi se incendiando, até que as chamas alcançaram o velhinho, que morreu queimado e retorcido na fogueira de sua própria fazenda, diante dos olhos, dos gritos, do pranto e do terror de minha avó e de todos seus filhos, das galinhas e dos animais que arrebentaram os currais.

---

   *   Costarriquense. (N. T.)
 ** Denominação dada aos soldados estadunidenses que lutavam contra o general Sandino. Parece referir-se à cor da pele, brancos, louros. (N. T.)

Minha avó saiu dali triste, sem nada mais que um feixe de crianças seguras pela mão e foi caminhando não sei para onde. Desconheço o resto do episódio, não sei o que teria acontecido depois com minha avó, a verdade é que ela nos contava essa história todos os anos, quando chegava de Matagalpa para passar férias conosco. Sempre insistia na história de que ela e meu avô eram colaboradores de Sandino. Bom, quando se é criança essas imagens são muito vagas, e às vezes, incompreensíveis. Minha avozinha morreu quando eu tinha 13 anos e, claro, com essa idade já havia deixado de me sentar com ela para ouvir suas histórias tanto porque me aborreciam como porque já as conhecia de cor, com todos seus gestos, caretas e trejeitos.

Tinha 15 ou 16 anos quando de repente apareceu Sandino, de manhãzinha, em pleno sol, pichado no muro em frente à minha casa: VIVA SANDINO. Foi como um arrepio por todo o corpo, uma brisa estranha e gelada no rosto. Uma pequena descarga elétrica, como se suas veias estivessem vibrando como as cordas de um violão. Não sei se foi porque já estava mais velho e associava as histórias da minha avó e aquela pichação com a morte do meu avô, com o perigo, com os sussurros dos adultos nos quintais das casas ancestrais de León, com as velas noturnas dos mortos, com os ianques, com Somoza, com o terror que Somoza impôs por gerações ao longo e ao largo da Nicarágua, porque na Nicarágua, no início, ninguém falava sobre Sandino em voz alta, tudo era sussurrado. De repente, Sandino ali, no meio da rua, e em plena luz do dia. Era algo difícil de entender. Era como revelar o oculto, como desafiar os deuses maus, os ianques, os ricos e a guarda. Como premonição, como uma anunciação quase apocalíptica.

Depois desse incidente, vez que outra escutei circunstancialmente alguém falar de Sandino. Algum grito, alguma manifestação, não sei; alguma outra pichação em alguma outra rua de León. De forma que, até que entro na universidade e Leonel

Rugama começa a me falar sobre Sandino, mas já não como uma referência distante, mas Leonel me falava do General a sério, como algo real, como algo que existiu e existe. Me falava dos coronéis e dos generais de Sandino como se fossem de carne e osso. Esse simples fato de que Sandino não andava sozinho e que andava com outros homens com nomes e patentes. Além disso, me contava que o general tal era de Palacagüina, que o general tal era de Somoto, e que o general tal era de Jinotega, e falava de Sandino como uma verdade histórica inquestionável. Então, aos poucos, eu começo a assimilar que, efetivamente, o Sandino de minha avó, o Sandino do muro coberto pelo sol, não eram mentiras nem histórias. Inclusive, lembro perfeitamente que Leonel me havia referido que ele havia conhecido pessoalmente, no Norte, alguns anciãos que haviam conhecido e andado com Sandino, e tentava me persuadir de que era uma realidade. E a história, cheguei a aceitá-la um pouco por tudo que ele dizia, por minha avó, pelo muro, porque tinha, pois, alguns antecedentes daquilo que estava me contando. Porém, embora o General tenha existido, não deixava de ser uma questão um tanto antiga, nebulosa, confusa, pouco palpável, embora Leonel me falava de combates concretos em lugares concretos, sei lá, Bramadero, Jícaro. Posteriormente me deu os livros *El pequeno ejército loco* e *Sandino, general de hombres libres*, escritos por dom Gregorio Selser, e quando leio os livros penso que definitivamente não havia outro remédio senão aceitar como verdade que o bendito senhor havia existido. Porque, além disso, livros tão sérios como esses, com nome e sobrenome, lugares, análises políticas, geopolíticas, nome e sobrenome de presidentes dos Estados Unidos e da Nicarágua, de empresas transnacionais norte-americanas, de personagens daqui e de lá; e já em detalhes, as proclamas, os manifestos, as cartas e telegramas com tudo isso e datas em que Sandino escreveu, com fac-símile de sua assinatura... Não havia dúvida.

O homem existiu. Mas eu não sei, mesmo com tudo isso e com minha avó, com a pichação, com Leonel, com os livros, ao fim e ao cabo, o misterioso personagem continuava sendo para mim uma referência infantil, histórica, uma referência bibliográfica. O que eu quero te dizer é que eu não o incorporava plenamente como uma verdade tão válida e vital para a luta revolucionária, mesmo e quando a Frente Sandinista se chamava assim. Até esse dia, quando dom Leandro Córdoba me conta sobre Sandino e me disse tudo o que me disse, é que, automaticamente, como por um fio direto até a tumba, penso em Leonel, em minha pobre avó, no muro com o sol, nos livros. Foram como vãs fotografias em cores, que passam rapidamente: minha avó, o muro, Leonel, os livros.

Fiz como São Tomé: "ver para crer". Eu acreditava em Leonel, mas também não acreditava nele. Não é que eu não acreditasse nele, o que quero dizer é que pensava que Leonel, para me conquistar, para me recrutar, para ter mais um adepto na Frente, que eram tão pouquinhos, podia perfeitamente me pregar uma mentirinha sem consequência, inventar um pouquinho para me entusiasmar e me convencer. Então, quando o velho me diz isso e me conta uma torrente de estórias sobre quando ele andou em suas aventuras com Sandino, a primeiríssima coisa que me digo por dentro é: grande filho da puta! Puta que pariu!

Quando dom Leandro sai e fico sozinho com Andrés, meu companheiro de guerrilha, sombra, confessor e pupilo, em um riachinho, escondidos a uns 300 metros da casa, em um monte de propriedade do velhinho, começo a me sentir feliz e, ao mesmo tempo, sentir-me mal comigo mesmo. Feliz por dom Leandro, seus filhos e seus netos, que já me sentia como da família, e finalmente, por tudo o que significava essa descoberta: e mal, porque me sentia mal, ou seja, uma barata. Senti internamente uma grande vergonha por ter desconfiado de Leonel, de sua honestidade e sinceridade política. De ter duvidado dele, que com tanta sinceridade, amor e paixão me falava de Sandino. Vergonha de ter duvidado de minha pobre avó que foi tão maltratada pelos machos. Vergonha de considerá-la como uma velha caduca, repetindo mil vezes a mesma história todas as férias do mundo, cada vez que nos via. Me sentia como um inseto, autossuficiente, feio e grosseiro. Mas a alegria venceu e fiquei histérico de alegria por dentro, e sem que Andrés se desse conta, comecei a gritar a grito tão alto, e gritei e gritei, e gritei por dentro: Leonel, parceiro, filho da puta, você tinha razão, irmãozinho. Perdoa-me parceiro, é verdade. O homem existe. E já fazia cinco anos que Leonel havia caído em combate. O General existe e é o caminho, e que raiva de que Leonel não estivesse vivo para que eu pudesse agarrá-lo pelo colarinho da camisa, sacudi-lo e rir com ele e lhe dizer: parceiro, agora sim vamos ganhar!

Porque Sandino é indestrutível. Sandino é a vitória. A vitória passa por Sandino. Sem Sandino não haveria nem caminho nem vitória. Com Sandino, eu tenho certeza de que temos tudo, mesmo que nessa zona fôssemos apenas dois quatis sozinhos, depauperados e com apenas duas miseráveis pistolas 45 para ganhar a guerra contra a Guarda Nacional. Apesar de tudo, eu disse a mim mesmo de repente: a revolução já triunfou. Esta merda se acabou, e vai ser logo. E sinto vontade de gritar a Leonel e não me contenho, e continuo gritando para ele: Somoza se acabou. Somoza vai cair. E outra vez a dor de que Leonel Rugama estivesse morto e não poder, rindo, lhe confessar: duvidei de você, mas você tinha razão; e continuar rindo, abraçá-lo, carregá-lo e dar voltas com ele, e outra vez, a maldita aguilhoada de sua morte e a lembrança daquele 15 de janeiro de 1970 quando ele é cercado pela Guarda Nacional em Manágua, em frente ao Mercado Periférico, quando descobrem a casa de segurança onde ele estava com Róger Núñez e Mauricio Fernández Baldizón, depois do assalto ao Banco Nicaraguense de León em 4 de novembro de 1969; a inesquecível lembrança de quando enfrentou os 300 guardas, os tanquetes e os aviões, e Leonel e os rapazes atirando e cantando, atirando feridos, colocando lenços nos buracos das feridas para continuar disparando e cantando a Internacional, e os guardas disparando tanquetes e as metralhadoras, gritando para que eles se rendessem e Leonel, de dentro, respondendo: Que se renda sua mãe! E o padre Francisco Mejía, entre a Guarda e Leonel, pedindo aos guardas que não atirassem; e Leonel repetindo: Sua mãe que se renda! Atirando novamente até que se fez silêncio... e morreu como Julio, sem dizer que morria pela pátria, como o poema que ele mesmo havia feito para Julio Buitrago, o Pai da Resistência Urbana; e minha raiva, minha impotência e minha dor quando me dou conta que o morto é Leonel, e sinto que perdi algo de mim e não choro porque imagino que se eu chorar e ele se der conta vai ficar bravo comigo, porque só vivia me repreendendo. Leonel, meu irmão, meu conselheiro, meu amigo, meu confidente, meu mestre, e eu fico deprimido de novo e paro de gritar, mas depois de um tempo me acalmo; pensar que morreu sabendo que Sandino existia e que a vitória era certa. Isso me tranquilizou tanto que fiquei até com um pouco de inveja de que Leonel tivesse sabido disso antes de mim. Pensei que ele morreu satisfeito, pleno. Senti que pouco lhe importou que o matassem, porque ele tinha a certeza de que íamos triunfar; senti que assim quem não morre feliz, sabendo que a coisa é verdadeira. Pensei, com razão que era corajoso, com razão que era exigente, com razão que era audaz e comprometido; mas é que tinha mais certeza do que todo mundo, mais certeza de que nós, e por isso trabalhava sem nenhuma dúvida.

Pensar tudo isso, repito, me acalmou, me sossegou.

Averiguei minhas coisas na mochila, tirei um plástico, o cobertor, a rede enrolada. Estendi o plástico, comecei a tirar as botas com muita parcimônia, sedado, sem angústias. Fui me deitar como quem fez uma grande descoberta, me sentindo como Cristóvão Colombo, Galileu, Copérnico ou coisa parecida. Segurei na rede, acomodei os ossos do rosto entre as cordas, fiquei olhando para o rosto de Andrés, que já estava deitado ao meu lado, comecei a rir e lhe disse, fechando os olhos: vamos dormir, filho, que já ganhamos.

2

> ... como esquecer "da imprensa resultam: o amor e o ódio, a paz e a guerra, a luz e as trevas, a verdade e a mentira, o bem e o mal", Radio Informações...

No dia seguinte nos levantamos bem cedinho, aí pelas cinco, e começamos a planejar como trabalharíamos, como faríamos para desenvolver o trabalho, com quem falaríamos para recrutá-los, que tipo de trabalho lhes encomendaríamos, revisamos os mapas para fixar bem na mente o terreno onde estávamos, que exploraríamos, com que lógica, como informaríamos a Bayardo, que era o responsável da FSLN pelo norte e meu responsável direto. Tudo isso antes de que Moisés, o filho mais velho de dom Leandro, chegasse com o café da manhã, às seis da manhã, pois com ele mesmo tínhamos que amarrar todo o início dos planos.

Quando ouvimos os dois golpes de facão, que era a senha combinada, a uns 20 metros da caverninha, e Moisés apareceu com o embornal de pano contendo os feijões cozidos, as tortilhas e uma garrafa de café preto, Andrés e eu estávamos agachados esperando com as 45 nas mãos e as mochilas devidamente arrumadas, pois quase nunca baixávamos a guarda e, embora já sabíamos que ali estávamos mais seguros do que no céu, fazíamos isso para educar Andrés, que tinha apenas uns poucos meses de ter entrado na clandestinidade da guerrilha na montanha. Estava consciente, por minhas experiências anteriores tanto na montanha como na cidade, durante a vida de dirigente estudantil, que os companheiros novos têm a tendência de copiar os mais velhos, sobretudo quando são seus chefes. Eu estava empenhado em que Andrés aprendesse tudo de bom que eu podia saber e ter, tratava de esconder e de não fazer concessões a minhas deliciosas debilidades para que o rapaz não fosse se formar mal, pois ele era como uma esponja pronta a absorver qualquer coisa.

Moisés chegou até onde estávamos; comemos enquanto conversávamos generalidades sobre o terreno, sua família, os vizinhos, e pouco a pouco fomos guardando de novo os pratinhos e o copo plástico e o pano e entrando no assunto do trabalho. Depois de dom Leandro, a maior mina se chamava Moisés, pois era o filho mais velho, e isso no campo significa o sucessor, portanto, estávamos convencidos que havia de agarrá-lo pelo pescoço, conscientizar Moisés, recrutá-lo a fundo, conversar muito com ele para politizá-lo e comprometê-lo conscientemente com o imenso trabalho que tínhamos pela frente; seu pai já estava idoso e não podia se mover no ritmo de nossa urgência. Moisés, então, era chave. A primeira coisa que fizemos foi lançar uma enxurrada ordenada de motivações e explicações simples, buscando mirar com sutileza e delicadeza no centro de seu cérebro, como se procurasse o pontinho, o vértice onde estava alojado e enrolado todo o novelo de seus ancestrais, que queríamos desenrolar, despertar e fazê-lo explorar, para motivá-lo de raiz, de cérebro, de fazê-lo e comprometê-lo como um de nós. Eu lhe falei sobre o direito à terra, à saúde, à educação e até aos anticoncepcionais. Conseguimos! Por sorte, Moisés era ouro puro. Ele só precisava de uma oportunidade para se levantar e se tornar o que se tornou depois.

Moisés é moreno claro, diáfano, com olhos pares e um sorriso honesto, cerca de um metro e setenta, simples, terno e atento; humilde no sentido universal da palavra; tinha seu rancho separado, com sua mulherzinha e dois filhos pequenos; trabalhava e vivia na pequena propriedade de seu pai. Tem uns 30 anos e uma incrível sede de saber e aprender, um dirigente natural, o segundo homem da família e de todo o vale de Planes, pois os Córdobas por ser a família mais numerosa, é a que tinha mais ascendência sobre a população do lugar.

Moisés respondeu como nós desejávamos; como a continuação da história do país e a revolução precisavam: depois de quase duas horas, quando a conversa estava chegando a um ponto morto por cansaço ou porque já não encontrávamos mais o que lhe dizer, e porque ele tinha que ir trabalhar, finalizamos a conversa. Moisés, com uns olhos alinhados-pícaros, alegres e, no fundo, tensos, mas decididos, se pôs de pé junto com Andrés e eu, e como comprometido há séculos, como sabendo o que lhe estava destinado, ou a sua família, a sua raça, ao povo, aos sandinistas ou a outros países do mundo, não sei, como sabendo tudo ou uma parte, o homem, com esses olhos alinhados-pícaros e esse sorriso honesto disse, dirigindo-se a mim, como quem decidiu embarcar sem retorno ou com retorno, como quem decide caminhar feliz ao sacrifício: "contem comigo, mas não me escrevam nesses papéis que andam por aí; vou para a lida, e vou voltar ao meio dia com o almoço para que continuemos conversando". Foi embora, não falamos merda nenhuma do trabalho tal como havíamos previsto, mas Andrés e eu ficamos com a sensação de que ao fim ao cabo esse era o primeiro trabalho, que não podíamos ir tão depressa como queríamos, ao fim e ao cabo a galinha que põe os ovos de ouro se comprometeu visceralmente com sua classe e com sua gente. Se foi. Andrés e eu, como sempre, fomos escutar a Rádio Havana Cuba; já havia passado o noticiário da Rádio Corporação e a música da Estação X não sintonizava bem.

Efetivamente, cara, o tipo voltou aí pelas duas da tarde, com um sorriso meio tímido e cúmplice, menos nervoso e se via pelas mãos, pelo rosto, pelos braços e pela roupa que havia passado todo o dia trabalhando sob o sol, que passou por seu rancho trazendo a comida e veio diretamente nos encontrar. Perguntamos-lhe sobre seu dia de trabalho, se havia comentários sobre gente estranha na região e então comemos e ele descansou um pouco, e fomos direto ao assunto.

Começamos a interrogar exaustivamente sobre todos seus irmãos, irmãs, com quem eram casados, onde moravam, como pensavam, sobre a irmã de seu pai, se eram como dom Leandro, quantos da família sabiam de nossa existência ali, quem eram os conservadores, os somozistas, os *jueces de mesta*,* os *capitanes de cañada*,** onde havia venda, quem eram os donos da venda, o que vendiam na venda, onde os donos da venda faziam as compras e ele, quanto comprava na venda, se vendiam cigarros, aveia, caramelos, pilhas para lanternas; perguntamos pelo norte, pelo sul, pelo leste e oeste; por nomes de lugares que havíamos cruzado e não sabíamos; por campos abertos e por rios, por morros, fazendas, plantações, casas, potreiros e pastagens; pelas datas e santos em que acreditavam; o reviramos pelo avesso, até que deu as cinco da tarde, hora quase sagrada do noticiário, da informação, da surpresa, da esperança e dos malditos comunicados de Relações Públicas da Guarda Nacional da Nicarágua, onde anunciavam com solenidade a queda em combate ou o assassinato de nossos melhores irmãos.

Escutar as notícias às seis da manhã, ao meio-dia e às dez da noite, se a guerrilha não estava em marcha ou em combate,

---

* Originalmente, autoridades com funções jurisdicionais na comarca rural. Durante os governos Somoza, agiam como delatores, auxiliares da Guarda Nacional e até como grupos paramilitares, executando os colaboradores da guerrilha. (N. T.)

** Assim como os juízes de mesta, autoridades de comarca rural que durante a ditadura somozista funcionavam como informantes e até mesmo como milícias paramilitares contra os guerrilheiros e seus colaboradores camponeses. (N. T.)

era algo religioso. De qualquer coisa eu podia abrir mão, menos escutar a rádio e inteirar-me do que acontecia. Escutar a rádio é uma necessidade psíquica, política, militar, operativa, era até mesmo um exercício espiritual. Não havia muito trabalho, o tempo até sobrava, escutar a rádio era um trabalho que se tornava agradável, doloroso apenas quando da notícia da queda de algum companheiro; era um trabalho que se realizava sentado ou deitado e conforme estivesse era o salto, conforme a notícia, boa ou má; é a hora da quebra do isolamento, é a hora do contato com a cidade que é o teu ambiente natural, a hora do contato com o que ocorre em tua cidade e em Manágua; é a hora do alimento, de teu cordão umbilical, é a hora da reafirmação de que além de Nicarágua existem outros países, outras guerrilhas de gente como você; é a hora dos anúncios comerciais que você ouvia e não dava atenção quando estava na cidade e, agora, eu gostava de ouvir até os anúncios antigos, e também os novos e os fatos delitivos de sangue que antes não dava atenção, até isso me encantava. Escutar as notícias é como uma conversa telefônica em que só você ouve, mas não é ouvido, mas isso não importa, contanto que estejam falando e você ouvindo. Chegas até a te afeiçoar à voz dos jornalistas, mulheres e homens, sejam de notícias ou dos comerciais entre notícia e notícia, sobretudo porque havia uma grande repressão contra os meios de comunicação falados porque eram os que tinham maior penetração nacional, e os jornalistas opositores de Somoza, simpatizantes ou não da Frente e, sobretudo, os simpatizantes, desenvolveram todo um conjunto de habilidades incríveis, de sofisticados e ocultos meios de se comunicar com o povo e com a guerrilha mesmo com tudo e com a censura, que jamais foram detectados, e que sofrimento e que angústia tão horrível quando retiravam do ar um noticiário a que se estava afeiçoado; era como perder um amigo, como não saber nada de teus amigos, quando saíam do ar pela censura da ditadura; era como te impusessem o isolamento, era um recrudescimento de tua solidão; era como andar perdido no espaço verde da montanha, sem saber para que lado fica a cidade, como se chega a ela, como está tua gente e tua Frente.

Em seguida voltavam de novo ao ar, e logo voltavam a ser fechados, e as pessoas sofrem e se alegram e voltam a sofrer e voltavam ao ar censurados, perseguidos, multados, torturados, sem poder informar o que acontecia, e é toda uma resistência heroica travada pelos jornalistas nicaraguenses por seu direito de informar o povo; e povo e jornalistas, povo e sandinistas temos uma comunicação telepática.

Quanto carinho e respeito tenho por essa raça especial de homens e mulheres que Somoza não pôde comprar, que resistiram nas catacumbas hertzianas e terrestres e que alegria voltar a ouvir Radio Informaciones. *Diez en Punto*, a voz de Joaquín Absalón Pastora, Rodolfo Tapia Molina e o gordinho José Esteban Quezada, e outros que não lembro o nome. Como esquecer a Rádio Informaciones, que era um hábito desde criança. Como esquecer aquelas frases solenes e sentenciosas da abertura do jornal da rádio; como esquecer "da imprensa resultam: o amor e o ódio, a paz e a guerra, a luz e as trevas, a verdade e o erro, o bem e o mal, Rádio Informaciones transmitindo de Manágua, Nicarágua"; diga-me, por favor, como esquecer Pedro Joaquín Chamorro, incorruptível, insubornável; como não lembrar seus editoriais devastadores contra a ditadura.

E eles voltavam com tudo e mordaça. Eles faziam tentativas de falar conosco, indomáveis, éticos, inteligentes, astutos, que até com o tom de voz em qualquer comercial ou qualquer crônica inconsequente que lhes permitiam fazer, buscavam a palavra-chave e com a entonação lhe davam um significado de protesto ou saudação, que era automaticamente encaminhado pela mente para a área política. E Somoza, e seus coronéis torpes, jamais puderam se dar conta disso, e por isso mesmo, com tudo e com a censura, sua comunicação com a Frente e com o povo não foi rompida, não permitiam que nos isolassem, tirassem o soro que nos alimentava e nos mantinha com vida, por isso, embora fosse importante continuar falando com Moisés às cinco da tarde, também era importante ouvir as notícias.

Como tínhamos três horas de trabalho, dissemos a ele que subisse ao rancho de seu pai, que nós chegaríamos por volta das sete para conhecer a mãe dele e cumprimentar o velhinho, e de passagem íamos todos conversar um pouco.

Enquanto jantávamos, e quando subimos, nunca suspeitei das emoções que teríamos nessa noite inesquecível.

3

> O sandinismo ao
> vivo e em cores.

Vamos à paisana, disfarçados de camponeses, com as 45 escondidas sob a camisa, na cintura; logicamente já havíamos combinado a senha e contrassenha para nos identificarmos, e qual seria também o sinal que eles nos deixariam para que soubéssemos se alguém tivesse chegado inesperadamente à casa, para que, se isso acontecesse, não levantássemos suspeitas o que poderia causar a queima da casa, do trabalho. Chegamos à casa e calaram os cachorros, que os pobres mal tiveram tempo de latir. A casa era em um plano, depois de uma subidinha, de madeira e zinco, com dois corredores laterais, não muito grandes. Não era a casa de um camponês médio, mas apenas a de um pequeno camponês depois de 60 anos de trabalho.

Chão de terra batida, sem luz elétrica, com alguns bancos semirrústicos nos corredores, a cozinha, dois quartos, uma pequena despensa, uma sala que também é quarto, e 50 mil santos com mil velas, alforjes, embornais, ferramentas, instrumentos agrícolas e Dona Leonarda, uma velhinha magrinha, altinha, com cerca de 70 anos, como uma menina terna, laboriosa, amorosa, mãe e avó de incontável e confusa quantidade de filhos, netos e bisnetos que me deixam ainda mais confuso pela pouca luz

dos candeeiros que iluminam o interior da casa na noite escura do inverno de 1975. Pouco me serviu a árvore genealógica que Moisés me apresentou à tarde.
— Boa noite! — e chegamos —. Boa noite, como está o pessoal?
— Aqui, esperando por vocês, passem à frente. — Estamos indo. E eu discretamente passava os olhos pela casa, pelos quartos, pelos corredores, pelas duas saídas da casa para o pátio e, claro, à procura do "meu remédio": o café preto, que já estava no fogão em uma jarra preta, enfumaçado e açucarado, pois os camponeses, quando têm açúcar e visita, como um gesto de cortesia, fazem as coisas adoçadas.

Num instante, estava como em minha casa, melhor dizendo, como em minha velha e antiga casa, conversando com todo mundo, brincando com a criançada como se fossem meus irmãos mais novos, priminhos, como familiares; tocando violão, cantando rancheiras, bebendo mais café preto adoçado, fumando e contando casos; e dom Leandro, ajudado pela avó Leonarda, contos vão e contos vêm, sobre suas andanças com o General, de quando lhe levava as tortilhas a Yalí, de quando foi autoridade sandinista, e as baboseiras e as piadas, e as outras mulheres *va de quis-quis*, rindo na cozinha dos contos e aventuras de dom Leandro, rindo na cozinha enquanto preparavam um frango que dom Leandro mandou preparar pela nossa chegada.

Falamos de política, do desconforto do inverno, das vantagens do inverno, de economia, dos segredos da terra, do espaço cósmico, de Deus e da FSLN, de doenças estranhas, de ervas medicinais, da exploração do homem, dos ricos e dos pobres, de cães caçadores, da flora, da fauna, do rio Coco, de como as coisas estavam caras, dos partidos e da Guarda, do homem e da mulher, dos que sabiam manejar uma arma, dos que não, dos que queriam aprender, da morte e de orações ocultas, do medo e das dúvidas, dos talismãs, de serpentes venenosas e suas curas e as que não têm cura e as que não são venenosas, de mistérios, lendas, bruxos, entidades míticas, malefícios, almas penadas, fantasmas, de minha avó Justina e meu avô Isidro, de meu pai e minha mãe, contando piadas vulgares e comendo, e já todos soltando peidos sem dissimular, e sentindo o fedor de peido sem dissimulação.

Enfim, foi o encontro da família com dois de seus membros que haviam saído de casa há muitos anos e estavam voltando, todos já estavam mais velhos, com filhos grandes e pequenos, e estavam contando tudo o que não havia contado durante décadas, e a família ouvindo com atenção os dois que haviam partido, ouvindo-os como se viessem formados da universidade, e eles eram os sábios da família que sabiam de tudo, e o restante da família os olhava com admiração e respeito, pois vinham da cidade e, ao mesmo tempo, da montanha, pois eu já tenho mais de um ano de andar de montanha em montanha na guerrilha e mais ou menos já conhecia umas quantas, e essa fusão de conhecimento urbano, intelectual e coisas de montes e montanha, despertava na família a confiança no que eu dizia, mesmo e quando fosse uma barbaridade.

Eu compreendo perfeitamente a situação que se passa à nossa volta, embora às vezes pense se não estaria com o meu eterno romantismo maldito idealizando a coisa e que dom Leandro, Dona Leonarda, Moisés, Júlio, Mário, os netos e bisnetos, não sentem o que eu sinto, e fico olhando para Andrés, para ver se ele sente o que sinto, e me dá toda a impressão do mundo de que Andrés sente o que eu sinto, e repasso mentalmente, enquanto eles cantam, tudo o que aconteceu: quem sou eu, de onde venho, o que estou fazendo aqui, quem são eles, o que estão fazendo ali, por que estão comigo, e eu repasso seus rostos cantando e sorrindo quando eles sorriem para mim cantando, e se calam, e eu, mudo, e que cante o meu pai, que cante o meu avô, e dom Leandro começou a cantar a canção "Vendo por 50 centavos cabeça de americano", que era uma velha canção sandinista feita por Cabrerita, o Clarín do General Sandino, e que cantávamos na universidade, e meu cérebro me diz: caramba! merda, agora sim não estou errado, essa merda é como a estou percebendo. Nós saímos de casa e essas são nossas boas-vindas, não havia dúvida, a vida é que era romântica, a realidade, essa sim, de jeito algum.

Mas faltava algo. Ou melhor, sinto algo que ainda está faltando. Eu não conseguia captar bem, era sim uma sensação forte, me faltava um pouco mais de segurança terrena, um pouco mais de credenciais, de solvência, de não sei que porra para levar comigo toda a autoridade que necessitava para transformar o mundo e vejo com certa picardia interior, como quem descobre o segredo que está à vista de todos, mas ninguém o vê, de que dom Leandro é o único que *melanquea*. *Melanquear* é mascar o fumo com os dentes do fundo até cuspir saliva aguada, com cor de café, picante, que deixa os dentes escuros. Em geral, no campo os que mascam fumo são os anciãos e os que estão chegando perto de ser, mas, o importante disso é que quem masca é porque é velho, tem experiência, e os velhos no campo são a autoridade. Mascar está ligado à experiência, à verdade, à autoridade. E me vem uma ideia e com muita naturalidade, como se eu tivesse feito isso a vida toda, peço a dom Leandro que me dê um pouco de fumo. Moisés me ouve e pensa que é um cigarro, e eu digo a ele: não irmão, eu tenho cigarros, o que eu tenho é uma dor de cabeça horrível há uns oito dias, porque não tenho conseguido fumo, fumo em folha para mascar e peço a dom Leandro de novo, e ele pega seu saquinho e me dá um pouco, jogo na boca com naturalidade, começo a mascar e continuo falando como se fosse natural para mim, acabo de falar, cuspo estudadamente, e mudo de assunto para ir encerrando a noite e combinar o trabalho do dia seguinte; claro que todo mundo se deu conta, mulheres e homens perceberam sem fazer nenhum comentário que não fossem olhadinhas recíprocas, que eu os estava testando, pois queria saber como iam reagir, e quando vi que reagiram com reconhecimento positivo, inclusive dom Leandro, que nunca saiu da minha direita e Andrés à esquerda durante toda a noite, e já são onze horas, e digo: pois bem, gente, então combinamos o seguinte, que amanhã Moisés chega com o café da manhã, e com ele, vamos lhe mandar dizer o que vamos ir fazendo e todo mundo já sabe, que em boca fechada não entram moscas e que camarão que dorme a onda leva.

Mandamos chamar, no escuro, dois dos netos que faziam a guarda a 50 metros em cada caminho que levava à casa, para cumprimentá-los, pois já tinham uns 15 anos. Eles não tinham ouvido nada das conversas daquela noite e eu tinha interesse de me aproximar diretamente deles e, claro, eles estavam felizes. Já vamos saindo, vou pelo corredor, quando ouço que Moisés me chama baixinho: "Juan José, Juan José", que era meu codinome naquela área, me volto e digo a Andrés, me espere aqui e não baixe a guarda que já é tarde, estamos aqui há muito tempo, fizemos barulho, acendemos lanternas, e embora não haja casas por perto, lembre-se que este velhinho é um conservador e aqui todos os conservadores são vigiados pelos juízes, pois, de fato, a maioria dos anciãos sandinistas, quando o general Sandino não voltou, e para se opor a Somoza, se alinharam com o Partido Conservador. "Não se preocupe, me disse Andrés, vai que eu vigio". O chamado, e sobretudo, da maneira como foi feito, me pareceu estranho. Não o conhecia muito bem, mas um sexto sentido me disse que era algo especial, não trivial; havia dado apenas alguns passos da sala para o corredor, quando me volto e vou atrás de Moisés, entro na sala e misteriosamente não há ninguém e só há um candeeiro dos três que ali estavam; por um segundo me passaram pela cabeça mil coisas que não quero contar porque tenho remorsos, e vou andando atrás de Moisés, que entra em um quarto, no de dom Leandro, e por que preciso lhe dizer, eu vou alerta... Entro no quarto e encontro dom Leandro sentado em seu catre com um candeeiro e uma sacolinha plástica nas mãos, seu tom e sua aparência são sérios, solenes, e eu estou disfarçadamente tenso. O que aconteceu, vovô? lhe pergunto, "sente-se", ele me diz com muita pose e quase com veemência. Eu me sento. No quartinho estávamos dom Leandro, Dona Leonarda, Moisés e eu. Há algo de mistério e de segredo no ambiente, é uma atmosfera proibida dentro do proibido. "Juan José, filho", diz-me ele, "quero dar-te algo que guardo desde 1928. Nunca me separei delas, as mantive comigo enquanto seguia o General, e aqui me vê, pobre, velho, derrotado, sem nada, mas vivo". Eu não entendi muito bem do que se tratava, ele falava comigo quase como se fosse me entregar sua alma ou sua mulher, falava com reverência, com consciência de quem vai dar algo importantíssimo, de quem se desfaz de algo vital por sua própria vontade no momento que esperou anos para fazê-lo.

Ele falava como quem ia entregar uma herança à beira da morte. Ele me dá a sacolinha e me diz: "Aqui, eu dou essas orações para você, mas só para você, eu lhe dou porque você é o chefe e você vai ser o chefe de todos nós. Essas orações são poderosas e secretas. Com estas orações, todos os perigos e ameaças serão anulados aos seus pés". O velhinho está me entregando sua segurança, sua vida. Peguei a sacolinha com muito respeito, eu também, sério e solene. E quais são? pergunto a ele. "A do Apóstolo Paulo e a do Manto de Gracián, mas não as leia aqui. Leonarda e este meu filho sabem que eu as tenho, mas eles não as conhecem, nunca vá mostrá-las a ninguém, nem ao seu chefe, nem mesmo a sua mulher, porque perdem o efeito. Elas são apenas para você. Quando você estiver em perigo, recite-as baixinho. Aprenda-as de cor, não as perca, cuide delas, que você vai chegar até o final com isso. Essas orações vão lhe proteger".

Peguei a sacolinha, como quem pega um bebê recém-nascido nos braços, sem saber embalar, peguei com o respeito como quando uma criança comunga na igreja. Estou totalmente consciente do gesto, do significado do gesto para o velhinho. Ele me entregou seus filhos e agora me entrega sua maior intimidade, seu segredo mais bem guardado. Eu tinha razão quando disse: merda, agora sim não estou equivocado. Obrigado dom Leandro, muito obrigado. Dei-lhe um beijinho e lhe agradeci novamente. Dona Leonarda está chorando. Moisés está sério; eu, grave, sem chorar, mas com vontade de fazê-lo. Não havia mais nada a fazer, para que palavras, para que merdas. Levantei-me, saí, passei rápido por onde estava Andrés no corredor e lhe disse: Vamos. Andrés me seguiu rápido. Eu estava impactado. Caminho impactado na escuridão seguindo Andrés. Volto a olhar para trás antes de subir a montanha. O rancho estava em silêncio e as luzes apagadas. Chegamos caminhando devagar a nosso pequeno acampamento da caverna. Ia pensando que devia ter sido assim com Sandino, igualzinho, só que em outra época, com outros homens e outros nomes: o mesmo inimigo, a mesma luta, no mesmo país e com o mesmo povo com todas suas virtudes, suas crenças, sua raiva comprimida, suas esperanças mais puras e nobres. O sandinismo ao vivo e em cores.

Chegamos, nos deitamos em silêncio e Andrés me pergunta meio intrigado e lacônico: "O que era?" Eu lhe respondo: Nada irmão, não era nada. Vamos dormir que já ganhamos e, além disso, vamos sair vivos desta merda.

4

> No campo todo mundo
> é conhecido ou parente...

Quando Moisés chegou, agora sim estávamos prontos e dispostos a ir para a prática. Fizemos mentalmente uma lista até com o itinerário de todas as pessoas com quem falaríamos no vale dos Planes, Buena Vista e Montañita. Moisés também tinha parentes próximos em Buena Vista. Andávamos à paisana, sempre de noite e atravessando pelo meio do campo, nunca pelas estradas porque podíamos topar com pessoas do lugar ou dos arredores e por ali todo mundo se conhecia, e se encontrássemos alguém, dois desconhecidos como éramos, acompanhados de Moisés ou de qualquer outro companheiro do lugar, era queimação. As pessoas andavam desconfiadas, pois em julho de 1975 foi o cerco da escola de Macuelizo, no Ocotal e a Guarda deu grande publicidade e esses fatos eram conhecidos por todo mundo, em que houve mortos, presos e repressão no atacado.

E assim íamos, cada noite falando com um ou com dois; primeiro em Planes, depois em Buena Vista, por onde também já havíamos passado uma vez disfarçados de comerciantes acompanhados de Toñito Centeno, o ex-administrador da fazenda de café São Jerônimo, que vivia em Condega e sua família era colaboradora da FSLN, mais precisamente de Bayardo e Mónica, responsável clandestina pelo trabalho em Condega e, posteriormente, do Departamento de Estelí, que nos passou o contato umas semanas antes.

Chegamos ali, passando por Estelí, quando vínhamos nos retirando de Ocotal depois do cerco, e Bayardo nos mandou para aquela região para desenvolver o trabalho e fazer uma rede, abrir uma trilha, para nos ligar com o pessoal de Modesto que estava na Cordilheira Isabelia, ou seja, cerca de 200 quilômetros para o leste, e dentro da pobreza e das grandes limitações da organização, o que com esforço pude conseguir como um passo inicial para fazer o trabalho, me oferecia como uma grande base de operações uma casinha de segurança de um tipo que acabou sendo um cagão que morava na rodovia entre Yalí e Condega, de onde tivemos que sair porque ele nos mandava embora o tempo todo, e já estávamos sentindo que ele poderia até nos denunciar.

Falamos primeiro com os do Planes, com os familiares dos Córdoba e com seus vizinhos mais chegados, como Juan Simón Herrera e seu irmão Antolín. Depois, fomos subindo para Buena Vista, sempre com Moisés, onde morava seu irmão Julio Córdoba; em seguida com Gilberto Zavala, o dono da cabana onde eu estava morando quando me chegou a carta de Claudia, minha mulher, me dizendo que já não me amava e que estava apaixonada por outro compa, aquela noite foi uma das noites mais miseráveis de minha existência.

Gilberto depois chegou a ser nosso correio com Bayardo que estava em Condega; falamos com seu sobrinho Sebastián, com seu irmão e seus sobrinhos Vitico, Arnulfo e Antolín; em seguida falamos com Toño Zavala, que tinha uma puta cara de traidor, como efetivamente o foi depois, e lembro que sua mulher, sabe--se lá por que, tinha um desodorante vaginal, que meu cérebro nunca pôde imaginar onde ela o conseguia, nem sequer como pôde ficar sabendo que essas coisas existiam. Nós começamos a compartimentar o trabalho entre vale e vale por elementar medida de segurança, para que não se conhecessem entre si, para protegê-los do inimigo na hora de alguma queda em algum dos vales.

Continuamos subindo e conseguimos fazer contato com um vale que estava mais acima, chamado Montañita. Aí fizemos contato com Juan Flores e seus filhos, Laureano e Concho, com Juan Vallecillo, Mercedes Galeano, Demetrio Galeano e Antolín Galeano; de lá chegamos a outro vale chamado Robledalito, onde contatamos Miguel Centeno, Filemón Rivera e um colaborador, se não estou enganado, também de sobrenome Rivera, que tinha uma venda, uma mulher bonita, mais jovem que ele, e também uma fazenda de café em Murra.

Conseguimos ir de um vale a outro através dessas conversas exaustivas em que nos dávamos conta que um deles tinha um cunhado, irmão, tio, avô ou o que fosse, em outro vale. No campo todo mundo é conhecido ou parente, ou logo se tornaram parentes, porque quando em um dos vales há uma menina de 12 anos que já tem peitinhos e algumas espinhas no rosto, todos os homens de todos os vales estão à espreita, até que um deles a "roube", e a leve embora. No início, às vezes há luta até com facão, mas depois tudo se esquece e já se ficam emparentados entre vale e vale, e é uma vantagem para que a guerrilha amplie seu raio de ação, mas também é um sério perigo para compartimentação, porque as pessoas são muito boca abertas. É mais difícil se disfarçar no campo do que na cidade.

A esses quatro vales juntos, ou seja, à região, dei o apelido de "Compañía". Estão situados mais ou menos na metade da rodovia entre Condega e Yalí e se estende pelo norte, até cair no rio Coco, e pelo leste cai no rio Yalí, que é afluente do Coco. Esta é uma zona de cafeicultura e pecuária, de grandessíssimos latifúndios de Filemón Molina e Chatán Pinell, o restante são minifúndios e colonos. Os minifúndios são manchinhas de café, grãos básicos, o canalzinho, um pequeno bananal, e uma que outra vaquinha que sobram dedos de uma mão para contá-las, e os colonos igual, mas pior, vivem em um terreno do fazendeiro.

Entrando pela estrada de terra que vem de Condega a Yalí, a gente vai descendo pela esquerda, passa a cerca e o terreno é acidentado, cheio de pequenos pinhais chamados de *ocotalillales*, altos e finos e sulcados por todos os lados por velhos caminhos e ravinas secas com belos canteiros, de pedras, como fiéis testemunhas silenciosas de um passado horrível de pilhagem impiedosa de nossas preciosas madeiras por dezenas de anos; mas mesmo assim a paisagem era belíssima, uma cobertura de pinheiros e pinheiros, com neblina, fresca, meio friozinho, terra vermelha com pedrinhas finas coloridas, como a Suíça, digo eu, embora não conheça a Suíça, mas é assim nos filmes, só falta a neve. Ali estavam situadas as fazendas, especialmente Daraylí, que era a fazenda de gado, uma bela fazenda que podia ser vista de longe e onde muitos trabalhadores eram moradores de "Compañía".

Continuando em direção ao nordeste, continua subindo e de repente desce um pouco e em determinado momento, por aquelas causas inexplicáveis que eu, pelo menos, desconheço, imagine que o terreno, a flora, muda abruptamente, é a clássica floresta tropical pluviosa das montanhas da Cordilheira Isabelia, frio frio, chuvoso, montanhas densas, árvores frondosas gigantescas, bandos de macacos-prego de cara branca e bugios, araras, pavões, riachos de água gelada, trepadeiras e cipós por toda parte, abismos para baixo e abismos para cima, de montanhas virgens e fechadas, é um maciço montanhoso encravado como ilha, como ilhota, rodeada de lavouras forrageiras, potreiros e milharais, plantações e pastos, um maciço majestoso de 1500 metros de altura cujo pico mais alto se chama Canta Gallo, e a zona de Apaventana, e que lhe dei o apelido de "O Edifício".

Nas encostas de Canta Gallo, a norte, encontra-se "San Jerónimo", a grande fazenda de café onde também trabalham os camponeses do lado de "Compañía", e imediatamente depois de um dos últimos cafezais da fazenda, orla abaixo do maciço de Canta Gallo, encontra-se o vale da Montañita, onde vivem Juan Flores e seus filhos Concho e Laureano, que é o melhor caçador para além das fronteiras de "Compañía".

Laureano, com ou sem cães, é um cão de caça. Não faz barulho na montanha, caminha no ar, está sempre molhado e com os dedos da mão enrugados como passas, os pés na bota de borracha, brancos e com rachaduras, como morto, e com o inseparável riflezinho calibre 22, e passa por tua rede, debaixo de uma tromba d'água, encharcado, às oito da noite e te diz: "compa, vamos dar uns tirinhos", e eu por dentro me digo: nem fodendo, meu caro, como você pode pensar nisso. Não, compa, lhe respondo, é que eu tenho que ouvir o noticiário, e ele desaparece brincalhão, perdendo-se entre a folhagem molhada e molhando-se junto com a neblina. E no dia seguinte, sempre molhado, dando a senha com o facão, sempre os dedos como passas. Laureano, com café preto quente, tortilhas e, de prova, veado assado, e como foi ontem à noite? "Mais ou menos, ele diz, atirei em um veadinho", e como foi compa? E começa o conto, e termina de contar e vai embora. Concho também é assim, o irmão, a diferença é que a Concho lhe falta uma mão, é maneta e cego de um olho. Perdeu um olho, nunca pergunto como; é alto, sério e misterioso, não sei como faz para caçar e atirar, mas onde coloca o olho que lhe resta e puxa com a mão que lhe sobra, o certo é que o animal fica no chão. É bom no *guaro** e tem várias mulheres. Concho é o homem das lendas, dos contos, de como se formou o rio Coco, de quando era uma grande serpente adormecida e foi acordada por relâmpagos num dia de temporal e ela se levantou brava, porque foi acordada pelo clarão dos relâmpagos e pelos trovões e ela

---

* Licor à base de cana. (N. T.)

foi para a montanha dormir em outro lugar, que ninguém sabe onde porque ela estava com raiva, que quando ela se levantou, ficou a grande cobra de terra que se encheu de água pelo dilúvio de inverno. Concho, o mesmo da história da Sisimica de Canta Gallo, que eu sempre lhe dizia: tomara que seja mesmo uma mulher e que me apareça na rede, que vou envolvê-la no lençol com o frio que faz aqui e eu vou fodê-la e você vai ver que ela vai perder a mania de aparecer às pessoas para assustá-las, e ele ri e fica sério e desde então se deu conta que nem sua história nem sua aparência me amedrontam.

Mercedes Galeano, pequenino, magrinho, forte, musculosinho, cintilante, vivaz, inteligente, um fodedor empedernido, virou um verdadeiro sandinista. Nunca dizia não a nenhuma missão. Ele não se acovardava diante de nada. Pícaro, fraterno, compartilhava tudo, vaidoso e até usava relógio, um dos poucos que podia te dizer a hora que não fosse com o sol. Nós nos tornamos inseparáveis.

Juan Flores, pai e chefe da Montañita, e sua esposa, uma avó, a mesma coisa, avó de todo o vale, ambos valentes, escravos vitalícios ali na fazenda e, em geral, de tudo. Pobres miseráveis, sua única esperança era Andrés e eu. Que esperança, dizia a mim mesmo.

No vale da Montañita, ainda havia pequenas montanhas, outeiros, de café e morros, então para o nordeste, descendo no terreno, está Buena Vista.

Gilberto sempre com medo, mas não esmorecia. Seu sobrinho Guachán morava com ele e não tinha dentes, que horror! Aos 25 anos e sem nenhum dente; baixo, meio branco, solícito para qualquer missão, às vezes muito dependente de Gilberto e sua mulher, que era um mar de nervos, mas com um coração cristão do tamanho de Canta Gallo. Vitico e seus irmãos eram como os três mosqueteiros, todos baixinhos e fortes.

Em Buena Vista, você ainda pode encontrar um ou outro morro com vegetação, mesmo que seja um milharal para forragem. Depois, sempre rumo ao nordeste, em direção a Modesto, que está na Isabelia, ao sair de Buena Vista que está em uma espécie de planaltinho, há uma escarpa ou baixada abrupta do terreno, no meio da qual está Juan Gregorio, um velhinho sozinho em seu ranchinho, velhinho branco, clarinho, de óculos, um bom lugar para descansar, passar o dia, fazer perguntas e cumprimentá-lo; até que chegava a Planes, e eu o chamo de Planes pelados, porque ali, sim, não havia nem morrinhos nem morrotes com vegetação. Por sorte, algum milharal, e os arbustos e plantas que sobrevivem em ambos os lados das terras férteis do riacho. É lá que está nossa caverna, que eu a respiro, sinto e trato como a gênese de algo grande.

Depois da planície pelada, de Planes, há uma descida irregular na topografia que vai dar, pelo norte, ao Coco e pelo leste a Yalí. Depois do Coco pelo norte, volta a subir e vai ao Pericón, Santa Ana, Samarcanda, e, pelo leste, depois de Yalí, subindo do outro lado do rio, para Los Terreros, onde vivem os Ochoas, e depois, indo até a morada dos Blandones, que são irmãos mais ou menos médios produtores, que não conheço, e que tenho algum receio de tentar entrar em contato devido à sua condição de médios produtores, e que não vivem ali, mas em Yalí. "Las Canoas" é o nome da propriedade dos Blandones onde eles passam apenas dois dias por semana. Atenção, e se eu fizer contato com eles, e depois vão dar com a língua nos dentes no povoado, e na próxima vez que me aproximar deles, só vou me ferrar, com que necessidade, se com os que tenho até agora são mais do que suficientes para o cumprimento dos planos.

A cerca de três horas de morro acima e morro abaixo, depois de "Las Canoas", procurando pelo leste, está um tal vale Zapote que tenho na mira mental como um passo futuro.

Mas até o momento, minha "euforia sandinista" é "Compañía". E a gente vinha fazendo assim, de pouco a pouco, visitando um a um, passando dois ou três dias no matagal da propriedade de cada um, conversando com eles, estudando a cartilha de segurança para que não fossem fazer cagadas antes do tempo, e assim, de vale em vale, subindo incontáveis vezes de Buena Vista a Montañita, de Planes a Buena Vista, descendo de Buena Vista a Planes, explorando a ribeira do Coco, e do Yalí, explorando a montanha Apaventana, explorando e conhecendo Canta Gallo. Fico de olho em Canta Gallo porque, embora não fique adiante em direção a Modesto, está na nossa zona inicial de operações e por suas condições físicas, flora, topografia, clima, etecétera, etecétera, era o lugar ideal para esconder um bom número de pessoas, para treinar grandes grupos, para esconder qualquer quantidade de coisas, para escapar com Andrés se a guarda nos descobrisse, para despistá-los se eles nos seguissem até ali.

As pessoas vão se afeiçoando a nós e nós a elas; o trabalho se amplia e me foge um pouco do controle, pois vários rompem as normas de segurança por iniciativa própria e começam recrutar gente sem a nossa autorização. Nessa atividade de vale em vale, conversando e, explorando, contando a história de por que lutávamos, o que queríamos, o que precisávamos, passamos mais de dois meses e meio. O encontro com dom Leandro é mais ou menos em outubro de 1975, ou seja, entre setembro, outubro e novembro realizamos esse trabalho.

Escrevo a Bayardo com Gilberto e lhe mando um amplo relatório sobre o trabalho, os avanços, os problemas e as necessidades; mando lhe dizer que já temos capacidade de receber cargas para *embuzonar*,* que precisamos de mais homens para crescer e

---

* Embuzonar: Guardar coisas úteis à guerrilha, geralmente debaixo da terra. (N. T.)

expandir o nosso trabalho, mas que, acima de tudo, precisamos de armas para nos defender; armas para lutar contra o inimigo se nos descobrisse, possibilidade que se tornava cada vez mais viável devido à amplitude que o trabalho estava tomando, e ao frágil sistema de segurança. Armas para treinar camponeses colaboradores, especialmente solteiros, que eram os mais propensos a ir conosco. Bayardo me responde que está feliz com os avanços do trabalho, mas pede calma, que as coisas estão foda em Estelí, que a onda expansiva da repressão em Ocotal atingiu Estelí, que as estruturas clandestinas ali também foram reprimidas e golpeadas, mas que tivesse a confiança que esse dia chegaria, e voltava a insistir comigo, como que pela quarta vez, que cuidado para não se deparar com o inimigo, que as forças deveriam ser mantidas vivas.

Nem pensar. Continuamos explorando e contatando pessoas, fazendo grupos de estudo e às vezes até ficando entediados.

Em um dos tantos contatos, nos deparamos com Demetrio Galeano, o da Montañita, e na conversa induzida pela pressa de nos juntar com Modesto, de ir avançando pouco a pouco para o leste, conseguimos que ele nos dissesse que conhecia um homem honrado e de bem que mora não sei quanto adiante de "Las Canoas", em um lugar chamado Zapote; que é um homem bem pobre, que mora em um ranchinho, nas terras de um certo Sérgio Olivas.

Imediatamente pergunto sobre as probabilidades de falar com ele e de que o homem aceite. Ele me diz que é quase certo, mas que em realidade isso só Deus é que sabe. Fico olhando para Andrés, como lhe dizendo: "Arriscamos?", e vejo que o tipo encolhe os ombros, como me dizendo: "Fazer o quê? Arrisquemo-nos". Vá, pois, compa, digo ao Demétrio, vai procurá-lo no sábado, como quem vai a passeio, e lhe diga que quero falar com ele, que venha para a gente conversar um pouquinho. Ah!, mas se ele não aceitar, lhe diga para calar o bico, porque se ele nos denunciar, e a GN vem aqui e não me mata, diga-lhe que nem que ele se transforme em bruxo, vai se salvar de mim, que eu o encontro e o fuzilo onde quer que se esconda, porque, saiba você, que eu também sei minhas malvadezas, e não vou deixar vivas nem as galinhas do quintal de sua casa, diga desse jeito por favor, se ele não aceitar.

Cara, veja bem, o tipo se foi no sábado e no domingo estava lá o homem. Deu conta da tarefa assim que a recebeu, foi como se houvesse posto um foguete no cu. No dia seguinte, domingo, já o trazia para perto do meu acampamentinho, em um desfiladeiro fundo, perto da casa de Mercedes Galeano.

O homem chegou sério, não muito nervoso, sério, como tendo certeza onde estava chegando. O pobre tinha uma aparência de infeliz, de paupérrimo, que não podia esconder nem com sua roupa domingueira, nem que pusesse perfume francês, nem a pau. Era cristalinamente um miserável. Pequenininho, negrinho, magrinho, mas magrinho de fome, de fome não de agorinha, mas de fome de toda sua vida. Tossindo, banguela, os poucos dentes que tinha eram amarelos de *melanquear*, mas não de *melanquear* por vício, hobby ou esporte, mas de *melanquear* para enganar o estômago ou para engolir saliva picante e distrair as tripas. Ele me contou que há muitos anos fora mineiro para empresas norte-americanas, que adoecera e quase não lhe pagavam. Rosto magrinho, mãos magras, cintura magrinha e uns olhinhos puxados, vivos, mas me ajude a dizer vivo como eles só, eu já estava na metade do assunto, quando o tipo respeitosamente, bem humildemente, sem querer ser mal-educado ou coisa parecida, me diz: "Olha Juan José, sou um homem pobre, nem meu rancho é meu, trabalho para um homem mau chamado Sérgio Olivas, que só me xinga, não sei ler nem de números, tenho um montão de crianças e uma mocinha e um rapazinho, ele me ajuda e ela ajuda à mãe, porque ela vê que nós dois estamos muito doentes;

não tenho fartura, pra quê, mas não me falta nem que seja uma tortilha, comida de pobre, o senhor sabe, mas qualquer dia a qualquer hora que passem por lá, já sabem, ali tem uma comidinha de sal, e se precisar ir a algum lugar, eu estou às ordens porque eu conheço todos essas montanhas por aí, é só me avisar e eu o levo para qualquer lado".

Por que vou te negar, esse homem, que se chama Jacinto Rivera, me impressionou. As coisas que me falava saíam do fundo da caverna ossuda de seus olhos e de suas tripas vazias. Falou com uma convicção de velho lutador que não o era, falou com o estômago na mão, com o coração na mão, com seus olhos vivos pedindo um mundo melhor, e disposto a morrer, mas não continuar a vida de cachorro morto de fome que carregava junto com María, sua mulher e sua prole numerosa, numerosa mesmo. Eu lhe dizia, você vive trepando, compa, deixe a mulher descansar; e ele apenas ria, malicioso, com um certo orgulho de macho, quase como se fosse a única coisa bonita que ele tinha a fazer e se sentia bem fazendo isso. Pois bem, então, quando Jorge, que foi o codinome que eu lhe dei, me disse isso, eu imediatamente lhe tomo a palavra e lhe digo: pois bem, vamos hoje à noite para sua casa. Ele ficou meio nervoso, e eu lhe aperto, e lhe digo: deixa de frescuras, compa, ou somos ou não somos, ou quer ou não quer. "Não, ele diz, querer eu quero, mas é que assim de repente, sem avisar à mulher e sem nada". Melhor, digo eu, que nem saiba, se há coisas que a mulher não deve saber. "Não, me diz, eu disse a ela que viria vê-lo". E o que ela lhe disse? "Nada, que tivesse cuidado". Então, qual é o medo? E ele começa a rir. "Não, ele diz, não é medo, é que como é assim de repente, não é, talvez nem haja comida". Não se preocupe, compa, vamos levar comida. Diga-me, e lá em Zapote, tem venda? "Sim, ele me diz, perto, em La Pavona". Melhor ainda, vamos levar comida e dinheiro. Lá vamos mandar fazer umas comprinhas depois para ajudá-los.

Quando você disse à mulher que ia de volta? "Hoje à noite", ele me diz. Excelente, digo a ele, vamos hoje, então. "Pois bem, disse, como você quiser, vamos lá, custe o que custar."

5

> A montanha não poderia ser aniquilada. Era como se a esperança morresse, era como matar a gênese.

Na correspondência anterior, Bayardo insistia em que abríssemos uma via de colaboração em direção a Modesto e seu pessoal, que havia sido meu grupo um ano e meio antes, e era a obsessão de todo mundo. A montanha, a Isabelia, a Brigada Pablo Úbeda (BPU), os meus antigos irmãos de grupo, aqueles que me treinaram e com os que treinei, continuavam sendo a esperança, a centelha, o coração vital da Frente, o coração político da Frente e do povo, e estavam cada vez mais cercados e perseguidos pelo inimigo. O assalto a Waslala, a morte de René Tejada, a deserção e denúncia de alguns urbanos que falaram em mãos do inimigo, tudo isso intensificou a repressão lá em cima e atingiu as bases de colaboradores, as redes clandestinas, de forma que cada vez era mais difícil e perigosa a comunicação vital com a cidade.

Encontrar novas rotas para abastecê-los de homens, armas e apetrechos em geral, era e continuava sendo uma das principais obsessões do comando da cidade e a fundamental em meu caso. A montanha não poderia ser aniquilada. Era como se morresse a esperança, era como matar a gênese. Toda a propaganda, a comunicação com o povo, estavam baseadas no fato de que a FSLN existia, e que existia na montanha, e estavam lutando e combatendo lá em cima. Em parte, isso era verdade, porque a cidade está vivendo um período de acumulação de forças em silêncio mais prolongado, e na Isabelia, a Brigada Pablo Úbeda já havia começado a abrir fogo. Primeiro a guerrilha e depois a guarda.

Nas cidades, a frente urbana ainda não havia se recuperado totalmente das represálias infligidas pela Guarda Nacional após a famosa e vitoriosa ação de 27 de dezembro de 1974, dirigida pelo membro da Direção Nacional, Eduardo Contreras, e que foi a ação com que a Direção Nacional da FSLN decidiu romper o silêncio para declarar oficialmente guerra à ditadura, ao mesmo tempo que libertava os companheiros que estavam há muito tempo presos, entre eles, José Benito Escobar e Daniel Ortega, membros da Direção Nacional e, claro, recuperar algum dinheiro para o trabalho da organização.

A cidade, após a quebra do silêncio, sofreu as represálias, e a montanha, aguentando o ataque. A repressão indiscriminada contra os camponeses, pela mão de centenas de soldados da guarda, a cada dia isolavam mais a Brigada Pablo Úbeda, de forma que para se conectar com Modesto era preciso ter outro cordão alternativo de alimentação, para que essa guerrilha continuasse a ser o símbolo, não só do combate militar e da indestrutibilidade da FSLN, mas também do eixo fundamental de mobilização das massas nas ruas e de todas as formas; para organizá-las, levá-las à frente, lutar. A montanha, Modesto e a Brigada Pablo Úbeda não deviam morrer pelo destino da Revolução Sandinista, pela América Central, pela América Latina, pelo Terceiro Mundo. E a responsabilidade de eu ser o encarregado direto de fazer este trabalho, de estender o tecido para dar o soro a Modesto, era para mim uma preocupação permanente, uma responsabilidade imensa em relação à FSLN, às pessoas, ao futuro.

Quando Jorge decide, quando o pressiono e o homem aceita, começo imediatamente a escrever uma carta a Bayardo contando-lhe que tudo está avançando, que hoje vou para o leste. Dito e feito. Mando chamar o mensageiro, digo para ele ir até Bayardo e lhe entregar isso, que vou em uma missão e que volto em oito dias para que ele me entregue a resposta de José León, que era o codinome de Bayardo. Para tudo isso, eu havia escondido Jorge para que ele não se queimasse com Gilberto. Gilberto sai, comemos, pego meus pertences, os arrumo, espero fumando que escureça, e fomos cruzando os montes evitando atalhos e estradas. Jorge na frente, eu no meio e Andrés atrás. De dia, por estrada, sem carga, a travessia a passo camponês leva de quatro a cinco horas, pela serra era noite inteira.

Quando coloco minha mochila no ombro e começamos a caminhar, Jorge me disse: "te ajudo, companheiro". Não compa, digo a ele, estou bem, não se preocupe, é melhor você prestar bastante atenção no caminho, para que não nos percamos, que não sejamos vistos de alguma casa ou que não esbarremos com algum caminhante. Claro que eu estava bem, mas além disso, não queria lhe dar, não só por compaixão humana, mas porque queria que ele visse que eu sou tão forte, ou mais forte que ele. A essa altura é absolutamente claro para mim que os camponeses subestimam ou não confiam muito nos homens da cidade, acham que não servem. Ou seja, eles respeitam suas habilidades intelectuais, e por isso te respeitam e até te dão ouvidos, mas se além disso és bom de caminhada, com a carga, com o facão, te respeitavam e acreditavam mais ainda em você. Eu queria impor minha superioridade em tudo, não me dava trégua, precisava me tornar para eles, se não em um deus, pelo menos em um semideus. Era nesses termos de debilidade da guerrilha, uma necessidade básica, para poder comprometê-los totalmente a lutar por eles mesmos. Não se trata apenas de que eles tomem consciência e se decidam, mas também que vejam que aquele que os comprometa, o que é seu chefe, o que vai guiá-los, ele é capaz de fazê-lo, e eu explicava isso a Andrés. Não havia coisa que não fizesse, ou que fizesse, que não explicasse a Andrés, e me esmerava para que ele entendesse. Por isso não lhe dei a mochila. E caminhamos toda noite, batemos pinol no rio Montecristo, que estava adiante de "Las Canoas"; continuamos, passamos lavouras de milho, montes com vegetação, currais, pastagens até que chegamos a seu ranchinho.

Cinco metros por cinco metros, feita de paus, de feixes de galhos de árvores, teto de palha, piso de terra, um mini fogão, ganchinhos para pendurar coisas, camas feitas de pau, outro banco feito de pau, e nada mais; claro, um candeeiro e um montão de crianças, que eu nunca soube como cabiam nesse ovinho; que morriam de susto quando chovia e sobretudo quando chovia com vento, pois não havia nenhuma diferença entre estar dentro dessa casa ou debaixo de uma árvore em uma montanha virgem. Em frente à casa, a cerca de 20 metros, passava um precioso riacho de águas cristalinas, que ficava meio valentão nos dias de inverno.

Cumprimentamos María, Chico, o maiorzinho, e Felipa, a adolescente e um gurizinho que era uma pérola perdida no cu do mundo, pois o garotinho de seis anos tocava violão de oito cordas. Era maior o violão do que o cantor. O garoto era gênio por natureza. Que pesar me deu vê-lo desperdiçado naqueles montes. Pensei em enviá-lo a Carlos Mejía Godoy, que já era pastor musical de rebanhos escondidos, mas tive medo de que por aí, nas idas e vindas, com as perguntas, pudesse queimar o trabalho, e decidi que melhor não.

Comemos das coisas que levávamos mais as tortilhas feitas por María. Fomos dormir o dia todo em uma rocha que estava riacho abaixo, em direção ao Coco. À noite subimos para o ranchinho, falamos, comemos, o garotinho cantou com seu violão, e eu o acompanhando, com minha eterna surdez musical, a cantar canções mexicanas. Bebi por três vezes meu medicamento: o café preto. Fumamos e continuamos conversando com os mais velhos sobre a luta da Frente, sobre o filho da puta escravista que era Sergio Olivas, sobre os vizinhos, os *juízes de mesta,* o dono da venda, sobre o terreno, revisamos os mapas e o de sempre, as medidas de segurança, senhas e contrassenhas etc. Cerca de dez da noite fomos nos deitar; combinei previamente que ele chegaria com o café da manhã, para em seguida irmos explorar, e exploramos riacho abaixo, e seguimos até chegar ao Coco. Depois seguimos Coco abaixo, no dia seguinte Coco acima, e todas as noites conversando no ranchinho. Jorge tem um vocabulário sumamente limitado e uma grande facilidade para inventar e cunhar palavras e se fazer entender; sua mulher, uma maravilha.

No terceiro dia exploramos em direção a Modesto, exploramos Los Gualises e depois El Bosque, onde morava um tal de Pío Zavala, parente dos Zavala de Buena Vista; excelente, esse homem me interessa, vamos em direção ao leste, e podemos entrar em contato com ele através dos parentes. Com ele, poderíamos explorar mais o leste e fazer contato com mais gente em direção a Modesto. Modesto, sempre Modesto.

Cada dia de exploração é um dia de convivência com Jorge e com Andrés. Jorge o peguei pelo rabo, como a Moisés; e Andrés, sempre ao lado, ouvindo tudo, copiando tudo, entendendo, por que perguntou isto ou aquilo, ou não perguntou tal ou qual coisa e como perguntou; sempre buscava matar dois coelhos com uma cajadada só. Essa semana, Jorge não trabalhou, disse ao patrão que estava doente e nós lhe ajudamos com um dinheirinho para não prejudicar ainda mais sua subsistência. Concluídos os oito dias, e já estávamos a ponto de regressar a Planes, que é nossa base de operações, eu tinha a impressão de que fazia anos que eu conhecia Jorge, o tipo tinha a aparência de ser um pilar, uma coluna forte, um ponto de apoio sólido para continuar mobilizando o mundo.

A penúltima noite que fomos ao casebre, Andrés se dedicou a brincar com as crianças, eu o observava e me pareceu deprimido emocionalmente, pensei que se tratava da intensidade do trabalho dos oito dias. Quando nós fomos dormir no acampamento, me preocupava que Andrés, que era falador, gozador e comentador, estivesse calado. Não sei porque, pensei então, que não era cansaço, e sim depressão. Que está acontecendo, irmão? "Nada". "Mas você me parece desanimado". "Não, é que estou cansado". Vamos, lhe digo, fazendo figa, diga-me o que está acontecendo. "Minha filha, Juan José, minha filha; cada vez que vejo as meninas, que mais ou menos têm a sua idade, não posso deixar de pensar em minha filha, isso me deixa um pouco abatido. Você precisa ver como ela é apegada a mim, é uma doçura a danadinha, me mima, adora me pentear, me pede permissão escondido de sua mãe quando ela não lhe dá. É uma malandrinha, e sempre quer ir comigo aonde vou, à rua, à casa de minha mãe, até ao trabalho quer ir comigo, e já está vindo o Natal e ela sabe que sou eu que dou os presentes. Ela não sabe onde eu estou, sabe apenas que fui embora, mas não sabe quando vou voltar. E os dias vão passando e isso está duro irmão, daqui até que encontremos com Modesto, que lhe transfiramos tudo, que comece a guerra, que se generalize, isso vai longe. E a menina? Me dá uma tristeza enorme que sofra porque eu estou ausente, e a incerteza da pobre criatura, de quando vai rever seu papai, porque teoricamente eu saí para levar um recado e ainda não voltei. Além disso, minha mulher, pobrezinha, trabalhando sozinha para manter a menina, e vai saber o que ela dirá à menina por que não voltei para casa. E pior ainda se não me esperar e se mete com outro filho da puta, e arranjam outro pai para minha filha. Acredite que tudo isso me angustia e tudo por culpa deste cachorro filho da puta do Somoza e dos ianques".

Então, me dou conta que Andrés está vivendo uma crise que todos os guerrilheiros já sofremos um dia, e conforme a condição psíquica e a ajuda de seus irmãos de luta, se supera em mais ou menos tempo, inclusive há aqueles que não conseguem superar nunca e depois fazem patifarias e, por que não dizer, às vezes até traição. Eu te juro que me sentia cansado fisicamente do trabalho e também mentalmente de tanto falar com Jorge, sua família e, claro com Andrés. Eu estou com vontade de pendurar a rede e dormir a noite toda, nem o noticiário *El Momento* queria ouvir, mas não tem jeito, colocamos as redes juntos e comecei a tentar ajudar Andrés. Comecei lhe dizendo que sorte a dele, que pelo menos conhecia sua filha, porque eu só conhecia a minha por fotos, e peguei duas fotos de Nídia Margarita, e lhe disse, veja que linda que está mas, bom, algum dia vou conhecê-la, seja porque a guerra terminou ou porque algum dia que vá até a cidade para alguma reunião, quem sabe talvez me deem a permissão para conhecê-la, e veja bem, meu irmão, que minha mulher já me deixou, se foi com outro. Porra, irmão, este ofício não fácil, é duro Andrés, mas não há o que fazer, acima de nós estão todas as outras crianças. Imagine você, irmão, se todos nós desanimamos e vamos à merda por isso? Não haveria nem revolução nem merda nenhuma, e veja, todas essas pessoas que temos comprometido e entusiasmado conosco, com a luta, que vontade que têm de sair da pobreza e ter um tantinho de terra, mesmo que seja só para cair morto. E finalmente, pois, comecei a tentar fortalecer sua moral e ajudá-lo a sair de sua crise que, em algum momento foi também a minha e a de tantos irmãos. "Pois sim, compa, me diz Andrés, o que é que vamos fazer, temos que seguir dando duro até o final. Mas que eu não saia vivo dessa merda, porque se saio vivo e encontro Somoza vai ver o que vai acontecer com esse maldito". Deixamos de falar, silêncio triste, de resignação, e fomos dormir com um certo amargor.

Regressamos à noite do dia seguinte. Passamos antes pelo rancho, comendo, cumprimentando, despedindo-nos, metendo na mochila algumas compras que mandamos Jorge buscar na

Pavona, meu último remédio, e vamos embora. Eis que começa a me dar uma dor de estômago horrível quando vamos subindo a ladeira de "Canoas", onde estão os Blandones, e digo a Jorge: pare, compa, que não me aguento de dor de estômago. "Ah, sim? Me diz. Espera aí um pouquinho", e desaparece rapidinho dentro da folhagem noturna e me aparece com algumas folhas verdes pequenas. "Masque-as e engula a saliva que isso vai te aliviar". E eu, que a duras penas creio em minha mãe e na FSLN, obedeci, masquei e engoli a saliva, de repente, pum, pum, santo remédio, passou, adeus minhas flores, passou a dor de estômago. Ora pois, pensei, o companheiro tem seus truquezinhos.

Chegamos de madrugada à casa de dom Leandro, outro remédio para o frio porque vínhamos enrugados feito passas por causa de uma tromba d'água que desabou durante todo o caminho. O feijãozinho cozido com tortilha quente, uma verdadeira iguaria. Descemos para a caverninha, que era como a minha casa, uma espécie de lar escondido e solitário de que fui me afeiçoando. Eu conheço todos os desenhos, manchas, textura e tudo o que você quiser saber sobre as pedras da caverna, as raízes do solo onde acomodo as costelas, a textura e as manchas com que brinco mentalmente e descubro figuras que eu invento, de estar vendo. Sei de cor as formas e o mais recôndito dos galhos, o som do riachinho, que o mudo e o associo a outros sons de meu gosto e capricho, para que me ajudem a cavalgar para outro lado, montado no som associado, enfim, conheço minha casa.

A correspondência de Bayardo chegou ao meio-dia. Que alegria! Me diz que dentro de 15 dias, a tal hora em tal ponto, devo me preparar para receber dois companheiros, cargas para esconder e armas, e como sempre, que evitasse o combate. E que alegria! Porque os dois companheiros eram Mauricio, que é o professor de Somoto, Augusto Salinas Pinell, o mesmo com quem estivemos na escola Macuelizo, a leste de Ocotal em julho de 1975, e a guarda e o cerco, e as peripécias para rompê-lo e tudo isso, o professor Salinas com quem já havíamos convivido, arriscado e salvado a pele juntos. O outro era o Manuel Mairena, Moncho, o camponês oriundo de Macuelizo, que também estava na escola quando eu era o chefe militar do curso, o mesmo com quem havia escapado de outro cerco da guarda, com a qual havíamos trocado tiros na vala seca quando estávamos procurando contatos, para ver o que aconteceu na área e evacuar as pessoas da escola que havia sido descoberta, e que os alunos estavam indo para a montanha para a BPU. Manuel, o filho da senhora que parecia um anjo de Deus curando minha ferida de apendicite depois que tive que sair do hospital de Ocotal, me fazendo de tonto porque Toño Jarquin, o médico, depois da operação, foi capturado pelos guardas em uma rodovia e eu tive que deixar rapidamente o hospital, por medidas elementares de segurança. O Manuel foi o meu guia nesse episódio, quando o inimigo não pôde conseguir o que queria, apesar das centenas de soldados envolvidos na operação e na repressão. Parece-me ideal que sejam eles dois os que foram mandados para esta nova área feita pelas minhas mãozinhas e as de Andrés. Que nos mandem um político mais ou menos experiente e um tigre para se orientar, além disso, com um bom desenvolvimento político e com uma inteligência à flor da pele, que Deus e Mauricio, que haviam sido sua estrela, lhe deram.

6

> Foi uma grande notícia para todo o mundo. As pessoas alegres, conscientes de que a coisa estava indo para frente.

Convoco uma reunião vale por vale, reunindo aqueles que já se conheciam. Explico-lhes que virão dois novos companheiros, que o carregamento vai entrar, e que temos que ir receber o carregamento em determinado lugar, que as primeiras armas estão chegando etc. etc. Foi uma ótima notícia para todos. As pessoas felizes, conscientes de que as coisas estavam avançando. O pessoal da Montañita iria comigo até a rodovia. Todos aqueles que tivessem condição física iriam comigo para transportá-la e depois proceder ao seu *embuzonamiento*. Estava aproveitando o fato da entrada das pessoas e do carregamento para montar um exercício de mobilização geral da área, e também, para dar a maior segurança ao tesouro que entrava, pois embora apenas o pessoal da Montañita fosse trabalhar, colocamos o restante dos vales para vigiar discretamente todas as estradas havidas e por haver em todo o território de "Compañía" e seus arredores, e quando me encontro com Moisés e seu pessoal em Planes e eles estão já para ir embora, ele fica, ele me chama de lado e me fala que quer me falar algo "compartimentado", porque a essa altura ele já estava mexendo com o jargão, que é aquele sobrinho dele, filho da irmã dele, que é um jovem solteiro, mas meio doente, que mora com o pai, chamado Pilar, no bairro de Namaslagua,

Pilas, que depois chamei de "Baterías", e depois chamamos de "Cerro Cuba", ele queria falar comigo, porque ele já havia falado da gente para ele e o menino havia gostado. A mãe, que também se chamava Pilar, eu já sabia, assim como o pai.

 Eu disse a ele para mandar para mim, mas para não falar com ninguém novamente sem minha autorização, que isso era uma indisciplina grave. Ele acatou, mas como quem estava seguro do que estava fazendo, e tive a impressão de que ele achava que já tinha autoridade para fazer isso. É no mês de novembro, o que aconteceu foi que depois de vários dias ele me leva o rapaz, que se chama Mauro Monzón Córdoba, alto, forte, banguela, de modos suaves, mas corajoso, com vontade de meter-se em problemas. Eu o incumbi de descobrir 50 mil coisas em sua área, já que sua casa ficava várias horas ao sul da rodovia. Não era para frente, mas para trás, e atrás também é importante, porque é para o lado de Estelí, e no fim das contas era bom, porque se a rodovia de Condega a Yalí, por X ou Y motivo, se tornava intransitável devido à vigilância do inimigo, só podíamos fazer uma rede por montanha de onde estávamos até a Rodovia Pan-americana, que indo pelo sul, se chega a Estelí. Pilas ou "Cerro Cuba", ou como queira chamar, é uma caminhada de três horas, sem carga, da Rodovia Pan-americana. O caminho chega à Panamericana justamente em um lugar chamado Piedra Quemada, ou seja, poderíamos fazer um percurso apenas por montanhas desde a Panamericana até a Cordilheira Isabelia; e esse Mauro é bom, tem costas o suficiente para carregar no mínimo 100 kg sem pestanejar, por isso que lhe dediquei toda a minha paciência e o tempo necessário para recrutá-lo, e no final até lhe disse que voltasse para sua casa e que dissesse a seu pai que um dia desses íamos vê-lo, e que ele, Mauro, viesse me ver todas as semanas para continuar conversando e me mantivesse atualizado sobre o cumprimento das tarefas que eu lhe havia confiado que, diga-se de passagem, era fundamentalmente de exploração e informações sobre pessoas. Logo depois, uns dias depois, chega outro companheiro, sempre de lá, de Planes, e me diz que tem um rapaz, que falou com ele, que aceitou e que queria que eu falasse com ele. Oh minha mãe! digo. Esses desgraçados são muito fofoqueiros, indisciplinados e um dia vão me fazer uma cagada e vão ferrar com todos nós.

Acontece que o homem concordou em colaborar. Colocamos o codinome de Rodrigo, ele é do outro lado do Rio Coco; confiamos a ele as mesmas tarefas pedidas a Mauro, mas ele, além de fazer o trabalho que lhe foi confiado, nos pediu para treiná-lo, e que talvez assim o aceitássemos para que pudesse ir de uma vez se unir ao grupo; Mauro havia insinuado o mesmo. Havia toda uma efervescência nas pessoas; o trabalho estava em uma ascensão vertiginosa, e eu olhava para trás e parecia mentira como o trabalho tinha crescido.

Finalmente chegou o dia sonhado. Ou melhor, a noite ansiada. Passei o dia todo ajustando os planos, reunindo-me com o pessoal, aí resolvi envolver diretamente o pessoal da Buena Vista, no transporte da carga; me dei conta que a carga era bastante grande, era a primeira remessa de suprimentos no atacado; organizamos a atividade de forma que as pessoas não se conhecessem durante a operação; os colaboradores estavam nervosos, elétricos; era seu primeiro trabalho dessa natureza, e eu, acalmando-os, tranquilo, suave, não fiquem inquietos, não se irritem, cuidado com uma cagada, isso não é nada do outro mundo. Mas a ansiedade era passada por osmose.

Por pura curiosidade de uns aos outros, e quando se encontrava um de um vale com outro de outro vale, e suspeitavam mutuamente que os dois estavam envolvidos, eles se entreolhavam querendo se mostrar como os perigosos, os importantes, os secretos, mas merda nenhuma, era uma linguagem corporal comunicativa que ambos entendiam, e os tipos chegavam e me diziam: "Olha, compa, no caminho eu me encontrei com fulano e ele ficou me olhando estranho, e então me fiz de desentendido e ele não suspeitou de mim"; no fundo, eu ficava rindo. Merda nenhuma, pensava, esse puto deve ter feito o mesmo com o outro, também o outro saiu pensando o mesmo desse aqui. Isso me preocupava, mas era impossível evitar, então apenas respondia: é assim que eu gosto, que saiba esconder as coisas. Ninguém sabia, é claro, que meu coraçãozinho, com tudo e com o que já havia passado na vida, batia a mil por minuto, quanto mais se aproximava a hora da noite desse dia tão significativo para mim e para a organização.

A operação, em síntese, consistia no seguinte: o grupo da Montañita, liderado por Mercedes Galeano, deveria ir comigo até um ponto da rodovia Condega-Yalí previamente combinado com Bayardo, que ficava entre Bramadero, o mesmo do combate do General Sandino contra os ianques, e "Alpes", uma fazenda de gado de Chalán Pinell, vizinha à fazenda de café "San Jerónimo". Ali o veículo daria um sinal luminoso e nós lhe responderíamos com as lanternas. O veículo pararia, os companheiros desceriam, e formaríamos um cordão humano do veículo até à montanha, passando uma cerca, até uma colina densa a aproximadamente 50 metros da estrada, rumo a Canta Gallo. Feito isso, entregaríamos ao motorista a correspondência para Bayardo, onde eu lhe contava sobre Mauro e Rodrigo. Já antes o motorista me entregava a que ele trouxe para mim, e depois arrancava. Assim que o veículo saísse, colocaríamos vigilância enquanto ajeitávamos aquela quantidade de sacos mal ajeitados, para poder distribuir a carga entre todos nós que íamos, e prepará-la para que pudesse ser carregada nas costas. Pegávamos, era muito pesado e mal arrumado por causa da escuridão e porque não dá para usar livremente uma grande quantidade de lanternas, porque se pode ser visto de longe, mesmo com as medidas de segurança. Então, a um ponto combinado a meio caminho da Montañita, o grupo de Buena Vista estaria nos esperando escondido, liderado por Sebastián Galeano, conhecido como Guachán. Quando chegássemos a esse ponto, faríamos um sinal combinado para constatar se Guachán e seu pessoal já estavam lá, ou seja, seus primos e parentes, vizinhos de confiança que já eram colaboradores e que deveriam permanecer escondidos. De modo que os dois grupos "não se conhecessem". Assim que nos dessem o sinal, o grupo da Montañita iria cada um para sua casa, e a carga seria assumida pelo grupo de Buena Vista; claro, menos a minha, pela obsessão que eu já te contei. Levaríamos a carga até um ponto próximo a Montañita e próximo a Canta Gallo, onde a deixaríamos bem escondida para depois enterrá-la em Canta Gallo, que o tínhamos bem explorado graças a Laureano Flores, Concho e seu pai Juan Flores. Depois de deixar a carga em segurança, eles iriam dormir em suas respectivas casas, como os demais, e aguardar novas ordens. Ficaríamos apenas com um guia que nos levava ao pequeno acampamento na Montañita para dormir, pois essa operação durava toda a santa noite, com tudo e de madrugada, e eu tenho, por infelicidade da vida, mau nascimento, maldição, falta de jeito ou coisas que Deus não me deu, um péssimo sentido de orientação, para não dizer nenhum. Eu já estava nas montanhas há quase dois anos, primeiro nos centros montanhosos onde ficava a BPU, e agora ali, e não havia avançado, mas nem um milímetro, no meu senso de orientação. Eu sou e sempre fui um inútil para me orientar no campo, por mais esforço que eu fizesse, por mais truques e recursos mnemônicos e tecnológicos, como bússola e mapas, nunca aprendi como me orientar, sou um desastre. Esse é um dos meus poucos constrangimentos como guerrilheiro; tinha habilidade para fazer quase tudo, mas não tinha o mais elementar de um guerrilheiro, que é se orientar. Isso me irritava, me frustrava, me dava um sentimento de inutilidade que jamais consegui superar, o fato de sempre estar dependendo de alguém para poder me movimentar e trabalhar me deixava puto. Creia que sou tão idiota que se eu for buscar lenha muito longe do acampamento me perco; se eu for um dos primeiros a fazer vigilância, e se a trilha do acampamento até o ponto de vigília ainda não estiver bem demarcada, é igual; essa merda já me aconteceu várias vezes e o pior é que nunca consegui superar, por mais esforços conscientes e reais que eu faça, mas tudo bem, ao fim e ao cabo, para isso servem os guias e os que têm essas virtudes.

Esse compa de Buena Vista ia nos guiar até o nosso acampamento onde recuperaríamos as forças. Falaria com Mauricio sobre os planos, o trabalho a ser feito, leria a correspondência, que me contasse coisas da cidade, e depois planejaria a operação de *embuzonamiento*. E assim foi. Na tarde do dia dessa noite reuni-me com os responsáveis de cada grupo e o imprescindível Andrés ao meu lado, para esclarecer as missões, pedia que repetissem para ver se as tinham compreendido, martelando até cansar as medidas de segurança no uso da lanterna, o silêncio, os sinais na marcha, a distância, a compartimentação, que nenhum nervosismo, e assim por diante. Reunimo-nos com o pessoal da Montañita a uns 500 metros de onde estávamos acampados, porque eu tinha muito cuidado para que nunca soubessem o lugar exato onde dormíamos, mesmo que conhecessem o setor. Em matéria de segurança, todo cuidado é pouco.

Eles foram jantar. Andrés e eu ficamos sozinhos, conversamos um pouco e depois fomos até o ponto dos 500 metros para esperá-los para a concentração. São seis horas da tarde, as pessoas começam a chegar, quem chega, nós os cumprimentamos com as mãos, sem falar muito. Todos carregam suas lanternas com pilhas novas, facões nas mãos, roupas de trabalho, a maioria escura, com cordas e cipós amarrados em qualquer parte do corpo, porque cordas são usadas para coisas inesperadas, pedaços de plástico enrolados para ocupá-los como qualquer coisa, o plástico também tem uma infinidade de usos. Cada um foi se sentando, ou ficando de pé, sozinho ou aos pares, mas distanciados, nunca permiti que ficassem aglomerados pelo fato de que uma linda granada acaba com todo o mundo, e mesmo que não houvesse sinal do inimigo, o importante era educá-los, treiná-los, não desperdiçar oportunidades para incutir neles hábitos militares.

Quando são seis e meia já está escuro, não nos vemos entre nós, faço o assovio que eles já conheciam, começa a concentração física, ok. Laureano, o melhor batedor, o primeiro na vanguarda, depois eu, depois o filho do Demetrio Galeano, atrás outros, no meio Andrés, e fechando na retaguarda está o grande Mercedes Galeano, conhecedor da área e um fera para a noite. A marcha começa, apenas pela montanha, no escuro, saímos da montanha, entramos no pinhal, havia uma meia lua que nos permitia ver a silhueta da coluna. Somos cerca de dez homens a dez metros de distância cada um. Eu olho para trás e vejo meus adoráveis irmãos. Que coisa linda. Éramos todos voluntários marchando, todos sabendo para onde estávamos indo, silhuetas disciplinadas onde se delineava o futuro.

De novo olhei para trás. Ficava encantado com os frutos do meu trabalho. Andrés já era um veterano. E voltava a olhar para trás, orgulhoso de Andrés e deles. E eu olhei para trás novamente e me senti como chefe de uma tropa que estava nascendo, de um exército em embrião. Líder de uma tropa desarmada, uma tropa de lenhadores, meio descalços, mas todos sandinistas. E era fruto do meu trabalho e de Andrés. É uma satisfação difícil de explicar o que é ser o líder de uma tropa esfarrapada, faminta e sem treinamento. Mal tínhamos conseguido ensinar a armar e desarmar a pistola 45 e uma que outra posição de tiro defensivo com pistola que não servia para nada agora, porque só Andrés e eu tínhamos uma pistola. Ah! Quase me esquecia, o grande Laureano que havia levado sua inseparável e estropiada 22 amarrada com borracha com a qual se apresentava elegantíssimo como o primeiro homem da vanguarda. Vou feliz. Confiante. Cuidando do meu flanco, e de vez em quando, sem que ninguém percebesse, pensando por associação nas intermináveis marchas noturnas quando estive na BPU, de quando Modesto nos colocava, à pequena tropa, em formação de linha para nos informar algo; como quando nos anunciou em formação, numa rara manhã, que chegaria a primeira companheira para se incorporar à guerrilha, que nos advertia que era uma experiência para ver se daria certo, que era uma oportunidade histórica para a incorporação de mulheres urbanas à guerrilha da montanha, pois já antes havia se incorporado uma companheira chamada Norita. Que ele sabia que éramos homens ávidos por mulheres e sexo, que não tínhamos relações sexuais há um ano, mas que ele não queria que as mulheres se sentissem como uma lebre perseguida por uma matilha de lobos lutando para comer um pedacinho de carne fresca; que ele entendia que todos nós tínhamos necessidades sexuais, mas que em primeiro lugar estava a guerrilha, seu destino e a moral dos revolucionários; "agora, ele diz, se ela se apaixonar por alguém, e um de vocês se apaixonar por ela, então, aqui somos todos adultos e eu não vou cuidar das calcinhas ou da braguilha de ninguém". Com um grito diz: "Entenderam?". "Sim, companheiro!" Todos nós respondemos em uníssono com muito brio militar, não sei se a virilidade de machos reprimidos ou soldados endurecidos. "É isso!", disse ele, e gritou: "Fooora de fooorma!" Claro que saímos das filas e todos especulavam: quem poderia ser? Seria a fulana? A sicrana? Não, essa não, a beltrana? Essa sim, pode ser; não, quem sabe; e ficamos assim por muito tempo. Nem me lembro como acabou a discussão, a verdade é que de repente não havia ninguém no centro do acampamento. Todos estavam em suas barracas, todos, quem sabe por que coincidência, cerzindo as camisas, prendendo botões, fazendo remendos nas calças rasgadas, fazendo bancadinhas de paus no piso da barraca para colocar a mochila para que não ficasse enlameada, cada qual fez buracos ao lado da barraca para jogar seu lixo pessoal, todos tensionando os cordões dos plásticos para que a barraca não tivesse nenhuma ruguinha, estivesse bem arrumada, e de repente, todo mundo por turno lavando sua roupa no riacho, tomando banho, aparando o cabelo e os bigodes, para se dar um toque sabe-se lá de quê. Até escovamos os dentes! Era quatro horas da tarde e todos já estavam embaixo de suas barracas, arrumados, penteados e com a arma acabada recém-limpada, lubrificada, e olhando para todos os lados toda vez que se ouvia qualquer ruído, nos virávamos por qualquer ruidinho, mesmo sabendo que não era ruído de gente, pois nós já conhecíamos todos os ruídos, mas era a impaciência para vê-la chegar. Estou na mesma barraca de José porque já tínhamos meses de dormir juntos e numa dessas o José me disse: "Espera, vou cagar agora, antes que o diabo saiba", e saiu. Depois de um tempo ele volta como um possesso, joga o boné com força, furioso, contra a bancada, e coloca sua carabina irritado ao lado do pau onde se amarra a rede. O que aconteceu? Eu pergunto, assustado. Ele diz: "Filho de uma grandissíssima puta! Me enfurece! Essas merdas só acontecem comigo! Eu sou um merda!" Calma rapaz, lhe digo, o que aconteceu, porra? "Nada, irmão, ele me diz, é que eu sou azarado, filho da puta! Só podia ter sido eu, sou um merda!" Mas José, eu falo pra ele, esse era seu codinome, calma, o que aconteceu com você? "Pois nada, ele me diz, estou cagando agachado no buraco da latrina, quando ouço um ruído atrás de mim, mas já próximo de mim e me viro para olhar para trás e quando vejo que são os compas, irmão, me entende que a companheira acaba de me ver de bunda de fora, cagando, puta que pariu! Era só o que me faltava! Me deixa louco!" E aquele pobre homem, enfurecido, desconsolado, com pena de si mesmo, da companheira, da vida. E quando ele me diz isso, claro que a primeira coisa que me dá vontade de fazer é soltar uma gargalhada, mas eu me contive e me abstive por pena e solidariedade com meu pobre irmão; rir dele em face dessa infinita desgraça era um ato de verdadeira crueldade; então eu disse a ele: Jesús, irmão, não seja chorão, se ajeite, quem sabe a mesma coisa vai acontecer com ela com você ou com outro...

Continuo cuidando do meu flanco e já estamos perto da rodovia, onde vai ser o contato da famosa noite. Ordeno descanso. Já são dez para as dez da noite. Laureano e eu rastejamos até um matagal denso na cerca de arame ao lado da rodovia. Levamos as lanternas nas mãos para responder ao sinal na hora que o veículo aparecer. Sentamo-nos para esperar. Estou tranquilo, mas tenso. Me apavoro só de pensar que o veículo não chegue e tenhamos que voltar com a cara de decepção, com toda decepção depois de tal mobilização, preparativos, entusiasmo, expectativas de todas as pessoas, incluindo Andrés e a mim, Deus me livre que não cheguem, era um problema, o que ia dizer aos camponeses. Claro, eu poderia dizer a eles qualquer coisa, mas, por favor, entenda que era um problema. Era a primeira vez e podia ter efeitos negativos. Carro! Veículo! Vi um veículo! Pego a lanterna, pronto, o carro se aproxima; eu, pronto para fazer o sinal. Se aproxima e a porra do carro passa direto. Não era esse. "O que está acontecendo?", Laureano me pergunta baixinho. Não era esse, lhe digo. Estou tranquilo, mas tenso, desabotoo o bolso da camisa, pego o meu relógio do saquinho plástico, que tem números fosforescentes e nunca o uso à noite, porque se por azar atirarem no fosforescente, não acerte o relógio e me acerte no peito. Cuidado!, É melhor usá-lo no bolso. Olho o relógio e faltam quatro minutos para as dez da noite, o guardo, fecho o botão. Ouço um ruído distante de motor. Não vejo luzes. Depois de um tempo, luzes que aparecem e desaparecem na topografia acidentada da estrada e depois, o par de faróis do veículo sem se perder ou se esconder, a cerca 500 metros de nós e eu, lanterna na mão, pronto, pistola na outra, pronta. O veículo continua correndo, se aproximando; eu, pronto, esperando a troca de luzes; o veículo correndo, eu com o dedo tamborilando no botão do acendedor. O dedo suado, esperando a mudança das luzes da bendita coisa. Como a 100 metros de distância, troca de luzes e troca de luzes e troca de luzes do veículo, e eu aperto o acendedor de minha lanterna e faço troca de luzes e trocamos luzes de felicidade, como se estivéssemos rindo e acenando com as luzes, como uma troca de carícias em cumplicidade noturna através das luzes. O veículo parou exatamente em frente ao matagal, no lado do morro onde estávamos. Mas embora eu seja apaixonado, como ia dizendo, e às vezes meio indisciplinado, se tenho algum mérito é que desconfio até da parede em frente, por isso esperei alguns segundos até que reconheci Mauricio dentro do veículo. Saí, antes fiz o sinal combinado aos que estavam escondidos, que apareceram espalhados por toda parte, como fantasmas esfarrapados e silenciosos da meia-noite, todos convergindo para o mesmo ponto que era o veículo. Mauricio desceu, nos abraçamos como se abraçam os irmãos de alma, forte, forte, expressando todo o amor no abraço; depois com Ramón, ou seja, Manuel Mairena, o mesmo abraço, e já, sem perda de tempo, começamos o trabalho como formigas diligentes e laboriosas.

Era preciso fazer isso antes que outro carro passasse e com seus faróis pudessem nos enxergar, ou parar para ver se o veículo estava quebrado ou sei lá. Por sorte não passou nenhum, e as coisas saíram perfeitas, como havíamos planejado. Puxamos a carga para cerca de 300 metros da rodovia, para daí organizar a marcha com calma, desempacotar o carregamento e as armas. Na carga veio uma quantidade de botas de couro para montar toda uma tropa, não sei quantas centenas de metros de náilon, não sei quantas caixas de pilhas, remédios para um hospital responsável, machados, picaretas, pás e não sei quantas coisas mais. Oh, surpresa, quando ao desempacotar a carga em um saco a parte, especial, vinham as primeiras armas! Que coisa linda! Eu disse, isso vai para cima. Eram quatro armas: uma carabina M-1, uma carabina M-2, uma escopeta 12 automática de cinco tiros e um fuzilzinho 22, também automático, que parecia uma perna de veado. As mesmíssimas armas que tiramos e salvamos do cerco de Macuelizo. Puta, penso eu, que tristeza. Nada de novas armas, são as mesmas da vez passada; o que implicava que não havia mais armas, pelo menos para nós.

Organizamos a marcha, como sempre, Laureano na vanguarda, depois eu, depois outros, ao centro Mauricio e Ramón, depois outros, como penúltimo da coluna Andrés, e por último, a garantia para que ninguém se perdesse, meu elemento de segurança, Mercedes Galeano.

Todo o caminho foi feito de acordo com os planos. Fizemos a troca de grupo no local combinado, depois levamos a carga para o local escolhido e depois fomos para o acampamentinho, chegando por volta das cinco da manhã, cansados, mas felizes. A primeira missão de envergadura saiu como de um manual. A primeira prova de fogo para meu pessoalzinho.

7

> Acho que a brigada deve
> se chamar Bonifacio Montoya.

Estendemos as redes, batemos aveia, abrimos algumas latas que eles haviam trazido e quem disse que fomos dormir. Começamos a conversar. A chegada de Mauricio e Moncho, que é como chamávamos Ramón, era importante demais para irmos dormir como se nada de novo tivesse acontecido. Começamos a recapitular as peripécias que fizemos para ajudar a salvar todos os alunos da escola cercados pela GN, falamos da cidade, de Estelí, da Frente na cidade, de como estavam os colaboradores da cidade, quais deles estavam presos, que ao fim e ao cabo quantos dos nossos eles mataram daqueles que se dispersaram durante o cerco, da Mónica e do Bayardo, do quão difícil estava a luta, de sua mulher, contei a ele que minha mulher havia me deixado por outro, sobre a família de Moncho que era da zona de Macuelizo, da Rosário Antúnez, aquela colaboradora firme de Ocotal, de Lúcio, da Marina, que era perdidamente apaixonada por Conejo Espinoza, falamos sobre todas as pessoas que conhecíamos. Comentei que não entendi muito bem uma carta que Bayardo me mandou, contando que havia não sei quais problemas com Roberto Huembes e Luis Carrión, e que isso me chamou a atenção porque eu conhecia os dois, principalmente Roberto Huembes, porque fui eu quem o recrutou para o FSLN, e conhecia sua firmeza, sua disciplina e da influência de Oscar Turcios em sua formação revolucionária, que um dia havia descido à cidade e havia comentado isso com Bayardo, mas que ele, como tinha pouco tempo porque ia para outra reunião, não pôde me explicar bem, e que estou com essa inquietação.

Mauricio, embora viesse da cidade, também não tinha muita clareza do que acontecia ao redor desses companheiros, mas ele me conta que Abel, Manuel Morales, que foi o primeiro responsável de Bayardo quando era o chefe do regional do norte, tinha ido para Honduras em busca de Jaime Wheelock; que Bayardo havia assumido a liderança do regional e que o chefe de Bayardo era Federico, ou seja, Pedro Aráuz Palacios, ah! E que Leonel Espinoza também tinha ido para Honduras. Essas notícias me pareceram ruins e tristes; ruins por algum sexto sentido, e tristes porque perdíamos dois homens valiosos na regional no momento em que estávamos mais ferrados. Enfim, a chegada de Mauricio e Manuel era uma torrente de informações, notícias frescas, além de ter com quem conversar de mais coisas, pois Mauricio e eu já éramos amigos e, evidentemente, tinha maior nível político e cultural que Andrés e Moncho. Podíamos trocar impressões e fazer análises mais aprofundadas ou sei lá o quê. Fomos dormir por volta das oito da manhã e acordamos por volta das duas da tarde. Acordamos como se estivéssemos de ressaca. Li a correspondência de Bayardo, informações gerais sobre o trabalho, alegrando-se com a informação sobre Jorge e pedindo que o mantivesse informado. Dizendo-me que eu assumia a chefia do grupo. Já era uma pequena brigada. Que distribuísse as armas, que a perspectiva era que quando o trabalho se ampliasse um pouco mais, o Maurício, que passava a ser o meu segundo, mais adiante se separasse com outros companheiros e se dirigisse para o norte, e eu, com os demais, sempre em direção ao leste.

Almoçamos e nos reunimos os quatro clandestinos; peguei o mapa, expliquei a eles onde estávamos, fiz um *briefing* das características socioeconômicas da região em geral, depois expliquei-lhes o trabalho que tínhamos feito, o nome dos vales, os colaboradores em cada vale, a organização por vale, os correios, os mecanismos de informação e comunicação entre os vales, bem como com a cidade, os planos de curto prazo, as missões estratégicas propostas à nascente brigada, o que Bayardo disse na correspondência que ele me havia entregue na noite anterior e, enfim, toda a informação geral básica, para que eles se situassem o mais rápido possível e pudessem ficar a par de tudo e imediatamente pudessem contribuir para o desenvolvimento do trabalho. Nessa tarde, ficamos à toa mesmo depois de tirar uma soneca. Estávamos cansados, então retomamos a reunião no dia seguinte, por volta das sete da manhã.

É o momento do planejamento imediato, concreto, para os dias seguintes. A primeira coisa que fiz foi distribuir as armas. Eu fiquei com a M-2, que é uma carabina automática que dispara em rajada ou tiro a tiro, depende de onde se coloca o seletor de fogo, leve, preciosa, uma das armas ideais para a guerrilha. Mauricio ficou com a M-1, carabina linda, mas que é semiautomática. Moncho, a escopeta calibre 12, automática, de cinco tiros, também ideal para a guerrilha da montanha, ideal para o primeiro homem da vanguarda, pela cobertura de fogo em cada disparo. Andrés, o menos experiente dos quatro, pegou o fuzil 22. Aí eu disse que tínhamos que nomear a brigada, que aceitava sugestões. Todos opinaram; Mauricio, que estava calado, afinal, com cerimônia e serenidade, disse: "Acho que a brigada deve se chamar Bonifácio Montoya". dom Bacho Montoya, como lhe chamávamos carinhosamente, havia sido aquele ancião sandinista que esperou mais de 30 anos para nos entregar as balas e apetrechos que guardava escondidos desde quando havia andando com Sandino, e que esperou com paciência que um dia passassem os sandinistas para entregá-los e que continuassem a luta; dom Bacho, o mesmo que quase cego e sem poder caminhar, carregado em nossos ombros, conduziu-nos pelos caminhos inóspitos para fugir ao gigantesco cerco que a guarda nos tinha colocado em Ocotal, no episódio do colégio Macuelizo.

Eu me calei e, sem permitir mais discussão nem réplica, disse em tom sentencioso: bom, companheiros, essa brigada se chama Bonifácio Montoya, de agora em diante somos a Bacho Montoya. Mauricio ficou me olhando, sorriu pra mim, eu sorri pra ele, coloquei as duas palmas das minhas mãos abertas na frente dele, na altura dos meus ombros, e ele bateu suas mãos nas minhas. Continuemos, eu disse, Mauricio, vou te dar o M-2 e você vai me dar a M-1. "Isso que não, disse Mauricio, a M-2 é sua, você é o chefe, você que fez tudo isso". Sem discussões, respondi sério, a peguei com as duas mãos, fiquei olhando nos olhos dele e estendi para que ele a pegasse; ele me olhou sério, em desacordo, passaram alguns segundos com seus olhos sérios me repreendendo pelo que eu estava fazendo, mas entendendo que já estava decidido. Ele a pegou com as duas mãos, me cravou os olhos com mais seriedade e, ao pegá-la, não teve outro remédio a não ser sorrir meio de lado, e eu não me importei com seu meio sorriso. Incrível, verdade? Lembro-me como se fosse ontem.

Os planos consistiam, em primeiro lugar, de tratar imediatamente de esconder em Canta Gallo toda o carregamento em diferentes locais. Isso forçosamente teria que ser liderado por mim, já que eu era o único que conhecia a técnica de *embuzonamiento* em climas de floresta tropical. Que Mauricio e Moncho reconhecessem todos os vales e os colaboradores. Que Moncho, que é quem se orienta, vá com Laureano e Mercedes para explorar e explorar Canta Gallo, os cafezais de San Jerónimo, Daraylí, Los Alpes e tudo quanto é montanha, percursos e caminhos que Andrés e eu tínhamos percorrido antes, pois a ideia era que Moncho fosse o guia da brigada e assim não fazer uso dos colaboradores, pois isso nos dava mais liberdade de movimento e mais compartimentação em nossos passos e localização, além disso, que Moncho ficaria como o correio com a cidade em vez de Gilberto. Por outro lado, mandaríamos pedir a Bayardo mais gente e mais armas.

Também programamos uma primeira escola de treinamento com os colaboradores. A primeira coisa que fizemos foi levar, com a ajuda do pessoal da Montañita, a carga que estava mais perto de Canta Gallo para um lugar mais seguro, enquanto localizávamos os lugares definitivos dos *buzones* compartimentados dos colaboradores. Começou toda uma febril atividade de exploração, localização e conhecimento do terreno. O tigre do Moncho é um selvagem para se orientar; em cerca 15 dias já conhecia até o último rincão do belo e supergelado maciço. Localizamos os pontos dos *buzones*, e então – quero te ver, criatura – dá-lhe puxar sozinhos aquela quantidade de carga para cima, naquele terreno filho da puta, intrincado e fechado, que só nos faltava sair o cu pela boca. Nem me lembro de quantas putas viagens nós fizemos subindo a carga, e depois para fazer um *buzon* aqui, outro ali; assim escolhidos os locais com critérios operacionais táticos, baseados na projeção de eventuais situações que pudessem ocorrer no futuro, nas ações com o inimigo, e puxa carga aqui e puxa carga ali, e era uma puta carga, e toca a fazer buracos tremendos para enterrá-las e apaga que apaga as pegadas em todos os lados, para que ficasse como se ninguém nunca tivesse andado por ali, e cansados e com as mãos cheias de bolhas, e enrugados como umas passas, porque estamos no mais intenso aguaceiro dos invernos da montanha. Ficamos olhando uns para os outros, todos enrugados, encharcados, enlameados e com comida racionada, porque teoricamente a tal comida era para quando a guarda cortasse nosso acesso à cidade, ou nos cercassem, ou se um dia tivéssemos que recuar para ali, quando acontecesse algo e quiséssemos evitar o combate, tal qual eram as orientações que nos davam. Molhados o dia todo, morrendo de frio no pico mais alto, e sem poder comer quente porque não podíamos fazer fogo durante o dia, para que os vizinhos não nos detectassem, muito menos a guarda, e como é horrível o *pinol** ou o leite gelado quando você está com roupas geladas em uma colina congelada. É como uma maldição absurda, ainda bem que eu já estava acostumado, porque vinha da BPU, mas os coitados dos meus irmãos... Se a mim me deixava fodido, a eles pior ainda, porque não sabiam o que era isso até aqueles dias, e eu tentando levantar o moral deles quando ficavam tristes, dizendo: não se preocupem, no começo é assim, mas depois a gente se acostuma. Que merda. Mentira, a gente não se acostuma. Pelo menos nunca me acostumei a aceitar com beneplácito e transbordando de felicidade aquele inferno cotidiano. E pensar que estávamos longe da vitória, e quem sabe quanto maldito tempo íamos passar assim. E cada vez que me sentia um merda e me lembrava do que Claudia tinha feito comigo, ficava mais merda, mas dissimulava para que meus subordinados não percebessem. Eu tinha consciência que o grupo era novo, que eu era o chefe; que estava investido do prestígio de ter estado na BPU ao mesmo tempo que Modesto e o búfalo de Carlos Agüero, o segundo de Modesto; que tinha prestígio nas fileiras urbanas da FSLN na cidade. Eu tinha a maldita consciência de que eu era a referência da experiência e da firmeza.

A verdade é que levamos uns 15 dias *embuzonando*, e foram super úteis, porque todos nos familiarizamos com o maciço, o conhecemos, andamos de cabo a rabo, aprendemos seus segredos, a flora, a fauna, as fontes de água e, claro, o seu clima. Descemos e fomos fazer contato com a população. "Que aconteceu!",

---

* Trata-se de uma bebida refrescante feita com farinha de milho torrado, cacau, urucum e açúcar. (N. T.)

perguntam-nos os primeiros que topamos. "Achamos que não queriam mais nos ver, que tinham ido embora". Não compa, é que estávamos em uma missão. Claro que os putos imaginavam que estávamos escondendo a carga no morro. E então passamos a contatar novamente todas as pessoas, vale a vale, para que os novos os conhecessem, para que pudessem ver as armas e se alegrassem e vissem com seus olhinhos que as coisas estavam avançando, que havia novos homens e armas, – ah! – e já ia esquecendo, tínhamos descoberto até duas granadas na carga. Contatando, explorando os caminhos, os outeiros, fazendo propaganda, moralizando, sei lá, quase apresentando-os na sociedade.

Descemos até os Córdobas, na caverninha famosa, e eu combinei que à noite iríamos à casa de dom Leandro, havia falado com Mauricio sobre ele. Mauricio estava morrendo de vontade de conhecê-lo, e como o Mauricio é muito meigo, carinhoso e bandido, rapidamente conquistou o velhinho e todos os compas, sobretudo porque o coloquei para dar aulas para quem não sabia ler e escrever. Dona Leonarda igualmente sucumbiu ao encanto do bendito, manhoso e valente companheiro.

Ali, em Planes, finalizamos o percurso de reconhecimento de "Compañía". Aí mesmo demos prosseguimento aos planos. Planejamos os dias e os nomes específicos dos colaboradores que iam participar das escolas, pois depois vimos que tinha que ser várias, para insistir em não descompartimentar o trabalho, aliás mandamos Ramón com Mauro, aquele rapaz com quem Moisés falou e que morava na margem do "Cerro Cuba", para conhecer sua casa. Ao fim e ao cabo falei com o outro companheiro camponês que me haviam dito que queria falar comigo, mandamos Moncho para a cidade com o primeiro correio da Bacho, informando Bayardo de tudo o que tínhamos feito. Já estamos no mês de dezembro.

Ramón chega com o correio e com um novo companheiro. Era Fabio, um estudante de Direito de Matagalpa, que conheci bem, e pessoalmente, quando estudei Direito com ele em León. Baixinho, de barba, de modos suaves, espirituoso, cintilante, com senso de humor, e além disso, o único guerrilheiro masculino que conheci em toda a minha vida que dançava folclore nacional. Vinha da cidade. Todo aquele que viesse da cidade e me reconhecesse, que soubesse quem eu era, lhe fazia tantas perguntas até o exaurir, perguntava sobre Claudia dissimuladamente, sobre a universidade, sobre meus amigos, sobre os professores, sobre Tavo Martínez, sobre Joaquín Solís, pelas meninas bonitas, daquelas que eu gostava e nunca pude fazer amor com elas, pelas garotas cujas pernas me enfeitiçavam e que também nunca pude tocá-las, com as que tinha sonhos úmidos e eróticos em minhas insônias de repressão e fantasia; para mim, então, a entrada do Polo, nome escolhido para Fábio, ou de outro companheiro semelhante, era uma alegria muito particular, era como receber de uma vez um pacote de cartas pessoais, atrasadas, que você começa a abrir e a devorá-las até terminar de uma sentada só, com a vantagem de por ser um companheiro, e se você esquece algo, e tempos depois você se lembra, e é muito bom lembrar de algo, ou de alguém, e perguntar encarrilhado, cara! E tal coisa e a resposta, e então um ah! Não sabia, quem pode crer? Isso era lindo! Então, com o Fábio já incorporado, tomei a decisão de mandar Andrés e Polo ao Zapote. Quem os trouxe foi Jorge, que continuava se portando maravilhosamente. A intenção é que vá conhecer e desenvolver trabalhos na direção estabelecida. Nós ficamos, pois íamos começar em janeiro com as primeiras escolas, e Polo e Andrés já estavam treinados.

No dia 31 de dezembro, ocorreu-me buscá-los para passar o Ano Novo todos juntos, e foi assim. Voltaram, encomendamos duas galinhas. Fábio trouxe algumas latinhas importadas que eu tinha reservado para a ocasião, que eram para marinar e temperar, e supondo que os camponeses não conhecessem essa sofisticação culinária, não lhes demos, pois iam estragá-las, de forma que quando a sopa estava pronta ou a galinha frita, sei lá, colocamos em cima, e outros a comeram como quem come uma salada. O certo é que Mauricio, Ramón, Polo, Andrés e eu nos reunimos, por volta das cinco da tarde do dia 31, em um morrinho meio baixo, onde havia uma clareira a uns 500 metros do nosso tradicional acampamentinho, para que os colaboradores não soubessem onde íamos estar, sempre por precaução, se der o azar e o inimigo cai sobre nós no meio da folia, porque naquele dia não colocamos vigilância. Foi um momento de *relax*, de liberdade, de diversão, mas claro, sabendo que existiam condições mínimas de segurança na área, ao fim e ao cabo era liberalidade, mas deliciosa e necessária. Lembro que até *guaro* mandamos comprar. Era a primeira vez que fazia isso, desde que entrei na clandestinidade junto com meus três irmãos de pai e de mãe, naquele 2 de julho de 1974.

Lembro que tínhamos um radiogravador comum, e antes de começar, eufórico de alegria, porque tudo está marchando muito bem, e pensando que os irmãos da cidade estão meio ferrados, me ocorre fazer um gravação de uma combativa saudação da Bacho Montoya aos irmãos da resistência urbana da região norte, então ligo o gravador, coloquei a única fita cassete de música que tínhamos, e com o pesar de apagar as poucas canções que guardávamos para mitigar a tristeza da alma, dou o comando de formação e o pelotão se forma. Eu na frente, dando o comando: Levantar arma!, Descansar arma!, Ao solo arma!; e os companheiros fazendo soar bem alto as mãos contra as armas, até quase danificarem as mãos e as armas, de forma que o precário gravador, que tínhamos colocado sobre uma pedra, pudesse com esforço gravar os sons marciais da Bacho, e eu começo a falar para o pelotão de luta, de como deve ser o ano de 1976, e uma mensagem para os irmãos da cidade, reiterando nossa decisão inabalável de lutar e ser uma Pátria Livre ou Morrer, e no final, o Fooora de Fooorma! Enfim, era um detalhe de carinho e de moralização aos nossos queridos irmãos da cidade, a quem conhecíamos desde o final dos anos 1960 e ainda estávamos vivos ao pé do canhão, cada um em sua trincheira, cumprindo seu dever da melhor maneira que podia e nos amando intensamente uns aos outros; com tanto azar, e digo azar porque não consigo pensar em outra palavra, que a porra do gravador, quem sabe porque mistério técnico, gravou a saudação inteira, mas também gravou uma música de fundo sobreposta, que tornou a saudação ainda mais bonita, e me dou conta disso porque Bayardo, uma vez em que desci para uma reunião com ele, depois dessa data, mostrou desconforto por ter colocado música de fundo às minhas palavras; eu não entendia qual música de fundo, até que ele me explicou ou pôs para eu ouvir, já não me lembro bem como foi, acontece é que ele ficou chateado porque havia música de fundo nas minhas palavras. Respondi que não sabia como isso poderia ter acontecido. Confesso que quando me vi sozinho na casa de segurança, me senti deprimido.

8

> Compa, quanto tempo você acha que
> essa merda vai durar?

Em primeiro de janeiro amanhecemos, como diz Sérgio Ramírez, com uma *goma de garabatillo*,* com muita dor de cabeça e um grande temor à vida. Não pela quantidade de bebida que tomamos, mas porque já fazia tempo que não provávamos o *guaro*, além disso, também bebemos meio garrafão de *cususa*, mas da legítima chicha de milho fermentado. Porra, nunca havia sentido tanto a necessidade de gelo. Estava morrendo por um copinho de água gelada, dou a vida por uma Pepsi Cola ou por uma limonada tão geladinha, que o copo ficasse suado. Ai! Que delícia, eu dizia. E que tristeza quando chega o outro filho de dom Leandro, Tito, que lhe chamávamos de Calça Manágua, com o café quente e o feijão, como você poderá presumir, nem nos viramos para olhar. Mantive estoicamente o gracioso fruto de meu pensamento. Pus a comida debaixo da rede e continuei cochilando. Despertei-me por volta de duas da tarde, novamente procurando minha água gelada, e nada. Por sorte, nos trouxeram um sopão de galinha, que depois de tomá-la, voltei a dormir em progressão até por volta das quatro da tarde. Não tinha porque, minha rede era uma delícia.

---

* Ressaca muito intensa. (N. T.)

Levantamo-nos, conversamos um pouco. À noite enviei Andrés e Polo para Zapote. No dia seguinte, Maurício e eu amanhecemos confeccionando as matérias, o conteúdo da aula, o número de horas, o tempo de duração das escolas. As matérias eram: ordem fechada, formação individual do soldado, tática, triangulação, arme e desarme, a esquadra à ofensiva e à defensiva, e o Programa Histórico da FSLN. Duração, oito dias. Fizemos e refizemos o programa umas três vezes, pois tínhamos apenas a experiência da BPU, no meu caso e a de Macuelizo no caso dos dois, que eram escolas de um mês de duração, de modo que tivemos que fazer os ajustes necessários para dar em oito dias uma fórmula que as transformasse de escolas em algo que Bayardo deu de chamar "clínicas militares".

Por esses dias, em meados de janeiro, estando na Montañita e falando com as pessoas para lhes explicar sobre as escolas e recebendo mais carregamento que estava vindo da cidade, sobretudo medicamentos, plástico, cordas de nylon, nos aparecem Polo e Jorge, por volta de seis da manhã com a aparência de haver caminhado toda santa noite num estirão só. Eles não tinham que estar ali, não mandamos chamá-los. Atenção! Pensei assim que os vi. Problema! Isso não está me cheirando bem, isso está mal, esses contatos ou visitas imprevistas na guerrilha são sinais inequívocos de problemas sérios, do contrário, as pessoas não se deslocariam. Que aconteceu? Pergunto a eles imediatamente, quando estão a cerca de cinco metros. "Andrés!", Polo respondeu. "Que aconteceu? Foi morto? "Não, disse Jorge, se perdeu"; "desertou", Polo me diz. Como?! digo eu. "Sim, desapareceu", disse Jorge. "É que ele estava meio acabrunhado, passava calado o dia todo. Quem sabe o que estaria pensando". Esperem, digo eu, expliquem-me com calma como foi. Polo que é um companheiro com nível intelectual e capacidade de análise, friamente me diz: "cara, foi a mulher e a filha que foderam com ele".

"Veja que dia 31 estivemos juntos e inclusive antes de vir, me contou toda a história. A cada instante me falava de sua filha e dê-lhe mostrar e olhar as fotos o dia todo. Esse compa, me disse, estava fodido, desesperado para sair; porque, veja, que a todo momento me perguntava, e já estava me aborrecendo, perguntando, 'compa, quanto tempo você acha que essa merda vai durar?' E me perguntava a mesma coisa a todo instante. E eu o animava para acalmá-lo, mas qual o quê, ele estava esperando o momento para escapar, e em uma dessas, foi a montear, que é cagar; como não voltou, eu pensei quem sabe havia subido ao rancho de Jorge; fui até Jorge e... nem sombra. Voltei ao acampamentinho e nada. Aí então me dei conta que havia evadido. Andava à paisana, dinheiro no bolso e deixou a arma. Por isso, vim lhe informar, porque não sabia o que fazer, se fico apenas eu ali, para que vocês decidissem se volto a Zapote sozinho, com outro, ou se fico aqui com vocês". Ok, lhes digo. Comam e durmam, depois conversamos.

Mauricio e eu fizemos alguns comentários a respeito. Mauricio se irritou, pois ele o havia recrutado; eram companheiros de cidade, de Somoto, e os dois haviam sido professores de colégio, eram velhos conhecidos e tudo isso. Para mim foi duríssimo. Havia me afeiçoado a ele, havia me esmerado profundamente em sua formação, havia buscado lhe dar, sem egoísmos, tudo de bom que eu podia ter. Havia sido exigente e fraterno. Eu considerei necessário ser assim com ele e ele havia respondido bem. Pensei que talvez tivesse me faltado mais empenho, mais intimidade em seu mundo pessoal. De todas as formas me atingiu significativamente, e por que não dizer, já havia me afeiçoado a ele.

Com ele cheguei ali, da primeira vez, perdidos e encharcados em finais de agosto de 1975; sozinhos, como judeus errantes, compartilhando as dificuldades e os sucessos, e juntos conseguimos desenvolver o trabalho ao ponto que chegou. Lembro inclusive, que em uma ocasião, lá por meados de novembro, eu fiz um documento bastante extenso onde escrevi, passo a passo, toda uma parte da experiência acumulada em nossa zona, para mandá-la à cidade e que fosse compartilhada com outras zonas, como efetivamente o fizeram, e foi acolhida com bastante sucesso, segundo soube depois através de Mónica, pelos chefes intermediários dos outras regionais do país, e inclusive entendo que foi reproduzido; pois bem, esse trabalho tinha uma dedicatória, era dedicado a Andrés, e me deu raiva e vergonha e quando o concluí, minha vingança pelo que eu considerava sua debilidade, foi colocar "que já não o dedico a Andrés".

Sua perda foi um pouco amortecida pela presença reconfortante de César Augusto Salinas Pinell, Mauricio e pela presença dos outros irmãos, e pela alegria de que o trabalho ia bem. E eu me irritei com Andrés pelo que ele fez, mas no fundo lhe agradecia ter me acompanhado nesse trecho tão imprescindível para a luta revolucionária. A única coisa que eu desejava é que ele não caísse preso e falasse e fosse foder a nós todos antes do tempo, o que nunca aconteceu, porque ele estava queimado na cidade e teve que sair do país.

Bom, já passou. Deixei Polo conosco para que cursasse o treinamento. Nós o montamos com todos os Córdoba; Moisés, Mauro, Tito; os Herrera, ou seja, Juan, Simón, Antolín, e Eleutério, e não me lembro quem mais. Foi, claro, em Planes, bem riacho abaixo. Como as armas eram poucas e, além disso, poderiam se estragar no treinamento, cortamos paus que usamos como fuzis. O treinamento é rigoroso, com horário estrito. Vigilância nos arredores, realizada pelo pessoal de Planes que participaram desse curso. Foi uma "clínica" cheia de experiências positivas, de histórias, piadas e inspirações, um puta entusiasmo por parte dos compas e uma disciplina incrível. Mauricio estava realizado como professor. Montamos exercícios de emboscadas em seco e as discussões no meio das emboscadas, porque gritavam uns aos outros: "Ei, você! Fica aí, que você já está morto!", "mentira, mentira!", respondia o morto, "como que você me matou se eu estou atirando em você, resguardado detrás dessa pedra", e o outro gritando, "sim, mas te acertei quando você levantou a cabeça", e coisas do tipo, e encerrava o dia de treinamento, e depois os comentários, e Tito Córdoba, que era uma máquina de boas ideias, deixou todos se cagando de rir, pois como lhe disseram que era uma clínica, então ele veio com sua melhor calça, a quem chamava de minha Calça Manágua, como quem diz minha calça francesa ou italiana, claro, tudo é relativo. Sua Calça Manágua virou merda, mas merda mesmo, desde que comecei a dirigir os exercícios físicos de aquecimento, e em um dos agachamentos se descosturou de cabo a rabo na parte de trás, e passou com a bunda de fora todo o período de aulas, e dê-lhe gracejos e risadas. Para ele, sua Calça Manágua era a melhor roupa que tinha.

Depois do treinamento, descarregamos o correio que, como sempre, era utilizado para trazer algum carregamento, por muito pouco que fosse: vasilhames, um pouco de munição, correspondências pessoais. Na volta desse correio, Bayardo mandava me dizer que em tal data iria enviar um veículo para o ponto habitual da rodovia, para que eu fosse a Estelí, que queria que nos reuníssemos. Chegou o dia e desci. Já fazia um tempo que não ia lá, desde que subi para essa zona, quase como um ano, talvez um pouco mais, não sei.

Fui direto a uma casa de esquina, de classe média alta, que era uma relojoaria. Que sorte! Fui recebido como um rei, com um amor infinito, que até me fazia sentir um pouco mal de tantas atenções. Tudo era doçura, carinho, calor humano, mimo. Os donos da casa são um casal de velhos, com filhos adultos e até netos. Cristãos e revolucionários sandinistas. Como Tomas dizia, sem adjetivos. Os dois de baixa estatura. Ele, de bigodinhos, branco; ela, mais morena, simpática. Felipe e Mary Barreda se chamavam. Correios, arrecadadores de dinheiro, ativistas nos bairros, casa de segurança, motoristas de clandestinos, relojoeiros, informantes do que acontecia na cidade, pais exemplares de seus filhos, excelentes vizinhos em seu bairro, amorosos pais dos sandinistas clandestinos, um lar para os desamparados e amparados, protetores, jardineiros delicados da esperança. Meus olhos se arregalavam, o meu coração se apertava diante de seres tão excepcionais; eles levantaram o meu moral. Quanto eles me ajudaram sem o saber!

Eles sabiam de mim, Juan José, o chefe da Bacho. Nessa ocasião, não ficaram sabendo meu nome verdadeiro, só sabiam que era o homem da montanha de quem Mónica e Bayardo lhes falava. Como as coisas mais deliciosas que você possa imaginar, um frango de restaurante com tudo e salada, duas Pepsi-Colas, e como sobremesa um litro de leite em caixa, um pão de forma com 120g de manteiga e uma caixinha de geleia. Comi sem me dar conta que estavam me observando com olhos de piedade cristã e admiração revolucionária. Lembro que lhes perguntei se podiam fazer um pingente para minha filha e o fizeram.

Na noite que cheguei à casa dos Barredos, chegou Mónica. Que alegria ao vê-la, abraçá-la, sentar-me com ela e conversar. Lembrava desde quando éramos vizinhos no Bairro Laborío, "Mónico redondo e querido", eu lhe dizia. Minha melhor amiga, aquela menina estudante cristã do Colégio La Asunción de León, agora transformada em mulher de apenas 22 ou 23 anos, chefe guerrilheira urbana experiente, arriscando a vida e me passando pela cabeça aquela canção interpretada por Joan Manuel Serrat, *"niña qué va a ser de ti lejos de casa, niña qué va a ser de ti"*,* lembrando-a enquanto falávamos da imortalidade do caranguejo, de quando tocava e cantava tão bonito junto com Arlene Siú, nos

---

* "Garota o que será de você longe de casa, o que será de você". (N. T.)

atos políticos do Auditório Ruiz Ayestas em León, em nossa época de estudantes. Depois, Bayardo. Que alegria ver o magrelo que é meu irmão e também, o companheiro de Mónica. Não posso descrever a alegria de vê-los de novo, de novo junto os três e lutando nos dias mais duros da semeadura, sem outra alternativa que a luta, como dizia Leonel.

Bom. Vamos ao trabalho, falou, não sem que antes Mónica, ao violão, cantasse para mim, *Güendolin* e *Without You*, que eram minhas canções favoritas. Bayardo começa me fazendo um breve resumo do trabalho em geral, me informa que há alguns probleminhas na organização, que Federico me manda saudações, que está contente com o que estamos fazendo e coisas assim. Ele me pergunta sobre o trabalho, eu lhe informo e ele me diz que há uma decisão. Que é preciso dividir o pelotão, que uma parte siga o rumo já combinado e a outra siga rumo ao norte, procurando do outro lado do Coco, em direção a San Juan del Río Coco, Murra, Jalapa, até chegar à fronteira de Honduras, porque essa rota é vital para a introdução de armas no país, já que na cidade é mais difícil obtê-las, enquanto no exterior é mais fácil, principalmente tendo dinheiro. Mas que o problema é trazê-las para dentro, tanto na cidade como na própria montanha. Que eu fico com o que vai para o leste e Salinas Pinell com o que vai para o norte.

A ideia, em princípio, me parece excelente. Creio que é justamente o que se deve fazer. Mas tenho um reparo, uma dúvida, quanto a se é o momento oportuno para fazê-lo; e quando digo momento oportuno não me refiro à validade da ideia, mas ao momento de sua execução. Eu estou pensando em Mauricio, que vai ser o chefe do outro pelotão e naqueles que eventualmente o acompanhariam. Tenho minhas reservas no momento, pois tenho a sensação de que Mauricio ainda não está pronto. Sinto que ainda lhe falta mais manhas, perspicácia, mais manejo das medidas de segurança, da técnica e da arte de sobrevivência. Que ainda carece de ser mais precavido, desconfiado nas coisas vitais do tratamento com o camponês. Que não está suficientemente preparado para essa tarefa. Então digo a Bayardo: irmão, eu estou de acordo, mas me parece que devemos esperar alguns meses mais para que Maurício pegue mais traquejo nesse negócio. Bayardo me responde compreendendo e acreditando que eu tenho razão. "O problema, Omar, é que são ordens superiores". Pergunto-lhe se não há possibilidade de alterá-la, baseada em nossas considerações, e me diz "não sei, vamos voltar a discuti-la". No dia seguinte, ou dois dias depois, voltei para a montanha, ficando com Bayardo a promessa de que mandaria na próxima viagem um par de companheiros a mais, devidamente armados, e a resposta final da decisão.

Apenas chego e começamos a montar o segundo curso com o restante das pessoas de Planes. Estando no curso, ouço por rádio um comunicado de Leis e Relações Públicas da GN. Que em quatro de fevereiro houve um combate na Colonia Centroamérica, na cidade de Manágua, quando elementos subversivos foram descobertos pela agência de segurança e resistiram à captura, e como resultado de sua resistência, as forças da ordem reagiram ao ataque no qual morreram uma subversiva chamada Mildred Abaunza e que pereceu no cumprimento do dever o Tenente GN fulano de tal.

Efetivamente, em 13 de março entra a *góndola** e as armas que Bayardo havia me falado. Além disso, me informa que havia consultado sobre a decisão e que estava mantida. Informava também que no combate de 4 de fevereiro, em que morreram Mildred e o tenente da guarda, havia sido o companheiro Tomás Borge quem matou o da guarda. Que não se sabe nada dele, que o mais seguro é que o companheiro esteja morto e que não o tenham anunciado por conveniência, ou pode ser que o tenham captu-

---

* Deslocamento clandestino de armas, homens e apetrechos da guerrilha. (N. T.)

rado ferido, que o tenham torturado e depois matado, pois havia testemunhas de sua captura e a Guarda e Somoza se negavam a admiti-lo, o que implicava, com certeza, que o pegaram vivo, o mataram, e que o estavam negando, para que não se soubesse que ele não foi morto em combate e sim sob intensas torturas na prisão; que ele não acreditava que estivesse vivo, que havia esperança, mas muito remota. E me fazia um discurso para que eu não desanimasse e me recomendava que eu soubesse explicar ao pelotão, e não expandisse o desânimo, pois Carlos Fonseca e Tomás, eram verdadeiros personagens legendários para o povo da Nicarágua, eram quase uma espécie de prova de que a GN não conseguia acabar com a FSLN.

O assunto da decisão não me estremeceu tanto como o do "Velho", como carinhosamente era chamado pelas jovens gerações sandinistas. O de Tomás sim, era excepcional. Grandioso. Naquele momento, eu senti como uma fatalidade de imprevisíveis consequências no moral da Frente e do povo. O de Tomás, sim, me estremeceu. Foi um calafrio, algo assim, como que se fosse ficando sozinho. Recordo que estou lendo a carta de pé. Procurei uma pedra e me sentei. Lembrei seu rosto, seu corpo, sua voz, da última vez que nos vimos, fiquei calado, meditativo, pensando. Não é possível, não pode ser, meu Deus! Não podem fazer essa trapaça, essa filhadaputice não vai funcionar, contigo a morte é uma mentira em que apenas os covardes acreditam, se bem me lembro quando aquela aguaceiro no El Laborío, junto à minha casa, na noite do inverno de 1972, apareceu um jipe com vários guardas, e tu tiraste a granada do saco, e eu disse a mim mesmo: "Tomás, todo mundo quieto, Omar, tranquilo, não vai acontecer nada aqui, o Velho vai dar um jeito nisso e resolvê-lo; Tomás o dono da nossa segurança na vitória, e isso não pode ser. Mas é Bayardo que informa e deve ser verdade, porque do contrário não inforMaría, e então me desmorono! Me irrito, viro de um lado para o outro na rede, e de todas as maneiras, tenho que dormir, lutando contra os demônios da insônia e a maldita consciência de que tenho que ser melhor ao dia seguinte, e tudo por culpa dele.

9

> Já lhe havíamos dito que
> nos dividiríamos, que sua casa seria
> o principal ponto de contato entre os
> dois grupos da Bacho...

Quando amanheceu, o primeiro a quem informei sobre Tomás foi Mauricio. Efetivamente, conseguimos manejar a situação sem maiores repercussões no espírito combativo do restante das pessoas.

Os dois novos são um companheiro de sobrenome Laguna, que lhe demos o codinome de Jesús, louro, louro, com olhos castanhos bem bonitos, com cerca de um metro e setenta de altura, o clássico nortista, um tipo de boa aparência, criterioso e mal encabrestado como ele só, tinha o precioso dom de saber se orientar e, além disso, era bom de lábia. Uma boa aquisição. O outro companheiro é Emilio Inés Aviles, que lhe demos o nome de Nicolás. Artesão ou operário de origem, grande e forte, com perspectivas de ser um bom soldado, mas sem capacidade de orientação.

Começamos a montar outro treinamento com o pessoal de Zapote. Chico, o filho de Jorge, o genro de Jorge, outros dois mais, e, claro, os novos recém-chegados, para que na hora que dividíssemos a Bacho todo mundo estivesse treinado.

Jorge continuava sendo um forte pilar na ajuda à guerrilha; me afeiçoei tanto a ele que só o chamava de comandante Jorge, e ele se divertia com essa história de comandante. Terminamos o treinamento e voltamos a Planes. Ali estava Mauricio, que havia mandado Mauro à cidade porque estava doente, sofria de dores de cabeça permanentes e tinha a dentadura destruída, o que lhe causava eternas dores de cabeça e de dentes. Mauricio havia se apressado em mandá-lo à cidade, pois já havíamos falado com ele, sobre sua clandestinidade assim como a Rodrigo, e tínhamos a ambos contemplados para serem distribuídos nos dois pelotões em que a Bacho seria dividida.

Reuni-me com Mauricio para planejar a divisão. Ele, Polo, Nicolás e Rodrigo, que servia de guia, pois também tinha a vantagem que era do outro lado do Coco e mais ou menos o conhecia até o norte. O outro grupo era formado por Ramón, Mauro, Jesús e eu.

A outra esquadra continuava subordinada a mim, pelo menos até nova ordem. Estabelecemos os meios de comunicação, conexões, datas de contato, emergências de data de pontos de contato e alternativas sucessivas de caixas de correspondência para qualquer emergência. Tudo isso foi feito enquanto ministrávamos a última formação com os colaboradores que faltavam, que desta vez foi feita na Montañita, com a participação de pessoas de outro vale próximo, chamado Robledalito, que também fazia parte de "Compañía".

Nesse treinamento participou todo mundo, os colaboradores e todos os clandestinos. Fizemos com a intenção de reciclá-los e reiterar algumas técnicas que me pareciam básicas, sobretudo em matéria de deslocamento em marcha, quando se cruza um atalho, um rio, quando inesperadamente se encontra com um camponês sobre a questão da vigilância, sobre a compartimentação dos acampamentos com respeito à população, que a fome faz cometer imprudências, casos da vida real, cagadas que já haviam acontecido em outros lugares, enfim, retreiná-los militarmente, e um cursinho sobre medidas de segurança no trabalho de campo e montanha.

Foram cerca de 15 dias. Meti Mauricio como aluno e como chefe do grupo dos alunos. Fui a fundo com Maurício e o tratei no curso como se jamais o houvesse conhecido antes, dirigi pessoalmente todo o curso, todas as aulas, todas as práticas, e tudo isso é porque, assim que terminasse o curso, desceríamos a Planes, que é onde seria feita a divisão.

Encerramos e descemos à casa de dom Leandro, de noite como sempre. O dia seguinte foi de preparativos, distribuição de munição, armas, lubrificantes, revisão do estado do armamento, tantas seringas, álcool, deixe para mim Roque Dalton e você leva Waltayan, pilhas e pilhas de reposição para as lanternas, ah! vela de reposição, agulhas, fio, uma bússola para você e outra para mim, pintando com spray verde os sacos *macén*,* que com uma tira de couro os transformávamos em mochila, e para concluir, Mauricio rindo tira meu boné e tira o dele. Coloca o meu. Põe o seu em mim.

À tardezinha subimos todos à casa de dom Leandro, já lhe havíamos dito que íamos nos dividir, que sua casa ia ser o principal ponto de contato entre os dois grupos da Bacho, que pusessem vigilantes assim que começasse a escurecer, pois todos nós subiríamos, que matasse um par de galinhas, que fizessem arroz e feijões fritos, aveia com leite, um banquete, realmente, porque era a despedida dos rapazes.

Nessa noite cantamos canções de protesto, "El escojido", Silvio Rodríguez, "Cuando tenga la tierra", de Mercedes Sosa, aquela de Viglietti que diz: La sangre de Túpac, la sangre de Amaru, la sangre que grita libérate hermano; e, claro, "La Misa Campesina", de Carlos Mejía Godoy. Imagina se íamos nos despedir sem cantar

---

* Sacos de juta para armazenar grãos, da marca macén, que eram transformados em mochilas dos guerrilheiros. (N. T.)

as rancheiras mexicanas, sobretudo aquelas que são punhaladas de três tempos na metade do coração dos que foram desprezados por algum amor ingrato, e pelos que ainda não o foram.

 A noite e o silêncio foram chegando. Houve um momento em que todos nos calamos. Ninguém falava. Ninguém queria fazê-lo. Silêncio. Era irremediável. Havia chegado essa hora, triste, das despedidas. Cabia a mim. Respirei um pouco e disse: bom, irmãos, é hora. Os que iam, colocaram suas mochilas. Mauricio disse: "Vamos!". Começaram os cumprimentos. Dona Leonarda beijando Mauricio, dizendo-lhe que se cuidasse, que ia acender umas velas para o Coração de Jesús para que tudo desse certo. dom Leandro dando conselhos de velho sábio. Os companheiros que partiam, dando uns abraços que quase nos quebrava as costas, e mais de um bateu o rosto na arma do outro, e nem se deu conta. Fomos ao pátio. A família ficou no corredor, observando. Mauricio começou a exercer o comando. Chamou a formação de linha. Estando formados, revisou os equipamentos de seu pessoal. Mandou o pelotãozinho girar: "Direita!" Ficaram de costas para nós e para a família. Veio em minha direção, que já estava no pátio observando suas ordens. Tirou a mochila. Pôs sua M-2 apoiada sobre a mochila. Aproximou-se de mim. Caminhei até ele e nos abraçamos forte, forte, não sei por quantos segundos. Nos demos um beijinho. Nos separamos. Nos seguramos pelos ombros. Não houve palavras. Se voltou. Pegou sua mochila. Colocou sobre o ombro. Sacudiu-a com as costas e a cintura. Pendurou a M-2 ao ombro. Colocou-se detrás de Rodrigo, que era o guia, e começaram a caminhar até que os perdi de vista...

10

> ... o sandinismo já estava passando à geração mais nova, o que significava que não havia dúvida, que haveria sandinismo para sempre.

Empacotamos uma carga que tínhamos próximo do acampamentinho, ajudados por um dos colaboradores. É a carga que havia sobrado depois de reparti-la com Mauricio, mais outra carga que ainda não havíamos tido tempo de *embuzonar*. Mauro ainda não havia retornado da cidade. Decidi então ir conhecer e explorar a região do pai de Mauro, pois já te disse antes que essa área, embora fosse para trás, me interessava porque ficava cerca de quatro horas a pé da Rodovia Panamericana que leva a Estelí, que é a cidade onde está o comando regional e nossa retaguarda logística.

Nos arriscamos de noite com o prodigioso sentido de orientação de Ramón. Chegamos, não sem antes dar umas quantas perdidazinhas que não me preocupavam, pois sabia que Moncho as resolvia. Moncho, Jesús e eu, chegamos à casa de Pilar Monzón por volta das quatro e meia da madrugada. O de sempre. Bater. Dar o sinal convencionado. Pedir café, comer algo. Começamos a conversar generalidades, de que Mauro ainda não tinha voltado e de irmos, e que antes de amanhecer, ao ponto que Pilar e Mauro já tinham visto com antecipação, pois nossa chegada já estava anunciada, embora sem data definida.

O velho Pilar Monzón e sua mulher, Pilar Córdoba, me inspiraram confiança desde o primeiro momento. Ela, porque era filha de dom Leandro, e toda sua família, de seu pai para baixo, estavam comprometidos até o pescoço com a guerrilha. Ele, porque o outro era seu sogro e, para arrematar, o filho já se havia incorporado clandestino conosco. Mas Pilar me inspirou confiança não apenas por isso, senão porque o velho, que tinha como uns 52 anos, tinha pinta de ser muito valente. Não era um médio produtor, mas também não era miserável. Estava dentro da norma "aceitável" da pobreza.

Pilar é um homem sério. Se vê que foi um homem forte em sua juventude, e assim como a maioria dos camponeses, com dentes ruins e *melenqueador* feroz. Sua voz não é forte nem sonora, talvez meio rachada, eu diria. Instantes depois de falar com ele te dás conta que gosta de parecer sabichão, talvez não um ególatra, mas deixava transparecer umas pontadas de autossuficiência camponesa. É um tipo valente, mas cuidadoso. Além disso, crê que sabe todas as coisas.

É casado com a filha mais velha de dom Leandro e, portanto, o mais velho dos genros, fonte de autoridade e opinião familiar. Além de Mauro, estão Colacho, rapazinho, de uns 13 anos, uma filha de uns 15 e três pequeninos que com o tempo chegaram a brincar de guerrilheiros, e eu me divertia quando Pilar me contava as disputas que as crianças armavam porque todos queriam ser Juan José. Mas me divertia, talvez não por vaidade, mas porque isso significava que o sandinismo já estava chegando à geração mais nova, o que significava que não havia dúvida que haveria sandinismo para sempre.

O primeiro que fizemos foi explorar de cabo a rabo o Maciço Namaslagua, que batizamos como "Las Baterias" e "Cerro Cuba", que descaradamente o exploramos montados em bestas. Tinha que ver! Me disfarcei de civil, porque a essa altura já andávamos de verde oliva e com armas longas. Me fiz passar por seu sobrinho, que vinha não sei de onde, e fomos. Alto o maldito cerro. Outra ilhota fria e de proporções necessárias para a envergadura de nossos planos, mesmo e quando por alguns lados estava rodeado de pequenas fazendas de gado que ficavam ao pé do cerro, e as vacas imprudentes se metiam a pastar em um trecho da montanha. Contudo, havia uma parte cuja subida era muito intrincada, onde não havia casas abaixo, e justamente aí estava a de Pilar.

Foi uma experiência agradável, deliciosa. Conversamos bastante. Durante a travessia o estudei e o caracterizei. Definitivamente, os dois Pilares, pais de Mauro, eu não tinha a menor dúvida de que eles iam chegar até o final. Como dizem, *"por el ala del sombrero se conoce al guanero"*. Que sorte. Outro acerto. Basta educá-la, dar-lhe trabalho, orientar-lhes e lhes fortalecer a consciência política. O resto é apenas coisa de tempo. Tudo isso venho pensando enquanto cavalgamos, porque o que menos me interessa é prestar atenção no caminho. Eu sei que não sirvo para isso. O importante era me dar uma ideia geral da geografia e da topografia que é o que me serve para decidir para que serve o local. De todas as formas, Jesús, que é o que tem senso de orientação, teria que subir depois com Colacho no dia seguinte, para fazer o reconhecimento do terreno com mais detalhe, uma vez que mandei Ramón a Estelí para dar as últimas informações do trabalho e trazer Mauro.

Em mensagens anteriores, já havíamos falado a Bayardo sobre o lugar, de Pilar, das perspectivas da rota que, de fato, já estava aberta, pois Moncho desceu de à Rodovia Panamericana exatamente no lugar que se chama Piedra Quemada. Ramón voltou com Mauro. Demos uma exploradinha, e missão cumprida.

Regressamos os quatro até Zapote, passando por Planes, perguntando por perguntar, se havia mensagem de Mauricio, porque ainda não era data de correio. Não havia nada. Estando em Zapote, exploramos para o leste, pelo lado do bosque, onde morava Pío

Zavala, o parente dos de Buena Vista. Fizemos contato com ele. O tipo meio medroso, mas colaborou.

Ali em Zapote passamos um período ingrato, pois começamos a transferir carga de Canta Gallo ao Zapote só nas costas, em mochila, intermináveis viagens de formigas noturnas, descendo e subindo e descendo encostas pela noite sem dormir, e dormindo pela manhã, *embuzonando* pela tarde, e à noite saem os pobres diabos de regresso. Era um tal de ir e vir que os pulmões já respondiam por moral, e as pernas quem sabe porque coisas misteriosas do organismo humano. Até que um dia nos ocorreu a brilhante ideia de comprar um burro que pôde apenas fazer duas viagens de carga, porque o metemos em um tiroteio em uma noite, em uma curva do caminho, quando topamos com uns desconhecidos que nos abriram fogo, mas que por sorte não aconteceu nada. E o pobre burro, que se chamava Barker, ficou petrificado no meio do tiroteio, e por sorte não se mexeu, pois se tivesse corrido teria sido um problema, ao contrário do problema que aconteceu na primeira viagem ao Bosque para *embuzonar*. Vamos passando em uma linda noite enluarada por um belo curral, onde havia pelo menos 500 vacas gordas e pesadas pastando mansamente em silêncio, e é uma linda paisagem, e de repente Barker empaca. Atiçamos e não caminha, e de repente quer correr e o seguramos, e salta, e salta, e Barker desesperado e nós também, fazendo esforços para dominá-lo, mas Barker tinha ficado louco e não sabemos o que acontece, e começamos a ouvir que a terra retumba, se move, vibra, as vacas começam a correr de um lado para outro, se batendo inclusive, corriam para um lado e voltavam, e Barker desesperado, e nós fazendo esforços desesperados para dominá-lo, e olhando de canto, nervosos, que as vacas estão loucas, estremecidas, a terra tremendo, os pássaros dormidos se despertaram e começaram a voar de noite e a grasnar, também loucos e desesperados, voando sem direção. A natureza estava alterada, como aterrorizada. A paisagem mansa, remanso, formoso, aprazível, estava se estremecendo diante de nossa vista e paciência sem compreender o que era, e aferrados a Barker para que não escapasse com a carga, e os fuzis na mão por um elementar sentido de proteção, até quem sabe como, por casualidade, ou por angústia de ver que puta era essa coisa tão estranha que nunca tínhamos vivido, vemos que é um tigre empoleirado em uma árvore, a dez metros de nós, com uns olhos acesos, agressivo, mas indeciso. O sangue de Cristo e a Santíssima Trindade! Demos um tiro e saiu em desabalada. Que barbaridade! Que horrível ser vaca ou burro quando um tigre está perto.

Posteriormente, levamos carga pelo lado de La Pavona e recrutamos outras pessoas de Zapote. Voltamos a Planes para buscar correspondência de Mauricio. Não havia. Fomos para o "Cerro Cuba" para uma segunda visita, agora para explorá-lo melhor, porque Bayardo havia cogitado a necessidade de montar ali um treinamento para o pessoal da cidade, treiná-los e depois voltar, assim como começar a contatar outras pessoas. Mandamos Mauro, que continuava doente, e Moncho com correio informando sobre o trabalho e que Mauricio não havia mandado o contato.

Bayardo respondeu que preparássemos as condições, pois ia nos enviar dez ou quinze dos seus rapazes, para que os treinássemos a fim de formar pelotõezinhos na cidade ou seja lá para o que for. Quer mais o quê? Nós felizes. Sentíamos que estávamos fazendo a nossa parte e começando a ajudar nossos companheiros da cidade na preparação militar para futuras ações combativas contra o inimigo.

A rota nova, tal como havíamos previsto, começou a funcionar. Por Piedra Larga, transladamos as pessoas e todo o necessário para o treinamento. O curso foi um sucesso. Lá treinamos um rapaz bom de Estelí, cujo codinome é Igor e que não me lembro o nome, mas que o conheci em uma das minhas idas a Estelí. Devolvemos para a cidade seus rapazes modestamente treinados em um curso que durou dez dias, onde treinamos bastante o karatê, o golpe de mão e o tiro defensivo de pistola. Confesso que a esta altura já começo a cansar de tanto curso, porque me esquecia que também os treinava em primeiros socorros, que fundamentalmente era ensinar a aplicar uma injeção, e a prática consistia em que o aluno que nunca havia aplicado uma injeção aplicava em outro uma injeção de água destilada. Mas, claro, que aí vinham os problemas, porque ninguém queria receber uma injeção de um outro que nunca havia injetado, mesmo quando era explicado em círculo a todo mundo como era a coisa. Eu pessoalmente supervisionava para que tudo fosse feito corretamente. Mas mesmo assim, os muito maricas morriam de medo, de forma que não restava alternativa que uma vez que a injeção estava preparada pedia um voluntário que quisesse aplicar no outro e esse era mais fácil de encontrar, de sorte que quando o voluntário para aplicação estava pronto lhe dava a seringa, tirava minha camisa e lhe dizia: aplica em mim! O tipo, em geral, ficava me olhando, e eu repetia: Disse que aplique em mim! E não tinha alternativa a não ser aplicá-la em mim. Não franzia o rosto nem por nada desse mundo, embora me doesse. Quando terminava, colocava minha camisa e chamava logo outros dois sem admitir réplicas e lhes dizia: agora você aplique nele, assim sucessivamente, até que passasse por todos. Mas o que quero te dizer é que já começava a sentir cansaço de estar ensinando a cada momento a mesma coisa a diferentes pessoas.

Se não estou enganado, Bayardo nos deu uma mãozinha nesse curso ou chegou a encerrá-lo, não lembro bem, mas me dá a impressão que sim, e que até o escoltamos na vinda e na volta, pois nós cuidávamos de Bayardo como a menina de nossos olhos. Era nosso chefe, o mais experiente, e também meu melhor amigo. Confidente de todas minhas preocupações, o que enxugava minhas lágrimas. E o que mais me repreendia cada vez que eu falhava era Chepo León, era Bayardo Arce Castaño.

11

> Foi uma marcha de três que arriscaram a vida e que chegaram à convicção de não morrer ou pelo menos vender cara a vida e de não irem sozinhos para a tumba.

Do curso do "Cerro Cuba", nos dedicamos a ampliar o trabalho da região. Fizemos contato com uma senhora muito boa que se chama Angélica, que vivia a uma hora e meia da casa de Pilar. Fizemos contato com Jesús ao lado do Jocote e recrutamos e buscamos mais pessoas e mais terreno. Mauro ainda não se curou de sua enfermidade. Continuamos nos estendendo através de dona Angélica e de seus filhos. Armazenando mais carga que conseguimos com os colaboradores a quem dávamos dinheiro para comprar e quando já tínhamos uma boa quantidade, a empacotávamos e depois a enterrávamos em um só *buzón*.

Quando se aproximava a data do próximo contato com Salinas Pinell, fomos para Planes e nada! Já começava a ter maus pressentimentos. Duas datas de contato e zero contato. Chegando lá, nos dizem que a coisa está ficando feia. Que os informantes da região andam agressivos, que conseguiram lhes descobrir, que estão vigiando os colaboradores, que viram gente estranha na área, disfarçados de comerciantes e compradores de gado, porque são vários os que chegaram nessa planície nos últimos dias e já por último, informam que ouviram dizer que vem um grupo de guardas, ali por La Laguna, que é um lugar próximo da fazenda "Daraylí".

Escondemos outra carguinha que restava por ali, menos uma parte que havíamos encomendado a um colaborador, que era o único que sabia onde estava, e por azar, o homem não está por ali nesse dia, e minha maior preocupação é que haviam algumas armas pelo meio, que havíamos deixado para qualquer coisa, pois ao fim e ao cabo, já estavam treinados. Os camponeses estão claramente nervosos e nos dizem que seria melhor se déssemos uma sumidinha. Optamos por não irmos ao Zapote, pois esse lugar era mais conhecido por "Compañía", menos montanhosos e na hora da repressão podiam ir para cima de Jorge, que estava queimado: o terreno por ali, pelado e a coisa havia estado meio complicada, pois depois do tiroteio de Barker até uma patrulha da guarda de Yalí havia entrado, felizmente Jorge nos havia dito que o filho da puta do Sergio Olivas andava desconfiado, que já suspeitava que todos seus empregados, colonos, colaboravam com a guerrilha. Esse fazendeiro de merda já sabia da nossa presença e havia colocado seus homens de confiança para vigiar disfarçadamente os companheiros e, sobretudo, Jorge, a quem Sergio Olivas acusava de ser o primeiro colaborador dos bandoleiros, que era como ele e a guarda nos chamavam, pois lembrem que assim também a guarda e os ianques chamavam Sandino quando da intervenção de 1927.

Por outro lado, Pilas, o "Cerro Cuba", o víamos como um pouco mais seguro. Primeiro, era menos conhecido pelo pessoal de "Compañía"; Pilar e sua mulher eram genros, filhos e netos de dom Leandro. Os filhos de Pilar eram sobrinhos dos filhos dos de Córdoba, ou seja, são da família e na hora que um caia havia menos possibilidade de que os de Córdoba entregassem sua própria família. Por outro lado, o cerro apresentava melhores condições que Zapote. Além disso, tínhamos que enviar Moncho à cidade para informar que Salinas e seu pessoal não davam sinais de vida, e que a coisa estava começando a ficar feia, que por favor, nos mandasse Mauro de volta, que já estava há muito tempo na cidade. Ramón voltou da cidade sem Mauro e com um pequeno carregamento, uma carta de Bayardo dizendo-me que ele também está sumamente preocupado com Salinas, que teve informação de que teria sido visto próximo a Murra na fazenda de café daquele colaborador do Robledalito que tinha por ali uma propriedade. Informava também que nos alertava que haviam saído comboios de tropas de Estelí pela Panamericana, mas que não tinha informação concreta para onde iam, mas sabia que não iam passear, justamente quando está acontecendo nos arredores de Jalapa, Murra e Teotecacinte, na fronteira com Honduras, um exercício militar dos exércitos centro-americanos assessorados por oficiais norte-americanos. Que de todas as formas, tivéssemos cuidado, que mantivéssemos as forças vivas, que evitássemos o combate, que esse dia chegaria. Expressava de novo sua preocupação por Mauricio, pois segundo sua informação, estava justamente por essa zona. Além disso, pedia urgência na informação sobre Salinas Pinell e seu pessoal. Jesús e eu fomos esconder a carguinha e alertar os colaboradores de Pilas sobre a situação e orientá-los sobre o que eles tinham que fazer e dizer se caíssem em mãos do inimigo.

Nesse ínterim, envio Moncho, que era o guia por excelência, a três coisas: uma, que alerte às pessoas que provavelmente as tropas do Conselho de Defesa Centro-americano estarão pelos lados da fronteira, para que encurralem nosso pessoal; que os oriente sobre o que têm que fazer; que pergunte novamente por Mauricio, pois eu estou com o pressentimento de que Augusto Salinas, ao perceber a movimentação na região ao lado de Murra, com tropas do Conselho de Defesa Centro-americano, é possível que recue para "Compañía" buscando por nós e, por outro lado, insisto com ele para que retire as armas que estavam com o colaborador, e que ele vá escondê-las.

Ramón regressa ao segundo dia. Regressa em pleno dia, o que me chama muito a atenção, pois o tinha proibido de fazê-lo nessa zona. Ele chega suado, ofegante e todo arranhado pelos espinheiros da montanha. A partir do momento em que o avisto, me dou conta de que algo grave aconteceu. Irmão! Que aconteceu? A pergunta era desnecessária, pois o rosto de Moncho era suficientemente eloquente. "Companheiro, me diz, nada de Salinas Pinell e rumores de combates para o lado de Murra e Jalapa". Mas isso não me preocupou tanto porque podiam ser os exercícios de combate do Conselho de Defesa Centro-americano e que os camponeses imaginam que são combates e em seguida espalham esses rumores todos deformados. Talvez não seja nada, lhe digo. "Não, irmão, me diz, é que a guarda atacou nos vales e prenderam um montão de companheiros, Moisés, Juan Simón, Gilberto", e me solta uma lista de nomes de companheiros presos. Apenas tive tempo de me sentar e segurar a cabeça para baixo com as duas mãos. Pensei: estamos fodidos! Agora sim, está fodida esta merda! Puta que pariu! Que terá acontecido? Mauricio não aparece, a GN destruindo o trabalho que tanto nos custou; pensava apenas nas selvagerias que a GN fazia em Isabelia com os colaboradores da Brigada Pablo Úbeda, que os amarrava, que os torturava até a morte, que os metiam em grandes buracos e ali lhes atirava granadas que explodiam e despedaçava as pessoas; o os que sobreviviam ficavam gemendo, destroçados, em um quadro dantesco. Em seguida tapavam o buraco com terra, enterrando os mortos e os vivos destroçados para que terminassem de morrer asfixiados; me recordava que, para torturá-los, o faziam em helicópteros em pleno voo, ameaçando-os para que falassem e os levavam com todos, e a mulher e os filhos, e aquele que não falasse eles jogavam lá de cima e perguntavam à mulher ou às crianças onde estavam os guerrilheiros; alguns infelizes, pelo pavor de serem atirados ao vazio, ou seus filhos, ou suas mulheres, falavam e diziam quem eram os outros colaboradores ou onde ficava um acampamento, os nomes dos chefes guerrilheiros, sua descrição física etc. etc., e houve companheiros que se foram ao vazio guardando silêncio e com a esperança de um mundo melhor.

Lembrava que uma companheira foi colocada em um poço mais fundo que ela, com seus quatro filhos de diferentes idades e era inverno e chovia e o poço ia se enchendo de água e ela colocando no colo os menorzinhos à medida em que a água chegava à cabeça das crianças, e continuava mais tarde chovendo e o poço se enchendo de água e colocando outro no colo e mais água e caía algum e os outros se agarravam aterrorizados para não morrer afogados e a menina chorando e continuava chovendo, até que ela não aguentava e soltava algum e morria e agarrava os outros e chovia e a água subindo e soltando outro e logo a água até o pescoço dela e solta outro, até que a água lhe encobre e flutua e flutua menos e chovendo e chovendo e os guardas com capotes ao redor do poço até que o poço ficasse quieto. Igualzinho como fazem agora financiados pelo presidente Reagan dos Estados Unidos e a maioria do Congresso, mas agora mais raivosos porque perderam o poder. E eles enfurecidos porque ela nunca disse nada.

Eu continuava com a cabeça para baixo, com as mãos agarradas, pensando em meus irmãos colaboradores, em seu entusiasmo, na fé na vitória, em mim como chefe deles. Pensando nas torturas que estariam lhes aplicando, em seus ranchos arrasados e ardendo, pensando na tristeza de suas veias, esperar tanto tempo explorados, perseguidos, mortos de fome, com a cabeça baixa desde que Sandino caiu, há 42 anos esperando a esperança; a esperança floresce, cresce e de repente, de um golpe, é cortada com sanha e crueldade; Que faço, meu Deus! Como os salvo, como os ajudo! Fui eu que os meti nisso, que despertei suas ilusões dormidas, que estimulei os sonhos, a fantasia da terra, de algo novo, bonito, um futuro de alegria, e agora estão pior que antes, por minha culpa, e eu aqui, quase que me sentindo o responsável por seu inferno, o mensageiro apocalíptico, o que eles pensarão de mim e dos rapazes, que não estamos com eles que estão sendo massacrados sem nenhuma possibilidade de defesa. Estou na merda, com raiva, com sentimento de culpa.

Por sorte, também já estou crescidinho, já conheço essas histórias, apenas digo para mim mesmo: merda! merda! merda!, e me lembro daquela bela frase de Martí: "Que o dia nunca é mais escuro do que quando vai amanhecer. É a hora das fornalhas e só se pode ver a luz".

Levanto-me sério, como chefe que não se abala frente ao inimigo e seus estragos. Decidido. Digo a Ramón e a Jesús que se aproximem, pois estavam conversando. Ramón contando ao Chele Laguna, com riqueza de detalhes, todas as peripécias de sua viagem a Planes, pois escapou de se ferrar, que só foi salvo pela experiência, pela aplicação correta e intransigente das medidas de segurança que tanto lhes havia inculcado e recriminado quando as violavam. Igualzinho como René Tejada e Carlos Agüero faziam conosco na Brigada Pablo Úbeda em agosto de 1974, quando nos treinaram.

Nos reunimos e lhes digo: Bom, companheiros, vamos embora daqui. Vamos para Canta Gallo. "O quê?, Laguna me pergunta assustado, mas se é ali que está a guarda em 'Compañía'". "Sim, disse Moncho, andam espalhados por todos esses lados". Respondo a eles que não importa. Se algum dos colaboradores, sob tortura, fala, vão dizer que estamos por aqui, pois eles suspeitam disso. Se eles falam sob tortura, podem entregar Pilar e virão para cá, e aqui é pelado. Há apenas o "Cerro Cuba", esse cerro que tem aí é pequeno, tem apenas umas poucas baixadas. Se vamos para lá, com 500 guardas nos cercam cagando de rir. A ordem é não combater, que não nos matem, que logo chegará o dia que seremos nós que os buscaremos; além disso, aqui não há reserva suficiente de comida e apetrechos para sobreviver na hora que "quebrem" essa zona e tenhamos que recuar para o cerro.

Vamos para Canta Gallo, lá a montanha é maior, nós a conhecemos melhor, temos bastante reserva de comida, e além disso, talvez encontremos com Mauricio, e de passagem, averiguamos como está a situação, pois Moncho, embora tivesse alguma informação do que havia ocorrido, foi tão rápida sua ida, tão agitada, tão escondida, que não teve tempo, pela presença da guarda em todos os vales, de averiguar bem a informação de quanto era o número total de presos, os nomes e o que havia ocorrido com as mulheres dos colaboradores presos, pois ele havia mencionado que haviam levado apenas os homens.

Eu abrigava a esperança de que a repressão não fosse tão cruel como o foi em Isabelia, com o pessoal de Modesto e da Brigada Pablo Úbeda, e a abrigava no fundo da minha alma, porque pensava que como nossa zona é mais próxima da cidade e há mais meios de comunicação e as pessoas vão mais à cidade, que as barbaridades podem ser menos ocultadas em comparação com as infelizes Brigadas Pablo Úbeda, que estavam no cu do mundo. Quem sabe não fariam tantas atrocidades, crimes e vexames inadmissíveis como haviam feito, pois, em outros lugares do país; além disso que mesmo no caso da Brigada Pablo Úbeda, a coisa havia repercutido negativamente contra a ditadura tanto em nível nacional e internacional, graças à corajosa denúncia de um bispo e de uns sacerdotes.

Mandei Moncho chamar Pilar. Explicamos-lhe, sem muitos detalhes para não o atemorizar demasiadamente, o que havia ocorrido, que nós íamos nos retirar dali para não o comprometer e que ficasse atento, que não confiasse e que pusesse por turno Colacho e a seu rapazote para vigiar, para que pudesse escapar se chegassem para buscá-lo.

Sentia também a necessidade de me colocar à frente de "Compañía", para fortalecer o moral dos que ficaram, para continuar o trabalho. Eu devia estar ali. A única coisa que me agoniava, era pensar em topar de frente com uma patrulha da GN de surpresa, que matassem nós três em combate, e aí sim, que a merda estava fodida e por um bom tempo.

Arrancamos de noite. Ramón na frente, eu ao centro e Jesús atrás. É uma dessas putas noites de inverno que chovem até animais, além de estar super escuro e lamacento. Fomos por outro caminho, fomos apenas pela montanha, abrindo montes e cruzando pastagens, riachos, fazendas, casas escuras e desconhecidas.

Chegamos com todo o grupo ao pé de Canta Gallo. São quase cinco da manhã, já vai clarear. Foi uma marcha tensa, uma marcha com as armas, bala no pente e dedo no disparador, com os olhos bem abertos no escuro, e sem respeitar nenhum ruído de nenhum tipo para apontar automaticamente com a boca de nossos fuzis. Foi uma audaciosa marcha de três e que tinham a convicção de não morrer ou pelo menos vender caro a vida e de não irem sozinhos para a tumba.

Subimos até a metade do morro, caminhando no ar para não deixar pegadas, felinos com os olhos como flechas rápidas, com os ouvidos como radares supersensíveis, e sempre com o dedo no gatilho. Tenho confiança na experiência e na capacidade de Jesús e, sobretudo, de Moncho. Chegamos a um lugar horrível, incômodo como ele só, e ali decidimos dormir, descansar o dia, para ver como íamos fazer no dia seguinte, de acordo com os planos que fizemos. Dormimos mal, pois fazíamos vigilância cada um por duas horas, de forma que o sono do dia foi inconstante. Chegou a noite, e dormimos todinha, sem vigilância. Ali, de noite, nesse lugar, não entrava nem o Super-Homem.

Levantamos às cinco e meia da madrugada. Continuamos subindo o morro em posição de combate. Levávamos pouca carga, pois decidimos deixar comida e coisas desnecessárias que pudessem pesar em casa de Pilar, para ir mais leves por qualquer eventualidade de combate. Chegamos a um local onde mais ou menos podia se observar parte da Montañita e do casario da fazenda "San Jerónimo". Não se via nada anormal. Melhor dizendo, sim. Havia um grande silêncio lá embaixo, rompido apenas pelo canto de algum galo ou o pique longínquo de um machado, o que significava que havia gente cortando lenha ali por baixo. Passamos todo o dia observando, até por volta das três da tarde. Voltamos para um pouco mais ao centro da montanha, sempre como gatos. Regressávamos para comer alguma coisa, acender o fogo e fazer aveia cozida, quando caísse a noite. Regressávamos para ouvir o noticiário das cinco, para ver que merda diziam. Continuava com a preocupação sobre Mauricio, pois havíamos parado em Canta Gallo quando íamos subindo por um acampamentinho que Salinas conhecia e que havia um *buzón* próximo com tudo, que ele também conhecia. Eu tinha a esperança que talvez o pessoal do Conselho de Defesa Centro-americano o tivesse retirado de sua área, que tenha chegado a "Compañía", que ele encontrasse o desastre e que podia ter lhe ocorrido perfeitamente voltar para ali, porque essa era provavelmente uma das funções da colina, que, a propósito, estava mais gelada do que nunca a filha da puta, e com alguns vestígios, sinais ou manifestações semelhantes à forma como a montanha estava quando mataram o nosso amado Tello, René Tejada Peralta, aquele que havia nos treinado na Brigada Pablo Úbeda, insigne mestre, ourives e arquiteto da vontade e da firmeza.

Chegamos ao cantinho escolhido para ouvir as notícias, comer, passar a noite e sobretudo para pensar que merda deveríamos fazer no dia seguinte.

Fazia cerca de 15 minutos que estávamos sentados, calados, com o rádio sintonizado na Estação X, esperando as cinco para passar para a Rádio Corporación, quando ouvimos o famoso piripipipí, piripipipí, piripipipí que era a forma das emissoras de rádio chamar a imediata atenção dos ouvintes, quando iam anunciar uma notícia importante de última hora e de interesse nacional.

Quando ouço o primeiro piripipipí, porque sempre o colocavam várias vezes seguidas, sem intervalos, então quando eu ouço o primeiro piripipipí senti a forte descarga de adrenalina. Baixei a cabeça e a coloquei de lado, pois estava de frente para eles. Ouço o piripipipí e fico com os músculos tensos, como quando alguém diz: aperta aqui. Eu penso, não me olhem. Quando ouço o primeiro piripipipí aperto as mandíbulas e o cérebro, como para conter o golpe, como para que quando o golpe me acerte não destrua todo o cérebro, como para contê-lo e não deixar chegar até o centro, até o fundo, para que o golpe alcance apenas a parte da frente, e para que passe, apenas passe um pouquinho e possas suportar.

Termina o último piripipipí, e eu estou pronto, segundo eu mesmo, e eu já estou preparado para o açoite. A experiência de 1969, a situação que estamos vivendo me diz que isso não é com a Frente em geral, o filho da puta do sexto sentido me diz que não é com a Frente da cidade, merda nenhuma, me diz que não é com a Brigada Pablo Úbeda. Tenho os dentes apertados, o cenho franzido e a segurança, a absoluta segurança, de que isso é comigo.

Manágua, tal e tal, Quartel Geral da Guarda Nacional de Nicarágua, informa aos cidadãos o seguinte: que no dia tal, em tal lugar, houve um combate com elementos subversivos armados, que ao serem intimados a se render, abriram fogo e que, como resultado do combate, morreram dois elementos não identificados e outros dois fugiram, que ao serem perseguidos dias depois pelas gloriosas forças da GN, um deles foi encontrado e ao receber o comando de alto, sacou sua arma abrindo fogo contra as autoridades da ordem, as quais repeliram o ataque, tendo como resultado a morte do facínora identificado como César Augusto Salinas Pinell. Continuaremos informando, de novo o piripipipí.

Gelo, frio, papelzinho, espuma, bolha de sabão, folhinha seca batida no vento de verão, frágil, débil, enfermo grave, mortal peregrino, volátil, gasoso, choroso, assim me senti quando ouvi isso.

Não me virei para olhar ninguém. Continuo igualzinho como no primeiro piripipipí. Em segundos de séculos, anos feitos segundos, penso em Augusto. Quando nos apresentou Manoel Morales, quando compartilhamos tanto e tanto durante tão intensa estada juntos. Tanto que falamos de tantas coisas. Quantos sonhos e utopias compartilhados ao redor do fogo, tanto perigo e tanta alegria juntos, sua cara de bom rapaz, sua aparência de professor de cursos com tudo e uniforme militar, seus dentes certinhos, seu sorriso brilhante, sem manchas ocultas de hipocrisia. Meu lenço de lágrimas no terreno. O que mais me reconfortou quando do episódio de Claudia. Mauricio, o singelo, *campechano*, o que nunca disse não, o que não queria ficar com a M-2 por carinho a mim quando pertencia a ele, porque ele a salvou do tal cerco filho da puta nas proximidades de Ocotal, ele que se fascinava em dar aula aos camponeses, Maurício o pícaro quando queria, o carinhoso e queridinho, Maurício o reclamão quando também queria. Mauricio. O da minha vida.

Por uns instantes, fico com a mente vazia, não sei o que dizer ao voltar a olhar para os rapazes, que também, não quero virar-me para vê-los, sobretudo Ramón, porque eu sei o que significa para ele a queda de seu Deus. Com a mente vazia para descansar ou para inventar o que dizer. Um discurso, uma arenga acaso, daquelas que era especialista na universidade, acaso uma análise política, geopolítica, para concluir com a morte de Augusto e argumentar que a luta continua e que nós somos Pátria Livre ou Morrer.

Omar, destroçado Cabezas, Eugenio de merda, Juan José, por que vós? Por que vós, pobre diabo? Porque sois Quixote, filho! Por isso! Convence-te. Aceita-o. Teimoso estúpido.

Virei o rosto. Soprava uma brisa fresca. As árvores estavam tranquilas novamente, balançando-se suavemente. Os pássaros já começavam a cantar da mesma forma. Não havia amargura em meu rosto. Algo, que não sei precisar, me deu tranquilidade interior e fé no futuro. Ramón está chorando. Chorando de raiva, não de depressão. Jesús, assustado e com um medo que não pode esconder. Fiquei olhando seus olhos com naturalidade. Como se o mundo e a vida continuassem da mesma forma. Como se não houvesse ocorrido nenhuma catástrofe. Disse a eles, ouviram jovens! Mauricio caiu. Caíram os compas. Preparem-se. Vamos "trabalhar". Isso não vai ficar assim.

12

> Que estavam fazendo
> quando estavam nos torturando,
> quando nos tinham pendurados
> pelos dedos, de cabeça para baixo,
> pendurados nas soleiras?

    Como revolucionário, me vi angustiosamente necessitado pela primeira vez na minha vida desde que entrei na Frente Sandinista de Libertação Nacional, a tomar a decisão consciente de não acatar cabalmente as ordens de meus superiores. Decidi que vamos combater. Decidi que matar, mesmo que seja três chacais da GN, não é pecado. Que vamos explorar como felinos, que localizaremos algum ponto em que os abutres estejam concentrados, festejando sua orgia. Que nos aproximaremos em silêncio o mais prudentemente perto que possamos. Que daremos três tiros cada um, depois que estejam bem apontados e que nos retiraremos vertiginosamente, para que quando eles queiram reagir, não possam nos ter como alvo. Depois, que nos sigam, que nos alcancem se for possível. Que nos persigam. Que nos cerquem em Canta Gallo. Vamos ver se é verdade que nos caçam, que nos encontrem. Canta Gallo é grande. O inverno está inclemente. Canta Gallo tem inúmeras saídas. Canta Gallo não é Macuelizo. Em Canta Gallo, temos reserva para pelo menos seis meses de comida, para substituir barracas, nylon, mochilas, roupa, medicamentos em quantidade, balas para reposição. Canta Gallo, em matéria logística, já é um bastião capaz de aguentar um bom tempo.

Ramón e Jesús o conhecem como à palma de sua mão e até eu, que sou um pedaço de merda para me orientar, sinto que tenho ordenado na cabeça as coordenadas mais importantes de sua topografia e geografia. Eles precisariam de 800 a mil homens para poder fazer um cerco com certa efetividade. Penso que não os tem. Nós somos apenas três, que podemos nos mover com facilidade e sem carga, além disso, ali tínhamos comida e tudo por todos os lados. Três pessoas podem se meter nessa abrupta topografia em qualquer lugar.

Por outro lado, eu tenho uma grande confiança no grupinho. Confiança em suas habilidades militares. Moncho tem experiências bastante sólidas em assuntos militares. Jesús mais ou menos. Ramón vivia a meu lado no morro de Macuelizo. Tinha experiência. Tínhamos antecedentes de tê-los enganado em terrenos desfavoráveis, como eram os pinheirais e clareiras de Macuelizo. Ramón já sabe o que é isso. Sabe como se comportar, contornar, o que fazer em cada momento, em cada circunstância. Moncho já é um guerrilheiro maduro. Sua inteligência, inclusive, se desenvolveu. Mas, sobretudo, tenho confiança em mim. Tenho segurança de que sou capaz de fazê-lo com sucesso. De infligir nem que seja uma baixa ao inimigo e preservar a segurança do grupo.

O que não posso permitir, o que minha consciência política e meu coração, o que a tática, a prática e o futuro do trabalho não me permitiam, era deixar passar impunemente que essas bestas tivessem feito um inferno e transformado nossas esperanças em gritos apavorados de dor que feriam a noite. Que tenham transformado esses vales, meus irmãos, em horrendo coro de prantos e gemidos dilacerantes durante várias madrugadas. Que tenham lhe causado tanto sofrimento. Que tenham lhes amortalhado em tanta dor e tortura sobre tortura, como se já não houvesse gerações após gerações sofrendo dia a dia. Não podia suportar a ideia de que houvessem reduzido a cinzas seus ranchinhos humildes, que tenha depredado todos seus poucos bens, produto do trabalho de toda uma vida, de décadas de exploração. Isso, te juro, compreenda, não o podia suportar.

A morte de Mauricio e sua brigada foi apenas a gota d'água que transbordou o copo. Ramón pensa igual a mim. É a segunda vez que este rapaz camponês, durante a guerrilha, vê isso com seus olhos e tem que fugir. Ramón vai fazer o que eu disser, pois se Mauricio era sua referência, ele tinha claro que eu era um pouco como Mauricio. Era notório entre o grupo e entre os colaboradores, o respeito e o carinho mútuo que ele e eu professávamos.

Enfim, o motivo final de minha decisão era facilitar a continuação do trabalho assim que as coisas se estabilizassem, se é que iam se estabilizar; ou continuar a luta segundo a dinâmica que os acontecimentos fossem impondo, sempre, sim, buscando que seja a guerrilha a que imprima em cada momento e circunstância, o ritmo e a modalidade das coisas, de acordo com suas capacidades e com as situações objetivas e subjetivas.

Por tudo isso, não era, portanto, uma reação estritamente emocional. E o que diria aos companheiros ao voltar a contatá-los, se é que ainda havia alguns vivos em suas casas? Como responderia às viúvas e mulheres sozinhas cujos maridos estavam na prisão e seus filhos famintos em seus ranchos semidestruídos? O que eu ia responder a todos eles quando me perguntassem: o que estavam fazendo quando estavam nos matando impunemente? O que estavam fazendo quando estavam nos torturando, quando nos tinham pendurados pelos dedos, de cabeça para baixo, pendurados das soleiras? Por acaso, não são vocês que andam armados? Vocês não são como o pessoal do General Sandino, que estavam lutando contra esses cães? O que ia lhes responder? Como podia lhes explicar e que, além disso, conseguissem compreender nessas circunstâncias, e compreender e aceitar todos as argumentações táticas, políticas e estratégicas globais em que as decisões se baseavam? Isso é duro demais, irmão. Por favor, entenda-me que isso é muito difícil! E porque não dizê-lo também, me dava vergonha que me dissessem que tínhamos chegado oferecendo-lhes um futuro, uma luta, e que quando chegou a hora, tínhamos fugido, que nem sequer nos viram assim que a guarda chegou, e se isso fosse pouco, tiramos-lhes o pouco de comida e estavam pior do que antes. Parecia que iam me dizer: melhor não tivessem vindo, melhor irem embora, que agora estamos piores do que quando vocês vieram. Éramos como aves de mau agouro.

Por isso mesmo eu dizia, e também por outras coisas, que devia ir ao combate nesse instante, nesse momento, nessa situação em particular; que Bayardo teria que me compreender, que teria de me dar razão e que ele tinha que defender minha decisão frente a seus superiores.

Eu pensava: se combatemos, mesmo que seja um pouquinho, se matamos mesmo que seja três filhos da puta, ou se apenas déssemos uns tiros mesmo que não matássemos ninguém, isso nos dava credibilidade, autoridade, para poder entrar em contato com eles novamente e pelo menos lhes dizer, embora seja um filho da puta desses, deixou aqui sua pele; dizer a eles, não saíram ilesos esses malditos; dizer-lhes pelo menos que fizemos o que pudemos, que tentamos defendê-los, que não ficamos com os braços cruzados e que se não fizemos mais, foi porque nós éramos apenas três e os guardas como 200; que em todo caso, o que havia que fazer era continuar trabalhando, cuidando melhor o trabalho, treinando, armando-se, para na próxima vez não acontecer o mesmo e quando esses cachorros tentarem de novo, que eles se deem mal e levem um puta susto.

Dar uns tiros, portanto, me parece vital. Tanto para o prestígio da guerrilha, como para facilitar a continuação do trabalho na área, assim como para o moral de Ramón, que tem sobre si a morte de Mauricio e a amarga e fresca história do que ocorreu a sua família e a seus vizinhos em Macuelizo.

E bom, ao final de todas minhas reflexões, em que tratava de ser o mais frio e objetivo possível, quando me virei para os companheiros e lhes disse o que lhes disse, antes disse a mim mesmo: Bayardo, meu irmão, me perdoe, não quero te colocar em problemas, quando nos reunamos pessoalmente, eu vou te explicar porque o fiz.

Giro todo o corpo em direção a Ramón e Jesús. E lhes digo o seguinte: companheiros, assim e assim e assim e explico a eles tudo isso que estou te contando, sem te dar todos os detalhes por questões de princípios do trabalho, isso vou fazer no momento oportuno.

Então, companheiros, o plano é o seguinte: Você, Ramón, vai à paisana, sozinho, com pistola e granada. Nada de atirar em ninguém. Vai apenas a explorar. Vá a buscar um ponto de observação, vá ver se ainda há guardas nos vales. Onde estão. Quantos são. Que armas têm e se pode fazer contato com as pessoas da Montañita, que é a que está mais próxima daqui e se pode chegar pela montanha sem ser visto. Se puder, faz contato com eles e recolhe toda a informação que possa sobre tudinho. Não caminhe, por nada do mundo, nem por estradas, nem por picadas, nem atalhos, nem por merda nenhuma; vá apenas pela montanha, e lembre-se, caminha como gato, sem fazer ruído, pare a cada 100 ou 200 metros, para ouvir, para ver o que ouve e abre os olhos para ver o que vê; se não ouve e não vê nada, continue avançando, enfim, você já conhece essa tática e não preciso lhe lembrar dela; o que eu quero dizer é que a use ao pé da letra. Que ponha em prática tudo o que sabe. Se já não há guardas e podes chegar até tal ponto, anda e traz as coisas ou as esconda melhor no *charralito* que temos por aí e não fique fazendo nada mais. Está proibido de entrar nas casas e sei lá mais quantas orientações pormenorizadas lhe dei.

Eu fico só com Jesús. Era uma missão bem perigosa. Jesús ainda não estava capacitado para cumpri-la melhor que Moncho. Ir os três era gente em demasia, era como colocar todos os ovos na mesma cesta antes do tempo. Ir, inclusive, Ramón e eu, era também uma imprudência. Um encontrão de surpresa com o inimigo podia ser fatal, demolidor para o futuro da área e de nossa obsessão, que se chama Brigada Pablo Úbeda. Se de algo estava seguro é que eu não devia morrer. Estava me cuidando, me preservando, não queria morrer, mas te juro que não por covardia, acredite-me, não pelo simples temor humano de deixar de existir, digo isso de coração, não queria morrer porque estava consciente de que minha queda atrasaria por algum tempo o projeto de nos juntar com Modesto, que era onde, nesse momento, estava lançada a sorte da guerrilha, da revolução, das massas do povo, da FSLN, assim eu pensava. Lamento te contar isso porque não sei se vais me entender, mas te juro, te juro por meus companheiros mortos, que foi assim, assim que eu pensei naquele momento.

Quando Ramón saiu para cumprir sua missão, disse a Jesús que o acompanhasse uns dois mil metros e que voltasse apagando as pegadas, e para explicar-lhe com mais clareza de como queria que apagasse, lhe disse: você vem apagando as pegadas com amor, não deixe o mínimo rastro de acesso aonde nós estamos; vai que acontece o diabo, eu dizia, que estejam por aí esses fodidos, ou algum caçador e vá nos denunciar aos guardas, apenas para ficar bem com eles; sabia que alguns camponeses agiam assim quando estavam aterrorizados, embora não fossem informantes nem colaboradores da guarda nem nada disso.

Fico ali, buscando mais notícias no *dial*, um pouco de lenha e tentando fazer algum foguinho leve para esquentar minhas mãos. O frio e a chuva estão da puta que pariu. Quando estou fazendo o foguinho, por volta das cinco da tarde, em meio à horrível neblina desse morro, me dou conta que cometi um erro imperdoável, indesculpável, para a experiência que a essas alturas já tenho no ofício de guerrilheiro de montanha.

"Puta que pariu, que cavalo!" como posso ter esquecido e também esses tontos que não me dizem nada! Havia me esquecido pela primeira vez na vida, mandar alguém a uma missão e não lhe dizer quanto tempo tinha para realizá-la. Quando deveria estar de volta conosco. Que merda! Eu dizia. Só me consolava porque havíamos estabelecido um ponto de contato de emergência, sempre no monte, próximo a um *buzón* que Jesús já conhecia, que se por alguma eventualidade tivéssemos que sair do lugar, ele, Ramón, poderia nos encontrar. Nesse ponto de contato de emergência, também havíamos estabelecido um pontinho para um *buzón* morto, que é um local previamente estabelecido onde alguém deixa correspondência bem protegida da água, para dar instruções de qualquer tipo. Não havia problema, pois, de não podermos nos contatar. Minha irritação era que não dei ao homem limite de tempo para voltar, o que não me pareceu bem, e que também significava que o tipo podia levar o tempo que quisesse no terreno e, entretanto, como não sei quando voltará, estarei com o cu no ponto e me cravando as unhas, angustiado, pensando no pior, porque, nesses casos, só se pensa no pior. Cavalo que eu sou, nem pensar, sou o único culpado. E para consolar-me de meu erro, me disse: bom, todos cometemos erro, mesmo os mais experientes.

Começa a escurecer e Jesús não regressa da tarefa de apagar as pegadas. Chama a minha atenção, mas não me preocupa. Sei como é tedioso ir apagando as pegadas, e neste caso, apagá-las com arte, com amor, como eu lhe tinha dito. Continuo a ouvir o rádio e recapitulando tudo o que aconteceu, concentro-me no que faremos quando Ramón regressar, repensando a decisão, quando me dou conta novamente, que Jesús ainda não voltou, olho o relógio e dou tamanho salto porque são seis e meia da noite;

já está totalmente escuro. Puta que pariu, que aconteceu? Será que vinha apagando com tanta dedicação que foi surpreendido pela noite? Mas ao mesmo tempo penso que o importante é que apague bem dos dois mil metros para trás; e imagino que por isso foi pego pela noite.

Continuo ouvindo rádio, fazendo exercícios mentais, mas de verdade, já inquieto. Olho o relógio novamente e são sete da noite. Ponho-me de pé, mais preocupado, melhor dizendo, aflito. Começo a brincar mentalmente com as hipóteses possíveis. Um, não ouvi disparos, a dois mil metros ouço daqui claríssimo qualquer disparo, portanto não toparam com a guarda. Dois, que tenham sido capturados vivos os dois e por isso não ouvi disparos. Impossível! A essas feras, sobretudo Moncho, não lhe capturam sem disparar um tiro; bom, eu penso, partindo ainda da hipótese de que tenham sido capturados vivos, a guarda teria vindo sobre a trilha das pegadas deles até mim, teriam me cercado e a esta hora até o comunicado já teriam publicado, esses filhos da puta, anunciando que finalmente haviam me matado. Eles tinham ganas de me pegar. Sabiam que o chefe ainda não havia caído. Então, penso que eles não foram capturados vivos e nem foram mortos, porque eu não escutei combate. Será que desertaram e me deixaram sozinho? Impossível! Simplesmente, impossível. Há apenas uma terceira possibilidade: vou direto à mochila de Jesús, escarafuncho e, efetivamente, não encontro sua lanterna, aí está! É isso. Jesús, camponês esperto, pensando que os dois mil metros de pegadas bem apagadas é longo e demorado e vai até a noite, levou sua lanterna para iluminar e vir apagando. Que danado este Jesús, disse a mim mesmo, isso eu não tinha pensado.

Como as duas primeiras possibilidades estavam descartadas, a única viável era a terceira. Volto a me sentar um pouco mais tranquilo. Embora, te digo, inquieto. Ponho a rede e me recosto pensando nas merdas que que com frequência alguém pensa.

Durmo um pouco, me desperto, olho o relógio, são nove da noite. Agora sim, alerta. Ah, não! Isso é porque o tipo não podia apagar bem com a lanterna como teria querido e foi dormir para vir apagando pela manhã. Penso então em ir buscá-lo, para ver se topo com ele voltando pela trilha que eles haviam feito quando foram; mas logo digo a mim mesmo, merda! Como sois tão bom para te orientar de dia, filho da puta, o que você vai fazer é se perder querendo se orientar à noite, *maricón*, e vais complicar mais ainda a encrenca do que já está.

Me aguento e opto por dormir com um olho aberto e outro fechado. Esse cara, eu pensei, vai aparecer tipo seis ou sete da manhã.

Como não tinha isqueiro nem fósforo, por precaução alimentei o fogo, não apenas para mitigar o gelo do morro, mas para que também amanhecessem algumas brasinhas por qualquer coisa. Dormi depois de ouvir o noticiário da rádio El Momento que anunciava novamente o comunicado da morte de Maurício e dos outros companheiros. Foi um sono um tanto inconstante, mas sem pesadelo, atento a todos os sons e figuras da noite na montanha, porque a noite na montanha, na verdade, é algo que desperta coisas em mim. Quem sabe por que eu sempre estava prescrutando a noite da montanha, sobretudo quando estou só e em momentos difíceis, porque é que, na realidade, a noite é diferente no mar, é diferente na terra, a noite é diferente ao vento. A noite é pausada, a noite é mais repousada que o mar e que o vento, são diferentes em sua própria forma de ser, em sua própria forma de chegar, são diferentes. Chegam de maneiras diferentes. A noite vem sempre devagar, com cautela, se aproxima suavemente, a noite não se aproxima de repente de você, mas pouco a pouco. Ou seja, não é violenta.

A mim, a noite por ser escura, me inspirava segurança. Nunca me sentia mais seguro do que quando chegava a noite, porque sabia que quando chegava, a guarda não caminhava em nossa direção, porque ninguém pode caminhar despreocupadamente pela noite, porque a noite tem seus próprios domínios. Então, entrar em seus domínios não é assim de qualquer jeito, a gente se vê obrigado a fazer ruído. Ninguém é mais desajeitado do que quando quer se locomover à noite na montanha, onde o terreno é tão acidentado e cheio de árvores, que mesmo caminhando com luz, com lâmpada, fica desajeitado ao entrar nos solares e domínios da noite.

Quando a noite chegava, até o sol ia embora, corria, quem sabe para onde, pois a noite é séria e não anda com coisas, por isso quando ela chegava tudo mudava. Em alguns casos, a guerrilha acampava, todos em silêncio, nossas silhuetas de homens faziam suas coisas de rotina, os pobres barbudos já cobertos de noite fazíamos o ritual de sempre: colocar as redes, cantar baixinho, fumar escondido e outras coisas. Nos ranchos dos camponeses, da mesma forma, se reconcentrava toda a família e o caminho e a montanha tudo ficava só.

Os camponeses faziam barulho, mas dentro do rancho, fogo dentro do rancho, pranto no rancho, risos no rancho, tudo no rancho, porque do lado de fora, não, nem por Deus, pois ela havia chegado, estava ali, fora.

Os únicos que não saíam ou não mudavam eram os que não podiam correr, voar ou proteger-se ou se movimentar e esperar por ali em algum lugar, tinham que conviver com ela, aguardá-la e fazer o que deve ser feito, até depois que ela ia embora. Quando a noite chegava não se alteravam, permaneciam em seu lugar as pedras, as árvores, os rios e o vento, fora disso, ninguém mais, porque a noite só tolerava a quem ela queria. Ela inspirava respeito a todo mundo.

Os animais respeitavam o domínio da noite, os pássaros iam descansar, iam dormir em seus ninhos, e a maioria dos animais, até as cobras, todos, iam descansar, menos alguns animais, que tenho certeza de que andavam de noite porque ela os consentia. Esses são animais amigos da noite, eles fazem trato com ela ou simplesmente lhe são simpáticos ou sei lá o quê. Apenas determinados animais, o restante se retira, se acomodavam, se guardavam ou simplesmente, compreendendo que não havia nada mais que fazer, iam dormir em seus lugares de sempre.

De noite, o som, o ruído, é diferente. Em geral, na montanha os únicos sons que há são os do silêncio, e algum outro som que ela com certeza permite e que seja do interesse dela. Eu pensava que um desses casos é o vento. Parece que o vento é um som que ela aceitava com alguma complacência cúmplice.

Por ser escura, por ser difícil que a guarda se aventurasse a se meter nela, a noite me produzia uma grande calma e me fazia pensar. Porque a noite é calma por ser noite, porque na noite pode andar a paz sem se dar conta. A noite se parece com minha mãe. A noite te convida a refletir, eu acreditava que onde vive a filosofia é na noite, a noite é cega, é negra e eu suspeitava que a noite podia ser o ponto de partida do tempo. Eu imaginava que o tempo nasce, vive ou começa na noite. E vai e vem e chegava devagar, provavelmente era para reafirmar que ela existe, para reafirmar que ela é o ponto de partida do tempo, e sem ela não há nada. Ela se reafirma, insiste, até que aceita impotente sua existência. Mas sempre me incomodou de onde ela vinha, de onde ela aparecia, e até me dava medo que ela percebesse que eu queria descobri-la e me fizesse algo por me considerar atrevido e desrespeitoso. Sou daqueles que pensavam que a noite não vem de baixo nem dos lados, ou seja, que a noite não vem lá do chão e vai subindo. Eu não acreditava que a noite, a escuridão da noite, esteja guardada nos troncos caídos e saia daí em forma de fumaça ou neblina, pouco a pouco, nem acreditava que a noite saísse de algum rio. Eu acreditava que a noite vinha do alto, do céu. Não sei por que, eu intuía que tinha que entrar por cima, às vezes eu pensava se não viria do passado. Mas isso eu pensava quietinho na rede, para que ela e os compas não me descobrissem. Eu a imaginava flutuando, imperceptível, devagarinho, por todo mundo, como se viesse dando volta pouco a pouco a todo o redondinho da terra, descendo até onde nós estávamos, até chegar suavemente ao chão.

A noite me dava uma sensação de cumplicidade, e é que a noite é cúmplice, sempre é cúmplice do bom e do mau e creio que essa danada não tem credo político nem ideologia, eu creio que a noite está isenta de religião, de raça. A noite é ela e por isso é cúmplice, sempre cúmplice, é testemunha muda e discreta de tudo. A noite é tumba, a noite é dona do silêncio, a noite é caixa do esquecimento, é dona do descoberto, é testemunha; a noite está carregada de lendas e por isso é severa e imagino que por isso é tão rígida... e deve ser de uma enorme responsabilidade; como ela não fala, nem diz, nem denuncia, nem informa, porque a noite é muda, imagino que por isso mesmo ela não gostava, e nem gosta, que a firam, que a violentem, que lhe rasguem ou que se metam em seus domínios. Ou seja, a noite também exige respeito assim como ela tem respeitado todo o bem e o mal, todo o bonito e o feio, o asqueroso e o puro que ela tem visto desde que existe ou desde que anda dando voltas, porque não é remoto que a pobrezinha seja eterna e até sem tempo. Talvez a noite venha todos os dias porque não tem tempo nem lugar e não porque seja o início do tempo. Às vezes eu acho que a noite é tão séria, tão autoritária, tão intransigente com os outros, que às vezes não permite nada em seu domínio, que até engole o silêncio, o envolve. Engole os pontinhos do silêncio, os pontinhos que compõem o som cansado e reconcentrado.

O silêncio é o temor apinhado e apertado dos seres vivos; o silêncio é o esgotamento de todas as coisas; o silêncio é o pânico do som, é seu desligamento, é sua manifestação tímida, até mesmo seu mecanismo de precaução; o silêncio é a introspecção do som, por isso se torna ponto e, quando é mais introspectivo, se faz mais ponto, até virar pontinhos e aí a noite os engole, ou eles se grudam, se agarram a ela. O vento, como se fosse o único que a noite deixa correr por um momento, deixa-o ir. Depois, sei lá, eu percebia algo que não sei explicar, é que a noite não gosta de alterações, embora tenha algo de voluptuosidade.

Acho que também na noite anda o erotismo. A noite é um ser erótico porque bem, é uma testemunha de tantas coisas; ela é gentil, mas é uma gentileza que eu acho que é por fora, porque eu acho que se alguém desce mais na noite, se se fundir, se se aprofundar mais nela, se desliza, poderia se encontrar com uma grande agitação. E talvez a noite por dentro seja um mercado e por fora é escura, mas como quase ninguém entra na noite, como ela não permite que entrem, as pessoas não sabem. Tenho me perguntado se a noite não será um alvoroço tremendo, se não haverá luz além, por dentro, na noite, ou se não será nada mais como o subterrâneo obscuro para ir a outros lugares cheios de gente, de ruídos e de línguas, e que apenas os ousados, os valentes, os buscadores, os exploradores da noite podem passar. Talvez só esses possam possuir a noite, conhecê-la, desvendá-la e vivê-la, embora se sinta descoberta. Talvez, se a prescrutar um pouco, sejam puras aparências: por fora escura, cega, às vezes meio desajeitada, lenta, letárgica, como uma manada de elefantes, sempre caminhando, imperturbável, atravessando tudo, reiterada, assídua e, talvez, por dentro, quantas festas, eventos, sons, rituais, práticas terá, que concertos de gente, que eventos a habitam, e eu até suspeitei, deitado na minha rede, que a noite era orgíaca. Ela tem sentimentos contraditórios, ela guarda, acalma, com uma mansidão que só a escuridão pode lhe dar, acalma e guarda o homem e quem sabe o que outras coisas. Eu pensei que pelo menos guarda o habitante desta terra. Nela estão presentes todos os humores do homem. Em outras palavras, a noite tem diferentes caras. A noite é como todas as pessoas: uma coisa são as aparências e a realidade às vezes é outra. Ela, em si mesma, a noite, independentemente de que seja o que seja, e tenha o que tenha, tem um sentimento em particular. E eu suspeito que sua estória é com o vento. As pessoas andam acreditando que o vento é um ruído que sopra, o vento é outra coisa. Eu estive com o vento, o conheci e ele me bateu, me maltratou, me soprou e me ajudou. O vento não pode falar merda comigo porque nos conhecemos. Nos encontramos e, quem sabe por que, o vento me dava uma série de sensações. Não sei por que nunca associei o vento com o dia. O que quero dizer é, que recebia sensações por parte do vento pela noite. Às vezes ele me inspirava mistério, como se estivesse soprando mensagens ocultas, segredos, fórmulas perseguidas, verdades não sabidas. Para mim, então, estava sempre soprando mistérios. À noite percebi que o vento soprava antes de passar por onde eu estava. E antes que ele passasse, dizia para mim mesmo: "aí vem o vento", "aí vêm as pessoas", "aí vêm as coisas que o vento traz. O desconhecido, os segredos que o vento traz". Às vezes, adorava ouvi-lo chegar aonde estávamos ou onde eu estava, mas às vezes isso me deixava tenso, me colocava em tensão. Então, não é que me causasse medo, mas havia sim um segundo, um momento, em que tomava cuidado quando ele ia passar, porque eu não sabia quem vinha nele.

Porque o vento não é um barulho que as árvores fazem e o vento não é apenas o ar que te sopra nas alturas, o vento não pode ser reduzido ao movimento das folhas nas árvores, nem pode ser reduzido ao ar fresco. O vento é mais. Me dava uma sensação de expectativa, talvez porque o inimigo avança na montanha quando o vento sopra. A verdade é que o vento me cheira mal e uma das coisas que me perguntava quando ouvia que ele estava chegando era de onde tinha saído, porque eu tinha a suspeita de que quando o vento começava a correr e se mostrar saía de algum lugar. Em algumas ocasiões pensava que saía dos precipícios de alguma encosta montanhosa da montanha, como se vivesse entre as raízes das árvores, entre as trepadeiras, dentro de todas as ervas daninhas, das raízes, dos troncos das árvores gigantes que estão penduradas nos precipícios profundos. Nunca pensei que o vento morasse nos arbustos pequeninos do solo plano e lisinho; o vento vivia em outro lugar. Então imaginava que o vento nascesse entre falésias onde só existem aves de rapina, que de dentro dessas cavernas o vento saía para vagar pelo mundo. Descartei muito cedo que vivesse nas copas das árvores.

Mas, bom, ainda não sabia onde é que o desgraçado nascia, de onde saía para ir todas as noites para passar por onde nós estávamos e por outras direções. A verdade é que quando o vento já vinha, alguma coisa acontecia à minha pele: já saiu! Cuidado com quem sopra! Mas já havia saído. E eu já te disse que quando o vento ia passar por onde estávamos, havia um momento em que eu ficava quietinho, porque com ele, nunca se sabe, e porque me dava incerteza e intranquilidade não saber o que era que trazia naquela ocasião, e isso em mim produzia expectativa e suspense.

Eu sabia que arrastava uma grande quantidade de coisas que as pessoas, por inocência e ingenuidade, não percebem, porque o vento está em cima de tudo, carregando tudo, porque é eterno, vem de tempos remotos, de eras passadas, vem puxando e empurrando, carregando o pobre, a história, a vida, a bolinha do mundo. Às vezes eu sentia pena do vento, porque dizia: bom, o coitado anda carregando tudo, anda errante, como um judeu errante, buscando, caminhando, indo, vindo, sem descansar. No vento andam os perseguidos, como se ele andasse fugindo ou nele andassem fugindo ladrões, criminosos, gente que cometeu delitos. Como se andassem fugindo todas as almas penadas, como se andasse o grito apavorado dos torturados de todos os séculos, dos incompreendidos, dos espíritos cansados, dos espíritos que não têm paz nem sossego. O vento deve estar cheio de Quixotes. Como se o vento também estivesse constantemente anunciando, levando mensagens, pregando tudo sem ser ouvido, sem ser escutado, sem se deter, e como se voltasse para enfim ver o que ocorria, para ver o que as pessoas falavam sobre sua anunciação.

Às vezes eu pensava que no vento andavam as doenças, pragas, histórias, músicas de todos os tempos, brisas, ventos no vento de mares distantes, de tribos perdidas, de civilizações antigas, de cidades esquecidas, de sociedades que existiram e que já não existem, de monges horríveis e malditos, poços, prisioneiros e castelos. Sim, como se andasse carregando todo tipo de multidões e gritarias e vozes que já não existem mais, que se apagaram. Ou seja, como se ao pobre vento se endossasse tudo: todas as histórias de todos os tempos. Nele andam as guerras, as façanhas dos antepassados, reivindicações, dívidas, rebeliões, disputas, arte e ciência acabadas e inacabadas, todos os cheiros e sorrisos, sei lá, como o vento nunca esteve em paz e anda em um eterno peregrinar. Sim, digo-te, que o vento não é um mártir, porque também é prepotente, tem as suas coisas. Por sua própria antiguidade também é um filho da puta, eu sei, e sei que é robusto, é confiante e meio vaidoso, talvez porque seja dono de tudo. Não tem medo, entra como quer, pode entrar assustando as pessoas, pode dar carinho e às vezes até ternura sai dele. Porque também no vento andam as cabeleiras das mulheres bonitas de todas as eras havidas e por haver.

Quanto corpo belo o vento carrega! No vento estão os gemidos, os orgasmos das deusas. Não se faça de mártir, vento filho da puta, que eu te conheço! Quantos lábios te beijam, quantas fêmeas, ninfas e mulheres de todos os séculos, quantas brancas, quantas negras te acariciam, te sussurram e te mimam!

Bom, mesmo com toda essa felicidade, sua infinita e merecida felicidade, mesmo com todo o difícil, o arrogante e prepotente que possa ter, me inspirava um pouco de piedade a solidão do vento. A verdade é que a montanha recebia a presença do vento e a visita da noite; mas, além disso, havia também a chuva, e com ela já se armava o de San Quentin.

A chuva é cheia de fios de água que o vento balança, e os empurra contra as árvores, contra a barraca e a terra, contra o rosto e o corpo. Além disso, a chuva nas montanhas é fria e se aproveita do vento e da noite para se fazer mais fria. Todo mundo tem o direito de se apresentar da melhor maneira, e ela se apresentava conforme o caso: às vezes se deixava vir como aguaceiro, fazendo um ruído estrepitoso, caía violentamente e já não eram fiozinhos, mas cordões de água. Em algum momento se impunha pela força e os animais refugiavam-se assustados e indiferentes, já habituados àquelas raivas ou à inexorabilidade da sua presença. Nós, os guerrilheiros, nos refugiávamos nas barracas, ou simplesmente a suportávamos por sóis e luas inteiros, meses e anos inteiros, maldizendo-a e xingando em alguns casos, e abençoando-a em outros, dependendo se estivéssemos acampados ou em caminhada.

Nossos sentimentos com a chuva eram variados, porque mesmo que houvesse um aguaceiro violento, se você estivesse deitado e seco em sua rede não havia problema, pelo contrário, podíamos cantar bem alto porque o inimigo ou as pessoas não podem nos ouvir. E se o inimigo te procura e anda por aí, você zomba e ri e se consola com o fato de que eles estejam encharcados até o rabo. A chuva às vezes chega a ser um som agradável como pelúcia para ficar dormindo. À noite, a chuva é calmante, fica calmo e tranquilo; a chuva diminui não só a temperatura ambiente, mas também as pressões e tensões nervosas; a chuva também lava o cérebro, não só a terra, fertiliza a imaginação, não só a terra. A chuva também é filha da puta, astuta e travessa, pois, repare que a bandida às vezes chegava suave, brisando. A chuva pulverizada são pontinhos transparentes acariciando alguém. Nunca a montanha é mais acariciada e mais provocada do que quando o orvalho desliza sobre as folhas das árvores; nunca a montanha recebe uma massagem mais deliciosa do que quando a brisa a banha. A chuva concita, une e reúne, convida à comunhão e ela o sabe e desfruta com sua graça e isso a torna alcoviteira, porque a chuva, a brisa, o orvalho, se torna leito ou teto. Às vezes penso que a chuva é o teto da montanha. Acredite em mim, houve um momento especial, um momento supremo, um instante, em que sobre o leito e sob o teto transparente da brisa, e diante da presença majestosa e respeitosa das árvores, arbustos, gramíneas e as pedras que não falavam naquele momento, diante de todas as espécies de animais da montanha que estavam cada um em seus diferentes lugares, diante de nós mesmos, diante de meus próprios OLHOS, o inimaginável, o insuspeito, o desconhecido para milhões de seres humanos, e é que a noite se aproximava do vento já cansado, ou o vento já cansado se aproximava da noite, ou nenhum estava cansado, mas combinados, e, de repente, como já acertados, eles se juntavam, como que falavam baixinho, cochichavam entre si, como se contassem coisas, como que compartilhando infortúnios, histórias, alegrias, desejos.

Era o instante de prazer da montanha. O vento e a noite cobertos pela chuva se entregavam totalmente, inteirinhos um ao outro, sem reclamações ou censuras, sem mentir um para o outro, portanto, os dois desnudos. E eu, na rede, com meus olhos também desnudos no escuro, vendo-os, aprendendo, sorrindo, sonhando, mas acima de tudo, mas acima de todas as coisas, desfrutando-os infinitamente, até adormecer.

13

> ... esconda-se para que não te matem,
> porque se te matarem, então aí sim,
> isso se acaba de uma vez...

Lembro que acordei às sete e meia da manhã, imagino que por causa do sono intermitente e pela preocupação com o tal Jesús devo ter ficado insone. Quando acordo em plena luz do dia, abro os olhos, pressinto que não há ninguém a meu lado, abro os olhos enrolado no meu cobertor fedorento e tenho a certeza de que apenas eu estou na minha rede. Não estou com vontade de me descobrir e olhar ao meu redor. Para que, para que vou ver se sei que estou sozinho, abandonado? Lembro que amanheci triste. Eu te digo que eu não me descubro porque não quero ver a realidade, não me descubro para não ter que pensar merda nenhuma. Estou cansado e não sei o que fazer, algo assim como que não quero enfrentar a realidade. Repito, já me sinto um pouco cansado, já não posso dizer que minhas forças físicas estão bem e psiquicamente estou atribulado, meio decepcionado, um pouco sem saber o que fazer. A montanha está em silêncio, estão apenas seus sons normais que eu já conheço. Rolei de lado na rede e continuei dormindo.

Por volta das nove horas, quando o sol está mais forte e o dia mais claro, me desperto, e sei lá, onde me agarro, tenho que me levantar e decidir o que fazer comigo mesmo. Que horrível se sentir sozinho e derrotado! Não é verdade? Estou imaginando que me levanto e que tenho que procurar a saída para a rodovia, sabendo que ia me perder mil vezes antes de encontrá-la; e que vou à paisana, que chego até Bayardo, o que digo a ele? Aqui estou. Que vai me perguntar? "E daí! O que aconteceu? Como foi?", E sei lá o quê. O que vou responder? Nada, que tudo se fodeu, que capturaram, mataram e meio mundo desapareceu. Que só eu restei, vivo por milagre: que ia ficar um tempo na cidade recuperando as minhas forças e depois iam me mandar sabe-se lá para onde, para continuar cavalgando no meu cansado cavalo de Quixote. Que pena ter que chegar assim! E pensar que uma vez o Bayardo veio verificar e inspecionar a área e ficou feliz com o andamento das coisas e me senti tão bem naquela ocasião; e agora, voltar e dizer que não há nada, só eu. Estamos em zero, em menos de zero, pior do que antes. Não é verdade que isso é horrível para um revolucionário? E até me ocorreu a ideia de atirar em mim mesmo para evitar essa vergonha. Parecerá a ti uma insensatez ou loucura, mas estava pensando tudo isso e por isso não queria me levantar.

Sem escolha, tirei o cobertor com disciplina, tinha a boca amarga, o frio e a água são os únicos que não se foram durante toda a noite. Comecei a amarrar a primeira bota desanimado e, quando vou para a segunda, uma centelha de esperança passa pela minha mente muito rapidamente. Imagino que devam ser as reservas ocultas da esperança, da fé, escondidas para além do consciente e da razão e penso, como última feliz possibilidade, será que esses dois putos não foram juntos para cumprir a missão, que isso lhes ocorreu durante o trecho dos dois mil metros, que fizeram sua própria avaliação da situação e da missão e tomaram a decisão sem contar comigo e partiram, deixando-me ali, pensando que eu estaria seguro até que eles voltassem.

Aquela chispa, aquela remota, mas possível possibilidade, acredite, me acalmou um pouco. Então, tomei a decisão de esperar ali, de esperar, porque de qualquer maneira eu havia cometido o erro de não dar a Moncho uma data de retorno na famosa missão e, portanto, a não chegada de Jesús, por qualquer motivo que fosse, não implicava que não tivesse que lhe dar sua esperada prudencial. Te digo que já estou me acalmando e que o cérebro bendito está me está voltando ao seu nível novamente.

E assim foi. Coloquei na Estação X, que era a que tinha melhor música. Ouvindo notícias, apertando minhas espinhas até deixar meu rosto todo pipocado, me vendo no espelhinho que eu carregava e fazendo dez mil caretas com meu rosto para ver como eu me mostrava, soprando as brasinhas para manter o fogo e o calorzinho para as mãos, de novo a música, as notícias, vendo no espelho que eu já tinha um bigode de homem mais velho, observando com espanto minhas primeiras rugas na testa e no canto dos olhos, olhando também para os meus olhos, vendo que sua expressão já não era mais a mesma de quando me penteava em frente ao espelho de minha casa todos os dias às sete e meia da manhã para ir à escola. Até que escureceu e não chegou ninguém.

No dia seguinte, o mesmo. O mesmo, mas julgando que vai se esfumando a possibilidade, mas esperando porque é possível. Isso acontece comigo por não ter marcado data e já estou com fome, estou há dois dias sem comer nada, fumando como um desvairado e minhas mãos e rosto negros de fuligem, de tanto colocá-los quase sobre as brasas para me esquentar do frio do corpo e da alma.

Estou distraído e de repente, um barulho ensurdecedor que eu já conheço, minha automática descarga de adrenalina e me atiro ao solo com minha carabina, com uns reflexos que só o terror à morte e o amor à vida podem te dar, e começo a rolar pelo chão como um selvagem e sinto golpes em meu corpo por todos os lados e coberto pela folhagem dos últimos galhos de uma gigantesca árvore que caiu, sem me dar tempo de reagir, por causa da porra do vento, desses invernos de coleção, próprios de Canta Gallo, que se partiu e caiu estrepitosamente bem na minha rede e nos meus bem-aventurados ossinhos. Deusmeuzinho meu lindo, que susto! Mas me ajude a dizer susto. Estou pálido, mas estou consciente, apenas um pouco dolorido por causa das pancadas dos galhos. Felizmente foram os mais finos que cairam sobre mim. Por um momento, fico quieto, como se me recuperasse do susto, parecia mentira estar vivo, debaixo de tamanha árvorezona, não consigo ver a rede nem nada ao meu redor, estou completamente tapado pelos galhos. Fico um pouco assustado, sem me mexer, e então, quase rindo, percebo que estou vivo e digo a mim mesmo, filho da puta magrelo, que sorte você tem, não estava na mira, maldito, definitivamente tens mais vida do que um gato.

A primeira coisa que faço é mover minhas pernas. Sei que se as pernas não se mexem, é porque a coluna está quebrada, embora não tenha nenhuma dor forte em lugar nenhum, mas bem, movi minhas pernas como que para confirmar. Movi os braços, o mesmo, tudo bem. Com as mãos entre a folhagem, busquei a carabina que havia se soltado com o golpe e consegui apalpá-la, senti que estava bem, que não tinha se quebrado, e agora quero ver aquela levantada, ou melhor aquela saída de dentro dos galhos, me fiz como uma cobra para poder sair de lá com tudo e carabina. Levanto-me, me examino de cabo a rabo, até com o espelhinho, e vejo que não tenho nada, acredite, não tenho absolutamente nenhum arranhão, nem a roupa rasgada nem nada. Eu me inclino sobre onde estão a rede e a mochila e digo a mim mesmo: o Sangue de Cristo me proteja! Você não vai acreditar, a parte mais grossa do tronco e os galhos grossos da gigantesca árvore haviam caído exatamente sobre a rede, que nem dava para vê-la, e eu fico olhando, pensando nas coisas estranhas que essa porra de vida tem, e até começo a sorrir de minha boa sorte em meio à minha desdita. De repente, a cerca de 50 metros de distância, ouço três golpes de facão que vêm consumir a pouca adrenalina que me resta. Eu me resguardo como uma mola atrás de um dos galhos grossos da árvore caída, eu fico lá, quietinho esperando. Meu Deus! Não pode ser! Vejo que é o Moncho, a uns 30 metros de distância, ele vem sozinho, mas nem pensar, não vou sair enquanto ele não estiver mais perto, deus me livre que por acaso haja alguém atrás dele, porque se Jesús viesse com ele, ele viria dez a 15 metros atrás e ainda não consigo vê-lo.

Quando o tenho a cerca de 15 metros de distância, saio com uma alegria infinita que acho que nunca poderia descrever e digo: Ramón, irmão! "Juan José! O que aconteceu?", me diz. Nada, respondo e dou um abraço de urso, que o pobre Moncho não entendia por que tanta euforia da minha parte. Eu o abraçava forte, bem forte, e ele também, mas sem saber de nada. "E, que aconteceu?", me pergunta vendo a árvore caída, e eu lhe conto com riqueza de detalhes, porque tinha um desejo imenso de falar, pois é horrível passar vários dias sem falar com ninguém, como me havia escapado da árvore me matar. Aí, depois de um tempo, ele se dá conta de que estou sozinho, que Jesús não está ali e me pergunta, surpreso, mas mais do que surpreso, muito surpreso: "E Jesús?" Claro que caio imediatamente, o que afinal não foi a última de minhas suposições naquela angustiante incerteza da solidão. Não sei. Ele não voltou desde que foi com você para apagar os rastros. Ficamos olhando um para o outro, ambos pensamos a mesma coisa. Moncho aperta as mandíbulas, parece uma fera selvagem, segura o facão na mão e crava com toda a força da alma um dos galhos grossos e diz: "Me emputece! Grandissíssimo filho da puta, me emputece". A mim também, disse com uma certa naturalidade fingida.

Pegamos uma mochila e o rádio, mergulhados naquela galharia verde e nos sentamos para conversar. Moncho me conta que não há um só homem nos vales, que todos foram levados, inclusive os que tinham 13 anos. Que só havia mulheres sozinhas com os filhos. Que tinha sido uma operação bem planejada, que chegaram cerca de 200 guardas, e que caíram ao mesmo tempo, à noite, em todas as casas, em todos os vales. Que os companheiros não tiveram tempo para nada. Que tinha caído uma carguinha que tínhamos escondido, inclusive um fuzil. Que ele havia conseguido salvar uma carguinha que ele havia deixado bem escondida. Que a repressão havia chegado a Pilar Monzón e que ele já estava preso. Enfim, deixei que falasse e me contasse tudo detalhadamente. Perguntei-lhe e lhe reperguntei sobre as mil e uma noites, especialmente, quando ele terminou, fiz-lhe as perguntas que valem milhões. Eu havia deixado por último de propósito. A primeira: o que as mulheres te disseram quando te viram chegar? "Ah! Esqueci esse detalhe, ele me conta, me falaram: Ramón! E o que você está fazendo aqui? Vá embora que eles podem te matar se te descobrirem, esconda-se para que não te matem, porque se te matarem, então aí sim, isso se acaba de uma vez, e o que eles fizeram com a gente não tem nome e isso não pode ficar assim, vai embora, esconda-se, cuide-se por favor". E Moncho continua me contando o que lhe contaram, acreditando que ele não sabia que haviam matado o pobre Mauricio. Que lhe perguntaram sobre mim, como eu estava, se estava vivo, que ele respondeu que sim, que estava vivo e que estava bem. Que eles haviam dito que me implorasse por favor que me cuidasse, que cuidasse para que não me acontecesse nada, para não me deixasse pegar por aqueles cachorros, igual aos outros rapazes.

    Quando Moncho acaba de me responder isso, digo a mim mesmo, que povo! Que resistência! Que heroicos! Que nobres! Que gente mais linda! Vamos derrotar esses filhos da puta. Não sei quanto tempo isso vai demorar, mas não há dúvida de que vamos derrubar a ditadura. Somente com a bomba atômica eles poderiam acabar com a gente. Penso isso e faço a segunda pergunta: e você, como está se sentindo, como está, o que você acha? Fica meio me olhando creio que um pouco surpreso. Então o tipo ajeita os ombros e me diz: "O que você quer que eu diga? Acontece, que estamos na merda, que estamos fodidos, mas que isso tem que continuar até que acabemos com esses malditos, o que aconteceu aqui e o que aconteceu com o professor Salinas não pode ficar assim. Não é assim?", pergunta-me.

Estou fervendo de felicidade por dentro. Eu ansiava por ouvir isso dele. Eu estava implorando por dentro. Quando ele acaba de dizer isso, pisco os olhos de uma forma travessa, começamos a sorrir um para o outro e lhe digo: vês, já ganhamos a guerra.

14

> A luta revolucionária é assim:
> fracassos, retrocessos,
> sucessos, avanços, retrocessos,
> golpes de uns e golpes de outros,
> avanços de novo, fluxos e refluxos, o
> que importa é continuar ...

Comemos, dormimos e no dia seguinte descemos à paisana. Chegamos na casa de Pilar à noite, passamos a manhã dormindo em um pequeno morro e à tarde, por volta das quatro horas, começamos a caminhar disfarçados de compradores de gado até Piedra Larga, o ponto que está à margem da Rodovia Panamericana. O que sempre se fazia era chegar a esse ponto umas cinco da tarde, pegar algum ônibus que vinha do norte, dos lados de Ocotal, e assim entrar em Estelí no escuro, pois, como se sabe, à noite todos os gatos são pardos e é mais difícil de ser reconhecido pelos agentes do escritório de segurança.

Chegamos e fomos para a casa de uma colaboradora que Ramón conhecia e cujo pseudônimo é María, ela se chama Lolita Arróliga, morava próximo a um posto de gasolina Texaco e havia sido recrutada a partir de sua visão do evangelho, era uma cristã revolucionária e tinha uma filha que conhecia todos os tangos de Carlos Gardel e muitos outros tangos argentinos, cópia ou imitação de tango que houvesse em todo a bolinha do mundo. Ela os cantava todo santo dia, cozinhando, tomando banho, varrendo, mas o fato não é que ela os cantasse todo o dia, mas que ela também cantava lindamente e porque, embora não seja velho, adoro tangos. Então, imediatamente nos conectamos.

Bayardo e Mónica não sabiam da nossa chegada. Conseguimos fazer contato depois de dois ou três dias, não me lembro bem.

Bayardo chegou, deixou Ramón ali e me levou para outra casa. A casa é de uma família que mora nos arredores da Escola Normal. São o marido, a mulher, dois filhos grandes e cerca de três menores.

É uma família de classe média, trabalhadores, honrados, ela é filha de um velho lutador antisomozista. Ela não é velha, é muito nova para ter dois filhos tão grandes. Além disso, ela não é uma mulher feia, pelo contrário, é simpática, pode-se dizer. Dá para perceber que ela já está nessa atividade há muito tempo porque não fica nervosa e, na realidade, quando me viu, me tratou com carinho, mas na verdade nada de especial também, com a naturalidade de atender carinhosamente mais um sandinista.

Ele também é jovem, branco, trabalha em não sei o quê. Parece um marido amoroso, afetuoso com os filhos, e também com ela. Ele tem a aparência de um homem de maiores recursos econômicos. Veste-se muito bem.

O filho mais velho, com cerca de 16 anos, sabia das coisas. Ele ajudava em alguma coisa, meio atrapalhado, me deu a impressão que era meio mimado, mas de modo geral um bom menino, parecia bom para a guerrilha.

A filha mais velha, diabo! Diabo lindo! Cerca de 20 anos. Sólida, pernas sólidas. Um pouco baixa, mas bem-feita. Seios responsáveis, diria René Vivas e a malvada, vestia bermuda e camiseta decotados. Criatura!, disse a mim mesmo, criatura, não faça isso, você vai me matar. Ela passeava pelo corredor como sabendo o que tinha, e eu a observava dissimuladamente, para que ela e a família não se ofendessem. Cada vez que eu via suas pernas frescas e seu lindo rosto, com lábios carnudos e olhos negros, negros e brilhantes, que se os pusesse na palma da mão poderiam iluminar o caminho no meio da escuridão da noite. Eu dizia para mim mesmo por pura sacanagem: ai Deusinho lindo, como eu gostaria de ser guerrilheiro urbano! Naquela época eu havia passado quase dois anos sem fazer amor.

Pobre diabo, nunca conversamos. Só trocamos algumas palavras necessárias para coisas inconsequentes e, depois, ela saiu de casa, acho que para estudar fora, em Manágua, em Honduras, não me lembro mais. Era a monumental filha do colaborador Rosario Altamirano; Marta Illescas, a sensual filha da colaboradora, enteada de Alejandro, o atual marido de Rosario e pai de seus filhos menores.

Pois então, já ia esquecendo, a verdade é que chegamos ali Bayardo e eu. A Mónica me trouxe, e o Bayardo estava lá, ou depois o Bayardo chegou, o certo é que me reuni com Bayardo nessa casa. Evidentemente, o homem está preocupado. Não têm detalhes, mas o que está acontecendo é público, além disso, ele tinha suas próprias fontes de informação e mesmo que não tivesse detalhes, o homem tem clareza da envergadura do que aconteceu na área. Inclusive, se bem me lembro, até já tinha aparecido nos jornais e no rádio e também, se bem me lembro, já estavam desfilando os colaboradores presos dando suas declarações no famoso Tribunal Militar que o ditador formou para julgar todos os subversivos do FSLN.

O certo é que Bayardo me diz para lhe contar tudo, absolutamente tudo, ignorando, claro, detalhes desimportantes, mas que lhe informe tudo.

Assim o fiz. Contei-lhe tudo de cima a baixo; conversamos até a madrugada, quando ele foi para outra reunião. Eu admirava Bayardo porque ele trabalhava como um cavalo. Me parecia envelhecido de tanto estresse e trabalho. Ele saiu por volta das cinco e meia da manhã e eu já estava quase pedindo a Deus que nada acontecesse com ele, porque estávamos tão azarados que tudo podia acontecer. Claro que não disse a ele que havia pensado em desobedecer a sua ordem de não entrar em combate. Pois com certeza ele ia me repreender, penso eu.

No dia seguinte, voltou à noite, depois das oito horas, pois não saía às ruas cedo e também era um apaixonado por Chespirito, Chapolin Colorado e Chaves. Ele voltou e nos fechamos novamente para continuar conversando. Mas agora, dos planos futuros imediatos. Combinamos que o Moncho subiria primeiro junto com Mauro, que já estava curado, que eles fossem para a área de Mauro, ver como estavam as coisas, coisas assim, e depois eu subiria com dois novos companheiros. Definitivamente, o trabalho não podia ser interrompido. A luta revolucionária é assim: fracassos, retrocessos, sucessos, avanços, retrocessos, golpes de uns e golpes de outros, avanços de novo, fluxos e refluxos, o que importa é continuar e o que ali mais sobrava era firmeza, vontade, confiança nas massas, no futuro, na direção e preocupação constante com o destino dos irmãos da BPU, símbolos naquele tempo da indestrutibilidade da guerrilha, da FSLN, da revolução, e como eu disse antes, o eixo mobilizador, o motor permanente do trabalho com as massas em todas as cidades do país.

Claro que nem tudo eram trevas. Os irmãos da cidade, tanto do norte, como do oeste e de Manágua, vinham fazendo um trabalho de formiga, mas eficaz. Preparando as pessoas aos poucos, organizando-as, conseguindo armas, veículos, casas de segurança, mobilizando a população em torno da libertação dos presos políticos, principalmente de Tomás, já que Somoza, em entrevista coletiva, caiu em uma armadilha preparada por um jornalista chamado Silvio Mora, por orientações da Frente, admitiu que Tomás estava preso, portanto não pôde assassiná-lo. Mobilizando os irmãos da cidade naquela época e, portanto, não pôde assassiná-lo. Mobilizando os estudantes, os trabalhadores, a todos que podiam, as pichações nos muros eram as testemunhas mais eloquentes da heroica resistência dos irmãos da cidade naquele momento.

E então, não sei quantos dias depois de estar ali, me ocorreu pedir a Bayardo que me explicasse como são as coisas sobre os problemas que existem dentro da organização. Antes ele tinha me mandado dizer algumas coisas por correspondência, mas claro, isso é muito limitado e não se pode perguntar às cartas e elas não podem responder, embora nós tenhamos perguntado, mas o que eu quero dizer é que isso era extremamente limitado. Além disso, eu subestimava os problemas internos da organização, pois tinha a certeza de que se resolveriam da melhor forma e o meu principal objetivo era fazer o melhor que pudesse com o trabalho que me foi confiado. Eu estava levando muito a sério o objetivo de me juntar com Modesto, não apenas pelo que significava, mas também porque era minha gênese como um guerrilheiro de montanha. Foram meus primeiros irmãos na guerrilha de montanha, os que me treinaram, onde enterrei meu umbigo, eram meus queridos irmãos com quem convivi um dos anos mais intensos da minha vida. Como não me preocupar com o destino de Carlos Agüero, o chefe militar da BPU, ou pelo menos é assim que alguns de nós o viam; como não me preocupar com René Vivas, que era com quem mais conversava e que dormimos juntos quase um ano; como não me preocupar com o destino de Chicón, que era Aurelio Carrasco, um velho sandinista, veterano de outras guerrilhas em outros tempos, e que era para nós, os mais novos, como um pai; como não me preocupar com David Blanco, um dos homens mais proeminentes que já conheci em minha vida; como ser indiferente ao destino de Amílcar, que se chamava Aquiles Reyes Luna, trabalhador rural de Chinandega, brincalhão como ele só.

Impossível abandonar Luciano, que era Iván Gutiérrez Cabezas e Flavio, que era Edwin Cordero, os dois que subiram de León comigo, direto para a montanha. Esquecer Norita, Pedrito e Anselmo, cujo nome era Nelson Suárez, um verdadeiro exemplo camponês da luta revolucionária na Nicarágua. Isso nunca! Nem me fale de Sabino Aguilar e Ana Julia Guido, aquela que viu José cagando; como esquecer Orlando Castellón Silva, o Salvador Muñoz, que foi quem me contou que Claudia estava grávida, e os novos que entraram quando eu já tinha saído, como o Hugo Torres, que recrutamos quando estudávamos Direito e ele era o capitão do time de futebol e eu, o presidente da Associação dos Estudantes de Direito. Porra! Como esquecer Emir Cabezas Lacayo, meu irmão; enfim, como esquecer esse feixe de homens e de luzes, que estavam juntos, de cima, iluminando essa merda na mais puta escuridão da noite latino-americana. Entenda-me então, mas entenda-me realmente, ouviu, me entende como eu poderia esquecer a já lendária Brigada Pablo Úbeda frente à qual estava Henry Ruiz, Modesto, aquele de quem até as paredes deste país podem falar melhor que eu.

Mas, como um quadro que me sinto, e além disso, como militante da FSLN, quero saber em profundidade o que está acontecendo na minha organização. E essa era uma oportunidade. No fundo, eu queria me envolver um pouco mais profundamente com o que estava acontecendo. Às vezes eu pensava que talvez pudesse contribuir com algo para ajudar a resolver os problemas, pensava que conhecia vários companheiros envolvidos, que talvez conversando com eles eu pudesse fazer alguma coisa; pelo menos ouvir da própria boca quais eram as suas ideias, os seus pontos de vista, os seus critérios sobre as coisas, as opiniões, enfim ter a oportunidade de trocar impressões pessoais com eles. Alguns deles haviam sido meus companheiros, eu havia sido responsável por eles na época de estudantes da FER na universidade. Não sei bem, não sei te explicar bem, mas às vezes pensava que era uma pena não poder ter essa oportunidade; porque, veja, eu estava nas montanhas, descia à cidade cada vez que morria um bispo, e quando descia, era correndo, para reuniões rápidas, preso em uma casa, superqueimado o coitadinho e aí logo que terminava minhas reuniões e que combinava o assunto do abastecimento com Mónica, que era a responsável por isso, de novo, zapt!, pra cima. Principalmente porque Bayardo e eu tínhamos cuidado para que o pessoal não passasse muito tempo lá em cima sem minha presença.

Bem, a verdade é que Bayardo começa a me explicar as coisas. Era mais sério do que eu imaginava, ou já era sério e eu simplesmente porque estava no meu objetivo imediato, não consegui filtrar a magnitude até que nesse dia Bayardo me contou; ou me deu mais detalhes, sei lá. No geral, estava claro que havia fortes problemas de concepção e o que era pior para mim é que a coisa estava começando a se dividir.

Isso sim é uma cagada de boi leonês! eu disse. Cuidado! Eu penso. Aqui, se nos dividirmos, vai ferrar com todo mundo. Pensava que aconteceria conosco o que ocorreu com os guatemaltecos, salvadorenhos, colombianos, enfim, como acontece com o movimento revolucionário na América Latina. Já me via velho, e até com filhos na guerrilha. Imaginava apenas coisas horríveis. Claro, eu estava disposto a dar toda a minha juventude pelo FSLN, pela luta, pelo povo, eu estava disposto a dar minha vida, e o que era mais difícil, eu estava disposto a dar o sacrifício diário e cotidiano, que é o mais difícil, porque dar a vida é mais fácil do que dar o sacrifício e as privações diárias do amanhecer ao anoitecer. Mas, te juro, o que eu não gostava nada era de me resignar em envelhecer na guerrilha, comendo estoicamente macacos nas montanhas, se é que não me matassem qualquer dia. É por isso que, quando vejo o espectro da divisão, por que vou negar a você, me deu medo, cara, essa é a real verdade. Juro que me deu medo e me irritei com meus companheiros, e me enfurecia, juro a você que me enfurecia não poder fazer nada para ajudar, porque tive que subir de novo. Para buscar de novo a área e continuar o trabalho que meus responsáveis haviam me confiado.

Saí com o Bayardo para onde estava um colaborador chamado Rafael, cujo codinome é Denis, um humilde sapateiro, que só tinha um quarto e a sala que era a sapataria. Um guerreiro em todos os sentidos da palavra; conheci quando cheguei a Estelí, depois de Macuelizo.

Entramos e fomos direto para o quartinho. Lá dentro, na única cama que havia, estava sentado um rapaz de óculos que tinha a impressão de já ter visto antes em León, ou pelo menos se parecia com alguém conhecido. Bayardo me disse que era um dos novos que iria para minha maltratada Bacho Montoya, que esperássemos alguns dias ali, porque era bem possível que subisse com mais gente, que ele estava articulando isso. Que tudo dependia de algumas coisas nas quais ele estava trabalhando. E se foi. Assim fizemos. Passamos vários dias ali esperando. Nesse ínterim, questionei o rapaz e deliberadamente comecei a estudá-lo com atenção, pois como já te disse quando se tem experiência com pouco já é possível perceber com quem está. Confesso que me incomodava que o rapaz usasse óculos, pois eu já o imaginava, caminhando sob um aguaceiro com os óculos embaçados, e mesmo sem chover, só com a neblina permanente de Canta Gallo, eles vão embaçar e não vai ver merda nenhuma. Oh meu Deus! O que vamos fazer se esta for nossa única possibilidade! Onde me agarro? Notei o detalhe, que ele tinha um elástico nos óculos para mantê-los na cabeça para que não caíssem. Isso para mim foi um detalhezinho importante. Detalhezinho importante não só por ele estar antecipando que seus óculos poderiam cair nas movimentações na montanha, mas sim porque esse simples fato implica que o cara poderia ter algum tipo de obstinação, que era o tipo de pessoa de que eu precisava. O que estou dizendo pode soar como besteira para você, mas era assim que eu pensava. Também notei que ele tinha pernas fortes e privilegiadas. Ele também tinha costas boas para a mochila. De minha altura, cerca de um metro e setenta de altura, branco, com bigodes, pulsos grossos e mãos pesadas, mas era obviamente um estudante universitário ou do último ano colegial.

Como eu sou o chefe dele e ele tem certeza disso, ele também me reconheceu no momento em que me viu, pergunto sem rodeios: qual é o seu nome? E ele respondeu: "Christian Pichardo". Por conta disso das pernas perguntei se ele praticava esportes e ele respondeu: "Sim, eu sou da Seleção Nacional de Voleibol, melhor dizendo, era", disse ele. Aha!, disse eu, com razão. Bem, eu te digo, isso é uma vantagem. Mas mesmo que você tenha pernas boas, e isso vai te ajudar, eu conto que no começo você vai ter problemas, mas não se preocupe porque com seu preparo físico será relativamente fácil superá-los. É assim no início, assim que acontece com todos nós, mas depois se supera, além disso, você é muito jovem.

O rapaz tinha cerca de 22 anos. E bem, o que eu estava fazendo era prepará-lo para que ele não desistisse nas primeiras caminhadas, que eu tinha certeza de que ele ficaria cansadíssimo, independentemente de suas pernas privilegiadas, para que não me fosse desertar. Cara! Apenas depois de ter falado isso, o rapaz sem que eu lhe dissesse nada começou a fazer quem sabe quantas centenas de agachamentos por dia no quartinho incômodo que mal cabia a cama. Adorei esse gesto. O garoto, pela minha avaliação só de ver, aparentava ser valente.

Um dia chegou o Bayardo, quando já ia expirando o prazo de emergência que tínhamos dado ao Moncho e ao Mauro para que nos esperassem em Piedra Larga, porque por ali entraríamos na área, rumando, como sempre, para Canta Gallo.

Ele me disse que outro companheiro iria subir, e com uma carguinha. Saímos de casa para a rua no dia seguinte, por volta das oito da noite. Encontramos um veículo com um sinal e uma descrição previamente estabelecida. O outro parceiro e a carga já estavam no veículo, a carga já bem organizada com base na experiência de envio de tanta carga, de nossas recomendações e a dedicação da Mónica.

Seguimos para o norte. Não chove. Apenas uma garoa. O limpador de para-brisas está funcionando. Eu vendo as gotas d'água que caem no para-brisa e o limpador joga fora, elas caem de novo e o limpador volta a jogar fora. Vou pensativo, brincando com as gotas e ruminando algo amargo. Estou preocupado com o que está acontecendo lá embaixo.

15

> Eu posso ajudar a mudar o mundo,
> que o "homem novo" é verdadeiro.
> Que vale a pena, em todo caso,
> morrer de amor ou por amor, pela
> felicidade futura dos homens, do ser
> humano, sem esperar nada em troca,
> a não ser a íntima satisfação de se
> sentir mais humano, vale dizer, mais
> revolucionário...

Chegamos ao ponto de espera na Panamericana. Mudanças intermitentes nos faróis dos nossos veículos, pedindo a senha da mesma forma, e imediatamente nos responde uma luz vermelha pequena e intermitente, que se encontra no morro ao lado da estrada. Rapidamente, baixamos a carga e juntos a colocamos a cerca de 50 metros da montanha. O veículo deu partida imediatamente. Tudo limpo, e tivemos sorte! Porque a Panamericana é muito trafegada e nem sempre isso ocorria de modo tão fácil, pois vinham veículos atrás ou na frente e o nosso não podia parar e tinha que dar a volta, e talvez quando dava a volta e passava de novo pelo ponto, passava outro maldito veículo novamente, que nos obrigava a dar outra volta, e assim por diante. Nessa noite não.

Como a carga já estava preparada em mochilas de cerca de 30 quilos cada uma, e as armas amarradas, e os cinturões e as lanternas à mão, não houve demora. Nós quatro colocamos nossas respectivas cruzes, como chamávamos aquelas mochilas pesadas. Em menos de 30 metros, estávamos encharcados até os joelhos, atravessando o rio Estelí, que fica naquela parte paralela à estrada.

E nós, pobres diabos, começamos a subir em direção ao "Cerro Cuba". O caminho para o "Cerro Cuba", vindo de Piedra Larga, são só encostas, íngremes como elas só. É um caminho pesado. Um camponês comum, sem carga nem nada, pode levar umas boas três horas na estrada. Quatro homens à noite, chovendo, no escuro, guardando as medidas de segurança e com pelo menos 30 ou 40 quilos de carga, colocando armas, balas, cinturões, lanternas, significa simplesmente a noite toda.

O quarto companheiro, aquele que vai para cima a se incorporar pela primeira vez, é um rapaz *estiliano* com cerca de um metro e meio de altura, baixinho e magrinho. Seu nome é Agenor. A única referência que tenho dele é que é irmão de Adriancito Gutiérrez, um extraordinário lutador de longa data de Estelí. O nome de Adrián Gutiérrez em Estelí é dito com respeito. Tem toda uma história de lutas e prisões contra o ditador, ou seja, que seu irmão Agenor, que é quem vai comigo, me dá uma certa segurança de firmeza; no caso, por associação familiar, porque seu corpo, como te digo, não era assim, para ficar muito entusiasmado. No entanto, também vinha pensando em outras qualidades positivas que poderia ter para a guerrilha.

Os nortenhos, em geral, são populações, em sua maioria, de origem mais rural do que os do Pacífico. A maioria tem sítios, ou já trabalhou ou fez algo no campo. Portanto Agenor, pensei, poderia ter menos problemas nas marchas, e o que eu mais esperava era que ele tivesse senso de orientação. Lembrei que na montanha vale mais um guerrilheiro que sabe se orientar do que três ou quatro juntos que não têm senso de orientação, porque, simplesmente, não dá para mandá-los fazer merda nenhuma porque se perdem; é preciso necessariamente de alguém que vá com eles para orientá-los.

Bom, colocamos nossa mochila nas costas. Moncho, o primeiro homem da vanguarda, depois eu, depois Agenor, Christian e Mauro fechando a marcha. Sempre se colocava na frente e atrás alguém que se orientasse. Essa organização da marcha te dá mais segurança, para que não haja perda de companheiros no caso de algum imprevisto.

Ando de olho no Christian, que é aquele que acho que poderia dar problemas na marcha, mesmo e com tudo e suas pernas de escultura. Dei a Christian o codinome de Isauro. Dessa vez na cidade, eu havia lido um livro sobre a guerrilha colombiana e aparecia um líder guerrilheiro daquele país cujo nome era Isauro não sei o quê. Acontece que gostei do nome do Isauro, por isso o coloquei assim.

Continuamos subindo e tudo está tranquilo. No meio da segunda colina, Christian começa a ficar para trás. Eu paro Moncho para que ele não se adiante muito, e para esperarmos por ele. Continuamos subindo e o homem, com intervalos cada vez menores, vai ficando para trás. Eu paro o Moncho, volto para onde está Isauro e lhe digo: compa, que está acontecendo? Faça esforço, temos que chegar ao ponto antes do amanhecer. Todo este terreno é descoberto e se o dia nos apanhar aqui nesta estrada, não há nem uma moita da montanha onde se esconder, para poder continuar a marcha. Temos que chegar lá hoje, compa, não se deixe vencer, faça um esforço.

Christian está cansado, já totalmente encharcado de suor. O cabelo está molhado, como se tivesse saído do banho. "Compa, ele me diz, por favor, descansemos, deixa eu tomar um pouco de ar, que já vamos continuar". Está bem. Ordenei o descanso e enquanto isso, eu estava encorajando-o e insistindo que devíamos chegar antes do amanhecer, porque se o dia nos pegasse na estrada seria ruim, porque as pessoas veriam quatro desconhecidos, com mochilas, com fuzis, e diriam automaticamente: guerrilheiros sandinistas. E alguém iria nos denunciar. Lembre-se de que a repressão está refinada. Christian me disse "não se preocupe, compa, nós vamos chegar lá".

Retomamos a marcha e Christian bem. Depois de um tempo, ele volta a ficar atrás, eu volto a parar Moncho e esperar por Christian lhe dizendo, compa, se apresse, vai dar 12 da noite. Christian só me responde com a cabeça. Continuamos a marcha, Christian continua mais ou menos caminhando bem, mas devagar. Depois de um tempo, ouço um barulho estranho, paro Moncho e volto preocupado. Christian está vomitando, mas está vomitando de verdade. Puta que pariu, eu digo, isso está ficando feio.

Nós o ajudamos, descansamos um pouco e não temos escolha a não ser continuar. Christian está nervoso com a agitação da caminhada, da carga e porque entende que estou preocupado com a hora de chegada. Continuamos quando ele havia se acalmado e descansado um pouco. Continuamos. Depois de um tempo eu paro Moncho, Christian está ficando muito para trás, vou até ele, e o vejo muito mal. Fisicamente mal, o companheiro está urinado e defecado. Ai minha mãe! disse eu. Essa merda está pior. Christian está envergonhado, constrangido. Digo a ele que vamos tirar a carga dele, porque assim não podemos continuar. O cara se recusa. Pede apenas mais uma pequena pausa e então continuamos.

Depois de um tempo, por volta das duas da manhã, a mesma merda. Já estou perdendo a paciência, mas não demonstro. Tento animá-lo de novo, ele me fala que não aguenta os pés. As grossas e ásperas botas de couro são novas, seus pés estão com bolhas, ele está chorando de raiva. Ele as tira. Eu coloco a lanterna e vejo seus pés destruídos, feridos. Puta! Só me lembro da minha própria história, de quando meus pés ficaram com bolhas por cima e por baixo, naquele mês de caminhada ininterrupta, dos arredores de Matagalpa ao acampamento BPU.

Digamos que eu estava preocupado, um pouco irritado, mas olhava para ele com muita compreensão e estava contente com a atitude do rapaz. Descansamos, colocamos curativos nas feridas e continuamos. Íamos devagarinho. Christian caminhando com dificuldade, ficando para trás, e eu por conta dele. Eu me viro para olhar para ele novamente e o vejo andando como um zumbi, em zigue-zague, como se estivesse bêbado.

Não importa, disse a mim mesmo, contanto que dê um passo e siga em frente. Isso é o que importa. Mas de repente, ouço um barulho, me viro rapidamente e vejo que o homem está no chão e vou até ele. Chegamos e falamos com ele. O homem não responde. Falamos com ele de novo e ele não responde. Ponho a lanterna em seu rosto e vejo que o cara desmaiou. Agora sim, estamos mal! Digo ao Ramón e ao Mauro. Agenor, exatamente como eu imaginava, está cansado, feito merda, mas bem. Percebo que o Moncho e o Mauro estão irritados, mas mais que irritados, decepcionados. Ramón e Mauro, no meio de sua depressão, decepção ou sei lá o quê, não estão sendo tão compreensivos com a situação do parceiro.

Começamos a abaná-lo. Derramamos água no rosto dele. Nós o revivemos, por assim dizer. O cara volta a si e começa a chorar, e vejo que é de vergonha, e isso me deixa contente. Sempre me lembro do que o Che dizia, que para se tornar um bom revolucionário, a primeira coisa a fazer é ter vergonha. Christian, sem dúvida a tinha.

São quase três e meia da manhã, no campo pelado amanhece às quatro e meia. Temos que tomar decisões. Decido lhe tirar a maior parte da carga. O cara se recusa. Eu aplico a autoridade sobre ele e tiro a carga. O cara chora. Continuamos a marcha lentamente, passo a passo, descansando nas estações, como uma procissão de Via Crucis. Finalmente, chegamos à casa de Pilar. Estava amanhecendo e, felizmente, ninguém nos viu entrar nas montanhas.

Mauro foi à sua casa para ver sua mãe e seus irmãos. Ele me disse que falaram de muitas coisas, que sua mãe e seus irmãos estão muito tristes e famintos, lembro que demos um pouco de dinheiro para ele. Seu pai, Pilar Monzón, ainda estava na prisão e a família não sabia muito sobre ele. Só que ele havia testemunhado em um tal Tribunal Militar.

Passamos uns três dias ali, para que Isauro pudesse aliviar um pouco os pés, e imediatamente começamos um cursinho de treinamento para ele e Agenor. O plano era voltar a Canta Gallo, a "Compañía", e continuar o trabalho. Como a guarda podia andar por ali, eu ainda não queria subir com aqueles dois novos recrutas, sem que eles tivessem pelo menos um treinamento militar mínimo. Fizemos o cursinho. Outra clínica! Eu estava quase me tornando um especialista em escolas.

Quando terminei o cursinho da escola, fomos no dia seguinte para Canta Gallo. A marcha foi lenta, como a Via-Crucis novamente, mas não exatamente como a da entrada. Não conseguimos chegar a Canta Gallo na mesma noite, mas era óbvio que Christian começava a dominar um pouco mais a carga, a noite e a caminhada. A vantagem de suas pernas estava começando a dar resultados. Dormimos perto de Canta Gallo e, pela manhã, subimos ao nosso acampamento tradicional de onde Jesús tinha descido.

Chegamos e descansamos durante o dia. Por volta das seis e meia, como sempre, quando já é noite na montanha, colocamos as redes para que estivessem prontas. Christian e Moncho colocaram suas respectivas redes nas mesmas árvores, quase uma em cima da outra, de forma que quando o de cima se deitasse, às vezes até roçasse com o da rede de baixo, isso depende da topografia e outros fatores.

Conversamos um pouco antes de dormir e finalmente adormecemos. Por volta da meia-noite, ou não sei a que horas da manhã, ouço uns gritos e uns golpes, e outro grito, e me jogo descalço da rede, como se impulsionado pelo amor à vida, pego minha carabina e me deito no escuro sem saber para onde apontar, ainda meio adormecido. E, claro, eu percebo o que está acontecendo e isso me faz rir. E Moncho irritado e Christian constrangido. O pobre Isauro, que dormia em sua rede embaixo da do Moncho, estava tendo um pesadelo, e no meio do pesadelo começou a chutar o pobre Moncho que estava lá em cima e, claro, Moncho, que também está dormindo, de repente sente que estão lhe atacando, e o homem adormecido não sabe do que se trata e o que sente são os golpes das pernas de Isauro, e Moncho, assim que despertou, também se atirou apavorado da rede, ainda meio adormecido, gritando "Ai! Ai! O que está acontecendo?" E Christian se desperta da mesma forma "Ai! Ai! Ai!" e no dia seguinte todos rimos pela manhã.

Pela manhã passamos a fazer planos para todo o percurso que vamos fazer para entrar em contato com os colaboradores que restaram, com as mulheres e outros que podemos continuar a recrutar. Faço um resumo para Isauro e Agenor sobre o que é a região e tudo o que tem acontecido para que os companheiros fiquem sabendo da situação. O trabalho de contactar novamente as pessoas começa no dia seguinte, não há tempo a perder. É por isso que fazemos planos pela manhã, e à tarde, depois do almoço, faço o repasse para os novos.

Lembro que naquela tarde, por volta das quatro horas, disse a Ramón o que eu tinha em mente da última vez que o mandei explorar depois da morte de Salinas Pinell, que era lutar contra a guarda e não deixar passar em branco nem a repressão nem a morte do Mauricio, mas por causa de Jesús, tudo havia caído por terra. 'Não dá para acreditar! ", Moncho me respondeu. E então disse: Que cagada, porra!

Já vão para as cinco, hora do noticiário e de se preparar para cozinhar à noite. Nas montanhas, normalmente só se cozinha à noite, para que não se veja a fumaça. Peço a Agenor que me ajude a limpar um pouco de feijão que vamos cozinhar enquanto ouvimos o rádio. Peço a Isauro que vá buscar água de um riacho que fica a uns 300 metros de distância, o que é uma descida e subida incômodas. Faço isso para que o rapaz continue praticando o uso das pernas fora da quadra. Digo ao Mauro para ir buscar lenha seca e que não corte com muita força para não fazer muito barulho. O tipo pisca para mim, como se me dissesse, não se preocupe, esse negócio eu já conheço. Mauro faz sinal para Moncho acompanhá-lo, para não ir sozinho, e Moncho sai com ele.

Limpando feijão e ouvindo rádio. Christian voltou com a água, com espírito zeloso. O feijão, a água, o sal, a panela, as pedras para apoiar a panela, os fósforos e até a barraca da cozinha estão prontos caso chova. Só nos falta a lenha, para que chegue uma das horas mais agradáveis da guerrilha, como é cozinhar à noite, o fogo quentinho e todos contando passagens da sua vida ao redor do fogo e ouvindo música. Claro, me refiro a quando se está em um lugar seguro, como aquela montanha íngreme onde nem a Sisimica de Concho Cruz* se atreve a entrar à noite.

Os compas se atrasam com a chegada da lenha. Como os tipos são *camañecos*, por serem ambos de origem camponesa, têm histórias parecidas, falam a mesma língua, os putos, como sempre, devem ter ficado enrolando enquanto cortam lenha. São bons amigos. Se identificam. São os dois únicos camponeses incorporados em tempo integral à guerrilha, se sentem experientes e simpatizam um com o outro, principalmente porque o Moncho está apaixonado pela mocinha, irmã do Mauro, e o Mauro também gostaria de ter o Moncho como cunhado.

Eles estão atrasados com a lenha e eu não me preocupo. Nem faço caso. Eu continuo ouvindo música e conversando com os

---

* Personagem mítico que de acordo com a crença popular tem forma de macaco, caminha com os pés voltados para trás, rapta mulheres e se alimenta de frutas silvestres e de cinzas do fogo das cozinhas, vive nas montanhas. (N. T.)

dois novos. Olho para o relógio com uma certa dissimulação e são cinco e meia da tarde. Tinha mais de uma hora que haviam ido procurar a lenha que está no máximo a 200 metros do acampamento.

Quando vi a hora, entrou um frio em meu coração, que nem sendo escritor eu poderia descrever para você. Eu toquei suavemente a ponta da minha língua contra os dentes. Comecei a raspar, minha boca fechada, minha língua contra os dentes da frente da fileira inferior. Uma torrente de fel começou a subir em minha boca e cérebro. Sim, estou pensando nisso. Eu não ouvi nenhuma merda fora do comum.

Christian e Agenor, como crianças. Precisamente, por um pequeno tubo, como uma fumaça imparável, o frio e a bile sobem, misturados, da ponta do dedão até os últimos fios de cabelo, passando pelo estômago, rins, trato digestivo, cu, olhos, ovos, pele, até chegar ao mais fino dos meus neurônios da árvore da vida do meu cérebro. Eu conheço essa história. Mas pelo amor a Deus, ao povo e, finalmente, a mim, que sou um pobre mortal, não quero que isso aconteça. Outro golpe como esse, eu morro.

Christian e Agenor, como crianças, eles não sabem, eles nunca poderiam suspeitar o que estou pensando. Estou como vazio. Não quero me levantar da pedra em que estou sentado, porque não quero morrer de decepção. A essa altura, meu coração já está delicado. Só tem levado porrada. Têm sido poucos os oásis de felicidade. Poucos e efêmeros, desde criança, com meus pais em León, poucas e efêmeras desde que entrei para a FSLN, poucas e efêmeras, desde que entrei na montanha. Não quero me levantar, porque me recuso a sofrer. Por caridade, entenda-me, eu não queria mais sofrer, já sentia que o limite do meu sofrimento não era suficiente para resistir a algo assim.

Mas era preciso. Infelizmente, eu tinha que ir procurá-los. Como poderia ficar com Christian e Agenor esperando por eles, com tudo pronto, o tempo todo? Eles próprios teriam me dito, o que aconteceu com eles? Por que não vamos procurá-los?

À força, tive que me levantar, comecei a me levantar aos poucos, como quem não quer chegar ao fim da posição ereta do ser humano. Levantei-me como quem se levanta da sepultura, pouco a pouco, ou como quem se levanta estando enterrado na areia do mar, pesadamente, com dificuldade.

Por fim, levantei-me e disse aos rapazes, com aquela maldita naturalidade com que falo as merdas quando não quero que ninguém desconfie do que está acontecendo, esperem por mim, vou procurar esses merdas, que já estão atrasados.

Peguei a carabina com relutância, com a certeza infinita de que não a usaria. Também peguei um facãozinho curto e comecei a andar na direção em que eles saíram para procurar lenha. Caminho devagar, já sem frio e sem fel. Caminho, simplesmente pesado, cansado, caminhando tranquilo, tranquilo sem angústia. Tranquilo, caminhando porque já sei o que aconteceu. Caminho com a tranquilidade infinita que a decepção te dá. Caminho sozinho, vendo a trilha que eles iam deixando.

Caminhando como caminham os desventurados, os condenados da terra, sem pressa, sem entusiasmo, até que chego a uma árvore seca caída. Lá estavam seus uniformes, suas armas, as curtas e as longas, suas cartucheiras, seus bonés amontoados, molhados, indefesos, verdes. Desbotados. Coloquei-me frente a eles. Virei a cabeça para o lado como se quisesse vê-los melhor. Não havia espelho à minha frente e eu não conseguia ver meu rosto. Continuei um pouco com a cabeça inclinada para o lado, contemplando o que não queria contemplar, por isso não quis me levantar da pedra quando vi o relógio. Eu endireitei minha cabeça. Continuei olhando. Fechei os olhos suavemente e disse a mim mesmo a vida e eu, somos uma gigantesca bola de merda.

Que a revolução e a vida não são como as vejo. Que sou um idealista de merda. Que as coisas são diferentes dos meus sonhos, que o que sou é um advogadinho peregrino, um sonhador empedernido, que o mundo e a vida não podem ser mudados, que o tal " homem novo" só cabe na minha cabeça e na dos românticos que acreditamos que se pode ser como o Che, não é mais a Revolução Cubana que é uma exceção, mas sim o Che, e que, como o Che foi uma exceção, por isso mesmo eles o mataram, e que também vão me matar, que é só uma questão de tempo para que me matem, por andar como tonto, professando merdas. E vendo as camisas, os bonés e as armas, e me lembrando de novo que "nunca é mais escuro do que quando vai amanhecer". Incrível, essa porra de frase me ajudou.

"Nunca é mais escuro do que quando vai amanhecer". E se a morte de Che for apenas parte da "escuridão da noite"? E se a partida dos rapazes for apenas parte da "escuridão da noite", porque vai amanhecer? E se a morte de Leonel, do Gato, Tello, Mauricio, a repressão, forem apenas parte da "escuridão da noite"? Puta! E o que eu faço? Eu mando tudo à merda ou continuo? Naquele momento, vendo ali os restos do que eles haviam deixado, disse a mim mesmo, para sempre, "nunca é mais escuro do que quando vai amanhecer." Eu disse a mim mesmo, para sempre, entendeu, eu disse a mim mesmo, para sempre. Decido que vale a pena morrer diariamente ou morrer de uma vez para que algum dia amanheça. Aceitei ali o sacrifício como sacerdócio e os sonhos, como credo. Disse a mim mesmo: pouco importa. Não renuncio, mesmo que seja quixotesco. Se eu sou Quixote, pois que seja.

Viva os Quixotes! O futuro pertence aos Quixotes! Quixotes ao poder! Vou continuar lutando, acreditando nisso, não sei se por prepotente, por teimoso, ou porque sou sandinista, que posso ajudar a mudar o mundo, que o "homem novo" é verdadeiro.

Que vale a pena, em todo caso, morrer de amor ou por amor, pela felicidade futura dos homens, do ser humano, sem esperar nada em troca, a não ser a satisfação íntima de se sentir mais humano, vale dizer, mais revolucionário, ali, diante daqueles bonés, aqui na Nicarágua, ou seja, em todo o sentido da palavra, mais sandinista.

16

> Bem, a vida é difícil e há sofrimento.
> O que vamos fazer?

Depois desse exorcismo que fiz em silêncio na infinita e milenar solidão da montanha, voltei ao acampamento onde os rapazes esperavam a famosa lenha.

Voltei devagar, cortando a lenha para o famoso feijão e para me dar um tempo para pensar o que fazer, o que dizer aos rapazes. Eu disse a mim mesmo: porra, o que faço com essa dupla de bisonhos. Um deles mal consegue andar, não consegue se orientar, e o outro, que se orientava um pouco, desconhecia totalmente a área, melhor dizendo, os dois, ou quase os três, porque embora eu conhecesse toda a área, os vales, as casas, as pessoas, devido à minha falta de orientação, não estava habilitado para fazer um percurso efetivo por toda a área e também, não se esqueça, que a área havia sido reprimida, os juízes de *mesta* andavam cheios de valentia, como cães, eram os reis dos vales, ameaçando meio mundo, e um ou outro pelotão de guardas que ainda permanecia em San Jerónimo, que era o local onde a GN tinha instalado o quartel-general da sua operação repressiva contra a Bacho e "Compañía". Um tropeção com a guarda ou com os juízes, com um par de caras novos que não conhecem a área e sem guia, era simplesmente uma loucura; entrar em contato com os camponeses nessas circunstâncias poderia ser uma imprudência temerária que aí sim, assim que caíssemos, atrasaria o projeto por anos, já que não haveria mais ninguém vivo que conhecesse a região.

Bayardo precisava ser informado. E com que correio? Decidi que ia descer à cidade para relatar a Bayardo o que havia ocorrido. Não quero nem pensar em como vou contar a Bayardo o que aconteceu. Com que cara vou me apresentar, como vou explicar para ele. Nem quero pensar qual será o próximo passo a dar para continuar o trabalho da tal Bacho em tal "Compañía".

Estou cortando lenha, recapitulando toda a minha experiência com o Moncho e o Mauro, mas também sobre o Mauro. Eu me perguntava: Sou um mau chefe? Será que não sei tratar as pessoas e por isso elas desertam? Ou será que Moncho já estava cansado de tanto começar de novo, de ver tanta repressão e de que a guerrilha não entra em combate? Será que ele está cansado de carregar fardos, de estar molhado, de passar fome e frio, e que o trabalho e a vitória demoram muito e ele não aguentou tanto tempo neste sofrimento diário? Será que, além disso, ele também foi afetado pelo impacto emocional da morte de seu ídolo, Augusto Salinas Pinell? Será que, além disso, ele estava apaixonado pela irmã de Mauro e, além disso, fazia mais de um ano que não transava com uma mulher? Será que talvez em suas idas à cidade, como mensageiro, tenha ouvido falar que a Frente estava se dividindo e que ficou mais desanimado ainda? Será que o Mauro, que passou tanto tempo na cidade, também ouviu mais do que o Moncho sobre a divisão, e falou com o Moncho sobre isso, e também quando passamos pela casa da mãe dele, voltou muito triste ao ver a deplorável situação de sua família, e toda aquela merda junta e misturada, compartilhada com Moncho, e o trabalho de novo quase em zero, com um par de novos, feito merda, os teriam desmotivado e eles optaram por sair?

Enfim, eu pensava e pensava tudo enquanto cortava a lenha com calma. Cheguei até a pensar se não me faltava capacidade como chefe para dirigir o trabalho que me fora confiado. Também acho que se o que estava falhando não seriam outras coisas mais sérias que escapavam, talvez não a minhas capacidades, mas a minha posição e possibilidades dentro da FSLN. Enfim, para que essa história não te canse, pensei em tudo que você pode imaginar que uma pessoa pode pensar nesse momento.

Cheguei ao acampamento sozinho. Com o feixe de lenha no ombro e joguei na beirada da cozinha. "Que aconteceu? Me dizem os compas. "E e os rapazes?" Foram à merda, respondo laconicamente. Eles estavam assustados. Quase não acreditavam, porque eu os havia apresentado como grandes guerrilheiros, toda essa merda, sei lá.

Acendemos o fogo, cozinhamos, e enquanto o feijão fervia, e quase como um autômato, mas sem que me vissem, comecei a explicar que essas coisas acontecem, que aqui e ali, falando merdas que, inclusive às vezes, nem eu mesmo acreditava. Bem ou mal, decidi fazê-los entender e não desanimarem. Expliquei a eles que nós três iríamos até a cidade para informar e pedir mais munição.

Assim foi. No dia seguinte, partimos à tarde de Canta Gallo procurando chegar ao anoitecer para passar a estrada de Condega para Yalí já escuro. Depois, ir até Pilar e em seguida, descer para Piedra Larga.

Que problema! Meu Deus! Pela primeira vez na minha vida de guerrilha, me tocava de ser o guia. Com dificuldade, perdendo-nos por duas vezes, conseguimos chegar à tal rodovia. Nós a cruzamos e agora quero ver, criatura! Bem, consegui ir de Canta Gallo até a estrada porque, afinal, já o tinha feito umas cem vezes, mas durante o dia. E bem, durante o dia, alguma coisa permanece para você, não importa o quão bruto você seja para se orientar. Mas da rodovia até onde morava Pilar estava o grande problema, porque aquele trecho era descampado, apenas pastos. Sempre tínhamos feito isso à noite; e se de dia eu não me orientava, à noite menos ainda.

Por sorte, a noite em que entramos com o Isauro e o Agenor era noite de lua cheia, e já te disse, que Agenor tinha mais ou menos um senso de orientação. E assim, perdendo-nos algumas vezes, que possivelmente me fizeram perder pela primeira vez o caráter e meu recato, naturalidade e todas minhas merdas fictícias que podia ter, conseguimos chegar, ajudados por Agenor, até onde Pilar vivia, caminhando o último trecho por volta das seis da manhã. Felizmente, estávamos à paisana, com nossas armas curtas sempre escondidas na cintura. Lembro que dizia a Christian: Irmão, porra, caminha aos pulinhos para que acreditem que somos camponeses.

Quando chegamos na casa de Pilar, foi uma grande alegria. Pilar Monzón já estava livre e em casa. O homem está como um cadáver vivo. Com os nervos em frangalhos, mas valente, sempre valente. Ele nos contou sobre todas as torturas que lhe foram feitas. Como lhe espancaram até lhe deixar inconsciente perguntando por mim; dizendo a ele que assim como haviam matado o cachorro do Salinas, eles estavam prestes a me matar; que eles estavam na minha cola, que era questão de pouco tempo para eu cair em suas mãos. Ele nos conta como aplicavam choque elétrico em seus ovos, como arrancaram unha por unha; me contou tudo o que fizeram com ele. Encorajei-o e perguntei quem ele achava que tinha feito a denúncia e ele me disse com desenvoltura: "Toño Zavala, o de Buena Vista". Eu pergunto a ele sobre os demais companheiros presos. Eu sabia de alguns e de outros não. Comemos e fomos dormir nas montanhas. À noite, aproveito para levar Agenor e Christian, guiados por Colacho, o irmão de Mauro, para conhecer Dona Angélica, uma colaboradora de lá, para não perder tempo e ir ensinando aos novos os colaboradores da área, mesmo e quando fôssemos para baixo.

Na tarde e noite seguinte, descemos nós três a Estelí, como sempre disfarçados de compradores de gado ou de porcos e insistindo com Christian que andasse pulando para que parecesse com um camponês. Chegamos a Estelí na hora em que todos os gatos são pardos. Mando Agenor para sua casa de segurança e vou com Christian para uma casa de segurança, que era de um médico que se chama Saturnino Mejía, que tinha um filho jovem de cerca de 21 anos e uma filha escultural de 18 anos, que me acompanhou em incontáveis sonhos eróticos.

Bayardo e Mónica não sabiam absolutamente de nada. Muito menos que estávamos em Estelí. Não me lembro como consegui localizá-lo; o certo é que Bayardo chega rápido, preocupado, nervoso. Pois, tínhamos acabado de subir e não estava cogitado que eu descesse, de repente eu apareço lá com o Isauro.

Quando nós dois vimos os rostos um do outro, ele percebeu que algo sério havia acontecido. Entramos em um quarto e fomos direto ao ponto. "O que aconteceu? O que estão fazendo aqui? E o pessoal?", me diz. Não consigo encontrar por onde começar. Estou aturdido. Mas então eu sinto que não é realmente minha culpa e conto a ele tudo o que aconteceu. Bayardo sério. Me olhando. Me estudando. Me ouvindo com atenção. Quando termino, me diz com naturalidade, como se nada tivesse acontecido: "Bem, a vida é dura e se sofre. O que vamos fazer?" Depois, ao se levantar, em tom jocoso, zombando de nossa própria desgraça, que é uma virtude eterna de nós, sandinistas, diz: "Olha que criança feliz! Vou embora, volto amanhã para que continuemos conversando".

Ele sai do quarto, volta em seguida e me diz: "Ah, ia esquecendo, te trouxe uma carta que estava pensando em mandar no próximo correio. Não a vi. Mas acho que é de Claudia". Recebo. Apertamos as mãos e ele sai.

17

> ...a última coisa que se perde é a ideia, é a lembrança, porque a ideia e a lembrança é o mais íntimo que alguém tem, onde nem a guarda pode chegar, nem os detectores de mentira podem chegar, é o mais íntimo pois.

Quando Bayardo me disse que achava que a carta era de Claudia, eu me fiz de indiferente, de dissimulado, de que não me importava muito; mas era mentira, porque realmente me importava. No fundo, eu ainda a amava. Bayardo saiu e eu olhei a carta... O coração fazia pon, pon, pon, bum, bum, bum, e até pensava: puta que pariu, não vou morrer por um tiro da guarda, mas o que vai me matar é um susto do coração. Disso, de um susto, é que vão me matar um dia.

Ela e eu havíamos terminado a relação, a partir daquela carta em que ela me dizia que me admirava e respeitava, mas já não me amava como homem e que estava apaixonada por outro companheiro. Inclusive, essa carta em que ela me contava isso, eu já lhe havia respondido dizendo-lhe ok, está bem, que a entendia, e por isso mesmo é que nesse momento eu não entendia porque ela voltava a me escrever.

Tudo isso ia pensando enquanto abria a carta, retirando os grampos, a fita adesiva, retirando-a do saco plástico onde se guardava a correspondência para que não se molhasse com as chuvas. Na carta, ela me pedia que a perdoasse e para que voltássemos, que havia deixado o companheiro, que está convencida de que ainda me ama, que foram as circunstâncias, que foram determinados momentos, determinada situação que estava vivendo, que lhe havia levado a ter relações transitórias com o companheiro.

Pus-me a pensar o que fazer. Porque os cânones machistas me mandavam responder que não, de que não era possível voltar, porque não era coisa de "homem" voltar. Verdade? Ou, o que dá na mesma, não era possível a devolução do sorriso, porque lembra que quando eu me despedi dela no momento em que fui à clandestinidade, lhe disse que se algum dia me visse massacrado nos jornais, que nem morto ia evitar que sorrisse e que ela devia saber, mas que não dissesse a ninguém, que esse sorriso era só para ela.

Esse era um aspecto, o aspecto formal, nacional, social, mas bem, no fundo eu a amava e desejava voltar com ela... E no fundo me dizia: que me importa que tenha se metido com outro? Mas sim me importava, sim me doía e não o aceitava. As pessoas não aceitavam, mas no fundo, embora me doesse e não o aceitasse, eu sabia que se a visse de novo, conversaríamos e faríamos amor de novo. Voltaríamos a estabelecer a relação, e o mesmo carinho que eu tinha por ela fazia que não desse a mínima para o que havia feito.

Mas bom, tudo isso era um conflito interior, pois desde pequenino fui educado, como fomos educados quase todos, de que o homem que tem mulher e tem sua esposa, a mulher, a outra, é a querida. E quando uma mulher é casada e tem outro homem, o outro homem é um "querido". Fomos educados desde pequenos naquilo de que a mulher que trai o homem e o homem sabe e não a deixa, é um "corno", que era um ser socialmente desprezado em nosso meio e então, eu não queria ser um "corno". Estas palavras, esses conceitos tão profundamente arraigados em nossa cultura, em meu bairro, e o pior, até em minha mãe, aceitá-los e incorporá-los a mim, era doloroso; me custava assimilar, encarnar, os epítetos; me doíam politicamente, socialmente falando. Não tinha vocação de "corno" e me aterrorizava que as pessoas, embora não dissessem, pensasse que eu era um "corno"; me torturava "o que dirão", e como, além disso, eu não podia andar explicando pessoa por pessoa se eu voltasse com ela, ir lhes esclarecendo bobagens. Além disso, eu não tenho por que andar esclarecendo nada a ninguém.

Perturbava-me, pois, a questão social com os companheiros, sobretudo, com os homens sob meu comando, a quem eu lhes havia contado que ela tinha partido com outro. Como pensarão meus superiores, como pensarão meus subordinados e os da Frente que me conheciam, se eles soubessem que eu havia voltado com ela? Diriam que eu era um idiota ou um tonto ou um homem sem dignidade. Torturava-me que comentassem entre eles que seu chefe era um corno, um frouxo e um pobre corno. Me dava medo que eles comentassem ao redor do fogo, nas redes, que seu chefe não era um homem de verdade; horrorizava-me que eles perdessem confiança política e militar em mim. Que horrível! Não é mesmo? Que incrível! Tudo isso eu pensava. Estabeleceu-se em mim toda uma contradição para fora e para dentro sobre se eu a aceitava intimamente ou não, que, no fundo, isso era o mais importante.

Eu decidi que voltar com ela não era ser "corno" e que se isso era ser "corno", pois então eu ia sê-lo, porque também me coloquei na problemática da mulher: talvez não porque tivesse grandes ideias de vanguarda, que realmente as tinha, mas vamos... até esse momento particular, foi talvez quando mais me pus na situação de compreender a problemática da mulher e pensava: que difícil e que triste era ser mulher. Porque, bom, eu podia ter tido quantas relações quisesse ter na guerrilha e eu estou certo que ela não teria me deixado nem que tivesse se sentido tão "corna", mas ao ver o outro lado da moeda, esse lado, sim era diferente. Que difícil para a mulher esse tipo de situação, eu dizia. Será possível que se estigmatize e se condene uma mulher porque se deitou com outro, em circunstâncias em que também estão arriscando a vida, na cidade, e também estão à beira da morte? Compartilhando os companheiros, às vezes quatro ou cinco, um quartinho em qualquer casa humilde e dormindo juntos no chão ou em um ou dois colchões, em situações em que cada carro que passava ou se detinha, todo mundo pensava que era uma patrulha da guarda que chegava para buscá-los e cada vez que saíam, não sabiam se iam voltar para casa, porque incontáveis vezes companheiros saíram à rua e no dia seguinte eram vistos massacrados, fotografados na primeira página dos jornais e aí a gente se dava conta que haviam sido mortos.

Nessas circunstâncias, quando se tem a vida por um fio, a gente se une e a gente quer viver e, além disso, éramos jovens e a gente faz amor e a gente se ajuda, as pessoas tratam de viver mutuamente. Além disso, todos tínhamos clareza de que havia um montão de gente que teria de morrer ainda, e os que estavam mais perto eram os que lutavam clandestinamente e os quadros públicos queimados, como ela e eu, como nós. Então, se uma companheira faz isso, meu Deus! Era para ser estigmatizada? Para não ser perdoada? Seria acaso um crime? Seria tão embaraçoso? Havia feito com algum desgraçado? Ou teria feito com algum companheiro, com um irmão? Esse companheiro, depois, caiu heroicamente em combate e tudo isso cruzava a minha mente para tomar minha decisão.

Por outro lado, também estavam meus próprios ciúmes, os demônios, os espinhos, as pontadas, as aguilhoadas, as mordidas, o desgaste, a corrosão, as imagens de quando me imaginava o que eles estavam fazendo quando faziam amor. Eu poderia superar isso? Porque bem, lembra que eu te disse que alguém na montanha, com o tempo, vai perdendo as coisas e como que são pedaços de si mesmo que vão se desprendendo e que, paulatinamente, tudo vai te transformando, essas coisas reafirmavam teu presente que vai se transformando em passado, a última coisa que se perde é a ideia, é a lembrança, porque a ideia e a lembrança é o mais íntimo que alguém tem, onde nem a guarda pode chegar, nem os detectores de mentira podem chegar, é o mais íntimo, pois.

O hímen do cérebro é a recordação e, efetivamente, no centro de meu cérebro estava alojado o amor, as recordações dela. Mas a recordação, por sua vez, tem um centro, uma medula, tem uma gema, um ponto, então, o centro de recordação dela estava propriamente no centro de meu cérebro: eram os olhos de Claudia. Tinha uns olhos muito lindos. Usava óculos, um pouco descidos, não eram escuros porque eram de grau e a armação também era fina. Mas a verdade é que um pouco pelo reflexo da luz, a armação, a forma como usava o cabelo escorrendo pelas perninhas dos óculos, sua forma mesma de ser, como que dificultava ver seus olhos. Tinha uns olhos muito bonitos que quase não eram visíveis. Quando eu mais os admirava era quando ela tirava os óculos e os tirava por muito tempo para ficar comigo, principalmente quando fazíamos amor. Então, não fechava os olhos, ou melhor, fechava-os quando estava lhe acariciando, mas quando ia chegar ao orgasmo nunca os fechava e geralmente sorria.

Eram olhos castanhos, grandes e expressivos, com sobrancelhas negras, negras, um pouco espessas, embora ela as depilasse, e sua pele era como mogno, cor de mel, tinha um nariz ligeiramente grande, tipo árabe, e cabelo entre negro e castanho, meio avermelhado, acobreado, liso. Então combinavam o cabelo acobreado, a pele acobreada e os olhos cor de café. Tinha uns olhos incrivelmente grandes, lindos, expressivos, mas não era uma mancha castanha, mas se olhasse atentamente os seus olhos, percebia-se que as pupilas não eram uma mancha. A pupila tem uma série de pequenos desenhos simétricos como bastõezinhos ao redor da retina; as dela tinham um brilho muito particular, esses bastõezinhos simétricos, bem bonitos, quando aproximava meus olhos, conseguia ver a profundidade nos olhos dela.

Não fechava os olhos e sorria um pouco, desenhava um sorriso de gozo no rosto, um sorriso de felicidade, como que se escorria ou passava, quem sabe por quais condutos ou canais invisíveis e inimagináveis, o sorriso aos olhos. Então, quando ia chegando ao clímax da felicidade, parecia que os olhos estavam rindo juntamente com seu rosto ou o seu rosto juntamente com seus olhos ou ela estava todinha rindo com seu rosto, com seu corpo, que eu podia ver porque adorava olhar nos seus olhos naquele momento. Era visível como ganhavam uma vida extraordinária, não sei se era a vida do seu próprio corpo, ou era a minha, ou era a dos dois corpos nus juntos, ou a do mundo.

O que é certo é que havia um momentinho em que, de repente, se desprendia e saía uma incrível chuva de sóis, como se o seu rosto se iluminasse, era um brilho cintilante o do seu rosto e o dos seus olhos, e os abria e pestanejava e ficavam nus, nuzinhos, mas quando ela o fazia era como se para dar maior profundidade ao que encerrava, era uma chuva de luzes, era uma chuva de rios, de risos e de doçuras, uma manhã de inverno caudaloso... o que sei eu, não sou poeta. Era algo incrivelmente pleno de vida e de beleza, e de aromas e de cores, de sabores e de sons sob meu corpo e isso me proporcionava grande felicidade, sentir também essa felicidade nela e que era eu quem lhe dava.

Era apaixonado pelos orgasmos dela, porque enfim, orgasmo é uma coisa linda, é uma das manifestações mais lindas; creio que não há nada mais bonito, nada mais completo e redondinho do que o orgasmo. É como uma chuva de sol ou muita luz no ventre, no peito, nos olhos, não é só claridade e manhã sobre a pele, não é só vida, são as cores mais lindas que existem, e os sabores mais deliciosos. É como um delicioso sorvete, é como um "pío quinto",* o orgasmo é como um cacau em mel, mas não é apenas

---

* Bolo próprio das festividades do Natal. (N. T.)

um sabor, mas também um toque, um banho de veludo dentro do corpo; o orgasmo é mais que cores, é som, é uma linda canção de Olivia Newton-John, é música de piano e tem um toque dos melhores cheiros, são os segredos compartilhados da pele, é jantar, conversa de poros...

Se te conto tudo isso, é porque quando ela chegava ao orgasmo, as melhores cores se confundiam em seus olhos, saíam de seus olhos e quase senti com meus lábios todos os sabores que saíam de seus olhos e a seda me acariciando dentro do estômago e no pescoço e nas orelhas, nas costas e nas nádegas, e todo o sorriso e felicidade do mundo e músicas, perto e longe, vinham pelos olhos, o celeste, o azul, o amarelo, tudo vivo, o arco-íris banhado de canções, que deslizavam em seus cabelos cheios de luzes, como gotejando ou derramando-se mesclados de méis, sons que lhe dão água na boca e o enlouquecem, saía a vida e a juventude que eu lambia com minha boca e com meus olhos e fazia minha e me fazia cócegas de felicidade que não consigo descrever.

A última recordação que não pôde ser apagada pela água, pela chuva, pelo tempo, que nada pôde apagar, eram seus olhos. Assim como os descrevo para você. Pensar que ela pudesse dar esses olhos, ou que desses olhos saísse tanto para outro, sob o corpo desnudo de outro, para mim era simplesmente inadmissível. Isso me martelava o crânio, o cérebro, as unhas; revolvia minhas tripas, a bile, o fígado, me desmoronava e me machucava da pele até os ovos.

Tinha que decidir se seria capaz de aceitar que tivesse dado a outro seus olhos que eram meus. Enfim, ao cabo dos dias, aceitei e me disse apenas: Está bem. Não importa. Foram somente emprestados. Continuam sendo meus e, talvez, o companheiro sequer prestou atenção em seus olhos.

18

> ...entrei acreditando que a montanha era uma multidão de homens bem armados, que eram poder, e que andavam perseguindo e destruindo a guarda, que surpresa, quando chego e me dou conta que são apenas cerca de dez ou quinze gatos pingados.

Christian e eu ficamos nessa casa por vários dias. Os quadros da cidade faziam esforços desesperados para conseguir gente com as características que precisávamos para continuar empurrando o carro em "Compañía" e manter seu rumo.

Por esses dias, me lembro que conheci e nunca me esqueço a guerrilheira urbana mais linda de todas, ao menos, no norte. Era uma mulher belíssima, alta, branca, com um corpo desses que só Deus pode fazer, e fazê-lo em seus momentos de inspiração, com umas covinhas no rosto que dão vertigem cada vez que os vê. Que bárbara! E é até de minha cidade. Foi miss Poneloya ou miss Peñitas, algo assim. Eu só a imaginava de biquíni quando foi eleita miss. A garota é um atentado e uma tentação ambulante. Além disso, era exímia atiradora. Um agente de segurança de Somoza conheceu a efetividade de sua pontaria em uma ocasião que foi detectada e lhe fizeram uma perseguição na rua, dessas em que se vê nos filmes norte-americanos.

Trabalhava com Mónica e estava envolvida com o abastecimento da Bacha Montoya. Foi por isso que a conheci. Apenas duas coisas me entristeceram: uma, que começou a engordar e, então, eu por sacanagem, para que não engordasse, embora fosse alta, a apelidei carinhosamente Stevenson, em homenagem ao famoso boxeador cubano. A companheira se chama Socorro Sirias; e a outra coisa foi que me dei conta que tinha um companheiro, mas companheira não de qualquer companheiro, mas de um dos melhores quadros clandestinos da Regional Norte, o companheiro Felipe Escobar.

Depois de uma espera mais que suficiente naquela casa, Bayardo chegou nos dizendo que era impossível conseguir gente a tão curto prazo, com as características que necessitávamos. Que não tinha jeito. Me pergunta se me arrisco, fazendo esforço, com o pouquinho que me oriento e com as perspectivas do potencial do sentido de orientação de Agenor. Fico pensando por um momento, porque eu sabia o que isso significava. Já estava vendo o filme em tecnicolor e cinemascope dos três pelados, perdidos e escondidos sob aquelas trombas d'água, com as cruzes nas costas, as mãos enrugadas do frio e da água e a pele farta dos sempiternos mosquitos, famintos, buscando a porra dos caminhos e os cruzamentos... Mas o que mais me incomodava de tudo era a quantidade de *buzones* que estavam enterrados em Canta Gallo e em outros lugares de "Compañía", do Zapote, do Bosque, que eu tinha a total segurança que não poderia encontrá-los mas nem com um "buzômetro". Lembra-te que todos os que fizeram os *buzones* estavam mortos ou já não estavam na Bacho, que a essa altura, o único membro fundador original que restava era eu.

Não conseguia superar. Custava-me assimilar o que ocorreu com Moncho e Mauro e até abrigava a esperança de que algum dia voltariam. Confesso que nunca pude ficar com raiva pelo que fizeram. Doía, sentia isso como uma grosseria, mas, enfim, tinham me ajudado tanto a empurrar o carro que prevaleceu o agradecimento mais que o ressentimento emocional e político.

Decidimos com Bayardo que íamos subir de novo os três. Que Pátria Livre ou Morrer. Bayardo tem clareza que a missão é difícil e arriscada. Claro, mais clareza tenho eu. Nos jornais já destilaram a enxurrada de colaboradores dando declarações e inclusive, alguns, já haviam sido postos em liberdade.

Saturnino, o filho do doutor, foi nos deixar em Bramadero, o ponto de entrada para Apaventana e Canta Gallo, pela rodovia de Condega a Yalí. Antes de subir, pedi a Bayardo um encontro com Claudia, que estava em Manágua trabalhando como caixa em um banco. Bayardo, meu irmão, se porta valente e me diz: "Veja Omar, por mim não há problema, já está autorizado, mas isso não depende só de mim, mas também dos companheiros de Manágua e creio que, concretamente, de Federico", que como você sabe, era Pedro Aráuz Palacios, membro da Direção Nacional da FSLN. "Vou propor oficialmente, mas lembra que isso leva um tempo, mesmo quando tenha autorização de lá, essas articulações não são tão fáceis, mas não te preocupes, deixa isso comigo que vou ver o que posso fazer". Quando me disse isso, apenas por isso, me deu vontade de lhe dar um beijo, mas fiquei constrangido e não o fiz.

Chegamos ao Bramadero, como sempre apinhado de cargas, pena que nas pródigas cargas que metíamos o que menos entrava eram armas. De tempo em tempo, um fuzil de qualquer categoria, munições que dava para contar nos dedos. A maior parte da carga era comida enlatada e demais tipos de apetrechos.

Subimos durante toda a noite com o grande carregamento e chegamos até o pé de Canta Gallo. Aí dormimos para esperar o dia, pois pelas montanhas intrincadas e abismais da plena selva não se pode caminhar, já te disse, ali não se pode caminhar de noite.

Ai, minha mãe! De novo! Quando Christian e eu nos despertamos, já não estava o tal Jacinto que era o codinome de Agenor. O único dos três que tinha um pouco de capacidade de orientação, e embora não conhecesse a região podia, com o tempo, se transformar em nosso novo guia. Fico desolado! A verdade é que eu já estou consumindo minha vida desse quase eterno recomeçar do zero, se esforçar, sentir que está patinando, volta a fazer novo esforço, sentir que volta a patinar, que não avança e começa a se desgastar física e psiquicamente.

A deserção de Jacinto sim me irritou profundamente. Pensei, por um momento, que, nesse passo, o projeto em que estávamos empenhados não ia se consolidar. Digo a Isauro: busca esse porra, talvez o homem esteja cagando e nós estamos falando mal dele. Christian foi e regressou. "Qual o quê, me disse, ali tem as pegadas direto para baixo, em direção à saída, esse tipo se foi".

Fiquei sentado sobre a mochila. Amargurado. Sequer peguei o rádio, porque não queria saber de merda nenhuma do que acontecia na Nicarágua nem no mundo.

Passado um momento, ao ver que estou aborrecido e mudo, Christian me pergunta: "Que faremos?". Eu o fico olhando e não lhe respondo. O homem compreende que é melhor não falar comigo e se cala. Passa outro momento e como continuo mudo, me pergunta: "E o que vamos fazer com a carga?"

Eu estou pensando que tipo de boas-vindas para esse pobre Christian, que vinha tão entusiasmado para a Bacho, que já era popular dentro de boa parte da militância da FSLN, e se encontra só com cagadas e que, ao fim e ao cabo, a tal Bacho somos apenas ele e eu, aqui sentados na porra da carga e pensando o que fazer, e para arrematar, eu destruído e o rapaz esperando o que é que eu vou decidir. No fundo, eu temia que ele também fosse se desanimar. Também me parecia que ia acontecer algo parecido ao que aconteceu comigo quando subi para a BPU, em julho de 1974, que cheguei acreditando que a montanha era uma multidão de homens bem armados, que eram poder, e que andavam perseguindo e destruindo a guarda, e qual o quê, quando chego me dou conta que são apenas cerca de dez ou quinze gatos pingados.

Mas no caso do Christian é pior. Eram apenas três quando ele entrou, quatro comigo. Um tempinho depois, somos apenas três. E agora, um tempinho mais, somos apenas dois. E embora eu tivesse alguma ascendência nas filas da FSLN e em minha cidade, claro, eu não era nem Modesto nem Carlos Agüero nem coisa parecida. Estava mudo e irritado por isso. Pelo primeiro que te disse e por esse último que estou te contando.

Como continuo sem falar, no momento seguinte Christian, sem se dirigir a ninguém, diz: "E então?" Olho para ele e lhe digo sério: pois, e então subamos a porra dessa carga para o cerro, busquemos o acampamento de onde saíram Mauro e Moncho e junto com a carga que deixamos ali meio escondida quando eles se foram, vamos esconder melhor e desçamos à cidade, que quero falar com Chepe León (Bayardo) algumas coisas sobre o trabalho e informar-lhe que Agenor desertou.

Colocamos nossa carga nas costas e repartimos a do desaparecido. Subimos o morro quase engatinhando, era mais ou menos uns 46 kg de carga para cada um. Íamos subindo, botando a língua para fora. Christian excepcional. Suas pernas e seu espírito eram uma realidade inquestionável. Vamos subindo feito merda sob o aguaceiro maldito do mês de setembro. Vou subindo o morro, descendo e subindo o morro e, de repente, não deixo de sentir por algum motivo alguma chispa de que vou subindo o absurdo.

Caminhamos todo o santo dia e não conseguimos encontrar o bendito acampamento, que ficava apenas a cerca de três horas de onde havíamos dormido. A marcha é penosa pelo peso excessivo da carga, e por aquela topografia irregular e intrincada. Quando começa a entardecer e não encontramos o acampamento, digo a Christian: homem, deixemos aqui a carga, busquemos o acampamento porque sem mochilas nos movimentamos mais rápido e talvez possamos encontrá-lo com mais facilidade. Fizemos assim, e sobretudo porque com a carga tão pesada, vínhamos deixando pegadas tão marcadas, como se tivessem passado 30 homens. Lembro também que nas descidas, nos declives do terreno, como estávamos cansados e tão pesados, nos sentávamos no chão um atrás do outro e começávamos a escorregar sobre a terra coberta de folhas molhadas. Descemos de bunda, nos empurrando com a coronha do fuzil e com a outra mão, como uma pedra, um toco ou uma raiz pequenina que nos fez escurecer a vista.

Quando chegávamos ao fundo da baixada, voltamos os pobres diabos a refazer aquelas subidas intermináveis, escorregadias, caindo, levantando-nos, com as mãos destroçadas porque havia vezes que, para não cair, instintivamente agarrávamos em uma árvore ou outra coisa mais próxima sem prestar atenção e, às vezes, árvores com espinhos finos e dolorosos que se enfiavam às dezenas na palma da mão e nos dedos. E a porra do acampamento não aparece.

Por isso deixamos as mochilas. Começamos a dar voltas como loucos, por aqui passamos na vez passada com Moncho e Mauro. Ah, é verdade! Ah, não! Presta atenção, fomos nós dois que passamos por aqui há pouco. E essa discussão com Christian era a todo momento. Para não te cansar com a história, eu não sei como, mas quando nos demos conta estávamos a cem metros do bendito acampamento. Reconhecemos o terreno e, por fim, chegamos ao acampamento. Que alegria quando o vimos. Sentimo-nos camponesaço. Sobretudo eu. Grande guia. Eram cinco da tarde e havíamos começado a procurar desde as sete da manhã. Que me diz, negrito! Homem, acredite que, ao fim e ao cabo, me dei conta que embora me custasse muitíssimo, uma coisinha talvez, poderia me orientar sobretudo, depois de um ano de andar por essas paragens.

Christian e eu estávamos felizes. Christian tem um sorriso muito bonito. É um sorriso meio tímido, meio cândido e dá para ver que seus dentes são grandes e fortes. Quando Christian ri, seu bigode espesso se alegra.

Depois que passou a euforia de nossa façanha, ficamos nos olhando, pensando exatamente o mesmo e sem nos dizer absolutamente nada. Advinha o que era... Vamos lá, adivinhem se puderem... Adivinhem do que estávamos rindo... há, há, há, há. Ríamos, pois agora como iríamos fazer para encontrar as benditas mochilas se não tínhamos a mais remota orientação de que lado nós havíamos deixado, pois havíamos feito mais curvas e mais voltas que um cachorro perdido na procissão.

Bom, dissemos, isso veremos amanhã, amanhã é outro dia. Alegrava-me muitíssimo que Christian não se abatesse pela situação. O tipo, com tudo e sua timidez e a desgraça que estávamos passando, sempre estava fazendo chacota de nossas desventuras. Isso me ajudou a recuperar meu bom humor. Nunca lhe disse isso.

Como não tínhamos rádio, conversamos por cerca de duas horas, já com melhor ânimo, e comecei a lhe falar sobre a BPU, um pouco mais sobre a história da Bacho, sobre a personalidade de Salinas Pinell, a quem ele não chegou a conhecer, contei-lhe sobre os problemas internos da organização, e fomos dormir de cansaço.

De manhazinha, começamos a conjecturar para que lado estariam as mochilas. Chegamos a uma conclusão e seguimos esse rumo, buscando andar sobre as pegadas do dia anterior e fomos para cima, para baixo, nos deparamos com pegadas diferentes das que nos perdemos depois de deixar as mochilas e das que deixamos antes de deixar as mochilas. Sentamo-nos a observá-las com atenção para discernir quais seriam e mais por sorte do que por outra coisa, encontramos as benditas mochilas. Não para de chover. Voltamos de novo ao acampamento que era outra odisseia, mas finalmente demos com ele, com relativa facilidade.

    Escondemos bem a carga. Comemos alguma coisa. E no dia seguinte fomos em direção à casa de Pilar. Nos perdemos. Chegamos em duas noites, porque na primeira não conseguimos chegar e passamos o dia sem água, em um precário matagal, a 100 metros do atalho, e chegamos na noite seguinte. Descemos até Piedra Larga e depois chegamos a Estelí. Fomos à casa de Saturnino, Bayardo chegou ali e claro, não sabia que estávamos de volta e quando nos vê, sem precisar falar, por sua experiência, imaginou que algo grave havia ocorrido.

    Contei-lhe tudo. Bayardo saiu preocupado. Bayardo sempre se movimentava depressa, pois a maioria de seus movimentos, como ele era muito queimado, tinha que fazê-los de noite. De noite visitava quem sabe quantas casas de segurança em Estelí; viajando e voltando na mesma noite a Ocotal, Matagalpa, Manágua, Condega. Nessa ocasião lhe disse que queria falar com um pouco mais de tempo, sobre a conjuntura, sobre o que estava ocorrendo, queria fazer algumas reflexões sobre a política, a tática e a estratégia da organização. Algumas ideias que eu trabalhava, algumas ideias sobre o que eu pensava no que havia que trabalhar imediatamente, na minha opinião, reflexões que vinha fazendo sozinho, na montanha, no meio do trabalho e das vicissitudes e que não tinha oportunidade de discuti-las com ninguém, pois eram assuntos que eu considerava serem de fundo, e enfim, no meu caso, meus interlocutores mais próximos e imediatos, além de serem sempre muito efêmeros, não tinham o nível, claro, sem subestimá-los, mas o que eu quero dizer e não vá me entender mal, é que não tinham o nível intelectual nem o conhecimento necessário global, pelo menos eu pensava assim, para falar com eles sobre esses tópicos ou assuntos.

    Também lhe perguntei o que havia ocorrido com a solicitação do encontro com Claudia. Respondeu-me que isso ia caminhando. Por falta de sorte, finalmente não pude falar com Bayardo sobre os temas que me inquietavam, que como já te disse, eu tinha algumas ideiazinhas sobre o problema. Como não pude falar, me apressei a fazê-lo por escrito. Pedi-lhe o favor que o fizesse circular à comissão de direção da cidade e do campo, que era assim que naquele momento se chamava o órgão de direção da tendência Guerra Popular Prolongada, à qual eu estava vinculado e que era na qual por diferentes razões eu havia ficado e da qual Bayardo era membro. Também lhe pedi que o fizesse circular entre os principais quadros intermediários das diferentes regiões. E me apressei a fazê-lo por algo que me comoveu enquanto estive encerrado esperando novas instruções.

19

> O povo de León desfrutava e amava os estudantes, fazíamos parte da diversão deles e em um desses carnavais, sendo eu criança ainda, lembro que a guarda o proibiu e queria impedir sua realização e os estudantes, aproveitando o carnaval, protestavam contra o massacre de Chaparral e saíram em carnaval em 23 de julho de 1959 e a guarda os massacrou.

Estou deitado, lendo o jornal na cama da casinha de Denis, o sapateiro, pois havíamos mudado de casa, quando ouço o já não sei se amável ou detestável piripipipí das rádios, pois, com igual piripipipí era anunciada uma ação ofensiva da FSLN, como a de 27 de dezembro de 1974, ou para anunciar um golpe de envergadura da Guarda Nacional à FSLN como o piripipipí da queda de Maurício.

Então, quando eu ouço o piripipipí, me levanto como quando te atingem com uma brasa de cigarro ou como mola. E a mesma merda. Quartel General da Guarda Nacional da Nicarágua, Esplanada de Tiscapa... que no dia 14 de setembro, parapapapapa, e que foi abatido o elemento subversivo Edgard Munguía Álvarez, conhecido pelo apelido de Gato ou Gata Munguía. Apenas pude soprar com os lábios entreabertos o pouco de ar que ainda restava em meus pulmões. Não pude nem me levantar.

Denis, que também havia ouvido, me gritou: "ouviu, compa?" Não lhe respondi. Baixei a cabeça e pensei: Esses filhos da puta não sabem a quem mataram. O Gato era meu melhor amigo espiritual. Era o irmão mais íntimo que tive quando nós dois éramos os principais dirigentes estudantis em León. Ele era meu confessor e eu aquele lhe dava respostas a seus problemas ontológicos. Meu companheiro de pichações clandestinas naquelas madrugadas perigosas; com o qual estudava três vezes por semana, com quem até cheguei a estudar o segundo tomo d'*O capital*, de Karl Marx. E que depois desistimos dele por causa das fórmulas matemáticas que apareciam, por umas tais famosas derivadas que nem ele nem eu entendíamos absolutamente nada, porque ele era biólogo e eu, pior, advogado.

O Gato, meu companheiro de angústias e de quebradeiras de cabeça cada vez que Oscar Turcios, Ricardo Morales, Pedro Aráuz ou outro, nos diziam de um dia para outro, em princípios dos anos 1970, que necessitavam de uma ou duas casas de segurança para esconder alguns companheiros que entravam pela noite vindos de Honduras e que eram queimados e que não havia onde colocá-los e que a conseguíssemos Pátria Livre ou Morrer, e saíamos os pobres diabos à rua buscando casas, procurando pessoas, procurando por todos os lados, coqueando e pensando a quem poderíamos buscar para lhe pedir, para rogar, e fazíamos calos nos dedos batendo em portas que não se abriam, como diz Tomás Borge; juntos nos tornávamos bruxos, inventores, audazes, mas quando chegava as seis da tarde, sempre já tínhamos conseguido a casa, o carro ou o que fosse.

O Gato, meu companheiro de malabarismos contábeis, para justificar o dinheiro que tirávamos do CUUN para dá-lo para a Frente e para o FER, que estavam na real penúria. Meu companheiro de noites inteiras dando voltas à manivela do mimeógrafo durante anos imprimindo bilhões de panfletos. Meu companheiro de redação de comunicados. O Gato, meu mestre de oratória. O Gato, o legendário Gato, que copiou toda técnica oratória àquele famoso dirigente estudantil Sócrates Flores Vivas. O Gato, que chegou a ser o melhor orador do movimento estudantil de meu tempo. O misterioso dos olhos verdes. O mesmo com quem me perseguiram e agrediram tantas vezes, juntos, pedindo a liberdade de Daniel, de Ricardo, de José Benito, de Doris María e de todos os presos políticos. O Gato, meu mestre.

O Gato, meu *brother*, meu companheiro nas tristezas e alegrias. O mesmo de quem tinha uma tremenda inveja porque era mais bonito do que eu e sempre me suplantava com as mais bonitas. Edgard Munguía, o que levamos a *vergazos limpio*, classe por classe, voto por voto, a ser o primeiro presidente do Centro Universitário da Universidade Nacional (CUUN), tendo a coragem de dizer publicamente na universidade, nas rádios e nos jornais que ele era da Frente Estudantil Revolucionária (FER) e que também, estava de acordo com a Frente e com a luta armada, que isso era suicídio naqueles tempos. O mesmo Gato que foi representante, contra a vontade de Somoza, dos jovens da Nicarágua em Nova York, em um fórum de jovens organizado pelas Nações Unidas, onde disse barbaridades do ditador, mesmo estando ali o Embaixador de Somoza e que me trouxe de presente um suéter preto, grosso, para o frio de León, que é mais quente do que o Saara; sim, o Gato brincalhão, meu companheiro de festas e brincadeiras. Meu companheiro de travessuras e malandragens, com quem me disfarçava de ceguinho, fechando os olhos, caminhando encurvado e ele me puxando pela calçada como Lazarillo, e quando vinha uma menina bonita em sentido contrário a gente parava e nós dois lhe pedíamos com um olhar de infeliz "uma esmolinha para o ceguinho por favor", e claro, como éramos queimados e conhecidos por todos de León, as meninas achavam engraçado e nos davam um córdoba ou dois, ou sei lá quanto, e assim arrecadávamos o suficiente para ir ao cinema e até comprar chiclete e porco com mandioca. O Gato sério. O destemido. O que não me deixava passar uma, mesmo e quando éramos crianças.

O Gato humilde, que vi chorar de vergonha quando Roberto Huembes o criticou por um erro que havia cometido. Meu parceiro de festas e férias, pois nas férias os estudantes iam para suas cidades e geralmente eu e ele ficávamos sozinhos como quatis, de vez em quando com Marlen Chow, trabalhando ou inventando o que fazer, para não ficarmos entediados no sufocante calor de León e com os bolsos vazios. O Gato, com o qual, com as suas mãozinhas e as minhas, que um dia a terra haverá de comer, continuamos a dar continuidade à FER quando éramos só ele e eu e um ou outro que já estava saindo da universidade, rumando cada um para onde lhe pareceu melhor e a escrever a sua própria história, da cor que escolheram, até que depois Camilo e Leonel caíram do céu até nós.

Meu gato. Meu Gatinho. Aquele a quem nossos adversários diziam a todo instante que se acreditava tanto na luta armada, porque não deixava de falar merdas e ia de uma vez. Meu Gato, que foi para a guerrilha da montanha em silêncio, onde estava Modesto, sem dizer a seus adversários, sem dizer a sua mãe, sem dizer a mim, o ingrato, para me preparar e me acostumar a viver em León sem ele. Ele, que se foi à guerrilha e se transformou de Gato em Gato. Tão Gato e tão bom e tão melhor que eu, que chegou a ser suplente da Direção Nacional da FSLN.

Meu companheiro inseparável naqueles gloriosos, perigosos, intensos, responsáveis e loucos dias do movimento estudantil; e, sem me dar conta, me transporto calado, sem me mover e em silêncio, ao alvoroço dos carnavais estudantis, a toda a bagunça das matrículas na universidade, das festas das faculdades que escolhiam suas namoradas e seus reis feios, e os manifestos estudantis, que eram panfletos cômicos em que se tirava a vida e o milagre de toda a burguesia leonesa, dos personagens populares mais conhecidos, das autoridades universitárias e, claro, também dos estudantes mais conhecidos e populares.

Em León, todos os anos acontecia um carnaval estudantil que era uma festividade de boas-vindas aos carecas. Os carecas eram os estudantes calouros e eram chamados de carecas porque os estudantes veteranos cortavam seus cabelos. Quando se iniciavam as matrículas, era muito divertido, pois todos os veteranos, muitos dias antes de começar a matrícula, andávamos buscando as tesouras das mães, das tias ou de quem quer que fosse, e outros faziam até vaquinha para comprar novas quando não as encontravam em lugar nenhum e nos instalávamos nas esquinas que davam acesso à universidade, em frente e até dentro da universidade, para aguardar os calouros.

Vinham como galinhas compradas, com todo o mito da Unan e de León em suas cabecinhas, o famoso mito da *Alma Máter*, onde se chegava para "tirar o facão para ser alguém na vida"; o mito das grandes manifestações políticas e dos confrontos com a Guarda Nacional. Os calouros, então, chegavam com um misto de alegria, de medo, de determinação, de expectativas; chegavam nervosos com a mudança do colégio à universidade, e até porque era a primeira vez que saíam da casa dos pais, sobretudo as meninas. Lembro que outros pareciam serenos e seguros. Alguns chegavam a ir se matricular com seus pais e outros sozinhos, conforme o caso. Mas ali não escapava ninguém, nem aqueles que queriam dar uma de valentes. Quando detectávamos um senhor com uma senhora e um jovem com seu canudinho de papel debaixo do braço, era sinal de calouro com diploma, e imediatamente o rodeávamos e *chac chac chac*, metíamos a tesoura, e essa era a época de finais dos anos 1960 e começo dos anos 1970 em que a moda era andar com cabelos compridos e que delícia, meter a tesoura naquelas formosas e bem cuidadas cabeleiras, me refiro aos rapazes, porque não cortávamos o cabelo das mulheres. Em geral, os que chegavam só com sua mãe ou com seu pai ou com os dois ofereciam menos resistência, embora houvesse alguns pais, sobretudo os pais, que tratavam por bem ou por mal que não tosássemos seu filho.

Havia alguns calouros que, segundo eles, queriam dar uma de espertos e chegavam sozinhos com suas notas do colégio escondidas para que não os detectássemos, ou também, havia outros que chegavam de dois em dois, de três em três e até em grupos maiores para tentar se defender dos veteranos para que não lhes cortassem o cabelo; às vezes também se armavam brigas massivas e até mais de um calouro foi ferido por uma tesourada no embate, porque também ofereciam resistência e era uma merda de chutes, trombadas, empurrões entre vários veteranos agarrando um calouro que se opunha e os outros calouros aproveitando-se para escapar e outros grupos de veteranos perseguindo os calouros que iam fugindo e os gritos, a algazarra, a brincadeira e a risada e aquilo era divertidíssimo.

E depois, os calouros, agora carecas, já não queriam ficar sós e começavam a apontar todos de sua cidade e de seus colégios quando entravam na quadra da universidade e os calouros faziam mil truques para se esconderem e não serem detectados, mas era inútil, de uma ou de outra forma eram descobertos e nós caíamos em cima deles e depois de lhes cortar o cabelo fazíamos que eles fosse dar um beijo na boca da Johnny, que era a eterna bedel da universidade e imprescindível porteira nas festas estudantis; uma mulher madura, forte e não muito feminina, e nós e ela nos divertindo, pois sempre foi nossa eterna cúmplice. Mais tarde, fizemos com que se inscrevessem nas rifas que inventávamos, pois além de cortar seus cabelos, fazíamos rifas malucas, onde sorteávamos qualquer coisa. Lembro que um ano sorteamos, por falta de uso, a Catedral de León.

Outro ano sorteamos a esposa do reitor e o secretário-geral da Unan tomou conhecimento, ficou muito bravo e desceu do seu escritório no segundo andar e chega quando estamos todos alvoroçados, um grupo de veteranos cortando o cabelo de um grupo de calouros, e se dirige diretamente aonde estou e me repreende sério, cerimonioso e sentencioso: "Bacharel Cabezas, você é desrespeitoso e isso não pode ser admitido: rifar a esposa do magnífico reitor por cinco pesos, é uma falta de respeito intolerável que as autoridades não podem permitir". De fato, a rifa da esposa do magnífico reitor custava cinco córdobas e nós o fizemos por consideração aos alunos que eram uns lisos e então, quando o Secretário Geral me disse isso na frente de todo o mundo, eu me virei, olhei sério para ele, vejo todos ao meu redor, os veteranos, os calouros, os parentes dos calouros e os curiosos que sempre vinham ver o show, e eu digo em voz alta, muito compenetrado: vocês todos ouviram! Ouviram que é uma falta de respeito estar rifando à esposa do magnífico reitor por cinco córdobas! O secretário-geral tem razão, isso é uma falta de respeito, companheiros! Portanto, a rifa agora custa 20 córdobas! O secretário-geral me encara com os olhos como se quisesse apertar meu pescoço e me enforcar e diz, perplexo e enrubescido: "Bacharel Cabezas, você é um incorrigível", e o homem dá meia volta como um demônio cheio de raiva e impotência.

Claro que, assim que o secretário caminhou alguns metros, começou a discussão entre os veteranos e calouros, entre os pais dos calouros e os veteranos, com os calouros e seus pais reclamando que lhe vendêssemos a rifa da esposa do magnífico reitor por cinco córdobas e nós, sérios, respondendo-lhes amparados pela autoridade do secretário-geral: vocês são surdos? Não ouviram que é uma falta de respeito vendê-la por cinco córdobas? Não tem discussão, a rifa custa 20! E, de fato, ficou em 20 córdobas e eles não tiveram escolha senão pagar.

Depois de se inscreviam na rifa, nós os batizávamos jogando sobre suas cabeças semicarecas, com os cabelos todos picotados, talco ou tinta, e lembro que em alguma ocasião até alcatrão, ou colocando-os com roupa e tudo no espelho d'água do parque da Igreja de La Merced, que fica ao lado da universidade e na época, os barbeiros, cabeleireiros, salões de beleza de León, felizes porque em 15 ou 20 dias chegariam milhares de rapazes para terminar de cortar o cabelo, porque era melhor terminar de raspar a cabeça, do que sair por aí passando ridículo com buracos e os cabelos picotados, e os barbeiros que mais ganhavam eram os que estavam perto da universidade e das lojas onde eles vendiam boinas, bonés e chapéus. Lembro que houve casos perigosos, porque havia calouros que chegavam com navalhas e até pequenas armas de fogo e havia veteranos que também andavam armados e até houve anos em que foi por pouco que não houve mortos.

Depois desses tumultos, vinham os dias do carnaval de boas-vindas que o CUUN oferecia aos calouros. O carnaval saía da sede da universidade e cada faculdade fazia um ou vários carros alegóricos, os estudantes se fantasiavam, se pintavam com fuligem ou com o que houvesse, uns saíam quase nus, outros fantasiados de mulher ou do que seja, acompanhados com todos os músicos da cidade, e alugavam as carroças puxadas por cavalos que eram dos carregadores do Mercado Central e os carros alegóricos satirizavam a ditadura, ridicularizavam personagens políticos, religiosos, populares ou queridos, diletos burgueses, oligarcas ou aristocratas da cidade de León. Havia verdadeiras obras de arte e engenhosidade nos trajes e nos carros alegóricos, e caminhávamos pelas ruas gritando, cantando, tomando banho nas fontes dos parques, bebendo guaro sem parar, diretamente do gargalo da garrafa, e toda a cidade de León nos portões de suas casas, nas calçadas ou atrás de nós, rindo muito, porque o povo adorava as folias estudantis e esperava por esses dias como se fossem uma espécie de festa do padroeiro. Os estudantes eram a alegria, o molho, o picante, o novo, que quebrava o tédio da cidade.

O povo de León desfrutava e amava os estudantes, fazíamos parte da diversão deles e em um desses carnavais, sendo eu criança ainda, lembro que a guarda proibiu a festa e queria impedir sua realização e os estudantes, aproveitando o carnaval, protestavam contra o massacre de Chaparral e saíram em carnaval em 23 de julho de 1959 e a guarda os massacrou. A guarda matou quatro estudantes, feriu cerca de cem por ordem direta de Somoza, executada no terreno por um esbirro que se chamava Anastasio Ortiz e toda a população considerou isso um crime, um pecado, uma barbaridade com os pobres estudantes, e as pessoas humildes e de todas as classes sociais faziam filas e filas no Hospital San Vicente, sem conhecer os feridos nem ninguém, para doar sangue, e a população esteve ali voluntária e massivamente toda noite doando sangue; mulheres, homens, velhinhas, ricos, pobres, estudantes calouros e veteranos, todo mundo doou sangue e os carnavais prosseguiram, não conseguiram impedi-los.

Em 1972, recém-chegado do Chile de um Congresso da Organização Continental de Estudantes, em tempos de Salvador Allende, onde fui com Doris Tijerino, que era a encarregada do Congresso e a Secretária Geral da CUUN, e Miguel Bonilla que era o presidente naquela época, entrei ao meio-dia em uma das carretas da minha faculdade, sob um puta sol, estava feliz, recém-chegado e comecei a tomar Flor de Caña na boca da garrafa, e eu estava bebendo e pulando e o sacolejo da carroça e aquele sol; depois de um tempo eu já estava gritando na rua, empoleirado na carreta, gritando bem alto com uma garrafa de Flor de Caña na mão: Viva o Chile, filho da puta! Viva Allende; Viva Tita Valle! Que estava estudando no Chile, depois que se refugiou em uma embaixada em Manágua quando foi perseguida pela segurança de Somoza, e eu tenho muita estima por ela e havíamos nos encontrado depois de vários anos sem nos vermos, e a movimentação da carroça e os músicos atrás tocando e tocando e a gente pulando dentro do carrinho, e o pessoal acenando das esquinas e das portas das casas, e o trânsito engarrafado porque as outras carroças não avançavam, e eu já bêbado, dirigindo a carroça e a carroça subia na calçada e puxava e virava o cavalo e a carroça e endireitava novamente no meio da rua, e quando eu me cansava, passava para alguém dirigir e continuava a beber Flor de Caña na boca da garrafa, e cada vez mais bêbado, e que viva a Tita Valle e Allende! E eu alegríssimo com meus companheiros de carroça, e quando estamos chegando a Subtiava, que é onde terminava o percurso do carnaval, eu já havia tomado todas, e meus companheiros do FER e da FSLN é claro que já haviam se inteirado de que eu estava bêbado no carnaval gritando viva Allende e Tita Valle, e de repente, me aparecem Agustín Lara Valdivia e Iván Montenegro, dois companheiros da FER e da FSLN, e me falam para descer dali, que isso é antipolítico, que as pessoas não devem nos ver bêbados, que eu lembrasse que era um dirigente público da FER, que isso atenta contra a credibilidade da organização e a minha própria, que eu me lembrasse que era candidato da FER para presidente do CUUN para o próximo ano, e que era a primeira vez que me embriagava na vida, com tanto azar que me embriaguei publicamente e os dois companheiros muito persuasivos me dizem para descer, e eu não queria descer, vinha recentemente do Chile, impactado, eufórico de ver em Santiago aquelas manifestações de milhares e milhares de trabalhadores chilenos desfilando com seus capacetes, cantando e fazendo coro às palavras de ordem de apoio à Unidade Popular e ao presidente; vinha impactado de ter subido pela primeira vez em um avião, impactado de ter visto pela primeira vez com meus próprios olhos a neve na Cordilheira dos Andes, impactado pelo processo revolucionário chileno e, por outro lado, depois de tantos anos de vida estudantil guardando o recato e me reprimindo de fazer tudo que faz um estudante normal, apenas pelo fato de ser uma figura pública no país, estava me desafogando, trazendo à superfície toda minha repressão de um jovem que nunca pôde fazer o que faziam todos os jovens comuns.

E o Agustín e o Iván persuasivos: "desce Omar, desce irmão, isso não está correto, isso é uma cagada *brother*", e eu, bêbado, gritava para eles: merda nenhuma, merda nenhuma, não desço nem com grua, e os companheiros: "magrelo, desce", e eu discutindo com eles e meus colegas de Direito e de carroça, que eram Loyo Gurdián, Florito, Jaimito, Pancha Balladares, Moncho Lets, o Negro Paredes, Mario Mejía, a quem chamávamos de mamão e que nunca soubemos o que é que ele mamava, e sei lá quem mais. Todos eles verdadeiras instituições da faculdade, discutindo também com Agustín e Iván, defendendo-me para que não me fizessem descer, que me deixassem em paz, que eu tinha o direito de beber guaro e que não sei o quê e que não sei quanto, quando de repente sinto que me dão um empurrão e me metem uma porrada que me deixou tonto e me desperto na parte de trás do jipe Land Rover de Alba Luz Ramos, que vinha puxando a carroça da noiva da faculdade, e no jipe também vinha Martha Magaly Quintana e não lembro quem mais, e claro, meus captores, e quero descer de novo e não me deixam, e quero urinar e não me deixam, e Alba Luz dirigindo devagar no meio daquela multidão que acompanha as carroças, e quero descer para urinar e não me deixam e então, irritado e bêbado, tiro minha piroca e urino dentro do jipe e eu irritado e os rapazes irritados, mas no fundo cagando-se de rir, e no dia seguinte a grande ressaca, a do guaro e a moral.

Nessa ocasião eu era vice-presidente do CUUN, e bem tarde do dia seguinte estou recebendo a notificação da Frente e da FER que estou expulso por irresponsabilidade e por dar mal exemplo e que renuncie à vice-presidência da CUUN alegando problemas pessoais. E assim o fiz. Lembro que esse foi meu primeiro constrangimento nas fileiras da organização. Nessa ocasião, Campera havia renunciado na Argentina, creio que para optar à presidência de seu país, então, quando eu renuncio, as autoridades da universidade nos disseram que estávamos imitando os argentinos, pois eu era o candidato para a presidência do CUUN. Se soubessem! Eu pensava.

Grandissíssimo filho da puta! E volto a mim ao presente maldito, e me dou conta que o Gato Munguía, meu irmão, está morto, que o mais amado de meus irmãos caiu. Respiro. Procuro papel e lápis. Começo a escrever devagar e com boa letra o documento que te digo, que ao fim e ao cabo nunca soube o que ocorreu com ele. Algum tempo depois, ouvi um comentário banal.

20

> A pobreza em que eles haviam ficado e as histórias do que haviam suportado na prisão nos encheu de raiva a todos. Tocou nossa alma que, mesmo transformados em cadáveres, nos reiteravam sua disposição de continuar a luta.

O Alto Comando decidiu que deveríamos subir novamente, para continuar com nossa missão. Disseram-nos que subiríamos com um companheiro camponês de Santa Cruz, região que fica ao sul de Estelí, onde há alguns meses havia começado um trabalhinho em colaboração com as comunidades eclesiais de base da cidade, que tinham projeção no campo nas proximidades de "Stalingrado", como também chamávamos Estelí. Aos poucos foi se instalando naquela zona uma brigadinha chamada General Pedro Altamirano, que chamávamos simplesmente de GPA. O camponês vinha daquela brigada que era dirigida por um compa que tinha uma excelente formação militar de caráter técnico, e estava composta também por uma companheira e mais uns dois ou três outros companheiros. Naqueles dias, não sei por que circunstâncias, eu estava na casa de segurança de Juanita Montenegro, uma família numerosa onde todos, de uma forma ou de outra, colaboravam. Essa casa era parecida com a de um colaborador de Ocotal que se chama Fredy Lobo, a quem por gozação dizíamos que era "o mais güevon* de todos os colaboradores" porque tinha uma venda de ovos em sua casa.

Bayardo chegou para inteirar-me da decisão e para trazer o companheiro novo que ia subir comigo e Isauro para que o conhecesse e conversasse com ele. Ele estava na casa de Lolita, a companheira Arróliga, a mãe da garota dos tangos.

Era um camponês com uma estampa tal, que se eu tivesse aparência de camponês, em todo caso, ele seria um nórdico. Era bem branco, olhos claros, barba cerrada, um pouco baixo e mancava um pouquinho, quase não dava para se perceber, só se fixasse a atenção. De aparência séria. Sério como ele só. Por qualquer coisa franzia sobrancelhas e fazia gestos rápidos. Mentalmente ágil, tinha aparentemente boa figura, mas eu já não tinha ilusões. Muitas coisas haviam acontecido em minha vida. Não se confunda com o que te digo. Não é que tivesse perdido a confiança no ser humano, mas estava claro que neste país dão um susto, e por onde menos se espera, a lebre salta.

Conversamos com Carmen Aráuz, que apelidamos de Raúl, e também Chele Jaime. Explicamos em que consistia o trabalho. A repressão que ocorreu em toda a área. O trabalho de contactar novamente todos os colaboradores, porque a essa altura, uma boa parte já havia sido colocada em liberdade. A questão da exploração rumo ao leste e, claro, não contamos totalmente todas as deserções e baixas que tivemos, porque poderiam ficar desanimados.

No final da primeira ou início da segunda semana de outubro, Isauro, Chele Jaime e eu subimos por Piedra Larga. De novo. Três solitários, indo para cima, chovendo e, como sempre, abarrotados de carga.

---

* Guevón, na Nicarágua, significa valente; manteve-se a palavra no original para fazer sentido com o trocadilho com a palavra huevos, que nesse caso quer dizer bolas ou ovos. (N. T.)

Chegamos à casa de Pilar, já está mais recuperado física e psiquicamente, menos nervoso, mas ainda com sequelas da tortura. Aproveitamos essa passada para mostrar-lhe os colaboradores do lugar, um pouco de exploração da zona e continuamos para Canta Gallo e "Compañía", que eram nossos centros de operações e de irradiação do trabalho.

Chegamos a Canta Gallo e começamos a *embuzonar* todo o carregamento que tínhamos conosco. Então começou uma das tarefas mais titânicas que me lembro de ter realizado na guerrilha. Com o meu formidável sentido de orientação, tentar localizar cinco gigantescas caixas que tínhamos naquele local, que havíamos escondido em épocas diferentes. Me fiz de dissimulado e utilizando minhas reservas de bom senso, inteligência, lembranças de acontecimentos particulares, de lugares que eu já havia gravado de tantas vezes que transitei por eles, consegui a façanha de encontrar um por um, todos os esconderijos para que fossem conhecidos por Christian e Chele Jaime, que era nosso novo guia, que por sinal, foi uma revelação. O tipo tinha uma bússola na testa, e a cada dia dava sinais de ser dos bons. Tinha vergonha revolucionária! Christian, da mesma forma, estava se transformando incrivelmente, maduro, sério e comprometido.

Começamos a entrar em contato com os colaboradores de Robledalito, que havia sido o vale menos atingido pelo inimigo. Antes de ir até lá, fomos primeiro à primeira casa da Montañita, a que estava mais próximo do pé da montanha. Quando chegamos nos disseram assustados que saíssemos rápido dali, de que pela manhã cedinho havia passado uma patrulha da Guarda Nacional para os lados da fazenda "San Jerônimo".

A guarda, mesmo depois de vários meses após a repressão, havia deixado um ou outro pelotão em "San Jerônimo", que circulava pelos vales de vez em quando, para fazer presença, amedrontar e intimidar a população e, talvez, com a esperança de nos caçar.

Havíamos deixado o Chele Jaime em um acampamento perto dali, e quando Isauro e eu regressamos, sob a neblina e uma tromba d'água, nos perdemos, para variar. Começamos a caminhar e caminhar e dar voltas buscando o Chele e não o encontrávamos. A inutilidade de meu sentido de orientação me dava uma impotência que, com frequência, me fazia perder a compostura. E dessa vez não foi exceção. Quando não encontramos o Chele, irritado, paramos debaixo de uma laranjeira e começamos a chupar laranjas, e enchemos as sacolas, tomei emprestado o boné de Christian, porque não trazia o meu naquele momento, e também o enchi de laranjas.

Levantamo-nos e começamos a procurar de novo o ponto e demos voltas e voltas e nada e chovendo e eu ficando cada vez mais puto até que chega um momento em que explodo e atiro violentamente o boné de Isauro contra o solo, com as laranjas e tudo e digo: filho de uma grandissíssima puta. Isauro, que também anda com o humor estragado, levanta a voz para mim, por primeira vez, e me diz igualmente irritado: "e por que porra você joga meu boné, seu merda!" Houve um silêncio. Eu fiquei olhando o boné no chão, com as laranjas espalhadas, fiquei olhando para ele e ele para mim, de repente explodimos em gargalhadas. Ai, meu Deus! Já estamos ficando loucos. E nisso ouvimos que alguém nos grita: "que está acontecendo? Que está acontecendo? Por que estão gritando?" Era Chele Jaime. Estávamos a apenas 30 metros do acampamento.

Então fomos ao Robledalito de dia e pela montanha, para poder me orientar, pois eu sou, nesse momento, o guiaço. Contatamos as pessoas, ficamos um pouco, dormimos por lá, estavam aterrorizados, mas não nos negavam a colaboração, pelo menos a tortilha e a informação. Depois fomos também, em cruzada, para Planes, para não passar por Montañita nem por Buena Vista. Estávamos nos movendo em posição e formação de combate. Todo mundo com bala no pente e andando, explorando, como se faz em casos de extremo perigo. Christian e Jaime continuam se portando bem.

Ambos têm um mínimo de desenvoltura política. Eles não haviam estudado as leis científicas do desenvolvimento social, mas eram patriotas, sandinistas, firmes e espertos. O que mais gostava em Christian era que prestava atenção direta ou discretamente em tudo o que eu fazia. Depois, sem más intenções, eu ria ao vê-lo fazer coisas semelhantes e às vezes até iguais ou melhores do que eu. O Chele, mais ou menos por aí. Claro, como Isauro era estudante, ele tinha mais informações de caráter geral do que Chele Jaime.

Quando chegamos a Planes, que era, digamos, o coração e a gênese da colaboração, não fomos diretamente às casas, porque prevíamos que poderiam estar sendo vigiadas. Fomos procurá-los em seus locais de trabalho, seus campos de milho e de feijão. Nós os detectávamos, nos colocávamos em um ponto para observá-los e quando víamos que não estavam sendo espionados, nos aproximávamos engatinhando, às vezes rastejando, para não sermos vistos de longe por outras pessoas. O fato é que quando os compas percebiam, já estávamos a cerca de cinco metros de distância. Nascíamos de suas costelas, eles diziam.

O primeiro a quem fizemos isso foi Juan Simón Herrera. Quando fizemos shhh shhhh com os lábios e o homem nos vê do ladinho dele, quase como uma serpente que vai lhe picar, o homem como quem vê o diabo, atira o facão e quase desmaia do susto. Tinha saído da prisão há apenas oito dias. Parecia um cadáver andante, magro, com o sistema nervoso destruído. Assim ficaram todos quando saíram das câmaras de tortura de Manágua e Estelí. E claro, o pobre Juan Simón, que não sabe como chegamos até ele, imagina que chegamos caminhando em pé e que talvez nos tenham visto, porque todos eles diziam que os informantes andavam vigiando de dia e de noite.

Nós lhe dissemos baixinho: compa, compa, sente-se no chão. E se sentou. E assim, sentados, sem que ninguém pudesse nos ver de longe, começamos a falar. A primeira coisa que nos perguntou foi o que fazíamos ali e se alguém nos havia visto chegar aonde ele estava. Para acalmá-lo, lhe explicamos como nos aproximamos e para provar que era verdade, nem ele mesmo havia percebido nossa chegada. Pedimos a relação de quem já havia saído da prisão, ele nos disse; o apresentei a Chele Jaime e a Isauro e lhe disse que o trabalho e a luta continuavam. Ele, com mais medo de que outra coisa, nos disse que estava bem, mas que desaparecêssemos por um tempo até que a guarda se fosse, que os informantes se acalmassem e enfim, pois, que a área se esfriasse. E assim fomos de um em um. Entrando em contato e apresentando-lhes os novos companheiros.

A pobreza em que eles haviam ficado e as histórias do que haviam suportado na prisão nos encheu de raiva a todos. Tocou nossa alma que, mesmo transformados em cadáveres, nos reiteravam sua disposição de continuar a luta. Fomos, inclusive até Zapote, na casa do comandante Jorge. Foi um percurso rápido, era apenas para que os companheiros conhecessem a zona.

Eu havia acertado com Bayardo de que o correio seria Chele Jaime e que ele desceria em 22 de outubro. O Chele desceu e regressou no dia 24, dia de meu aniversário. Regressou como sempre, em um veículo lotado com carga no qual, como sempre, o que menos vinha eram armas.

Bayardo, na correspondência, me dizia que o encontro com Claudia estava confirmado, que seria em Manágua, em 20 de novembro. Vê, disse para mim mesmo, parece que as coisas estão voltando ao normal. Que bom! Jamais tinha sentido a carga tão leve, como nessa ocasião. Terminamos em Canta Gallo e voltamos a descer para arregimentar mais pessoas, a coisa tinha que ser muito diligente, não se podia perder tempo, nem um só dia, queríamos retomar o trabalho e o tempo perdido pela quantidade de pessoas que perdemos.

21

> ... na realidade, não éramos um grupinho de clandestinos, mas por trás de nós havia todo um povo em franca rebeldia, disposto até o extermínio ou a vitória, havíamos averiguado, colaborador por colaborador, vale por vale.

Estamos na casa de dom Goyito, um colaborador que vive em uma casa situada em uma borda entre Buena Vista e Planes. É o último colaborador a ser visitado no percurso, depois de haver visitado a dom Leandro e Moisés, de quem me nego a falar qualquer coisa, porque apenas de lembrar como os encontrei é sofrer deliberadamente e eu já sofri o suficiente nesta vida. E te juro que se eu te contar, te deprimo. Posso dizer unicamente que no final, o velhinho prostrado em seu catre, no mesmo catre que me deu suas orações, me disse segurando a minha mão, olhando-me nos olhos e com uma voz débil, mas segura: "Foi assim com os *machos*, isso não vai acabar meu filho. Por favorzinho, cuidem-se".

A verdade é que estamos onde mora dom Goyo, escondidos numa valetinha, assando uma galinha, contentes, entusiasmados com a moral das pessoas, que teve um efeito tão positivo em Chele, Isauro e em mim. Pensando que, finalmente, novos ventos já começavam a soprar. Felizes, assando a galinha e ouvindo música, e eu, soprando as brasas, e o rádio, sem me avisar, no que estou soprando, faz: piripipipí, eu ouço mas continuo soprando e piripipipí e eu soprando. Sei que os outros dois já estão atentos, mas eu nem me movi, soprando, e quanto mais piripipipí, mais sopra que sopra, soprando e... Quartel General e soprando... da Guarda Nacional e soprando e... Esplanada de Tiscapa e soprando, cada vez aproximando-me mais às brasas e cada vez encostando mais meu rosto nas brasas, que no dia tal, e eu estou queimando as pestanas, no dia tal e soprando e estou quase tonto de soprar e as minhas bochechas já doíam de tanto soprar e até o rabo, soprando, e... Caiu Carlos Fonseca Amador e o chefe supremo do FSLN.

Fiz de conta que soprava... mentira, com que ar eu iria soprar. Os rapazes disseram: "o quê? Não pode ser. Puta que pariu, bastardos", e não sei quantos verbos, maldições e impropérios disseram os rapazes enquanto eu queimava o rosto no calor das brasas.

Eu sei que a notícia é demolidora... e já tenho a clara e a insuportável consciência de que os chefes têm que fazer que as coisas continuem, mesmo que caia o mundo em cima. Tenho a consciência quente nas brasas da galinha que tenho que fazer algum comentário sobre o comunicado. Lógico.

Então, me recomponho. Sento-me, e digo sem muita importância: é preciso ter cuidado com esses filhos da puta. Podem dizer isso para desmoralizar o povo, as pessoas e até nós mesmos, os sandinistas. A verdade é que, no fundo, eu não queria acreditar, e realmente era possível, porque Bayardo havia me contado que o chefe ia entrar, e eu também tinha antecedentes de mentiras do inimigo ou pelo menos de confusões com respeito à morte de Carlos, que inclusive, coube a mim vivê-las pessoalmente quando era o vice-presidente do CUUN.

Quando do combate em Nandaime, em 18 de setembro de 1973, em que caíram Oscar Turcios, Ricardo Morales, Jonathan González e outro companheiro, o outro que a guarda nomeou no comunicado, também com piripipipí, era Carlos Fonseca. Inclusive fomos à casa de María Haydée Terán, sua esposa, em

León, para ajudá-la nos preparativos do velório para quando chegasse o cadáver de Manágua. E me lembro que fomos alugar as cadeiras, as coisas onde se coloca o caixão, a cortina com tudo e o Cristo; os estudantes mandaram coroas de flores, a casa se encheu de vizinhos, curiosos, familiares e sandinistas, e aí estivemos esperando, toda a manhã e toda a tarde, a chegada do cadáver, enquanto eram feitas as burocracias no Escritório de Direito e Relações Públicas da Guarda Nacional para que o entregasse, e eu estava ali, digamos, no velório de corpo ausente, coordenando tudo, quando chega não lembro quem, me chama disfarçadamente, me entrega com discrição uma carta que abro escondido e que era de Bayardo me informando que o morto não era Carlos Fonseca e sim Juan José Quezada, o mesmo que recrutou para a FSLN; que caíram em Nandaime para não deixar Jonathán Gonzalez ferido no combate.

Que eu informasse a María Haydée e que fôssemos avisar à família de Juan José, mas que o fizesse sem me queimar. Informo em segredo a María Haydée e no mesmo instante se acabou a espera e o velório e mando dona Aurorita de Rosales, mãe de Oscar Danilo, o herói de Pancasán, Natalia Ramos, insigne colaboradora de León, e minha mãe, todas velhas pioneiras das lutas, das greves, das manifestações estudantis em León, a avisar à mãe de Juan José, que diga-se de passagem, não as recebeu com boas maneiras.

Ou seja, pois já tinha antecedentes para pensar que era mais um equívoco ou alguma desinformação do inimigo. A realidade das coisas é que eu não queria que fosse verdade. Aferrava-me a qualquer recurso dos tantos que sobram ao cérebro nesses casos. Mas a porra do comunicado volta a ser repetido e o escuto com mais atenção. Disseram que foi em Cusulí. Eu sabia que Carlos ia para cima, onde estava Modesto, que estava pelo lado do rio Iyas ou por ali. Sabia também que teriam uma reunião dos compas da Direção Nacional para falar dos planos e das coisas próprias da direção e do trabalho. Sabia que para ir à BPU teria que passar por onde o comunicado dizia que haviam matado Carlos. Então, aí sim, me convenci. Mas não disse aos rapazes.

Não sei por que pensei que viria uma catástrofe. Pensei nas sete pragas do Egito. A hecatombe. Pensei na América Latina, em Turcios Lima da Guatemala, em Douglas Bravo da Venezuela em De la Puente y Uceda e Javier Heraud do Peru, no velhinho famoso, guerrilheiro revolucionário do Brasil, e em outros tantos da América Latina. Pensei como, depois de serem assassinados, o restante de seus companheiros foram caindo com os anos, um a um, ou ficando velhos na montanha, ou nas cidades, no exílio ou em alguns partidos legais da esquerda latino-americana. De repente, senti que choviam noites misturadas com merda, sangue e frustrações. Pensei que ao fim e ao cabo, os sonhos são apenas sonhos. Que as revoluções, porra, eram utopias. E outra vez a maldita sensação de que Cuba era uma exceção, porque ali estavam Fidel, Raúl, Camilo e o Che. Pensei que a Frente estava em frangalhos e que o continente americano perdia a última reserva que lhe restava. Mais uma vez, a sombra do Quixote.

Mataram o verdadeiro Cristóvão Colombo. O autêntico Galileu, porque Carlos foi o primeiro a descobrir Sandino e Sandino é a Nicarágua. Caiu o fundador. O gerador. O motor de autocombustão que imprimia a marcha a Sandino, à Frente Sandinista e, com ela, à América Latina, a mesma das veias abertas de Eduardo Galeano. Caiu a primeira chama, morreu a gênese, a célula reprodutora. Fodeu a história.

Pensava tudo isso porque, me esqueci de te dizer, também percebemos que no dia anterior havia caído o legendário comandante Zero. O homem encapuçado do ataque de 27 de dezembro de 1974 à casa de Chema Castillo. Aquele que desde que eu era estudante, Oscar, Ricardo, Bayardo, Federico, Roberto Huembes e outros, todos os monstros da FSLN me falavam dele com carinho e admiração e quando todos os monstros juntos falam com respeito de suas capacidades, bem o tipo, eu pensava, deve ser um monstraço. O único que dizem que falava cinco línguas. Que havia lido todos os volumes d'*O capital* em alemão; que era alto, forte e bem aparentado, o membro da Direção Nacional, Eduardo Contreras.

Mas também havia caído, nesse mesmo dia, Roberto Huembes, aquele rapaz que chegou vestido de hippie para estudar em León em 1971, buscando qual era o sentido da vida e que nos tornamos amigos, e que eu o recrutei por ordens de Oscar Turcios, por meio da Marlen Chow, e que era tão bom que me encarregaram que fizesse um grupo de estudo somente com ele, e o tipo aprendeu de uma sentada todo o manual da Marta Harnecker e do qual depois me disseram que me esquecesse dele, que não queriam voltar a me ver junto a ele porque iam ocupá-lo para tarefas estritamente clandestinas e eu era um quadro público e muito queimado. Betillo, como lhe apelidamos, era tão capaz que já em 1976 era membro suplente da Direção Nacional.

Três mortes dessas, sobretudo a do Carlos, em dois dias, era como para pensar tudo o que pensei. Pois bem, a essa altura, a verdade é que já temos as bolas rachadas e a pele curtida. Nós já éramos quadros, quadros comprometidos até o pescoço com o processo revolucionário nicaraguense e latino-americano. Já Carlos, Ricardo, Oscar, Eduardo e os outros nos haviam passado parte de sua energia vital primária e algo assim, como que nós também já havíamos desenvolvido nossa própria energia, nosso próprio motorzinho autônomo que nos fazia funcionar, mesmo sem eles. Claro que com eles a coisa era mais fácil. O que eu quero te dizer, entenda-me, é que a essa hora, já tínhamos ar próprio em nossos pulmões.

De forma que também pensei no lado positivo do que estávamos vivendo. Vi Isauro e Chele, estavam tristes, mas não mortos. Estavam cheios de coragem. Estava fresca, fresquinha a moralização que recebemos com os camponeses quando falamos com eles e, ao fim e ao cabo, terminamos pensando que esta merda era indestrutível. Que em realidade, não éramos um grupinho de clandestinos, mas por trás de nós havia todo um povo em franca rebeldia, disposto até o extermínio ou a vitória, havíamos averiguado, colaborador por colaborador, vale por vale.

Disse a mim mesmo, gratidão infinita irmãozinhos, em nome de todos os sandinistas, em nome de todo o povo, e por que não dizer novamente, mil agradecimentos também pela América Latina, gratidão por chegar, gratidão por empurrar o carro até onde o levaram. Gratidão porque aqui estamos nós, a continuação de vocês. Não estou fazendo nenhum discurso, é o que pensamos. Nos doeu até o mais recôndito de nossa alma, mas fortaleceu nosso moral, embora o que eu lhe diga pareça panfletagem não me importa nada o que pensas. Entende-me?

Além disso, eu tinha minha própria preparação de moral e essa era uma vantagem que os companheiros que estavam comigo ainda não tinham. Dentro de poucos dias me encontraria com Claudia pela primeira vez desde que nos demos o último beijo na esquina do Sesteo, em minha cidade.

22

> ...não sei por que merdas estranhas dessas que costumam me acontecer, pensei: Quem duvida aqui que já ganhamos a guerra!

Desde que Bayardo mandou me dizer que o encontro com Claudia era dia 20 de novembro, no dia seguinte fui marcando, dia a dia, com um x, os dias do pequeno calendário que carregava em minha caderneta de anotações.

Lembro que todas as manhãs, apenas me levantava meio dormindo, enrolava meu cobertor que fedia a Juan José, porque ali cada qual tem seu próprio cheiro, enrolava a rede, colocava na sacola plástica, guardava na mochila para que não molhasse, pois a rede e o cobertor são os dois bens mais preciosos de um guerrilheiro depois de sua arma; tudo pode molhar, menos isso. Quando seu cobertor e sua rede se molham antes ou enquanto está dormindo, é tão triste, mas tão triste, que é como se ninguém no mundo gostasse de você. Dormindo sob a chuva. Apenas meio coberto pela barraca, com os frios horríveis que te sopram debaixo da rede e ricocheteia na sua bunda e sua rede e seu cobertor estão molhados.

É para chorar de desconsolo ou se consolar gritando palavrões a Somoza e aos ianques que o mantinham. Acontece que, depois da notícia, todos os dias que eu fazia sabe-se lá quantas vezes o ritual mecânico de colocar minhas coisas na mochila, ia me aquecer na cozinha e se não houvesse cozinha, depois de ouvir o rádio jornal Extra, tirava meu caderno da sacola plástica, tirava daí o calendário e assim fui colocando o x a cada dia, que diga se de passagem, os desgraçados se tornavam cada vez mais eternos à medida que se aproximava a data do encontro. Fiz isso todos os dias até sair de Estelí para Manágua, no dia 20 de novembro.

Saímos da propriedade de dom Goyo rumo a "Cerro Cuba", passando por Canta Gallo. Chegamos à casa de Pilar e dei instruções a Chele Jaime do que fariam em meus cinco dias de ausência. Explorariam outra rota alternativa entre Pilas e Canta Gallo, pois estávamos usando essa rota muito seguidamente e, além disso, não havia água no verão e passávamos sede nas travessias porque nunca usamos cantis. Que fizessem alguns contatinhos novos para o lado de um lugar chamado El Jocote, e que se cuidassem... que tomassem cuidado para não acontecer nenhum incidente, portanto, nada de imprudências.

Em 18 de novembro, às quatro da tarde, já estávamos, Chele Jaime e eu, disfarçados de camponeses, sentados em uma pedra às margens do rio Estelí, de onde se via perfeitamente a rodovia Panamericana. Sentados, esperando que dessem as cinco para atravessar a rodovia e esperar o ônibus, pois desci um dia antes do previsto para evitar qualquer eventualidade. Estamos sentadinhos, quando frente a nossos olhos vemos passar um interminável comboio de caminhões cheios de guardas, seguidos atrás de outros caminhões e veículos militares estranhos que nós não conhecíamos. Vão em direção ao Norte. À fronteira com Honduras. De novo, os exercícios do Conselho de Defesa Centro-Americano (Conceda). Chele e eu ficamos vendo, estupefatos, a longuíssima caravana que nunca terminava de passar, Chele e eu ficamos vendo e possivelmente pensando o mesmo. Puta! Quando, mas quando! Era uma demonstração tão grande de poder frente às nossas duas pistolas, que não pudemos deixar de nos sentir insignificantes.

E eu pensando, tomara que uma porcaria dessas não se estrague e pare por aqui, pois vão me atrasar e vou me foder, porque não vou poder passar pela Rodovia para esperar o ônibus e vou perder o encontro e se o perder, quem sabe quando, meu Deus, eu poderei voltar a combinar de novo. E que pulso de filhos da puta, eu pensei, passam exatamente no mesmo dia, na mesma hora e no mesmo lugar que vou pegar o ônibus para o meu encontro com a Claudia.

Ficava pensando se Claudia estaria tão ansiosa quanto eu para me ver. E se para ela também esses dias custaram a passar desde que lhe avisaram que havia pedido para encontrar-me com ela ou se iria comparecer, talvez sem o ré nem o fá. E o que aconteceria quando nos encontrássemos. O que iria lhe dizer quando a visse, se olá, se dar-lhe a mão, se dar-lhe um beijo no rosto, se dar-lhe um abraço de urso e um beijo demorado. Se ao cumprimentá-la, a olharia sério ou começaria a rir. Como ela estaria vestida. Que cara ela faria quando me visse. Se havia mudado a armação dos óculos. Se estaria mais magra ou mais cheinha. Se teria o mesmo penteado daquele dia 2 de julho de 1974, quando nos despedimos. E se ao me ver diria apenas olá. E começaríamos a conversar, sentados frente a frente, sobre o que havia acontecido e que não faríamos amor até o dia seguinte ou detidamente... várias vezes, a carta de Bayardo me dizendo que o encontro era dia 20 na cidade de Manágua.

Aha! E se o Bayardo ou alguém me aparecer dizendo que não tem mais viagem, porque a situação em Manágua piorou, sei que morro! E eu, sentado em frente ao televisor, ouvindo o noticiário, cruzando os dedos para que não anunciassem nenhuma notícia ruim... que alegria quando termina e não anunciam nada de extraordinário.

Bayardo apareceu, o acho lindo. Por seu rosto, percebi que estava tudo certo. Tudo está pronto! Me disse que ia dia 20, que o veículo e o motorista já estavam preparados, que devia abordá-lo em tal e tal parte no dia 20 às quatro em ponto da tarde, que o contato em Manágua era às seis em ponto da tarde e, como emergência, às seis da tarde com 30 segundos. Esta era uma das tantas modalidades de tempo nos contatos clandestinos urbanos.

Isso significa que em um determinado local o veículo te deixa às seis em ponto. Se às seis em ponto não te buscam, deves esperar aí, quieto ou caminhando, 30 segundos; se nesses 30 segundos não te buscam, quer dizer que o contato falhou. E então, o veículo que te levou passa às seis e um minuto para te buscar e te levar de volta a seu ponto de partida ou talvez para assegurar-se que já haviam te buscado e voltar tranquilo a seu lugar de origem.

Assim funcionava a clandestinidade urbana. Totalmente diferente da montanha, onde os contatos, pelas distâncias, eram normalmente dentro de um período estabelecido, digamos entre o mês tal e mês tal, ou talvez, entre a semana tal e a semana tal, ou no dia tal, na hora tal.

Ficava, pois, desconfiadíssimo com isso dos segundos e dos segundinhos da clandestinidade urbana. Ai, meudeusinho lindo! Eu pensava, não vá acontecer uma cagada com um desses segundinhos ou minutinhos, que eu morro.

Bom, a verdade é que Bayardo me disse que já está tudo pronto, que vou passar com ela a noite do dia 20 e o dia 21 e que no dia 21 pela noite devo regressar a Estelí. Por pouco não lhe digo, Como! Como! Apenas 24 horas depois de mais de dois anos que não a vejo, que não nos vemos? Depois que me esforcei tanto, como se a revolução, a guerra ou a rota em direção a Modesto fossem se foder se eu ficasse pelo menos oito dias ou mesmo que seja 72 horas, já por último, 48 horas. Mas me acalmo. Omar, calminha, neném, tranquilinho, não meta os pés pelas mãos.

Não vá nadar e nadar e morrer na praia, lembra que Bayardo vive sobrecarregado e oprimido pelo trabalho, pode ser que se irrite e me diga que é suficiente me dar 24 horas e pôr gente em risco por um assunto pessoal e que podem até matar meus rapazes por eu não estar com eles, por interpor meus interesses pessoais aos da revolução. E eu fico quietinho. Que não aconteça nenhum diabo. No final das contas, 24 horas é montão de horas e me lembrei da música que diz: a vida é eterna em cinco minutos. Aí ele me diz que vai para fora de Estelí, mas vai estar de volta para conversarmos sobre o trabalho antes que eu suba. E ele foi embora depois de me desejar felicidades e boa sorte.

Fui dormir satisfeito, cedinho, para que amanhecesse logo o dia seguinte e passasse rápido e chegasse a noite do dia 19 e finalmente chegasse o dia 20. Fui um tolo em ir dormir tão cedo. Não conseguia imaginar que não dormiria imediatamente e que, portanto, não amanheceria rapidamente. Fui uma besta de ir deitar e começo a pensar e pensar e pensar e não consigo dormir pensando em coisas, que nem te conto, porque se te contar a gente fica aqui até de madrugada conversando, que foi a hora que adormeci depois que, ingenuamente, me deitei por volta das nove da noite.

Felizmente, ao dormir de madrugada acordei por volta do meio-dia. Fiquei muito tempo deitado na cama pensando em tudo o que havia sonhado. Para quê, sonhei com belezas e coisas feias. Ficava na cama pensando, de propósito, para que o tempo fosse se gastando, me levantar para almoçar tarde e logo já fosse mais tarde e daí chegasse a noite e tornasse a amanhecer rapidinho.

Assim foi; felizmente, anoiteceu rápido, pedi ao médico um remédio para dormir e fiz um sono direto até as nove da manhã do dia 20. Quando vi a hora me levantei assustado e até me senti imprudente, senti que estava me levantando muito tarde, que devia ter me levantado de manhãzinha para começar a fazer perguntas e bisbilhotar, para verificar se tudo estava pronto para as quatro da tarde. Tomei um café da manhã rápido, mandei perguntar se estava tudo pronto e me responderam que sim. Fiquei tranquilo, mas claro, impaciente, porque enquanto não estivesse embarcado, não ficaria bem.

Por volta de uma da tarde, me chega uma informação de que o veículo em que eu iria não está em Estelí ou que estragou ou que na última hora o colaborador não o emprestou ou não sei que merda aconteceu, mas me dizem que não há veículo. Bufo como um touro sem dissimular, pelo contrário, quero que se deem conta, de propósito, que estou enraivecido para que compreendam que isso deve ser resolvido de qualquer jeito e não vir me dizer que não tem porque se não este Juan José vai se irritar de verdade.

Eu respondo sério, muito sério, mas sem gritar, apelando para a autoridade de Bayardo, essa é uma ordem do José León, não venham me dizer nada, consigam sem falta esse carro de merda com tudo e com o motorista e o tenham pronto para as quatro. Os companheiros se aborrecem porque eles, de fato, querem me ajudar; infelizmente, o maldito carro falhou em um imprevisto de última hora que escapava da vontade dos companheiros.

Por volta das duas e meia voltam com a mesma história, que procuraram todos os colaboradores da cidade e que não puderam conseguir nenhum veículo. Falta agora uma hora e meia para as quatro da tarde. Agora sim, nessa hora eu já estou ferrado. Nervoso, tremendo, irritado, tenso, crispado, enraivecido; havia descido cedo com a suficiente antecipação para que agora me venham com isso.

Parecia uma conspiração contra mim. A vida estava sendo dura. Puta vida, eu pensava, se você fizer isso comigo, juro que vou me vingar, não sei como, mas vou me vingar de você, vida puta, vida de merda, como dizia René Vivas. Quando são três da tarde e não há nada de nada, percebo que estou nas minhas próprias mãos, que tudo depende do que eu mesmo puder fazer, inventar, imaginar, resolver por mim mesmo naquele momento.

Vejo o jipe Willys do médico, que está estacionado na frente de sua casa, um Willys arruinado que anda apenas por amor à vida. Vejo o filho do médico, Saturnino, que está indo para a rua, bem arrumado, porque é fim de semana.

Dane-se!, digo eu, vou nesse jipe e com esse rapaz do jeito que for, e quando eu digo do jeito que for, entenda que estou te dizendo que seja como for. Quando ele já está saindo para a rua, eu o paro na porta da casa e pergunto: Satur, aonde você vai? "Encontrar minha garota", ele responde. Vou com tudo, eu pensei. Vou lhe aplicar o meu mais refinado convencimento, de todas as minhas capacidades de persuadir, havidas e por haver, que acumulei nos meus 36 anos de existência. Aplico a lábia e o garoto, embora com má vontade, mas me diz que sim, mas que há vários problemas. Um, que os pneus do jipe estão mais carecas do que esses que andam deambulando pela rua com *balandranes*,* vendendo pachula e dizendo: farei, farei, farei; que o jipe não tem combustível suficiente e que, além disso, seu pai tem que lhe dar permissão para me levar a Manágua.

Começo a mover-me e a mover-me agitado, como quem está dirigindo a batalha definitiva contra a ditadura e o imperialismo. A primeira coisa é falar com o pai, a primeira coisa é a autorização. Enfim, eu falo com o senhor, o senhor chama a esposa, e a esposa chama o filho, eu falo com os três, os velhos não querem, são três e meia da tarde, eu continuo os convencendo, implorando, quase chorando, até que os convenço e aceitam, com relutância.

Pneus! Sim, damos permissão, mas se vocês conseguem os pneus. A conseguir os pneus! Não há pneus em lugar nenhum. Eles vêm, eu os mando de volta. Eles voltam com dois pneus, coloquem um na frente e coloquem o outro atrás. Subimos no carro. São quatro horas da tarde em ponto, ainda temos que ir abastecer, isso me irrita, malditas tralhas que precisam da porra da gasolina para poder rodar. Chegamos ao posto de gasolina.

---

* Vestido muito largo. (N. T.)

Cheio! Não! Perdemos segundos, meio tanque, pago adiantado para dar partida assim que tirarem a mangueira do tanque.

Enquanto procuravam os pneus, mal tive tempo de encontrar uma peruca surrada e um par de óculos escuros com os quais me vi da maneira mais ridícula. Partimos. São quatro e vinte. Eu vou com o cu na mão e cravando-me as unhas. Pensava nos trinta segundos de merda da famosa emergência. Pegamos a rodovia, pego minha caderneta, tiro o calendário, ponho o x sobre o dia 20 e lhe digo: Então, irmão, mete o acelerador até o fundo. "Isso pode estourar os pneus", que estourem, mas mete o pé no acelerador até o fundo!

É a primeira vez que vou a Manágua desde começos de 1974. Muita gente me conhece, ainda bem que vamos chegar no escurecer e vou disfarçado, além disso, me lembro que tenho o cabelo curto e antes, na cidade, usava-o comprido até os ombros na universidade. Ah! Além disso, já tenho bigodes, que cresceram na montanha. Vou barbeado, entalcado, com os dentes escovados e dois pacotes de cigarros Windsor. O jipezinho, fazendo-se de valente, começa a engolir as faixas brancas da rodovia, vamos correndo no meio da rodovia caso exploda algum pneu e porque é de noite. A caranga dando duro, caído do céu, meu aliado começa a engolir com grande velocidade as faixas brancas descontínuas e as contínuas da pista asfáltica.

Eu gostava quando passávamos pelas faixas descontínuas porque eram engolidas mais rápido pelo jipe em movimento, passavam rapidíssimo por baixo da parte dianteira do jipe e saíam disparadas por detrás e debaixo do jipe e eu ficava olhando, ficavam para trás rapidíssimo e depois engoliam outras e outras e eu não gostava das faixas brancas contínuas porque eram mais longas, parecia que eram engolidas mais devagar, pareciam intermináveis as faixas brancas e quando eu olhava para trás não enxergava outra faixa que a mesma faixa observada me dava a sensação de que avançávamos mais devagar e quando não havia nenhum tipo de faixa e apenas o asfalto, o jipe o engolia de uma vez correndo como louco todas as franjas do asfalto negro que entrava inteirinha debaixo do jipe e saía por trás.

E olhava os postes de luz, os de madeira e os de cimento, e olhava como o jipe ia chegando de poste a poste, um por um, poste por poste, o jipe deixando um e alcançando o outro e eu olhando a rodovia, as faixas e os postes, e às vezes olhando apenas para a frente, mudo, pensando, ai meu Deus, se atrasarmos um pouco, tomara que Claudia peça ao compa, mesmo que seja por favor, uns 30 segundinhos mais, seria um crime de lesa humanidade que nós dois cheguemos enfim ao mesmo ponto, ao mesmo lugar, à mesma hora e não possamos nos ver pelos miseráveis 30 segundos.

E o jipe do meu coração a toda força, e no jipe ninguém fala, silêncio total, apenas o ruído do motor e dos carros que nos ultrapassavam ou que cruzavam conosco, o barulhinho da alavanca de mudança de luzes e as faixas e os postes e olhando para frente mudo, pensando, como se fosse ontem, nos olhos de Claudia assim como te contei. Estariam iguais? Seriam diferentes? E os olhos de Claudia mais vivos que nunca, não mais no centrinho do meu cérebro, mas no meu cérebro inteiro. E não consigo afastar do meu cérebro os olhos de Claudia durante todo o caminho que não seja para olhar postes e faixas, para trás e para frente, para me convencer que o veículo corria para frente, e vou olhando para frente quando vejo, ao longe, as luzes de Manágua.

Lembro que sou clandestino, que estou com granada e pistola e que se houver barreira da guarda no cruzamento de San Benito e se estão revistando e se nos param e se quiserem nos revistar e encontram a pistola comigo, me levam preso ou me matam, e se passássemos e passássemos sem parar, atiram em nós e nos matam ou nos seguem e nos alcançam e trocamos tiros e me matam e não vejo Claudia, e os companheiros, depois de mortos, vão ficar chateados comigo porque não morri no cumprimento do dever, mas por debilidades pessoais, e se, quando ver a barreira, atiro a pistola e granada na montanha para que quando nos revistem não encontrem nada comigo e me deixem passar, e se depois conto aos compas o que aconteceu, que joguei fora as armas para que não me detectassem e vão me criticar pela covardia, por cometer o imperdoável pecado de jogar fora armas do povo, como se elas sobrassem, como se fosse tão fácil consegui-las, e venho pensando qual decisão eu vou tomar no momento, e venho pensando em qual e, de repente, outra vez os olhos de Claudia. E eu esqueço a barreira, vivazes de novo os olhos de Claudia, lindos, meus olhos, meus belos olhos e depois dos postes, as faixas, e outra vez que decisão eu tomo na barreira e novamente os olhos e passamos San Benito e não havia barreira nem tampouco decisão e quando passo San Benito, me sinto em Manágua, olho o relógio, e faltam 25 para as seis e acredito que vou chegar no tempo exato.

Puta que pariu! E se a hora que marca o relógio de Bayardo que é a mesma do meu, não for a mesma do motorista que vai me pegar em Manágua? Que cagada! Um minuto de diferença nos relógios e o mundo cai. Enfim, para me consolar, penso que se os clandestinos operam com segundos de diferença é porque todos têm os relógios sincronizados. Aha! Mas embora tenham a mesma hora se um dos relógios se atrasa ou adianta, como a maioria dos relógios deste país, e vou pensando nisso quando Saturnino abre a boca e me diz: "Juan José, essa é a divisa, é o próximo quilômetro". Olho o relógio, falta um minuto para as seis da tarde. Diabo filho da puta, Deusinho lindo, não me abandones, que eu sou gente boa, te juro que sou gente boa. E desço e Saturnino vai embora. Às seis e 15 segundos para um carro ao meu lado e me pergunta se quero carona, reconheço que é Quincho Ibarra, aquele que foi presidente do CUUN no ano em que fui para as montanhas. É Quincho, que vem à direita do motorista. Nunca vi o motorista, acho que é Charles Quintana ou José Figueroa, Marcelo. Não vejo Claudia e nem a menina. Eu entro e fecho a porta rapidamente. O veículo dá partida.

E Claudia! E a menina! Vamos buscá-las em Manágua, em um ponto. Que susto me deram, pensei que ela não ia aparecer ou que não quisesse ir ao encontro e por isso a história do carro em Estelí, porque não queriam me falar a verdade e me fazer sofrer. O contato com Quincho foi no anel viário que vai da Rodovia Norte à de Masaya.

Quando entramos na rodovia Masaya, Quincho me disse para tirar a peruca, deu-me um boné e outros óculos, eram de lentes brancas, mas sem grau, disse-me para me manter olhando para a frente. Não conheço bem Manágua, saímos da rodovia para Masaya e entramos na cidade, que mudou, um pouco como eu a conheci depois do terremoto. Me senti em uma cidade grande, cheia de luzes, automóveis, semáforos e gente. Não sei quantas ruas pegamos e viramos até que ouvi Quincho dizer ao motorista: "devagar, que estão ali na frente". O veículo diminuiu a velocidade, eu procurava rápido, com os olhos, nos dois lados da rua sem mexer a cabeça.

Eu as vi cerca de dez metros antes que o carro parasse. Claudia estava lá, mimando a garota. A menina ainda não tem dois anos. Ela já anda, até fala um pouco. Elas sobem rápido, perto de mim, ela está sempre brincando com a garota, nos damos um beijinho nos lábios, o carro está escuro e eu não consigo ver seus olhos. Eu dou um beijinho na garota. Quincho, que nos olha pelo retrovisor, diz-nos: "continue a olhar para a frente, não fiquem de perfil que há um carro atrás e de perfil podem ser reconhecidos". Que cortada! Merda, então! Que horrível isso, ir com ela sentindo novamente seu corpo colado ao meu, roçando contra ele. Para compensar, abaixamos nossas mãos e as agarramos, sem olhar um para o outro, os carros atrás não podiam ver nossas mãos apertadas, que se esfregavam, brincando com as palmas, lembrando, se redescobrindo, brincando com os dedos, com as pontas dos dedos e de vez em quando, acariciando a garota.

    Cada vez que chegava a um semáforo iluminado e as luzes dos carros que vinham atrás nos iluminavam e as luzes dos letreiros luminosos nos iluminavam, ficava morrendo de vontade de pecar, tinha o impulso de virar o rosto e ver seus olhos, mesmo que apenas um segundo, mas eu disse para mim mesmo: para quê?, nós já vamos chegar, é melhor eu aguentar e quando chegarmos lá e estivermos sozinhos nós dois, só nós dois, eu vou me dar ao gosto tranquilo, sem ninguém me foder, eu vou vê-los e vamos nos ver e vou dar um beijinho nela. No caminho para a casa de segurança não falamos. Dissemos apenas frases curtas: como estás? Como vai? E os compas? E a família? E alguma outra troca de frases com Quincho Ibarra, relativo ao mecanismo para a volta, do qual já estava perfeitamente ciente.

    Finalmente chegamos na casa, uma casa de classe média; me deu a impressão de que ela a conhecia. Descemos, ela entra na frente com a menina caminhando e eu atrás dela. Passamos por uma sala, nos indicam um quarto do fundo, vamos pelo corredor e o meu coração vai explodir, vou ver os olhos dela, vou olhar bem a minha filha. De repente, acontece algo que vou morrer duas vezes e nunca vou perdoá-lo, nem mesmo à vida. Estamos caminhando pelo corredor até o quarto e pum, a luz se apaga.

    Nããããoǃ, falo, isso que nããão, essas coisas não podem ser assim, isso já se chama maldade. Essa é uma crueldade infinita que não mereço. Isso não tem nome, é uma facada áspera e precisa. Eu me sentia o homem mais azarado do mundo, perseguido pelo azar como se fosse um duende mau que estrago tudo que toco. Caminhamos para o quarto no escuro, de mãos dadas, chegamos, não aguentei, tirei meu acendedor de montanha, acendi, coloquei perto do rosto dela, nos dois lados do rosto, iluminei olho por olho e depois os dois juntos, com o acendedor na frente dela. Eram meus olhos. Eu a abracei e nos demos um beijo de vários séculos, apertados, terno, suave, violento, sedento. A menina, sem entender nada, agarrada no escuro com suas duas mãozinhas em cada uma de nossas pernas.

Momentos depois, chegou um candeeiro. Desnecessário. Era demasiadamente tarde, já havia acontecido tudo. O resto pode ser efetivamente, com candeeiro ou com refletores. Já nos havíamos beijado depois de nos vermos nos olhos pela primeira vez e depois de mais de dois anos sem fazer isso e de nos amarmos intensamente todos os dias. Se bem me lembro, depois chegaram as benditas luzes. Conversamos sobre tudo que você pode imaginar, exceto de que ela tinha estado com outra pessoa. De que adiantava falar de coisas tão banais, tolices irrelevantes e até desagradáveis.

Brincamos com Nidia Margarita. Eu a mimava, beijava, fazia caretas, lhe perguntava: quem sou eu? Ela me dizia, meu papai! E quando falava papai, me dava uma vontade louca de chorar; era a primeira vez que me chamavam de papai. Eu era conhecido como líder estudantil no passado, guerrilheiro de montanha no presente, Juan José, Eugenio, Yáder, Frutoso, Cándido, Omar Cabezas, quadro revolucionário, Quixote às vezes, já te disse, soldado sandinista, mas não era papai, me entende, nunca tinham me chamado papai, e eu a comia com beijinhos e carícias, e nos abraçávamos e rolávamos nos colchões, no chão, e nós três voltávamos a rolar, brincando como animaizinhos, e as palavras eram desnecessárias e tínhamos vontade de chorar, e Claudia chorou, e eu, o idiota, não pude.

E a menina adormeceu. Claudia e eu nos entregamos como o vento e a montanha no meio da noite e nos entregamos a noite toda. Quando acordei a vi acordada e pelada, sentada no colchão, absorta, contemplando a mim e à menina, que estávamos pelados, dormindo enroscados. Começamos a rir, chamei-a para a cama e voltamos a fazer amor antes que a menina acordasse.

O dia foi de conversas, histórias e histórias, lembranças vão, lembranças vêm, passam pelo quarto e não detêm, para brincar com a menina, que me tirou, a bandidinha, todos os cigarros do maço e os espalhou um a um no chão de todo o quarto; foi sua primeira travessura comigo, e eu, rindo, e eu, babando, vendo-a tirar com dificuldade os cigarros do maço, espalhando-os no chão e partindo-os em dois.

Na hora do almoço, também me lembro, como se fosse hoje, me fez outra graça que jamais esquecerei. Os donos da casa, que nunca soube quem eram ou como se chamavam, só que aquela casa era a casa de segurança do companheiro Carlos Arroyo, foram ao nosso quarto ou nós saíamos para a sala de jantar e na hora do almoço, com todos ali, eu me fazendo de inteligente, pergunto à menina, como o pai orgulhoso de sua filha, na frente de todos, vamos ver, amorzinho, quem sou eu?, e ela me diz, com muita tranquilidade e inocência: "Omar Cabezas!" e me queima com o pessoal da casa, porque pensei que aquela bandidinha fosse me responder: meu papai. Claudia e eu nos olhamos, olhamos o restante das pessoas sentadas ao redor da mesa e todos nós, em uníssono, demos uma grande gargalhada.

A tarde caiu, o sonho estava acabando, eles vieram me buscar, dei um beijinho na menina e outro no rosto de Claudia, como se eu sempre as tivesse visto, todos os dias, sem olhá-las nos olhos, dei um beijo em cada uma, como se fosse voltar à noite.

Saí da casa caminhando como três quadras. Um veículo veio me buscar, e fomos em rumo ao norte, em direção a Rodovia Norte e lembro que quando passamos em frente ao Aeroporto Internacional de Las Mercedes, não sei por que merdas estranhas dessas que costumam me acontecer, pensei: Quem duvida aqui que já ganhamos a guerra!

23

> ...Fiz isso, porque isso ocorre na vida real durante o combate. Uma granada pode cair perto de vocês e devem ter os reflexos imediatos para saber o que fazer, sem hesitar, o que deve ser feito nesse momento.

Tudo aconteceu sem incidentes durante a viagem de Manágua a Estelí. Como podes imaginar, venho levinho, assobiando, com as baterias carregadas para continuar dando duro no trabalho. Chego a Estelí tranquilo, vou para minha casa de segurança e começo a esperar por Bayardo. Na casa de segurança onde estou, encontro um compa que se chama Venâncio, que é chefe da brigada general Pedro Altamirano. Parece que a ideia que Bayardo teve foi de nos reunirmos e conversarmos em geral sobre o trabalho, suas perspectivas e coisas assim. Por outro lado, ao Isauro e ao Jaime, tinha dado três datas de minha entrada na área para que eles viessem me esperar, pois se eu não conseguisse chegar na primeira, deveriam comparecer na segunda e se falhassem as duas, então havia como reserva a terceira.

Não sei por que circunstâncias a reunião está atrasada e o inimigo detectou em uma casa de Santa Cruz alguns compas que aguardam o retorno de seu chefe Venâncio, ocorre um combate e dois companheiros caem na casa: Abraham Zapata e Santiago Baldovinos, um extraordinário rapaz de Condega que havia começado como colaborador e que mais tarde passou à clandestinidade naquela área, e conseguiram se salvar um companheiro camponês da região chamado Ismael Lanuza e uma companheira urbana que se chamava Sonia, que era esposa de Venâncio. Estamos em 26 de novembro de 1976. Como resultado desse combate, foi desencadeada uma terrível repressão na área que se estendeu até a cidade de Estelí, pois era do conhecimento do inimigo a relação existente entre aquela área e o trabalho das comunidades eclesiais de base da cidade, e que os principais dirigentes leigos eram os Barredas e a Lolita Arróliga, que também eram casas de segurança que, logicamente, passaram a serem vigiadas.

Enquanto a repressão é desencadeada, começam as barreiras da guarda, os postos de controle nas entradas e saídas da cidade, o que obviamente me impede de sair da cidade para a região e claro, passa a terceira data do prazo em que eu havia combinado com meus rapazes. Como eu não subo e sai nas rádios o comunicado do combate e da repressão, Christian e Jaime, quando eu não chego, pensam sabe-se lá o quê, e a verdade é que descem. Quando percebemos tudo o que restava da Bacho, os poucos clandestinos urbanos de Estelí e mais uma parte da GPA estamos todos presos em uma ratoeira, em pouquíssimas casas de segurança e o cerco e a repressão refinadas.

Bayardo, acertada e rapidamente, ordena que os da Bacho devem sair do jeito que for, imediatamente, assim como os da GPA. Um bom par de golpes do inimigo ali na cidade podia ser o tiro de misericórdia da Regional Norte, ou pelo menos fazê-la retroceder em anos. Bayardo, então, começou com suas redes urbanas a controlar o itinerário, movimento, mudanças e rotina de tais postos de controle, de forma que em um pequeno descuido saímos que muito rapidamente, os três da Bacho e também saíram os da GPA.

Poucos dias depois, enquanto eu estava lá em cima, chegou a notícia de que o chefe da GPA havia se asilado com tudo e com sua esposa. A área deles estava sendo reprimida e o sobrevivente Lanuza, sabe Deus. Nunca soube o que Bayardo o mandaria fazer. Acontece que Isauro, Chele e eu subimos sem incidentes, se bem me lembro, por volta de 28 de novembro, pensando que sempre caminhávamos das brasas para o fogo. Antes de subir, Bayardo e eu tínhamos combinado que Chele Jaime desceria em meados de dezembro, informando-o sobre o andamento do trabalho, e que era possível que nessa descida de Chele subisse mais gente armada. Sempre insistíamos para que nos mandasse para cima homens-armas. Que esperava que em meados de dezembro a tempestade já tivesse diminuído.

De fato, em 12 de dezembro, Chele Jaime desceu. Com ele informo a Bayardo que os colaboradores estão trabalhando, que se tornaram mais cuidadosos, que agora entendem, que são amantes e defensores da famosa compartimentação que havia sido tão difícil de entender, e que espero que ele me mande o que ele prometeu. Ah, e eu também lhe dizia que Christian e Jaime estavam a cada dia melhores e como poderíamos ajudar a GPA. A repressão ainda não havia diminuído, mas havia baixado um pouco de intensidade e Chele subiu com dois companheiros armados.

Um era um leonês, um velho conhecido meu, dirigente sindical e estudante do ensino médio em uma escola noturna. Que alegria me deu vê-lo! Havíamos sido companheiros de velhas e grandes jornadas grevistas de operários da construção civil e de enfermeiras, companheiros no movimento sindical, estudantil e de tragos quando queríamos convencer um dirigente sindical a ser recrutado. Fiquei muito animado com sua chegada. Tinha um excelente nível político e ideológico; velhos amigos, com os quais poderia me atualizar das últimas notícias da universidade e da cidade em geral. Coloquei Edgard como seu codinome, em homenagem a Edgard Munguía; seu nome é Iván García. O outro é um rapaz chamado Alí Abarca Meléndez, irmão de Iván.

Nem te aborreço dizendo que, como sempre, chegaram até o pescoço de cargas. No interior, havíamos conversado com o Chico, filho do comandante Jorge, o do Zapote, para que ele partisse clandestinamente conosco. Aceitou. Passamos cerca de oito dias escondendo cargas. Canta Gallo, a essa altura, realmente tem uns quantos *buzones*.

Terminamos de enterrar e começamos o curso. É dezembro, está um puta frio, e principalmente chovendo com um vento gelado. Vestíamos duas camisetas, dois casacos, um suéter e, mesmo assim, tremíamos. Eram 1.500 metros de altura e te juro que isso é alto e frio, principalmente em dezembro.

O curso de 15 dias começa; e eu tenho por norma que não entre ninguém na Bacho se não for treinado militarmente o mais cedo possível. Os alunos são Edgard, Rufino, Alí Abarca e Chico. Os instrutores, Isauro e Chele. Fiz dessa forma por duas coisas, porque ensinando, eles atualizam seus conhecimentos, se exercitam, e também porque eu posso, assim, descansar de tantos cursos. Nesses 15 dias me dedico a me proteger do frio, a ler, ouvir rádios nacionais e estrangeiras, a pensar nos problemas internos, a lamentar o que havia ocorrido com a GPA, a confessar a Edgard sobre as últimas notícias de León e pensar mais em Claudia, a quem ainda estou respirando.

Ali passamos os dias 24 e 31 de dezembro. Como da última vez, relax, três meias. Isauro nunca tinha bebido na vida, e até meio que censurava o fato. Quando ele viu que Chele e eu éramos os mais entusiasmados com o guaro, ele se decidiu e ficou tonto com três golinhos. No dia seguinte, quem sabe o que nos fez mal durante a noite e todos nós amanhecemos com uma caganeira horrível. Acredite, não estou mentindo para você, literalmente urinávamos pelo cu. Que tipo de caganeira seria isso! No curso, como te falei, não me envolvi. Exceto para dar a aula sobre lançamento e propriedades combativas da granada de fragmentação.

Você sabe que as granadas têm um detonador que, quando se solta, atinge uma peça pequena, que é a que faz a granada explodir cinco segundos depois dessa pecinha ser atingida. Claro, granadas têm um pino que tem uma argolinha na ponta, que é o que evita que a espoleta se solte e acerte a pecinha.

Claro, se você puxar o pino com o dedo segurando a argolinha, que é para isso que serve, logicamente a granada explode, a menos que, com cuidado, agarrando a granada com a mão e apertando a espoleta, você remove o pino, mantendo a espoleta pressionada contra a bolinha da granada e então ela não explode, porque a espoleta, como você a mantém pressionada contra a granada, não se solta e, portanto, não pode atingir a peça pequenina que a faz explodir.

Mesmo depois de retirar o pino de segurança da granada, com a espoleta bem apertada, como te disse, você pode colocar de volta o pino de segurança que amarra a espoleta, santo remédio, a granada continua a mesma.

O problema é, então, que vou dar a aula. Nós seis nos sentamos em círculo no chão. Coloquei um plástico no meio e comecei a explicar todas as propriedades da granada. Que potência tem, qual é a sua onda expansiva, em que casos é utilizada, como se proteger ao ser atirada contra alguém, que partes constituem uma granada, como é ativada e como é desativada.

Depois de todas as explicações teóricas, começo a ensiná-los a desmontar e a montar. Antes, já havia esclarecido que essa aula é muito séria, muito perigosa e é por isso que vou dar. Que prestassem atenção, que nada de brincadeiras em sala de aula ou é a última coisa que iríamos fazer na vida. Os novos estão tensos e suando em meio ao gelo de 1.500 metros. Começo. Destapo por baixo. Todo mundo assistindo. Sem falar. Sérios. Concentrados em minhas duas mãos e na granada. Eu continuo a desarmá-la. Tiro e mostro a eles o gatilho, o martelo, a mecha de retardo;

no final, já desarmada por dentro, tiro a argola de segurança e peço que passem uns para os outros, um a um, para que a vejam desarmada e se familiarizem com ela. Depois, volto a armá-la. A aula termina e eu lhes digo que à tarde vamos repetir a aula, porque a granada de fragmentação é uma arma muito importante e quero que eles a dominem bem.

À tarde, os seis novamente. A aula começa: o importante, companheiros, é livrar-se do medo das granadas. E para isso, vamos fazer o seguinte: vou retirar o pino de segurança da granada e vou manter bem apertada a espoleta, prestem atenção, contra o corpo da granada, para que vocês se convençam de que se não soltar a espoleta a granada não explode. Está entendido! "Sim, companheiro!" Mas ainda mais tensos do que pela manhã. Prossigo, segurando a granada com a mão direita e apertando a espoleta com os dedos da mesma mão; com a esquerda, dou um puxão violento no pino de segurança e o removo. Mantenho a granada firme na minha mão direita.

Estou extremamente sério e concentrado. Eles, pior. Depois eu falo, sempre sério, agora vou passar ao Isauro, para que ele a pegue. Notem bem que ele deve pegá-la com cuidado para manter a espoleta encostada no corpo da granada, depois irão passando entre vocês de um em um e o último a entrega para mim, pois no final da rodada eu colocarei novamente o pino de segurança. Eles estão mais do que suando. A rodada começa. Eu passo para o Isauro, o Isauro para o outro e assim sucessivamente. A temperatura vai subindo. Todos, com extremo cuidado, vão passando um para o outro.

Quando a granada chega felizmente ao outro que está a meu lado e ele a passa para mim, a granada cai no plástico. Dou um grito tremendo de horror e corro como se visse o diabo. Claro, quando eles ouvem o grito e me veem correr, cada um fez o mesmo ou o que seus nervos permitiram. Corri cerca de 40 metros e me deitei, esperando a explosão passar, outro correu cerca de 10 metros e nunca se deitou, como eu havia indicado na aula da manhã, outro correu não sei quantos quilômetros, e outro não conseguiu correr e ficou ao lado da granada, tapando os ouvidos com as mãos, por não ficar surdo, segundo ele. De onde estávamos, todos esperamos pela explosão estrondosa.

Quando se passaram dez segundos e a granada não explodiu, eu saí, me aproximei dela e a olhei por um momento. Comecei a gritar para que eles voltassem. Aos poucos foram chegando um a um, com uma cara tremendamente assustada. Havia passado cerca de cinco minutos e eles ainda estavam se aproximando furtivamente. Uns vieram armados e outros não, pois pelo susto, jogaram as armas e nem sabiam para onde. Por fim, chegaram todos menos Rufino. Filho da puta!, disse a mim mesmo, agora sim, já sei. Esse puto correu tanto que ele se perdeu e não consegue encontrar o acampamento, ou ainda corre, com medo, procurando a cidade. Quando vejo que o homem não chega, digo que vamos procurá-lo. Saímos e quando estamos a apenas 50 metros do acampamento damos os primeiros gritos: Rufino! Rufino! Ei, Rufino!, E felizmente o cara nos responde, com uma voz envergonhada: "Estou aqui!" Vamos para o lado de onde veio o grito, e o que vimos jamais esquecerei. Pobre Rufino, o buraco mais próximo que encontrou para se proteger foi o da latrina, onde, apavorado, se jogou de cabeça. Ele estava totalmente afogado na merda, da qual já falei, a gente tinha mijado pelo cu, e simplesmente o compa não se dirigia ao acampamento, porque estava morto de vergonha. Quando vimos esse espetáculo tão indescritível, não pudemos deixar de rir até que nosso estômago doeu, incluindo eu, que era teoricamente o mais sério.

Passada a histeria das gargalhadas, coloquei-me sério e disse-lhes: quem jogou as armas tem vinte minutos para procurá-la; você, vá tomar banho, trocar de roupa, e nos veremos no local da aula. A aula foi reiniciada. Eles ainda não conseguiam esconder os sorrisos. Estou novamente sério em meu papel de instrutor e chefe. Um dos companheiros perguntou: "O que aconteceu, Juan José? Por que não explodiu?" Explico muito a sério para eles que entre as aulas, sem eles perceberem, eu havia desativado a granada por dentro. Que eu a tinha deixado cair deliberadamente para ver como eles reagiriam, e que eu gritei e corri para dar mais realismo e eles não suspeitassem. Fiz isso, porque isso ocorre na vida real durante o combate.

Uma granada pode cair perto de vocês e devem ter os reflexos imediatos para saber o que fazer, sem hesitar, o que deve ser feito nesse momento. Que felicitava a todos aqueles que correram com suas armas e se deitaram, incluindo o que estava na latrina. Critiquei aquele que havia ficado petrificado com os ouvidos tapados e disse-lhe que, se fosse verdade, ele estaria morto. Também critiquei aqueles que correram sem suas respectivas armas. De qualquer forma, fiz uma revisão pedagógica da experiência. Encerrei a aula, quebrando a seriedade. O curso se encerrou sem problemas.

24

> Tenho dúvidas se tenho ou não qualidades suficientes para este tipo de trabalho. Começo a duvidar das minhas capacidades como chefe, para manter, unir e consolidar um grupo.

Cara, você não vai acreditar no que aconteceu depois. Assim que o treinamento terminou, Edgard, desde a famosa diarreia, da indigestão, começou a queixar-se que estava mal do estômago e que o frio lhe causava asma e reumatismo. Parecia-me bem abatido e isso me afetou muito porque tinha certeza de que ele ia me pedir para descer, pois não o via com cara de desertor. Afetou-me, porque a sua presença foi uma injeção política substancial na Bacho. De todos os compas, era o que tinha mais experiência de organização política.

De fato, pediu-me para descer, que queria continuar a ser membro da Frente, mas que estava convencido de que rendia mais na cidade do que nas montanhas, que eu o compreendesse. Eu o compreendi. Disse-lhe que sim, mas que não podíamos levá-lo a Estelí, porque isso arriscaria Chele Jaime, que era o meu único guia. Disse-lhe que o levaria até Bramadero, e de lá apanharia um dos ônibus que vão de Yalí a Condega, e que fosse a León para se apresentar ao seu responsável.

Chele Jaime cumpriu relutantemente a ordem. No dia seguinte, Chico pediu permissão para ir buscar algumas roupas com um parente na Montañita. Nunca mais o vimos. Ficamos Isauro, Chele Jaime, Rufino e eu.

Quanto desgaste! É como andar num carro que patina os seus pneus num lamaçal e não avança, ou após várias horas, avança apenas um milímetro. Foi o que eu senti. Tanto esforço, tanto trabalho. Tanto investimento de energia, de entusiasmo, de tudo, de tudo, de tudo, de tudo, para nada, para avançar apenas um pouquinho, quase imperceptivelmente. Tanta merda por nada. Mais uma vez, a dúvida: quem está falhando? Eu? A seleção de pessoas? Será que o pessoal não tem o nível de consciência que nós, velhos militantes da FSLN, temos, ou relativamente velhos, para suportar os rigores extremos e a dureza desta fase da revolução? Serão talvez os problemas internos? Será uma combinação de todos os fatores? Será uma combinação de alguns deles e não de todos? Que merda é, então?

Convoquei os três companheiros para uma reunião especial. Eu lhes disse: compas, eu quero que falemos de mim. Quero que me digam, ponto a ponto, em confiança e sem medo, juro, em confiança e sem medo, o que porra pensam de mim. Como irmãos que estamos arriscando os nossos pescoços nesta merda, quero que me digam o que pensam de mim como chefe, como companheiro.

Tenho dúvidas se tenho ou não qualidades suficientes para este tipo de trabalho. Começo a duvidar das minhas capacidades como chefe, para manter, unir e consolidar um grupo.

Depois dessa reunião, que, afinal, foi também uma terapia coletiva, senti-me um pouco melhor e quando os companheiros fizeram comentários críticos, convenceram-me de que não era eu o principal responsável pelas coisas, mas a mescla de uma série de fatores objetivos que me transcendiam. No final da reunião ficamos todos em silêncio. Então, jovens! Seguimos em frente! eu disse. Christian disse: "Vamos ganhar a guerra!" Eu apenas comecei a rir, em silêncio.

25

> Queria contar-lhes em 30 noites tudo o que tinha aprendido nos meus oito anos de militância, especialmente nos quase três anos nas montanhas, para que com um pouco de sorte e leite do sapo eles estivessem vivos e contando a história, como eu estava fazendo naquele momento.

Em meados de fevereiro, Chele Jaime desceu para o correio de praxe. Mandava dizer a José León (Bayardo), entre outras coisas, que Edgard tinha descido, que por favor, selecionassem melhor as pessoas da cidade que mandavam para mim. Que eu estava ficando cansado de tanto recomeçar. Que me mandasse mais pessoas. Dinheiro. Que eu avaliava que Christian estava pronto, que até já meio se orientava. E eu lhe dizia que Christian estava pronto, porque, em uma das minhas descidas ou nos correios, tínhamos falado sobre a necessidade de avançar mais rapidamente rumo a Modesto e que para isso havia que dividir novamente a Bacho no momento oportuno e que Christian poderia ser o líder de um dos grupos, de forma que um grupo ficasse em "Compañía", seguindo em direção ao leste, e o outro faria a travessia para Kilambé, que é um maciço montanhoso perto do ponto de encontro dos rios Gusanera e El Cuá, este último um afluente do Coco. José Valdivia estava nesse local, com um colaborador chamado Anselmo Blandón. De forma que o grupo que foi para El Cuá e Kilambé, de uma estirada só, que fica muito longe, a leste de "Compañía", teria a missão de encontrar com Modesto, com a BPU, que se diga de passagem, estava muito longe de Kilambé, talvez, mais perto do que de "Compañía". E o grupo que permanecesse em "Compañía" teria a missão de ir avançando até alcançar El Cuá e Kilambé. Em outras palavras, uma rota desde a Panamericana até Isabelia. Chamamos a esta ideia de rota do General Sandino, parodiando a rota Ho Chi Minh, dos vietnamitas.

Eu mando, pois, dizer a Bayardo que Christian está pronto, que se ele me enviar mais pessoas, podemos começar o plano. Sobretudo pelo fato de que, na hora de fazer o percurso, de "Compañía" até Cuá, já conhecíamos mais ou menos a rota, uma vez que Chele Jaime e eu, estando uma vez em Zapote, fizemos essa travessia à paisana, durante o dia, nas estradas, e fomos conhecer o colaborador. Não encontramos Valdivia. Mas repito, tínhamos o contato desse Anselmo Blandón em El Cuá, que era a única coisa de que precisávamos para nos fixarmos e rumar em direção a Modesto.

Bayardo responde dando luz verde. Considera correto. Que prossigamos. Manda dois novos companheiros. Ou melhor, ele envia um novo e um antigo. O novo, um alfaiate de León, com o sobrenome de Izaguirre. Grande, forte e usava botas como 43. De sacanagem, o chamávamos "El Patón" e demos-lhe o codinome Eduardo.

O velho era Ismael Lanuza, o sobrevivente da GPA. Manda me dizer que deveria retreiná-lo. Para lhe transmitir todos os meus truques. Mas apenas os bons. Que ele faça conosco a travessia a El Cuá e que dali vai mandar buscá-lo. Que o mande de volta preparado, que o treine o melhor possível, porque ele, Bayardo, não desistiu de reconstruir o trabalho do vale de Santa Cruz, um tanto desarticulado pela repressão após a morte de Baldovinos e Zapata e o pedido de asilo do restante. Que não desistiu da ideia de voltar a montar ali uma brigada, outra vez a

GPA, devido à sua importância, uma vez que é muito viável abrir uma rota por ali, inclusive com Honduras, para a introdução de homens e sobretudo de armas.

Que cumpra bem essas ordens. Que o prepare o melhor possível, porque Ismael, a quem chamávamos Charralito, seria o novo chefe da GPA, com novas pessoas que ele enviaria para a área. Disse também para que cuidasse bem dele, porque o queria para isso, e que isso era muito importante, e que Charralito já estava ciente desse assunto.

Mandou-me bastante dinheiro e também me enviou algumas datas e locais de contato para quando chegássemos ao famoso Cuá de uma só vez, após a divisão. Enviou-me três datas de contato para El Cuá e disse-me que o contato era com Francisco Rivera, Rubén ou Zorro, o que é o mesmo.

Diz para eu me cuidar, para não baixar a guarda, para não perder o ânimo, encoraja-me, e com o seu jeito brincalhão, manda me dizer que a vida é dura e que há sofrimento. Mas, vamos para frente. Ah!, e que eu seria responsável pelos dois grupos, embora ele ficasse encarregado deles em termos de abastecimento material e de homens.

Até pulei de alegria, com aquela *góndola* e aquela carta, por várias razões. Primeiro, porque já estava na zona há quase dois anos. Tínhamos construído uma base social sólida, bem-organizada e comprometida, e tínhamos explorado até um lugar chamado La Rica, perto do penhasco de Santa Elena, ou seja, mais a leste do Bosque, que, recorde-se, era mais ao leste de Zapote, o lugar do comandante Jorge.

Dois, porque avançaríamos mais rapidamente até Modesto, que já era uma espécie de "terra prometida". E em terceiro lugar, porque sentia que a Bacho, mesmo como estava, pequenina e tudo, estava contribuindo com o trabalho da Região Norte, confiando-lhe a preparação do homem que iria reconstruir a GPA e reconstruir o trabalho em Santa Cruz, seguir para o lado de Honduras, e sei lá o quê, sabe-se lá quantas missões eles teriam depois. O que é importante e gratificante era que a Bacho fazia a sua parte, e continuava ajudando os demais, mesmo que pareça piegas, porque por vezes a luta e o amor têm algo de piegas. Este fato de ajudar, elevou muito meu moral.

    Estou eufórico. Reúno os companheiros e lhes explico todas as instruções que havíamos recebido do Alto Comando. Digo-lhes que vamos ter um treinamento com a duração de um mês. Que esse treinamento será dado por mim. Vou dar todas as aulas. Que todos eles seriam alunos, incluindo Isauro e Jaime. Que o treinamento será duríssimo, mas não só em termos de treino militar, mas que à noite teremos sessões de troca e transmissão de experiências, desde as pequenas e insignificantes, até às maiores. Isso exigirá moral, um esforço extra de todos, disciplina e quase já faço um discurso. Elaboro um programa mais violento do que aquele que René Tejada Pelota nos deu na BPU, e mais pesado do que o de Macuelizo. Acrescentando-lhe, além disso, a minha própria experiência e a experiência passada de Macuelizo. Estou falando mais ou menos dos primeiros dias de março de 1977.

    Foi uma jornada exaustiva, das quatro da manhã às dez da noite, isso se não fosse sua vez de fazer o turno de vigilância. Não houve tréguas e não houve descanso. Não houve concessões de qualquer tipo para ninguém. Os rapazes se comportaram à altura da tarefa. Às quatro horas da manhã, higiene pessoal. Quatro e quinze, exercícios físicos de todos os tipos, até mil agachamentos com todo o equipamento. Depois a teoria, depois a prática. Golpes de mão, cerco, contra cerco, ataque noturno, emboscada, quebra de emboscada. Tiro defensivo de pistola, karatê, marchas diurnas e noturnas, como passar estradas e rios em marcha de coluna sem ser descoberto. Triangulação, armar e desarmar, como apagar pegadas da marcha e pegadas de acampamento. Uso da bússola, não, porque para isso eu era um merda, da mesma forma para ler mapas. Todo o santo dia. Os que mais exigi foram Christian, Ismael e Jaime. Ninguém afrouxava.

À noite, à volta da fogueira, sem vigilância, num local seguro, começava a troca de experiências. Contei-lhes tudo sobre Macuelizo, como ocorreu, como fomos salvos, o que nos ferrou, contei-lhes sobre a BPU, como funcionava. Mil anedotas de outros, e outras histórias pessoais, como aprender a conhecer os camponeses pelos seus gestos, manias e não sei o que mais. Queria contar-lhes em 30 noites tudo o que tinha aprendido nos meus oito anos de militância, especialmente nos quase três anos nas montanhas, para que com um pouco de sorte e leite do sapo eles estivessem vivos e contando a história, como eu estava fazendo naquele momento.

Fiquei como companheiro de barraca, para dormirmos juntos, durante 15 dias com Isauro e 15 dias com Ismael, para que antes de irmos dormir, pudéssemos continuar a falar de coisas úteis, respondendo a perguntas, preocupações, dúvidas, curiosidades. Aprofundando em detalhes, por vezes irrelevantes, mas úteis para a sobrevivência. Com Ismael, além disso, ressaltei a experiência de "Compañía", como a fizemos, como a destruíram e como a restabelecemos e consolidamos. A jornada foi tal que passamos cerca de oito dias descansando. Eles estavam cansados. Eu, morto.

Após os oito dias de "férias", encaixotamos algumas coisas, apagamos as pegadas do acampamento, e rumamos para o leste. Passamos por "Compañía" e despedimo-nos, sem lhes dizer que talvez não voltaríamos a nos ver. Sem dúvida que passamos na casa dos Córdoba. Na casa de dom Leandro, antes de sair, dei-lhe um beijinho. Da sua família, só ele e eu compreendíamos do que se tratava. Ele começou a rir e disse ao meu ouvido: "Não se separe delas e não as mostres a ninguém".

26

> Não matamos pessoas por diversão, embora você o mereça, não vamos matá-lo e não vamos matá-lo porque somos guerrilheiros da Frente Sandinista de Libertação Nacional.

Naquela madrugada, chegamos ao Zapote. É a última vez que vejo o pequeno rancho miserável, cinco metros por cinco metros. O mesmo, com suas varas amarradas com cipó, segundo eles, à guisa de paredes. O mesmo pequeno telhado. O seu piso de terra, irregular. O seu banco rústico, o seu fogãozinho com os seus humildes, velhos e negros utensílios. Quanto tempo passou! Quanta história tem sido vivida ali durante anos! O mesmo riacho, o mesmo ruído. O seu filho Chico, sempre colaborador, Felipa, a sua adolescente, casada com um Cruz, irmão de Candelário e de toda uma família Cruz que tínhamos recrutado entre Robledalito e Planes.

Jorge, o mesmo comandante Jorge, o mesmo homem firme, magro e miserável de sempre que conheci na Montañita. Como o tempo passou! E começo a recordar tudo, desde quando chegamos pela primeira vez, de como começamos a recrutar através dele quase todos os semi-escravos que trabalhavam para o capataz Sergio Olivas. Magros de fome, sem futuro, tristes, massacrados, restabelecidos e outra vez de volta ao pé do canhão. Todos sandinistas. Dos que foram testados na dureza.

Estou nostálgico. Vou-me embora. Estou triste, eles são parte de mim. São a minha família. São o meu habitat. Tenho de ir para longe, mas para muito longe, não sei se vou voltar. Por vezes não quero partir. Como será para onde vou? Haverá pessoas como eles? Tão simpáticas e tão firmes como eles? Para onde vou, não conheço ninguém. Quem me vai dar o meu remédio com mãos amorosas? Haverá alguém para me mimar, como eles fizeram, os de "Compañía"? Como Pilar?

Caramba! Quanto aprendi com eles, quanto eles nos ensinaram. Incluindo Ramón e Mauro. Sempre tratava de aprender tudo o que eles sabiam. Para mim, foi também uma escola, assim como o foram a BPU e a vida agitada do movimento estudantil. Partir e começar do zero. Conhecer novas pessoas. Para recomeçar. Onde irei morrer? Qual será o dia do piripipipí do meu comunicado? Quem o ouvirá? Quem irá chorar, além da minha mãe e de Claudia? Onde serei enterrado? Omar Cabezas! Presente! Presente! Presente! Como tantas vezes gritei essas intermináveis listas e continuo gritando atualmente.

Como se chama o local onde vou cair? Qual será a data? Será em combate? Defensivo? Ofensivo? Ataque surpresa? Cerco? Em uma casa? Dormindo em algum acampamento? Eu não quero morrer. Isso está tão difícil que aspirar a sair vivo é apenas uma balinha que se chupa, que é saborosa, mas como todas as balas, logo se desfaz. Sair vivo é apenas um sonho íntimo. A vitória está longe e nessa jornada, como é ilusório pensar que se vai sair de lá vivo.

As despedidas são tristes. Não gosto delas. Eu faço sempre como o Cavaleiro Solitário, quando o procuram, ele já está no seu cavalo dizendo: "Raiou, Silver"! Como o Super-Homem que ao final, quando querem despedir-se ou agradecer ou o que quer que seja, ele já está voando, ou simplesmente disfarçado de Clark Kent. Estamos de partida e não tenho vontade de me despedir, primeiro porque a coisa ainda não acabou. Em segundo lugar, porque não gosto de despedidas e, em terceiro lugar, entenda, não quero me despedir. Estou um pouco deprimidinho, diria eu. Pensando nessas coisas quando o Jorge chega ao acampamento de sempre.

Já explicamos a Jorge que algumas pessoas, incluindo eu, vão embora dali, de que não sabemos por quanto tempo, mas que será por um bom tempo... Que eu quero que ele ajude Isauro, e que o trate como se fosse eu. Jorge me diz: "Juan José, veja, estou aflito, e agora ainda mais com o que me dissestes, na madrugada, dia desses, que vieram".

Disse-me num tom que me assustou. Conheço-o tal como ele é, apenas pela forma como anda ou se senta, ou me cumprimenta. O que aconteceu, lhe pergunto. "Veja", diz ele, "o tal Sergio Olivas já suspeita de tudo isto. Ele já sabe que todos os seus rancheiros são sandinistas, diz que somos nós que alimentamos os bandidos comedores de vacas, que ele vai chamar a guarda para que nos fodam outra vez, porque não aprendemos.

E que tem medo de que nós ou vocês ferrem com ele. Olha, ele disse isso ontem e todos aqui estão aflitos, e agora com isso que vocês vão embora, a situação vai piorar. Aha, então é assim, digo-lhe eu. E por que não me disse isso da última vez que viemos? "Ah", diz ele, "é que isso é desses diazinhos. O homem disse que quando for à cidade, fará a denúncia, isso ele disse aos trabalhadores e lá estava Colacho que ouviu e me contou". Colacho, os Centenos, os Riveras, eram alguns dos muitos colaboradores que tínhamos recrutado em Zapote e que ouviram o que Sergio Olivas disse. "Ah, diz Jorge, e olha, o malvado disse que eu era o principal, e que eles tinham de me foder e até às crianças, porque ele diz que os animais venenosos têm que matar quando eles ainda são pequenos, para que não façam o mal quando cresçam". Ah sim!, Vê que alegre!, lhe disse.

Isauro, Jaime e Charralito estão comigo, ouvindo tudo. Não se preocupe, compa, que o touro lhe pegamos pelos chifres. Antes de irmos, vamos ver o que podemos fazer. "Tomara", diz Jorge, "porque isso está feio, e o homem vai amanhã para Condega". Sergio Olivas ia três dias por semana à sua fazenda para verificar o trabalho com o administrador e para foder a sua amante, que era a cozinheira ou a filha da cozinheira, ou ambas, havia muitas fofocas a esse respeito entre as pessoas.

Era por volta das onze da manhã quando Jorge regressou e começamos a avaliar a situação. Pensamos: o que devemos fazer, deixar o homem denunciar, a guarda chegar, e massacrá-los novamente, e depois ficar impune porque há ordens para não combater, ou falar com o homem para o ameaçar. Decidimos pela segunda opção, porque de todo modo o tipo ia denunciá-los, e ao ameaçá-lo havia pelo menos a remota esperança de que não o fizesse por medo de que ferrássemos com ele.

Quero te lembrar, a brigada, a Bacho, somos nessa altura, Isauro, Jaime, Eduardo (o Alfaiate), Rufino (Alí), Charralito (Ismael), estrela convidada, e eu. Somos seis. Começamos a fazer um plano de como o íamos atingir.

Um: tem de ser à noite, para evitar que mais pessoas do que o necessário vejam a coisa.

Dois: tem de ser nessa mesma noite, pois o homem parte para a cidade muito cedo pela manhã. Tínhamos também dois pobres *walkie talkies*, que mal se conseguiam ouvir um ao outro ao longo de um trecho de 50 metros, isso se não houvesse muitas árvores no caminho ou alguma pequena colina.

Quando o Jorge chega com o almoço, dizemos-lhe que decidimos dar uma lição a Sergio Olivas. Que vamos lhe dar um cagaço, para que ele não ande por aí falando merdas. O comandante se alegra tanto, a ponto dos seus olhos se tornarem mais vivos e os seus dentes tão depauperados, até me pareciam bonitos. Ele odiava Sergio Olivas. Tinha sido explorado como um escravo, impiedosamente durante anos, tinha deixado a sua vida, as suas costas, os seus braços, as suas mãos, todo o seu corpo, dobrado sobre a terra do proprietário, e o pobre homem nem sequer tinha um cobertor ou uma cama para os seus filhos. Os demais rancheiros tinham o mesmo sentimento, mas os que mais sentiram foram os colaboradores, porque já os havíamos conscientizado dos seus direitos, da luta por uma vida melhor e tudo isso. Isauro, Chele e eu também o odiávamos por ser um explorador, mas ainda mais por ser um déspota, um desumano, um insensível. Por ser um animal.

Pois bem, dissemos a Jorge que queríamos ter uma reunião muito secreta e muito cuidadosa com os chefes das famílias dos principais colaboradores. Que a reunião será em tal e tal lugar. Não era no acampamento, porque só Jorge o conhece. Insistimos que devem ser muito cuidadosos quando forem à reunião, para que não detectem o movimento. Estou falando de algo como quatro em ponto da tarde, e para não lhes dizer o motivo da reunião, mas simplesmente para lhes dizer que JJ, como me chamavam, queria falar com eles sobre algo muito importante.

De fato, às quatro horas, e outros antes, já haviam chegado para a reunião. Estão estranhando. Esta é a primeira reunião desta natureza que vamos ter. Não havia antecedentes desse tipo de reunião. Tinham razão em estranhar e chegar com caras de que está acontecendo, ou quem sabe o quê. Todos estavam contentes e nervosos. Assustados, ao ver pela primeira vez seis guerrilheiros juntos e bem armados.

Até carregávamos um fuzil Garand, que estava com o Chele, e ele também usava um capacete original da Guarda Nacional que nos tinha sido enviado da cidade. Carregávamos visíveis duas granadas, que lhes dissemos serem bombas muito poderosas que podiam matar muitos guardas de uma vez. Esqueci-me de dizer que a Bacho se vestiu de gala nessa tarde. Havia mandado todo mundo se banhar e vestir os seus uniformes verde-oliva, para colocar os adereços nas suas botas altas de couro, bonés lavados e bem ajeitados na cabeça. A Bacho estava pronta para que fosse passada em revista ou inspeção.

Os colaboradores ficaram impressionados com o porte e aspecto da tropinha, que nessa noite faria um trabalhinho que, de uma forma ou de outra, todos havíamos desejado tanto. Depois das saudações, exclamações, perguntas sobre as armas, eu disse: "Bem, companheiros, soubemos que Sergio Olivas anda dizendo isto, isto e isto. É assim?" "Sim", disseram todos, acenando com a cabeça enquanto ia falando. Pois bem. Como o tipo vai amanhã, e nós partimos esta noite, decidimos isto e isto e isto e isto. Era o suficiente! Babavam-se de ganas e esfregavam as mãos. Tinham esperado tanto tempo por isso. Um deles inclusive perguntou por que não o matamos de uma vez, e eu expliquei por que não.

Portanto, companheiros, o plano consiste no seguinte, tenham muito cuidado para que não haja falhas, para não terminarmos fazendo feio. Portanto, tenham cuidado com o plano. Como Sergio Olivas se deita às oito horas da noite, a essa hora, nós vamos cair em cima dele. Mas vamos aparecer como se fôssemos guardas, acusando-o de ajudar os bandidos guerrilheiros, comedores de vacas, e que os seus empregados também ajudam, que ele sabe perfeitamente bem e que não os denunciou e é por isso que vamos ferrá-lo. Que quando três de nós estivéssemos com ele na casa, depois de tomá-la, os outros três companheiros iriam buscá-los para que também fossem levados como prisioneiros à casa de Sergio Olivas, mas era para que não suspeitem, que os levaríamos prisioneiros, não só eles, mas também todos os outros chefes de família, os rancheiros que não eram colaboradores de todo o vale de Zapote. Todo mundo preso à casa de Sergio Olivas. Cuidado para não fazer uma cagada, cuidado com qualquer descuido. Que se tivessem cuidado, iriam rir conosco. Que eles cuidassem para não falar o nome de algum de nós. Que quando chegassem presos à casa de Sergio Olivas estivessem com as mãos para cima, cagando-se, mortos de medo, fingindo-se de idiotas e inocentes, e tivemos com eles uma conversa preventiva sobre situações que poderiam acontecer e como evitá-las ou resolvê-las.

Perguntas! Dúvidas! Estão todos claros? "Sim, companheiro!" Bem, pessoal. Vão para as suas casas e esperem. Quem sabe por que, a noite não demorou muito. Rapidinho chegou as sete e meia da noite. Subimos os seis a nos situar pertinho do ranchinho do Jorge. Um dos empregados de Sergio, que dormia na casa-sede da fazenda, ou que lá vinha sempre à noite para jogar cartas com um candeeiro ou para namorar alguma das cozinheiras, e que o tínhamos recrutado, nos inforMaría a hora que Sergio tivesse ido se deitar.

O empregado chegou. "O homem já está deitado!" Internamente, a Bacho fez o seu próprio plano sobre a tomada da casa, a fim de torná-la mais realista, e levar o homem aos limites do medo e fazendo um truque psíquico-político. Não excluíamos a possibilidade de o recrutarmos. Afinal de contas, ele não seria o primeiro ou o último proprietário de terras, médio ou grande, a apoiar a guerrilha. Se não, lembre-se dos irmãos Núñez de Matagalpa e outros mais.

Primeiro grupo, Isauro como chefe. Faço-o de propósito. Chele Jaime, que anda com um capacete de guarda e com Garand, mal-humorado, corajoso, violento, e Ismael Lanuza Charralito, também de propósito. Rápido, física e mentalmente ágil. Corajoso. Os três entrariam na casa. Isauro está com um dos *walkie talkies*. Depois de Sergio Olivas ter sido rendido, seria acusado de colaborar com a guerrilha e me perguntariam por *walkie talkie* a mim, que sou o Tenente GN, chefe da patrulha, que estava a cerca de 30 metros de distância, se o executariam imediatamente ou não, por *walkie talkie*. Eu responderia, também no *walkie talkie*: não o matem ainda, eu quero falar com ele antes que o fuzilem. Claro que toda a conversa teria de estar ao lado de Sergio para que ele a ouvisse perfeitamente, e quando eu chegasse, ele me veria como o seu único e possível salvador. Eu entraria com minha pose de tenente acompanhado por mais dois soldados, Eduardo e Rufino.

Quando nos dizem que o homem está deitado, saímos. Fiquei a 30 metros de distância e os outros três entram na casa, que tinha um corredor largo fazendo um estrondo de gritos, palavrões, golpes de culatra, insultos, o som de armas e ordenando a Sergio Olivas a sair do quarto, que nada de truques ou iam lhe estourar os miolos a balas. Sergio Olivas, naquele momento, está trepado, nu, transando com sua amante. O homem, assustado, porque não sabia o que estava acontecendo, porque é um colaborador da guarda e também está nu, não sai imediatamente. Depois Chele Jaime começa a bater furiosamente com o cabo do Garand à porta do seu quarto, e a dar-lhe pontapés, ordenando-lhe que saísse imediatamente ou iria perfurar o quarto a tiros. Christian fazia o mesmo, gritando e, com Ismael Lanuza, rendendo o restante das pessoas da casa, que eram cerca de dois ou três empregados, as suas esposas e filhos.

Estou tão perto que no silêncio da noite, da montanha, consigo ouvir tão claramente que já estou me cagando de rir juntamente com os outros dois. Depois de algum tempo ouvi dizer, ah! filho da puta, e porque não querias sair ou abrir a porta, e o outro respondendo é que eu estava fazendo minhas coisinhas com a senhora e de tão nervoso não conseguia encontrar a minha roupa no escuro. Mas eu estou com vocês. E ouço Isauro e Chele, como cães raivosos a fazer teatro, comportando-se iguaizinhos a como os guardas fazem com os nossos colaboradores. Vociferando com o tal Sergio, acusando-o de ser um mentiroso, acusando-o de colaborar com a guerrilha, e ele se cagando de medo, jurando por sua mãezinha que o trouxe ao mundo que ele não colabora com os bandidos, e a discussão continua e nós três ouvindo e nos cagando de rir.

Depois de algum tempo, os gritos de Christian e dos outros ficam mais altos, e Sergio implorando para que acreditem nele, e eu ouço pelo meu ouvido e pelo *walkie talkie*, que dizem: "Tenente, vamos dar cabo desse puto agora? Fuzilo ele agora, tenente?" Eu fico calado e não respondo, porque estou morrendo de rir e não consigo falar. Estou fazendo esforço para me acalmar, para que, ao responder não se escute a risadaria dos três. Isauro volta a perguntar e eu respondo com autoridade: "Espere, sargento, não o mate ainda, quero falar com ele primeiro".

Entro na casa. Ele está sendo mantido deitado de barriga para baixo. O homem só pôde vestir as suas calças, estava descalço e sem camisa. Assim que eu entro, o tipo quer olhar para trás e falar comigo para se explicar ou pedir misericórdia. Quando ele faz essa tentativa de falar comigo, dei-lhe um grito que retumbou por toda a casa, e lhe disse: "Calado, seu filho da puta! Cale-se, seu maricas! Que aqui se fala quando eu dou a ordem. Idiota. Guerrilheiro, meliante, comedor de vacas. E logo me dirijo aos meus soldados e digo: "E os outros filhos da puta empregados que colaboram com a guerrilha? Onde estão eles?" "Nas suas casas...", responde um dos empregados de Sergio, que estava junto com as mulheres, com as mãos para cima contra a parede; as crianças haviam sido colocadas num quarto para que não presenciassem a cena.

Vocês quatro vão buscar todos esses filhos da puta e tragam eles aqui imediatamente! Havia uma bela lua cheia do verão de abril. A noite está como o dia. Os quatro soldados saem. Sérgio tenta falar novamente. Eu grito de volta. Não lhe ocorreu insistir de novo. Esperamos. Ele, deitado no chão, e eu a andar para cima e para baixo no corredor, com prepotência, fazendo ruído com salto das minhas botas no piso de madeira. De vez em quando eu ficava ao lado de sua cabeça, à frente dos seus olhos, para que ele só visse as botas e imaginasse qualquer coisa, e depois eu continuava batendo o salto da bota, andando de uma ponta à outra.

Os quatro soldados haviam se dividido em dois grupos e começaram a retirar aos gritos todo o pessoal do vale para fora de suas casas. Tal como tínhamos planejado. Passado algum tempo, vejo a cerca de 100 metros, que vem pelo caminho, uma enxurrada de gente em fila, silenciosamente, como uma procissão noturna com as mãos para cima e dois soldados a conduzi-los. Depois olho para o outro lado, e vejo outra enxurrada igual, descendo uma pequena colina pelada. Era um espetáculo incrível. São cerca de nove horas da noite. Estou feliz. Estamos todos felizes. Os colaboradores vão ver o seu verdugo de anos humilhado, ultrajado. Até mesmo o sentimos como um ato de reparação, de desagravo, pelo que a guarda lhes tinham feito há quase um ano.

A verdade é que os camponeses começaram a ser colocados no espaçoso corredor, entraram todos humildinhos, fazendo-se de cagados de medo, e surpreendidos por verem o seu patrão, deitado no chão, de barriga para baixo, seminu, mudo, ultrajado na sua própria casa, onde ele os ultrajava há anos. O leão sem dentes e sem unhas, com a juba caída, rendido. E sem poder sequer falar. Os camponeses continuavam a entrar e a espremer-se no corredor, e aqueles que não conseguiram entrar, ficavam do lado de fora, recostados, a olhar pelas laterais da varanda. Vejo Jorge entrar e que alegria me deu vê-lo. Todo humildinho, fazendo-se de tonto, mas reivindicado. Mesmo aqueles que não eram colaboradores não podiam esconder, mesmo com seu medo, uma satisfação oculta pelo que estavam vendo.

Quando todo mundo entrou, e o viram e acomodaram-se no melhor lugar que puderam, comecei a falar. Bem, senhores, capturamos este homem porque ele colabora com os guerrilheiros, e vamos fuzilá-lo, para que todos vocês possam ver o que acontece ao filho da puta que pense em se meter com essa gente. Ouviram-me? "Sim, senhor", todos eles respondem calmamente e assustados. Quando Sergio ouve isso, quer falar e eu grito com ele e digo-lhe que ele só pode falar com a minha permissão. O tipo está chorando. Pergunto aos camponeses: Este homem é bom ou mau? Silêncio absoluto. Então eu digo: já que ninguém fala, quero ouvir o que Sergio Olivas diz sobre a minha pergunta. Sergio Olivas! Levante-se e responda!

O homem se levanta. Caminha na minha direção. Caminhando como um gatinho manso, como uma criança aterrorizada que vai pedir perdão à sua mãe para que não o castigue. Ele chega até mim. Ele se ajoelha diante de mim, como alguém que se ajoelha respeitosamente perante Deus no altar de uma igreja e diz: "Tenente, por favor não me mate, estou com vocês, tenho os meus papéis, sou um velho colaborador da Guarda Nacional, estou com o general Somoza". Eu dou um grito e lhe digo: "Levante-se, que só os covardes se ajoelham! Digo a um dos soldados, neste caso, o sargento Jaime, que é quem está usando o capacete, para encontrar um tamborete para esse homem, para que ele possa se sentar.

Quero falar com ele, e também com todos vocês, e volto-me para olhar para todos os camponeses que estão ao redor.

Sérgio senta-se. Digo-lhe: Se me disser a verdade, perdoo a sua vida. Se me mentir, te mato e queimo a casa, como já queimamos de outros filhos da puta que ajudam os guerrilheiros. Sérgio responde: "Tenente, eu lhe juro pela minha mãezinha, pelo Coração de Jesus, pela Santíssima Trindade, pelo general Somoza, que há aqui um equívoco. Eu não colaboro com os meliantes. Sou um homem honrado e trabalhador, o que acontece é que há pessoas que me desejam o mal, e devem ter feito a denúncia para me prejudicarem. Juro que estou com vocês. Tenente: eu lhe juro que precisamente amanhã pensava em ir denunciar ao quartel Condega que já se tem visto pegadas desses meliantes por aqui e também ouvi dizer que há aqui pessoas que os ajudam. Tenente, assim que me dei conta disso, a primeira coisa em que pensei foi em denunciá-los amanhã.

Ah, correto, digo eu. É assim que eu gosto, porra.

Fico calado durante algum tempo. Há um silêncio sepulcral. Depois pergunto-lhe, como se estivesse intrigado: "Por que ia denunciá-los? Ora, meu tenente, para que eles sejam apanhados e mortos, porque essa gente só faz coisas más naquelas montanhas. O senhor sabe!" Aha! Calo-me outra vez. Nem mesmo os cães ladram no pátio. Pergunto-lhe calmamente, como se estivesse intrigado: "Homem, essa gente alguma vez te fez algum mal? O tipo titubeia e responde-me: "Bem... para mim... na verdade... a mim ainda não...". Eu me calo. Digo-lhe: "Conhece alguém nestas paragens a quem aqueles meliantes tenham feito algum mal, nestas montanhas? O tipo cala, e me diz: "Bem... que eu os conheço... não realmente... mas é o que as pessoas dizem".

Calo-me outra vez. Deixo passar algum tempo, levanto-me da cadeira onde estava sentado à sua frente, sou guardado por um dos meus soldados, fico em frente do Sergio, fico olhando para ele, viro-me para olhar para o restante das pessoas, e já sem gritar pergunto a todos, com uma voz, talvez, um tanto entre intrigado, confuso e amigável: "Algum desses meliantes, como diz Sergio Olivas, alguma vez já fez mal a vocês? Ou conhecem alguém a quem tenham feito algum mal?"

Ninguém responde. Compreendo que ninguém vai abrir a boca se eu não os perguntar diretamente. Vendo a um dos camponeses que não era colaborador, perguntei-lhe: "Qual é o seu nome? Fulano de tal, me responde. Certo! agora diga-me, os guerrilheiros da FSLN fizeram-lhe algum mal, ou sabe de alguém a quem eles tenham feito mal?" O homem fica calado e não quer responder. Responda, digo eu. E o tipo diz: "Por que mentir-lhe, tenente, a mim não". E a outra pessoa? pergunto-lhe eu. "Também, não, tenente". E assim vou perguntando um a um, colaboradores ou não; vejamos, será que estes meliantes alguma vez violaram a sua mulher ou as suas filhas? "Não, Tenente!" Você, sim, você, alguma vez esta gente lhe roubou uma vaca? "Não, tenente!" Os guerrilheiros já assaltaram a sua casa? "Não tenente!" Já incendiaram a sua casa? "Não tenente!" E então perguntei a cerca de 20 deles se os tinham incendiado, roubado e todos disseram "Não tenente! Não tenente! Não tenente!

Assim, fiquei novamente calado. E voltei para Sérgio, porque havia me movido do lugar quando perguntava às pessoas, e em voz alta, para que todos ouçam, digo a Sergio Olivas: "Homem, eu não entendo esta merda. Quero que me explique. Você me diz que vai denunciar estes guerrilheiros amanhã, para que eles possam ser mortos porque andam fazendo o mal. Eu te pergunto se a ti fizeram algum mal, e me dizes que não. Pergunto se conhece alguém a quem tenham feito mal e dizes que não, pergunto a todas estas pessoas que estão aqui e me dizem a mesma merda, já ouvistes que não prejudicaram ninguém. Explique-me bem, como é a coisa?" Ouviu-se um que outro risinho perdido entre os que estavam ali amontoados.

Sergio Olivas fica surpreendido. Ele não sabe o que dizer. Ele baixa a cabeça e esfrega-a com ambas as mãos. Ele não fala. Digo-lhe, explique-me bem, porque se você quer que matem alguém que não tenha feito nada de mal a ninguém, só pelo gosto, isso significa que você é um filho da puta e quem deve ser morto é você por denunciar pessoas para serem mortas sabendo que são inocentes, porque, segundo você e as pessoas aqui presentes, eles não fizeram nada de mal a ninguém. Quando digo que é a ele que deve matar, ele levanta a cabeça como uma mola. O homem está confuso. Ele não sabe como é a coisa. Teoricamente, somos guardas e estamos fazendo perguntas estranhas. O cérebro do homem está virado pelo avesso. Ele está confuso.

Desapontado, ele diz: "A verdade é que já não sei mais, tenente. Como as pessoas falam coisas, nestas montanhas, já nem sequer se sabe o que fazer. Se está do lado de um, está errado; se está do lado de outro, está errado. Por favor me diga, o que fazer?" E ele fica com as duas mãos agarradas à cabeça. Eu me calo. Eu não lhe respondo. Passado algum tempo, dirigindo-me a todos, digo: Devíamos matar, e dirijo-me a Sérgio, este homem. O tipo quase salta. Olho para ele e digo: Mas não vou matá-lo, porque não somos assassinos. Não matamos pessoas por diversão, embora você o mereça, não vamos matá-lo e não vamos matá-lo porque somos guerrilheiros da Frente Sandinista de Libertação Nacional.

Olho para Sérgio, que quase cai da cadeira e diz quase desmaiando: "Virgenzinha de Fátima, ajude-me!" Ouve-se um murmúrio entre as pessoas, eu continuo, as pessoas se calam. E vamos poupar a sua vida por isto, e isto, e isto, e isto, porque nós, da Frente Sandinista, não somos meliantes, nem ladrões, nem violadores, nem incendiários, nem fazemos mal a ninguém. Nós só reagimos a quem quer nos atacar. Porque nós lutamos é por isto, isto e isto, e eu falo por cerca de uma hora, e volto para o Sergio e lhe digo: compreendeu? Não te matamos porque não nos denunciou, mas se amanhã nos denunciar, mesmo que se esconda no buraco do cu do mundo, arrebento-lhe os miolos a tiros. "Sim senhor, não se preocupe senhor, eu não o vou denunciar! O que acontece é que não nos dizem as coisas como elas são. Mas agora que o ouvi falar, sei como é. Por favor perdoem-me e se houver alguma coisa que eu possa fazer para lhes ajudar, é para isso que estamos aqui".

O tipo sentiu-se como se tivesse ressuscitado. Queres mesmo ajudar-nos, perguntei-lhe eu. "Sim", diz ele. Olho para todos os camponeses esfomeados e explorados e pergunto-lhes:

"Há quanto tempo que vocês não comem carne?" É claro que todos eles se riem à gargalhada. O gelo tinha sido quebrado.

Entre os camponeses e nós, colaboradores ou não, já havia uma identificação subterrânea. Sergio Olivas diz: "Rápido! Vamos matar uma vaca! Vamos matar uma vaca!" A festa começou. Os soldados, incluindo o sargento e o tenente, tiraram as suas caras de cão e vestiram as suas caras diárias e começaram a falar com as pessoas como velhos conhecidos. A vaca chegou. Dez voluntários a abatem. Todos ficaram muito contentes. As mulheres na cozinha palmeando as tortilhas e servindo o café preto, enquanto nós não perdíamos tempo, falando e falando, especialmente com aqueles que não eram colaboradores.

Todos nós comemos. As sobras de carne foram distribuídas entre o povo, para que pudessem levá-las de volta às suas famílias. No final, junto aos restos mortais da vaca abatida, formei os cinco do Bacho. Chamei todos os camponeses para assistir, incluindo o Sergio. Tomei posição em frente à Bacho. Atençããão! Portem armas! Descarreguem armas! Levantem armas! Descanseeeem armas! Foi apenas uma demonstração de ordem fechada para os impressionar e que pudessem ver o treinamento da guerrilha. Descansar! Disse algumas breves palavras de despedida e mandei o pelotão sair de forma.

Colocamos as nossas mochilas, e no meio da confusão da saída de forma, os assistentes, que também saíram de seus lugares quando saímos de forma, num momentinho de descuido, Jorge, o meu comandante Jorge, se aproximou e disse ao meu ouvido: "Juan José, agora posso morrer tranquilo". Começamos a rir sorrateiramente, e em seguida nós, os seis, saímos, às duas da manhã, rompendo a noite em direção ao leste.

27

> ... o homem que estava mais próximo
> da BPU com seus homens, no
> acampamento e no combate, era
> Carlos Agüero, Rodrigo...

Acampamos depois de mais ou menos duas horas de caminhada. Havíamos comido muita carne, e por outro lado, daí para frente conhecíamos menos o terreno para avançar de noite. Era melhor descansar e até fazer um pouco de piadas do que aconteceu, assim como conjeturar quais seriam as repercussões do ocorrido. Nós dormimos até por volta das seis da manhã, com vigilância. Depois, Christian me contou que o fato não havia tido maiores repercussões negativas.

Ao meio-dia, reiniciamos a marcha para montanha. Acampamos pela tarde por volta das cinco. Íamos os seis juntos, porque o ponto da divisão seria um lugar chamado La Rica, próximo do Penhasco de Santa Elena. Ali, em La Rica, seria o local de contato entre o grupo que ficaria operando de Piedra Larga a La Rica, avançando para o Cuá, e o outro grupo, que se instalaria no Cuá, a operar em direção a Modesto, e que sua posição mais próxima ao Cuá está a não sei quantas centenas de quilômetros, em um lugar chamado Golondrina e, se não me engano, El Bocay.

No dia seguinte, ao meio-dia, fizemos duas coisas. Descemos Isauro, o Chele e eu a Santa Elena um distrito para fazer compras, a fim de nos abastecer de algumas coisas para os quatro que fazíamos a travessia de um só estirão, dali até Cuá. Fomos à paisana a Santa Elena. Eu vou com a minha imprescindível Bíblia. O livro da Bíblia que nunca retirava da mochila, pois me servia muito, não apenas para lê-la, porque é um bom livro, mas porque também eu a usava como cobertura, como dissimulação, como disfarce. Cada vez que andava à paisana, me fazia passar por pastor evangélico. Tornei-me exímio em pregar a palavra de Deus. Aprendi de memória uma quantidade de versículos do Novo e do Velho Testamento.

A verdade é que, para não levantar suspeitas, enquanto eles faziam as compras nas vendas do lugar, eu andava de casa em casa em pregação. De algumas casas me mandavam embora, dizendo-me que não queriam saber de nada disso. Depois, as pessoas nos viram juntos e acreditaram que éramos pastores da cidade pregando em jornada nessas paragens. Regressamos ao acampamento. Buscamos dois lugares seguros para os *buzones* mortos, que seria a forma de comunicação entre Isauro e eu. Por meio desses *buzones*, ele me inforMaría sobre os avanços do trabalho, seus problemas, suas propostas, projetos e eu lhe responderia.

Pela tarde, tomamos uma decisão, não perdíamos nada se falhasse e ganharíamos muito se desse certo. Fomos parar em uma casinha isolada que estava próxima de um morro; entramos com cortesia, nos sentamos todos e lhes dissemos a verdade sobre quem éramos e por que lutávamos. Fizemos isso porque consideramos ideal que Christian tivesse aí mesmo nem que fosse apenas um colaborador, sobretudo que do Bosque, onde estava Pío Zavala, até La Rica, que é um trecho mais ou menos grande, não tínhamos ninguém. Não nos demos mal; as pessoas se tornaram colaboradoras.

À noite, estamos cozinhando. É nossa última noite juntos. No dia seguinte pela manhã, cada um sai para o seu lado. Eu, que sou um sentimental de merda, estou de vez em quando observando Isauro com secreta admiração, quase com agradecimento reprimido. Pensando no desastre que ele era quando entrou. De todos os que subiram a montanha, que eu me lembre, foi o que mais me deu problemas, e agora é um tigrinho na minha frente, com dentes e unhas afiadas, botando uma pelagem nova que se vê que vai ser de um bom tigre. Pensando no que aconteceu com Augusto Salinas Pinell. Pensando e abrigando a esperança de que não aconteça o mesmo a Christian. Estou outra vez meio triste, pensando que vou me separar de um dos meus mais queridos seres. Gosto dele como se gosta de um irmão mais novo, ou como se gosta do irmão com quem se tem mais afinidade.

Christian, meu companheiro de infortúnios em Canta Gallo, naqueles momentos difíceis em que nada dava certo, e de repressões e de perdas permanentes. Christian, o novo, que chegou com um moral que nunca suspeitei e que me ajudou a conseguir mais ar nos pulmões. Christian, o de óculos amarrados atrás com um cordão negro, com seu imprescindível chapéu tipo texano, seu bigode espesso, seu sorriso franco e seus dentes fortes. Christian, o único canhoto do grupo, estou lhe observando; depois o Chele, como o Chele tem avançado; Charralito, Charralito, penso que já está pronto para devolvê-lo a Bayardo a qualquer momento. Ismael tinha potencial de inteligência, o resto era só saber ajudá--lo. Rufino e Zapaton também não estão mal.

Estou calado, pois, pensando e os admirando em segredo, franzindo os olhos por causa da fumaça, fazendo um *pinol* cozido e lembrando-me como tudo havia começado naquele outubro de 1975 com Andrés, quando chegamos à paisana com as duas 45. Batendo o *pinol* com o cenho franzido, desconectado, e piripipipí e piripipipí e já sei que nesses casos, o melhor que eu faço é continuar fazendo o que estou fazendo. Esplanada de Tiscapa, e apertando a colher de pau e mexendo o caldo morno, grosso, olhando as ondas grossas quando faço círculos, e que caiu o chefe sandinista Carlos Agüero Echeverría (Rodrigo), autor de múltiplos crimes contra camponeses trabalhadores e inocentes e que tanto temor tem causado nas montanhas do Norte, e o caldo cada vez mais pesado, pegando na panela, e coronel Aquiles Aranda, chefe de Direito e Relações Públicas da Guarda Nacional da Nicarágua.

Em começos de novembro de 1976, haviam caído em combate dois extraordinários combatentes da BPU que se chamavam Jorge Matus Téllez e Leonardo Real Espinales. Nunca comentei com a Bacho que eles eram da BPU. Acreditava também que depois do assalto ao quartel de Waslala, em 1975, e da morte de Renner Tejada, Tello, a BPU tinha ordens de não combater. Não sabia em que contexto situar suas mortes e fiquei com a dúvida em que circunstâncias teriam acontecido.

Carlos Agüero, Rodrigo, um dos meus chefes quando estive na BPU. O primeiro que me cumprimentou quando cheguei ao acampamento deles, e que de certa forma lhe achei com cara de estrangeiro ou de rico, porque tinha aproximadamente 1,80m ou um pouco mais, branco, olhos azuis, barba meio ruiva, forte e de feições arianas ou saxônicas, é o chefe militar da BPU. Militarmente, o mais respeitado por todos nós. Modesto, embora não ficasse atrás no militar, era visto fundamentalmente pela tropa como político, como o estrategista.

Modesto era responsável por toda a montanha. Tanto da Cordilheira Isabelia como de La Dariense, e de alguns quantos sopés de cada uma delas. Creio que havia ido para a montanha por volta de 1971 ou 1972. Entrou com mais dois ou três e foram crescendo em tudo, em homens, armas, colaboradores. Lembro que quando eu entrei em Isabelia apenas clandestinos integrados à BPU já eram cerca de dez ou quinze, sem contar a base de colaboração e outra brigadinha que estava em La Dariense no comando, creio, de Victor Tirado e Filemón Rivera. E por aí, com esta brigadinha, andava meu irmão Emir.

Modesto, sendo responsável por toda a montanha, ou pelo menos por uma boa parte dela, o pobre homem vivia em uma agitação constante, mas te conto que a pé. As distâncias são longas e a pé são eternas, para não dizer longas. Modesto passou muito tempo indo de um lugar a outro, revisando o trabalho, arrumando, fazendo planos, treinando pessoas, lutando, coordenando com a cidade, realizando reuniões aqui e ali, visitando aqui e ali, admirável, incansável. Às vezes, eu tinha a impressão de que a chuva e a lama, os mosquitos e a fome, eram elementos sem importância para ele.

Devido a esta situação, o tipo de trabalho, sua intensidade e mobilidade, o homem que estava mais próximo da BPU com seus homens, no acampamento e em combate, era Carlos Agüero, Rodrigo. O chefe militar real da BPU, aquele que mais interagia cotidianamente com a tropinha, o mais admirado pelos *chapiollos*** do ponto de vista militar, é Rodrigo, o membro suplente da Direção Nacional e o segundo de Modesto. Quando Modesto não estava na BPU, Rodrigo era o chefe e elemento coesivo de um grupo de homens que estavam na selva há anos. Desnutridos, esfarrapados, reprimidos militar e sexualmente. Isolados, desabastecidos pelo cerco.

Quando vi a onda do caldo e escuto Carlos Agüero, te juro que não senti a descarga de adrenalina. Foi talvez uma sensação de maus pressentimentos. Modesto estaria presente no momento de sua queda? Se Modesto não estivesse lá, poderia chegar rápido à BPU, levando em conta todas as dificuldades impostas pelo controle do inimigo? E se não chegasse? Quem se encarregaria da BPU? Em que combate cairia? Encontrão? A BPU já teria aberto fogo novamente?

---

* Originário do local, crioulo, comum e corrente, pessoas simples do povo. (N. T.)

Por mil razões, o piripipipí e Carlos Agüero Echeverría não me provocaram uma descarga de adrenalina. O que senti foi um terror de fundo, e sem adrenalina. Não sei por que, não gostei daquela coisa. Não estou me referindo apenas à queda do Rodrigo, entende o que quero dizer? Rodrigo, que na BPU me tratou como um selvagem, quase como um inimigo, assim como Tello, eu quase tive uma espécie de ressentimento controlado em relação a ele, uma admiração oculta que depois se transformou em infinita gratidão e em admiração aberta, quando, pelo o que eles me ensinaram, contribuiu para salvar uma parte da escola Macuelizo e a conseguir fazer o que fizemos em "Compañía" e na Bacho, até chegar, justamente, até esse dia, onde estávamos prestes a ir procurá-los, de entrar em contato com a BPU e Modesto.

Ou seja, eu não gostei, não apenas pela queda de um querido irmão. O único que não me entediava nos dias de ócio quando estávamos acampados. O único que não me entediava, porque falávamos de mil coisas. Ele também havia sido dirigente estudantil na Universidade Centro-Americana, UCA, a Católica de Manágua. Foi ele quem organizou o protesto estudantil e popular quando Nelson Rockefeller chegou a Manágua, e pouco depois passou à clandestinidade, foi treinado lá fora e ele foi direto para as montanhas, parece que ele foi um dos primeiros. Tínhamos um pouquinho de histórias parecidas, além disso, ele era de origem tico, como meu avô, e também não me entediava, porque era o único que tinha os olhos azuis em todo o grupo. Todos as nossas barracas eram negras e nossos olhos eram negros. Já estávamos entediados, de tanto nos vermos e de tanto falar sobre as mesmas coisas. A barraca de Rodrigo era de um plástico verde, raro, e ele com seus olhos azuis, lendo. Ir à sua barraca era como ir de visita a outro lugar; pelo menos havia duas cores diferentes da dos demais.

Mas bem, foda, o que eu quero te dizer é que isso me preocupa, não só porque caiu alguém que eu admiro, mas porque com a situação que eu sabia que a montanha estava passando, e em particular a BPU, sua queda me dava pavor que pudesse trazer consequências fatais para o grupo fundamental da montanha, que nesse momento é já uma lenda, junto com Modesto e Rodrigo no seio das fileiras da FSLN e do povo. Eles, como eu estava dizendo, eram nesse momento os eixos, os símbolos da mobilização popular das massas. As manifestações pedindo a liberdade dos presos políticos, sobretudo de Tomás e Marcio Jaén, estão plenas de palavras de ordem alusivas à montanha que, volto a repetir, são o símbolo da resistência do povo por meio da FSLN contra a ditadura, da indestrutibilidade do povo e da FSLN e embora pareça piegas, um lugar comum, a BPU era então a tocha, a chama ardente que está ajudando a Frente Urbana a continuar aquecendo e elevando cada vez mais a temperatura política das massas, que se expressam em 50 mil manifestações contra a vontade da ditadura e nas pichações nos muros, que, sim, já os havíamos arrebatado da ditadura.

Eu não gostava da queda de Rodrigo, porque a GN sabia que Rodrigo era o que era, eu pensava, vão se encorajar, subir o moral, e vão tentar usar o momento para aprofundar sua ofensiva sobre aquele grupo heroico que estava resistindo ali em condições indescritíveis, e por outro lado, eles, os guardas, estariam seguros de que essa queda poderia ser um fator moral negativo para o grupo que resistia sob o cerco, com uma responsabilidade histórica digna de consignar nas mais épicas páginas da história guerrilheira latino-americana.

Sua queda me preocupava por tudo. Internamente, pensava nos possíveis substitutos. René Vivas ou David Blanco. Nunca soube quem o substituiu, até anos depois. Tenho clareza que a montanha está vivendo momentos horríveis: perseguição ao grupo e aniquilamento, chegando quase ao extermínio da base social, inclusive os que não são colaboradores.

A notícia de sua queda não me deu adrenalina, mas um profundo medo do futuro estratégico do projeto revolucionário da FSLN, que a essa altura com tudo e como está, é o único movimento, parece mentira, com uma possibilidade real de poder na América Latina.

Enquanto eu batia o *pinol* quente, sentia uma nuvem negra descendo lentamente sobre a montanha e sobre nosso microuniverso, carregada de abutres, ventos horríveis com piripipipí como música de fundo. Os companheiros que estão comigo não sabem de tudo que é a BPU, apenas que estão pressionados pelo inimigo, e que é preciso abrir uma nova rota para alimentá-los com homens, armas e apetrechos. Atiro o pau com que estou batendo o *pinol*, e lhes digo: Isso foi um grande golpe! Ganharam uma os filhos da puta! Menos mal que já vamos para lá: devemos nos apressar com essa rota filha da puta. Ouviste, Isauro! E apenas me respondeu movendo afirmativamente a cabeça. Todos estamos com raiva, bebendo o *pinol* quente, e eu pensando na filosofia da vida, que neste mundo não se pode ter um momento de felicidade, porque imediatamente, depois, a vida se encarrega de lhe dar uns golpes para neutralizá-la, e assim sucessivamente. E me lembrava de companheiros que haviam recebido só golpes seguidos. Infelizes, eu dizia, vida bandida. E nos deitamos para dormir no chão e com vigilância...

28

> Nos demos um abraço apertado
> e lhe disse: cuide-se irmãozinho.
> Ele me respondeu ao ouvido:
> "Pátria Livre ou Morrer".

Companheiros, levantar! o clássico grito, que há anos venho ouvindo ou dizendo. Esse gritinho detestável. Pois simplesmente é quando se está dormindo mais gostoso, e tem que se levantar na marra. Não pode dizer: cinco minutos mais, ou então, já vou, só um instante. Companheiros, levantar! É uma ordem que se cumpre automaticamente, como um autômato, quer você goste ou não, quer você fique bravo ou não. Odeio o "companheiros, levantar!".

Essa manhã não me caiu bem; mas não por ter que me levantar, mas porque era um misto de alegria e de tristeza. Como dizem, cada um para sua casa, ou cada um com sua própria cruz, rumo ao Gólgota. Era o dia da divisão.

Nos reunimos. Demos os detalhes finais dos contatos, mecanismos. Todas as coisas do costume. Limpamos pegadas. Chamei à formação. Lembrei firmemente o significado da decisão, sua importância etc. Disse que iríamos nos dividir em dois grupos, mas que eles não teriam o mesmo nome. Que aquele que ia comigo seria sempre chamado de Bonifacio Montoya. Que devíamos dar nome à outra. Que a que ficava, seu chefe se chama Isauro, e que ficava com Eduardo. O restante vai comigo.

Aceito sugestões! Christian diz: "Proponho que se chame César Augusto Salinas Pinell". Sem esperar mais sugestões, respondi, imediatamente: Aceito! Fora de forma!

A César Augusto Salinas havia nascido. Cada um colocou sua mochila, repleta de carga, sobre as costas. Tudo pronto. Os companheiros começam a se cumprimentar, abraços, despedidas, fazer gracejos e sei lá o quê.

Devo despedir-me apenas de dois, de Eduardo e de Isauro. Cumprimento efusivamente Eduardo e lhe digo, com carinho, você, que é mais bobão, vá em frente com tudo. "Não se preocupe", ele me diz.

Resta-me apenas Isauro. Isauro, fodido! Não quero me separar dele. Ele e eu, com o Chele Jaime, somos um costume, somos a mesma coisa. Somos uma bola.

Não há alternativa, vou ter que me despedir dele. Como faço? Apenas aperto a mão? Falo algo em voz alta? Ou baixinho? Estou inquieto. Nervoso. Não encontro um jeito de me despedir. Sobretudo, porque com frequência, em alguns casos, me dá vontade de chorar, e nunca consigo fazê-lo. Sou um tonto. É difícil para mim e, no entanto, com frequência sinto vontade de chorar e não consigo. Creio que acontece o mesmo com Christian. Estamos dando voltas e voltas sem fazer nada, como que apagando pegadas mal apagadas, como que ajeitando alças de mochilas, como que revisando os cinturões que eram verdadeiros mini armazéns, até que chegou o momento em que ficamos frente a frente. Todo mundo já está pronto para partir. Sorrimos um para o outro, sem nos olharmos nos olhos, como se tivéssemos feito um acordo. Nos abraçamos apertado e lhe disse: Cuide-se, irmãozinho. Ele me respondeu ao ouvido: "Pátria Livre ou Morrer".

Minha brigada saiu primeiro, e eu não quis me voltar para olhar para trás...

29

> Afligia-me recomeçar tudo de novo. Há quase três anos venho recomeçando quase todos os dias, todos os meses e todos os anos. E se eu insisto nisto, não é por pura teimosia, é por outra coisa; acontece que uma coisa é aquilo que te contam e outra é o que se vive. Me entende, querida?

Subimos até o penhasco de Santa Elena. O penhasco é como o final de um pequeno maciço montanhoso, que é chamado de penhasco porque a cordilheira culmina em uma gigantesca rocha ou promontório rochoso de algumas centenas de metros. Ficamos bem na pontinha e começamos a olhar para o leste. É um espetáculo, é uma paisagem maravilhosa. Do penhasco para o leste, há uma depressão geográfica. Do penhasco para o leste, há uma grande profundidade onde estão imensas planícies, mas imensas. Depois irregularidades no terreno, na altura de Zompopera, que são florestas de pinheiros tipo os de Bramadero, em seguida outros vales imensos, Fantasma, El Prisionero, e lá no fundo, mas onde a vista já não alcança, lá junto ao céu, quase mais além do horizonte, tocando o céu, como parte do céu, que é difícil distinguir se é o céu ou é o azul de alguma montanha, está Kilambé.

Chele e eu havíamos visto esse espetáculo na primeira vez que fizemos essa travessia à paisana, alguns meses antes. Mas quando os quatro mosqueteiros nos colocamos de frente para o leste, encarapitados ali, e vimos até onde íamos, todos ficamos olhando, como se disséssemos: merda, o que nos espera! Eram assustadoras a distância e a missão. E pensar que faríamos a travessia durante o dia. Sangue de Cristo! Eram umas clareiras horríveis, nada de montanhas, nem de lavouras, milharais ou algo assim. Estamos em pleno verão, em tempo de queimada para a semeadura. Tinha medo de que fôssemos detectados antes de chegar, porque além disso, do penhasco, podíamos observar casas, casinhas e fazendas disseminadas por todo o percurso. Nós não conhecíamos o caminho, nem pessoas e, além disso, há poucas fontes de água naquele verão que o solo até reverbera do calor.

Sentamos um instante, assim, como para tomar consciência do que faríamos ou reunir forças antes de começar. Disse a Chele: nós não vamos pelo caminho, mas pela montanha, embora seja pelada, mesmo que nos vejam, mas que nos vejam de longe. Que não possam distinguir quem são esses quatro homens. Vamos tentar passar contornando as casas para evitar que sejamos vistos, e se nos veem, que seja feita a vontade de Deus. Se nos perdemos, vamos nos orientando pelo azulzinho do Kilambé. Antes de partir, um dos rapazes falou: "Puta merda, isso é quase como ir à África". Desde então, o Kilambé foi batizado pela guerrilha como "África".

Começamos a descer do penhasco de Santa Elena. Estamos em plena Semana Santa. Por medida de segurança, decidi que vamos caminhar das seis da manhã às seis da tarde, pois se nos descobrirem e avisarem à guarda, nós sempre estaremos o mais adiantados possível do lugar de onde se originou a denúncia. Que não faremos fogo. Que comeremos a comida fria que levamos nas mochilas, que de tão cheias estão a ponto de arrebentar.

Como não tínhamos segurança do que iríamos encontrar no famoso Cuá, optamos por levar nas mochilas e sobre elas, nos cinturões, nos ombros e nas mãos tudo o que se possa imaginar; comida, panelas, galões para água, couro, ferramentas de trabalho, medicamentos até para maldições, lanternas com pilhas de reposição, facões, limas, sapatos. Éramos um acampamento montado sobre os ombros dos quatro. A travessia me deixa nervoso. Tenho medo de que nos aconteça algo e ponha tudo a perder. Atravessamos currais e currais, campos de milho secos, pequenos pastos secos, arroios e riachos secos. O terreno não era irregular e isso ajudou na rapidez da marcha. Percebemos que fomos vistos de longe em pelo menos 50 ocasiões. Íamos a um passo duplo e uma sede tripla. Ninguém se queixava. Por um momento, me senti como Moisés conduzindo o seu povo à terra prometida, mas o mar nunca se abriu para nós, porque com a sede que passamos, teríamos consumido como desgraçados toda sua água salgada até arrebentar. Os carrapatos, putos, estão se movimentando de um lado a outro, só os retirávamos quando acampávamos para dormir e comer, com vigilância permanente. Estamos fartos do sol, da sede, dos carrapatos e do temor de sermos descobertos pela guarda nessas clareiras, que não conhecíamos e onde não havia uma alma que colaborasse com a guerrilha.

Quando entramos aos morros de pinheiros e de terra lamacenta de Zompopera, nossa tensão começou a diminuir. Haviam mais morros, o terreno é mais irregular, aí pelo menos há onde se proteger na hora de um combate, ou pelo menos possibilidades de detectar de longe o inimigo antes que se aproxime de onde estamos. A sensação que tivemos dessa travessia foi como simplesmente andar na rua. Estávamos acostumados a andar apenas na montanha, escondidos e de noite. Cada dia que passava e amanhecia olhávamos para a "África" e nos perguntávamos: "O que acha? Está mais próximo? Que nada!". Diziam outros, essa filha da puta está no mesmo lugar. Ou essa maldita está se afastando de nós, ou nós não estamos caminhando. Mas por volta do quinto dia de caminhada, pela manhã, o vimos, e agora já não nos parecia tão azulzinho, mas azul; por volta do sétimo dia conseguimos ver sua cara de longe, já distinguíamos algumas formas, pois olhando do penhasco não era possível perceber sua forma, melhor dizendo, parecia igualzinho ao horizonte do céu, apenas com uma pequena e leve diferença de cor.

 Avançando dia a dia, sem parar. Pensando: por onde andará Isauro? E se não encontramos o tal colaborador? E se Rubén (o Zorro Rivera) não chegar na segunda data do encontro, pois a primeira já havia passado? E já vou pensando que porra fazer, há, há! E se Rubén não estiver, como Valdivia não estava na primeira vez que chegamos, o Chele e eu, e nos garantiram que estaria ali? E se não estiver nem Rubén nem o colaborador? Que faremos? E Kilambé, já começamos a apreciá-lo melhor. Já se vê que o monte é um monstro grande e alto. E que parece ótimo para a guerrilha. À medida que vamos nos aproximando, nós vamos nos dando conta que Canta Gallo é uma miniatura comparada com esse monstro, que cada dia o observamos melhor. Que alegria, por volta do nono ou décimo dia, Chele e eu começamos a reconhecer lugares que estão próximos do Cuá. Do local do contato, que alegria ainda maior, quando já começamos a ver as primeiras espinhas na cara do Kilambé. Como é verão, ele não pode se esconder na neblina, como era seu costume cotidiano.

 Por fim, chegamos ao Cuá, sãos e salvos, com os pés arrebentados pelo calor das botas e por não descalçá-las na hora de dormir. Chegamos por volta das 11 da manhã, a um ponto próximo à casa do colaborador. A comida já tinha acabado no caminho. Chegamos famintos, inquietos, inseguros, porque não sabíamos o que ia acontecer ou o que iríamos encontrar.

 Aflige-me recomeçar tudo de novo. Há quase três anos venho recomeçando quase todos os dias, todos os meses e todos os anos. E se eu insisto nisto, não é por pura teimosia, é por outra coisa;

acontece que uma coisa é aquilo que te contam e outra é o que se vive. Me entende, querida?

Chegamos a um morro com vegetação. Não há água. Fico frustrado. Mas é o único lugar onde podemos nos esconder enquanto procuramos o colaborador e, além disso, esperamos a noite para ir fazer o contato com Rômulo, que também se chamava assim o Zorro, Rubén.

Chegamos sábado ou domingo. Digo a Chele que vá procurar o colaborador, que faça contato com ele, que peça informação sobre os companheiros e sobre o inimigo. Eu não descartava que Rubén estivesse com Anselmo Blandón, o colaborador, nos esperando. De todas as formas, lhe dou dinheiro suficiente para que, se não o encontrar, pudesse procurar uma venda e comprar comida, porque de verdade já se está sentindo fome e estamos bem cansados.

Chele sai por volta das quatro da manhã. Essas horas me pareceram eternas. Se acontecer alguma coisa a Chele, eu morro. O que vou fazer aqui? Tenho que devolver o Charralito para Estelí. Se ferrarem com Chele, fico apenas com Rufino, que embora se portasse bem, era novo, urbano e não se orientava, e de mim nem digo nada.

Por volta das cinco e meia da tarde, finalmente, como caído do céu, chega Chele Jaime. Como já o conheço tão bem, porque só me falta tê-lo parido para conhecê-lo melhor que sua mãe, ao vê-lo uns quantos metros antes de chegar aonde estamos esperando por ele, vejo que o homem vem enfurecido. Chele se irrita por tudo, porque tem um caráter forte, violento, impulsivo; mas isso é normal, já o conheço, mas é que eu vejo que simplesmente o homem não vem irritado, mas vem super-irritado. Vem vermelho de raiva. Sem falar, seu rosto e seu corpo vêm lançando raios e centelhas. Vejo que não está ferido nem nada, e quem vem com um saco pendurado nas costas, que acredito, sem dúvida que são as compras, ou o que o colaborador lhe deu de comida para que nos entregasse.

 Chega, atira violentamente o saco no chão, e diz: "Venho bem puto". O homem vem todo suado. Com o cabelo e o rosto molhados de suor. Vermelho pelo sol e de irritação. Eu, sério, lhe pergunto: que aconteceu? Acalme-se. Explica-me, o que ocorreu? "Nada, nada!", com o cacoete que ele tem. "Que vou matar esse filho da puta, baixote, e vou me satisfazer", que era outro ditado que ele tinha quando alguma coisa lhe irritava demasiadamente. Qual baixote? Lhe pergunto, imaginando que é o colaborador. "Pois esse maldito desse Anselmo Blandón, esse colaborador de merda, que não é colaborador nem de cu". Senta-te, acalma-te, e explica-me que merda aconteceu com ele. Te expulsou? Não o encontraste? Te denunciou aos juízes? E respondia: "é que vou deixá-lo saciado". Fico mais sério para que se acalme, pois sei que também é um pouco histriônico.

 "Veja, me diz, a primeira coisa que fiz foi procurá-lo em sua casa. Me dizem que não está, que não sabem onde ele está, que não sabem a que hora chega e às pessoas da casa, eu não lhes disse nada, porque não sei quem são e vai que eu faço uma besteira e vão nos ferrar aqui. Como não lhe encontro, vou procurar uma venda para comprar comida e trazê-la. Mas para ir à venda, tenho que cruzar o rio Gusanera, que é fodido de fundo, até aqui (e me aponta o peito), e isso que estamos no verão. Pois bem, me diz, o que é que eu faço, eu sei que tenho que fazer as compras. Não tem jeito, tiro as botas, a camisa, arregaço a calça e atravesso. Pois bem, e compro uma coisa aqui, outra em outra venda e assim, pois, para não comprar tudo em apenas uma venda para não levantar suspeitas. Ao regressar, quando já venho com as compras, quando vou cruzar o rio vejo um rapaz que está em uma canoa. Ei! Eu pensei, agora não me molho e dou um grito para que me atravesse. O rapaz me passa e quando estamos no meio do rio, vejo que há dois homens que estão pescando e bebendo guaro, então vem um deles, baixote, e grita para o rapaz, ele pergunta por que está passando esse filho da puta em sua canoa; que se quiser passar que molhe sua bunda, e lhe diz que me faça descer. O rapaz não lhe dá atenção e continua cruzando o rio, e eu pergunto ao garoto, quem é esse tipo? Meu pai, me diz, mas não se importe, ele é assim quando fica embriagado. E como se chama seu pai? Eu pergunto. Anselmo Blandón, me diz o rapazote e vou ficando com muita raiva, primeiro porque não o encontro em sua casa e depois porque encontro o filho da puta bêbado, não me reconhece e disse ao filho, novamente gritando, que desça esse filho da puta da canoa, se quiser cruzar o rio de novo, que molhe a bunda. Por sorte, o rapaz não lhe deu atenção e me atravessou". Então, pergunto a Chele, quem era o outro que estava bebendo com Anselmo? "Cara, me diz, é um tal de Ladislau Calderón, sabe Deus quem será esse fulano. E por favor, Juan José, me dê um momentinho para que me acalme, que estou bem puto com esse parrudo. Farto! Farto vou ficar!" Esse é meu irmão Jaime (o segoviano). Firme, valente, impaciente, irritadiço.

 O que Jaime me disse me preocupou, mas eu não falei sobre isso com o grupo. Não me preocupou o incidente da canoa, mas porque eu imaginava que talvez Anselmo Blandón tivesse sido informado por Rubén sobre as datas de nossa chegada e talvez o tipo não quisesse mais compromissos com a guerrilha. Já eram públicas as atrocidades que a GN fazia com os colaboradores da FSLN. Anselmo Blandón, esse baixinho que tinha todos os traços de ser um matreiro pícaro e mulherengo, era um homem mais abastado em relação ao restante de seus vizinhos, e era perfeitamente possível que, quando soubesse que estávamos chegando, ele tivesse saído deliberadamente de casa para que não o encontrássemos. Eu também sabia que estar ausente da casa, não estar lá, andar fazendo algo, trabalhando ou bebendo guaro, era um dos pretextos clássicos dos colaboradores hesitantes, ou semicolaboradores, como mais tarde os chamei. Preocupava-me que fosse esse o caso, mas como te digo, fiquei calado para não causar inquietação na tropinha, que está dizimada pela marcha e insegura sobre seu futuro.

Minha esperança é que nessa noite é a data do segundo contato com Rubén. O horário é às nove da noite. Justamente no encontro onde o rio Gusanera desemboca no rio Cuá, que além disso dá o seu nome ao distrito, à zona. Se falhar o contato de hoje às nove, e se for confirmado o que penso do colaborador, aí sim estamos ferrados, vamos ficar no olho da rua e como o trabalho não pode parar, teríamos que começar a caminhar em direção a Kilambé, que é o lugar mais seguro, e começar a recrutar, do jeito que chegamos na casinha de La Rica quando nos despedimos de Isauro, ou como chegamos em Sergio Olivas, que se diga de passagem é perigosíssimo, porque se não funcionar e nos denunciarem podiam começar uma caçada contra nós antes do tempo, e eu ando preocupado com a BPU e como se fosse pouco, com a preocupação de devolver o Charralito o quanto antes para Estelí.

Caramba, disse a mim mesmo, eu só penso merdas negativas. Melhor esperemos a noite, o contato e talvez o tal Anselmo, por medidas de segurança, não tenha sido informado por Rubén sobre a nossa eventual data de chegada. Ok, irmão, acalma-te, descansa. Comamos que a noite vamos você e eu ao lugar do contato.

Chegamos ao ponto do contato por volta de quinze para as nove da noite. Quinze minutos antes, tempo suficiente para estar pensando em 150 mil possibilidades do que pode ocorrer, do que podemos fazer, se chegarem ou não. Nove horas. O contato não chega. Nove e quinze e nada. Já estou pelas 300 mil possibilidades. Nove e meia e nem sinal. Dez horas. Onze horas. Essa gente não vem. Vamo-nos, que seguramente virão amanhã. O dia seguinte é a terceira e última data.

Chegamos ao acampamento, todo mundo acordado, esperando para ver como chegávamos, o que estava ocorrendo. E eu não havia falado tudo o que estou pensando aos companheiros, nem mesmo a Chele. Como disse Lenín Cerna: aí o mais banguelo masca um prego. Ninguém é tolo, eu não lhes disse nada, mas todos sabem que a coisa não está indo bem e que pode haver problemas. Não vieram, eu disse. Com certeza, amanhã eles vêm. Distribuo o horário da vigilância, incluindo a mim, claro, e tratamos de dormir como podemos, na hora que pudemos.

Passamos todo santo dia ociosos e em guarda. Racionando a comida, pois Chele não podia comprar muita coisa para que não levantasse suspeita. O camponês que na montanha compra muita provisão, pilhas, sapatos ou que seja, e paga com uma nota de 500. Ah! Com certeza é denunciado ou pelo menos ficava sob suspeita. A GN se encarregou de controlar e recrutar todos os donos de vendas, do campo e da montanha, como uma forma de controlar aqueles que podiam ser colaboradores da guerrilha e assim ir para cima deles e de nós. Entendeu, então, por que estávamos racionando a pouca comida? Na hipótese de o contato falhar, cuidado!

Ao meio-dia, fui com Chele procurar de novo o tal Anselmo. Nos disseram que havia saído há vários dias e que não havia regressado. Onde ele estava pescando fica como 300 metros de sua casa. Impossível! Pensei comigo que esse merda não tenha voltado ontem, menos ainda que esteja fora há vários dias. A porra da suspeita vai se confirmando e digo a Chele com clareza. "Eu penso o mesmo!" me respondeu o Segoviano. Mas como eu quero tirar todas as dúvidas de uma vez por todas para saber o que vamos fazer, pergunto ao garoto que nos recebeu: Filho, e onde podemos encontrá-lo? "Bom... Disse como quem não quer dizer, é que ele tem uma amante e um pequeno cafezal, e às vezes fica por lá vários dias". E onde fica isso? "Lá, diz, no pé da montanha Kilambé". Está bem, filho, diga a ele que os amigos de Rubén vieram procurá-lo e que deixamos nossas saudações. Que talvez voltemos aqui, que temos urgência de falar com ele sobre o assunto da venda de um gado. Chele e eu saímos decepcionados, mas com uma informação valiosa, que podia ser útil. Voltamos ao acampamentinho, dissemos aos companheiros que parecia que o homem andava farreando, e que esperaríamos o contato da noite.

Oito e meia e já estamos instalados no ponto de contato. Estou cruzando os dedos das mãos e dos pés. Nove da noite. Ouço três batidas de facão. Parecia mentira. Começam a assoviar baixinho. Não há dúvida. São eles. Facundo Picado e Esperanza, uma companheira camponesa, guerrilheira clandestina e que por sorte é do lugar e até tem um irmão muito perto dali. Saudações efusivas no escuro, não nos conhecemos, apenas podemos ver a silhueta e um pouco o rosto. Nada de lanternas. Vamos para o acampamentinho. Chele na frente, eu atrás, eles nos seguindo e eu pensando... Porra, a história não pode caminhar para trás...

30

> "E o pior, Eugênio, é que dizem que agora há três frentes, e eu já não sei de qual sou". Eu lhe respondi, não importa quantas há, você e eu somos sandinistas e isso é que é importante.

Amanhecemos alegres, olhando nossos rostos; eu tentei me lembrar deles, mas não conhecia nenhum. Ambos tinham estado com Víctor Tirado ao lado da Dariense, e eu nunca estive por lá. Os planos que fizemos foram os seguintes: Esperanza e eu iríamos para a rodovia que vem de Wiwilí a Jinotega, onde passaria para me apresentar para alguns colaboradores que estavam na estrada, e depois iríamos encontrar Rubén, que estava em Escambray, em uma propriedade pertencente aos Núñez.

Jaime sairia com Facundo para conhecer alguns colaboradores que moravam em Cuá acima, num lugar chamado "Pico de Oro", e outro mais, sempre nessa direção, e depois nos reuniríamos todos em Escambray para fazer a reunião, ver os planos etc. Planejamos, no máximo, estar fora por um par de dias e depois voltarmos para nos juntar com Charralito e Rufino, que deixamos no mesmo lugar com alguma coisinha para comer.

Esperanza e eu saímos primeiro. Chegamos à estrada. Estamos à paisana, e vou agora com minha Browning na cintura e minha granada na bolsa atrás. Paramos uma caminhonete de transporte coletivo que está cheia de gente, camponeses, e dois soldados rasos da GN. Entramos nele discretamente. Eu estou muito magro, peso cerca de 53 kg, e a estrada de terra, irregular, é muito ruim. A caminhonete está pula que pula, parando, entrando e saindo passageiros. Em uma dessas chacoalhadas, uma sacudida forte, eu sinto que a Browning me escapa da cintura, e fica meio que apoiada nos genitais. Puta que pariu, era só o que me faltava! E a caminhonete continua chacoalhando. Encosto-me rápido à carroceria descoberta da caminhonete e prenso as bolas com tudo e pistola contra a parede lateral da caminhonete. Não aguento. Chacoalha tanto que a cada sacudida pressiono contra a lateral da carroceria, a pistola contra a parede e as bolas e o pinto contra a pistola. Cada sacudida é dolorosíssimo. Senti-me um imbecil. Meu Deus! Que faço agora? As pessoas vão meio apinhadas. Eu penso que se a retiro, e alguém vê, basta que um me veja para que se dê conta. Sabe Deus quantos alcaguetes vão nesse veículo, pois não conheço ninguém, e para arrematar, vão dois guardas com seus fuzis Garand.

Mas como não aguento golpe trás golpe nas bolas, a cada sacudida, vou me colocando com cuidado, meio de lado para movimentar a pistola e apertá-la com a perna contra a caminhonete que é menos doloroso. A companheira e eu vamos aí dentro como se não nos conhecêssemos. Consigo. Aperto a arma com a perna. Mas com as sacudidas, a cada instante eu sinto que a pistola a cada sacolejo vai mais para baixo. Em um desses chegou até o joelho. Pressiono rápido. Outro sacolejo, vejo estrelas de dor e ela cai até a panturrilha. Estou suando de nervosismo. O povo e a companheira, inocentes de tudo. A certa altura, ela chega até o chão. Ponho as duas botas em cima para que não seja vista. A caminhonete salta e eu pulo, caindo com as duas botas sobre a 9 milímetros. Lembro-me que a carrego montada, e penso que essa porra vai disparar em um dos sacolejos, quando eu cair em cima dela, e vão nos detectar.

Estou fodido. Maldito filho da puta, por que esta merda só acontece comigo? Penso que tenho que fazer algo. Sento-me no piso em cima dela, a caminhonete pula e eu pulo em cima da pistola e que grande porrada no cóccix, ouvistes, para não te dizer no cu.

No terceiro sacolejo, não aguento. E digo. Aqui sentado, vou colocá-la disfarçadamente em um saquinho que levava. Espero o próximo salto, em que todo mundo tem que se agarrar em algo e não presta atenção a nada, e rapidamente a coloco no saco. Ah! Que alívio! Ninguém me viu. Passaram dois saltos mais e Esperança disse: Parada! Parada!, e desceu. No seguinte meio pulinho eu disse: Parada! Parada! Vai que eu me perca. Encontramo-nos. Contei o que havia acontecido, pôs a rir e me disse: "é que você está muito magrinho. Não tem nem onde se agarrar". É que o cinto ficou frouxo, eu lhe disse. Vou fazer um buraquinho mais.

Chegamos até um colaborador, que havia sido apelidado de Conejo. Comemos. Esperamos a noite e deixamos a rodovia. Entramos em um atalho que vai para a fazenda "La Sorpresa". Chegamos a Escambray, e fomos a uma casinha perto da casa da fazenda. Entramos e eu vejo Rubén. Um grande abraço. Velho, irmão. O mesmo que eu havia conhecido em meados de 1975, em um ranchinho durante minha descida da BPU com José Valdivia, que estava indo para Kilambé, precisamente, e Juan de Dios Muñoz, que estava indo comigo para a cidade, e após minha operação, me passaram diretamente ao Regional Norte, como instrutor militar da escola de Macuelizo.

Ainda não havia passado a emoção de ver Rubén, quando eu vejo Pedrito, Inés Hernández, um camponês boníssimo. O guia principal da BPU. O guia quase pessoal de Carlos Agüero, Rodrigo. É claro que também o cumprimentei com alegria. Mas isso me deu uma sensação ruim. O que este homem está fazendo aqui? Ele é um dos imprescindíveis da BPU, de Rodrigo. Para a BPU, ele era como meu Ramón em Canta Gallo, ou Chele Jaime depois. Já meu olfato me diz que as coisas estão fodidas. Eles me perguntam como está Eugenio, era assim que me chamavam na BPU. Segue firme, eu lhes digo, e vocês, como estão, contem-me. Pedimos o café, tiramos os cigarros, e começam a me contar a história. A casinha pertence à esposa de Pedro, Pedrito, como costumávamos chamá-lo na BPU.

Zorro (Rubén) começa: "Irmão, é um milagre eu estar vivo". Aí para dentro está horrível. Há milhares de guardas e acabaram com todos os camponeses. Nem moscas passam ou entram ali. Os *juízes de mesta* e os *capitães da cañada* andam como cães. Estou te falando, me diz, de tal e tal lado, que era a área de onde se entrava para onde estava Víctor Tirado, e de lá para o lado da BPU.

Ele me diz, "eu estava operando com um pelotão entre Victor e a BPU". Eu era o enlace, e quem trasladava as pessoas e as coisas. A guarda detectou minha área, mataram todos os meus colaboradores e começaram a procurar maneiras de nos caçar. Evitamos o combate o máximo que pudemos, mas era impossível, colidíamos com eles o tempo todo. Nossas armas já estavam incrustadas, não tínhamos como azeitá-las, nem ninguém para nos ajudar ou nos dar informações. Fomos chocando e chocando com a guarda, até que eles foram acabando conosco, eu não sei como cheguei vivo aqui". Ele me contou como Claudia Chamorro caiu, que era membro de sua brigada. Sua história era tão heroica quanto verídica e desoladora. Rubén está cansado, esgotado. Talvez não desmoralizado, mas bastante abatido. Não era para menos. Na verdade, com o que ele me disse, o cara estava lá, vivo, justamente porque era realmente uma raposa,* ah! e ele me disse que Valdivia tinha desaparecido.

E você, Pedrito? O que você me diz? "Sei lá, Eugenio! O que você quer que eu lhe diga!" Bem... como estão os companheiros

---

* Em espanhol zorro, que quer dizer raposa. A referência aqui é um trocadilho com o codinome de Rubén. (N. T.)

da BPU? "Como quer que eu lhe diga?" Eu entendi tudo e não lhe fiz mais perguntas. Rubén me disse que Víctor Tirado tinha descido, que estava descendo ou estava prestes a descer. E então ele me disse com tristeza: "E o pior, Eugenio, é que dizem que agora existem como que três Frentes, e eu já não sei nem de qual delas eu sou". Eu respondi: "Não me importa quantas existam, você e eu somos sandinistas e isso é o que é importante. Temos que continuar trabalhando duro. Não vamos desanimar". Que reuniãozinha, papai! E eu tão alegre que estava indo para o contato! Rubén me disse: "Bem, agora vamos falar de vocês, como estão? O que têm feito? Quantos são? Quais são os planos?" Contei a ele tudo em um breve resumo. No final, ele me perguntou: "Então, o que vamos fazer?" Eu lhe disse, cara, vamos descer um dia desses e informar Bayardo.

Creio que nessa madrugada ou no dia seguinte, Chele chegou com Facundo. Imagino que Facundo e Chele se saíram muito bem, assim como nós três nos divertimos muito naquela noite, até a madrugada. No dia seguinte, veio de Estelí uma garota de codinome Yaosca, cujo nome é Marlene, que é de Santa Cruz. Ela é uma velha conhecida de Chele Jaime, e eu acho que eles são até parentes, e juntos fizemos o seguinte plano. Um. Enviamos Esperanza e Yaosca à cidade, informando-os de que Rubén e eu já tínhamos nos encontrado. Que queríamos descer juntos para discutir pessoalmente a situação com os comandantes superiores. Dois. Enviamos Pedrito e Jaime, para que Pedrito mostrasse a Jaime alguns colaboradores perto de onde tínhamos deixado Charralito e Rufino, para que encontrassem um lugar mais seguro para eles e que tivesse quem lhes abastecesse. Pedrito iria apenas para isso, e voltaria à casa onde estávamos. Também deixamos combinados datas e um local de contato onde Chele Jaime e os outros dois companheiros esperariam por mim e Zorro quando voltássemos da cidade.

Assim fizemos. Pedro e Jaime saíram juntos para o lado dos encontros do Cuá, onde os dois companheiros aguardavam nosso retorno. Esperanza e Yaosca foram até a cidade com nosso correio, levando nosso pedido de uma reunião com o Alto Comando. Não demoraram muito. No dia seguinte, voltaram à tarde. Desceram e subiram por Jinotega.

No dia seguinte, Rubén e eu estamos tomando a caminhonete, a caminho da cidade. Com um furador, fiz mais três furos no cinto. Era suficiente história a que eu tinha escutado.

31

> Naqueles dias ouvimos um piripipipí. Foi bom! Como fazia falta! Que em Estelí alguns subversivos tinham atacado em plena cidade e em plena luz do dia uma patrulha da GN, dos antiterroristas chamados Becat, e que a tinham aniquilado e que os perpetradores tinham fugido...

Depois desta ação, Charralito é transferido de volta para Santa Cruz. A GPA vai funcionar novamente! Os planos começam a dar certo.

Finalmente, chegamos em Estelí, na casa de um dos colaboradores mais corajosos da FSLN, Chicho-Narciso-González. Possivelmente de classe média alta, à maneira nicaraguense. Na realidade, ele não era um colaborador, porque em alguns casos nunca se sabia quem era realmente um colaborador e quem era um militante. Felizmente, não éramos tão formalistas nestas diferenças. O que eu quero dizer é que o tal Chicho é um grande cara. Sua casa é de segurança do Alto Comando. Ele é correio, é motorista para as missões mais arriscadas, e também tem três filhas, belas e jovens. Lembro-me que quando vi as duas mais velhas, comecei a pensar... Omar, quem você escolheria, e eu disse a mim mesmo, muito rapidamente: as duas. Caramba! Como eu queria voltar a ser um guerrilheiro urbano. As duas sabiam das coisas. Tinha também um par de filhos igualmente valorosos. Ajax e Eddy, que são militantes da FER e, é claro, faziam trabalho para a Frente. A esposa era doce, terna, bonita. Pensei ter visto crianças pequenas, mas não sei se eram filhos ou netos.

    Nessa casa é que acontece a reunião entre Federico (Pedro Aráuz Palacios), Bayardo, Rubén e eu. A reunião começa. As saudações de sempre e ao ponto, como Federico sempre dizia. Dou meu informe, Rubén dá o dele. Nós discutimos, analisamos, às vezes nós quatro juntos, às vezes Zorro e eu, às vezes Federico e Bayardo, um de cada vez. Passamos ali dois ou três dias. Temos que tomar uma decisão e subir, porque nos dizem que haverá uma ação militar em Estelí, em IQS, nos próximos dias, e temos que subir antes que isso aconteça, por causa dos bloqueios de estradas e da vigilância.

    Então o Alto Comando, a quem somos subordinados, decide que Rubén deve me dar um par de camponeses da área onde ele está. Camponeses que ficaram desgarrados e que chegaram quase como sobreviventes do que está acontecendo lá em cima, até a periferia do Escambray. Que eu continue indo em direção a Modesto. Que Rubén tente fazer o mesmo. Em outras palavras, a proposta é refazer contato, injeção e fortalecimento da BPU, tentando fazê-lo por dois lados. A Bacho, pelo Leste, e Rubén, digamos, pelo Nordeste. Vamos subir com dois novos companheiros que são bons. Filhos de um antigo colaborador da guerrilha. Que, devido à posição que temos agora, nossos contatos possivelmente serão em Matagalpa e não em Estelí, que fica mais longe. Que o correio entre Rubén e o comando será Yaosca, e entre a Bacho e o comando será sempre Chele Jaime ou Segoviano. Parece não haver mais nada a falar. Eles nos dão ânimo, dinheiro, beijos de boa sorte, boa comida e muito café preto, que sempre sou eu quem o pede, pois são elas que trazem, e assim eu possa vê-las, mesmo que seja apenas quando eles abrem a porta e me fazem rir.

    Rubén não está entusiasmado. Deixamos Estelí, passamos por Matagalpa. No início da rodovia Matagalpa-Jinotega, passamos para recolher os dois novos. Brisa. O inverno está prestes a irromper novamente. No veículo, passando por La Pita del Carmen, chegamos onde a rodovia cruza o rio Cuá, que ainda não está cheio. Conseguimos cruzá-lo, chegamos ao ponto de contato que tínhamos deixado com Chele Jaime. O contato é sobre a rodovia. Pedrito não está mais ali. Cumpriu sua missão de mostrar a Jaime um par de colaboradores, levando-os a um lugar mais seguro, que é um bosque no morro, ao leste de onde o Cuá encontra o Gusanera.

É um pequeno lugar a cerca de 500 metros a leste da estrada de terra que vai de Wiwilí a Jinotega, passando por La Pita, e depois de volta à casinha onde tínhamos nos encontrado alguns dias antes. Por volta da meia noite, Chele, Rufino e Charralito estão nos esperando. A operação, como sempre, é rápida. Todos descemos. Os novos e, para variar, o monte de carga porque a história de Canta Gallo começa a ser reeditada em Kilambé. Rapidamente, jogamos a carga a cerca de 250 metros da montanha. Abraço Charralito, que regressa até Bayardo e lhe digo: "Atento, maricas! Cuide-se, irmãozinho, que você tem uma grande responsabilidade". Ismael Lanuza, Charralito rapidamente entrou no veículo, que deu meia volta e retornou imediatamente. Levamos para cima a carga o melhor que pudemos até o ponto que Jaime havia encontrado com Pedro. Jaime promete! Vai desenvolvendo iniciativa, embora às vezes ele seja um pouco indisciplinado.

Os dois novos, apesar de serem semi-camponeses, não são tão bons com a caminhada e com a carga, especialmente o mais velho, que se chama Leonel Guido Ochoa, e demos o codinome Otoniel. E o outro, que se chama Justo, nós chamamos de Francisco. No dia seguinte, amanhecemos escondendo a carga em algumas cavernas nas margens de uma ravina, e Rubén desceu até a casa onde tínhamos nos encontrado. Ficamos sós, me apresentam ao tal colaborador, que é irmão de Esperanza, e logo percebi que ele estava morrendo de medo e hesitante. Ele nos trazia comida toda vez que se lembrava, o que vencia um pouco o medo, apesar de lhe termos dado dinheiro para ajudá-lo com as despesas. Aí passamos bastante mal de comida e ficando nervosos, porque cada vez que o colaborador chegava já esquentava nossa cabeça falando que a guarda anda por aqui, a guarda anda por ali, que os *juízes de mesta* eram muito ativos e traiçoeiros. Que aqui onde estamos é perigoso, que passam muitas pessoas, que podem nos encontrar e, em resumo, todos os argumentos necessários para se livrar de nós e se livrar do problema. Apenas parte de seus argumentos são verdadeiros, mas no final das contas o homem nos deixava nervosos, sobretudo porque não conhecíamos o terreno, não tivemos tempo para explorar, e estamos apenas em suas mãos, porque o tal Anselmo Blandón não aparece em lugar nenhum. Felizmente, alguns dias depois, Rubén apareceu com um rapaz camponês, filho de um colaborador de La Sorpresa. Contamos a Rubén sobre a situação. Ele insistiu que falássemos mais com o irmão de Esperanza, que patrulhássemos o tal Blandón, que ele voltaria para continuar seu trabalho do lado de Escambray e que ele tentaria nos enviar outro compa. Como havíamos conversado com Federico e Bayardo.

Naqueles dias, ouvimos um piripipipí. Foi bom! Como fazia falta! Que em Estelí alguns subversivos tinham atacado, em plena cidade e em plena luz do dia, uma patrulha da GN, dos antiterroristas chamados Becat,* e que a tinham aniquilado e que os perpetradores tinham fugido... Que em Manágua, eles haviam tentado fazer o mesmo, mas falharam. Como resultado, a terrorista Charlotte Baltodano Egner foi presa e outro fugiu. O outro era Glauco Róbelo, Glauco, o Chele Róbelo de León.

---

* Brigada Especial Contra Atos de Terrorismo. Tropa urbana de choque da guarda somozista. (N. T.)

Uma fera da geração do meu irmão Raúl. Mais tarde, percebi que aqueles que participaram da aniquilação da Becat em Estelí foram Felipe Escobar, o companheiro da Stevenson e Ismael Lanuza (Charralito). Com orgulho secreto, eu disse a mim mesmo: esses são os meus rapazes. Isso foi em 4 de maio de 1977. Que falta nos fazia nas montanhas ouvir esse tipo de notícia da cidade. Após essa ação, Charralito foi transferido de volta para Santa Cruz. A GPA se erguendo novamente! Os planos começam a dar certo.

Muito bom, irmão. Então, como estamos ferrados nesse ponto, eu digo a Chele Jaime, irmãozinho, não há outra maneira. Temos que ir patrulhar o tal cerro El Cumbo, que fica justamente no sopé de Kilambé, onde está o merda do Blandón. Talvez, lhe digo, o tipo não esteja farreando. E se é uma frescura, bem, talvez ele tenha menos medo ali, porque lá ele já está nas montanhas, enquanto em Los Encuentros é uma clareira. Talvez o fato de ser montanhoso e de podermos nos esconder melhor lhe tire um pouco do cagaço. Além disso, o importante é falar com ele. Encontrá-lo. Uma vez que o encontremos, deixe o resto comigo. Vamos encontrar esse filho da puta, porque é vital, para que possamos sair daqui o mais rápido possível.

Fazemos o plano de que Chele irá para Cumbo. Fica a cerca de quatro horas a pé, por estrada e sem carga. Que ele irá à paisana, acompanhado pelos dois rapazes, Francisco, que tem uns 15 ou 16 anos, e aquele que veio com Rubén, que tem uns 14 ou 15 anos. Que eles irão como se estivessem procurando trabalho, para que ninguém suspeite. Que o quanto possam, vão perguntando onde está a propriedade de Anselmo Blandón. Que sabem que anda buscando trabalhadores e que eles estão à procura de trabalho.

De onde estamos para Cumbo é só subida, mas há uma delas que é uma barbaridade. Claro, Chele, junto com os rapazes, sentou-se para descansar. Os garotos lhe disseram que ele parecia um touro cansado, arfando. A partir de então, essa encosta foi chamada de "Cuesta del Toro Cansado".* E assim os companheiros vão caminhando, e numa dessas é alcançado por um homem montado e que caminha ao lado deles. Depois de tanto caminhar juntos, o homem montado pergunta ao Chele Segoviano de onde eles vêm. E Chele lhe responde de San Isidro. "E para onde vão", pergunta o homem montado, e Chele diz: "À procura de Anselmo Blandón". "Ah", diz o cavalheiro, "e para que vão?" "Ah", diz o Chele, "eu sou primo dele". "E qual é seu nome?", pergunta o cavaleiro novamente a Jaime, e Jaime lhe diz Abraham Blandón. O velhote no cavalo responde: "Oh, filho, você mudou tanto! Eu sou seu tio, sou o pai de Anselmo, eu o conheci quando você era muito jovem".

Chele se conteve do susto, da casualidade e da felicidade. Então o que eles fizeram foi irem quase juntos para o lugar onde estava o famoso e perdido Anselmo. Finalmente chegaram; Anselmo estava no pátio. Ele reconheceu seu pai e, é claro, Jaime. Ele cruzou seus fios, mas em um descuido, Chele lhe disse para se calar, que os dois falariam mais tarde.

Os rapazes voltaram até onde estávamos, contando-nos alegremente como tudo tinha ocorrido. Anselmo também disse que tinha se embriagado com o guaro e que era melhor irmos para aquele lado, mas não muito perto dele, porque os informantes o mantinham vigiado.

---

* A encosta do touro cansado. (N. T.)

32

A verdade é que Franklin está de vigia, assim como descrevo para você, quando escuto os gritos da virgem. Jogo rápido o que tenho nas mãos, pego minha carabina e saio rapidamente para a sentinela e vejo que Franklin tem um camponês preso juntamente com duas crianças. O camponês pensou que o diabo havia lhe aparecido...

Pelo que Jaime me contou, me deu a impressão de que eram as duas coisas: de que a havia rompido e de que ele estava fugindo de nós. Que ao ser encontrado por Chele e lhe dar sua apertadinha, não teve alternativa a não ser dizer o que disse. Não nos importava nada que estivesse com medo. Entre estar em um minibosque no monte à margem da rodovia na qual cruzava também por aí outro caminho, a cerca de 200 metros, que ia para Cumbo, e irmos para onde estava o cagão, ou pelo menos irresponsável, mas que é uma zona montanhosa e ao ladinho do monstruoso Kilambé cujo pico mais alto tem 1.750 metros e que está justamente na direção leste, pois não havia a menor dúvida de qual era a opção a tomar.

No dia seguinte, pela noite, pegamos nossos apetrechos, não levamos muita carga por precaução, e partimos para El Cumbo. Claro que me dei conta porque chamavam a encosta de Touro Cansado. Devagar, com pouca carga, chegamos depois de cinco horas. Procuramos uma matinha bonita no monte e esperamos que amanhecesse. Fui, finalmente, ver o tal Anselmo. Qual o quê, só pela aparência me dei conta com quem estava; que dirá das conclusões depois da conversa. De 100 coisas, disse 90 mentiras. Enfim, o importante é que não nos denunciasse.

Disse que não sabia que íamos chegar. Que não reconheceu o Chele Jaime na canoa, o que era verdade. Que ali em El Cumbo não havia ninguém a quem recrutar, que esse era um lugar ruim, em que só havia informantes, que as pessoas eram ignorantes, que os juízes eram uns diabos e que ele teria de voltar para El Cuá no dia seguinte porque tinha uns quanto assuntos a resolver. Perguntei o nome de quem estava pescando com ele, e respondeu que era Ladislao Calderón. Disse a ele que agora que ele ia para esse lado, porque não tocava no assunto com ele. Ficou pensando e disse que falaria com ele um dia desses e que então nos avisaria do resultado.

Antes de ir embora, nos mandou uma comidinha, e lhe mandei dizer que deixasse dito a sua amante que nos desse o que comer, mesmo que fosse de vez em quando. O tipo se foi. Nós começamos as clássicas marchas noturnas como formiguinhas, descendo ao Cuá e subindo ao Cumbo todo o carregamento que havíamos escondido quando entrei com Rubén e os irmãos Guido Ochoa.

Nem me lembro quantas viagens fizemos. *Embuzonamos*, e para poder comer mandávamos Francisco, que é um rapazinho que não desperta suspeitas, a fazer compras cada vez que descíamos a Cuá, na loja de um senhor, de sobrenome Granados, que tem um armazém maior que qualquer estabelecimento comercial de Manágua. Além disso, tem um caminhão e um jipe. Importantíssimo. Se pudéssemos recrutá-lo! Acabariam nosso sofrimento e nossa fome.

Otoniel e Francisco vão se desenvolvendo idealmente. Definitivamente foi uma boa aquisição. Os dois se orientam. Exímios na montanha. Vivos, disciplinados. Francisco, com sua aparência de jovem camponês, é quase uma arma secreta. Bem treinado, é capaz de realizar missões sem suspeitas, que nenhum dos que estamos ali poderíamos fazer. Entende? O garoto é um tesouro. E por último, tinha senso de humor.

Toda uma terça parte desse mês de maio passamos *embuzonando* e fazendo reconhecimento do terreno. Explorando em dupla. Jaime e eu, Otoniel e eu, Jaime e Francisco, Otoniel e Francisco. Nunca Otoniel e Jaime, porque começo a perceber que Otoniel vai longe. Tenho a suspeita que vai ser bom em tudo. Já começo a cuidar dele e Jaime percebe isso e colabora comigo. Francisco não é que não seja bom, mas é muito jovenzinho.

Continuamos o reconhecimento de área e escolhemos o lugar mais seguro para o acampamento ali em El Cumbo, Kilambe está à margem, e nós, e eu o vendo, como dizendo-lhe: espera um pouquinho que já chegamos. O inverno chegou com elegância. Chove diariamente. O frio é parecido ao de Canta Gallo, e o Kilambé já não pode ser visto porque se esconde atrás de uma neblina permanente. Minha ilusão e minha missão é usar o Kilambé como centro de operações, para dirigir as explorações até a BPU. Ocupá-lo como centro de treinamento para os novos e mandá-los para Modesto já treinados. Lembram que ao fim e ao cabo, as *góndolas* que eventualmente poderiam sair para onde está Modesto poderiam se encontrar no caminho com a GN.

Em finais de maio entra uma nova *góndola* que havíamos estabelecido com a cidade. Rufino e outro companheiro que não lembro descem para recebê-la em Cuá. Acontece que ocorre um desastre. À meia noite, quando estão descendo do veículo, os três companheiros que vinham com suas respectivas cargas, alguns fuzis e munições, passa um veículo justamente no momento exato. Arma-se um nervosismo coletivo tanto dos que estão entrando como dos que estão recebendo, o motorista que os havia levado e sei lá o quê. O veículo que passa, quando vê os movimentos estranhos se detém mais adiante, e os companheiros no escuro o que fizeram foi meter a carga a 30 metros da rodovia, em um pasto, que como já era inverno estava crescidinho. No alvoroço e no escuro, dois dos novos, no traslado da carga e no relaxo, se perdem. Separam-se durante o descarregamento louco e não podem reconcentrar-se todos juntos. Conclusão, dois dos novos ficam aí desorientados e são capturados pela GN em La Pita del Carmen. Nunca soube como se chamavam.

No dia seguinte, de manhã bem cedo, me aparece Rufino e o outro com o novo, contando-me todo o desastre. Que a carga está ao lado da rodovia, em um potreiro, e que dois estão perdidos. O companheiro novo, é um homem alto, forte, robusto, de uns 30 ou 35 anos. O mais velho e mais forte do grupo. Um matagalpino, velho colaborador urbano da FSLN que passou nesse dia à clandestinidade da montanha. Seu nome próprio é Otoniel Aráuz. Coloquei-lhe o codinome de Franklin ou El Pinto, pois entrou com uniforme militar de camuflagem, que é uma peça única de calça e camisa. Tem a aparência clássica de um guerrilheiro. Até parece que o chefe é ele e não eu.

Apresento a Franklin os demais companheiros, depois de ouvida a tragicomédia que nos aconteceu, falando todos ao mesmo tempo. Quando apresento Otoniel a Franklin, este se pôs a rir. Me chamou a atenção! Deixamos o novo descansando, esperamos a noite e descemos para buscar a carga. Conseguimos encontrá-la e o máximo que conseguimos, pois era em grande quantidade, foi levá-la àquele acampamentinho em que havíamos estado antes de subir ao Cumbo e colocá-la em um lugar mais seguro. Quero te ver depois. As pobres formigas em coluna noturna, naqueles lodaçais malditos de atalhos descendo e subindo do Cuá ao Cumbo e do Cumbo ao Cuá, até subir a última gota de carga. Ao revisá-la, Franklin diz: "Ei, ei! Não vejo o saco de armas". O quê, eu pergunto. "Sim, o saco das armas". Vinham armas? "Sim, vinham; eu as vi". Coloquei as mãos na cabeça, derrotado e pensei, eu devia ter ido até lá nesse dia. Perdemos as armas e dois homens.

Bom, o certo é que a carga foi enterrada. Para variar, começa o treinamento. Os alunos são Otoniel, Francisco e Franklin, o novo. Os instrutores, Chele e eu. O sentinela permanente, Rufino. Franklin levou correspondência de Bayardo, que havia sido estabelecida mensalmente, a menos que acontecesse algo extraordinário.

Terminado o treinamento, escrevo a Bayardo por meio de Jaime, informando-lhe do trabalho até aquele dia. Contando-lhe o percalço da *góndola* e dizendo que já começamos a explorar os primeiros sopés do Kilambé. Que todos parecem promissores, que acredito que estamos nos saindo bem. Que espero mais homens e armas e, por favor, dinheiro, muito dinheiro, pois estamos nos mantendo fazendo compras nas vendas vizinhas e não vizinhas. Pergunto-lhe como vão Charralito e a GPA. Claro que lhe mando data em que deve me mandar Jaime de volta. O grupo vai crescendo e eu fico ansioso por sua segurança e por avançar. Fico com Chele, que quando subam nos procurem no ponto tal que ele e Justo haviam explorado. Já é no Kilambé. Dou também um *buzon* morto, para o caso de que nos aconteça um imprevisto e tenhamos que mudar do ponto estabelecido e depois Chele pode não nos encontrar em semelhante maciço montanhoso.

Estou cuidando disso, quando ao lado da sentinela ouço uns gritos, que me parecem que tem a ver com a virgem ou com algum santo. Franklin, está de sentinela nesse momento. El Pinto, como te digo que chamávamos de Franklin, por causa do frio, sempre põe uma toalha enrolada na cabeça, que eu o critico a todo instante, e insisto sempre que isso prejudica sua audição, pois também tapa seus ouvidos. É uma toalha amarela e em cima usa um chapéu tipo Robin Hood, que tinha um buraco que foi feito quando uma vez o pôs a secar no fogão, mas ele fez um arranjo com um remendo na parte de cima. Anda, pois, com seu uniforme de camuflagem como tigre, de uma só peça, barbudo e grandote. Ele é um espetáculo. E eu de sacanagem lhe dizia: veja Pinto, quando as pessoas perguntarem quem é o responsável, vou dizer que é você, porque você é bonito, tem boa aparência, e eu estou todo estropiado e ninguém vai acreditar em mim.

A verdade é que Franklin está de vigia, assim como descrevo para você, quando escuto os gritos da virgem. Jogo rápido o que tenho nas mãos, pego minha carabina e saio rapidamente para a sentinela e vejo que Franklin tem um camponês preso juntamente com duas crianças. O camponês pensou que o diabo havia lhe aparecido, pois Franklin, que estava escondido e camuflado detrás de uma árvore o viu de longe e quando o camponês estava cerca de uns três metros, Franklin pulou, o homenzarrão, e gritou: "Pare aí, porra!". O camponês, morto de susto, nessas montanhas solitárias, onde não acontece nada, a única coisa que conseguiu dizer foi: "Virgem Santíssima! Ajuda-me mãe do Senhor!" O camponês se desvanece, vai desmaiar, se agarra em uma árvore e Franklin o ajuda. As crianças, agarradas na cintura e nas pernas do pai.

Depois que se acalmou, falamos com ele com suavidade e persuasão. Assim chegou nosso primeiro colaborador. Apelidei-o de Bayardo, em homenagem a Bayardo Arce, seu nome próprio é Martín Cordero. Claro que Jaime e Francisco desceram mais tranquilos sabendo que já tínhamos alguém, pois a amante de Blandón não gostava muito de nós. É a segunda semana do mês de julho.

33

> A abnegação do homem pelos demais é maior quando, tendo fome, ele renuncia a parte do que é seu para dar a um outro mais fraco; nunca a comunhão entre os homens é maior do que quando ele está fome.

Chele Jaime desce com Francisco. Nós nos dedicamos a visitar, conversar e consolidar Martín Cordero, Bayardo, que se mostrou muito bom. Miserável como o comandante Jorge, do Zapote. Com ele, exploramos um pouco o Kilambé e outras áreas ao redor da colina. Através dele, até começamos a recrutar pessoas de todo El Cumbo e em Subterráneo, onde Anselmo Blandón disse que não havia como recrutar ninguém.

Dois ou três dias após terem descido para a cidade, o restante de nós subimos a colina para esperar a *góndola*, enterrando-a, e continuar avançando na exploração leste. Subimos a colina, nos instalamos em uma de suas encostas, a cerca de 1.200 metros de altura, que foi o local estabelecido para o contato com os rapazes no retorno da cidade.

Por volta do segundo ou terceiro dia que estávamos nesse local, ouvimos ruído perto do acampamento, do lado oposto onde estava a sentinela. Como estávamos em silêncio absoluto, por volta das 11 da manhã, conseguimos ouvir o ruído antes que o ruído nos ouvisse. Justo e eu vimos que são vários camponeses civis. Eles parecem estar desarmados e estão caminhando diretamente para a cozinha do acampamento. Sinalizamos rapidamente a Franklin e Rufino, para se prepararem. Quando os camponeses, que são quatro, estão a cerca de dez metros de nós, saímos em formação de combate a toda velocidade e os capturamos. Perguntamos a eles o que estavam fazendo, e eles nos disseram que estavam atirando, ou seja, caçando, e apontaram cerca de meia dúzia de cães magros que estavam andando com eles. Os tipos carregam um fuzil calibre 22, uma escopeta velha de um tiro, idêntica àquela com que subi à BPU, em julho de 1974.

Começamos a perguntar seus nomes. De onde eram e a que se dedicavam. Quantidade de terras e de filhos que tinha cada um e todo o básico que se pergunta nesses casos. Já estamos conversando amigavelmente na cozinha do acampamento. E já se recuperam do susto e estão um pouco mais tranquilos. São todos de um vale que está ao pé do maciço, pelo lado sudeste, chamado o Vale dos Condega. Como são quatro, e evidentemente, eles perceberam por nossas indumentárias e barbas que somos guerrilheiros, e confirmamos, e começamos a explicar-lhes a causa e os fins da luta da FSLN por cerca de duas horas.

Ao final, eles disseram que nos ajudariam. Que concordavam conosco. Que se nós precisávamos de algo. Respondemos que sim, porque quase não tínhamos comida. Estávamos comendo uma pequena ração uma vez por dia, vez que havíamos nos distanciado de nossa incipiente base de colaboração, que era Bayardo e outro que recrutamos através dele, antes de adentrar-nos no Kilambé.

Os tipos foram embora e ficou acertado que um deles voltaria no dia seguinte com feijão, milho e tortilhas. Cerca de duas horas depois que eles se foram, aparece Chele Jaime, sem carga, com Francisco e um novo, com bastante dinheiro, correspondência de Bayardo, dizendo-me que estava inteirado de tudo e insistia em que evitasse o combate. Se bem me lembro, ele me informava que havia sido emboscado pelo inimigo na estrada de Sobaco a

Matagalpa. Foi um tiroteio horrível, ele nem sabe como conseguiu sair vivo, e que na retirada eles tinham capturado Mónica, que estava no carro com ele. Mónica, coitadinha, eles vão torturá-la e violentá-la, que horrível, eu penso. Imagino que lhe espancam, que maltratam minha irmãzinha de alma. Mónica me inspira ternura. Ela é corajosa e clandestina, na universidade, adormecida, chupava o dedo. Ela é como uma garotinha dormindo ao lado de sua submetralhadora.

O novo é um rapaz alto, magro e branquinho, com bigodes. Olhos castanhos claros. Estudante do terceiro ano de medicina na Unan, em León. Ele chegou destroçado, para não dizer morto. Subir de Cuá até Kilambé em apenas dois ou três dias é suficiente para matar qualquer ser urbano que entre na montanha. Seu nome, José Mendieta, seu codinome, Carmelo. O frio e a chuva são uns filhos da puta, que nunca nos deixam em paz. Jamais conseguimos que nos desse trégua. Decidimos, por medida de segurança, mudar-nos imediatamente de acampamento. Apagamos as marcas do acampamento, e fomos marchando com todas as medidas de segurança, para uns dois quilômetros mais adiante. Ali acampamos novamente.

No dia seguinte, Chele e eu fomos buscar o feijão, o milho e as tortilhas que os capturados haviam ficado de colocar em um ponto próximo do acampamento em que os capturamos. Chele e eu vamos atentos. Bala engatilhada, dedo no disparador e caminhando escalonadamente com técnica de observação e escuta. Tudo normal, avançando; tudo normal e continuando a avançar. Quando nos demos conta, estamos a 40 metros do acampamento apagado. Abrigamo-nos. Ficamos um bom tempo observando-o, ouvindo para ver o que se ouve. Não se vê nem se ouve nada. Saímos do abrigo, entramos ao acampamento e vamos de costas quando vemos que onde era a cozinha está tudo revolvido, como se houvessem escarafunchado onde enterramos os tições e as cinzas para não deixar marcas. O lixo está desenterrado, há sacos plásticos para fora, caixas de leite vazias e não sei quantas coisas mais.

Senti a intensidade da descarga de adrenalina. A primeira coisa que pensamos foi, caímos em uma emboscada. Estão nos esperando! Chele e eu nos abrigamos imediatamente, um em cada flanco. Estou com a granada na mão. Ficamos abrigados, esperando que eles abrissem fogo, pois nós não conseguimos vê-los. Eu pensava: esses bastardos nos mandaram a guarda. Porra! Mas não disparam. Chele e eu, ficamos olhando surpresos, não entendíamos porque não atiravam. Voltamos a olhar-nos, encolhemos de ombros, e fiz sinal, para que nos fôssemos.

Saindo, retirando, pouco a pouco, com a mesma técnica com que havíamos entrado. Saímos do perímetro do acampamento. Claro que não havia nem feijão, nem milho, nem tortilha, nem merda nenhuma. Voltamos ao acampamento onde havíamos deixado os rapazes, apagando as marcas com as pontas dos dedos cobertos de arte. Chegamos ao acampamento sem nada e com a história.

Podiam ser duas possibilidades. A pior: que os capturados nos denunciaram à guarda. Que a guarda chegou ao acampamento, que viu pelas pegadas que tínhamos acabado de sair, e teve medo de seguir a pista com temor de cair em uma emboscada. Nós nos empenhamos em que os capturados vissem que tínhamos armas mais ou menos modernas, granadas suficientes para combater por um bom tempo. A segunda possibilidade é que os capturados tenham chegado para deixar a encomenda, não encontraram ninguém, por isso não a deixaram e por curiosidade tenham começado a escarafunchar para ver o que tínhamos enterrado com brasas.

Deixamos Carmelo descansar dois dias. Começamos a dar-lhe uma formação de três dias, porque o tipo teve uma febre de paludismo que até tremia de frio e fervia de tão quente. As pessoas estão com fome. Repito. Temos fome e não apetite, porque como disse René Vivas, uma coisa é ter apetite e outra é ter fome. A fome é a necessidade mais vital do homem. Não é a moradia, o teto. Não é a saúde ou a educação a primeira necessidade, mas é saciar a fome; é a comida, a alimentação; não é sequer o sexo. O instinto mais primitivo do homem é comer. Eu te juro que quando andávamos tontos de fome, inflamados por causa da avitaminose, podiam me colocar Raquel Welch em seus melhores tempos junto a um pedacinho de carne podre, e eu não teria me atirado sobre a carne fresca de Raquel Welch, mas sobre o pedaço podre de carne.

A fome é solidão material; a fome é um mal-estar incômodo; a fome é algo irritante e triste; a fome é um sentimento de impotência não apenas frente a vida, mas frente a tua própria matéria corporal; a fome às vezes te dá sentimentos de incapacidade sobre teu próprio corpo físico. Nunca o homem perde mais sua racionalidade e seu bom senso do que quando tem fome, porque então o que reage é sua massa viva de carne e ossos, são suas células famintas exigindo, como a planta exige o sol ou as raízes das árvores à terra. Nunca se é mais vegetal, nunca se é mais animal do que quando está faminto. Você é capaz de chorar, é capaz de gritar, de chutar, de emudecer e de lutar, de atacar e matar um homem, atordoado por aquele concerto de répteis que mordem seu estômago, pelos sons que martelam seus ouvidos.

É por isso que nunca se é mais humano do que quando se tem fome. Embora tudo que é primitivo venha à tona, é também nesse momento que afloram os valores mais supremos em alguns homens: a nobreza, o amor, a solidariedade humana. A abnegação do homem pelos demais é maior quando, tendo fome, ele renuncia a parte do que é seu para dar a um outro mais fraco; nunca a comunhão entre os homens é maior do que quando ele está fome.

Às cinco e quinze da tarde, decidi que poderiam pendurar redes, colocar barracas, trocar nossas roupas molhadas por secas, desembalar o rádio de nossas mochilas para ouvir o programa de notícias El Pensamiento ou Cinco en Punto, da antiga Radio Corporación, ir buscar lenha para fazer fogo e secar a roupa. É tarde. Havia algo estranho no ambiente. Era cerca de cinco e quinze. Havia algo de estranho nos companheiros. Eles estavam me olhando. Não era um olhar de reprovação, mas havia um silêncio incomum. Não me olhavam recriminando-me, mas havia algo em seus olhares e eu creio que até no meu olhar. Ninguém se aproximou para saber o que diziam as notícias, nem que falasse de política, e nem eles vieram me contar por enésima vez histórias pessoais já contadas. Em seus olhos e em seus gestos havia uma espécie de protesto, de inconformismo. Eu estava tentando decifrar interiormente a situação quando de repente ouvimos algo. Todos ao uníssono fizemos gestos violentos, movidos por uma força telúrica, mas que não vinha da terra nem do cérebro, mas de lugares desconhecidos do corpo humano. Alguém disse: "Macacos! São macacos!" Outros disseram, dissemos: "Macacos! Sim, são macacos!" Imediatamente após os gestos de concordância e das rápidas exclamações, houve silêncio.

 Os companheiros me olhavam com olhos que eu não havia entendido antes. Entendi que o olhar de meus irmãos era de resignação não aceita. Havia fome, e eu tinha que tomar uma decisão. A decisão foi sobretudo de segurança, porque tínhamos que atirar, e isso podia denunciar nossa posição. Tomei uma pequena carabina de 22, que tinha apenas cinco tiros e que, ao disparar, quase não fazia ruído. Fomos em busca da manada de macacos. Eles corriam vertiginosamente, de galho em galho, saltando a grande velocidade, fugindo de nós enquanto corríamos e caminhávamos caindo, apenas olhando para cima, para que não os perdêssemos. De vez em quando rolávamos em um terreno acidentado e não nos doía. Quem se importa em olhar o chão, os cipós, o espinheiro, as valas, os barrancos ou se estatelar quando se trata de comer para sentir algo no estômago? Os malditos macacos estavam ganhando na corrida. Eles corriam mais rápido do que nós, de copa em copa, de galho em galho, de árvore em árvore. Éramos maiores, e fazendo esforços enormes, não conseguíamos alcançá-los. Os macacos escapavam, gritando, como se debochassem de nossa incapacidade de alcançá-los, como nos desafiando a que lhes alcançassem, ou sabendo o que aconteceria com eles se nós os alcançássemos. A verdade é que um macaco, apenas um, foi ficando. Apenas um. O que ia mais atrás. Imagino que estava nervoso, ou que era mais lento, ou ia mais cansado do que os demais, que sei eu. A verdade é que ficou atrás e lhe alcançamos. Que alegria a nossa! Já era, Marcelino! Dizíamos por dentro. Hoje vamos ter um banquete. Não te escapas nem que se transforme num bruxo!

Já o havíamos cercado. O macaco ficou esgotado lá em cima, em uma árvore imensa, escondido entre a folhagem. Já era tarde, quase escuro; cinco minutos mais e não poderíamos afinar os órgãos de pontaria para matá-lo. Às vezes, desaparecia entre os galhos e a pouca luz. Todos nos juntamos para localizá-lo bem e que nos desse possibilidade de atirar e derrubá-lo. Até um momentinho em que conseguimos vê-lo em um galho isolado, recortado pela luz que ainda permanecia no céu. E quando consigo vê-lo no claro, me digo: Merda! Não pode ser! Eu já estava eu me colocando em posição de tiro, de pé, quando vejo que não é um macaco e sim uma macaca carregando um macaquinho recém--nascido. Isso de repente me perturbou, me deprimiu, porque os macacos se parecem com gente. Se um animal com sua cria, seja pássaro, serpentes, galinhas, vaca ou tigre provoca ternura, agora imagine uma macaca com um macaquinho carregado nos braços, como se fosse uma mãe com seu filhinho. Os macacos são idênticos a nós. Fazem caretas, se limpam, riem, caminham como a gente, urinam, comem como a gente, têm até certa inteligência, como o homem.

Matar um macaco e pelá-lo era desagradável, porque sem a cabeça, sem as mãos e os pés pelados, se parecem com uma criança; é como se se comesse um bebezinho. Para arrematar, nesse instante justamente me sai uma macaca com seu macaquinho. Então, veja, eu vacilo quando estou me preparando para disparar. Além disso, estava proibido matar macacas, só podia macacos, pois matar macacas era matar a reserva reprodutora de nossa eventual fonte de alimentação, que se tornou cada vez mais frequente. Hesito, volto a olhar os companheiros. Percebo que eles já sabem que é uma macaca com seu macaquinho. Percebo que eles já se deram conta que eu estou vacilando, de que eles também tomaram uma decisão. Olhavam-me como se dissesse: Não vacile! Atire! É ela ou nós! Lamentamos, mas atire! Ninguém falou. Foram segundos. Pan! Fiz o primeiro disparo. Ouvi como se fosse de um fuzil Garand. Deve ter sido por meu sentimento de culpa, como de crime, e a macaca lançou um grito estridente. Acertei-lhe, mas não caiu e ficou me olhando com uma cara de angústia que nunca poderei esquecer.

 A macaca me fazia gestos com a mão como se fizesse sinais para que eu não a matasse, que estava com seu macaquinho, que não a matasse, e me gritava como para que eu entendesse, que não atirasse nela. Eu hesito, mas não veem que estou vacilando. Já havia disparado uma vez e não podia voltar atrás. Pam! Volto a disparar. Acerto de novo e ela grita e grita e gesticula e me olha com seus olhos desorbitados, incrédula, ferida em dois lugares, caindo, agarrada com a mão e o rabo em um galho para não cair; agarrando seu macaquinho com a outra mão que ele não caísse. Eu me sinto um animal, louco e absurdo nesse momento, como metido em uma força centrífuga. Volto a disparar já cego não sei por quê. Acerto novamente, já grita pouco, está para cair, talvez chore mais do que grita, mais se queixa da dor, ferida, sempre agarrada a seu macaquinho e Pan! Faço o último disparo, já sem refletir, porque não queria ou porque não me deu tempo, são segundos, entende? A macaca desaba de uma vez, com tudo e com o macaquinho, com grande velocidade, o estrépito de seu peso no vazio, vem batendo contra os galhos até dar um tremendo baque no chão.

Eu baixei o fuzil, como cansado. Fui com os companheiros recolhê-la. A macaca estava nos estertores da morte, agonizando e sangrando. O macaquinho havia caído a uns dois metros da mãe. O macaquinho estava atordoado, mas vivo, consciente e tentava se arrastar todo machucado até onde estava a macaca. Perturbou-me ver o macaquinho se arrastando cheio de dor, queixando-se com seus olhinhos tristes, chorando, gemendo cada vez que fazia a vã tentativa de levantar-se quebrado, para buscar sua mamãe. Ficava vendo como inocente. Não suportei e imediatamente a bala que restava atirei na testa do macaquinho, que morreu instantaneamente. Depois recolhemos a macaca e fomos embora já no escuro, todos em silêncio, ao acampamento.

Havíamos nos afastado quase um quilômetro. Durante o trajeto, ninguém abriu a boca, como se todos tivéssemos clareza do que havia ocorrido. Não tínhamos alternativa, nem saída, como se cada um viesse sozinho justificando o ocorrido. Chegamos ao acampamento onde havia ficado um companheiro preparando as condições porque com certeza chegaríamos com um macaco. O companheiro nos recebeu feliz. Viu que um de nós trazia o animal carregando nas costas, mas ele, é claro estava inocente de tudo o que havia acontecido. Estava isento de culpa, de responsabilidade, imaginava o que tinha acontecido. O companheiro já tinha tudo pronto: a lenha, a água, a panela, o sal, apenas faltava acender o fogo.

O companheiro que vinha carregando a macaca atirou-a ao chão como um traste velho. O companheiro cozinheiro imediatamente se dispôs a pelá-la e exclamou: "É macaca!" Ninguém lhe respondeu. Cada qual foi para sua barraca. O cozinheiro continuou carneando. Ao contrário de outras ocasiões, ninguém ficou em volta nem ajudou o cozinheiro, como se fosse melhor pensar que comeria a carne, em abstrato, do que participar da pelada e do ritual costumeiro nesses casos. Você pode interpretar isso como uma idiotice nossa, mas aconteceu assim.

    Por volta de duas horas e meio se ouviu o grito: "O jantar, companheiros"! Coloquei minhas botas, peguei minha M-1 e fui pegar minha porção de sopa. Voltei à rede. Os outros companheiros comeram juntos ao redor do fogo. Tomei minha sopa sem pensar muito, com música de fundo da Radio Habana Cuba. Depois de comer, voltei para deixar minha panela na cozinha. Os companheiros estavam conversando, mas sem muito entusiasmo. Fiquei com eles uns instantes, falando de coisas que não lembro, e o ambiente ou eu continuava mal. Voltei à minha rede dizendo que já era tarde.

    De repente me estremeço frente a macaca e disparo e acerto o primeiro tiro. Vejo que é Claudia que grita, AAAI! Omar, magrelo, por queres me matar? Que acontece contigo? Volto a olhar entre os galhos da árvore, e vejo que está com a menina. Que está acontecendo?, me pergunta chorando, assustada. Por que quer me matar? E quando vejo que é Claudia que está lá em cima, encarapitada em um galho da árvore com minha filha, e que lhe atingi, eu lhe digo: Que está fazendo aí? Que loucura é essa? Pam! Volto a disparar e volto a feri-la. Que acontece contigo, Omar? Estás louco, estás louco, estás louco? Não, respondo. Que fazem aí? Pam! Volto a disparar. Digo a ela, desça. Mas o que você está fazendo aí com a menina? Desça, amor. Estás louca? Desça daí. Era Claudia. Igualzinha. Era ela com minha filha. E ela me responde: Não, porque você quer me matar, a mim e à menina. Agarra-se à árvore e agarra a menina. Não... não... não... não quero te matar, amorzinho lindo, desça daí. Volto a disparar, sem controle de mim, e ela chorando, e escuto que a menina chora e se agarra a Claudia, horrorizada. Então ela me diz, solta o fuzil, solta o fuzil, mas Claudia já está ferida e sangrando agarrada à menina e a menina agarrada a ela, as duas chorando. Eu choro e não entendo o que ocorre.

Agarro o fuzil pelo cano e começo a bater no tronco da árvore, até destruí-lo com fúria para que ela veja que não quero matá-la e desça. Volto a olhar para cima e ela despenca com tudo e com a menina; já não posso fazer nada porque já vêm no ar, caindo, batendo nos galhos. Salto de angústia como querendo pegá-las no ar. Corro até onde caíram e não posso correr e eu quero correr, e me angustia não poder correr rápido. Que merda é essa? Por que não posso correr rápido? Que faziam ali? Por que as matei? Consigo chegar até onde estavam e vejo Claudia quebrada, ferida, sangrando; com a mesma calça jeans, com a mesma blusa de florezinhas vermelhas, quando nos despedimos naquela tarde de dois de julho de 1974, na esquina do Sesteo, em minha cidade de León, no dia em que fui para a clandestinidade.

Ela levou quatro tiros, arrebentada e agonizando, com os olhos fechados, ofegando, com sangue na boca, e os dentes terrosos, cheia de folhas. Corro para ela e lhe digo: meu amor, não, perdoe-me, Claudia, linda, minha querida, fale comigo, não morra, eu te amo, não faça isso comigo, rainha, fale comigo. Ela não me responde. Estou atônito e vejo que ela está morrendo e eu não posso fazer nada. Vejo a menina, ela era pequena, cerca de um ano e meio de idade. Vejo que ela está quebrada, procurando Claudia com seus olhinhos. Vejo que ela se parece comigo e não me reconhece, que eu sou seu pai. Eu lhe digo: meu amor lindo, eu sou seu papai; venha aqui meu amor, venha aqui meu amor. A garota não me presta atenção, toda ferida, estilhaçada, maltratada, procurando Claudia.

Eu sei que matei Claudia, mas não posso me resignar ao fato de que a garota está machucada e sofrendo tanto. Então lhe digo:

venha meu amor, você pode caminhar, e eu quase buscando como acreditar em Deus, ou em algo, para que a menina não estivesse destroçada e gemendo de dor. Ela não dá atenção. Ela como rastejando e chorando, fazendo caretas de dor que nunca poderei esquecer. E eu lhe dizendo: filhinha vem, vem filhinha, e ela fazendo esforços. NÃO! NÃO! NÃO! Você pode caminhar meu amor, não faça isso comigo, filhinha linda; foi um equívoco, queridinha; vem amor; levanta-te querida linda, e a menina fazendo esforços para caminhar rastejando e não aguenta mais. Foi impossível, a menina não conseguiu. Fiquei olhando a pequena, levei a mão na cartucheira da pistola, retiro minha Browning, aponto para sua cabeça e dou um grito: Nãããão!

Sinto que estão me sacudindo. Um companheiro me diz: Que está acontecendo, que está acontecendo, chefe? Que está acontecendo, que está acontecendo! Despertei. Nunca lhe disse o que ocorrera. Estava banhado de suor, envolto em minha coberta fedorenta, estendido na rede, destruído, mas feliz, porque tudo era mentira.

34

> Vamos em direção ao Cumbo. Em silêncio. Eu vou enfurecido e com uma vontade de combater que não aguento. Meus primeiros dois mortos da Bacho.

Pela manhã desse 25 de julho, amanheço preocupado por nossa situação. Já passaram vários dias do incidente dos capturados e da ida e regresso do acampamento revirado. Passaram os três dias de treinamento. Estou com a dúvida do que foi que ocorreu. Se foi a guarda? Puta! Por que não vieram atrás de nós, se sabem perfeitamente que somos apenas uns quantos e podem nos ferrar com relativa facilidade? A guarda nunca chega, nem nada no acampamento que estamos, que repito, está apenas a dois quilômetros do anterior. Será então que os capturados chegaram para cumprir com sua palavra e voltaram porque não nos encontraram? Então estamos perdendo tempo aqui em vez de procurar e recrutar a fundo esses eventuais colaboradores? É preciso sanar as dúvidas imediatamente. A primeira coisa a fazer é confirmar se a guarda está ali ou não, nos arredores do pé da colina, do lado em que nós estamos e do lado do Valle de los Condega.

Franklin não se orienta, tem aparência de urbano e é forte. Carmelo, com febre, estendido na rede. Tomo a seguinte decisão: mandar duas explorações simultâneas. A primeira, Chele e Otoniel, que vão explorar mais em direção ao leste. Vão com cuidado pelo atalho e voltarão pela montanha. Objetivo: ver se podem observar movimento do inimigo, explorar em direção a BPU, pois se o inimigo nos detecta, penso que iremos recuando até o leste, para que não ataquem nossas bases de colaboração que ficaram para trás. Recuarmos em direção ao leste, mesmo que não tenhamos colaboração, em todo caso a faremos no caminho, como já havíamos feito em outras ocasiões.

Estou angustiado por Modesto, sobretudo porque no mês de maio ou junho ouvi um piripipipí, onde a GN anunciava a captura de Roberto Calderón, que era da BPU. Já haviam caído Matus, Real Espinales, Carlos Agüero, Pedrito, além da história tétrica de Rubén. Tudo o que atrasa o caminho até o leste me angustia. Por isso tomo essa decisão de mandar essa exploração e dou a eles dois dias para fazer isso. Não insisto em medidas de segurança, porque os dois já são raposas.

A segunda exploração é Francisco, espertíssimo para se orientar, inteligente, não levanta suspeitas, e Rufino, que é bom, mas tem pouco senso de orientação. Missão: ir pela montanha e observar de longe as casas do Valle de los Condega, observar se há GN, e conforme for, ou seja, se há ou não guardas, que tratem de observar os movimentos dos moradores do vale. Que se virem algum dos capturados, que vão a suas casas com discrição, que perguntem a eles o que aconteceu com a encomenda. Que os proíbo terminantemente de entrarem juntos em alguma casa. Que se fizerem contato com alguns dos capturados, que apenas um entre na casa e o outro fique do lado de fora. Que têm um dia para a missão de observação. Que devem voltar sem falta pela tarde.

As duas explorações saíram às oito da manhã, depois de comermos o restinho que sobrava de sopa da famosa macaca. Nesse dia acabou minha última reserva de cigarros. Começou a ficar tarde e Francisco e Rufino não chegavam. Estou nervoso. Está escurecendo. Não chegam. Estou aflito. Eles são disciplinados.

E se os matarem? Eu sou o único responsável! Ou não sou o responsável?

Eu me lembro quando Polo Rivas, um companheiro sério, estudante de medicina, clandestino, me levou a uma casa de segurança, em Manágua, onde eu estava com Igor Ubeda, também clandestino, depois que Tita Valle e Emmet Lang justiçaram em León um tenente que tentou capturá-los em abril de 1971. E quando Polo chega à casa, ofegante, me diz para irmos rápido, que vou participar no assalto à sucursal de um banco. Eu não sabia nada disso.

Igor e eu passávamos o dia todo praticando luta livre no chão. Nessa tarde, quando terminamos todos sujos e suados da prática, eu vou entrar no banho e então o puto do Igor, que era mais forte do que eu, por sacanagem me agarra quando eu vou entrar, e vai tomar banho primeiro e sai bem arrumado. É nesse instante que entra Polo dizendo-me que vamos para o assalto, e Igor vem saindo do banho. Quando Polo repara que eu estou sujo e suado e vê chegar Igor limpo e bem-vestido diz: "Não percamos tempo, melhor vem você, que está apresentável", e se foram. Mais tarde, chega Polo ou Emmet, ofegante, para me tirar da casa, me dizendo que haviam matado Igor e que era preciso mudar de casa. Igor morreu na posição que eu ia ficar.

Talvez tenha me lembrado disso porque no dia seguinte que Francisco e Rufino não chegaram, suspeitei que estavam mortos. Seriam os primeiros mortos, estando juntos comigo na mesma esquadra, que o inimigo teria me infligido. Não sabia se eu era ou não responsável por sua eventual morte. Assim passou o dia todo. Pensei que Polo não era responsável pela morte de Igor. Que estávamos em guerra. Que na guerra se mata e se morre. Que existem mil circunstâncias e até a má sorte. Cheguei à conclusão de que se eles estavam mortos eu não era responsável por suas mortes, que eu não os matei, que, em todo caso, foi o inimigo.

Pensava tudo isso talvez porque eu não queria que os tivessem matado. A morte deles era para mim até uma derrota pessoal, que eu não queria aceitar e que ainda tinha esperanças de que não estivessem mortos, que toda essa elucubração fosse parte de minha angústia. Só falta agora que não venham Chele e Otoniel e eu me suicido. Mas chegaram!

Chegaram à tarde, suados e cansados, contando toda sua história. Não haviam se encontrado com a guarda, mas com os *juízes de mesta*, que trocaram tiros com eles. Que eles escaparam, que os juízes seguiram em direção ao leste e que haviam conseguido explorar o suficiente. Perfeito! E lhes cumprimentei. "E os rapazes?" Perguntou Justo. Não voltaram, lhe respondi. Otoniel tirou o boné e arremessou no chão. Jaime levou as mãos à cabeça. Eu apenas disse, tenhamos calma.

Otoniel e Jaime voltaram aí pelas três da tarde. Momentos depois, Chamo Chele à parte. Pergunto a ele, como você se sente? "O que você quer?" me responde. Uma missão difícil e já! Coloca seu boné e franze o cenho e me diz: "Manda ver!"

É o homem mais experiente que eu tenho. Explico-lhe a missão. Vá até El Cumbo, averigua tudo. Quero saber se há guardas aí. Quero saber se estão reprimindo os colaboradores, mas sobretudo, quero que averigue se alguém sabe se capturaram, mataram ou o que seja a duas pessoas. Me explico? Não havia comida e foi sem comer, às cinco da tarde. Tinha três dias para ir e voltar. Carmelo já está melhor. Temos planos de defesa, de retirada, tudo para qualquer emergência, assim como mecanismos alternativos para retomar o contato com Chele se tivéssemos que nos mover por alguma emergência.

Foram os três dias mais longos de 1977. Otoniel está triste, bravo, calado. Todos estamos assim. Cada um fazendo conjecturas, e a fome aumenta as conjecturas. Depois desses séculos, Jaime chegou. Chegou esgotado, agitado e sem comida. Fomos para minha barraca. Todo um círculo o ouvindo. Contou-nos, com riqueza de detalhes, tudo. Não cortei seu histrionismo porque até isso me importava.

Havia conseguido chegar até El Cumbo, trocou tiros duas vezes com os juízes que andavam como cães de caça. Não havia guardas. Não haviam reprimido nenhum colaborador. Os guardas andavam para o leste, em direção ao Kilambé. Que perdeu o relógio, que perdeu um saquinho de comida que trazia para nós. Que caiu aqui. Que caiu ali. Enfim, todas as peripécias da arriscada missão, que a cumpriu como bom revolucionário de montanha.

Que um dos colaboradores lhe perguntou que se tinham matado a dois companheiros nossos. Jaime lhe respondeu surpreso que não. Para que em todo caso o colaborador não suspeitasse e fosse se cagar de medo. Então Chele, fazendo-se de surpreso, lhe perguntou: "Por que?" Ah! Disse o colaborador, é que, veja, dia 25, no Valle de los Condega chegaram dois homens pela tarde, dizem que um deles era um rapazinho, que chegaram os dois à casa de um Dámaso Aráuz, e quando estavam ali, dentro, comendo uma coalhada com tortilha que haviam entrado para comprar, foram cercados rapidamente pelos juízes e os capturaram sem que pudessem se mover. Que os juízes os entregaram a uma patrulha da Guarda Nacional. Que os integrantes da patrulha deram a eles uma pá para que cavassem sua sepultura. Que o rapazinho se negou. Que então, um dos guardas, o chefe, atirou em sua cabeça e o matou. Que depois mataram o outro e os atiraram no buraco, que depois foi tapado.

Silêncio absoluto. Ninguém falou. O primeiro em se afastar da roda foi Otoniel. Depois um por um foi para sua barraca. Eu fiquei na minha. Momentos depois, fui até Otoniel. Falamos do que só se fala nesses casos. Eu percebo que o pessoal está reprimido e faminto. Penso um pouco. Se a guarda vai para o leste, nós iremos para oeste. Dou ordem para que preparem suas mochilas.

Que apaguem as pegadas. Fizemos tudo. Quando tudo estava pronto chamo à formação. O pessoal ficou em fila. Coloquei-me à frente e disse umas palavras em homenagem aos companheiros caídos. Disse pela primeira vez seus nomes próprios. Os companheiros caídos são: Justo Guido Ochoa, Francisco, e Alí Abarca Meléndez, Rufino. Rompaaaam fila!

Vamos rumo a El Cumbo. Em silêncio. Eu vou enfurecido e com tanta vontade de combater que não aguento. Meus primeiros dois mortos na Bacho.

35

> Merda! Merda! Eu disse. Não posso descer a essa cidade que sempre tem que acontecer uma desgraça. Já estou ficando com complexo de "ave de mau agouro".

Conseguimos chegar até El Cumbo. Descemos até o Cuá. Ali esperamos que as coisas se acalmassem lá dentro. Enquanto estávamos ali, conseguimos fazer contato com o irmão de Esperanza. Ele nos deu uma grande notícia. Havia sabido do incidente da *góndola* e da carga na ocasião da entrada de Franklin. Ele nos contou que foi rastrear a área para ver o que encontrava e encontrou um saco cheio de armas, que o escondeu. Que estava no lado do morro, a uns 20 metros da rodovia. E nos entregou. Que alívio.

Entramos em contato com Anselmo Blandón e nos contou que havia falado com Ladislao Calderón, seu companheiro de pesca. Disse-lhe que o mandasse a falar comigo, e chegou com ele. É um homem meio acomodado, amigo de Granados, o da venda e lhe perguntamos se ele poderia sondá-lo. Ele o fez. Depois fui falar com ele. E o recrutamos. O tipo aceitou colaborar, não sei se por conveniência ou por consciência, acredito que foi por uma mescla das duas coisas. Lhe demos o codinome de José e foi de uma utilidade incrível em matéria de abastecimento e informação. Ali compravam a guarda e nós, os camponeses de dentro e os de fora. Deu-nos informação valiosa. Nunca nos traiu. Eu gostava de ir fazer compras à noite, porque tinha luz elétrica e duas filhas que eu achava bonitas e me encantava só por poder vê-las. Tem gente que se satisfaz com pouco, não é?

Estando aí, não lembro bem como foi a coisa, a verdade é que chegou Yaosca com uma pessoa, que lhe chamamos Cuskawás. Ela estava como correio entre Bayardo e Rubén. Ela nos informou que Rubén tinha descido e que se havia ido com Facundo Picado até onde estava Víctor Tirado, que já não estava com a obsessão da montanha. Ela me entrega correspondência de Bayardo, em que me diz que de agora em diante ela será o correio entre ele e eu, em substituição do Chele Jaime (o Segoviano). Tenho a impressão de que é nessa mesma correspondência em que me dizia que ia fazer uma reunião com os principais quadros das regionais urbanas que estavam sob a autoridade da comissão da cidade e do campo. Que ele tinha interesse que eu participasse, pois seriam tratados amplamente os famosos problemas internos que estavam ocorrendo na FSLN, mas que a reunião tinha atrasado já nem me lembro por quê. Não me lembro se nessa correspondência ele me mandou chamar ou se eu escolhi descer e falar pessoalmente com ele sobre nossa situação, e para pressioná-lo um pouco sobre a urgência de mais dinheiro. A colaboração é pouca, e pobre. O grupo está crescendo e estamos nos mantendo com base nas compras do armazém de Granados, que está ficando muito longe.

A verdade é que eu desci com Chele Jaime, mas não antes de Cuskawás desertar, que só esteve conosco por um dia. Fiquei com a impressão de que Jaime, quando o informei que não seria mais o correio com a cidade, não esteve muito de acordo, mas optei por descer com ele, por sua experiência. Descemos para Estelí em 24 de agosto, passando por Jinotega e Matagalpa. Chegamos a "Stalingrado" ao anoitecer. Fui para a casa de Chicho González, aquele com as três lindas filhas, e Jaime, para sua respectiva casa. Lá, algo me aconteceu semelhante ao que aconteceu com René Vivas quando a companheira entrou e o viu cagando.

Eu estava com os pés moídos. Tiro as botas e as meias, que não tirava há cerca de dois meses. Sento-me no chão, sozinho, em frente a televisão, e começo a coçar os dois pés e depois coloco os dedos das mãos entre os dedos dos pés, e ficara cheirando os dedos das mãos enquanto vejo o noticiário televisivo de Manuel Espinoza. Quando o programa de televisão termina, eu me sento e vejo que atrás de mim estão as duas lindas filhas de Chicho e seu filho Ajax. Fiquei constrangido por eles terem me visto, observado atentamente o que eu estava fazendo, sobretudo porque ao vê-las, meio que sorriram e alguém disse: "Parecia um macaquinho". Para me consolar, eu disse a mim mesmo, isso acontece nas melhores famílias.

Depois de um tempo, Bayardo apareceu, com pressa como sempre, e me disse: "Cagada!, a guarda acaba de emboscar agorinha um veículo na entrada de Estelí com três compas de Honduras. Um deles é Juan de Dios Muñoz, o outro Raúl González, e o outro eu acho que é José Benito Escobar, e há dois mortos. Então você vai para a casa do sapateiro, isto aqui vai foder e vamos tentar sair para Manágua enquanto ainda podemos. Ali nos reunimos com Federico, conversamos e tudo mais".

Merda! Merda!, eu disse. Não posso vir a esta cidade que sempre tem que acontecer alguma desgraça. Eu já estava ficando com complexo de "ave de mau agouro". Enfim, José Benito, que era membro da Direção Nacional e estava no exterior, felizmente não veio, mas caiu um valoroso colaborador e um dos homens monumentais da mística da FSLN, Juan de Dios Muñoz, o trabalhador de León que estava clandestino há vários anos e que tinha conquistado o afeto de todos por sua ilimitada fraternidade, humildade e firmeza.

Efetivamente, a repressão e a vigilância começaram. Mudei-me para a casa de Denis, o sapateiro valente, onde conheci Christian e soube da queda de Gato, que vivia perto da pensão

Juárez. Na pequena cama estava Julio Ramos. Ele está sendo realocado após ter sido clandestino por algum tempo em uma zona rural do departamento de León. Ele está indo para a GPA. A GPA é outra vez a GPA.

Sob a direção de Charralito, o trabalho foi reconstruído com sucesso. O trabalho se ampliou e se consolidou, e inclusive já está até operando com uma pequena esquadrinha que incluía Mauricio Valenzuela e Rigoberto, um camponês que era conhecido como El Sordo 15. O projeto havia funcionado. Julio chegou no início de setembro, junto com Emiliano, o careca Postran, para reforçar a GPA.

Bayardo e eu descemos para Manágua no final do mês de agosto. Lembro-me que fui levado de olhos bem vendados para a casa de segurança, o que a essa altura campeonato, no meu caso, me pareceu um exagero em relação a um quadro como eu, que pelo menos me considerava ter um pouco de firmeza revolucionária; sobretudo que eu pensava que quando chegasse a hora de uma derrota total no norte e eu tivesse que descer para Manágua, eu não teria nem mesmo uma casa conhecida para ir. Nunca reclamei de nada porque respeitava as medidas de segurança dos clandestinos urbanos, mas, no fundo, me dava um certo desconforto.

36

> Não havia dúvida, era ele. Meu irmão
> Emir Cabezas Lacayo. Esse era o
> delinquente não identificado.

Federico chegou e nos reunimos os três. Na casa estava Salvador Muñoz, o da BPU. Desde o momento em que o vi, me deu uma sensação ruim. O que ele estava fazendo lá? Por que ele não estava lá em cima? Ali estavam a companheira Cecilia Toruño e Gustavo Moreno, que era quem dava cobertura à casa.

Na reunião com os dois, lhes dei um informe pormenorizado do andamento dos trabalhos, das explorações da nova base de operações em Kilambé, da incipiente base de colaboradores, das circunstâncias da morte dos companheiros, da minhas articulações com Isauro (Christian), que a essa altura, em uma ocasião, já havia enviado Chele Jaime ao *buzón* morto para trazer os primeiros informes de seu trabalho, e Isauro também havia chegado ao Cuá para dar informações e para que eu lhe passasse novas instruções. Que a César Augusto Salinas, tinha estendido sua colaboração até La Rica, que já tinha mais companheiros e que o homem e a esquadra estavam indo de vento em popa. Comecei a persuadi-los da necessidade vital e urgente de que nos dessem mais dinheiro. Que se Claudia estivesse lá, em Manágua, eu queria vê-la, mesmo que fosse 24 horas, como da última vez.

Transcorrida a reunião, Bayardo se reuniu com Federico e deixou a casa. Fiquei lá, esperando o dinheiro, porque me disseram para aguentar por alguns dias, que estavam preparando uma operação para me conseguir o dinheiro, porque não havia o suficiente. Fiquei lá esperando e aproveitei a oportunidade para perguntar a Salvador sobre como estava indo a BPU, os companheiros, Modesto, a situação militar, nossas forças e a do inimigo.

Salvador começou a falar sobre o assunto com muitas reservas e com parcimônia. Mas pelo que ele me disse, percebi que a BPU, após a morte de Carlos Agüero, havia ficado bem fodida. Tive a sensação assustadora de que a BPU estava caminhando para a extinção por meio de uma imolação consciente.

Passei dois ou três dias esperando pelo dinheiro. Enfiado em um quarto, lendo livros e jornais que eu nunca tinha a oportunidade de ler. Uma tarde, chega o *La Prensa*, eles me passam. Estou sem camisa em uma cama, com os pés apoiados na parede, e Salvador está deitado em outra cama no mesmo quarto. Eu pego *La Prensa* e começo a lê-la com as pernas para o alto apoiadas na parede. Nada importante. Apenas uma má notícia, o que me deixou ainda mais preocupado com o destino da BPU. Na primeira página, estava uma fotografia de um guerrilheiro barbudo, morto a tiro pela GN em um combate na montanha no dia 24 de agosto. A legenda da foto diz: "Morre delinquente não identificado". Eu tentei reconhecê-lo, mas não consegui me lembrar dele. Coloquei o jornal na cama, e fiquei com os pés sempre empoleirados na parede. Pensando na BPU e na foto que eu acabava de ver.

De repente, quando me lembro da imagem da fotografia, dou um salto e olho para ela novamente. Eu dou uma boa olhada para ter certeza. Não havia dúvida de que era ele. Meu irmão Emir Cabezas Lacayo. Esse era o delinquente não identificado. Eu mostrei a Salvador e perguntei-lhe: Quem é? "Angelito", ele respondeu. Esse era o codinome do Emir. Que vulgares! Que cínicos! Que primitivos! Delinquente não identificado, Emir aquele que, após o terremoto, quando estava no quarto ano de

Economia, em Manágua, levou para casa três famílias que ele não conhecia e que viveram lá e comeram de graça a pouca comida que tínhamos. E que minha mãe repreendia o tempo todo porque ele levava as pessoas para comer em casa, porque elas não tinham nada para comer e nós também não; Emir, delinquente não identificado, a quem minha mãe repreendia inúmeras vezes porque uma vez ele chegou sem camisa, porque ele a deu na rua; Emir, delinquente não identificado, que, se fosse mulher, teria sido puta, porque ele nunca dizia não quando lhe pediam algo de seus pertences pessoais.

Emir, que dava tudo, que entregava tudo sem pedir nada em troca de nada. Emir, que até chorou quando um carro matou na rua o nosso cão. Emir, que nunca teve nenhum sentido de propriedade ou do dinheiro, que nunca esteve interessado em ter nada além de trabalhar como um cavalo com a Frente, nas favelas de León e, mais tarde, em Manágua. Ele não comia de tanto trabalhar, e não comia porque não tinha dinheiro para comprar nada em Manágua, porque minha mãe não podia lhe mandar, e se alimentava pela caridade pública dos outros irmãos da FER e da Frente em Manágua. O Emir delinquente, que subiu a montanha depois de ficar cego de um olho, porque padecia da vista e padecia e padecia da vista; e quando minha mãe juntou os centavos para comprar-lhe os óculos, já era tarde demais. O pobrezinho não podia mais ver nada com seu olho esquerdo. Que foi perdendo a visão dia após dia, à vista e à paciência e dor de todos nós, de seus irmãos e de minha mãe.

Esse delinquente, que com tudo e com seu problema e a fome, no cerco da BPU, nunca recuou, ou pediu para ser retirado. Emir, que, com a fome, ficou tão magrinho que aparecia a silhueta de seus dentes atrás de seus pequenos lábios, como as fotos de Biafra, que ele ficou tão fraco que o mantiveram sentado, porque ele ficava tonto quando se levantava. Aquele Emir, que tinha moral mais elevada que o Mogoton, a humildade de São Francisco de Assis e a nobreza de não sei quem merda. Delinquente não identificado? Cães! Mil vezes cães! Imorais! E, claro, eu não o reconheci da primeira vez na foto, porque ele estava sem óculos e barbudo, e eu nunca o tinha visto assim. Eu não o via desde 1974, até este dia, nessa fotografia em preto e branco, com essa legenda na foto.

Fiquei triste, pensei na BPU, em minha mãe e disse a Federico que era meu irmão. Ele disse que lamentava. Que pena, que ele era um rapaz tão bom e que antes de voltar para as montanhas, ele escreveu para minha mãe para informá-la. Não! Eu disse por dentro. Como vou fazer isso com minha mãe? O que vou dizer a ela? Como vou explicar àquela pobre mulher que somos mortais? Que eles mataram Emir! E vai chorar e vai sofrer, e vai pensar também que depois vão me matar e vai sofrer esse suplício. Puta que pariu! Como posso mandar dizer isso a uma mulher que trabalhou e sofreu tanto desde que meu pai a deixou com uma penca de seis meninos, sem profissão e com apenas uma educação do sexto ano primário?

Que a deixou quando o mais velho tinha 13 anos e o menor, dois, e que ela teve que ir lavar e passar roupas de ricos e de estudantes até a madrugada, com as costas arrebentadas, as mãos com artrite, para poder nos alimentar, nos vestir e nos mandar para a escola, e no dia seguinte, a acordar todos para nos banharmos e ir para a escola, e ela preparando o café da manhã, e isso todos os dias do mundo? E ela emagreceu por trabalhar tanto e comer tão pouco e tão mal, e inventou de fazer coalhadas que saíamos para vender na rua e as pessoas às vezes não as compravam de mim, porque diziam que eram coalhadas imundas porque a poeira das ruas as sujava, até que minha mãe inventou um paninho para evitar as moscas e a poeira e com isso fossem compradas. Ela que fez de tudo, menos puta, para poder nos sustentar, e porque nunca mais quis se casar novamente.

E assim, assim, assim como te digo, ela conseguiu que Chema, meu irmão mais velho, e eu, nos formássemos juntos no mesmo dia, e ela chegou, magra, elegante, digna, orgulhosa, altiva, com um filho num braço e outro filho no outro, ao desfile solene da cerimônia de colação de grau, e quando os compassos da orquestra começaram com as primeiras notas de Aída, a ópera de Verdi, e o desfile começou, e ela estava completando com êxito sua primeira grande batalha, ela começou a chorar. Muita emoção para esta filha ilegítima de um médico de facções indígenas de Granada e de uma Lacayo dos aristocratas de León, que havia sido expulsa da família, por razões que não vêm ao caso.

Que mais tarde ela nos levou para a universidade com muito sacrifício, mas com muito sacrifício mesmo, hospedando estudantes em casa, que muitas vezes não lhe pagavam, porque eram uns lisos, e porque eu os recrutava para a FER e para a Frente, e me dava pena que os cobrasse e ela aceitava. Inventando de novo as coisas mais incríveis para conseguir dinheiro, e que depois a recrutei para a FSLN para que ela parasse de me foder, porque no início ela era contra, e depois começou a ser correio de casa em casa de segurança de alguns membros da Direção Nacional, como Oscar, Ricardo, Federico e Bayardo. E depois ela passou a ir às manifestações estudantis, ela era a única mulher idosa, junto com Doña Aurorita Rosales, María Haydée Terán e Natalia Ramos, que nos acompanhavam nas manifestações, e nós as colocávamos na frente com a bandeira da Frente e a bandeira da Nicarágua, e os adultos e reacionários diziam que eram velhas loucas envolvidas com coisas de rapazes. E assim, trabalhando como um boi e militando, chegou o dia em que Chema e eu nos formamos juntos, ele como químico e eu como advogado. E ela nos comprou anéis, elegantes ternos pretos para a cerimônia e até mesmo um pouco de *guaro* para a festinha. A história se repetia. A velha mulher, mescla de indígena e aristocrata, entraria mais uma vez no sacrossanto auditório da *Alma Máter* da Universidade Nacional Autônoma da Nicarágua, com seus dois filhos no braço.

Esta foi de fato a maior batalha vitoriosa de sua vida. O auge de seu sacrifício e de sua solidão diária. O ápice, a maior aspiração de uma mãe humilde abandonada pelo marido, porque meu pai ajudava, mas muito pouco. Tudo estava pronto para a cerimônia e chegou uma carta do Alto Comando da FSLN, notificando cada um de nós, separadamente, Chema, Emir e eu, que tínhamos que ir para a clandestinidade.

Creio que essa foi minha primeira prova de fogo de firmeza política. A notificação nos chocou aos três. Estávamos na merda. Comprometidos com a FSLN até o pescoço, e por outro lado, minha mãe. Sua esperança, seus sonhos, sua máxima aspiração. O que fazer? Dizer-lhe? Não lhe dizer? Se lhe dissermos ela não vai entender, ela vai morrer? Saímos sem lhe dizer nada. Naquela noite, não conseguimos dormir. Ela estava preocupada. No dia seguinte, não dissemos nada, ela saiu desesperada à nossa procura pelas ruas, na universidade. Nunca soube quem lhe contou, nem quantos dias e noites ela chorou inconsolavelmente. E alguns dias depois que saímos, a guarda começou a vir a todo momento para revistar a casa, a rasgar os colchões e os humildes guarda-roupas à procura de armas, a colocá-la de mãos para cima contra a parede, a ofendê-la e perguntar-lhe onde estávamos. Especialmente eu. Quase acabam com seus nervos com tanta perseguição.

Merda! Entenda-me por caridade, como escrever-lhe essa carta, e, novamente, o sentimento individual de culpa, porque fui eu quem havia recrutado todos os meus irmãos e ela para a Frente. Como eu desejava ser eu o morto e não o Emir, para não escrever a maldita carta. Finalmente, sentei-me para escrevê-la. Duas folhas de papel à mão. Não me lembro do que escrevi, apenas lembro que lhe disse que Emir havia caído pela pátria, pelos humildes, por pessoas como ela, e que lhe prometia que cuidaria de mim o máximo que pudesse, para sair vivo da guerra e vê-la novamente. Que eu a amava e admirava, e muitos beijos e abraços.

Naquela mesma noite, Claudia chegou à casa de segurança. Essa era a famosa operação do dinheiro que eu estava esperando. Ela recebeu a ordem de retirar o dinheiro do caixa do banco onde trabalhava, e o fez através do companheiro Carlos Arroyo. Ela não sabia para quem era o dinheiro, nem eu sabia qual era a operação para obtê-lo. Que alegria vê-la no meio daquele poço de tristeza! Conversamos, bebemos algumas cervejas, porque para encobrir tantas pessoas na casa fingiram ser uma festa, fizemos amor, mas eu estava triste e muito deprimido. Vida bandida, sempre dando uma no cravo, outra na ferradura. Por que a felicidade deve ser sempre seguida de tristeza e vice-versa?

No dia seguinte, à noite, voltei para a montanha. Em silêncio. Eu não falei nem pensei o caminho todo, era melhor e mais suportável dessa maneira.

37

> O povo, sob a ditadura, não tinha voz. Aparentemente tinha voto, mas jamais voz, nos muros vêm se desenvolvendo e se expressando o processo de resgatar a palavra.

Pela rádio, pelos companheiros que subiam da cidade, pelos colaboradores, pelas várias vezes que estive na cidade, venho observando fundamentalmente duas coisas. Uma, que em realidade a questão dos problemas dentro da FSLN tem se aprofundado. Que definitivamente já existe como duas e quase três frentes sandinistas. As três com diferentes dirigentes, mas todos sandinistas. Segundo, que a luta de massas está em ascensão vertiginosa. Que as pessoas estão na rua fazendo manifestações, grandes e pequenas, que as manifestações acontecem em todo o país, no Pacífico, em Manágua, em León, em Chinandega, em Masaya, em Carazo, em Matagalpa, em Estelí e Jinotega; que as manifestações são abertamente em desafio à GN, que as reprime, captura, mata e as pessoas continuam na rua. Antes as manifestações eram apenas em León e Manágua, e eram manifestações fundamentalmente de estudantes da Universidade e do ensino médio e, de vez em quando, manifestações de trabalhadores, enfermeiros e professores, junto com os estudantes ou sós, exigindo melhorias sociais e econômicas.

Mas agora as manifestações estão generalizadas em todo o país, que são de caráter eminentemente político e das quais participam todos os setores, o povo em geral, jovens e adultos. Menos a burguesia, é claro. Que as manifestações são violentas. São enfrentamentos diretos com a guarda, que o povo vai armado a quase todas as manifestações com coquetéis molotov e até pistolas escondidas, e até disparavam contra a GN de vez em quando. Que em todas as manifestações há fogueiras, fogueiras como aquelas que fizemos em León nos primeiros quatro anos de 1970. Agora há fogueiras por todos os lados e já até pequenas barricadas com trastes velhos que as pessoas põem na rua, meio para deter a GN quando chegava para reprimi-los. Em mais de uma ocasião, estando na cidade, pude observar por trás da cortina da janela da casa de segurança, a passagem das manifestações.

Ao retornar da reunião de Manágua, na primeira semana de setembro, vi tanta pichação nos muros em Estelí e em Manágua e, portanto, imaginava que também em León, que é uma das cidades mais combativas, me confirmou que a luta das massas na cidade estava em franca ascensão, porque as pichações não são letras postas sobre o cimento, o muro ou a parede com pintura de cal ou tinta a óleo. As pichações nos muros são outra coisa. Refletem outra coisa, além do simples fato. Em realidade as pichações foram e são outra coisa.

No início, as pichações foram o começo da voz das catacumbas. Eram os alto-falantes da luta clandestina, a divulgação do segredo no início. Foi assim. A pichação era a expressão clandestina, a voz sub-reptícia que o país de repente percebe. É como o anúncio da clandestinidade. Como as vozes das catacumbas com as quais a Frente começa a se anunciar. Paredes ou pichações apenas, mas que davam notícias de todo um trabalho conspirativo, secreto, de formiga, solitário, de conscientização, de organização, que vinha se gestando.

Estou falando, digamos, de 1956 a 1968. Porque em 1969 a pichação começa a se generalizar um pouquinho mais. A partir de então, as pichações foram sempre marcando o ritmo, o termômetro do acontecer, tanto pela extensão, pela quantidade de pichações como por sua mensagem. As pichações eram o estetoscópio da Frente Sandinista posto no coração político do povo. Operou-se efetivamente todo um processo gradual de aumento de pichações que correspondeu ao aumento das forças políticas da FSLN, das forças do povo organizado em diferentes instâncias, liderado pela FSLN. Assim, em um determinado momento, as pichações foram as vozes do silêncio político, as pichações tornaram-se as vozes daqueles que não têm voz, a voz dos silenciados, a voz dos calados, a voz dos humilhados, dos escondidos, a voz daqueles que não podem falar.

Sob a ditadura, o povo não tinha voz. Aparentemente, eles tinham voto, mas nunca uma voz, e é nos muros que o processo de reconquista da palavra tem se desenvolvido e se expressado. O muro é a voz do grito do povo. Com mensagens diferentes, é claro, mas o importante é ressaltar que é um processo de recuperação da voz do povo, o direito do povo de se expressar. A voz do povo é a voz das pichações. Nós tiramos os muros do inimigo, que era nossa propriedade. Eles usaram os muros antes da Frente, depois começamos a usá-los. Passamos algum tempo compartilhando-os, houve um equilíbrio de pichações, e finalmente os expulsamos dos muros. As pichações assumem o caráter de uma insurreição dos muros. A voz dos silenciados tomou os muros de assalto. O povo lançou o grito para a rua à flor dos muros. Os muros sempre foram testemunhas fiéis do que ocorreria dali para a frente.

Historicamente, não sei quando a pichação apareceu pela primeira vez na Nicarágua, mas desde quando eu me entendo por gente, havia pichações na minha cidade. Um das pichações políticas que me lembro mais claramente foram umas que apareceram um dia em meu bairro, El Laborío, em León: Viva a Frente

Sandinista de Libertação Nacional ou Viva a FSLN. Isso foi por volta de 1965 e depois a de: Viva Sandino, aquela de que te falei, que eu vi pela manhã quando fui para a escola.

As pichações sempre refletiam as tarefas do momento. Há pichações conjunturais, há pichações de conteúdo tático e de conteúdo estratégico. Existem pichações ameaçadoras e há pichações que refletem o humor popular. Há pichações muito diretas, pessoais, como se as pessoas estivessem começando a conversar por intermédio dos muros. As pessoas começam a se tornar conscientes umas das outras; começam a deixar mensagens nos muros umas para as outras. Os muros começam a ter uma linguagem própria. Os muros sempre foram espaço de anúncios.

Aqui, claro, nunca apareceu: "Quanto mais eu faço amor, mais eu quero fazer revolução, e quanto mais eu faço revolução, mais eu quero fazer amor". Porque esta pichação corresponde a outro contexto, o de maio de 1968 em Paris. As pichações na Nicarágua refletem o conteúdo político de um fato concreto, de um povo concreto, de uma cultura concreta. Porque a pichação também é um fato cultural, um fenômeno político-cultural.

Nos muros apareciam as linhas políticas para que as massas as interpretassem. Há, por exemplo, um momento em que a burguesia, em aliança com alguns guardas, começava a preparar um golpe de Estado contra Somoza, após o tirano ter tido um ataque cardíaco, para burlar a revolução. Então, saiu essa pichação: Golpe militar, não! A desarmar a guarda somozista. Era a palavra de ordem concreta de atacar nos bairros os veículos dos guardas e desarmá-los. Se você encontrar um guarda bêbado, um ordenança, você tem que desarmá-lo. Para ter armas, é preciso tirá-las da guarda. A linha é recuperar armas. Cada qual em seu bairro. Lembro-me que meu pai inventou uma que dizia: Faça pátria, mate um guarda.

Aquela pichação de 1965 – Viva a FSLN – anunciava a existência da Frente. É necessário todo um desenvolvimento para que as massas conclamem: FSLN ao poder. As pichações são a expressão da inventividade popular. Há um ditado que diz: Não há mal que dure 100 anos e nem corpo que o resista. Somoza queria que seu mandato presidencial terminasse em 1981, de 1975 a 1981 era sua presidência. Então o povo diz na parede: Não há mal que dure 100 anos e nem corpo que o resista. Em outra, está o ódio popular. O insulto, o palavrão, tornam-se político: Somoza filho da puta. E a rima está sempre presente. A rima é uma das características das expressões populares espontâneas, a rima espontânea é uma das faculdades poéticas deste povo. É a presença de Darío* neste país.

Outras pichações dão a palavra de ordem: Há que isolar Somoza. Para isso, é preciso que as pessoas enfrentem Somoza: o povo está morrendo por culpa de Somoza. Esses tipos de pichações eram formas de propaganda. Por isso, as mensagens tinham que ser diretas, para que as pessoas pudessem decifrá-las. Por isso que, ao mesmo tempo que as pessoas vão adquirindo consciência, a pichação vai adquirindo conotações diferentes, vai refletindo as tarefas do momento.

Para fazer as pichações, no começo, havia pouca tinta *spray*. Tínhamos que usar uma lata de tinta e uma brocha. Então, sempre se caminhava com dois companheiros, às vezes em um veículo, à noite ou na madrugada, no escuro. Um ficava em uma esquina, o outro na outra, e o do meio escrevia. Quando vinha a guarda, escondia-se tudo dentro do carro e se caminhava normalmente. Essa era a pichação noturna. No início, se o pegassem pichando paredes, lhe levavam presos, o condenavam a seis meses de prisão.

---

* Referência ao poeta nicaraguense Rubén Dário, pseudônimo de Félix Rubén García Sarmiento (1867-1916), uma das principais figuras do Modernismo hispânico. (N. T.)

Mais tarde, quando a repressão foi aumentando, quando a guarda o pegava pichando, você era um homem morto.

A guarda pintava sobre as pichações, como forma de apagar a voz do povo. Essa foi outra expressão da censura da mídia sob a ditadura: jogar alcatrão. Mas as pessoas das casas ficavam furiosas, porque era preferível ficar com a pichação. Em cima da pichação na parede, eles jogavam alcatrão para apagá-la. A casa ficava com uma aparência horrível. E, além disso, os companheiros sempre pintavam as casas que estavam recém-pintadas, as mais bonitas...

As pichações são a voz da escuridão, vinda da noite, para dizer a verdade. Os muros sempre foram nossos cúmplices. Eram nosso meio de comunicação com as massas. A pichação expressa assim a dor das massas, a raiva, a alegria, a confiança, a poesia, suas aspirações, suas reivindicações, o humor das massas. As pichações são os desejos e anseios das massas ao vivo e em cores nos muros.

Por tudo isso que te digo sobre as pichações, por sua quantidade e seu conteúdo, eu dou conta de duas coisas. Uma, de que as massas estão se mobilizando mais do que nunca, que inclusive as massas estão sendo mobilizadas, não apenas por uma única Frente, mas virtualmente por três Frentes. Isto me deu a clara sensação de que o polo político, pelo menos o político, estava na cidade, pois ainda não havia ações militares de envergadura nas vilas ou cidades, a não ser ataques a bancos, a empresas, entrevero com alguns Becat, ou coisas dessa natureza. Subi com a sensação de que as coisas iriam explodir lá embaixo a qualquer momento, e saí com essa consciência, porque conhecia perfeitamente a condição das forças militares da BPU, da GPA, da CAS e da Bacho. Estava ciente de que demoraria muito tempo até que a montanha pudesse desempenhar um papel mais beligerante no campo militar, mesmo e quando, como repito, jogou e continuava jogando um papel importante de estímulo moralizador e mobilizador das massas na cidade.

38

> Eu sou dos que pensam que a formação de quadros, é uma das principais tarefas dos chefes. Por sorte e privilégio, eu havia tido a oportunidade de compartilhar, como subordinado, de verdadeiros mestres e forjadores de quadros, como os irmãos Oscar, Ricardo, René Tejada, Tello e Carlos Agüero.

Quando passei na volta por Estelí, Júlio Ramos já havia entrado à GPA. Passei rápido para o Kilambé. Encontrei um novo companheiro lá em cima, Roberto Gutiérrez Gámez, um esteliano, irmão de Agenor, aquele que havia nos deixado em Canta Gallo, e do velho lutador sandinista Adrián Gutiérrez. A Roberto colocamos o nome de Lucio. Ele era um vendedor de talheres. Sua profissão era falar e falar até convencer as pessoas, até que elas lhe dessem atenção. Rapaz corajoso, baixo, sério, o único guerrilheiro que conhecia todinhas, todinhas as canções de Camilo Sesto e de Rafael, e se não me engano, também as de José José. Ele adorava cantá-las à noite na cozinha, ou para algum amigo na sua rede. É um grande aficionado da arte. Mais de uma vez, adormeci com as canções de Camilo Sesto cantadas por Lucio. Ele havia subido com Chele Jaime, quando este regressou depois de ir me deixar em Estelí; tivemos que subir o Chele imediatamente por causa da repressão depois da morte de Juan de Dios e Raúl González.

Como te contava, para variar, subi com uma camionete lotada de carga. Federico, em Manágua, insistiu nisso e em se juntar com a BPU o quanto antes. E, enfim, começamos a transferir a carga do acampamentinho do Cuá ao Cumbo, e do Cumbo a Kilambé. A presença física da GN já havia desaparecido da zona. Yaosca já está ali, como mais uma combatente. Fiz com a Bacho exatamente o que Modesto fez quando entrou a primeira companheira à BPU.

Estávamos no meio desse traslado quando um piripipipí, que haviam capturado Marcelino Guido e Ana Julia Guido, um par de combatentes da linha de frente da BPU. Marcelino, um homem sério, determinado, corajoso, não domado, puro e incorruptível. Tínhamos estado juntos na Faculdade de Direito. Tínhamos-lhe treinado na escola de Macuelizo. Ana Julia, irmã dos Guido Ochoa da Bacho, a primeira guerrilheira urbana que subiu para a BPU. Eles foram capturados na montanha. Estes dois heroicos combatentes, juntamente com a captura de Roberto Calderón, outro dos bons da BPU, a queda de Carlos Agüero, o chefe militar do grupo de Matus, de Espinales, de Emir, meu irmão, e outros que não me lembro, estavam aumentando minha angústia e a sensação de que eu não chegaria à BPU a tempo, apesar de termos trabalhado a todo vapor e com a velocidade que as condições nos impunham. A coisa é de outro jeito...

Claro que a captura de Ana Julia atingiu Otoniel, seu irmão, um dos meus melhores da Bacho, que muitas vezes até me substituía no comando, ao lado de Franklin e eventualmente de Chele. Eles três eram o núcleo, o coração, o pulmão de aço e motor que impulsionava a Bacho. Otoniel superou sem maiores problemas a morte de seu irmão Francisco e a captura de sua irmã Ana. Otoniel, a cada dia, ia se transformando num quadro. Com Ramón, Maurício, Isauro, Chele Jaime segoviano, Franklin e Otoniel, que depois mudou seu codinome para Justo, que era o nome próprio de seu irmão caído, em 25 de julho no Kilambé, e inclusive com Andrés, me empenhei a fundo em ajudá-los em sua formação.

Eu sou dos que pensam que a formação de quadros, é uma das principais tarefas dos chefes. Por sorte e privilégio, eu havia tido a oportunidade de compartilhar, como subordinado, de verdadeiros mestres e forjadores de quadros como os irmãos Oscar, Ricardo, René Tejada, Tello e Carlos Agüero. Eu, um novato e inexperiente, prestava atenção a tudo o que eles faziam, como o faziam, por que o faziam. Raramente via Oscar e Ricardo. Mas cada vez que os via, os observava, os estudava e, melhor dizendo, os sugava e tentava espremê-los para retirar o melhor deles. E, claro, isso te marca. À medida que ia crescendo, ou melhor, à medida que fui me tornando um quadro, pouco a pouco, nas fileiras da FSLN, sempre pensava em seus ensinamentos. E quando comecei a assumir responsabilidades nas fileiras da FER, quando era estudante, e mais tarde nas montanhas, tentei aplicar à minha maneira o que tinha aprendido com eles. Aprendi muito com Ricardo, como por exemplo, a maneira simples e paciente de explicar as coisas aos companheiros que estão num nível mais abaixo. Com Tello, aprendi sobre a questão militar e as medidas de segurança e formas de sobrevivência nas montanhas, e que não é fácil forjar o homem novo, mas ao mesmo tempo que é possível consegui-lo. Com Oscar, aprendi um dos maiores segredos da vitória e da educação dos quadros; e preste atenção em mim, do que ele era e como o fazia.

Lá por 1970 ou 1971, quando eu era do CUUN e da FER, os clandestinos quase nunca se reuniam comigo, porque como sempre vivia vigiado pela segurança, eles tinham o temor e o cuidado de que ao mandar me chamar poderiam ser descobertos. Pois bem, esse dia que vou te contar, me mandam uma carta que o legendário Oscar Turcios Chavarría, membro da Direção Nacional, queria falar comigo pessoalmente. Fiquei alegre, mas também com medo. Alegre, porque ia conhecer semelhante personagem, e medo, porque era meu primeiro contato com os famosos e misteriosos clandestinos da FSLN. Vou ao encontro, depois de entrar várias vezes em diferentes carros, dar voltas nas ruas de León para ver se estavam nos seguindo ou não. Finalmente chegamos, era uma casa que estava a cerca de duas quadras a oeste da minha, na própria esquina. A casa era de dom Aníbal Cordero, o pai de Edwin Cordero que foi médico da BPU anos depois, o mesmo que me curou da lepra da montanha das pernas e esposo de Raquel Balladares, também combatente e odontóloga da BPU, pai de Blademir e Plutarco, histórico colaborador da FSLN.

Bom, o certo é que chego e vou direto a um quarto onde encontro o famoso Oscar. Ele está sentado em uma cama. Quando eu entro, ele se põe de pé imediatamente, como se eu fosse alguém importante. Lembro que foi o primeiro a me fazer sentir importante na FSLN, eu que sou uma pobre alma de Deus. Põe--se de pé e com uma voz rouca me diz: "Como está companheiro Eugênio?", que era meu primeiro codinome na FSLN. Quando me falou: Como está?, entendi porque lhe chamavam de rouco, e era porque na realidade sua voz era bem rouca. É um tipo mais ou menos alto, forte como um touro. Mais ou menos branco, com uns pulsos grossos e mãos fortes.

Sentamo-nos à cama. Eu estou nervoso. O tipo conversa um pouco para eu relaxar, para que eu me acalme. Eu teria aí por volta de 20 anos. O certo é que o tipo começa e me diz: "veja companheiro, eu lhe mandei chamar porquê...", e o homem começa a me falar, porque é que há milhares de anos existiu o que se chamou de comunidade primitiva, mas depois por isto e isto, se acabou e deu passagem ao feudalismo, mas depois assim, e assim, e assim se passou ao capitalismo e depois ao imperialismo. Eu estava ouvindo com atenção, porque ele falava bem bonito e de forma apaixonada, mas um tanto surpreso, porque isso eu já sabia desde que tinha 18 anos. Mas é claro, não lhe disse nada por respeito, por temor e porque queria continuar ouvindo, e então ele continuou dizendo que a Revolução de Outubro na URSS havia mudado o curso da humanidade, e que aqui e que ali, e eu estava ouvindo atentamente e já sabia disso também, e o tipo me dizia: "Você me entende?" Claro! Claro! Eu dizia, continue, e então ele continua, "e os países do Terceiro Mundo que lutam por sua libertação na África, Ásia". Ele me dá um resumo sobre cada uma das lutas desses continentes, e eu ouvindo absorto, ele me explicava como se fosse a primeira vez que tinha a oportunidade de falar sobre isso e como se eu fosse o homem mais importante do mundo. Isso eu também sabia, mas fiquei feliz em ouvi-lo, quase só pelo prazer de estar com ele, e meu nervosismo passou.

E depois, passou à América Latina e aos movimentos revolucionários, que lutam por sua libertação nacional na Venezuela, no Peru e aqui e ali; contra o imperialismo norte-americano, e quando me dou conta, o homem cruza para a América Central, e o movimento revolucionário na Guatemala e El Salvador, e finalmente ele cai na Nicarágua, e aquele homem rouco começa a falar comigo dos paralelos históricos, dos partidos conservadores e liberais que eram uns vende-pátria de merda, e ele chega em Sandino em 1927, depois o nascimento da FSLN e que Carlos Fonseca e que El Chaparral. A essa altura, estou completamente convencido que o companheiro realmente acredita que eu não sei nada sobre isso e que ele me mandou chamar para me explicar. Ele só não me falou sobre a Guerra das Galáxias porque ela não existia naquele momento. A verdade é que, no final de toda a explicação, ele me diz: "Então, companheiro, por tudo o que lhe expliquei, quero que você compreenda a grande importância de uma missão delicada que quero lhe confiar". Quando ele diz, "missão delicada", eu estremeci. No mínimo, eu disse, eu vou sair daqui e matar sabe-se lá quem seja. E depois acrescenta, "quero que você leve esta pistola e esta correspondência", não me lembro a quem. Alguém que eu conhecia. Respiro fundo, recolho a encomenda, nos despedimos e vou cumprir minha grande missão.

Bem, para não cansar com a história, saio daquela casa, quase super convencido de que o triunfo da revolução na Nicarágua, na América Central, na América Latina e no Terceiro Mundo, depende da missão que me haviam encarregado de fazer. E quando vou pela rua, senti-me como o guerrilheiro mais importante do mundo. Senti que de mim, dessa missão, dependia o destino do movimento revolucionário mundial, que dependia de mim o destino de milhões de seres humanos que sofriam de fome, miséria e exploração por parte de seus governos e do imperialismo norte-americano. Quando cumpri a missão e fui para a cama, senti-me contente e orgulhoso de mim mesmo. Esse era Oscar Turcios, formador e mestre de quadros! Ele estava superseguro de que ia morrer, e estava nos preparando, preparando a continuidade da luta. Mas há algo mais aqui, e é muito importante, e que é que os grandes feitos, as grandes vitórias, os grandes sucessos, as vitórias finais e definitivas, são feitas com base na soma cotidiana das menores e, às vezes, parece mentira, insignificantes e minúsculas tarefas. As grandes vitórias nada mais são do que a somatória do êxito cotidiano, da realização cotidiana das pequenas tarefas, e há que fazê-las com entusiasmo, com amor, com paixão revolucionária. Caso contrário, não há vitória, e o pior é que às vezes há aqueles que não dão importância às pequenas tarefas, esses estão equivocados, não conhecem o segredo da vitória.

Por isso mesmo, eu estou tentando agora fazer o mesmo com meus rapazes na Bacho Montoya. Não basta apenas dar ordens e exercer o comando, é preciso explicar as coisas às pessoas, não estou dizendo que faço igualzinho a Oscar, o que quero te dizer é que o exercício do comando não é incompatível com a educação e a formação dos subordinados.

39

> Parecia-nos incrível, inimaginável, como um sonho, que se estivesse atacando os quartéis na cidade, no próprio coração do inimigo, do ladinho de Manágua.

Na primeira ou segunda semana de outubro, o correio desceu e retornou com correspondência de Bayardo. Em sua carta, ele me pedia urgência em continuar avançando o máximo possível em direção a BPU. Ele me diz que por enquanto não podia me enviar mais homens, como normalmente eu pedia em cada correio, e também me informa de algo que, quando eu leio, fico com uma fúria de tipo de acabar com a raça. Ele me informa que em uma reunião realizada no mês de setembro, a que não pôde ser realizada em julho, não me lembro porque decidiram afastar da organização os companheiros Humberto e Daniel Ortega, assim como o companheiro Víctor Tirado López. Todos eles membros da Direção Nacional. Quando leio isso, além de pensar que estávamos desmoronando, o que é suficiente para te deixar de cabelos em pé, e minha obstinação pessoal e íntima de não terem conseguido chegar a um acordo, me enraiveceu e me deixou mais puto ainda o fato de terem tomado essa decisão sem a minha presença.

Sinceramente, eu pensei que tinha todo o direito de ter estado naquela reunião, porque a essa altura eu era um dos quadros com mais militância e trajetória da FSLN. Lembrei que quando estive em Manágua, precisamente em setembro, pedi para falar com os diversos companheiros, com os que havia problemas, e me disseram que era difícil fazer essas articulações, que tínhamos que evitar o maior número possível de movimentos clandestinos na cidade, que a agência de segurança de Somoza estava apertando a vigilância em todos os By Pass, que não era tão necessário, e que era melhor que eu subisse o quanto antes, para que meu pessoal não ficasse sozinho.

E agora me chega essa carta; diga-me como não ficar com raiva. Independentemente de minha posição antes dessa reunião, ou qual tivesse sido minha posição na bendita reunião, eu não podia aceitar, por respeito pessoal a mim mesmo, a meu trabalho realizado desde 1968, a meu trabalho realizado em mais de três anos nas montanhas, de 1974 a 1977, depois de tudo que venho fazendo com a Bacho, com a CAS, com a BPU e até mesmo meu grão de areia com a GPA, que me digam que houve uma reunião com os quadros principais e que eu não estivesse lá, e com o infinito respeito que tenho por esses quadros-irmãos, eu sinto que tinha autoridade suficiente para estar em uma reunião de tamanha importância histórica, e vale a redundância, na história da FSLN. E mais, e te digo com franqueza, sem qualquer desejo de autossuficiência e, por favor, entenda o que quero te dizer, objetivamente, sem querer faltar com a modéstia e a humildade mal compreendida, eu considero nesse momento que o quadro com mais autoridade na cidade e no campo, depois de Federico e Bayardo, sou eu. Eu não pude deixar de me sentir desrespeitado. No mínimo, deixado de lado, marginalizado.

Claro, eles tinham suas razões. Eles estavam tentando cuidar de minha segurança e do destino do trabalho no campo, do qual eu era um dos principais, especialmente porque eu era, por assim dizer, uma das esperanças mais viáveis para reconectar e fortalecer substancialmente a BPU, pois lembre-se que Rubén tinha descido. Mas entende por que eu fiquei com raiva? Pois bem, em um instante passou minha raiva porque assim Deus me fez. Eu me irrito e depois de um tempo já passou, e é como se nada tivesse acontecido.

Assim, continuamos explorando, *embuzonando* e agarrados ao rádio, porque as coisas estavam ficando cada vez mais quentes na cidade. Ao ouvir a Radio Informaciones fico sabendo que tinha sido criado o "Grupo dos 12" a partir de personalidades, alguns burgueses progressistas e outros sandinistas, e outros até mesmo insípidos, mas me pareceu uma ideia genial. Pois isto é um elemento de agitação, de prestígio e de aliança, ou pelo menos de iniciar alianças com a burguesia. E eu vi isso como uma coisa boa porque era uma das coisas que eu havia sugerido em meu famoso documentinho de não sei quantas páginas, que eu havia intitulado "Reflexões sobre a conjuntura atual", e eu assinei assim: Um combatente sandinista. O que eu fiz na casa do sapateiro, após a morte do Gato.

Lembro-me que estávamos no acampamento do Cuá, puxando carga, quando ouvimos um belo piripipipí: foi o assalto ao quartel de San Fernando e Mozonte, e isso levantou o moral de todos nós. Levantou nosso moral porque elevaria o moral das massas, na cidade, porque apenas os piripipipí funestos e desanimadores estavam sendo ouvidos nos últimos tempos. Fortaleceria a BPU, eu pensava, porque talvez tirasse a pressão de cima deles, e mesmo que não arrefecesse a pressão sobre eles, eles se aniMaríam, porque ouviriam, se por acaso ainda tivessem pilhas no rádio, que se estava lutando e lutando vitoriosamente de outros lados, que eles não estavam resistindo sozinhos. Não nos importava qual das três frentes era! O importante, em todo o caso, era atingir o inimigo e encorajar todo o povo, até mesmo a Bacho. E no dia seguinte, outro piripipipí belíssimo: que tinham atacado, tomado, incendiado o quartel de San Carlos.

Agora sim, filhos da puta! nós todos dissemos. Agora tudo o que precisamos fazer é nos unir para que não haja cagadas. Da boca para fora, se dizia, esse ataque pode ser cagada, mas, bem no fundo de nossas almas, dizíamos para nós mesmos, está bom, filho da puta. Como não vai te moralizar que uma das três Frentes, neste caso, a que eles chamaram de insurrecional, atacou e transformou em cinzas um quartel da guarda, quando até então só tínhamos levado pau de todos os lados. Diga-me, por favor, diga-me? E já agarrados ao rádio. Esperando por mais notícias do norte, de San Fernando e Mozonte. Mas as notícias nunca chegaram, parece que os compas só entraram por um tempo, para atacar, ou para fazer propaganda, ou ambos. Ou talvez o inimigo tenha mobilizado muito mais guardas contra eles e eles não tinham bases estruturais suficientes para permanecer lá. Não sei o que aconteceu, a questão é que não voltamos a ouvir sobre eles. Mas, qual o quê, esse mês de outubro foi histórico. Logo, em 17 de outubro, houve outro piripipipí. Ai! Eu disse, que seja como os três últimos! Na verdade, eles atacaram o quartel de Masaya e há combates na rodovia. O quê! Ouviram! Ouviram! Foda-se, isso sim se chama audácia. Como eu já dizia, a merda ia arrebentar por outro lado.

Parecia incrível, inimaginável, como um sonho, que o quartel estivesse sendo atacado na cidade, no coração do inimigo, ao ladinho de Manágua. Repito, como isso não poderia elevar o seu moral? E então, no mesmo dia, outro piripipipí que de um só golpe reduziu a zero toda a alegria acumulada. O nefasto coronel Aquiles Aranda anunciou a queda em combate do amado e agora lendário comandante Federico, Pedro Aráuz Palacios, meu querido irmão Carlos Arroyo Pineda, e os companheiros Róger Langrand, de León, e Martha Angélica Quezada.

A queda de Federico nos comoveu a todos. Ele era um homem extraordinário, corajoso, com um grande senso de superação pessoal revolucionária. Ele foi o homem que tomou as rédeas da organização quando Oscar e Ricardo caíram e o restante da direção estava presa ou em missões no exterior. Federico era o grande artífice da organização clandestina urbana da FSLN contemporaneamente. Foi o companheiro que desenvolveu os métodos e estilos da clandestinidade urbana a sua máxima expressão nos anos 1970. Ele foi o membro da FSLN e da Direção Nacional que passou o maior tempo clandestino dentro do país, sem ir para o exterior. A queda de Federico é a queda de um dos maiores quadros da FSLN e da sua Direção Nacional.

Como sempre na vida, uma boa e uma ruim. Mas agora havia mais coisas boas do que ruins, apesar de tudo e a dor de sua queda, que inclusive, no início, eu cheguei a pensar que talvez não o tivessem avisado que iriam fazer essas ações, ou que o teriam apanhado de surpresa, e pensando nisso, cheguei até a reprovar veementemente o fato.

Este outubro reconfortante e triste, por causa de Federico, não deixou de me causar problemas dentro da minha brigada. Era evidente que de parte de meus irmãos de brigada, havia uns desejos infinitos e reprimido por lutar. Os tiroteios de San Fernando e Mozonte, de San Carlos e Masaya, os entusiasmaram a tal ponto que eles não queriam seguir em direção ao leste, mas para outra direção. Eles queriam lutar. Eles queriam combater o inimigo. Eles estavam cansados de transportar tanta carga, de tantos *buzones*, de tantas privações e reconhecimento de território, sempre escondendo-se, evitando o combate, encharcados, mal alimentados, e nada de ir ao combate. Outubro colocou na ordem do dia a raiva do não combate. Incluindo eu. Tive que me fazer das tripas coração, quase um mágico, para convencê-los a continuar o nosso trabalho. Tive dificuldade para convencê-los, apesar de toda minha experiência. Os fatos eram mais fortes do que as palavras. Eu os convenci. Jaime e Franklin aceitaram minha decisão, mas com reservas, eu percebi, especialmente Jaime, que tinha se tornado amigo de Facundo e Rubén naqueles contatos iniciais, quando chegamos na área, em abril desse ano. Como não seria difícil convencê-los se eu mesmo tinha cada vez mais reservas sobre o que eu estava fazendo...?

40

> Finalmente, que alegria, voltar até
> Bayardo e lhe dizer com orgulho e
> satisfação: Chefe, missão cumprida! A
> rota General Augusto César Sandino
> foi aberta!

Nos inícios da primeira semana de novembro, descemos e subimos o correio. Somos informados então de que, com a queda de Pedro Aráuz, a chefia da cidade e do campo fica a cargo de Bayardo Arce, José León. A queda gota a gota, homem a homem, da BPU, tem sufocado todo mundo. Bayardo nos manda, mais ou menos, a localização mais próxima do pessoal de Modesto em relação à nossa posição. O lugar mais próximo é pela mesmíssima encosta super íngreme e me pede urgência para fazer esforços supremos para consegui-lo. Mãos à obra. Decido deixar Franklin, Yaosca, Carmelo e não me lembro quem mais no Kilambé, entre o Cumbo e o Kilambé. Estendendo a base de colaboração, transportando carga do Cumbo ao Kilambé e explorando a área o mais que possam do lado do maciço que aponta para Wiwilí. Já estou de olho em Wiwilí.

Digo a Justo, a Jaime e a Lucio que vamos sair em missão de exploração. Reúno o pessoal, explico-lhes do que se trata, que vamos passar vários dias fora, que não sabemos quanto. Que Franklin fica como o responsável. Que atentem às medidas de segurança. Em guarda! Que não quero problema. Que se ocorrer algo comigo, que assumem o comando Justo (Otoniel), o Chele ou Franklin. Conforme o caso. Rumamos para o Kilambé em direção ao leste, como uma bússola mal-calibrada, até que descemos por um lado que se chama Laguna Verde, próximo de outro lugar que se chama Santa Rosa de Tapascún. Como estávamos apenas seguindo o rumo, porque não conhecemos merda nenhuma, descemos alguns penhascos abismais de centenas de metros, que só olhar para baixo, o chão até parece azulzinho, assim como quando se vai de avião. É a parte mais alta do maciço, que tem 1.750 metros de altura. Descer por ali foi uma odisseia que nem mesmo se eu fosse um narrador conseguiria descrever. Um deslize e você cai no vazio. Descemos milímetro a milímetro, mas conseguimos. De mãos dadas, com cordas, com as unhas feridas, mas conseguimos. Eu estava determinado a terminar essa missão de uma vez por todas.

Quando descemos até o chão e olhamos para cima, apenas nos persignamos, por brincadeira, de ver a loucura que tínhamos feito. Abaixo, cai uma catarata ou queda d'água cristalina belíssima. Justamente onde cai a água, aí em Laguna Verde, nos demos conta que estamos ao ladinho de um ranchinho miserável. Somos vistos e não temos alternativa a não ser capturá-los, falar com eles, e passar aí pelo menos dois dias, recuperando forças, recrutando-os, vigiando-os e observando-os de longe para ver se vão nos denunciar. Eram boas pessoas. O senhor é um velhinho meio surdo que temos que falar alto para que nos ouça. Tem um par de filhos jovens. Ao senhor, Chele Jaime põe o nome de Thompson, depois chamávamos apenas de Tonsito, e ao outro filho, Justo o apelidou, escondido dele, Chespirito. A velhinha também, uma linda. Quando chegamos aí, já chegamos sem comida. Recompomo-nos e nos preparam comida. Restam apenas oito dias mais para poder continuar explorando a área para a frente, pois para finais de dezembro, Bayardo me disse que deveria descer o correio, sem falta.

Saímos da casa de Tonsito quando amanhece, rumo ao leste. Caminhamos a passos duplos. Queremos chegar fisicamente ao lugar, mesmo que não consigamos fazer contato físico direto. O importante é que a rota para depois fazê-lo, seja por nós indo até eles ou eles vindo até nós, pois essa parte está menos cercada pelo inimigo, ou mesmo a presença da tropa é menor. Nos oito dias, chegamos a vislumbrar Golondrina, que é justamente o lugar. Quando vemos Golondrina, que ficava cerca de um dia de caminhada de onde estávamos parados naquele momento, observando, me dá vontade de ir para lá, mas penso que é uma loucura, porque não temos uma casa ou lugar de contato para encontrar os compas. Tenho a ideia de ir e de chegar ao rancho que encontrarmos, mas era uma loucura, pois se não são compas e nos traem ou sei lá o quê, podemos dar com os burros n'água. Quando vejo esse lugar de Golondrina, quase me ponho de joelhos. Parecia mentira. De fato, já havíamos encontrado. Porra! Sabe o que é isso! Da Panamericana, da periferia de Estelí até Golondrina. É que você não pode ter nem ideia do que isso significa, mesmo que eu te conte duas vezes.

Faço uma rápida revisão mental de quando cheguei com Andrés e as duas 45, e depois "Compañía", e depois Zapote, e depois Maurício, e depois a CAS e La Rica, e depois o Cuá, e depois El Cumbo, e depois Kilambé, e depois Golondrina. Porra! Mil vezes porra! Quantos anos! Quantas coisas havia acontecido, ocorrido, quantos momentos de todo o tipo, quanta gente de todo o tipo. Quanta história. Nós estávamos histéricos de alegria. Havíamos conseguido quase o impossível, dia por dia, polegada por polegada, esforço a esforço, noite a noite, dia a dia, ano a ano. Finalmente, que alegria, voltar até Bayardo e lhe dizer com orgulho e satisfação: Chefe, missão cumprida! A rota General Augusto César Sandino foi aberta!

Estamos exaustos, esgotados, com os pés arrebentados e, sobretudo, famintos. Iniciamos nossa marcha de retorno ao Cumbo. Pensamos que o mais lógico, ao menos quando já tivéssemos pelo menos um dia de caminhada para o oeste, buscando Kilambé, poderíamos ir chegando seletivamente a algumas casinhas, a fim de recrutá-los. Temos pressa, não apenas para fazer a picada ou rota, mas também de ir semeando durante o caminho colaboradores que possam ir nos dando informação, abastecimento e lugares de descanso, quando as *góndolas* fossem para a BPU, ou quando eles descesse até nós, ao Kilambé.

Na volta, já vínhamos pensando que depois de descer o correio a Bayardo, o primeiro que teríamos que fazer é todos nós passarmos para a casa de Tonsito, pois é o outro extremo do maciço montanhoso, e Kilambé já é abaixo, que é o ponto mais próximo a Golondrina, e que estendendo a base de operações a partir dos Tonsito, estaríamos adiantando bastante, mas bastante, o trabalho. Como quem diz, abrimos a rota General Sandino, assentamos em Tonsito, que é a base inicial, para passar a Golondrina e ir aumentando o número de colaboradores em todo o trajeto da rota. Compreende o que eu quero te dizer?

Pois bem, quando já estamos como um dia e meio de caminhada de volta a Kilambé, vimos um ranchinho miserável, quase idêntico ao do comandante Jorge. É um ranchinho só, isolado na montanha, sem população nem casas próximas, isoladinho, ideal para se aproximar e para os planos que temos em mente. O ranchinho está situado exatamente sobre o planozinho de uma pequena borda. É uma área plana em uma borda desmatada, que está rodeado de outras colinas mais altas que estão a cerca de 200 metros e outras mais ao redor do lado da casa, que fica no meio, na bordinha menor.

As colinas que circundam a casa, algumas são plantações de milho para forragem, outras são milharais velhos, meio desmatados, com algumas laranjeiras espalhadas; outras são colinas que acabaram de ser desmatadas, cheias de árvores gigantes no chão, formando um emaranhado quase intransitável, a não ser para répteis. Estes são os clássicos desmatamentos que os camponeses fazem para queimá-los no verão e depois semear para a próxima colheita. Depois de todas estas colinas, existem apenas montanhas virgens.

O ranchinho fica perto de um lugar chamado Aguasúa, porque por ali há um rio e um distrito que tem esse nome. Vimo-la de uma dessas colinas perto da casa. Chegamos à colina por volta das três horas da tarde. Ficamos a observar a casa e há apenas uma jovem mulher, fazendo seu trabalho diário. Não vemos nenhuma criança pequena andando ao redor da casa, nem adolescentes, nenhum homem como marido para esta mulher, e nenhuma pessoa madura que possam ser seus pais. Ela está sozinha. Anoiteceu e não chegou ninguém em casa. A noite está escura e há apenas uma brisa. Quando dão as oito da noite, começamos a nos aproximar com cuidado. Observamos de perto e efetivamente a mulher está sozinha no ranchinho miserável, o fogão aceso e o choro de um bebê de poucos meses, que chora como se queixando. Optamos por entrar, e entramos, ficando um de vigia do lado de fora do casebre.

Como sabemos que é uma mulher sozinha com uma criança, entramos com suavidade e até educação. Boa noite! Eu digo. "Boa", a mulher responde parcamente. Como está? "Ai, mal, com o bebê doente". E está sozinha? "Sim" responde. E seu marido? "Não está", ela responde sempre parcamente. E a que horas volta? "Não sei, diz, talvez esteja chegando". É uma mulher jovem, de uns 25 anos, esfarrapada, magra, miserável. Está preparando alguns medicamentos de ervas, cozimentos para o filho que está morrendo. Aproximamo-nos disfarçadamente ao arremedo de cozinha e não há comida. Nem galinhas havíamos visto no quintal durante a tarde.

A mulher está um pouco nervosa, mas não tanto. Algo assim como que não tem medo porque o marido está para chegar, ou porque está preocupada com a saúde do filho, que está agonizando. O que eu quero te dizer é que ela não demonstra o temor clássico que possa mostrar uma camponesa sozinha no meio dessas montanhas perdidas, cheias de perigo e de temores pela presença da GN e da guerrilha. Fazemos o possível para conversar cordialmente com ela e é impossível. Responde apenas com monossílabos e continua fazendo qualquer coisa, que ela inventa dentro do rancho, onde cabemos apertados.

Evidentemente que se dá conta que somos guerrilheiros, mas como te digo, ela não muda em nada. Falamos com ela da Frente, da luta, de sua pobreza, da falta de saúde de seu pobre filho, e ela nada, só monossílabos. Impossível estabelecer algum tipo de comunicação. A mulher é algo assim como impessoal. Pelas nove da noite, chega o marido, claro, acompanhado pelo companheiro que está na vigilância, que regressou imediatamente à sua posição.

Com o marido já é outra coisa. Assusta-se um pouco, mas não tanto. Tem os nervos pelo menos controlados. É um homem jovem, alto, magro, tendendo a branco. Parece esperto. Seus nervos controlados, pois não é fácil chegar a seu rancho à noite, ser capturado, e depois encontrar três guerrilheiros dentro de casa, me dava às vezes a impressão de que esse homem fosse talvez colaborador da BPU. Tinha muito controle sobre si mesmo. Nós já tínhamos experiência de como se comportavam os camponeses quando recebiam surpresas ou sustos tão tremendos. Pensava, pois, que o homem queria nos ouvir falar para ter certeza de que éramos guerrilheiros e ele poder se abrir conosco. E que estava tendo cuidado, uma vez que a guarda usava esse truque. Disfarçavam-se de guerrilheiros, chegavam até os camponeses, e quando eles falavam a nosso favor, matavam-nos, torturavam-nos ou os levavam presos.

Bom, a verdade é que ao homem também tratamos com amabilidade, falamos-lhe da luta, curamos seu filho com os medicamentos que carregávamos, e conversamos com ele até por volta de quatro da madrugada. O homem disse que estava de acordo com tudo. Que era horrível ser pobre, que ele estava na merda, que não tinha comida nem dinheiro, que trabalhava no que podia, mas que estava sumamente fodido. Nós chegamos com a esperança de que houvesse pelo menos tortilhas ou feijão, pois já te disse, estávamos famintos e cansados.

E então, como o homem disse que estava de acordo, dissemos a ele, que passaríamos o dia em uma montanha perto da casa, e lhe daríamos um dinheiro para que ele fosse buscar um par de galinhas, feijão, tortilhas, um pacote de cigarros Delta, que a embalagem é vermelha, e que no dia seguinte viríamos pela noite, para comer e continuar conversando, e depois disso, iríamos embora, pois estávamos de passagem, em missão, que lhe deixaríamos alguns medicamentos para que continuasse dando ao bebê, e que além disso, deixaríamos para ele alguns trocados para ajudá-lo. O homem aceitou e lhe demos o dinheiro.

Ah! Ia me esquecendo de te dizer, que na ida a Golondrina, depois que passamos pela casa dos Tonsitos, chegamos a outra casa, que era de um *juiz de mesta* que se chama Nieves. Caímos para trás, quando nos contou que era *juiz de mesta*. De todas as formas, lhe falamos de toda a história da luta e até nos deu comida. Fomos rápido, mas não tão preocupados, porque pensamos que ele se deu conta que éramos guerrilheiros, além disso, nós o dissemos, e no entanto, ele, por sua própria boca, nos contou que era *juiz de mesta*, que, como você sabe, são a autoridade civil no campo, e parte do aparato de segurança da guarda na montanha. E, portanto, são inimigos potenciais da guerrilha e os juízes sabiam que nós tínhamos clareza sobre quem eles eram. Ou seja, que o fato de o homem nos contar por sua própria vontade que era juiz, nos dava certa confiança de que o homem não era um alcaguete. Também tínhamos a experiência de *juízes de mesta* que havíamos recrutado para a guerrilha.

Pois bem, seguindo de onde estávamos, demos a ele o dinheiro para que fosse às compras. Ao sair de casa, nos certificamos que ele visse para que lado nós estávamos indo. Fazemos isso com a intenção de que ele acredite que vamos passar o dia em uma direção em que nos viu sair quando na realidade não é assim, pois, uma vez que nós lhe perdemos de vista começamos a caminhar, tratando de não deixar pegadas, para o outro lado, sobre um riachinho. É só uma medida elementar de segurança.

Caminhamos cerca de 100 metros sobre o riacho, e depois vamos contornando, contornando, subindo por uma colina com apenas forrageiras, dessas bem densas, cerradas, e é claro, ali é impossível apagar as pegadas, porque tens que forçosamente rasgar o monte para poder avançar, principalmente à noite. É uma encosta incômoda, mas ajuda-me a dizer incômoda. Inclinada, bem inclinada. O monte tem como dois metros de altura e te repito, denso e com matagal. Não quisemos chegar até em cima da colina, porque é desmatada e podia passar alguma estrada, para que não nos vejam ou para que não encontrasse algum camponês transeunte, ou sei lá o quê. A verdade é que ficamos como a dez metros do cume, em um ponto de onde podemos observar perfeitamente os movimentos da casa durante o dia, para ver se não ocorre algo anormal e poder descer de novo tranquilamente durante a noite, para comer as galinhas e continuar conversando com o tipo para consolidá-lo como novo colaborador e partir no dia seguinte pela manhã.

A verdade é que nos instalamos nessa incomodidade, onde a duras penas podíamos estar mal sentados. Ficamos em fila de baixo para cima. Primeiro eu, depois Justo, depois Lucio e mais acima, o pobre Chele Jaime, que andava com uma gripe e uma tosse, que o irritava. Acomodamo-nos aí, cerca de quatro e meia da madrugada, quase cinco. Não havíamos dormido durante toda a noite. Aí pelas seis da manhã, abrimos as mochilas para tirar o rádio e os plásticos, pois começou a chuviscar, embora a água tenha se acalmado por volta de dez da manhã.

Bom, e aí estamos observando a casa. Aí pelas dez, quando passou a chuva, o homem saiu de casa. Excelente! Dissemos todos. A coisa está andando. O homem está trabalhando. Vai às compras. Ao meio-dia, ouvimos quietinhos as notícias. Nada importante, apenas mais manifestações na cidade, o que já não era notícia. Continuamos observando, e por volta das quatro da tarde, vemos que o tipo chega com uma galinha e reconhecemos a embalagem de cor vermelha do pacote de cigarros Delta. Genial! O tipo fez o trabalho!

Chele Jaime está tossindo e tossindo todo o dia, e eu lhe dizendo que tossisse baixinho, ou que colocasse um pano na boca, porque podiam nos ouvir, sobretudo porque estamos mais alto do que a casa e o homem já havia chegado. Passou. Vemos o homem matar a galinha, torcendo o pescoço, no quintal. Não víamos a hora que escurecesse para descer para comer, estamos famintos e sem dormir.

Por volta de cinco da tarde, ouvimos um barulho lá em cima mesmo, como o tropel que faz o gado. O gado vinha direto em nossa direção, mas não o vemos pela densidade da mata. Temendo que o gado passasse por cima de nós, penso em dar um grito para espantá-lo.

No momento que vou gritar, ouço uma voz forte, de homem, que diz: "Daqui podemos atirar nesses filhos da puta, quando estiverem entrando na casa! Levo um susto, olho para trás, ao lado de onde está Chele Jaime, vejo que são guardas. Eles não nos veem, porque estamos de verde, entre o monte verde, nós os vemos porque estão na clareira, e porque sua atenção está sobre a casa. O guarda que está mais perto de nós está cerca de seis metros de Chele Jaime.

Me dou conta que o grandissíssimo filho da puta do homem, havia ido nos denunciar ao quartel mais próximo da guarda, e claro, com ele haviam feito um plano para nos matar. Sabiam quantos éramos, que armas tínhamos e, claro, que não faltaríamos ao encontro por causa da fome e do cigarro. Quando eu ouço que o chefe diz que daqui podemos atirar neles quando entrem na casa, eu imediatamente me dou conta, que eles não têm a mínima suspeita que estamos ali. Eles pensam que estamos em alguma montanha vizinha, e que pela tardinha, vamos chegar na casa, tal como havíamos combinado com esse maldito. É claro que penso que esses que estão aí não são os únicos guardas, que seguramente também há guardas do outro lado da casa e, definitivamente, que tem emboscadas montadas nas trilhas de acesso à casa desse filho da puta.

Olho meu relógio, são cinco horas e uns segundos da tarde de 19 de novembro de 1977. Olho com a precisa e única intenção de ver, de curiosidade de ver, qual era o dia exato de minha morte. Tantas vezes em meus momentos de ócio havia pensado, qual seria o dia, a hora, o mês, o ano e o lugar de minha morte. Pois bem, já o sabia. Ponho-me a pensar no que diria o piripipipí de minha queda e a de meus rapazes. Penso em minha mãe, em Claudia, em Bayardo Arce, em todos, em Modesto, em meus amigos e companheiros da Frente. Penso em mim, que não queria morrer, tenho medo da morte, não quero morrer. E ali não há salvação.

Escutei o "Omar Cabezas! Presente! Presente! Presente!" Minha vida em segundos e não quero morrer, me nego a morrer, só falta agora que Chele Jaime tussa um pouquinho, para que desabe sobre nós uma saraivada de balas, tiros e granadas. Na posição que estamos, de costas para eles, sem poder nos deslocar, não há sequer possibilidade de atirar minha granada para cima, porque o terreno e minha posição não o permitem. Porra! E eu não querem que me matem, eu sou Pátria Livre ou Morrer, mas não quero morrer! Que faço?

Viro-me para ver Chele Jaime que está sério, e faço sinal que não tussa, faço sinal para que ponha o lenço para que não possam ouvir. Vão matar a mim e a Chele, a meu Chele que gosto tanto, que tem lutado tanto; não pode ser, é injusto morrer assim, sem nem sequer poder responder o fogo. Eu tenho clareza que não posso abrir fogo, porque se o faço, como estão abrigados ali em cima nas colinas, responderiam com um fogo de tal intensidade, não íamos ter tempo nem de piscar. Baixo a vista até Lucio e o vejo sério, emburrado, olhando para mim, com uma cara de que invente alguma coisa para que nos salvemos. Faço-lhe sinal de que fique quietinho e que não se mova.

Faço caladinho, com o dedo nos lábios. Ai! Meu Deus, que não ocorra a esses filhos da puta descer, mas nem três metros, porque vão ver Chele Jaime, apertando o pescoço, quase até a se enforcar, e com um lenço metido na boca para não tossir. E baixo a vista até Justo, o vejo sério, irado, e eu o observo, e penso em seu irmão morto, e vejo seu rosto. Justo, meu Justo, com que eu tinha quase dois anos de andar juntos por essas montanhas, e que o escolhi para a missão de última hora, pois eu pensava em trazer Franklin e deixá-lo com o restante dos companheiros, mas o havia trazido porque Justo me inspirava confiança.

Não só confiança política, mas também confiança quanto a minha capacidade de dominar o meio e as situações difíceis com a ajuda dele; confiança em sua capacidade de combate, e que depois do combate não me perderia, pois era o guia, era o primeiro da vanguarda nas marchas, e eu caminhava sempre detrás dele e estava seguro de que Justo nunca me deixaria perdido na hora de uma retirada. Imagina! Que ia me deixar só ou se preocupar só com ele e se esquecer dos demais. Isso era impossível em Justo! Gostava muito de mim. Para Justo, eu era a verdade, para Justo, eu era a certeza da vitória; além disso, era muito generoso e o mais fraterno do grupo; mas antes não era fraterno.

Lembro que quando entrou à Bacho, Justo vinha nervoso, estava passando à clandestinidade juntamente com Francisquito, naquela noite escura. Quando descemos do veículo e começamos a caminhar com a carga que trazíamos da cidade, pensei que não havia problemas com esses dois novatos da guerrilha, pois eram de origem camponesa. Filhos de um pequeno ou médio produtor agrícola. Eram jovens criados entre a fazenda e a casa na cidade, entre o colégio e as férias com facão na propriedade rural. Tenho entendido que já maiores, deixaram o colégio e se dedicaram a trabalhar com o pai na pequena fazenda.

Havia, pois, razão para não pensar que se repetiria de novo a já tantas vezes repetida tragicomédia dos guerrilheiros urbanos que entram pela primeira vez na montanha. Mas não foi assim. Na hora de ir caminhando com a ajuda da luz da lua por uma colina intrincada de pouca vegetação, a Justo, o mais velho dos dois irmãos, beirando os 19 anos, arrebentou-se a alça da mochila, caiu a carga e fez ruído próximo de uma casa. Os cães latiram para nós, ouviu-se ruído de pessoas; dentro do rancho, acenderam uma lanterna e tivemos que ficar agachados para não sermos descobertos. Justo ficou nervoso, porque ele foi o responsável pelo incidente. E embora esse incidente já havia me ocorrido mil vezes, não podia evitar de me irritar quando aconteciam situações que colocavam em risco desnecessariamente o projeto da guerrilha.

Naquela noite que Justo entrou, repetiu-se a tragicomédia de sempre. Por volta de três horas de caminhada, contrariamente às minhas predições interiores, Justo sentiu enjoos, depois vomitou e por último, já na madrugada, com cerca de seis horas de subir e descer morros buscando o acampamento pela noite, desmaiou, e tivemos que dormir e passar o dia em um matagal. No dia seguinte, Justo amanheceu envergonhado, duplamente constrangido: primeiro, porque seu irmão mais novo se comportou melhor do que ele, e segundo, porque ele sabia que eu era o chefe da guerrilha, já tinha referências minhas, sabia que eu era Juan José. Quando eu o olhava, baixava os olhos envergonhado e eu o observava dissimuladamente para qualificá-lo. Para ver seus gestos, seu físico, seus modos, suas expressões faciais. Desse modo também se conhece as pessoas.

Justo é mais alto do que eu, cerca de 1,77 metros de altura. Tem o rosto ovalado, mas quando havia boa comida e engordava não era tanto, mas quando havia escassez, era ovalada. De lábios finos e dentes alinhados, com alguns dentes postiços, mas não de ouro, mas dos brancos. Seus olhos são castanhos, seu cabelo é liso e penteado partido. Justo quando entrou à guerrilha era muito magro e era meio branco pálido, um pouco desajeitado, mas com o passar do tempo, ficou mais robusto e seu rosto, embora seu queixo fosse pequeno e meio pontiagudo. Ele tem um nariz grande e seu nariz se parece com o de Dante Alighieri; com o tempo, já não era mais magro ou desajeitado. Ele era musculoso, eu diria que ele era cheinho, embora suas pernas fossem extremamente fortes.

Justo, com o tempo, com minhas exigências com ele, foi mudando seu andar e sua maneira de ser, porque no início ele era meio malcriado, mas eu sempre caía em cima dele e lhe dizia: "Compa, deixa essas grosserias para a guarda", e quando ele reincidia, eu tentava criticá-lo, magoando-o um pouco, e lhe dizia: "Vamos ver se na hora H você vai falar assim com o inimigo".

Prestei muita atenção individual a ele, sobretudo desde que me dei conta de que ele tinha senso de orientação. Ter um homem na guerrilha que sabia se orientar era mais valioso do que dez que não tinham senso de orientação, acho que eu já te disse isso. Então eu me encarreguei pessoalmente dele, não deixava passar nada, nada de nada. Estava sempre atento a ele. Também observava que o rapaz assimilava bem, ele copiava tudo. Logo percebi que ele era um quadro em potencial, que o que eu tinha que fazer era ser exigente e intransigente com ele. Não lhe permitir nada até que ele estivesse mais ou menos no caminho certo. Justo era uma esponja, agarrava tudo no ar. Como somos poucos, eu estava prevendo que ele poderia se tornar o meu segundo, e isso me fez exigir mais dele. Acho que às vezes eu exagerei! Este Justo também me fez exigir mais de mim, porque como eu era o chefe, ele estava sempre atento ao que eu estava fazendo, como eu estava fazendo, porque eu estava fazendo, e também se eu estava fazendo aquilo que eu exigia que ele fizesse, e naquele momento eu tinha que fazê-lo e fazê-lo, além disso, melhor do que ele.

Justo foi pouco a pouco transformando sua personalidade; ele não era desajeitado nem magro. Foi se transformando em um homem forte, com um porte militar. Ele sempre tinha uma boa postura e aparência, gestos militares acompanhados de uma profunda consciência política e convicção no que fazia. Ele sempre usava seu boné bem colocado e limpo, ele não gostava que estivesse amassado. Quando se molhava ao acampar, era o primeiro que se secava. Nunca o vi sem que a chave de seu cinturão militar não estivesse exatamente sobre a fivela da faixa das calças.

Justo foi se desenvolvendo bem rápido. Ele aprendeu todos os truques dos velhos. Os bons e os maus. Ele aprendeu inclusive a sonhar enquanto via o fogo arder na cozinha do acampamento, quando todos estavam dormindo e só ele e eu acordados, cozinhando algum macaco e ouvindo a Rádio Havana. Aprendeu a olhar de frente nos olhos de seus companheiros. Ele se tornou um bom caminhante e carregador e até um pouco vaidoso e convencido, sem deixar de ser humilde, porque Justo sempre foi o mais humilde. Ele aprendeu a ser intransigente consigo mesmo e com os outros e também a gostar de mim por criticá-lo por não prever as coisas, por ser confiante ou acomodado; ele aprendeu à força a gostar de mim por dormir quase dois anos juntos na mesma barraca. Ele aprendeu a gostar de mim por mil noites juntos, falando da imortalidade do caranguejo, da reprodução da formiga, das primaveras e de países distantes, de Modesto e de Claudia, de acreditar que eu era meio sábio quando lhe falava do materialismo dialético e histórico, de cantar rancheiras juntos no meio da selva, até ficar em silêncio e acordar no dia seguinte, sem nos darmos conta a que horas adormecemos.

Ele aprendeu gostar de mim a ponto de estar disposto a dar sua vida por mim ou a me dar a melhor parte de algo ou a coisa mais bonita, porque ele me amava e não porque eu era seu chefe. O que ele não sabia é que eu também fui me afeiçoando a ele, incorporando-o a mim. O que ele não sabia é que eu, a cada dia, confiava mais nele. Cada dia eu tinha mais esperança e fé nele. Eu estava muito contente com ele, com a maneira de ser. Que a cada dia eu me sentia mais seguro em sua companhia, pois aprendeu a dominar as luas, a conhecer os sons e a analisar os ventos. Ele chegou a ser o mais disciplinado de todos, e tanto dominava o facão, como a interpretação das notícias nacionais e internacionais. Era o mais zeloso em medidas de segurança, o mais zeloso e preocupado com o destino da guerrilha e de seu futuro. Justo derramava ternura pelos olhos e gritos de prevenção, de repreensão ou de encorajamento a seus companheiros.

Justo sentia-se seguro comigo, mas o que ele não sabia era que os sentimentos, com o passar do tempo, iam se transformando em recíprocos; não suspeitava que a essa altura eu estava disposto a dar minha vida pela dele. Não se imaginava que sua companhia me dava confiança e lucidez; não se imaginava que ao lado dele me sentia protegido. Não suspeitava que junto a ele eu era mais audaz. Não percebia que eu o amava. Nunca havia considerado prudente dizê-lo. Eu era o chefe, e por um sentimento ético, ou político, ou militar, me inibia confessar a meu subordinado que eu, seu chefe, com sua companhia me sentia seguro e protegido.

Nunca o disse, menos nesse momento em que estávamos cercados pela guarda a ponto de nos enfrentarmos em um combate desigual, para tentar salvar a vida que, naquele momento, estava por um fio. Começo a pensar com frieza. Há apenas as seguintes possibilidades: ou nos descobrem e abrem fogo contra nós e nos matam, ou nós abrimos fogo e também nos matam ou ficamos esperando aqui, quietinhos para ver o que vai acontecer.

Opto pela terceira, pois se não nos descobrem antes que caia a noite, há a remota possibilidade de que possamos romper o cerco. Faço sinal a todo mundo de silêncio. Faço gestos, que fiquemos quietos onde estamos. Assim, passamos como meia hora ou 45 minutos. Eles acima, esperando que nós chegássemos à casa e nós esperando que eles nos esperassem chegar à casa. Nessa puta tensão, te juro, que chegou um momento em que eu mesmo ficava olhando a casa, para ver que hora nós íamos chegar e ver como nos matavam.

Eu olhava o relógio a todo momento, para que escurecesse rápido. E não escurecia, só faltava um instante, mas não escurecia. Se não avançarem três metros, digo para dentro de mim, há possibilidade de vida. Nós ouvíamos claríssimo suas vozes, seus passos, seus ruídos, eram bem seguros ou indisciplinados, mas víamos tudinho. Ouvíamos o chefe se comunicar por *walkie talkie* com as outras patrulhas que estavam em emboscadas, e com o quartel, informando que já estavam em suas posições, que estavam apenas esperando. Que não se preocupassem, que isso eram favas contadas, e nós os ouvíamos e olhávamos uns aos outros.

Digo a Justo ao ouvido, para que ele repasse do mesmo modo para os outros, que quando escurecer nós vamos tentar sair do cerco. Que vamos deixar tudo, mochilas, plásticos, rádio, e que é preciso ter cuidado com as argolas dos fuzis, pois são metálicas e ao se chocar contra o metal da arma, podem fazer ruído, e esse ruído é inconfundível. Justo passa o recado e o outro ao outro.

Quando a mensagem chega ao final e os vejo, os rostos já estavam diferentes. Havia um sopro de esperança.

Estou acabando de ver as suas caras, quando ouço que o chefe dos guarda diz a vários deles: Vão à casa de fulano e digam-lhe não lembro que coisa. Quando o tipo disse isso, nós ficamos nos olhando, como se dissesse agora sim, vamos morrer. Pois os tipos, ao descer iam encontrar conosco, e se não nos encontrassem, iam encontrar as grandes marcas que havíamos deixado quando subimos pela madrugada.

Efetivamente, os tipos descem, e veem as pegadas e um deles diz: "Veja! Veja!, esses filhos da puta passaram por aqui. Sigamos a pegada". Outro disse: "passa você na frente, que é o que sabe seguir as pegadas". Suponho que o tipo passou à frente. Colocam-se em cima das pegadas, e começam a subir para onde estamos sentados. Estão a escassos dez metros de nós, eu sou o primeiro com quem vão topar. Sou o primeiro que vai disparar e logo, adeus Omar Cabezas, você vai matar um, mas depois será um homem morto. Quando o que vai na frente mexe num galhinho, para afastá-lo e continuar, se depara com o cano de minha carabina encostado em sua cara, e seus olhos saem das órbitas. O que vai atrás dele, não me viu. O tipo quando vê a carabina em suas narinas e olha para mim, diz: "Voltemos! Voltemos! Vamos para a casa, como disse o tenente, quem sabe para que lado esses merdas foram". E voltam e eu não disparo. Era Nieves, o *juiz de mesta* com quem tropeçamos antes. Acho que o reconheci e, como diz isso, por isso não atirei.

Filho da puta! Disse internamente. E se não for Nieves? E se me enganei? E mesmo que tenha sido Nieves, e disse isso para não morrer, e agora que estão longe, vai dizer ou vai dar um grito que atirem que estamos ali, do ladinho deles? Merda! E fico olhando os companheiros e eles a mim, como me perguntando por que não disparou? Pois eles, pelo menos Justo, viram toda a cena. Eu lhes faço sinal de silêncio e que fiquem calmos. Foram segundos, minutos de angústia indescritíveis, esperando ouvir o grito do homem, nos denunciando ou esperando a saraivada do inimigo sobre nós. Quando passaram cinco minutos e não aconteceu nada, me dou conta que o homem ficou calado. Não nos denunciou. Seja ele quem for. Outra vez a esperança de viver. E finalmente escureceu e nós não chegávamos à casa e eles esperando que chegássemos. E à medida que não chegávamos, eles se impacientavam. Mas já anoiteceu. Se decidirem descer até a casa, não podem fazê-lo pelo nosso lado, porque é um matagal difícil; em todo caso, iriam pela estrada.

Eles, a nos esperar, e nós, a esperar também. E dão as oito da noite. Eu tenho a esperança de que vão embora por irritação. Genaro, o chefe da patrulha, chama seu superior pelo *walkie talkie* e lhe diz: "esses filhos da puta não vieram, parece que pressentiram. Que fazemos?" E ouço que lhe respondem: "esperem aí por toda a noite". Ai, meu Deus, porque faz isso conosco! "Ok. Ok. Vamos esperar", responde Genaro. E dá-lhe esperar. Por volta das nove da noite, algo lindo. Começa a cair um pé d'água que só por Deus. Agora ou nunca!, digo. Digo a Justo que se preparem, que vamos romper o cerco por baixo. Justo passa a voz ao ouvido, os guardas começam a fazer ruído desempacotando seus capotes.

Agora! E digo a Justo que tome a vanguarda, que iremos rastejando. Não polegada por polegada, mas milímetro por milímetro. Não em câmara lenta, mas em supercâmara lenta. Começamos. Conhecíamos a técnica. Havíamos praticado em não sei quantos treinamentos. Digo a Justo que só precisamos descer 100 metros e nos salvamos. Calma, calma, que são nove da noite. Temos sete horas para avançar os cem metros. Conseguimos em menos, às quatro da manhã havíamos avançado os 100 metros, debaixo de seus narizes, como formigas com patinhas, perninhas, mãozinhas, e barriguinhas com silenciadores. Como cobras mudas, como serpentes lentas e silenciosas. Que amor à vida.

Quando avançamos rastejando os 100 metros, vamos nos encarapitar em outra colina, a do milharal velho; aí esperamos que amanhecesse o dia. Estamos curiosos para ver o que estão fazendo, e de esperar que pela manhã se concentrem na casa do delator para atirar neles e causar-lhe alguma baixa, nos retirar e cobrar o que nos havia feito.

Estávamos há duas noites sem dormir e ainda mais famintos, mas felizes pela nossa façanha. Havíamos os enganado debaixo de seus narizes. E se soubessem?, dizíamos.

E estamos nos refrescando por ali, vendo-os se reconcentrarem na casa quando ouvimos um ruído que vem diretamente em nossa direção. Nós estamos na borda da colina pelada e o ruído vem subindo. Quando ouvimos o ruído, foi aproximadamente a dez metros. Eram guardas, mas ainda não os víamos. Dei o sinal de posição de tiro. Nós estudávamos, permanentemente, planos do que fazer nesse tipo de casos, também 100 vezes praticado.

Tínhamos inclusive ponto de reunião por qualquer eventualidade, a cerca de mil metros dali, em uma árvore gigante, que visualizávamos dali. Sobem. Vemos o primeiro, vemos o segundo, vemos o terceiro, vemos o quarto. Estamos de joelhos em terra, eles não nos veem, entra o quinto e vejo que Jaime está frente a frente com ele, a cerca de três metros o primeiro guarda.

Abro fogo. Todos abrimos fogo. Dois tiros cada um. Os guardas caem mortos. Os de trás se deitam e começam a atirar como loucos. Sem nos ver. Dou a voz de retirada. Justo arranca a passo tático veloz e à corrida em zigue-zague. Eu arranco atrás de Justo. Lúcio, Jaime, todos correndo, passamos o emaranhado do desmatamento, como se fosse um campo de futebol. Eles disparando como loucos, atirando com rajadas, lança-granadas, víamos apenas as folhas e os galhos caírem a nosso lado. Continuamos correndo, eles não avançam. Apenas disparam de longe. Justo e eu chegamos ao ponto de reunião, depois Chele e Lucio. Vejo todos vivos, nenhum ferido. Todos sem mochilas. Juntamo-nos todos sérios. Começo a rir, dou uma palmada em Justo e lhes digo: É assim que eu gosto, valentes! Vamos, Justo, à vanguarda, que vamos rumo a Kilambé! Estropiados, sem mochilas para a intempérie, mas felizes...

41

> Esta flor é para você. A vi da margem
> e não aguentei a vontade de cortá-la
> para lhe oferecer.

Estamos caminhando rápido e leves. Quando a guerrilha caminha vitoriosa, caminha mais rápido, e se é vitoriosa e sem mochilas, caminha ainda mais rápido. Estamos caminhando pela selva, como veados leves, ariscos. Caminhamos por cerca de uma hora e ainda podíamos ouvir as explosões fortes, devem ser granadas ou morteiros de algum poder, porque estamos longe do ponto de combate e depois de cerca de duas horas ainda ouvimos as explosões. Com cerca de três ou quatro horas de caminhada, vemos passar, apenas se veem passar, os helicópteros, baixinho, indo e voltando. Quando os helicópteros passam, nós nos abraçamos às árvores para nos camuflarmos. É impossível que nos vejam de cima, impedidos pelas grandes copas das árvores da selva, mas não importa, nós o fazemos como precaução. Não queremos que nada estrague nosso trabalho. Durante todo o santo dia, os helicópteros estiveram passando, indo e vindo. De norte a sul, de leste a oeste. Passadeira de helicópteros.

Imaginamos que eles estão evacuando seus mortos e seus feridos. Imagino que eles estejam reforçando e transportando tropas para diferentes lugares, para ver se podem nos foder mais para frente ou mais para trás. Apesar de não terem visto que caminho ou direção nós tomamos, também caminhamos sobre um rio por várias horas, para não deixar pegadas, e então partimos com a bússola de Justo e Chele, em busca do nosso centro de operações, o Kilambé.

Caminhamos rápido, mas sigilosos. Estou sempre esperando que Justo a qualquer momento me dê o assovio clássico do sinal de perigo iminente, que é um sinal que temos estabelecido desde sempre, e que é a imitação do canto de um pássaro da montanha. Eu vou durante todo o caminho esperando o assovio, porque são tantos os voos dos helicópteros que eu acho que eles vão distribuir patrulhas para todos os lados, para nos caçar.

Vou pensando em Kilambé e El Cumbo. Vou pensando que os guardas podem pensar que somos os mesmos, dos que mataram no mês de julho. Vou pensando também em Franklin, Yaosca e Julio, que ficaram lá esperando por nós. Que não sabem do combate. Que se a guarda não anunciar este piripipipí, eles não têm como saber e podem estar desprevenidos ou, pelo menos, não estar suficientemente alertas. Vou, pois, por todo caminho com temor de um encontro com o inimigo, de uma emboscada e de que possa haver tropas em Kilambé e El Cumbo, e que por aqueles lado se vinguem pela porrada que acabamos de lhes dar.

Nós temos clareza que batemos em suas nádegas, que passaram um mau momento. Que, segundo eles, eles vieram para nos levar. A comer *pinchón*. E tudo deu errado. Eles não apenas não nos pegaram, não apenas ficaram acordados e caminharam em vão, mas além disso, nós matamos sua gente e eles nem mesmo nos arranharam. A guarda na montanha não estava acostumada a que fizéssemos isso a eles, tão impunemente. Eles estavam raivosos e furiosos, porque além disso eu cometo a imprudência de depois de caminhar o dia todo, à noite, chegarmos a um rancho, que tinha pouca luz, como se fôssemos guardas que andam em perseguição aos guerrilheiros. Chegamos ao rancho por volta das dez da noite, assim como tínhamos ido à casa de Sergio

Olivas, mas desta vez nós quatro juntos. Nós caímos sobre eles como cães, como guardas. Perguntamos se eles colaboravam com a guerrilha. É claro que eles nos disseram que não, que pelo contrário, tinham passado a tarde inteira junto com uma patrulha à procura dos meliantes, mas que não conseguiram encontrá-los. Que eles acreditam que os guerrilheiros têm pacto com o diabo, porque eles se esfumaram e não puderam encontrá-los em nenhum lugar.

Começamos a insultar os guerrilheiros, eu lhes conto que tinham matado cinco soldados e que três dos nossos tinham sido feridos. Que nos deem de comer, e que nos arrumem comida, que temos ordens do capitão para continuar procurando por eles à noite. Eles pedem para nos acompanhar, e eu lhes digo que não, que à noite é só para os militares e não para os civis, que muito obrigado, e que é melhor que nos façam um favor. Que me levem uma carta ao capitão Genaro amanhã de manhã, mas muito cedo pela manhã. Com muito prazer, me dizem, e eu comecei a escrevê-la.

Na carta eu conto ao tal capitão Genaro tudo o que havia acontecido com o cerco. Que estávamos a seis metros de distância, que ouvimos tudo, eu lhe dei as palavras exatas do que ele disse no rádio, incluindo seu código de identificação para que o tipo acreditasse no que eu estava escrevendo para ele. Eu lhe digo que ele e seus soldados são pouco profissionais, que não consigo saber o que os ianques lhes ensinaram nas academias militares dos Estados Unidos e do Canal do Panamá. Que espero encontrá-los novamente, e não sei o que mais eu lhe disse. A verdade é que eu feri sua autoestima. E eu assino a carta com um pseudônimo inventado que não é Juan José. Eu termino a carta. Deixamos o rancho por volta da meia-noite. Um dos homens saiu quase conosco para deixar a carta, porque eu disse a ele que era urgentíssimo. O capitão deve recebê-la, o mais tardar, até as sete horas da manhã. Eu lhe digo para levar uma lanterna com pilhas novas e que vá embestado, voando.

Foi uma imprudência que nos deixou tensos o resto do caminho. Mas não conseguimos resistir ao impulso de fazê-lo pelo que nos haviam feito e porque, além disso, passamos a noite dormindo molhados, como animais, no coração da montanha, no meio de uns aguaceiros e de um frio e de uma fome que nem quero lembrar, pois no caminho de volta nos perdemos e chegamos ao acampamento vários dias depois do programado, mas finalmente chegamos.

Nos aproximamos em posição de combate, não entramos pelo lugar de costume, para que caso alguém que não fossem os nossos companheiros estivessem esperando por nós. Quando os vimos de longe, começamos a observá-los por um tempo, para ter certeza de que, embora eles estivessem fisicamente ali, que tudo estava bem e em ordem. Começamos a caminhar com confiança em direção a eles, felizes por vê-los novamente e que estavam bem.

Quando sentem o ruído de nossa aproximação, eles imediatamente se estendem no chão, todos resguardados. Estão em guarda. Nós fazemos o sinal convencional, nós nos deixamos ver, eles se deixam ver, e então a explosão de alegria e felicidade. É a primeira vez que ficamos separados por tanto tempo. A expressão em seus rostos era de sorrisos maliciosos de felicidade. Eles já sabiam de tudo. A Guarda havia emitido um comunicado anunciando o ataque traiçoeiro de que haviam sido objeto os gloriosos guardas nacionais, que três deles haviam caído em combate no cumprimento sagrado do dever de defender a pátria e a tranquilidade dos cidadãos. Que os perpetradores tinham fugido covardemente e que as tropas estavam no rastro dos subversivos, e diziam a data e o lugar do combate. Em outras palavras, eles sabiam de tudo. Eles suspeitavam, pelo lugar do combate, que tínhamos sido nós, e os pobres estavam aflitos porque não chegávamos nunca, e como disseram que estavam nos perseguindo...

É claro que, quando eles viram que nós quatro chegamos vivos e festejando, apenas um pouco mais magros, houve uma explosão de felicidade, tanto da parte deles quanto da nossa parte. Finalmente a Bacho estava lutando com sucesso, infligindo baixas ao inimigo, mesmo tendo sido um combate casual e em autodefesa.

Bom, depois os contos, os recontos, as piadas. Repitam, como foi? E então, o que vocês fizeram? E isso aqui, e isso ali. Depois pergunto a Franklin sobre as tarefas que lhe foram confiadas em nossa ausência. Tudo tinha sido realizado satisfatoriamente, e Yaosca tinha se mostrado boa, ela é aguerrida, corajosa, com bons nervos e boa aparência, ela vai se tornar uma excelente guerrilheira. Eu já estou me levantando para fazer não sei o quê, quando Franklin me para e diz: "Espere, irmão, a última coisa é uma má notícia". O quê? Há guardas perto daqui? Reprimiram-nos?, eu lhe pergunto rápido. "Não, ele diz, não é exatamente isso, há algumas patrulhas GN lá, de tal lado da colina, mas o mais importante, a má notícia, não é essa". Franklin deixou por último, porque sabia que ia me impactar. O que foi, então? Eu lhe peço para ir rapidamente direto ao assunto. "Mais dois caíram, da BPU", ele me diz. Só conseguia pensar em Modesto ou René Vivas, e quem eram eles, eu perguntei apressado. E ele me diz: "Evelio! Anselmo! Seu nome próprio é Nelson Suárez", e ele acrescenta, "e outro compa, que se chama Julio Avendaño caiu".

Quando Franklin me disse Evelio, Anselmo, Nelson Suárez, que é a mesma pessoa, eu disse a mim mesmo: agora, sim; isto realmente caiu de vez. Aquela bala raspou Modesto. Nelson era o guia inseparável de Modesto. Eles eram como unha e carne, como corpo e sombra. Como o dia e o sol, como o mar e a areia. Eles eram simplesmente inseparáveis e, portanto, imaginava que Modesto esteve ali pertinho, a poucos metros dele. E se não o mataram, eles estavam prestes a caçá-lo. Mas há outra coisa: Anselmo, Sabino Aguilar e Pedrito, mas sobretudo Anselmo, era o maior guia que a BPU tinha, um imenso conhecedor de Isabelia. Raposa. Tudo. Mas, além disso, ele não era apenas um camponês sandinista, guia ou batedor da guerrilha, mas o companheiro que tinha se desenvolvido INCRIVELMENTE, incrivelmente, mas com maiúsculas. Anselmo foi o protótipo do quadro camponês sandinista. Perder Evelio, Anselmo, não era perder um guia, um batedor, perder Anselmo era perder mais do que um esquadrão inteiro, sei lá o quê, porque perder Anselmo, eu o sinto como uma perda da FSLN e do movimento revolucionário da América Latina. Foi simplesmente uma perda incalculável. Assim mesmo, te repito, incalculável.

Porra! Que não cacem Modesto. E começo a contar, um a um, os mortos da BPU desde que saí, e começo a contar com os dedos das mãos os nomes daqueles que ainda restavam e não pude usar mais de uma mão. Tenho a sensação de que a tocha, a chama, está se apagando gradualmente, lentamente vai se extinguindo a fogueirinha, dia a dia, mês a mês, ano a ano. Sinto que, pouco a pouco, do feixe de luz vai se desprendendo um raio de luz, cada vez que morria um dos heróis dessa resistência, e por que não o dizer, dessa épica resistência da guerrilha latino-americana.

Ajuda-me o fato de que conseguimos encontrar Golondrina, de combater vitoriosamente, e penso duas coisas: uma, enquanto eu estiver vivo, não vou parar de tentar ajudá-los, para que não se extinga; dois, se aquela chama se apagar, de qualquer forma, eles teriam cumprido heroicamente, como imolação, o seu dever sagrado. Se essa pequena chama se apaga, já cumpriu seu papel histórico, seu calor já foi transmitido à FSLN, aos estudantes da Nicarágua, às massas urbanas de todo o país. Se se apagar, pelo menos eles iniciaram o fogo das massas, o calor das massas. Se for extinto, pelo menos eles deram calor suficiente ao povo e, portanto, à FSLN para continuar a luta na cidade. Mesmo que haja três Frentes e três concepções de como tomar o poder. Eu disse que nenhum deles poderia ter chegado até onde chegaram hoje se as massas e a Frente não tivessem contado naqueles momentos de 1971, 1972, 1973, 1974, 1975, com essa energia atômica, envolta em farrapos, chamada BPU.

Isso me reconfortou. Dei instruções para que se preparassem, que vamos para o acampamento do Cuá, que mais tarde o nomeamos de "17 de Outubro", em memória de Pedro Aráuz. Vamos, para nos distanciarmos das patrulhas que ainda nos procuravam no Kilambé e para Yaosca descer para levar o correio para a cidade. Descansamos durante o dia, e partimos na manhã seguinte. Dou instruções de que a guarda anda à espreita e que, portanto, há que ir com muito cuidado. Dou instruções para uma emergência e todas as coisas rotineiras. Digo que vamos a pelo menos dez metros de distância, para aumentar a segurança e não sei o que mais, mas na selva não se pode andar tão longe porque as pessoas se perdem.

Na hora da marcha, por volta das sete da manhã, o companheiro que vai atrás de mim dá o assovio do sinal de perigo. Imediatamente a descarga de adrenalina e me atiro ao chão rapidamente. Ando nervoso. Eu olho o suposto assobiador e o vejo tranquilo, e não entendo, ele está bem e não o vejo movimentando rápido o olhar em nenhuma direção, tampouco o vejo olhando para baixo, vejo-o normal e, além disso, vejo o outro companheiro que está atrás dele, que também está normal, que está olhando para mim, então, quando eu repreendo o que está atrás de mim e gesticulo para ele com a mão: assim... O que aconteceu? O que aconteceu, ele faz sinais para mim, assim, com sua mão apontando para trás, em outras palavras, é como se o problema estivesse na parte de trás, que deveríamos esperar, que algo está acontecendo. Então, digo a Justo para esperar, puxo a pálpebra inferior do meu olho direito para baixo, assim, com meu dedo indicador, tentando explicar a Justo para ficar vigilante, para ter cuidado, que eu vou para trás para ver o que está acontecendo. Vou preocupado, andando com passo tático, rápido, para ver o que está acontecendo, ainda não ouço nenhum tiro; de repente, penso que por vezes e com frequência as alças da mochila de um companheiro se soltam, ou algo que ele carrega na mochila bate nele ou machuca as costas e então as pessoas pedem tempo para amarrar as alças ou arrumar melhor a mochila; em ambos os casos é uma falha ou um tropeço, porque se tem que sair bem-preparado. Há até mesmo um período de preparação para a marcha, onde as pessoas verificam suas mochilas e fuzis, onde tudo é verificado, tanto é assim que nas marchas de guerrilha há um mito, no sentido de que a marcha é imparável, ou seja, a marcha não pode ir parando, porque é perigoso. Então, bem, meu desejo íntimo é de que nada tenha acontecido, a ideia que me passou pela cabeça, que talvez seja algum detalhe de alças, da mochila, ou que alguém deixou cair o carregador da arma, ou perdido algo, não sei o que penso, porque ainda não se abriu fogo. A verdade é que eu vou até o companheiro que está atrás de mim e pergunto a ele... o que aconteceu? Quem parou a marcha? "Não sei", ele me diz, "de trás, eles disseram que parássemos". Então, eu não deixo a mochila e continuo rápido e sigiloso para trás.

Eu não deixo minha mochila, porque estava um pouco aborrecido por eles terem parado a marcha e porque o compa que ia atrás de mim ter me dito que não era ele, mas que era mais para trás, o que implicava por força que eu tinha que ir não sei quantos metros, onde foi a questão, com minha mochila às costas, descer e subir novamente para trás, e depois descer e subir novamente para a frente, mas quando alguém leva uma carga durante a marcha, um passo para trás, isso é injustiça, quanto mais descer 80 ou

100 metros só porque você é o chefe, se eu era igual aos outros, também me canso, e isso estraga meu humor.

    Acontece que vou para trás irritado, mas quando chego ao final da coluna, me entende, estou com raiva, porque pararam a marcha sem minha autorização, e na guerrilha, repito, para parar a marcha é preciso pedir permissão, e que me enfurece se não me pedem permissão, e à medida que vou caminhando meu sangue vai esquentando de raiva, e vou encontrando companheiros sentados, outros descansando o peso da mochila, recostados no chão ou em uma árvore, e quando chego ao quarto, que é cerca de 45 metros, e além de tudo isso, estamos molhados porque choveu, e à medida que vou caminhando, subindo e descendo, procurando o que aconteceu, minhas bolas vão se inchando de raiva, então quando chego onde está um companheiro mais separado do que o normal, olho para ele com uma cara de poucos amigos e lhe digo: "O que aconteceu aqui? O que aconteceu aqui?"... "Não!" ele diz: "Por que pararam a marcha? "Não!", ele me diz, parecendo assustado... Mas eu estou furioso e lhe digo: "O que aconteceu aqui... Por que pararam a marcha?" Mas encharcado, com frio, mas agitado ao mesmo tempo, o compa me diz... "Compa, não fui eu, foi a Yaosca". Onde está o Yaosca... "Lá", ele me diz. "Lá", ele me diz, e aponta para o mato e eu não vejo o Yaosca em lugar algum.

    Mas o que aconteceu? "Está lá", ele me diz. Aonde? Monteando? "Não, eu não sei, ele me diz, ela foi por ali". Mas por que se foi? Eu não entendo o que aconteceu, por que Yaosca de repente se foi. Por quê? Eu pergunto se ela está monteando – monteando é cagando –, e o tipo me diz que não sabe, que acredita que não, que ela não disse nada e que de repente se foi para o monte, saiu assim, à esquerda dele, quando ia marchando, e deixou a coluna sem dizer absolutamente nada, eles estão assim, em uma pequena borda. O quê, eu digo... "Sim", me disse, "ela não disse nada e foi por ali". Mas você não lhe perguntou o que ela ia fazer? "Não, não, eu creio que ela está monteando". Não, eu lhe digo, e fico ainda mais irritado, penso que não é possível que não tivesse perguntado à mulher o que está acontecendo, que não lhe tivessem perguntado nada, que não possam me dar nenhuma explicação... Esperem por mim, lhes digo. E eu fico com mais raiva, meu rosto se injeta com sangue, o corpo, os braços, quero agarrá-la pelo pescoço como uma galinha. E eu vou para baixo outra vez, pensando que tenho que voltar a subir de novo, a voltar lá, voltar ao início da fila e depois continuar marchando. Estou descendo, raivoso, pensando, e esta filha da puta dessa garota pensa o quê, que está fazendo, saindo desta merda, separando-se da coluna... e essa filha da puta não pede permissão para merda nenhuma, e o que pensa esta filha da puta, se ela já conhece todas as regras; estou descendo a colina como um louco, rompendo o monte para ir procurá-la, porque bem, eu não pensava que ela tinha desertado. E então, quando estou a cerca de 50 metros, 70 metros de distância do grupo, descendo à procura dela, ela volta, e eu a vejo aparecer entre a folhagem verde, e estamos a cerca de dois metros, frente a frente, e que susto da garota quando ela olha para mim, ali, de corpo inteiro, encharcado, e com uma cara que ela nunca vai esquecer; ela tem 16 anos, branquinha, segoviana, baixinha, bonita, com lábios muito carnudos, vermelhos, olhos castanhos muito bonitos, os olhos de uma mulher vista por homens que não fazem amor há muito tempo. A verdade é que nos topamos, ela me vê, em primeiro lugar ela se assusta, ela se dá conta que sou eu quem está ali, o que implica que a marcha parou, que eu voltei, que eu fui aonde ela estava na fila, que eles me disseram lá, na fila, para onde ela tinha ido e que estou procurando por ela, que ela é a culpada. Então, este gesto, que eu a estou procurando pessoalmente por ela, ela sabe o que isso significa. Ela sabe que foi pega no flagra que se deu mal, que ela está fodida, ela sabe de fato que é um problema para ela. Então se assusta quando vê que sou eu. E eu lhe digo em tom severo... Quem diabos lhe deu permissão para parar a marcha... Que diabos está fazendo? Abaixo meu rifle do ombro, coloco a culatra no chão e me apoio assim, com as duas mãos no cano da arma. Responda-me, o que diabos você está fazendo? Mas estou suado, molhado, cansado, com as bolas inchadas. Então a garota fica espantada, frágil, não sei o que a pobrezinha deve ter pensado... Que porra você está fazendo? E ela não me responde, apenas abana a cabeça, assim, com um gesto de não, nada, eu não sei... Quem caralhos lhe deu permissão para parar a marcha? E por que diabos você veio...? E ela apenas balançava a cabeça, assustada, assustada, no meio do verde, porque ela estava toda de verde, verde molhada, com seu fuzil, seu boné verde e o vermelho de seu rosto no meio do verde, de todo o monte verde, belíssima.

 Ela tem uma mão para trás, detrás do corpo e sua carabina na outra, mas eu a vejo com uma expressão de timidez, de medo, sua mão atrás das costas, como se estivesse escondendo algo, como quando as crianças são pegas em flagrante, pegando algo proibido pelo pai, eu a vejo como se estivesse surpresa, eu a vejo e percebo que ela tem a sensação de ter sido descoberta fazendo algo errado, mas, ao mesmo tempo, tem também nos olhos o terror da repressão e da crítica pelo atraso causado à marcha. Percebo que ela está passando por duas situações: uma, haver sido descoberta em um segredo e, segundo, o atraso e suas consequências para ela. Continuo irritado ao ver que ela não me responde, que não fala, que permanece muda, e lhe digo novamente: "Que porra você está fazendo?" E novamente, ela não me responde. Percebo que a mulher está realmente aterrorizada, que não pode falar, ou que não quer falar, ou que tem medo da resposta, ou quem sabe o quê. Então eu respiro fundo, tomo ar, relaxo meu corpo tenso, dobro um pouco meu pescoço, mudo um pouco meu rosto, invoco minhas reservas de paciência e compreensão, e calmamente lhe pergunto: Yaosca, o que você estava fazendo? Ela permanece em silêncio por um momento, olha para o lado, depois olha para mim, e quando ela me olha nos olhos, se desenha apenas um sorriso tímido e inseguro. Ela está consciente de que estou fazendo um esforço para me controlar. Ele tira sua mão de trás, aproxima-se de mim, coloca-a na minha frente e diz: "Esta flor é para você. Eu a vi na beirada e não aguentei a vontade de pegá-la para dar a você". Puta que pariu!, digo por dentro. São milhares de sensações em um segundo, milhares de ideias em um segundo, em meu pobre cérebro que tem tantos problemas. Mas eu fico calado e não a recebo. Em um instante, eu penso que se eu a receber, significa aceitá-la, se eu a receber, significa estabelecer um precedente de parar a marcha por algo irrelevante... Minha primeira reação, quando vi a flor, foi como quando se mostra um crucifixo ao diabo, ou quando Drácula é surpreendido pelo sol do dia. Mas quando a vejo ali, agora firme e segura, em um segundo todos os meus mecanismos de defesa caem, como se eu tivesse perdido toda minha força física, como se meu corpo se desgovernasse, como se meus braços e asas tivessem sido quebrados... Estou aturdido, atônito, indeciso.

Eu não sei o que fazer, como agir, eu, que estou acostumado a reagir rapidamente a qualquer situação, hesito naquele momento. Não sei quantos segundos são, não decido o que fazer diante da contradição absurda de me comportar como um militar, ou de aceitar o gesto terno e irresponsavelmente belo. E em um ataque de fraqueza ou o que quer que seja, a recebo com consciência de cumplicidade, como alguém que aceita compartilhar o pecado, como alguém que aceita fazer algo errado às costas da mãe e às costas dos camaradas que estavam lá em cima esperando por nosso retorno e pelas informações sobre o que aconteceu. A flor é lilás e está úmida, eu vi a flor e vi seus olhos, vi seus olhos e a flor, e a flor e ela tinha um sorriso que eu compartilho como quem compartilha uma brincadeira de criança. Não há palavras. Apressamo-nos para o local onde ela se separou. Vou caminhando sem falar, passando por onde todos os companheiros que levantavam; devo dizer-lhe que não estou com raiva, embora por fora esteja com o rosto muito sério. Foi uma das poucas vezes em que a mochila se tornou desimportante. Quando cheguei a Justo, ele me perguntou:

"O que aconteceu?", e eu, sem querer falar, lhe respondi: Merda, compa, pura merda, e continuamos caminhando.

42

> ...era meu primeiro esforço de trabalho teórico desde que entrei à FSLN em 1986, interpretando, como quadro que tem certa base teórica e alguma prática revolucionária, a conjuntura política do momento, para tentar contribuir e ajudar a situação nesses momentos difíceis...

Chegamos ao Cumbo sem novidade. Em finais de novembro, enviamos imediatamente Yaosca com o correio, informando a Bayardo qual foi o resultado da missão. Que havíamos chegado pertinho de Golondrina, que por fim tinha o prazer de lhe informar que havia visto as casinhas do povoado e os percalços do combate. Que não havia sido propiciado por nós. Que foi quase em legítima defesa. Yaosca não demorou. Com dois ou três dias, está de volta com um enorme carregamento de homens e cargas. Na escuridão da meia-noite, não distingo bem os rostos. Na noite, todos são silhuetas. Consigo ver que uma das silhuetas é alta, magra e mais escura que as demais. Fixo minha atenção nela porque me parece que a conheço. A silhueta fala e eu a identifico imediatamente. Não pode ser! Este país está louco, ou as coisas vão avançar.

Era o Negro Blufileño Lumberto Campbell, que super conheço, desde que ele era estudante de Física ou Matemática na Unan de León e depois professor da universidade. Como poderia esquecê-lo, se era uma das pouquíssimas pessoas da raça negra da cidade e da universidade. Como iria esquecê-lo, se o admirava.

Como iria esquecê-lo, se o admirava, absorto, com tragos ou sem tragos, quando dançava nas festas universitárias de León que, seja dito de passagem, aconteciam a todo momento. Como poderia esquecer esse personagem, que era meio tímido, mas que quando vencia a timidez, ou era vencida por seus amigos, se atirava ao centro do salão a dançar com a mais decidida e audaz das estudantes dançarinas que houvesse nas festas e aí, logo, logo todo mundo religiosamente parava de dançar e se fazia uma imensa roda, todos em círculo, aplaudindo ou olhando com admiração e outros até com inveja, como esse negro, estudante ou professor, se contorcionava maravilhosamente, como deixava regada a quilômetros à mulher que dançava com ele, e não havia festa em que isso não acontecesse, a não ser que o negro não fosse. Mas se fosse, a festa era interrompida quando Lumberto dançava solto, e reiniciava quando ele terminava de dançar. E às vezes isso acontecia até duas vezes na mesma festa, e quando a china beliscava ao bebê chorão, até três vezes. Como poderia esquecer dessa silhueta que havia visto se contorcer na obscuridade das festas estudantis do Clube Universitário não sei quantas dezenas de vezes, e que eu me brigava e empurrava e abria caminho para poder chegar até o primeiro círculo de admiradores que o rodeava. Jamais iria esquecer a silhueta do primeiro costenho que levou a León o "Palo de Mayo" e todo o rico ritmo do Caribe.

Mas eu te dizia que quando vi as silhuetas pensei que este país estava louco ou as coisas vão avançar, porque em León, os costenhos, os negros costenhos, não se metiam em política, a única costenha que eu conhecia que se metia em política revolucionária era a Mima Cuningham e que era *miskita*. Jamais pensaria, nunca me passou pela cabeça em 1974 que algum dia meu ídolo do baile fosse se meter em política, menos ainda na FSLN, e menos ainda que fosse para a montanha. Lumberto havia sido responsável regional da FSLN no Ocidente.

Lumberto e eu já éramos amigos. Velhos conhecidos, conversamos incontáveis vezes, mas não éramos íntimos nem nada disso. Eu também o admirava porque tinha fama de ser bem inteligente. Uma fera para a Física e as Matemáticas e eu como era particularmente rudimentar e torpe para essas coisas, isso fazia com que eu o admirasse mais. Mas vê-lo ali, já graduado, e se não estou equivocado com mestrado em alguma coisa estranha, fez com que eu me sentisse... de como vocês já sabem, porque não quero dizer cu porque já vão dizer que sou um boca suja.

Imagina se íamos dormir esta noite! Lumberto tinha, por seu nível intelectual, uma boa capacidade política e formação cultural geral que eu não ia desperdiçar indo dormir. Mas nesse caso o que mais me importava, não era sua formação cultural geral, mas sua informação política atual e concreta. Especificamente sobre a divisão da Frente. Imediatamente, comecei a interrogá-lo a fundo. Ele com frequência me dizia: você não sabe isso? E eu lhe respondia que não, que não sabia. Para ele era difícil acreditar, pois supunha que um quadro como eu deveria ter mais informação, lidar com mais coisas e até mais detalhes que ele sobre os famosos problemas e suas interioridades.

Agora, não é que eu não soubesse nada. Eu já tenho muita clareza de que há três Frentes. Uma proletária, uma insurrecional, e uma GPP, que é na que estou. Conheço, claro, quem são os chefes de cada uma das três Frentes Sandinistas. Manejo mais ou menos alguns elementos conceituais de cada uma delas, mas não as domino a fundo. Não domino a fundo a análise, a coerência, a estruturação da argumentação teórica que dá corpo inteiro a cada uma das concepções, uma vez que não havia podido falar pessoalmente com os insurrecionais nem com os proletários. Logicamente, a que tenho mais conhecimento, claro, é a GPP, da qual já te disse antes, começo a ter minhas íntimas reservas, a partir do que ocorre com a BPU, a partir do que via nas ruas quando descia à cidade, as manifestações, as pichações, o que eu ouvia pelo rádio, e sobretudo, a mescla de tudo isso, com o que aconteceu no recente outubro passado. Os vitoriosos golpes contra o inimigo etecétera.

Meu novo companheiro de guerrilha, pois, sabia mais das coisas mais importantes dos problemas internos que eu, e isso era difícil para ele acreditar. Claro, ele vinha da clandestinidade urbana, e os legais e clandestinos urbanos, em geral, estiveram mais próximos do problema e o conheciam melhor. Os da BPU, imagino que menos. E nós, os da Bacho, como estamos em cima e descemos pouco e subimos rápido e passamos poucas horas com nossos chefes, pelo intenso trabalho deles, em geral, sabíamos menos em relação a outros. A CAS igualmente. Por outro lado, eu havia falado com outros quadros, mas que eram muito jovens e um tanto sectários, caíam em coisas pessoais contra os outros, mas não lidavam com argumentações sérias em profundidade. Eu tenho informação parcial e tenho ouvido muitos epítetos e adjetivos contra os outros, que chegaram, inclusive, de tanto ouvi-los, a me influenciar, a formar em mim uma opinião negativa sobre eles, que começou a se desfazer a partir do mês anterior, dos três piripipipí que nos mobilizaram a todos, e que foram feitos pela Frente Sandinista Insurrecional.

Bom, para não te cansar tanto, o que eu quero te dizer é que eu começo a interrogar detalhadamente o negro. Faço com que ele parta do princípio de que eu não sei nada de nada e que comece a me contar tudinho o que sabe da divisão, das duas concepções, a proletária e a insurrecional. Da GPP não, porque essa eu sei. Quando Lumberto termina, depois de interrompê-lo não sei quantas vezes, para perguntar detalhes, ou para que me aprofundasse, vou ficando tão emputecido, com tanta raiva, que para que você tenha ideia, passei como três dias sem dormir só de pensar nisso. Mas a raiva e a repugnância não eram contra nenhum companheiro. Não era contra ninguém. Era contra mim. Somente e exclusivamente, absolutamente, a raiva é contra mim mesmo. É contra Omar, contra Juan José. Sinto que sou, que tenho sido, um pícaro. E mesmo um folgado, por não procurar problemas, por tímido, por disciplina, por humildade mal-entendida, por falta de agressividade política, por afeição, pelo que você quiser, mas sinto que tenho sido um imbecil, e até mesmo politicamente irresponsável. Nessa madrugada e no dia seguinte me dou conta que não tenho sido politicamente agressivo, no sentido saudável da palavra.

Sinto que tenho sido agressivo com o meio, agressivo na solução dos problemas relacionados ao meu trabalho nas montanhas, agressivo na solução dos obstáculos, travas, relacionados ao meu trabalho concreto que me foi confiado. Sinto que tenho sido exigente com meus subordinados, exigente comigo mesmo. Creio que sou criativo, audaz no trabalho da montanha, mas que não tenho coragem para argumentar, discutir, reclamar, lutar com os de cima pelo que eu acredito ou penso, por acomodado, por disciplinado, por come merda. Pelo que seja. E me emputeço, e fico puto, porque o negro, sem se dar conta de nada, ele não se dá conta que eu estou como estou comigo mesmo, porque depois que ele termina de me contar a história, lhe pergunto, intrigado, que se alguma vez leu um documento assim e assim e assim, assinado por: Um combatente sandinista, em agosto ou setembro de 1976 e me disse que não. Que não sabia de nada disso.

Simplesmente, o que estava acontecendo em outubro e novembro, simplesmente, o que estava fazendo a FSLN Insurrecional, no substantivo, no fundamental, no fundo, é quase exatamente o que eu proponho no documento de agosto e que ninguém me deu resposta nem comentários a respeito. Documento que fiz sozinho. Claro, em meu documento havia também, se não me engano, coisas diferentes, mas, te repito, o núcleo do trabalho é quase como tivesse sido elaborado pelos insurrecionais. Isso não teria me irritado tanto, se não fosse porque estou vendo com meus olhinhos e ouvindo com meus ouvidos que as coisas que eu disse estavam sendo feitas pelos insurrecionais, mas o caso é que estão fazendo com êxito, e segundo, que era meu primeiro esforço de trabalho teórico desde que entrei à FSLN em 1968, interpretando, como quadro que tem certa base teórica e alguma prática revolucionária, a conjuntura política do momento, para tratar de contribuir e ajudar a situação nesses momentos difíceis, e simplesmente nunca obtive resposta, que não fosse o comentário irrelevante que te disse. E que tampouco tive a coragem, ou a oportunidade para pedir uma resposta, que era para mim um dever e um direito.

Entende agora por que o aborrecimento é agora comigo mesmo? Em três ou quatro noites não dormi porra nenhuma!

43

> Quando David Blanco me conta tudo isso, a primeira coisa que faço é recorrer às minhas mãos, para contar quem então são ainda a BPU, que de Brigada tem apenas o nome.
> Bastou-me só uma mão.

Com Lumberto, passei dias e dias atualizando-me de toda novidade que ocorria em minha cidade. Como sempre, perguntava por todas as estudantes de quem eu gostava. Por meus velhos amigos, por Manuel Noguera, por meus irmãos mais novos, e claro por minha mãe. Perguntava também pelos louquinhos e os bagunceiros. Contou-me que Raúl, meu irmão, já estava na universidade, que é dirigente estudantil e que fisicamente e em sua forma de falar é muito parecido a mim, em meus tempos estudantis. Com o negro falamos até pelos cotovelos. Pedi-lhe que me ensinasse a falar inglês, e começamos a fazê-lo. Pedi-lhe que me ensinasse a fazer derivadas e integrais, a integrar derivadas e a derivar integrais, o fazia com o saudável propósito de algum dia continuar estudando a obra de Marx. Que barbaridade! Não pude. Não pude aprender, com tudo e a infinita paciência de meu professor.

Lumberto me levou a León de supetão. Quanta lembrança agradável tenho desse período de 1968 a 1974! Perguntei-lhe quem eram os novos dirigentes estudantis. Contou-me que havia novos e bons rapazes. Falou-me de Irving Dávila, de Victor Hugo Tinoco, de Antenor Rosales, apelidado de Capi; perguntei-lhe por meu grande amigo Marufa, que é um rapaz humilde cheio de inquietudes políticas e artísticas, que não era estudante, mas que só vivia metido na universidade, precisamente porque esse era o centro político e cultural de León. Eu acho que só não perguntei por mim, não ficou ninguém de fora, das pessoas mais importantes em minhas lembranças, que não se apagavam de minha memória pelas mais dessemelhantes e incríveis razões e circunstâncias.

O negro me trouxe uma incrível quantidade de lembranças da vida e da folia estudantil. De quando pegamos a cachorrinha de uma vizinha que não gostava de nós e a operamos no apartamento em que morávamos, pois eu quase não ia a minha casa porque vivia vigiada. E roubamos clorofórmio dos laboratórios de química e operamos a Cuculina, abrimos sua barriga para ver como era por dentro e depois a fechamos. Foi quando recebíamos aulas de Biologia no ano básico. E a cachorrinha não se despertava e a dona "Cuculina! Cuculinita! Onde estás Cuculinita! Sim, esses malandros roubaram minha cachorrinha. Sim, são uns vagabundos" e a velhinha começava a gritar impropérios contra nós, e ouvíamos tudo, porque a parede que dividia as duas casas era de madeira. E nós estávamos aflitos, porque a bandida da cachorrinha não despertava, e quando despertou fomos colocá-la no batente da porta da casa da senhora, e tocamos para que a velhinha saísse e rapidamente saímos correndo, e ela vê sua Cuculina meio dormida, deitada e vivinha. Ela a pegou e a colocava de pé e a Cuculina caía, e novamente a punha de pé, e a Cuculina voltava a cair. "Mas o que está acontecendo? Que aconteceu com você, Cuculinita? Caminha, meu amor!", e se dá conta quem sabe como que a cadelinha tem uma ferida suturada de cabo a rabo na barriga e vermelha de mertiolate. A senhora deu um grito: "Por Deus Santo! Esquartejaram minha Cuculinita, esses bandidos, arruinaram minha cadelinha, ela não é de rua, ela é de raça!"

Vou chamar a guarda, vocês são uns selvagens, e nós grudados na parede de tábuas ouvindo e gargalhando porque a velha não gostava de nós e vivia nos xingando. E saímos de casa quando disse que ia chamar a guarda, de vingança, e no dia seguinte, compramos um cadeado desses de marca e o colocamos por fora nas argolas da porta de sua casa, e na manhã seguinte, quando ela quis abrir a porta para ir buscar o leite, não pôde abrir e nos disse até do que íamos morrer e teve que chamar os bombeiros para que lhe abrissem a porta, e então ela, para se vingar, quando estávamos estudando para os exames finais, contratou a gigantona e o anão cabeção para que tocassem e dançassem em sua casa e não nos deixassem estudar pelo barulho dos tambores e fossemos reprovados, e então um dos compas, o mais aventureiro, tirou a roupa, cobriu-se com o lençol e ficou de pé no batente da nossa porta, perto da gigantona, que estava cercada por um bando de gente do bairro, e é claro que a velhinha também estava lá, e de repente o compa deu um grande grito, retira o lençol, se destapa e saí correndo em direção à gigantona, e quando as pessoas veem um homem nu e peludo com um lençol como capa e mostrando seus pelos do peito e as bolas, se assustam e sai todo mundo apavorado, e atropelam a pobre gigantona, que caiu no chão e não conseguia se levantar. E nós precisávamos até segurar a barriga de tantas gargalhadas; e assim vivíamos brigando com ela.

Éramos a diversão da velhinha, que nunca se casou e que vivia com apenas uma filha de criação, e claro que ela também era a nossa diversão. Até que achamos melhor nos tornarmos amigos dela e quando acordamos um domingo de manhã todos com uma grande ressaca, começamos a gritar para que ela ouvisse de casa: Limonadinha! Limonadinha gelada! Pelo amor de Deus, nos dê uma limonadinha! Somos pequenos órfãos! Não temos ninguém neste mundo! Estamos sozinhos! Ninguém nos ama! Estamos morrendo de ressaca! Uma limonadinha, pelo amor de Deus! E ela ouvindo do outro lado, e nos gritando: "Sim, porque bebem guaro; o guaro não lhes acrescenta nada; seus pais não os mandaram para León para beber, mas para estudar! É bom que isso aconteça, quem mandou andar tresnoitando", e nós respondemos: "Perdão, perdãozinho, desculpe-nos! Mariíta, perdão dona María, uma limonadinha gelada", e depois de um tempo, ela apareceu, como uma boa samaritana, com um jarro de limonada repleto de gelo, que o jarro estava até suando. Nós a recebemos como se nunca tivéssemos brigado, como se sempre tivéssemos sido amigos. E de fato, depois disso, fizemos as pazes, ela nos mimava e nós a ela. Ela precisava de filhos e nós, de avó. Depois disso, nós a recrutamos como colaboradora da FSLN. Que tempos esses! E tudo isso pensando e falando com o negro Campbell enquanto levávamos a carga para o Kilambé, e nas pausas dos treinamentos que fizemos quando eles entraram; voltamos a fazer o truque da granada, que havia se tornado um costume em não sei quantos treinamentos que ministramos na Bacho.

    Chegou a data do correio e Bayardo me disse para descer. Desci com Franklin, que vinha insistindo que queria um encontro com sua esposa, que é de Matagalpa. Fomos até a casa de Rafael Tijerino, irmão de Doris María, um grande colaborador, assim como sua esposa e suas irmãs, especialmente Sarita. Lá, levamos um grande susto. Uma noite não havia ninguém em casa, apenas Franklin, Sara e eu. O namorado de Sara não sabia do negócio, e, além disso, eles andavam meio brigados e ele chegou à casa zangado. Ele bateu na porta e ninguém respondeu ou a abriu. Quis escalar a casa de dois andares para entrar e procurar Sara e um pouco mais, e aconteceria uma desgraça. Por sorte, o homem desistiu. Passei o dia seguinte com Sara rumo a Estelí e Franklin foi a seu encontro.

    Passei o Natal e o Ano Novo na casa da colaboradora Rosario Altamirano, a mãe da perigosa e sensual Martha Yllescas. É a minha primeira festa de Natal e Ano Novo na cidade. Bebemos, falamos, dançamos. Stevenson exagerou um pouco. E no dia seguinte, passou com uma grande ressaca moral, porque o cachorro cagou na sala de jantar, e dissemos a Stevenson que tinha sido ela. E a mulher estava morrendo de vergonha, porque foi um plano combinado e todos nós lhe dissemos muito sérios. Que podia se divertir, mas não se embriagar, porque isso era uma violação das medidas de segurança, muito menos fazer aquela sujeirada na frente de pessoas e crianças, e a pobre compa morrendo de vergonha, até que lhe dissemos que era uma piada, e que tinha sido o cachorro. É claro que quase me matou.

Recebi instruções do Bayardo para voltar a Matagalpa. Que o esperasse lá, que iríamos nos reunir. Qual não foi meu susto quando chego em Matagalpa e encontro David Blanco, o da BPU. Não um qualquer um da BPU, mas um dos melhores, um dos pilares, um dos chefes da BPU, aquele que ficava como responsável quando nem Modesto, nem Rodrigo estavam lá. Quando o vejo, eu apenas enrugo meu rosto e o saúdo calorosamente. Eu lhe pergunto sobre a BPU, e ele me diz que a coisa está fodida, que os guardas estão na ofensiva, que não lhes dão trégua ou descanso, que estão isolados dos colaboradores, que quase não restam colaboradores vivos. Que eles tinham tido problemas. Que eles estavam tontos de fome, sem comida. Que as armas já não funcionavam por causa da ferrugem e que estavam sem balas. Ele me diz que desceu com Raquel Balladares, que Crescendo Rosales e William Ramírez haviam conseguido sair vivos por milagre, e que estavam ou vinham para a cidade. Que Hugo Torres, Edwin Cordero e creio que Iván Gutiérrez, aquele que subiu comigo para a BPU, tinham procurado saída para o lado de Honduras, estritamente pela montanha.

Quando David Blanco me conta tudo isso, a primeira coisa que faço é recorrer às minhas mãos, para contar quantos ainda estavam na BPU, que de brigada tinha apenas o nome. Apenas uma mão foi suficiente. Os únicos que sobraram, pelas minhas contas, foram René Vivas, Serafín García, Manuel Calderón, Salvador Muñoz, se por acaso ele tivesse voltado a subir. E imagino que um ou dois guias novos. Conclusão, a BPU não excedeu os dedos da minha mão esquerda. Eu lhe contei minha história. Sobre a divisão e minhas opiniões sobre o problema. David e eu concordamos em tudo. Em que a coisa ia explodir pela cidade e não lá por cima; também concordamos que não se podia deixar morrer o que restava da BPU, que havia que fortalecê-la e atingir tanto abaixo quanto acima, mas que o epicentro tinha que ser abaixo. Isto foi reafirmado porque, enquanto estávamos lá, Pedro Joaquín Chamorro Cardenal foi morto. Vemos o comportamento e a reação das massas. O funeral de Pedro Joaquín foi multitudinário, com traços de insurreição, e a Frente estava na vanguarda da gigantesca manifestação e da luta de rua ocorrida entre as massas e a guarda. A família enlutada e seus amigos mais próximos foram ao enterro, como isso, como família e amigos enlutados. Os amigos enlutados da burguesia, como classe, nunca atiraram nem mesmo um coquetel molotov. Pelo contrário, eles criticaram a atitude combativa do povo liderado pela FSLN durante a marcha do massivo enterro. Pedro Joaquín é amado pelo povo nicaraguense, e já começa a se aproximar da FSLN, justamente quando o crucificaram a balas por bandidos pagos por Somoza.

Estando ali, com David, na casa dos Tijerino, me dou conta que Charralito Lanuza tinha sido retirado da GPA porque estavam concentrando um grupo seleto de combatentes para realizar um golpe de envergadura nacional. Que Charralito transferiu a chefia da GPA para Julio Ramos, aquele garoto alto, magro, de óculos, estudante de León, que encontrei na casa de Denis, o sapateiro, em uma ocasião em que fui até Estelí. A essa altura do campeonato, o GPA já é uma esquadra consolidada, com bases e redes de colaboração consolidadas, e inclusive avançaram bastante para o lado da fronteira com Honduras, de acordo com o plano. Nessa brigada está o grande Pablito, cujo nome é Germán Osegueda, uma lenda no GPA, que é bom entre os bons.

Bayardo chegou. Falamos sobre os planos. Temos que enviar pessoas para a BPU; já foi mandado informar ao que resta da BPU qual é nossa posição mais próxima a eles, qual é a rota. Que esperamos no futuro imediato que eles mandem contatos até a Bacho para começar, finalmente, a subida das *góndolas*. Que David possivelmente vá novamente para a BPU via Bacho. Para terminar, ele me disse algo que não deixou de me assustar. Que as pessoas que eles estavam reconcentrando era para invadir o Palácio Nacional e libertar os prisioneiros. Que eu sou um dos candidatos a ser o chefe do comando. Que eu deveria subir e esperar pela decisão se eu for escolhido. E tive medo, não porque tivesse medo de entrar atirando e correndo pelas escadarias do Palácio, mas porque ele me disse que eu tinha que ir e reconhecer pessoalmente o Palácio Nacional, durante o dia, para estudá-lo, fazer medições, calcular o espaço, o tempo e a segurança do inimigo no local. Lembre-se de que eu era super conhecido pela segurança de Somoza. Eu podia me imaginar, meio camuflado, entrando no Palácio de dia, sozinho, e algum filho da puta me reconheceria com toda a minha camuflagem e eles atirariam em mim na própria escadaria da entrada. Bem, eu subo novamente com Franklin; David fica lá. Durante o trajeto de Matagalpa para o Cuá, vou pensando, meu Deus, ajuda-me para que eles me escolham, mesmo que me dê um certo temor ir fazer a inspeção de reconhecimento. Não importa, Deusinho, ajuda-me que seja eu...

Ah! E decidimos que mandasse o Chele Jaime, para que conhecesse a casa de Rafael Tijerino. E assim o fiz.

44

> Essa carta foi a despedida do magro, alto, canelão, com cara de machado e de óculos, que chamávamos de punhal e que mais tarde percebi que tinha sido um neurótico, procurando a unidade das três FSLN.

No dia seguinte à minha chegada ao acampamento, acordei cantando uma canção de José Feliciano que diz: "Pueblo mio que estás en la colina, como un/ viejo...", não sei o quê, e que também diz: "Qué será, qué será, que será, qué/ será de mi vida qué será, si hice mucho o hice poco, ya mañana se verá...".* Gosto tanto de José Feliciano como de Joan Manuel Serrat. Mas nesse dia, como subi com a dúvida se ia ou não ia ao Palácio, eu estava sempre pensando o que será, o que será, o que será, o que será da minha vida, o que será...

Falo com Chele, que já não era o correio, mas Yaosca, e lhe digo que desça até Matagalpa para conhecer a casa de Rafael Tijerino, pois tínhamos combinado com Bayardo que já não iríamos até Estelí. Para ir de Kilambé a Estelí tem que passar por Matagalpa e pelo cruzamento de Sobaco. É muito longe. Matagalpa está mais perto, o que significa que você só tem que passar pelo posto de controle da GN na entrada da cidade e evita o da saída da cidade, o de Sobaco e o da entrada de Estelí.

---

* Povo meu, que está na colina, como um velho... [...] Que será, que será, que será, o que será da minha vida, que será, se eu fiz muito ou pouco, já amanhã se verá... (N. T.)

E Chele desceu. Devia descer e subir no mesmo dia, o mais tardar no dia seguinte. Jaime não voltou no segundo dia, e no terceiro dia também não. Quando não subiu no quarto dia, não me preocupo. Desde que não chegou no quarto dia, soube que não ia voltar. Jaime queria combater. E combater já. Além disso, estava cansado e superexplorado no trabalho. Quando Jaime não subiu, não pensei que tivesse sido capturado. O senso comum me disse que havia ido até Rubén, até Facundo, até Víctor, que havia ido com os insurrecionais. Não tive coragem de criticá-lo. Era uma íntima decisão individual, que a compreendi e a aceitei com realismo.

Claro, me deu pesar perdê-lo. Havíamos estado tanto tempo juntos. Ele já era um costume na Bacho, seus modos, seu caráter violento, seu senso de humor. Sim, me deu a sensação de que havia me abandonado. Aprendi tanto com ele.

Tanto tentei ensinar-lhe e... bom, ao fim e ao cabo, disse a mim mesmo, está bem, com certeza vamos nos encontrar no caminho. De todas as formas, pensei, esse homem, onde quer que vá, vai pôr em prática o que aprendeu aqui. Vai ser bom aqui e em qualquer lugar. Não é um desertor. Se foi porque, te repito, queria combater. Outubro havia sido irresistível para ele. Três coisas me consolaram: uma, que já não era imprescindível no trabalho, não atrasaria nossos planos; dois, que ia combater; e três, que alguma coisa levava dessa escola chamada Bonifácio Montoya.

Justo desceu para a cidade e subiu com David Blanco. Parecia mentira, ter a um dos meus mestres da BPU como hóspede em trânsito pela Bacho. David chegou, reconheceu a área. A intenção é que ele suba à BPU pela rota recém-aberta. David, ao mesmo tempo, é candidato assim como eu para a ação no Palácio.

Nos primeiros dias de fevereiro, chegou o primeiro contato da BPU à Bacho pela via recém-aberta. Quem chegou foi Serafín García, um operário de León que havia sido recrutado no humilde bairro de La Providencia. Havia trabalhado com meu irmão Emir em lutas comunais e daí, evoluído até a FSLN. Seu bairro, La Providencia, foi um dos bairros mais combativos de León, ao qual havíamos chegado graças aos *subtiavas*, que nos havia passado contatos de parentes deles que viviam em diversos bairros de León. Serafín subiu para a montanha, se bem me lembro por volta dos anos 1971 ou 1972. É um dos sobreviventes da BPU.

Só ele sabia o que havia feito para sobreviver. Chegou com um guia camponês que se chama Santos Anatólio Hernández. Que alegria vê-lo, e que alegria que a minha famosa rota já funcionava. Perguntei-lhe sobre a BPU. Contou-me que eram apenas ele, René Vivas e cerca de mais cinco companheiros, entre eles Manuel (Rufo) Calderón, que haviam sobrevivido da caça e da pesca. Que a guarda, em toda sua ininterrupta ofensiva, os obrigou a buscar novas áreas de operações. Que o inimigo já considerava a BPU quase que exterminada, e que a pressão militar era um tanto menor. Falamos de como faríamos o translado das *góndolas* e das perspectivas. Serafín voltou a subir à BPU, deixando já amarrados os contatos conosco através dos Tonsitos e de *buzones* mortos.

David desceu para a cidade com Yaosca para fazer articulações relacionadas com a BPU, a ação no Palácio, sei lá o quê. Quando voltaram, trouxeram uma *góndola* de gente e de carga. Os novos são um que lhe chamávamos de Chico Plomo, o outro é Afonsito, um jovem de 16 anos de sobrenome Loásiga. De óculos, baixinho, branco, forte, lhe demos o apelido de El Dantito, porque se põe nervoso para romper o monte quando caminha e é bom para o combate. Companheiro de barraca de Lucio. Os dois são bons para falar. O terceiro companheiro, uma verdadeira surpresa, Christian Pérez, um velho companheiro da FER e da Frente. Somos amigos desde 1969. Estudante de engenharia em Manágua. Mede um pouco mais que 1,80m. Pesa entre 90 e 140 kg. É um homem gordo, calmo, mas calmo como ele só, parcimonioso, de fala pausada e cerimoniosa. Fraterno, terno. Muito sério, e quando fica com raiva, dá medo.

Casado com uma querida amiga, Anely Molina. Se bem me lembro, eu os havia apresentado, eles se conheceram em uma daquelas ocasiões em que nós, estudantes de León, íamos dar uma mão aos de Manágua, que eram mais fracos, ou quando os estudantes de Manágua vinham para se encontrar com os de León. Desde que o vi chegar digo, isto é um verdadeiro desatino. Eu o conheço perfeitamente bem. Sua moral era inquestionável. Ele havia sido preso, torturado e nunca disse uma palavra. Mas é um desatino, porque um homem de sua estatura e personalidade não é para as montanhas. Ele chegou de Cuá para o Cumbo morto. Quando terminamos de subir Kilambé, que subimos em cerca de cinco vezes mais tempo porque estávamos esperando por ele, ele chegou morto. Demos-lhe oito dias para que ele pudesse se recuperar dos pés. Quando seu treinamento terminou, pensei que deixá-lo ali era sacrificá-lo. Eu o desci sem consultar.

Quando David apareceu com os três, ele me trouxe uma carta de Camilo, Camilo Ortega. Li a carta e me dei conta que a divisão é apenas em alguns níveis. Camilo me escreveu como se estivéssemos conversando na cafeteria de León, me falava sem sectarismo, sem nada, como meu antigo irmão, assim como eu te conto, e além disso, entregou à GPP armas e várias granadas para combater, sem pedir nada em troca. Eu creio que simplesmente Rubén ou o Chele devem ter lhe contado que nós estávamos mal e ele, que é meu irmãozinho de alma desde 1968, não duvidou absolutamente em nos ajudar.

Que lindo, Camilo! O mesmíssimo Camilo. Respondi sua carta, insisti com ele que nós, os dessa organização, devíamos lutar juntos pela unidade. Que os novos sandinistas que entraram para a Frente depois da divisão, em geral, são uma geração de jovens sectários, sobretudo os que vinham do movimento estudantil.

Que cuidássemos disso. Que educássemos na unidade a todos que tivéssemos ao nosso redor. Que os quadros antigos podemos, com nossa autoridade, ajudar nisso. E não lembro o que mais lhe escrevi. Sinto vontade de lhe dizer que nos reunamos, mas desisto, por temor de fazê-lo sem autorização. A disciplina...!

Em seguida, o de sempre, explorar, *embuzonar*, treinar e um piripipaço em meados de fevereiro. O bairro indígena de Masaya, Monimbó, insurrecionado! Minha lógica me diz imediatamente que foi a GPP. Os indígenas de Monimbó combatendo como guerreiros contra um inimigo poderosíssimo. Aí está Subtiava, fodido! disse para mim mesmo. Pois o trabalho de Monimbó foi iniciado, começamos a fazê-lo, em 1972, quando Subtiava já era um bastião sandinista e Magno Verbis, o máximo dirigente indígena, aquele que eu havia recrutado em 1969. Quando Subtiava já havia tido vários enfrentamentos e combates armados desiguais contra a guarda, na luta por recuperação de terra em 1972, 1973, 1974, 1975. Quando Subtiava já é um reduto sandinista, lembro que em 1972, Pedro Aráuz Palacios enviou Magno, com dois ou três dos mais politizados e experientes indígenas, para contatar os monimbosenhos, para organizá-los, e os monimbosenhos foram se organizando com a assessoria da FSLN por meio dos indígenas de Subtiava.

Lembro até quando Magno e outros dois foram enviados para fazer porões, túneis, abrigos subterrâneos gigantescos, para esconder homens e armas como o que tínhamos feito na própria casa de Magno. Lembro, pois, como Monimbó começou a despertar através do trabalho da ajuda inicial dos Subtiavas, e qual é minha surpresa quando a insurreição de Monimbó continua acertadamente, e começam a reprimi-los e Subtiava não entra, Subtiava não se insurge. Que aconteceu? Que aconteceu? Me pergunto. Por que Subtiava não entra, por que ainda não se insurgiu, se eles têm mais experiência em combate? Se já estiveram em combate.

O que está acontecendo que Subtiava não entra? Que estranho. Não entendo. E termina a insurreição heroica de Monimbó.

 E Subtiava não entrou. Inicialmente, pensei que alguma coordenação havia falhado. Depois me dei conta da verdade. A insurreição de Monimbó foi um tanto espontânea. Que quando ocorreu, Camilo assumiu a liderança junto com outros companheiros, entre eles Glauco Róbelo. As três tendências, cada uma por seu lado, assumiram a liderança do levante. Na insurreição, Monimbó, seu nome, passou a ser gloriosamente conhecido e admirado pelo mundo inteiro e pelo povo nicaraguense, e Subtiava, que era a gênese, a mãe inicial, permaneceu quase no anonimato. Puta, mano! Digo eu. Que coisas tem a vida...!

 Quando oito dias depois ouço outro piripipipí, penso imediatamente que se trata de Subtiava. Não tenho a menor dúvida de que agora sim, isso é Subtiava. Ao contrário! Tudo ao contrário! O mesmo que em outubro, uma boa e outra ruim. E agora, sabes quem são eles? Amoldo Quant, a quem chamávamos El Náhualt e que trabalhava no Teatro Popular com Alan Bolt. O outro, aquele que eu menos imaginava, Camilo! Eu desabei. Não fazia nem um mês que ele tinha me escrito e entregue as armas a Bayardo. Foi como nossa despedida. Como nossa última conversa interrompida na cafeteria da Universidade de León, onde bebemos 143 mil e 348 xícaras de café preto, e fumamos 10 mil carteiras de cigarros Belmont ou Windsor de centavo a centavo, porque ambos vivíamos com nossos bolsos lavados como pedras de rio, servidos por Dona Esperanza Valle, uma senhora que eu acho que é matagalpina, que além de bonita, era nossa aliada e nos vendia fiado.

 Aquela carta foi a continuação das muitas vezes que costumávamos pegar papel e lápis e nos sentávamos em uma das mesas da Dona Esperanza, fumando e tomando café, fazendo as contas com Marlen Chow e Gato, para ver quantos de nós estávamos na

FSLN, e sempre começávamos pelos vivos, a ver, Carlos, Tomás, Humberto, José Benito, Efraín, o fulano, o sicrano; agora, os presos, Daniel, Jacinto, Manuel Rivas, Lenín, Julián, o fulano, o sicrano; e agora nós. Você, eu, Marlen, o Gato, o fulano, o sicrano, o beltrano, e éramos cerca de 30. Bom, e os que não conhecíamos por causa da compartimentação, metemos mais uns 15. Correto! Vamos ver, soma: somos 45. Excelente! Somos mais do que os 12 do Granma, porque, em nossos sonhos de revolucionários que recém-começávamos, nossa referência era a Revolução Cubana, e havíamos lido umas três vezes o livro dos 12 do Granma, de Carlos Franki. Tudo perfeito! Já ganhamos, já derrubamos Somoza, porque se eles começaram com 12, nós estamos melhor porque já somos quase 50.

E essas contas nós fazíamos a cada café, entre uma aula e outra, até que Leonel chegou e nos repreendeu, porque disse que isso era romper com a compartimentação. E então depois voltávamos a fazê-las, ele e eu escondidos, sem papeizinhos, contando nas mãos e sempre nos atrapalhávamos nas contas, porque às vezes repetíamos duas vezes o mesmo nome e ficávamos a discutir, não, esse já contamos, não mano, não contamos, inclua-o.

Essa carta foi como a despedida de toda uma história juntos, pois juntos apanhamos da guarda uma quantidade de vezes, pois juntos queimamos umas quantas casas de somozistas de León, juntos queimamos não sei quantos carros do governo. Éramos os piromaníacos do movimento estudantil. Fizemos 50 mil planos para tirar da prisão os presos políticos, os entregávamos ao responsável e nunca nos levaram a sério. Nossos planos eram maravilhosos. Difícil para nós era entender que não havia nem homens, nem recursos, nem o desenvolvimento da FSLN para fazê-lo em 1968 ou 1969. Aquela carta foi a continuação de nossa última conversa na cafeteria La Hormiga de Oro de Manágua, que ficava na esquina do Club Universitario, próximo de sua casa onde morava com seu pai, que se chamava Daniel Ortega, que era um velhinho alto e magro, parecido com meu avôzinho, mas que usava uma inseparável boina negra e tirava todos os dias do mundo, um rádio grande daqueles velhos, marca Philips e o colocava na calçada de sua casa em uma mesinha, com Radio Havana Cuba a todo volume. Aquela carta foi a despedida do magro, alto, caneludo, cara de machado e de óculos, o chamávamos de punhal e que depois me dei conta que havia sido um neurótico buscando a unidade das três FSLN.

Quando o piripipipí terminou me deu uma grande tristeza e disse: Bom, irmão. Não é assim essa merda? Pois!

45

> ...e isso encorajava as massas, da-
> va-lhes mais combatividade na luta
> diária, porque ao povo, às massas e
> até a nós não importava nada qual
> das três Frentes fosse a que golpeasse
> o inimigo. O importante era que
> chovesse fogo. Já estávamos cansados
> de que os mortos fossem só do nosso
> lado e deles nada.

Depois do que ocorreu em Monimbó, que foi onde inventaram a bomba de contato, as manifestações se multiplicaram ainda mais. As três Frentes estavam na vanguarda das massas nas lutas de rua. Aumentaram os assaltos a bancos, aos seguranças das empresas, de instituições e de casas particulares, para desarmá-los e obter armas. De repente, Somoza teve três Frentes inimigas. Antes era uma só. A participação das massas está em ascensão. Nós, por nossa parte, continuamos colocando gente e carga na Bacho, treinando gente para depois transferir e reforçar em homens, armas e equipamentos ao que restava da BPU.

Na primeira semana de março, outro piripipaço dos boníssimos: que um comando da FSLN havia assassinado a sangue frio o general Reynaldo Pérez Vega, chefe do Estado-Maior da Guarda Nacional da Nicarágua, GN-1. Que porrada!, eu pensei. Agora sim, atingimos o cuzinho do ditador. Depois me dou conta que era de novo outro golpe dos insurrecionais. Puta que pariu, digo eu, como eles conseguem fazer isso. E causava estranheza e não entendia muito, pelo menos no começo, porque eu observava que a GPP ganhava das outras Frentes na correlação de forças nos muros e nas manifestações. Mas na hora da ação militar eram eles os que estavam na vanguarda. E observava que suas ações militares eram vitoriosas, ou pelo menos atingiam de alguma maneira o inimigo, e isso encorajava as massas, dava-lhes mais combatividade na luta diária, porque ao povo, às massas, e até a nós não importava nada qual das três Frentes fosse a que golpeasse o inimigo. O importante era que chovesse fogo. Já estávamos cansados de que os mortos fossem só do nosso lado, e deles nada. E nós, na Bacho, com os íntimos e escondidos desejos de querer atirar, nem que fosse em um *juiz de mesta*.

Que alegria que senti quando me contaram como havia sido e quem havia participado. Conheci a um deles. A principal, a que levou o general à cilada, foi Norita Astorga. Norita é um mulherão, para deixar qualquer um babando. Alta, pele de canela, bonita, delicada, com umas pernas esculpidas, dessas mulheres que alguém diz, ai, se me dissesse que sim! Inteligente. Conheci-a quando estudava na UCA e era do Movimento Cristão. Estudava Direito. Burguesa. Dessas burguesinhas lindas que começaram a se comprometer com a FSLN a partir de sua interpretação revolucionária do Evangelho. Éramos amigos e também era amigo de Jorge Jenkins, a quem chamávamos de Ianque. E certa vez quando o Ianque e eu estávamos em uma greve em Manágua, o Ianque a viu e me disse: "Tu a conheces?" Pois sim. "Apresente-me a ela". Apresentei-a, e depois se casaram. Havia perdido o contato com ela depois que fui para a montanha, e com esse piripipipí voltei a ter notícias dela. Porque vou mentir para você, me senti orgulhoso, mas muito mais que orgulhoso, satisfeito. A garota havia renunciado a todos os privilégios de sua classe e havia se identificado conosco, com o povo. Que bom, Nora! Eu disse. Mandou bem, garota.

Aí por finais de março e inícios de abril, mandaram chamar David e a mim para que fôssemos a uma reunião em Manágua.

A reunião é entre Bayardo, José Benito Escobar, Modesto, David e eu. Qual foi minha surpresa quando chegamos à casa e me dou conta que a casa de segurança é a de Jeannette Chávez, a companheira namorada da Faculdade de Direito, daquele carnaval em que fiquei bêbado e urinei no jipe, e que a havia recrutado para a FER em 1973. Que linda que é esta porra de vida, não é mesmo? Nesses tempos, estamos tendo surpresas incríveis.

46

> Nas cidades, as massas estão cada vez mais desafiando com violência a ditadura, e as três Frentes na frente das massas.

Que alegria ver José Benito e Modesto. Não via José Benito desde 1970, quando foi preso junto com Polo Rivas, Emmet Lang e outros companheiros por culpa de um tipo que era da Frente, que vinha do exterior, que estava queimado e já não queria ser da Frente e negociou sua entrada na Nicarágua pelo endereço das casas de segurança dos companheiros. Foi uma sorte que não os tenham matado.

José Benito, o ex-operário da construção civil e membro da Direção Nacional, estava com o cabelo grande. Já se passaram oito anos. Estava mudado. Imagino que eu também. Pareceu-me forte com seu cabelo comprido. Tinha a aparência física de um intelectual latino-americano vivendo na Europa. Modesto me parece bem. O mesmo Modesto. Sua aparência física não mudou muito de 1975 a 1978. Cumprimentamo-nos todos, como se cumprimentam os irmãos que há tempos não se veem e que estiveram jogando com a vida. É a primeira vez em minha vida que me reúno clandestinamente com três membros da Direção Nacional, e a reunião é comigo e com David. Mais um pouco e me sinto importante.

Sem muitas conversas nem introdução, fomos ao ponto. Toda reunião gira sobre dar a José Benito, e sobretudo a Modesto, um informe detalhado de tudo o que havia feito desde que cheguei a "Compañía" até, digamos, a descida a essa reunião, passando pela descida de Serafín da Bacho. Informei com riqueza de detalhes tudo o que estávamos fazendo no Kilambé. David corrobora o que eu digo. A reunião gira sobre como fazer traslados cada vez mais rápido à BPU, sobre a rota. Gira ao redor disso. Modesto, me deu a impressão, ficou satisfeito sobre o trabalho, que te conto o fizemos sobre um mapa que se eu te descrever você vai começar a rir. Creio que Modesto ficou convencido daquelas palavras que me disse quando me desceram da BPU em uma reunião entre Rodrigo, ele, Gato e eu. Ele havia me dito que o Eugênio, que era meu codinome na BPU, que descia não era o Eugênio que havia subido, ou o que havia subido era diferente do Eugênio que descia. Pareceu-me que estava contente com o trabalho de seu pupilo.

Dos outros problemas, se falou muito pouco. Eu insisti com veemência na busca da unidade. Eu o fiz com veemência e temor, pois no fundo me dava medo de que fossem me dizer para não me meter nos problemas dos mais velhos. Felizmente, não foi assim. Os companheiros estão com um espírito unitário que me alegrou muito. Sobretudo porque depois me dei conta que Modesto viajaria ao exterior, não apenas para buscar ajuda em armas e outras coisas, mas também para falar com os demais irmãos os problemas relacionados com a unidade da FSLN.

Dessa reunião, saí alegre pela questão do espírito unitário, mas aborrecido por causa da BPU. Senti que estavam lhe dando demasiada importância. Houve inclusive um momento que por pouco não digo isso na reunião. Mas me deu cagaço de fazê-lo. Me deu cagaço por várias coisas. Uma, porque vi os três tão entusiasmados com a BPU, que dizer isso ali era como falar do diabo na casa de Deus. Não sei. Parecia-me um sacrilégio questionar a BPU na frente desses três. Não sei se teria podido sustentar uma discussão sólida com os três membros da Direção Nacional, que só pelo fato de ser da Direção já me causava uma inibição. Por outro lado, manejava pouquíssima informação, para não dizer quase nada, sobre os planos da Frente Urbana e pensava que talvez a coisa não era como eu a via, como eu não tinha a visão global do que ocorria em toda a organização, talvez pensasse dessa forma e que, no fundo, talvez não fosse assim como eu pensava e que ao falar talvez o que eu conseguisse fosse uma reprimenda, por andar me metendo em assuntos que dizem respeito apenas à Direção Nacional da FSLN.

Depois dessa reunião, me concedem um encontro com Claudia, que está como responsável clandestina da FSLN em Jinotepe. Fiquei maravilhado. Me dão oito dias para ficar com ela. Sozinhos em uma casa de segurança, ela e eu, oito dias. Não compreendo de onde vem tanta generosidade. Pouco me importa de onde venha. Vou para meus oito dias. Como sempre, entrei e saí vendado da reunião. Levaram-me depois a outra casa de segurança, sempre vendado. Depois, voo expresso, direto para Jinotepe City. Quem foi me levar foi José Figueroa, motorista de mil clandestinos e combatente de não sei quantas operações e coisas desse tipo.

Já não vou olhando as faixas nem os postes, vou tranquilo, sem pressão. Sei que quando subir, um trabalho ingrato me espera, mas o importante é que vou estar oito dias com ela. Pensar que são oito dias, me parece quase uma vagabundice. Qual o problema ser vagabundice, se depois talvez me matem. Se me matam, eu morro alegre. Pela vida que eu levo. E assim vou pensando bobagens todo o caminho. Até que chegamos.

Passamos os oito dias de nossa lua-de-mel na casa de segurança de Claudia. É a casa de uma colaboradora chamada Alma Nubia de Zúniga. Excelente pessoa, a mulher. Ela se disfarçava de reacionária e houve até uma festa onde vieram um montão de somozistas. E lá dentro, em um quarto, Claudia e eu fazendo amor com a música de fundo da festa. Alma Nubia fez de tudo para que Claudia e eu fôssemos felizes. Ali conheço um ser extraordinário, que roubou meu coração e minha gratidão, junto com Alma Nubia. O ser se chama Zeneida Cruz de Espinoza, uma colaboradora da Frente. Vendedora, se não estou enganado, no mercado. Ela sabia que eu chegaria e que é um encontro amoroso entre pessoas clandestinas, que estão há muito tempo sem se verem e sem fazer amor. Então ela chega durante os oito dias com uma mistura de amor e travessuras, com oito pratos de frutos do mar. Um dia lagostas a não sei o quê, outro dia sopa de camarão com caranguejo, outro, peixe, e assim por diante. Na noite anterior à minha volta, ela apareceu com uma sopa de todos os frutos do mar havidos e por haver. Que maravilha! Que maravilha é ela, e que maravilha a sopa.

Enquanto estávamos lá, Claudia e eu saímos à rua. Um dia, fomos à casa de Eva Sanqui e outro dia à casa de Yico Sánchez, e numa dessas, quando estávamos parados em uma esquina, passou um Becat. Claro que ando camuflado, mas quando vejo que o Becat se detém vou sacar minha arma e ela me diz, calma amorzinho, calma amor, acalme-se por favor, aqui não é a montanha, aqui na cidade as coisas são diferentes, ela me agarra e me beija. Eu também a beijo. O Becat vai embora. Em minha vida, eu nunca havia beijado com tanta angústia como naquela esquina de Jinotepe.

A lua-de-mel terminou, mas não sem antes falarmos até pelos cotovelos. Falamos sobre como a situação era difícil, sobre a divisão, ele me contou que Modesto tinha ido para a Costa Rica, falamos sobre como era difícil estar separados. Falamos que devíamos ser realistas na relação. Que não devíamos mitificá-la, nem cair no romantismo antiquado. Entendemos que não podíamos jurar votos de castidade mútua. Que continuaremos a nos amar, que continuaremos a ser um casal, mas que temos que ter clareza sobre a possibilidade de que ao longo do caminho qualquer um de nós dois podíamos encontrar outra pessoa por quem podíamos nos apaixonar. Que tínhamos que estar preparados para tudo, mas que enquanto isso não acontecesse, vamos continuar nos amando e continuar lutando para adiante.

Voltei para Estelí com minhas baterias carregadas e animado de ver tantas manifestações e tantas pichações. Nas cidades, as massas estão cada vez mais desafiando a ditadura com violência, e as três Frentes à frente das massas. Por esses dias, ouvimos a desagradável notícia da prisão de Doris Tijerino, a quem chamávamos de "La Mama". Uma mulher que já é um símbolo nacional. Coitadinha, pensei, espero que estes cães não a violem novamente. Doris María, La Mama é uma mulher símbolo, repito, e a luta revolucionária a tem tratado com particular dureza. Jamais pediu arrego. Tampouco lhe deram.

Por esses dias, também, Bayardo me orienta a dar uma mão com um curso de treinamento que estavam montando para os principais quadrinhos legais e alguns quadrinhos clandestinos da Região Norte. O curso tem a intenção, Bayardo me explica, de treiná-los militarmente para que eles, por sua vez, possam treinar outros a um ritmo acelerado, pois se previa a aceleração do processo insurrecional ou que se chegasse a criar alguma situação a qualquer momento com os golpes militares dos insurrecionais, e assim era necessário preparar as pessoas a toda velocidade, e sobretudo preparar multiplicadores de treinadores. Tanto se a situação que estou dizendo aconteça ou não aconteça, de todas as maneiras é necessário fazê-lo, porque é uma necessidade a se cumprir.

O curso recebe o nome de Carlos Arroyo Pineda. Foi realizado em um bosque no monte, mas é imporante dizer, bosque no monte, lá em Santa Cruz, nos territórios do GPA. Passei o curso inteiro nervoso, preocupado que pudessem nos ver. Você pode imaginar como é estar acostumado a montar treinamentos nas montanhas do Kilambé, e depois estar lá no descampado, na beira da Rodovia Panamericana, perto de Estelí. Eu pensava, se nos descobrem isso será pior do que Macuelizo. Felizmente, o GPA e sua rede de colaboradores montaram toda uma operação de vigilância na área ao redor. O que acontece é que a essa altura do campeonato, só tenho confiança em minha mãe, e pouca.

Os alunos são os principais quadros de direção, alguns são clandestinos e outros são dirigentes públicos das organizações políticas estudantis, outros são legais que trabalham com clandestinos e alguns companheiros camponeses da região. Bayardo me diz, trate-os como você já sabe. Isso significava tirar o máximo deles no treinamento. "A criança que chora e a babá que o belisca". Fiz algo parecido, mas claro que não tanto ao que fazemos na Bacho Montoya, porque as condições do terreno e de segurança aí em Santa Cruz não o permitem. Nessa escola foi treinado José González Picado, responsável pelo Executivo da Frente Estudantil Revolucionária, FER, e dirigente da Associação dos Estudantes Secundaristas de Matagalpa, AES. Aquele rapaz promete, digo a Bayardo. Está Salvador Amador, um dos motoristas que nos leva as *góndolas* ao Kilambé. Ele também promete. Uma companheira chamada Antonieta Gutiérrez, a quem costumávamos chamar de 140, e eu a coloquei como oficial do dia para que eu pudesse chamá-la o tempo todo, porque não era feia. Ah, também está Ajax González, o filho de Chicho, o colaborador de Estelí, de quem nunca pude ser o cunhado. Ele também causa boa impressão. Era um excelente grupo. Jovens sólidos, camponeses sólidos. Os instrutores eram Crescendo Rosales, ex-BPU, Felipe Escobar e eu. Bayardo participou da escola. Ele chegou alguns dias antes do encerramento para ver como estavam os rapazes e, claro, também entrou para treinar.

O curso é encerrado com uma solene cerimônia de juramentação, presidida por Bayardo. Quando o curso termina, sinto como se tivesse retirado um grande peso das minhas costas. Eu estava encagaçado desde o momento em que cheguei até que saímos dali.

> Foi doloroso. Sua queda também me preocupou porque Bayardo voltava a ficar sozinho na direção do trabalho. Bayardo trabalha sem descanso. O homem está envelhecendo de tanta pressão, de tanta tensão, de tantos desvelos, de tanto trabalho, percorrendo clandestinamente o país de um lado para o outro.

Voltei ao Kilambé. Apenas cheguei e casei, pelas armas, Justo e Yaosca. Fazia um tempo que tinham se apaixonado e o que fiz foi legalizar uma situação de fato. Maio e junho foi o de sempre. Explorar mais o Kilambé, mas particularmente o Kilambé em direção ao leste. Melhor dizendo, onde moravam os Tonsitos, que é o sopé final do maciço, em direção ao leste. Exploramos até Aguasúa, que já não faz parte do Kilambé. Nesses dois meses entrou um que outro companheiro mais, que não os conhecia anteriormente, e claro que os treinamos. Esse foi o penúltimo curso militar.

Em maio nos chegou a reconfortante notícia de que Mónica havia sido posta em liberdade, mas que já não estava na Regional Norte, mas em Manágua. Maio e junho não nos descolamos do rádio ouvindo sobre mais assaltos por toda parte nas cidades e as manifestações contra a ditadura, que não cessam. Em começos do mês de julho, David desce a Matagalpa para uma reunião com José Benito e Bayardo. Voltou com Isauro (Christian, o da CAS). Isauro e eu falamos do trabalho e lhe informo que foi tomada a decisão que de agora em diante será atendido diretamente por

Bayardo. Nós vamos cada vez mais rumo ao leste, e a cada dia se tornava mais difícil, pela distância, dar atenção à CAS. Lembre-se que nós não tínhamos rádios de comunicação.

Nem David, nem eu fomos escolhidos para a ação do Palácio. David subiu com correspondência do comando dizendo que devia começar a enviar imediatamente a primeira *góndola* para a BPU. Procedemos de imediato a selecionar os melhores homens. Aqueles mais experientes da Bacho, entre eles Lucio e outro companheiro que havia sido da BPU, que havia descido e estava regressando novamente, o irmão de Marcio Jaén Serrano, que se tornou conhecido em todo o país desde que compartilhou a prisão com Tomás.

Em 16 de julho pela noite vai ser a "festa" de despedida do pessoal que vai para a BPU. Estávamos preparando umas galinhas e leite em pó para o banquete. Lucio passou todo o dia afinando sua voz para cantar as canções de Camilo Sesto e os outros, suas rancheiras. Passamos o dia 14 e 15 preparando os equipamentos individuais de combate, o armamento e tudo que seria levado pela primeira *góndola* até a BPU através da rota "General Sandino". No dia 16 de julho, o dia anterior à saída, ouvimos um piripipipí. Cai em combate José Benito Escobar em Estelí. Foi como um balde de água fria sobre a cabeça da tropa. Tão entusiasmados que estávamos. Eu pensei, pobre José Benito. Recém-chegado ao país, vindo do exterior depois de ter sido retirado de longos anos de cárcere, junto com Daniel, Lenin, Jacinto, o negro Alí, Carlos José Guadamuz. Todos eles haviam saído da prisão com o assalto do Comando Juan José Quezada à casa de Chema Castillo, em 27 de dezembro de 1974. Nesse mesmo dia, resultado da repressão do inimigo pela ação de 27, cai preso René Núñez, o magro a quem temos tanto respeito, mouros e cristãos, por sua capacidade de trabalho, pelo tempo que leva nas fileiras da FSLN, por seu alto espírito unitário, sua humildade e fraternidade infinita. Rene Núñez, velho quadro histórico desde meados dos anos 1960. Da

FER e da Frente. Sempre discreto. Nunca teve ressonância pública, só quando o capturaram. Uma clássica formiguinha laboriosa da FSLN. Da envergadura de Juan de Dios Muñoz.

José Benito acabara de chegar e caiu em poucos meses. Foi doloroso. Sua queda também me preocupou porque Bayardo voltava a ficar sozinho na direção do trabalho. Bayardo trabalha sem descanso. O homem está envelhecendo de tanta pressão, de tanta tensão, de tantos desvelos, de tanto trabalho, percorrendo clandestinamente o país de um lado para o outro. Primeiro, Tomás caiu preso. Ficaram Federico e ele, depois cai Federico e fica sozinho. Tanta responsabilidade nesse período para um só homem lhe exaure. É digno de admiração. Bayardo, depois de Federico, é o membro da Direção Nacional que esteve mais tempo clandestino dentro do país. Com a morte de José Benito, que te repito, foi dolorosa porque era um histórico membro da DN da FSLN, o pobre Bayardo voltou a ficar solitário. Lembrei que Modesto está em Costa Rica e Tomás, também no estrangeiro, que são a Direção da GPP.

Nós nos propusemos a não dar gosto ao inimigo. Decidimos fazer o "banquete" de despedida da *góndola*. Cantamos, fizemos piadas e a dormir. Às sete da manhã está formada a *góndola*. Parecia mentira. Como foi difícil. O pessoal uniformizado. Digo umas palavras de despedida, estou falando e pensando ao mesmo tempo, magrelo cabeçudo, maricas, você conseguiu, maricas.

Quando David partiu para a BPU, quase senti que já podiam me matar, que já podia morrer tranquilo. É a realização, a cristalização concreta de uma missão quase impossível que me fora encomendada, e que finalmente, junto e com a ajuda de todos meus irmãos, com 50 mil tropeços e vicissitudes de todo o tipo, depois de mais de três anos de trabalho de muito desgaste e obstáculos, o havia conseguido.

Eu o vejo se perder entre a folhagem da montanha. Eu não queria ser David Blanco.

48

> ...o golpe não foi nem sequer como bater nas nádegas do ditador, mas como bater nas nádegas e lhe dar um cascudo com saliva na careca. E em todo caso, o golpe é espetacular, moraliza todo mundo, ia como havíamos previsto, ia ter desdobramentos...

Yaosca, como era de se esperar, ficou grávida. Como tenho colocado atenção no povoado de Wiwilí, pois nada mais ideal que em vez de enviá-la a Matagalpa ou Estelí para que passe vários meses e tenha o bebê, melhor enviá-la ao povoado, ao centro urbano mais próximo ao Kilambé que é Wiwilí. Além disso, Wiwilí não é um povoado qualquer, mas é o povoado dividido em dois pelo Rio Coco, e em cujas margens o general Sandino organizou as cooperativas agrícolas, uma vez tendo expulsado as tropas da marinha norte-americana em 1932. Wiwilí é ideal para enviar Yaosca; significa colocar um quadro clandestino da Bacho para iniciar o trabalho, nos ajudar na logística, no recrutamento de pessoal e, também, na eventual abertura de nossa própria rota para Honduras, uma vez que Wiwilí está relativamente próxima da fronteira de Honduras. Também não descarto a possibilidade de que Yaosca se encontre com alguns velhos colaboradores do general Sandino, como havíamos encontrado em "Compañía".

Assim é que prepare-se, minha filha, que você vai para o povoado. As missões são essas e essas e essas. E trabalhe até onde for possível. Não vá se exceder, porque se aborta, eu a enforco. Entende a proposta e o que eu quero dizer? "Sim, Chefe!" Yaosca se pôs à paisana e desceu com uma bolsinha e seus pertences pessoais em meados de agosto. Do Cumbo, desceu da casa de uns colaboradores de sobrenome Castro que eram superbons. Yaosca desceu para Wiwilí para casa de uma família de sobrenome Tijerino. Famosa, tragicamente famosa a família, porque já eram apenas a velhinha, uma filha chamada Nora e dois rapazinhos. Os demais membros de toda sua família haviam sido exterminados pela Guarda Nacional nos tempos mais cruéis da repressão na montanha. Fizemos contato com ela por meio do irmão de Marcio Jaén, de Alberto e de Yasica. Ambos da BPU, que haviam descido, e Yasica é de Cuá e conhece essa família.

Não passou nem um mês para que o trabalho de Yaosca começasse a dar seus primeiros frutos. Em seguida, começou a subir gente para a Bacho; o primeiro foi um camponês de nome Randolfo. Informava-me que já tinha várias casas de seguranças e que estava iniciando trabalho Rio Coco abaixo, para o lado de Baná.

Estamos de volta dos lados dos Tonsitos, quando ouço o piripipipí. O assalto ao Palácio Nacional! Agora sim, filhos da puta! Finalmente a GPP se decidiu, eu disse. Pena que não tenha sido eu ou David, que também o merecia. Imaginei que o chefe militar do comando era Charralito. Dos que conheço pessoalmente, que estavam na cidade, ele era o único que podia fazer isso. E como eu sabia que ele tinha sido reconcentrado, esse é o meu palpite. O palpite foi corroborado pelo rádio, que disse que a negociadora com Somoza é uma mulher. Faz sentido. Charralito é o chefe militar, mas ainda tem, mesmo com todo o seu desenvolvimento, limitações políticas. Portanto, penso que não há dúvida de que a negociadora é Mónica Baltodano, a única que conheço pessoalmente na GPP que tem a capacidade de assumir essa tarefa nesse momento.

E eu não me desgrudava do rádio para nada. Eu comia e fazia minhas necessidades com o rádio ao ouvido, lutando para ouvir as frequências, mudando para frente e para trás para ondas curtas para descobrir o que as rádios estrangeiras estavam dizendo. Nós, o povo todo, ficamos histéricos de alegria, pensávamos, se isto correr bem, isto trará desdobramentos. Sim, com certeza, todos nós dissemos, isto trará desdobramentos. Isto traz repressão e repressão traz, já estava provado, mais manifestações e mais violência nas massas e, portanto, na Frente, que é a vanguarda.

Estamos há três dias cruzando os dedos, esperando o desenlace. Somoza, depois do dia 27 de dezembro, disse que a próxima coisa parecida que a Frente fizesse, ele iria atacar qualquer lugar. Nesse caso, o Palácio foi tomado com todo o Congresso de Somoza, em plena sessão, além disso, no Palácio também estavam o gabinete de vários ministros da ditadura. E nós, sorteando as possibilidades do que Somoza podia ou não podia fazer. As exigências do Comando são a liberação dos presos políticos e vários milhões de dólares. Fala-se que o Palácio está cercado. Fala-se que está se combatendo de dentro do Palácio. A coisa está terrível, todo mundo cruzando os dedos numa só torcida e eu me dizendo, não afrouxe, Mónica babaca, não afrouxe Charralito fodido.

Quando estamos nisso, vem a notícia que Somoza cede, que disse que só os rios não voltam atrás. Que os presos e o Comando vão para o aeroporto em ônibus. Que o povo está nas ruas saudando o ônibus do assalto. Foi uma explosão de alegria indescritível.

Depois veio a notícia de que o chefe militar, é um velho lutador antisomozista, que esteve envolvido em todas as conspirações armadas organizada pela burguesia de outrora para derrubar os Somozas. Seu nome é Eden Pastora, que desde criança associava, como disse, às conspirações frustradas da burguesia contra a ditadura. Isso me quebra a cabeça. Não é o Charralito. Bem, mas... este Éden será GPP? Logo me dou conta que é insurrecional, não será, digo a mim mesmo, que é uma ação unitária? Porque Bayardo havia me contado depois que o golpe, talvez, o mais possível é que fosse unitário, com combatentes das três tendências.

Mas logo tudo se esclarece. Foram apenas os insurrecionais. Cara! Eu digo. Ou as outras tendências são lentas, ou não têm recursos, ou que esses fodidos dos insurrecionais são audazes e têm recursos, porque vão de porrada sobre porrada, e além disso, que categoria de porrada! Ou há outras coisas que eu desconheço.

De qualquer modo, o golpe não foi apenas como bater na bunda do ditador, mas como bater na bunda e lhe dar um cascudo com cuspe na careca. Em todo caso, o golpe é espetacular, moraliza todo mundo, e como havíamos previsto, ia ter desdobramentos nos próximos dias desse evento do Palácio... Insurreição em Matagalpa! Ai, meu Deus, e agora esses, quem serão? Será espontânea? Serão as três Frentes juntas? Será um só? Quem quer que seja, que desçam o pau. Depois me dei conta de que havia sido a GPP, os rapazes da escolinha de Santa Cruz eram os principais dirigentes das massas na insurreição. Vê, eu disse, até que a escolinha não esteve mal. Nesse caso, o mal é que os alunos combatem antes dos professores. A insurreição foi sufocada pelo inimigo, como em Monimbó.

Evidentemente, de fora, do Kilambé, a gente observa como a temperatura está subindo vertiginosamente no seio das massas, de todo o povo. Cada vez é mais óbvio que a luta vai se dar na cidade. Que nem a BPU, nem as tropas do campo da GPP, como são a Bacho, a CAS e a GPA, têm capacidade, por si mesmas, na montanha, de serem o epicentro do enfrentamento. Levaria muito tempo para que isso ocorresse, enquanto na cidade as massas já andam pelas ruas, fazendo ações contra a ditadura, e Somoza, mata que mata as pessoas. E as pessoas matam que matam guardas nos bairros, em todos os lugares, e as três Frentes levando a cabo ataques na cidade, e como as massas não iriam se esquentar assim, me diga?

Eu cruzava os dedos para que não me mandassem à BPU. Me dava medo ir à BPU, eu podia perder isso! No final do mês, chega uma nova *góndola*. Nós a treinamos, ali, junto aos Tonsitos. Eram Marcio Espinoza (Salvador), Roberto Cordero (Mario) e um rapaz muito bom de sobrenome Vindel, a quem chamamos Lucas.

Terminando o curso e irrompem os fogos da insurreição em León, Estelí, Manágua e Carazo. Eu digo a Justo, Franklin, Campbell e Carmelo, que são os mais velhos na Bacho, esta nós não perdemos. Estamos de acordo? Claro! Dissemos todos. Preparamo-nos e partimos a toda velocidade em direção ao oeste, buscando abaixo, para a cidade, Jonotega ou Wiwilí. Antes de descer até Jinotega, que é a cidade mais próxima, que está longe dali, quer dizer, antes de descer à rodovia, que também está muito longe, passamos acertando contas com os famosos que haviam capturado Francisco e Rufino e os entregado para que a GN os matasse. Haviam sido os que nos haviam descobertos no acampamento quando Carmelo entrou. Justiçamos cerca de quatro. Até aí conseguimos chegar. Quando quisemos continuar descendo, a insurreição havia terminado. A Frente havia se retirado, como milhares de combatentes do povo que haviam se somado à insurreição e outros combatentes que se retiraram sozinhos, como puderam. Nunca consegui explicar para onde teriam se retirado tantas centenas de homens com um mínimo de proteção e abastecimento para tanta gente e como se defender das investidas, da perseguição, da aviação do inimigo. Não conseguia entender, pois, para onde tinham ido. Depois me dei conta que a GPA participou da insurreição de Estelí. Vê, disse eu, essa é a vantagem de estar próximo da cidade. Isauro apenas teve tempo de chegar a Yalí, seu povoado mais próximo.

Quando justiçamos os informantes do Valle de los Condega, atacamos a casa de Dámaso Aráuz, o principal responsável de tudo.

Ele e sua gente estavam bem armados. Entramos na casa Justo, Franklin e eu. Entramos disparando. Quando vejo que Justo se volta e dispara na minha direção eu arregalo os olhos, pois penso que tinha ficado louco. Isso ocorre, mas o disparo não me alcança. Ouço um grito atrás de mim. Olho para trás e vejo um homem ensanguentado. Um filho da puta que não havia visto, que estava próximo da porta e que, ao abri-la a pontapés, se encostou na parede e não o vi ao entrar. Justo, com seus reflexos de gato, o percebeu, o viu e disparou contra ele no momento que o tipo estava me apontando para descarregar um tiro de escopeta a 12 metros de distância. Justo e eu ficamos nos olhando. Como nos gostamos!

A Bacho fica emputecida, frustrada, porque não pôde participar na insurreição. Não nos consolamos nem mesmo com o justiçamento dos informantes. Esses justiçamentos da Bacho não acalmaram nossa infinita frustração de não haver estado junto ao povo, combatendo contra a guarda. Por esses dias, subiu uma companheira de Wiwilí, de sobrenome Colindres, para se incorporar à Bacho; seu sobrenome me chamou a atenção. Fruto do trabalho de Yaosca. Também desceu por esses dias Serafín García, da BPU, para trazer uma nova *góndola* da Bacho para onde está Rene Vivas. Nós a equipamos e a mandamos. A diretriz continua sendo para fortalecermos a BPU.

Quando Serafín se foi com a *góndola*, a segunda, em escassos dois meses, lhe disse que desse um grande abraço a Rene Vivas. Rene Vivas é um ser especial entre os especiais. Rene Vivas é o homem mais disciplinado que eu conheço até o dia de hoje. Rene Vivas tem uma humildade que às vezes me confunde, porque é demasiadamente humilde. Juntamente com Rene Núñez, é um dos homens mais simples que eu conheço. Rene é um monumento à firmeza revolucionária. Para mim, Rene Vivas, Serafín García, Manuel Calderón, David Blanco, os sobreviventes que iniciaram a BPU, são o símbolo do estoicismo e da disposição ao sacrifício diário pela revolução. Eles são, sobretudo Rene, a vértebra de uma coluna que jamais se dobrou. A firmeza de Rene simplesmente não tem adjetivos, e por favor não me interprete mal, não estou subestimando a firmeza do restante de meus irmãos das três FSLN. Digo isso porque acho necessário dar a César o que é de César e a Deus o que é de Deus, pelo menos das pessoas que andaram comigo.

Nas *góndolas* que mandamos à BPU, mandamos sempre aos que estão há mais tempo na Bacho, excetuando ao que é, por assim dizer, o Estado-Maior da Bonifacio Montoya, que são Justo, Franklin, o Negro Campbell e eu. Claro que sempre ficamos com outro grupo de novos para ir treinando antes que chegue o turno de ir à BPU.

Depois que Serafín se foi com a segunda *góndola*, a rota, os mecanismos de traslados, de treinamento, de tudo, já estão feitos, provados, funcionando e azeitados.

A insurreição de setembro nos deixou desconectados totalmente do comando da cidade. Desconectados da CAS e, além disso, depois da morte de Camilo, nunca mais tivemos conexões com os insurrecionais nem com os proletários.

Yaosca começa a canalizar companheiros para Bacho que vêm fugindo do inimigo, de suas operações de limpeza, que é como chamavam às carnificinas covardes que a GN fazia com a população, uma vez que as tropas das três Frentes recuavam com parte da população depois da insurreição. Falava-se que vinha outra insurreição, falava-se que as Frentes estavam reconcentrando forças para uma nova insurreição que não sabíamos quando ia ser. A pressão da Bacho sobre mim para combatermos é cada vez maior. Ninguém quer, começando por mim, que se repita o que aconteceu na insurreição de setembro, que estávamos tão longe que nem nos deu tempo de chegar à rodovia que vai de Jinotega a Wiwilí.

Por outro lado, estamos começando a nos encher de gente desarmada. Em vista de tudo isso, reúno o Estado-Maior da Bacho e lhes faço a análise. Um, nos encomendaram historicamente uma rota até a BPU para reforçá-la. Fizemo-lo e continuaremos a fazê-lo até recebermos ordens contrárias do Alto Comando. Dois, vem aí outra insurreição e nós vamos ficar chupando os dedos como a vez passada se não fizermos algo para impedir que isso aconteça. Três, acho que podemos fazer as duas coisas. Reforçar a BPU e participar de uma nova insurreição. Quatro, nós não temos armas, não temos dinheiro. Cinco, não temos comunicação. Estamos isolados. Seis, precisamos nos articular com os camaradas terceiristas, é como chamamos os insurrecionais, para unir forças para uma nova insurreição. Fala-se que Germán Pomares, El Danto, andava perto de Quilalí. Isso são os rumores.

Após fazer a apresentação e análise, decidimos por unanimidade o seguinte: primeiro, que eu vá até Wiwilí, que dali tente estabelecer contato com a cidade, para que eles nos enviem armas e orientações. Segundo, que procure os insurrecionais para que possamos nos coordenar e atacar juntos. Terceiro, se eu não os encontrar, que vá a Honduras, pelo lado do Coco abaixo, no lado de Baná, buscar armas com a Regional de Honduras da GPP ou quem quer que seja. Que neste momento não importa quem te dê as armas se elas são para lutar. Quarto, que Franklin e Campbell fiquem em Cumbo com as tarefas de receber pessoas e *góndolas* para a BPU. Quinto, que fiquem em Cumbo, porque se a insurreição eclodir antes do tempo, pelo menos eles podem chegar à rodovia. Sexto, eu vou com Justo e Mario para Wiwilí. Sétimo, se algo me acontecer, ou se eu for a Honduras, Justo é o chefe militar e o Negro, o chefe político.

Mãos à obra. Justo e eu vestimos nossas roupas civis, pegamos nosso equipamento e partimos de Kilambé para Wiwilí.

49

> O pessoal está se coçando, todos
> querem ir à luta, todos reclamam
> armas, armas, armas para combater...
> Eu tenho que resolver de qualquer jeito
> a questão das armas. O pessoal está aqui
> nos arredores de Wiwilí, na Bacho, em
> todos os lados, pendentes e com a ilusão
> de minha gestão sobre as armas.

Com as armas há muito desarmadas, enfiadas em um saco, as pistolas debaixo da camisa, de chapéu, como um par de paroquianos, chegamos Justo e eu, em finais de setembro, à pensãozinha de dona Rosalpina Membreño, de Tijerino. Sem perder tempo, procuramos Yaosca para que nos mostrasse suas redes e suas casas de segurança e que nos informasse sobre como vão as coisas. Nos mostra as casas. Por todas as propriedades próximas a Wiwilí há jovens, homens e mulheres de todas as idades que andam fugindo da repressão na cidade. Todos buscam a guerrilha, andam buscando a FSLN para continuar a luta. Para as pessoas, não importa qual das três Frentes, o que elas querem é ir à Frente e como as três são sandinistas e as massas não entendem de sofisticações conceituais, ou pelo menos, aqui na Nicarágua, isso não tem nenhuma importância nesse momento. O que eles querem é se juntar aos sandinistas.

A primeira coisa que fazemos depois de conhecer as casas de segurança é perguntar a Yaosca a quem podemos mandar de correio para a cidade. Ela está grávida, eu não sou louco de arriscar Justo. Eu, nem pensar. Yaosca procura para nós uma colaboradora valente que se chama Yolanda González. Falamos com ela e ela aceita. É corajosa. É ir buscar as casas de segurança de Matagalpa e Estelí, que podem estar presos ou mortos, ou que ela pode ser capturada nessa tentativa. A mulher topa. Faço a correspondência a Bayardo, informando-o de tudo e pedindo armas e orientações, pergunto-lhe que informações tem sobre uma nova insurreição etc.

A mulher desceu e subiu. Não obteve o contato. Voltei a enviá--la, também não conseguiu, faço-a descer de novo e nada. A pobrezinha andou até pela GPA e não pôde encontrar ninguém. No interior estou buscando desesperadamente contato com as tropas terceiristas, e nada também. Todo mundo nos diz que estão em Honduras. Justo e eu já estamos sufocados. Fomos à casa de uns colaboradores de nacionalidade salvadorenha, e quem sabe por qual associação mental me lembrei de uns Colindres de Wiwilí.

Começo a rastreá-los, por intuição, por sexto sentido, pela história dessa família. Talvez não me equivoque. Seria muita coincidência. Rastreamos até que a encontramos. Creio que vivem Coco abaixo, precisamente ao lado de Baná. Mando sondá-los, aceitam, mando chamá-los. É um senhor de sobrenome Barahona, César Barahona. Justo e eu vamos de barco a motor Coco abaixo. Justo e eu. Creio que Carmelo também. Chegamos, me apresenta sua mulher. Olá, companheira! E você como se chama? Fulana Colindres de Barahona, para servir a você e ao Senhor. Ouça, lhe digo, por casualidade a senhora tem parentesco com o general Juan Gregorio Colindres, o general que andou com Sandino, na época dos *machos* em 1927? "Pois veja, me diz, sou filha dele".

Pelo Sangue de Cristo!, disse eu. Seu magricela filho da puta, você tem um faro incrível. Veja, eu digo a Justo, não damos ponto sem nó.

Então ela me conta que é evangélica, mas que é sandinista. "Veja", César me diz, "tenho aqui um grupo de cerca de 20 homens, e estávamos apenas esperando a passagem de vocês para irmos à guerra, porque temos que dar a esses homens", se referindo a Somoza, "o último empurrão".

Para que mais, em um instante estávamos montando um treinamento, para variar, com 15 novos recrutas. Todos desarmados, com bastões de madeira, como de costume. O povo está se coçando, todos eles querem ir à luta, todos eles estão reclamando armas, armas, armas para lutar, todo mundo reclama. Porra! Como eu falo com Honduras? E como eu encontro em Honduras alguém encarregado de qualquer uma das três Frentes? Eu tenho que resolver a questão das armas de qualquer jeito. As pessoas estão aqui, nos arredores de Wiwilí, na Bacho, em todos os lugares, pendentes e esperando que eu cuide da questão das armas. Eu chamo dom César, faço perguntas, consigo descobrir que eles têm um irmão chamado Javier, que também é sandinista, e que viaja frequentemente a Honduras a negócios variados. Mando chamá-lo imediatamente. Pergunto-lhe se ele poderia me levar a Honduras. Ele disse: "Perfeitamente. Quando você quiser". Ouça, digo a ele, por acaso você conhece algum sandinista em Honduras? Então ele me chama de lado e diz: "Olhe, ainda na semana passada eu estive em Honduras e sei como encontrar alguém que eles chamam de Zorro". Quase morro de susto. Escrevo imediatamente uma carta para Zorro, Rubén, Francisco Rivera, meu irmão. Eu lhe conto a história toda e lhe digo que preciso urgentemente que ele me dê um ponto onde possa encontrá-los e me levar a Honduras, que me envie uma data e uma hora, que eu estou pronto para partir. O padrinho parte e retorna após dois ou três dias.

Rubén me responde que imediatamente, que nos encontraríamos em tal data, a tal hora, no encontro no Rio Poteca, que é a fronteira com Honduras, lá, onde o Poteca cai no Rio Coco, que é o ponto de reunião. Sobravam guias para me levar. Eu escolho o melhor, Moncho Flores. Antes de sair, digo a Justo: Cuide-se, irmão. Se eu cair, você assume. Localize Danto, encontre-o por qualquer meio necessário, dizem que ele está por aqui. Se você o encontrar, coordene com ele, una-se com ele e não conteste seu comando. E não me deixe a BPU por nada no mundo.

Partimos montados em mulas, com grandes cordas enroladas em torno de nossas selas. Vamos disfarçados de compradores de gado. Fui cantando rancheiras o dia inteiro: "Por la lejana montaña, va cabalgando un jinete, lleva en el pecho una herida y va buscando la muerte...".* Chegamos ao encontro dos dois rios, com uma hora antes do contato. O veículo aparece. Nós fazemos o sinal combinado. Zorro sai. Eu saio do mato e damos um abraço tão apertado um ao outro que quase quebramos as costelas.

Partimos para Tegucigalpa em 20 de outubro.

---

* Sobre a montanha distante, um cavaleiro cavalga, carrega uma ferida no peito e procura a morte... Paso del Norte, que longe que vai ficando...

50

> Hugo me confirmou o que me havia
> dito Salvador Muñoz em Manágua,
> o que me haviam dito David Blanco
> e Crescencio Rosales, e o que eu
> suspeitava quando fazia as contas dos
> que caíram da BPU.

Cara, você e eu, sempre nos encontramos nos encontros dos rios. Lembra? Primeiro, foi no encontro do Cuá com El Gusanera, e agora aqui, entre o Poteca e o Coco, digo ao Zorro. "É verdade", ele diz. Durante o percurso contei a ele tudo o que havíamos feito. Zorro e eu nunca compartimentamos o trabalho. Contou-me tudo o que ele havia feito. Contou-me sobre a insurreição de Estelí. Imediatamente, lhe perguntei pelo segoviano, o Chele Jaime. "Ah!", me diz, esse Chele é boníssimo. Foi um dos chefes principais da insurreição de Estelí. Bravo, valente... e veja que o atingiram em um pé, e com o pé suspenso, ferido, disparava contra os aviões da GN e gritava para eles: "Atirem, filhos da puta, que onde há homens, morrem homens!". Foi excelente. Eu dei uma gargalhada, intimamente orgulhoso, e dei em Zorro uma palmada carinhosa. No caminho me contou que Hugo Torres estava em Honduras. Que ele não tinha contato com a GPP porque era difícil encontrar com esses companheiros, que ele tinha a impressão de que faltava maturidade na Regional GPP de Honduras. No caminho, fomos conspirando em favor da unidade.

Chegamos. Reuni-me com Hugo, estou na estrutura terceirista. Hugo está com Martha Lucía Cuadra, que é sua compa.

Hugo e eu não nos víamos desde que saí de León. Conta-me toda a sua odisseia para sair vivo da BPU. Como a BPU havia sido destroçada pela guarda e por problemas que tinham tido depois da morte de Rodrigo. Conta-me que quando chegou a Honduras, chegou morto de fome, inflamado de fome, pôde salvar apenas sua pele com mais dois companheiros. Que fez contato com a Regional GPP, que é Rafael Mairena, Jacobo. Que Jacobo o acusou de desertor, de covarde, que não o socou porque era compa. Que Jacobo não tinha a menor ideia do que acontecia na montanha, na BPU, que Jacobo lhe disse que a BPU era o exército sandinista e que terminou lhe dizendo que "na montanha enterraremos o coração do inimigo". Ele achou Jacobo um maluco desinformado, que ele não saiu por covardia, mas porque na BPU já não havia nada que fazer, além de esperar com fome ser caçado como um animal pela GN. Que procurou pessoas que não pensavam como Jacobo, pois ele é revolucionário e queria continuar lutando. E que por sorte se encontrou com os terceiristas.

Que cuidaram dele, compreenderam, ajudaram e, por sua experiência, imediatamente lhe atribuíram responsabilidades. Hugo me confirmou o que me havia dito Salvador Muñoz, em Manágua, o que me haviam dito David Blanco e Crescencio Rosales, e o que eu suspeitava quando fazia as contas dos que caíram da BPU. É só um símbolo, é só um mito que teve seu papel, e pronto.

"Que queres fazer?", Hugo me perguntou. Bom, no momento, tomar banho, comer e procurar Jacobo para falar com ele, e preciso de dinheiro, lhe respondo. No dia 21, fomos procurar Jacobo. Não o encontramos. No dia 22, fomos a um centro de refugiados e tive a grande surpresa de ver sair dali, que é o Centro Loyola de Tegucigalpa, Martha Yllescas, a morena que era um atentado, filha da colaboradora de Estelí. Chamo-a. Reconhece--me. Conto-lhe que ando em busca do poeta, que era como chamávamos Jacobo desde que entrou na universidade com Chico Meza e Marcos Somarriba, em 1970 ou 1971.

Encontramos o poeta em 23 de outubro. Disse-lhe que vinha apenas para buscar dinheiro e armas. Disse-me que falasse com Modesto, que ele podia localizá-lo através de um telefone em Costa Rica e que Modesto estava no Panamá. Nesse ínterim da localização de Modesto, me contou como estava sua Regional. Contou-me que não tinha dinheiro, que estavam entrando centenas de rapazes que procuravam a GPP e que não tinha onde colocá-los, que todos estavam em centros de refugiados. Falei com Hugo. Pedi dinheiro a ele. Deu-me cinco mil dólares, sem nenhuma condição. Alugamos três casas. Passamos clandestinamente todas as pessoas às casas de segurança alugadas. Não resisti à tentação de dizer que, no dia seguinte, completo 28 anos. À noite, fizemos uma festinha com ele, a colaboradora hondurenha, de sua casa de segurança, e um grupo de compas com nível intelectual, que haviam chegado recentemente do México e que estavam sem fazer nada em Honduras. Todos eles têm especialidade militar. Especialistas em explosivos, falsificação de documentação secreta. Os jovens causam boa impressão. Entre eles estão Betty e Javier Baldovinos, Raúl González, Ulises Moneada, Rafael Castellón e Gustavo Terán.

Nesse dia de meu aniversário, dia 24, falamos com Modesto por telefone. Explico-lhe brevemente por que estou ali. Modesto fica irritado quando me ouve e lhe digo que estou em Honduras. Digo-lhe que penso em levar todos esses refugiados diretamente para a Bacho nas próximas 72 horas. Que necessito de armas e de dinheiro. Respondeu-me que parece bom. Mas que primeiro tenho que ir ao Panamá falar com ele. Que vá sem mais demora. O poeta começa, em tempo recorde, a buscar como inventar um passaporte para mim. Sou agora o sociólogo do Conselho Superior da Universidade Centro-Americana, CSUCA, Alfonso Guerra.

A papelada levou 48 horas; nas casas de segurança colocamos, apinhados, quase 200 jovens. Busco entre todos os rostos, um a um, meus irmãos de pai e mãe e não vejo nenhum. Depois da insurreição, os mortos já são tantos que a GN não noticia o piripipipí. Não sei de nada de meus irmãos. Só sei que o mais velho está em Costa Rica, que é agora da tendência proletária e que levou minha mãe e um dos meus irmãos, Danilo, para Costa Rica porque a GN chegou a León, a nossa casa, e a atingiu com tanquetes, acreditando que eu estava lá. Por sorte, minha mãe e meus irmãos não estavam. Não sei nada de meus outros irmãos, Raúl e Javier. Fui em vão. Não pude encontrá-los entre os refugiados.

Nas 48 horas da papelada, organizo com o poeta as casas com os refugiados que vão comigo para a Bacho. Eu os organizo em esquadras. Apresento-lhes os planos de rotina diária e ponho os que vieram do México, que não os conheço, mas são pessoas com preparação, como responsáveis pelas casas. A Regional GPP em Honduras é apenas o poeta, sem dinheiro e com dificuldades para organizar.

No dia 24, cortam e tingem meu cabelo. Faço as fotos para o passaporte e Martha me pergunta o que eu quero fazer depois do trabalho. Digo que quero caminhar pelas ruas, como uma pessoa qualquer, sem me sentir perseguido, atravessar correndo os semáforos em vermelho, comprar uma maçã em uma quitanda da esquina, tomar sorvete caminhando. Ir a uma cafeteria, conversar e fazer amor. Ela começou a rir e disse rindo, vamos. Fizemos tudo, até terminar fazendo amor como se faz depois de seis meses de não o fazer.

No dia 25, escrevo uma carta a Justo, informando-lhe que tudo vai de vento em popa, que tenha calma. Que vou para o Panamá, que em oito dias estou na Bacho com 200 homens armados. Digo a Zorro que me garanta o guia. Escrevo a Bayardo e lhe conto tudo. No dia 26, voo para o Panamá. Na noite do dia 26, me reúno com Modesto e Tomás, a quem não via desde aquele inverno, quando retirou a granada da bolsa desbaratada, quando se aproximou de nós um Becat no bairro Laborío, de León. Saudações frias com ambos e começo o informe super detalhado do que faço em Honduras e quais são os meus planos. Modesto, no final, como resposta ao meu informe, diz que está bem, que agora compreende minha saída. Ele pensou que eu estava me tornando insurrecional-terceirista. Eu lhe respondo sério que o quero é lutar, que me deem armas e dinheiro que já quero voltar para a Bacho, que estão me esperando. Dei minhas impressões sobre a conjuntura, de como vejo que as coisas estão evoluindo lá dentro, que por favor me consigam dinheiro e armas o mais rápido possível. Dizem que as armas vão levar a Honduras e que eu aguente um par de dias no Panamá para me dar o dinheiro. Antes de concluir, insisto na unidade.

Volto a minha casa de segurança, que é de uma bonita senhora de classe média alta, que tem um par de filhas. A mais velha, sobretudo, é capaz de induzir qualquer cristão normal à falta, ao delito, ao abuso, à sedução, à loucura, . Nem Modesto nem Tomás moram ali. Passam os dois dias e nada de dinheiro. Passam quatro e nada. Modesto e Tomás estão atarefados em resolver problemas maiores. Eu começo a me desesperar pelos atrasos em minha saída, e porque a casa em que eu estou é uma verdadeira câmara de tortura, com esse monstro que vivia de short o dia inteiro, procurando conversa e mostrando seus encantos.

Não volto a ver Modesto, e fico em contato apenas com Tomás. No quinto dia, aparece o Velho Lobo, como chamávamos Tomás, e me disse algo que me quebrou absolutamente todos os esquemas e os planos. Desconcertei-me todo. Desabei. "Juan José, os planos mudaram. Já não vais te envolver com as pessoas. O que vamos fazer é um gigantesco treinamento na fronteira de Honduras com Nicarágua. Esse curso será dirigido por mim pessoalmente e depois que esteja pronto, vamos levar todos para a BPU".

"Assim você não vai regressar. Nós vamos junto com uns instrutores que virão ao Panamá. Vou apenas me desocupar de uns trabalhos importantes que estou fazendo aqui e vamos. Então, tenha calma". Pergunto-lhe se tinha certeza do que estava me dizendo, e que se isso era o mais correto. Disse-me que sim, me fez uma análise de cerca de duas horas. A análise não me convenceu o suficiente, tenho minhas reservas sobre esse projeto. Ao final, lhe disse, está bem, e lhe disse está bem por disciplina e por respeito ao símbolo e à autoridade de Tomás. Eu estou sufocado de angústia para voltar. Minha prática, minha intuição, o que eu vivi em Kilambé, Wiwilí e seus arredores, em Baná, me dizem que as coisas não são assim, para um projeto de tão longo prazo. Que não se pode perder tempo. Trato de me acalmar e me digo, eles são da Direção e são mais capazes do que eu, talvez eu que seja um cabeça quente, desesperado, e estou perdendo as perspectivas, não tenho a visão global do negócio.

Tomás vai embora e me diz para não sair da casa por medida de segurança, mas me deixa 50 dólares para os cigarros. Que quando quiser sair da casa, lhe peça autorização, e me deixa um número de telefone. Ok. Espero. E Tomás não se desocupa. E eu de saco cheio. E me respondia, tenha paciência, filho. Tenha paciência, filhinho. Parece uma criança enchendo o saco. Eu ando obcecado pela Bacho e pela insurreição, que a meu modo de ver, se avizinha.

Quando passa a segunda semana e vejo que Tomás não se desocupa do mar de coisas que tem que dar conta ali no Panamá, no estrangeiro e no interior do país, e a mim já se desbarataram os mecanismos do sono e a angústia por conta de esperar sem resultados e de que são eles que têm a o poder de decisão, aproveito para lhes dizer, que enquanto espero que ele se desocupe, porque não operam meu nariz. Tenho um problema respiratório. Tenho o septo desviado por conta um acidente. Há oito anos uso um nebulizador descongestionante chamado Deltarinol. Com esse problema respiratório, tenho padecido durante anos o indizível nas caminhadas com carga na montanha. Estando dentro do país, nunca arreguei, pedi pinico. Mas agora que estou nessa casa, ouvindo música, aprendendo a dançar como John Travolta, é melhor me operar enquanto espero, de todos os modos tenho que esperar, e assim ganho tempo e sofro menos no futuro.

Responderam-me que no Panamá era perigoso. Digo Cuba. Respondem-me que é muito longe. Os companheiros eram muito cuidadosos com minha segurança e para que não me afastasse muito da Nicarágua. Passa a terceira semana. Tomás não se desocupa. Não tenho trabalho. Desobedeço. Saio sem permissão várias vezes. Uma delas a uma bela ilha chamada Taboga, acompanhado do monstro, filha da colaboradora. Foi um dia maravilhoso, nesse mar e nessa areia branca e com o biquíni dela me esqueci da GPP, da Bacho, das armas nucleares, dos problemas do dólar e da falta de meus irmãos, me esqueci de tudo. É o dia mais agradável que passo no Panamá.

Depois desobedeci e me encontrei com Rogelio Ramírez, por pura casualidade, e fomos a seu hotel ou apartamento, conversamos bastante. Outra vez desobedeci e fui à casa de Chepe Pasos, que era meu antigo professor de Política. Um dia de tantos, chega Tomás para me ver e me acalmar e de passagem me conta que nessa noite está no Panamá Pablo Milanes com Silvio Rodríguez, pelo menos Pablito. E que vão se reunir com uma série de amigos porque Milanes vai tocar para eles. Pablo Milanes! Silvio! Dois dos meus favoritos. Que alegria, vou conhecê-los pessoalmente. Vou vê-los com meus olhinhos, que emoção. Haja emoção! Tomás só havia comentado. Não me convidou. Ninguém me convidou.

Não fui. Não me levaram. Fui dormir pela madrugada, pensando em por que não me haviam convidado e por que Deus tinha me sentido tão idiota...

Continuei insistindo mais, para voltar a Honduras. Enchi-me de paciência para que não me dissessem que eu enchia o saco, parecendo criança, e lhe disse: Veja, chefe. Você diz que o curso é de um mês, que deve ser em zona montanhosa, que depois vamos para a BPU, que são 100 alunos. Pois bem, prestem atenção, como você sabe perfeitamente, porque já viveu isso antes, apenas a exploração para buscar o melhor lugar em Honduras, que esteja em direção da BPU, montar a rede de colaboração, toda a logística para transferir esses 100 homens escalonadamente e alimentá-los, só isso leva no mínimo dois meses e um de curso, são três, e isso se não houver atraso, deixe-me ir para adiantar o trabalho. Aqui não estou fazendo nada, enfiado nesta casa sem fazer nada. Meus companheiros estão me esperando. A coisa vai explodir chefe, deixe-me ir. Concordaram. Saí do Panamá em 22 de novembro, acompanhado dos instrutores da escola, que foram Manuel Rivas Vallecillo (o negro Alí), Luis Chávez Kalaka e Héctor Chana Villarejos.

Quando o avião decolou, respirei fundo e soltei o ar lentamente...

51

> Nesses dias, aparece, chega a notícia de que foi firmada a unidade da FSLN, e que se formou a Direção Nacional Conjunta. Isso sim é uma grande notícia! Essa é uma boa notícia! Essa é a minha! E que foi Modesto quem leu a Proclamação da Unidade.

Quando chego a Honduras, assumo de fato a direção da Regional. É uma necessidade fazê-lo. Coordenamos e chega o primeiro lote de armas, que foram trazidas dos Estados Unidos por Fernando, um compa de sobrenome Montenegro, que é o marido de Charlotte Baltodano. Peço ao poeta que me arranje mapas em uma escala de um para 50 mil de toda a fronteira hondurenha-nicaraguense. Localizo o local. O melhor lugar é Olancho, cuja capital do departamento é Juticalpa. O local ideal para o projeto são as margens do Rio Patuca. Peço ao poeta que me dê contato com todas as organizações de esquerda, com a intenção de pedir-lhes que nos apoiem com seus filiados daquele lugar e das proximidades para montar o projeto. Não tinha nenhuma. Felizmente, conseguimos entrar em contato com um hondurenho que foi dirigente estudantil, que o conheci em León em 1972. Disse-me que ele tinha alguns amigos em Juticalpa. Talvez eles pudessem me ajudar.

Já estamos em inícios de dezembro. Digo ao poeta e a Martha que vou a Juticalpa, que se em 72 horas eu não voltar, é que fui preso. Martha e eu, estamos morando na mesma casa e, é claro, estamos fazendo amor todas as noites do mundo. Rompi a fidelidade a Claudia.

Pegamos um ônibus de transporte coletivo e partimos. Eu vou com meu passaporte hondurenho e dez mil dólares na minha bolsa. Os dólares servem para qualquer coisa. Vou desarmado. Disfarçado de pecuarista. Quando, após cerca de três ou quatro horas de viagem no ônibus, chegamos à entrada de Juticalpa e há um posto de controle dos guardas hondurenhos, os dois sentados no penúltimo assento, um guarda entrou e observa detidamente a todos os passageiros um a um, o ônibus estava cheio de gente, todos sentados, quando ele me avistou disse: "Você, desça!" Eu percebo que é comigo, me faço de desentendido e olho para trás como se fosse a outra pessoa que eles estão chamando, e volto a olhar para o guarda e ele me diz: "Você, eu lhe disse para descer!" Volto a me fazer de dissimulado e então olho para o que vem comigo, o colaborador. Pensei, talvez este cara esteja queimado, e está sendo vigiado e vão capturá-lo, embora eu saiba que a questão é comigo, volto a olhar para o guarda e ele já está vindo para me fazer descer a golpes de culatra. Levanto-me rapidamente para que ele não me atinja, com a confiança infinita que meu companheiro me havia vendido de que ele é um agente de segurança hondurenho. O poeta havia me contado que a esquerda hondurenha estava bem infiltrada. Eu não tinha dúvidas, então, de que se tratava de uma denúncia.

Desci, e o ônibus arrancou. Quando desço, vejo o posto de controle em corpo inteiro. Eles não estão agressivos. Olho para a calçada em frente e é um *Drive Inn* onde há uma fila de cerca de 50 jovens, que estão passando por um balcão onde há militares escrevendo em papéis. Eu percebo que eles estão recrutando para o serviço militar. Eles me levam para a fila dos rapazes. Rapidamente, ponho minha cabeça para funcionar. Saio da fila, muito irritado, com meu passaporte na mão e os dez mil dólares. Vou direto ao balcão e lhe digo, você é mal-educado, inculto, você sabe quem eu sou, irresponsável! O guarda se impressiona e me deixa ir até o balcão. No balcão está um jovem tenente de uns 23 anos, que parece ser recém-formado. Ele está com a cabeça baixa, anotando os detalhes de um recruta. Eu me aproximo e grito: Tenente! Que falta de responsabilidade é essa por parte de seus homens, que nem sabem quem estão capturando, e eu atiro o passaporte com os dez mil dólares no balcão.

O homem levanta a cabeça e se assusta. Fica olhando para mim com surpresa. Ele se acovarda quando vê tanto dinheiro no balcão. E diz nervosamente: "E quem é você?" Fulano de tal, eu respondo, e vou comprar 500 novilhas, ou o senhor não sabe que estamos fazendo uma ponte aérea de novilhas para a Venezuela. O que é verdade. Eu o li nos jornais.

O tipo fica nervoso. Eu o aperto. Como é possível, digo eu, que não saibam quem estão capturando? Desculpe-me, senhor! Desculpe! O tenente repreende seus soldados e lhes diz para irem me deixar em Juticalpa, eu pego meu passaporte e os dólares, entro no jipe, sério, pensando: o que eu faço agora? Já me dei conta que meu companheiro não me denunciou. Simplesmente me viram com cara de recruta e me tiraram do ônibus. Vou pensando o que fazer quando vejo que o companheiro está entrando em uma casa. Digo aos guardas que me deixem ali, naquele lugar. Pedem desculpas e vão embora. Entro na casa.

É a casa de seus amigos. Comentamos o susto e vamos direto ao ponto. Falo do projeto. Claro, não lhes falo de tudo. Pergunto se têm algum amigo para o lado do Patuca. Eles não têm, mas um amigo ou parente deles têm. Quando vejo os mapas ali em Juticalpa e começo a coletar informações com eles, sobretudo informação oral de distâncias etc., me dou conta que para montar a porra desse treinamento vai levar pelo menos três meses para preparar as condições mínimas, e um mês de curso. Isso eu vejo de longe. Volto a Tegucigalpa, falo com Modesto e digo que mesmo com tudo e minha experiência, trabalhando como um cavalo, não teremos as condições necessárias antes de, no mínimo, três meses. Na ausência de Tomás, telefono para Modesto no Panamá. Explico-lhe que para fazer isso é como fazer uma rota de Piedra Larga à BPU e fazê-la em três meses com tudo e colaboradores... Peço-lhe que reconsidere o projeto. Argumento. Digo-lhe que me dê um bom pessoal, que eu posso levá-los à Bacho e em oito dias, estamos todos treinando em Kilambé. Treinados e prontos para combater, que lá em Kilambé temos tudo, *buzones* até mais do que suficientes. Que o pessoal não vai precisar de nada. Que me os entregue armados. Que eu vou treiná-los. Que eu tenho experiência, que isso e que aquilo, tratando de convencê-lo, e nem se abalou. O homem me dizia que prosseguisse com o projeto do Patuca e que me apressasse... Eu já estou irritado. Não consigo compreender qual é a importância de treinar no Patuca e não em Kilambé, onde somos amos e senhores, enquanto no Patuca, é começar do zero e é um país estranho.

Que vontade que me dava de tornar-me terceirista. De ir para onde está Rubén e lhe dizer que a Bacho e eu nos tornamos insurrecionais. E talvez até a CAS, se falasse com Isauro. Pensei e repensei e não me atrevi a fazê-lo.

Com os que vieram do México, e com outros que continuam vindo do México, montamos uma oficina de explosivos. Todos os que vêm do México estão me pressionando para que os mande a combater, e eu sem poder fazê-lo. Como te digo, a essa altura já sou o chefe da Regional e estou sem dinheiro. Busco os insurrecionais e eles sempre me deram dinheiro, porque o dinheiro que enviaram do Panamá era muito pouco e não era suficiente para cobrir tantas despesas. Os insurrecionais, graças a Deus, nunca me pediram condições para me dar dinheiro, nunca me pediram para me tornar um terceirista em troca de alguma coisa.

Voltei para Juticalpa e levei comigo Betty Baldovinos, Luis Chávez e um companheiro com o sobrenome Cruz, de codinome Manuel; instalei-os para que pudessem começar a trabalhar. Se isto for GPP, então agiremos como GPP.

Retorno a Tegucigalpa. Continuo a reorganizar o trabalho com o pessoal. Aqueles que estão amontoados nas casas estão desesperados para entrar em combate. Nós lhes dizemos logo, logo e nada. Alguns deles fogem em desespero e vão se juntar aos terceiristas.

É a última semana de dezembro. Meu irmão mais velho, José María, e outro de meus irmãos mais novos, Danilo, estão na Costa Rica. Mando buscar meus dois irmãos e passo o Natal com eles. Minha mãe chega para o dia 31. Primeira vez que a via, em mais de cinco anos. Passamos felizes, apenas com a dúvida, pois não sabemos nada de Raúl e de Javier.

A relação entre Martha e eu vai se consolidando. É a primeira vez que eu vivo com uma mulher em uma casa. Ensinou-me a beber vinho francês descobrindo Edith Piaf. Aprendi a ouvir: apague a luz, atenda o telefone. Nunca haviam me mimado tanto em minha vida. A mãe de Martha, Rosario e sua avó, Susana, estão vivendo em Honduras, assim como suas tias, Lesbia e Melba Altamirano, que me conquistaram com sua delicadeza e cuidados. Em meados de janeiro, por minha livre e soberana vontade, decido operar o nariz antes de ir ao Patuca.

Agora ou nunca! Disse. Além disso, mandei minha mãe trazer minha filha, que estava no México com sua avó materna. Saio do hospital, depois que me quebraram o nariz em uma clínica local, e me receitam dois meses de repouso. Cumpri apenas 15 dias, pois continuo com os preparativos do Patuca, a oficina de explosivos que encarregamos a Noel González e depois a Lenin Cerna, que vêm do México.

Coloquei Chaná e outro para reforçar as casas de concentração dos combatentes, que estão passando por uma crise por causa do confinamento, nas casas falta inclusive ar para respirar. Setenta, 80 homens em uma casa de três quartos, e eram três casas. As casas estão começando a ter uma crise, por causa do longo tempo de espera. Eu pensava, como gostaria que os companheiros que estão no Panamá vissem isso para que eles fossem persuadidos de uma realidade que é mais do que objetiva. Como posso segurá-los aqui por mais três meses para o treinamento sem que essas pessoas amontoadas não explodam e vão à merda. Porra! O que é que custa levá-los ao Kilambé.

Estávamos no meio disto quando chegou uma comunicação de Modesto, que nos deixou a todos lívidos, mas especialmente a mim. Em síntese, que os planos mudaram, que os melhores companheiros, 75 dos que estão nas casas, sob comando de Rolando, um companheiro muito bom que ajudava o poeta, sandinista, nicaraguense, e marido da Negra, a colaboradora mais firme da FSLN-GPP em Honduras, onde cortei meu cabelo, devem se entregar à migração hondurenha para que os prenda, pois há uma articulação que quando isso aconteça, outro país vai lhes oferecer asilo e dali seriam treinados não sei onde. Isso não é tudo. Cala-te. Ouve o resto. Que eu me transfira para, com um par de companheiros para o ponto onde seria o treinamento, e que comece a trabalhar na criação de uma "Frente Norte", que deverá ter as características de um gigantesco centro de treinamento, de onde sairiam colunas treinadas para serem incorporadas a um exército que deveríamos desenvolver nas montanhas do norte da Nicarágua, onde opera a BPU. Que, além disso, os 75 que vão sair, quando voltarem, antes de entrar na Nicarágua vão passar por ali, e que, portanto, que eu vá trabalhando em uma rota do Patuca direto para a BPU. Que tal! Que você acha! Como me vês daí!, eu disse para mim mesmo: Porra! Porque não me deixam em minha Bacho e procuram outra pessoa para fazer isso!

Eu respondi a Modesto que eu já havia conquistado o direito de lutar. Que a coisa ia explodir, que por caridade me deixem ir à Bacho. Que enviem outra pessoa ao Patuca para fazer isso. É quase um castigo. Que eu estou há anos fazendo a mesma coisa. E que agora a CAS já está pronta, que pus meu grão de areia na GPA, que fiz a rota para a BPU, onde justamente neste mês passou a última *góndola* da Bacho à BPU, como fiquei sabendo, que além disso tenho a própria Bacho, que não é possível, que me sinto em um eterno recomeçar e que está me cansando. Sempre estou começando de novo.

Modesto, em meus 28 anos, com tudo o que tenho vivido, me responde que eu deveria me sentir orgulhoso de ser um guia do povo e da revolução. Diante da resposta, o que fiz foi escrever uma longa, mas muito longa carta à direção da GPP, que nunca me responderam. Assim como aconteceu com o documento que fiz em agosto de 1976.

Além disso, por esses dias minha situação pessoal se complicou! Pois Claudia aparece em Honduras. Agora era terceirista. E me vejo no problema que estou enamorado, digamos, de Martha, e me aparece o meu amor histórico. De repente a vida se torna complicada para mim por todos os lados. Quando vejo Claudia, fazemos amor e lhe conto que tenho uma compa. A Martha, lhe conto que encontrei Claudia e que fiz amor com ela. Não sabia como lidar com minha situação pessoal. Nunca havia passado por esse tipo de coisas. Não tive uma juventude normal. Por fim, mantive uma relação com as duas, até que Claudia foi de novo combater na Nicarágua, aí pelo mês de março. Para arrematar, minha mãe regressa a Costa Rica e me chama por telefone contando que meu pai morreu, que não sabe como, e que vai a Nicarágua para o enterro. A ela, disse apenas que tivesse cuidado, que eles podiam matá-la e todos iríamos nos ferrar.

Senhor! Diabo filho da puta! Iluminem-me, o que é que eu faço com esta ordem de Modesto? E de novo, vou me tornar terceirista. Sinto-me subestimado como quadro e como revolucionário. Atropelado historicamente. Tenha ou não sido assim. Foi isso o que eu senti. Fui subjetivo, mas pensei assim.

Anoto o telefone do Zorro, ou de Hugo, não lembro bem. Vou me tornar terceirista de uma vez por todas para que falem com razão e se acabe essa merda. Eu sou revolucionário sandinista em qualquer tendência. O telefone não responde. Em outro impulso, volto a ligar. Novamente, o telefone não responde. Estou exaltado. Calma, Omar! Omar, você tem sido calmo nos momentos mais difíceis. Chega a noite, e levo duas garrafas de guaro para o quarto. Martha não entende o que está acontecendo comigo. Amanheço de ressaca. À noite, reúno os principais quadros e lhes informo da última decisão da Direção GPP. Acatamo-la. Pusemos os 75 melhores na Migração. A maioria eram estudantes secundaristas e universitários, a maioria do oeste da Nicaragua, que se retiraram por Chinandega, Somotillo, até chegar a Choluteca, em Honduras, e depois a Tegucigalpa; estou falando do recuo da insurreição de setembro de 1978.

Felizmente, todos me conheciam. Sabem que Juan José é Omar Cabezas. Uso de todo meu prestígio entre os estudantes e de minhas habilidades de oratória e persuasão e os convenço que se entreguem à polícia hondurenha. Que confiem em mim e na GPP. Aceitam. Entregam-se.

Por esses dias, havia chegado a Honduras o Chivo Alaniz e depois, Luis Enrique Figueroa, para se encarregarem da Regional de Honduras. Também estava o baixinho Zepeda e sua mulher de sobrenome Larios, que era o encarregado de transferir as armas para Nicarágua. Nesses dias, aparece, chega a notícia de que foi firmada a unidade da FSLN, e que se formou a Direção Nacional Conjunta. Isso sim é uma grande notícia! Essa é uma boa notícia!

Essa é a minha! E que foi Modesto quem leu a Proclamação da Unidade. Finalmente, eu disse, quanto custou, menos mal. Agora, pelo menos, tínhamos uma só Direção, embora ainda existissem três Frentes Sandinistas.

Em um ato de disciplina sem precedentes, de disciplina olímpica, de fidelidade quase automática ou outra coisa para a qual não quero usar adjetivos nem qualificativos, parti para Juticalpa em direção ao Rio Patuca, em 13 de março de 1979. As notícias da Nicarágua estão ficando cada vez mais quentes, as massas estão nas ruas, lutando por todos os lados, provocando, desafiando a ditadura, queimando veículos, atacando patrulhas da guarda por todos os lados, recuperando armas de quem consigam, manifestações espontâneas em todos os lugares, a guarda matando diariamente, todos os dias, diariamente aparecendo pessoas mortas nas ruas, assassinadas pela guarda. E o povo novamente nas ruas, com pistolinhas 22, queimando pneus, jogando coquetéis Molotov, bombas de contato. E a guarda mata que mata gente todos os dias do mundo. E todos os dias do mundo, o povo na rua. E as três Frentes na frente do povo nas ruas. É óbvio que a merda está por explodir, que a temperatura das massas já não dá para segurar. E tudo isso eu vou pensando encarapitado em um ônibus, novamente com a Betty Baldovinos e com o companheiro Cruz, rumo ao cu do mundo, ou seja, ao Patuca.

Vou tendo muito claro que a história me prensou, que a história me comprimiu. Vou consciente que estou condenado a passar minha vida assim. Vou consciente de que a história está sendo ingrata comigo. Seja por minha culpa ou da história e vou cantando baixinho aquela canção de Joan Manuel Serrat, que diz: Hazme un sitio en tu montura, caballero derrotado... *

---

* Dá-me um lugar em sua montaria, cavaleiro derrotado... (N. T.)

Cheguei a Juticalpa e em ato audacioso, me atiro ao Patuca de um só estirão, por automóvel e a pé. Cheguei à casa de um evangélico progressista que Betty havia conseguido contatar quando a deixei com Luis Chávez iniciando o trabalho enquanto eu finalizava a entrega da Regional a Luis Enrique ou Chivo, não consigo lembrar qual deles. Estou igualzinho como quando cheguei com Andrés em "Compañía", em 1975. Com minha 45 de novo e dois companheirinhos com suas pistolinhas. Comecei a explorar, a recrutar, a fazer tudo que te contei que se faz para fazer uma rota. Deixei Luis Chávez em Juticalpa como retaguarda e como ligação com Tegucigalpa. Quando eu estava lá há quase um mês, me mandam chamar de Tegucigalpa. Eu vou com Betty. Em Tegucigalpa estão Modesto, Bayardo e eu acho que Tomás. Estou furioso comigo mesmo e com todo o mundo. Eles me pedem um informe. Eu dou. Eu os faço ver que isso não é viável, que isso leva meses, e se não meses, anos. Estamos na reunião quando ouvimos algo sobre uma nova insurreição em Estelí. Ah, meu Deusinho lindo, que não me mandem de volta para Patuca!

Eles já estão enviando aqueles que vieram do México para a Nicarágua. Quase não sobrou ninguém. Noel González, aquele que montou a oficina de explosivos com Lenin, perdeu uma mão. Quanto isso me doeu. Cara, garoto, acreditem, eles estão me dizendo para ficar. Que eu vou seguir para a Bacho com mais homens e mais armas, que em seguida procure a CAS, que façamos contato com a GPA, que nos coordenemos e nos unamos com os terceiristas, que procuremos Bayardo, que vamos à insurreição final. Eu te juro, te juro, que me parecia mentira o que eu estava ouvindo. Eu não demonstrei minha alegria, não sei por quê. Fiquei com a impressão de que eu poderia ficar sob suspeita se estivesse feliz porque estava indo para a insurreição. Mas por dentro eu estava transbordando de alegria e raiva de entrar em minha Bacho Montoya, e ir para o combate na Nicarágua.

A reunião passou, eles foram para seus lugares e eu fiquei feliz, finalmente, esperando pelos homens e pelas armas. Meus oito dias iniciais em Honduras, pelos quais deixei Baná, haviam se transformado em quase seis meses. Como estou feliz por estar novamente com meu povo. É uma espera de apenas alguns dias.

Já existe um novo Regional em Honduras, Luis Enrique Figueroa. Não tenho trabalho orgânico. Eu só tenho que esperar pelos homens e pelas armas. Telefono a Rubén, para que me mande trazer o guia, Moncho Flores. Chega o guia. Os homens e as armas não chegam. Eu espero. Eu passo tempo com Martha, que está grávida. Eu a mimo. Ela me mima. Se eu morrer, ponha nele o nome de Omar. Se for uma menina, ponha o nome de Elietta, como minha mãe. Eu vou ao cinema, pela primeira vez em quase cinco anos. *Assim nasce uma estrela* com Barbra Streisand. Na entrada do cinema, reconheço uma pessoa que me é familiar. Eu tiro o meu lenço. Eu cubro meu rosto. Eu me aproximo dele. Eu estou diante de seu rosto e lhe digo com meu dedo indicador: No lo olvides poeta, que en cualquier lugar en que hagas o que sufras la historia, siempre estará acechándote un poema peligroso.* É o fragmento de um poema de um cubano. Quando digo isso, o tipo se assusta, não me reconhece, tiro meu lenço do rosto, começo a rir, abraço-o e digo: Como está, poeta? É Carlos Alemán Ocampo. Ele quase morreu de susto.

Entrei tranquilo na sala do cinema. Assisti ao filme. Saí da sala e quando saio para o saguão do cinema, vejo que na porta de entrada do prédio havia um caminhão que estava de ré exatamente na porta de saída e tinha uma rampa para subir nele. Vejo o saguão cheio de militares. Eu percebo que eles estão recrutando para o serviço militar. Não é possível! Isto sim é o fim de linha! Esta é a

---

* Não esqueça, poeta, onde quer que você faça ou sofra história, sempre haverá um poema perigoso à sua frente. (N. T.)

última coisa que pode acontecer comigo! Eu espremo meu cérebro após a descarga de adrenalina procurando a resposta. Estou entre a sala do cinema e do saguão. Eu fico parado por alguns segundos. Começo a caminhar com grande determinação para entrar no caminhão. Vou com as mãos encolhidas e coxeando com ambas as pernas. Chego na ponta da rampa e um guarda me puxa e diz: Ei! Ei! Aonde você está indo! Você não dá conta nem de você, e me puxa para a rua. Funcionou! Eu ando o quarteirão inteiro fingindo ser coxo. Viro a esquina, paro o primeiro táxi que passa. Eu lhe dou um endereço falso, e digo para mim mesmo no fundo do táxi, Omar. Omar... só a você, criatura, só a você...

Naquela época, conheci um casal de jornalistas ousados, um sueco chamado Peter Torbiornsson e uma norte-americana chamada Susan Meiselas, fotógrafa. Eles me pediram para entrar na Nicarágua clandestinamente, mas não havia autorização ou não se pôde. Mais tarde descobri que eles o fizeram por conta própria.

52

> Vamos para Baná, em direção ao Kilambé, estou cruzando os dedos para que nada me aconteça, quero morrer na frente da minha Bacho e da CAS, que sinto como minha, da CPA, que tenho algo a ver com ela, diz Charralito, e já estamos na Nicarágua e numa curva da estrada há um bloqueio de guardas... Já era! Estou fodido!

O tempo passa e as armas não chegam. Merda!, não ligo para o Panamá perguntando, não ligo para a Costa Rica, não ligo para o México, não volto a ligar para ninguém. Merda!, vai que por azar, quando eu falar eles, me digam, venha aqui imediatamente. Omar, quietinho, espere. Você já esperou o mais, espera o menos. Cuidado com um deslize. Quase nem saía à rua, para não correr o risco de ser atropelado por um carro. Isso me deu tempo para outras coisas, como por exemplo ver Alonso Porras duas vezes. É bom ver Alonso, é dos proletários, segundo ele. Para mim, é apenas Alonso, o da FER de León, com quem tomei inúmeras vezes as igrejas, paróquias e catedrais de minha cidade, exigindo a liberdade dos prisioneiros. Conheci Chico Lacayo Barberena. Ele me convidou para um delicioso almoço. Eu conheci, ou conheci de novo, Iván Lanos, um rapaz bem ponderado. E um dia me disseram que eu tinha que emprestar um carro a Wheelock. Fui até o contato, porque é meu carro de uso pessoal que vou emprestar-lhe.

Quando eu o vejo, é o irmão de Jaime, eu o conheço. O saúdo com naturalidade. Depois de um tempo caminhando, lhe pergunto como está Jaime? Como está Watson? Era como chamávamos Jaime na universidade. Ele me responde: "Eu sou Jaime, você não me reconhece?" Não me diga, porra, como você mudou! Está magro, cansado e meio feio. Jaime era elegante e muito inteligente. Eu admirava sua formação acadêmica. No início, ele estava relutante em se juntar à Frente. Eu costumava ir a sua casa. Ele tinha uma grande biblioteca. Para mim, era grande. Eu dizia, no dia em que este homem for para a Frente com tudo o que sabe, vai ser de grande ajuda. Ele sabia de tudo. Eu só de Direito e Sociologia. Li todos os livros havidos e por haver sobre a Nova Sociologia Latino-americana. Aquele sobre dependência. Li Losada Aldana, Pablo González Casanova, Gunder Frank, Teotonio dos Santos, Finlander Díaz Chávez, Edelberto Torres Rivas e outros cujos nomes esqueci. Fui um rato de biblioteca dos livros que Tito Castillo trazia para sua livraria do clube de leitores. E também, é claro, eu havia estudado anteriormente Marx e Engels, e até li a seleção das Obras Escolhidas de Lenin, mas ao lado de Jaime, me sentia inculto. Ele sabia de tudo. Um dia ele me explicou em sua casa a diferença entre o humanismo burguês e o humanismo proletário, em dez minutos, e me emprestou o livro de Aníbal Ponce. Ele era o *non plus ultra* no grupo médio de nós na universidade, e agora ele estava ali, comigo, clandestino, da Direção Nacional Conjunta, proletário, mas isso que importa, e as malditas armas não chegam e eu fico nervoso, quando ouço sobre a queda de Pin, de Oscar Pérez Cassar e de outro compa em Veracruz, em León. E ainda mais nervoso, quando se dá o massacre em Nueva Guiné, e cai o gordo Montenegro, extraordinário, touro, irmão dos bons, que uma vez estava dormindo de porre em um pequeno catre no Club Universitário em León, em 1972, à noite, nós o pegamos, entre vários gozadores, e o colocamos na rua, na esquina do Tope. E ficamos à porta para ver o que ele fazia, e o gordo acordou de porre por volta das seis da manhã por causa do sol, assustou-se e levantou-se correndo. Quando ele quis entrar no CUUN, fechamos a porta, e o gordo batendo desesperado para que abríssemos, e ele gritando e nós cagando de rir e o gordo estava pelado, até que lhe deixamos entrar, e foi ele quem me fez atender aos subtiavas, e ele sabe que foi Magno o que foi organizar o pessoal de Monimbó, porque ele teve algo a ver com isso. Eu me dou conta que há apenas dois sobreviventes de Nueva Guinea. Adivinhe quem? Emmet Lang e Moncho, aquele que desertou com Mauro de Canta Gallo. Lembra? Bem, esse foi um dos dois sobreviventes. Para alguma coisa Canta Gallo serviu, disse a mim mesmo. E as armas não chegam e estamos em maio. E não tem jeito. Sério, eu ligo e peço autorização para entrar sozinho. Apenas com Moncho Flores, saí, e sem esperar luz verde, peguei minha pistola, minha granada e minha infalível Bíblia e fomos para Danlí, para Trojes, para Arenales, fomos novamente entre El Coco e o Poteca. Vamos para Baná, em direção ao Kilambé, estou cruzando os dedos para que nada me aconteça, quero morrer na frente da minha Bacho e da CAS, que sinto como minha, da GPA, que tenho algo a ver com ela, diz Charralito, e já estamos na Nicarágua e numa curva da estrada há um bloqueio de guardas... Já era! Estou fodido! Nós os vemos a cerca de dez metros de distância. Se sacar a arma, sou um homem morto. Se eu não sacar, é igual. Aperto meu cérebro. Não posso morrer. Os guardas imprudentes gritam conosco quando estamos a cerca de cinco metros de distância: "Parem! Estão armados?" Eu caminho rapidamente na direção deles e lhes digo: "Sim senhor! Venho armado com a palavra de Deus!" e tiro minha Bíblia debaixo do braço e começo a dizer: O Senhor disse: amai-vos uns aos outros, porque nosso Senhor, o Salvador do mundo... e começo a falar alto, tentando dizer versículos que eu conhecia de cor. E a guarda me diz: "Cale a boca, filho da puta, não estamos aqui para isso. Vá a merda antes que a gente te foda", eu guardei minha Bíblia e continuamos andando. E eu disse Omar, filho da puta, você não vai morrer de bala, mas do coração, de um susto. E finalmente chegamos a Baná.

53

Entendido, comandante Juan José! Fico arrepiado e digo a mim mesmo: Finalmente...! Vou entrar na Bacho, com mais homens e mais armas, que em seguida procure a CAS, que façamos contato com a GPA, que nos coordenemos e nos unamos com os terceiristas, que procuremos Bayardo, que vamos à insurreição final.

Em Baná, já me sinto em casa, algo como em meus domínios, em meu território, com meu povo e mais concretamente, com minha gente, com meu *pipol*.* Pergunto por César Barahona e ele não está em sua casa. Levam-me até onde ele está e que surpresa quando o encontro a cerca de 500 metros de sua casa, na montanha, em um acampamento, no comando de um grupo de cerca de 20 homens, armados com fuzis, armas esportivas, pistolas e facões. Ele me conta que já enviou uns quantos para a colina, e que esses são seus homens. E um compa se aproxima quando estamos conversando e diz a César, que tem cerca de 50 anos: "Comandante" e eu não sei o quê mais. Eu percebo que Justo e aqueles que estiveram ali, nos seis meses de minha ausência, fizeram um excelente trabalho, eu percebo que as pessoas estão atentas, há uma febre, as pessoas estavam se insurgindo em todos os lugares, apenas esperando ordens, esperando os chefes clandestinos da FSLN para irem combater onde quer que lhes dissessem

---

* Referência à palavra people, povo, em inglês. (N. T.)

para ir. A luta contra Somoza e a guarda, a guerra, tornara-se a tarefa cotidiana das pessoas, velhas e jovens, com trabalho ou sem trabalho, com terra ou sem terra, com vacas ou sem vacas, com propriedade ou sem propriedade. Ninguém pensa em campos de milho, lavouras, gado, comércio, negócios ou dinheiro. A atividade fundamental do povo não é a econômica, a produtiva nem a familiar, é a política, a guerra, a insurreição. O que as pessoas pensam é sobre homens, armas, tiros, uniformes, e de que lado se trata. A vida cotidiana, a conspiração clandestina, a rotina da vida cotidiana foi rompida e transbordada por uma decisão consciente de ir morrer ou vencer, de acabar com isso de uma vez por todas. As pessoas não têm mais medo de morrer, andam buscando o combate, buscando a liberdade, buscando a morte, e quando as pessoas não pensam mais na vida como a coisa mais importante, tampouco pensa nas vacas, nas colheitas, nos caminhões, nas casas, nos rádios, nos aparelhos de TV ou no dinheiro.

Sinto que estou entrando com tudo perfeito. César me apresenta a seus homens, diz-lhes que eu sou o chefe de Justo. Justo é o chefe deles. Eles já tinham ouvido dizer que Juan José era o chefe de tudo isso por aí. Ando à paisana. Eles andam semi-uniformizados o melhor que podem. Peço a César que me informe como as coisas estão indo, ele me informa. Pergunto-lhe sobre minha mochila que deixei lá há seis meses e ele me diz que Justo a levou para a colina. Eu lhe digo que vou enviar uma comunicação a Justo para que ele me envie uma esquadra dos homens treinados lá em cima para subir com a proteção deles, porque o caminho de Kilambé a Baná é longo e poderíamos nos encontrar com o inimigo, que está perto de Wiwilí. Ele me diz que sua comunicação com Justo está rompida há cerca de um mês. Justo está no Kilambé. Então eu lhe digo para preparar seus homens e que vamos para a colina. As pessoas se preparam e nós partimos no dia seguinte. Partimos para o Kilambé em uma cruzada pura, sob uma bela tromba d'água. Caminhamos o dia todo. A marcha é lenta. Mal posso esperar para chegar ao maciço. Tenho até medo de encontrar o inimigo com esta tropa meio desarmada, sem coesão nem experiência. Também não tenho certeza de sua preparação para o combate. Chegamos até a casa de um parente de César. Lá eu decido e arranjo um par de mulas. Vou montado em uma mula. Que me consigam um bom guia, que seja vivo e que arrisque a vida. Ele me dá um, um jovenzinho chamado Pedro Joaquín Marchena, com o codinome Julián. Eu o conhecia de antes. Ele não era tolo e estava sempre perto de Justo, em Baná. Eu disse a César que o veria em Kilambé.

Cavalgamos até um certo ponto, como compradores de gado. Deixamos os cavalos e subimos a pé. Chegamos ao acampamento e que surpresa... Fui recebido por uma quantidade de homens armados com tudo, a maioria deles com fuzis de guerra. Reconheço entre eles os fuzis que eu havia enviado de Honduras. Muitas caras novas. Não me ocorre sequer perguntar quais são os nomes de tantas pessoas. Encontro Justo. O grande Justo. Um abraço interminável. E vamos ao informe. E o negro Campbell, eu pergunto. "Ele partiu há vários meses para a BPU com uma *góndola*...", ele me responde e acrescenta: "há três dias, mandamos outra com um companheiro chamado Irvín Dávila, que queria cumprimentá-lo. Ele partiu com o pesar de não o ver". Ele também me disse que Charralito tinha ido para a BPU. E Franklin, lhe pergunto rápido, por que não o vejo? Ele caiu, chefe, ele me disse, ele caiu não faz muito tempo. Como ele caiu? "Buscando contato com Germán Pomares". Não pode ser! "Sim, chefe, o Pinto caiu". Fico desolado. Esse homem não devia morrer.

Então ele me diz: "Você demorou para voltar!" Pois sim, eu lhe digo, depois te conto. Eu lhe informo que vamos descer, que os planos são estes e estes e estes. E Justo me abraçou novamente. Afaguei sua cabeça e ele me diz: "E a BPU?" Por hoje nos esquecemos dela. Já têm homens e armas dentro, eles farão o que puderem, eu lhe digo. São entre 80 e 100 homens. Todos treinados no estilo Justo. Justo é gigantesco. Quase lhe contei o que nunca lhe havia dito antes e que pensei em contar-lhe na tarde do famoso cerco de 19 de novembro de 1977, mas não lhe contei.

Que as pessoas se preparem para partir. Pegue papel e lápis e chame os principais chefes que você tem aqui. Os principais chefes são: Lucas, com o sobrenome Vindel, um companheiro ruivo chamado Julio César Aviles, de Jinotepe, e dois ou três outros companheiros. Todos têm uma postura que eu gosto. Explico-lhes os planos. Até esfregarem as mãos. Eles sentiam que eu era algo como o anjo salvador que os estava tirando das colinas, do frio, de comer tantos macacos prego e, finalmente, de poder sair para lutar, de ir buscar o inimigo em seu próprio covil e enchê-los com dez mil tiros. Recontamos as pessoas. Formamos os pelotões de 20 a 25 homens cada um. Digo que também vamos deixar um pequeno pelotão sob o comando de Aldo Briones Torres, Leonel, que tinha entrado pela CAS, pois eles na minha ausência, após alguns meses, tinham conseguido contatar a CAS e as *góndolas* para a BPU, entravam de Piedra Larga aonde estava Pilar Monzón, no "Cerro Cuba", e de lá para "Compañía", para CAS, depois para Bacho e em seguida para a BPU pela rota "General Sandino".

Eu digo a Leonel que ele vai ficar com César e os homens de César explorando de Kilambé a Honduras. Todos estão surpresos, especialmente Justo e Leonel. Eles me perguntam por que, e eu lhes digo por que Modesto falou. Porque se os ianques intervierem, quando vencermos a insurreição, recuaremos de volta para esse lado. Eles não me entenderam muito bem. Ou melhor, eles não queriam aceitar. Mas ninguém ali discute as ordens. Aldo Briones ficou com a mesma expressão que eu quando ia para o Patuca. Nós nos dividimos em colunas pelo morro. Justo não é mais o primeiro da vanguarda, nem sou eu quem está sempre atrás de Justo. É outro quem vai na frente. Bernabé, um camponês, um guia da Bacho, muito bom, inteligente, é o que andava com Franklin, quando ele caiu. Justo está agora no meio da esquadra que está na vanguarda. Estou no centro da esquadra que vai ao centro de todas as esquadras. Chegamos à estrada, acertamos conta com alguém que nos devia. Que bom estar em plena rodovia durante o dia e não escondido, baixando pacotes no meio da noite como fantasmas escondidos. Que delícia caminhar durante o dia armados diante de todas as pessoas e das casas e parando todos os veículos com tração nas quatro rodas até termos reunido o maior número possível de veículos que precisávamos para seguir por rodovia o mais próximo possível de onde estava Isauro.

Enchemos os veículos, tomamos as trilhas que vão para Pantasma, Jiquelite, à noite. Percorremos todo o caminho fazendo propaganda, incluindo os cultos evangélicos que encontramos ao longo do caminho. Parávamos, explicávamos-lhes a luta e continuávamos. Ao amanhecer, estávamos perto de La Rica. Depois continuamos a pé, em plena luz do dia, na estrada. Que bom caminhar durante o dia e na estrada, sem ter que tropeçar, nem passar quietinho para que não seja percebido pelos cães da casa, para que as pessoas não o ouçam nem te vejam. Você não pode imaginar como é bom andar armado, de dia, à luz do dia, publicamente, à vista e paciência de todo o mundo, e também que saiam à porta e te cumprimentem após cinco anos caminhando no escuro, escondido, evitando ser visto. É uma sensação que não posso te descrever. Só vivendo isso você poderia me entender melhor.

Chegamos a Zapote. Aí está o comandante Jorge, outro abraço, o mesmo de sempre. Como se sente? "Aqui, ele me diz, ao pé do canhão. E seu vizinho Sérgio? "Quem sabe o que terá feito", diz ele, rindo. E eu procuro o acampamento e encontro outra quantidade de pessoas. Seu chefe é Omar Hallesleven, subordinado de Isauro, Omar, namorado de Alba Luz Ramos, companheiro da FER, em mil atividades em León, e depois, o assaltante da casa de Chema Castillo. Peço-lhes um informe sobre as coisas. E também que reúnam seus principais chefes, peguem lápis e papel, e vamos continuar organizando esquadras e colunas. Onde está Isauro? "Em 'Compañía'", ele me responde, em Canta Gallo, perto da Montañita. Pergunto a Omar quem era a companheira ali de maior nível cultural e intelectual. Ele me diz, essa, Marlene Corea. Digo a ela, venha. Pegue uma mochila pequena que você vai ser minha ajudante. Nessa mochila você vai carregar todos os codinomes, as esquadras, a quantidade de armas e munições... Você vai carregar os arquivos. Não se afaste de mim, não se afaste da mochila, entendeu? "Sim, companheiro!"

Descansamos e vamos para "Compañía". Parece que é irreal. Eu nunca pensei que voltaria vivo ali. Todos têm bandeiras vermelho e preto em suas casas. Eu nem sei onde eles conseguiram o pano. Imagino que as fizeram de retalhos de panos velhos. As casas já estão pichadas com Viva a FSLN. Todos, as tropas e a população, com lenços vermelho e preto ao redor do pescoço.

Encontro dom Leandro, que era como meu pai. Eu não o vejo há cerca de três anos. Eu o abraço e o beijo. Ele me diz, baixinho: "Você não as mostrou?" Nem pensar, eu lhe digo, nem a ninguém, nem mesmo às minhas mulheres. "Continue então, continue então. Não se separe delas e que Deus cuide de você". Eu gostaria de ter ficado mais tempo com ele, mas estou com muita pressa. Quero ver Isauro. Estou morrendo de vontade de ver Isauro e seu pessoal. Partimos, subimos até Buena Vista e vejo todos os ranchos destruídos. Subo a Montañita, a mesma coisa. Começamos a subir as primeiras encostas, onde está um acampamento que chamamos Carlos Fonseca, começo a subir, e vou vendo homens armados por todos os lados, continuo subindo e barbudos semi-uniformizados por todos os lados, dezenas de homens espalhados pelas encostas. Vou ao centro do acampamento. Vejo Isauro de longe. Está mudado. De longe, o vejo barbudo, com seus bigodões, o chapéu, armado até os dentes, vejo a estampa de um comandante guerrilheiro, como eu imaginava os comandantes guerrilheiros na cafeteria da universidade quando lia as obras do Che.

Nos vimos, e começamos a sorrir de longe. Ele caminhou em direção a mim e eu a ele. Estendeu-me sua mão para me ajudar a subir o último pedaço de chão irregular, puxou-me para cima e nós nos abraçamos. Ambos estávamos fedorentos. Ele era o mesmo, com seus óculos, seu sorriso tímido, seus dentes brancos e fortes. No seu rosto, se via que aqueles anos não haviam sido fáceis para ele. Ele me perguntou se tínhamos comido, eu disse que sim. Ficamos por um tempo nos segurando os ombros, olhando um para o outro. Tantas coisas para se falar e para lembrar. Eu lhe conto os planos. Eu lhe digo que vamos nos juntar. Que chame seus principais chefes. Estado das forças, Miriam, o arquivo. Então ele me diz: "Aqui estão os companheiros terceiristas conosco". Que bom, eu lhe digo, a unidade já está funcionando. "Sim, ele diz, mas eles estão aqui desde antes da unidade". Um momentinho, eu disse, me explique devagar, que não estou entendendo. Primeiro, explique-me por que as casas lá embaixo estão queimadas. "Ah!", ele me diz, "é porque a guarda fez uma incursão por aqui e nós lhes demos uma grande porrada de acabar com a raça e em retirada eles foram queimando as casas por vingança, mas não havia ninguém nas casas, as pessoas estavam conosco e os velhinhos em Condega. Mas tenho uma má notícia para você, eles mataram Mercedes Galeano".

Efetivamente. Do mesmo modo, me parecia mentira ver que ali estava Moisés Córdoba como chefe de coluna, Sebastián

Galeano, Juan Simón Herrera, Antolín, Vitico, Eleuterio, Julio, toda "Compañía" em armas, mais um monte de pessoas que eu não conheço, centenas de rostos novos. Ok. Agora passemos aos insurrecionais. Explique-me, como eles chegaram até aqui. "Bem", ele diz, "vou começar pelo início. Depois da insurreição de setembro de 1978 em Estelí, um montão de gente bateu em retirada quando a ofensiva da Guarda começou, alguns se retiraram de forma ordenada e outros desordenadamente, alguns ao se retirar escolheram tendências para ir e outros não, outros, embora sendo de uma tendência, se retiraram com a outra, porque estavam com eles no momento da insurreição. E muitas pessoas que fugiram da operação limpeza. Então, contatei muitas pessoas que haviam se retirado da insurreição para as fazendas, as detectava e as trazia para cá. Alguns vieram armados e outros desarmados. Mas aqui todos já estão treinados". Aha!, e quanto aos terceiristas? "Aí, isso já é outra história. Olha, ele me diz, quando recuaram da insurreição, a maioria do pessoal terceirista e não terceirista foi se esconder em um lugar pertinho de Estelí, que é um pequeno bosque no monte chamado Montañita, sim, Montañita, o mesmo nome que a daqui, e para outro lugarzinho perto de Estelí onde há um pouco de montanha chamado San Roque. Mas como eram centenas, quase milhares, e ali era apenas um bosquezinho do monte e havia poucos colaboradores que Zorro havia conseguido através de Adriancito Gutiérrez e outros compas, era perigoso que tamanha quantidade de pessoas estivesse concentrada, vulnerável a qualquer investida da guarda, por força aérea e de tudo isso. Então uma parte dos terceristas foi embora, ou com Julio Ramos, que foi um dos que lideraram a insurreição, eles foram para Despoblado, que é uma zona da GPA. Outros foram para o lado de Pilar, para o 'Cerro Cuba', e outros estão aqui".

Finalmente, entendi a incógnita que eu tinha sobre para onde foram todas aquelas pessoas da insurreição em Estelí. Em algum momento eu havia quebrado a cabeça pensando para onde aquelas pessoas haviam se retirado a fim de se protegerem da guarda.

Eu sorrio e digo: É assim então! "Sim", disse ele, e sorri. Eu estendo minhas duas mãos abertas e digo: Bate aqui, e batemos as mãos. Mas logo, intrigado, eu pergunto: E como você se saiu com os suprimentos? Ele sorri e me diz: "Ah, é que dizem que por aqui em Canta Gallo há uns quantos *buzones*..."

Vou cumprimentar as lideranças terceiristas. Eu não conhecia nenhum deles. Eram pessoas novas, ou pelo menos por causa dos três anos de divisão e da compartimentação e tudo isso, eu não os conhecia. Eu não encontrei nenhum velho conhecido. Com um deles, tive um pequeno problema. Escrevi a Rubén, o Zorro, que estava por perto. Zorro escreveu ao compa e esse foi o um santo remédio. Ficamos muito amigos.

Eu perguntei onde estava o rádio de comunicação dos insurrecionais. Eles tinham um rádio. A GPP, até onde me lembro, quase nunca tinha rádios, eu nunca soube como os terceiristas conseguiam, e também nunca soube por que a GPP conseguia tão poucos e tão tarde.

Vamos a San Jerónimo, que fica ao lado, a fazenda está cheia de combatentes por todos os lados, de insurgentes e da GPP. Entramos, me aproximo do rádio, eles estão falando com Palo Alto, que é onde estava a Direção Nacional Conjunta. Ouço que os compas do rádio estão dizendo que a coluna tal da Frente Norte aqui, que não sei o quê. Quando vi que o rádio estava ocupado, fui até a porta para esperar que eles terminassem de falar. Estou olhando os arredores da fazenda e ouvindo que a Frente Norte aqui, estou olhando da porta a colina Canta Gallo e ouvindo que a Frente Norte aqui, lá estou olhando para Montañita e que a Frente Norte que não sei o quê e vendo um montão de homens espalhados por toda parte, percebo que estou em "Compañía", no coração de "Compañía", onde cheguei em setembro de 1975 com Andrés e duas pistolas, há quatro longos anos. Percorro com o olhar a extensão da montanha, é uma manhã fresca, vejo os compas espalhados por todo os lados e digo a mim mesmo, com íntima satisfação, que este é o prêmio dos revolucionários, se esta é a tal Frente Norte, parece que eu tenho algo a ver com isso...

    Eles terminam de falar, peço ao operador de rádio que me ponha em contato com Palo Alto. Peço para falar com Tomás, que eu sei que está lá, e eles me conectam. Saudamo-nos. Tomás falando alto, em tom militar, como um chefe. Não fico atrás, mas falo com um tom mais prudente. Tomás insiste na unidade, acima de tudo a unidade, e nada mais que unidade, e se eu entendi. Eu lhe digo que sim. Eu lhe informo o que fiz. Que estamos cumprindo com as orientações que nos foram dadas. Tomás diz: Ok, Ok, Ok. Quando eu termino de falar, ele me dá algumas instruções e acrescenta: "Entendido, comandante Juan José!" Sim, comandante!, eu respondo. A toda força a descarga de adrenalina. Deixo o aparelho e saio ao pátio. Entendido, comandante Juan José! Vejo de novo a montanha e centenas de homens armados, barbudos, espalhados por todos os lados. Entendido, comandante Juan José! Fico arrepiado e digo a mim mesmo: Finalmente...! vou entrar na Bacho, com mais homens e mais armas, em seguida vamos procurar a CAS, vamos fazer contato com a GPA, vamos nos coordenar e nos unir com os terceiristas, vamos procurar Bayardo, vamos à insurreição final.

54

> Cercamos o quartel, começou o tiroteio. Que coisa deliciosa. Que coisa deliciosa. A saraivada, o som de tiros, como eu ansiava por ele. Que delícia o cheiro de pólvora. Que delícia o calor da minha carabina. Que delícia ver a guarda atirando em nós. Que delícia ver como os tiros do inimigo caem ao seu lado. Que delícia ver os companheiros atirando... Que delícia as pessoas nos trazendo café preto e comida. Que delícia tudo isso. Que delícia o combate. Que delícia a insurreição.

Isauro, Omar Hallesleven e eu nos reunimos com Elias Noguera e outros companheiros terceiristas. As orientações já haviam sido transmitidas por Palo Alto para ambas as Frentes. Juntos, somos cerca de mil homens, talvez mais. Combinamos o seguinte: uma parte da tropa terceirista, combinada com a GPP, sairia para atacar Condega, depois devem esperar lá. Eles vão com Elias Noguera. Isauro e eu vamos atacar Yalí, San Rafael del Norte, juntar-nos em Yalí com a GPA, que está sob o comando de Julio Ramos e que é quem tem os mecanismos de comunicação com Bayardo, que está em Matagalpa ou a caminho de Matagalpa, com uma parte da GPA para juntar-se à "Crescencio Rosales". Assim que aconteceu. Partimos para Yalí. Estou me coçando, não vejo a hora de começar a atirar. Estive tanto tempo reprimido do combate que estou me coçando, mas me entenda, estou me coçando. Chegamos em Yalí à noite. Entramos no povoado por diferentes pontos.

    Cercamos o quartel, começou o tiroteio. Que coisa deliciosa. Que coisa deliciosa. A saraivada, o som de tiros, como eu ansiava por ele. Que delícia o cheiro de pólvora. Que delícia o calor da minha carabina. Que delícia ver a guarda atirando em nós. Que delícia ver como os tiros do inimigo caem ao seu lado. Que delícia ver os companheiros atirando... Que delícia as pessoas nos trazendo café preto e comida. Que delícia tudo isso. Que delícia o combate. Que delícia a insurreição.

    Amanheceu. Eles não se renderam, nem pudemos tomá-los de assalto. Não dormimos, nem sono temos. No dia seguinte, o combate continua. Por dentro, estou como se ganhasse um brinquedo novo. Por fora sério, como chefe militar, como o comandante que sou agora. Não me aguento e, nos combates, quando o inimigo disparava numa esquina, eu corria para o outro lado da rua, porque eu adorava ver os tiros do inimigo chegarem perto. Eu estava louco, mas louco para experimentar tudo o que eu não tinha tido tempo de experimentar nas insurreições passadas. Cheguei a níveis de irresponsabilidade. A ordem é matar os inimigos o mínimo possível. A ordem é obrigar o inimigo a se render. Por volta do meio-dia, estou em um tiroteio na esquina, pego o megafone e começo a gritar para eles se renderem, que vamos poupar suas vidas... e no que estou falando, do lado de fora da esquina, sem nenhuma proteção, para sair um pouco para que eles possam me ouvir, sinto um golpe que tira o megafone da minha mão. Atiraram no cabo do megafone e, claro, ele caiu da minha mão. O tiro queimou meus dedos. Passou raspando meu rosto. Fiquei com raiva. Agarro-o do chão, rápido, e grito para eles: Guardas filhos da puta, não se rendam! Eu me protejo e continuo atirando por causa do que eles me fizeram. Naquela manhã caiu Nelson Rodríguez, que é da CAS, um grande cara. Isauro sentiu muito a sua queda.

O cerco continuou durante a tarde. O quartel está em uma colina de difícil acesso. O inimigo tem vantagens. É difícil aproximar-se dele sem ser visto e sem levar um tiro. A noite caiu. Trégua. Na manhã seguinte, abrimos fogo novamente. Ninguém responde. O inimigo havia abandonado a posição pela madrugada. No quartel, só encontramos vestígios de sangue por todos os lados e equipamentos que haviam deixado em sua fuga. Nesse mesmo dia, partimos em caminhões para San Rafael del Norte. Não havia um único guarda. A cidade inteira está com bandeiras da Frente e pichando palavras de ordem. Parece mentira, estamos nada mais nada menos do que no famoso San Rafael del Norte, o mesmo lugar onde o general Sandino se casou, o mesmo lugar onde o general Sandino tinha estado tantas vezes. Que emoção, e agora nós éramos os novos sandinistas.

Todo o povo sandinista. Voltamos para Yalí, onde nos encontramos com Julio Ramos e a GPA. Contei-lhe todas as instruções que tínhamos trazido de Palo Alto. Julio já estava inteirado. Acrescentamos homens, armas e juntamos arquivos de pessoal, armamento, equipamentos etecétera. Julio enviou correio para Bayardo, que estava na insurreição de Matagalpa, informando-o que já tínhamos chegado, e também sobre Condega.

Nesse dia pegamos todos os caminhões, camionete, trailer, carro, tudo que pudemos. Estávamos nos preparando para partir para Condega. Naquela manhã, recebemos a informação de que um compa recém-integrado havia estuprado uma mulher na noite anterior. Mandamos prendê-lo em uma casa. Todo o povo de Yalí está na rua, alimentando-nos, vendo-nos, conhecendo-nos. Não há parede sem uma pichação. A Bacho, a CAS e a GPA formam o grosso da brigada Coronel Santos López, que faz parte da Frente Norte Carlos Fonseca Amador. Descansamos um pouco durante o dia. À noite, estacionamos todos os veículos em linha em frente à praça da cidade. Todos com suas luzes acesas e a tropa nos caminhões. Julio e eu estamos abaixo, no centro da praça, iluminados como se fosse dia pelas luzes da longa fila de veículos estacionados. Há um silêncio absoluto. Mandamos buscar o prisioneiro e a população. O prisioneiro chegou algemado. Eu tenho o megafone na mão e começo a explicar ao povo e às tropas o que o homem fez, que ele é um estuprador, o que é a nossa luta, que somos sandinistas. E por tal e tal coisa, o Alto Comando decidiu fuzilá-lo. Silêncio. O tiro. O cara cai. Julio e eu entramos em nossos respectivos veículos. São cerca de nove horas da noite. Os veículos ligam seus motores. É um ronronar horroroso de motores que rompe o silêncio da noite. A tropa calada. A caravana parte na ordem estabelecida, com sua frente de vanguarda repleta de metralhadoras. Vamos para Condega. Eles estão esperando por nós.

55

> A insurreição está em toda a geografia do país, está em todo o povo, o que acontece é que onde se vê mais, é onde os tiros são ouvidos, é nos povoados e nas cidades, no entanto, a insurreição está em toda a sociedade.

Quando a caravana passa em frente ao Bramadero, posso ver o local exato, digo ao motorista que diminua a velocidade, quero fixar em minha mente, e quase sinto o cheiro de Mauricio, Salinas Pinell, quando ele chegou pela primeira vez à "Compañía" e o recebemos com aquela quantidade de colaboradores da Montañita e Buena Vista, precisamente naquele local onde estamos passando, que está à minha direita. Olho para o ponto com nostalgia, olho para trás da caravana e olho para a frente da caravana e vejo a quantidade de carros, caminhões, caminhonetes e vejo o pequeno ponto e me parece incrível que vou passando em frente ao ponto junto com uma quantidade de homens e melhor não continuo te falando desse pontinho porque sou um merda, sei te dizer apenas que quando passo por aí me aperta o coração e desaparecem a raiva, a impotência e toda potência, a impotência porque Mauricio e Franklin são os grandes ausentes dessa caravana e a potência porque eu sei aonde vou encarapitado e com quem vou encarapitado, de onde venho, para onde vou e o que vou fazer. Passamos em frente a Canta Gallo, que vejo com sua silhueta recortada pela lua, como tantas vezes lhe havia visto, e venho me debatendo em lhe dizer adeus ou não lhe dizer adeus. Não sei se começo a rir com ele ou se não rio com ele, não sei se devo amá-lo ou odiá-lo, se devo abençoá-lo ou amaldiçoá-lo, me ajudou tanto a sobreviver e eu sofri tanto ali que sou todo uma contradição, então, me entendem? Não sei se devo agradecê-lo ou se devo mostrar minha língua para ele, ou se devo me burlar dele assim, bur, bur, bur, bur, com meus dedos e com meus lábios. Não sabia se devia gozar dele, de seu frio, de seu vento e suas noites, de seus macacos e de suas perdas, ou se devia ir jogando beijinhos e beijinhos e beijinhos e ir dizendo adeus com amor e gratidão. Meu veículo passou e eu nunca tomei a decisão. O que eu sinto é que não vou voltar para lá por nada desse mundo. O que eu sei é que vou morrer lá, para onde vou, e se em todo caso eu voltar para ele, não será para recuar, não será para que me ajude nem para que me ferre. Se um dia eu voltar, eu juro cerro, eu juro Canta Gallo, que será em outros termos.

 Chegamos a Condega e a cidade já está tomada de acordo com os planos estabelecidos. De fato, estão nos esperando. Condega é sandinista de quatro costados. São anos de trabalho clandestino e de trabalho legal. As pessoas nos recebem de maneira maravilhosa, não há porta sem bandeira, nem bandeira sem mão ou porta. Nos muros, não há espaço para colocar uma pichação mais. As pessoas e as crianças caminham felizes atrás de nós. Alguém me perguntou se eu era Germán Pomares, respondi que não. Perguntou-me se ele havia sido morto, respondi que não sabia, embora eu soubesse que ele havia caído. Pensei em Germán, a quem vi uma única vez em minha vida, em Honduras, por uma hora, mais ou menos, quando fizemos uma *piñata* de aniversário a Nidia Margarita. Quando me perguntaram isso, pensei que Mauricio e Franklin eram os grandes ausentes dessa caravana, Danto era o terceiro grande ausente.

Passamos todo dia em Condega, articulados com os companheiros que estavam mais adiante, em Estelí, informando-lhes que já estávamos em Condega e fazendo explorações, em veículo, de Condega a Estelí, para ver como estava a Panamericana. Por onde passávamos, organizávamos o poder revolucionário. Procuramos mais caminhões, mais veículos, porque em Yalí e Condega mais pessoas haviam se juntado à insurreição. Eu gostei de ver Isauro aprender a dirigir nas ruas de Condega em um jipe. Isauro estava eufórico. Ele nunca havia dirigido um veículo em sua vida, andava gritando na cidade com outros companheiros atrás dele, como quando se aprende a andar a cavalo e vai aplanar todas as ruas de Condega. Isauro, antes que saíssemos para Estelí, eu não lhe disse nada, porque não vi nada de errado no que ele estava fazendo. Gostava de vê-lo barbudo, de repente transformado em criança com um brinquedo novo, brincando com seu jipe, descobrindo o mundo com seu jipe. Ele merecia seu jipe.

Partimos para Estelí, nos dias 13 ou 14 de junho, em uma caravana maior do que a caravana em que chegamos. Organizamos melhor a vanguarda da caravana. Sua exploração e o resto da formação da caravana. Tínhamos medo de ser emboscados ou bombardeados pelo inimigo antes de chegar a Estelí. A marcha foi lentíssima. A exploração vai com armas de apoio. A exploração é lenta em sua marcha, é a primeira a cair em qualquer emboscada. A vanguarda da caravana vai a cerca de um ou dois quilômetros atrás da exploração e assim, o restante, guardando distâncias prudenciais, a caravana se torna longa e atrasada. Todo o caminho pela Rodovia Panamericana, as pessoas estão fora de suas casas, nos ranchos humildes, com bandeiras em suas casas, nos postes, nos mastros. Eles nos saudando e nós os saudando e olhando para cima para ver que hora apareceria o avião para nos bombardear. Calados de vez em quando, esperando os tiros na frente, esperando que a exploração entre em choque com o inimigo emboscado, ou que saia para nos buscar.

Saudando e saudando, olhando para cima a cada momento, esperando ouvir tiros adiante, chegamos mentalmente cansados até a Escola de Agricultura, que está próxima de Estelí, mas alegres porque efetivamente onde íamos passando, tivesse ou não havido combate, o povo estava insurreto, ou seja, a insurreição não era nas cidades, mas também nas rodovias, ou seja, a insurreição não é apenas nas rodovias, a insurreição é dentro das casas, dentro das pessoas, da família, das pessoas, são as pessoas que estão insurretas, e o símbolo da insurreição das pessoas, esteja em cidades, rodovias ou casas, é a bandeira vermelha e negra, é a saudação à passagem das tropas, dos caminhões, das caravanas de tropas cheias de guerrilheiros. Entende o que quero dizer? A insurreição é em toda geografia do país, é em todo o povo, acontece é que onde se vê mais, onde os tiros são ouvidos, é nos povoados e nas cidades, mas sem dúvida, a insurreição é na sociedade inteira.

Chegamos pela tarde. Decidimos passar a noite ali, e na manhã seguinte, entrar em Estelí, em coluna, pela montanha. Acomodamos todas as pessoas para obrigá-las a dormir. Cada chefe de coluna com seu pessoal. Da mesma forma, cada chefe de pelotão. Os principais chefes andam escoltados, para não correr o risco de se deparar com um estuprador, assassino, traidor, louco, agente inimigo, nesse caso, e acabar com nossa existência. A coisa é tão massiva que qualquer pessoa pode andar entre nós. Ninguém acendeu luzes pela noite. Quando chegamos à Escola de Agricultura, se bem me lembro, enviamos contato a Estelí para que soubessem que já estávamos ali, para que nos indicassem por qual lado entrar à cidade. Não dormimos quase nada, pelo menos eu. Por volta das quatro da madrugada saímos a pé, pela montanha. É uma colina interminável, caminhando na sombra, como milhares de formiguinhas silenciosas em fila uma atrás da outra, como uma gigantesca serpente interminável, como uma cobra sinuosa, movendo-se lentamente para a frente, que não tem nem cabeça nem rabo. Saiu o sol e o espetáculo era belíssimo, eu nunca havia visto tantos homens caminharem um atrás do outro em fila que, como te digo, nunca pude ver o começo nem o fim.

Caminhamos e começamos a ouvir os primeiros disparos e sons de todos os calibres, de todas as armas havidas e por haver, das que eu conheço e das que não conheço, das que já ouvi falar e das que não ouvi. O combate em Estelí está no seu auge. Continuamos caminhando e começam a nos atacar com morteiros, sem nenhum resultado. E que delícia os morteiros e que raiva por entrar em Estelí. Até que entramos na cidade. Os companheiros terceiristas já haviam tomado as primeiras ruas da cidade.

E já infligiram as primeiras baixas ao inimigo, já têm suas primeiras baixas, já montaram sua clínica. Em Estelí, ainda há pessoas, há pessoas no centro da cidade e mais ainda na periferia. Chegamos a um bairro chamado El Calvario, se não me engano, e ali começamos a tirar nossas mochilas. A "cabeça da coluna" está tirando as mochilas quando um par de certeiros tiros de morteiro disparados pelo inimigo atingiu e matou, enquanto tiravam suas mochilas, dois dos melhores homens do CAS, Ronaldo Aráuz, que chamamos de El Bueycito, o boizinho, um homem baixo e forte. E Rômulo, moreno, alto e forte. Isauro quase chora. Eles eram dois de seus melhores homens, por isso estavam conosco à frente da vanguarda na entrada de Estelí. Demos instruções às tropas para que se desconcentrem ainda mais, que as pessoas que vêm atrás e que ainda não tinham entrado na cidade, que fossem entrando e se espalhando pelas ruas, procurando abrigo, porque o inimigo detectou nosso movimento e está atirando morteiros indiscriminadamente e como louco para o nosso lado. Que aguardem instruções do comando e deixamos as pessoas com os comandantes intermediários. Que delícia o som dos morteiros, sobretudo se eles erram o alvo, sobretudo quando eles só batem ao seu lado e retumba no chão e não te causam baixas.

Julio, Isauro, eu, e não me lembro se Elias, fomos procurar o Zorro. Encontramo-nos com o Capi Rosales, o havia visto em Honduras sendo da GPP, pois ele era da GPA e agora o encontro como insurgente em Estelí. Essa merda é uma confusão. E então, Capi! Grande abraço. Leve-nos até Zorro. Entramos em um pátio vazio, chegamos a uma casa, entramos na casa e começamos a passar por um labirinto de casas interligadas com buracos nas paredes, de uma para a outra, passando paredes de madeira cujas tábuas tinham sido arrancadas para não precisar saltar sobre elas, passamos paredes de cimento com buracos para que pudéssemos passar por elas, até que depois do labirinto de casas em um quarteirão, em zigue-zague, chegamos ao quartel do Zorro.

Zorro está com seu *gorrión*, sua escolta que nunca sai de seu lado, um homem barrigudo e de meia-idade. Pelo menos bastante mais velho do que nós. Zorro está enfiado sob uma pilha de colchões de cama que servem de teto de seu abrigo, dentro da casa. Os colchões são para se proteger dos morteiros. Quando o vejo, grito: Rubén! E aí, irmão! Entrem! Grande abraço. E então, irmão, juntos outra vez. Conversamos. Inteiramos-lhe de tudo.

Informamos a ele o estado de nossas forças, ele nos informa sobre a dele. Faz uma exposição sobre a situação no local, reunimos, agitamos, homens, armas e ideias, nos unimos e usamos o mesmo posto de comando, que é compartimentado para os demais combatentes. Um infiltrado e podem acabar a morteiraços o frágil posto de comando e aniquilar todo o Estado-Maior Conjunto da Frente Norte, suas escoltas, gorriones e secretários com um só morteiraço. Com nosso reforço substancial e abundante nos dividimos em setores e flancos a atacar e defender. Desnecessário dizer que nunca tivemos nenhum problema de tendência e os novos, tolos, que percebíamos tendências sectárias, nós os atingíamos na cabeça. Lembro-me até que alguns chegaram a ser presos por isso.

Finalmente, o sentido comum e o treinamento militar que já tínhamos nos mandou não estarmos todos no mesmo posto de comando, estaríamos distribuídos em diversos lugares de postos de comando.

Terminada a reunião saímos para posicionar melhor as forças recém-chegadas. Pela noite, nos reunimos com Zorro novamente e lhe perguntei: e o que há daquilo? "Ah! Ouviu, gorrioncito?", disse à sua famosa escolta, "Mostra ao menino"! Não me digas, irmão!, eu falo, e esta onde conseguistes? É uma garrafa de fino vinho francês recuperada em uma casa de uns cubanos gusanos. Nós o saboreamos celebrando nosso encontro, a unidade e a certeza na vitória.

56

De Manágua, começam a chegar os aviões para bombardear a cidade todos os dias que durou o cerco. Da mesma forma, eles não bombardeavam as tropas, mas simplesmente bombardeavam a cidade, descarregando suas bombas e seus foguetes sobre a cidade sem qualquer precisão, caíssem onde caíssem, fazendo estragos horríveis na população, e cada vez mais mortos e feridos, pessoas desbaratadas, famílias inteiras destruídas, homens, mulheres, crianças, a terra estremecia quando as bombas de 500 e mil libras caíam.

No dia seguinte, todas as colunas, todas as tropas, estão em seus respectivos lugares e seus comandos, na respectiva frente. Refiro-me, neste caso, à Brigada Coronel Santos López, da qual fazem parte a Bacho, o CAS e o GPA, juntamente com as demais forças da GPP no norte. Estão todos em seus respectivos setores, cobrindo seus respectivos flancos. Em suma, a entrada em Estelí, a entrada em combate do grosso da Brigada Santos López, que permite ao Estado-Maior Conjunto da Frente Norte ter maior capacidade ofensiva de manobras, de melhorar a correlação de forças com relação ao inimigo, de tudo. Quando chegamos, o inimigo não está apenas em seu quartel central, mas tem posições ofensivas e defensivas em diversos prédios grandes e altos que servem como um primeiro escalão de defesa ou de ataque, como você preferir. O inimigo, do quartel, passou toda a santa noite atirando morteiros indiscriminadamente, assim como os franco-

-atiradores que, de suas posições de avançada, não descansaram durante a noite. O inimigo percebeu perfeitamente que as tropas e o povo armado estão dentro da cidade, formando um semicírculo que vai da Rodovia Panamericana, da parte da Panamericana que leva à entrada de Estelí, circundando todos os bairros periféricos da cidade, e que se conclui novamente na Rodovia Panamericana pela entrada que vem de Manágua. Nós temos tropa em ambas as entradas das rodovias para evitar reforços de tropas da infantaria do inimigo que podem vir do norte ou do sul. O ataque de morteiro indiscriminado do inimigo, segundo eles, contra as tropas da FSLN que estão cada vez mais fechando o anel que rodeia a cidade, faz tremendos estragos entre a população civil e a obriga, dia a dia, a ir deixando suas casas, permanecendo na cidade apenas os que querem e têm capacidade de combate. O inimigo, a princípio, tentou sair ao ataque em busca de nossas tropas para evitar seu avanço. O inimigo é repelido. Volta a sair. Volta a ser repelido. A luta está se dando casa por casa, quadra por quadra. Quantas vezes o inimigo tentou avançar até o anel de nossas tropas, foi rechaçado e deixou incontáveis cadáveres, que nós íamos queimando para evitar as epidemias. Nossas tropas estão moralizadas e na ofensiva. O inimigo já não se atreve a fazer incursões de infantaria nas ruas. O inimigo então opta por tirar sua infantaria protegida por fogo de blindado, saem os famosos tanques e tanquetes. Nós avançamos a cada quadra, fortificamos cada quadra, levantamos barricadas a cada quadra, fazemos fossos a cada quadra.

 O inimigo insiste em sua ofensiva, mas felizmente os companheiros terceiristas estavam carregando vários lançadores de foguetes RPG2 contra veículos blindados. Vários deles foram atribuídos à Santos López e um, em particular, à Bacho Montoya. Em suas primeiras saídas, os tanquetes nos causaram estragos, mas aí rapidamente nós descobrimos como neutralizá-las, encontramos o antídoto. Os lançadores de foguetes se escondiam em uma casa de esquina ou em uma casa que ficava na metade do quarteirão, e quando o tanquete vinha atirando contra nós, o lançador de foguetes a atingia a cerca de 30 metros e até a dez metros. Cada disparo era um tanquete neutralizado. Em seguida, avançávamos sobre a infantaria inimiga, que sem seu tanquete se desmoralizava, disparavam alguns tiros e recuavam. Lembro que o lançador de foguetes do RPG2 da Bacho era um garoto louro, alto, de uns 18 anos, que sempre ia transar com uma garota no meio do quarteirão e toda vez que ouvíamos o estrondo dos disparos e o tremor do solo pelo avanço dos tanques, saíamos correndo para buscar o filho da puta do garoto que estava dentro de casa transando e lhe dizíamos, corre louro, corre louro filho da puta, que aí vem o tanquete. O garoto era folgado como ele só. Sempre respondia, "calma, piolho, calma que a noite é longa. Calma, que com paciência e saliva o elefante trepou com uma formiga". Saía à porta e com grande fleuma, como perguntando por qualquer coisa dizia, "Onde está? De que lado vem?" E já lhe explicávamos. O garoto dizia, "Deixe comigo, deixe comigo, logo vão ver, logo vão ver". E eu não sei como o danado fazia, mas quando ouvíamos, era o estrépito do RPG2 atirando contra o tanquete e nós gritávamos, aí está o lourinho filho da puta. E de novo nós estávamos no ataque, moralizados, apostando a vida, começávamos a avançar colados nas paredes, agachados nas valetas, avançando por dentro das casas, disparando loucamente contra o inimigo, que como já te disse, cada vez que matávamos a sua mãe, que era o tanquete, corriam indefectivelmente para trás. Lembro que apenas uma vez que outra que eliminamos os tanquetes nos enfrentavam com alguma coragem, mas qual nada, nossos rapazes andavam com umas ganas de dar um pau que ninguém os detinha.

    Em Estelí, finalmente tive a oportunidade de pôr para fora toda a raiva acumulada na luta, e expressei até a saciedade. Eu impunha às minhas tropas disciplina de fogo, a economia de munição, mas não estava impondo isso a mim mesmo, estava saldando minhas próprias contas pessoais. Eu estava cobrando tudo que eles fizeram comigo desde 1968, quando somente eles atiraram contra nós e nós ficávamos impotentes e incapazes de fazer qualquer coisa. Só eles nos agrediam com a culatra e nós no chão e nos espancavam como animais. Não me impus de propósito a disciplina de fogo, nem a impus a Justo nem a alguns dos meus irmãos. Ao resto da tropa, sim.

O inimigo foi sendo, dia a dia, à ponta de bala, confinado aos seus edifícios estratégicos no centro da cidade e em seu quartel central. O ataque de morteiros não cessa e a esta altura, em Estelí já não resta nem uma alma, só a guarda e nós, e algumas pessoas nos bairros periféricos que não têm aonde ir ou que estão trabalhando em toda a logística alimentícia da tropa que está combatendo. As tropas sandinistas continuam avançando casa a casa, quadra a quadra, até chegar a uma quadra dos edifícios principais sustentados pelo inimigo que está nos causando dano e de onde têm um corredor até seu quartel central que está ao lado da Rodovia Panamericana.

Quando havia momentos em que diminuía a intensidade do combate e íamos às clínicas para ver os feridos, os quadros ali eram dantescos, inenarráveis. Centenas de mortos e feridos por todos os lados, em camas, em macas, em colchões, em papelões, no chão, na calçada, na rua. Um horrível coro de prantos, gemidos, gritos. Os médicos, enfermeiras, auxiliares, socorristas não davam conta de atender à população civil e aos combatentes. Também não havia suficiente medicamentos, instrumental cirúrgico, pessoal e condições para determinados tipos de tratamentos e de operações e víamos as pessoas morrerem dessangrada, desesperada, agonizando lentamente, queixando-se e queixando-se, até se queixar baixinho e morrer diante de nossos olhos de impotência e raiva. O inimigo tomou como inimigo a toda a população de Estelí. Com o ataque com morteiros, fez uma carnificina humana indescritível, dessas que nem nos filmes norte-americanos havia visto em minha vida.

O cerco continua e dia a dia, as tropas da Frente Norte está acuando, sitiando, cercando os edifícios avançados em que se encontra o inimigo. De Manágua, começam a chegar os aviões para bombardear a cidade todos os dias que durou o cerco. Da mesma forma, eles não bombardeavam as tropas, mas simplesmente bombardeavam a cidade, descarregando suas bombas e seus foguetes sobre a cidade sem qualquer precisão, caíssem onde caíssem, fazendo estragos horríveis na população, e cada vez mais mortos e feridos, pessoas desbaratadas, famílias inteiras destruídas, homens, mulheres, crianças, a terra estremecia quando as bombas de 500 e mil libras caíam. Estão arrasando com a cidade. Os aviões bombardeando e nós, colados às paredes nas esquinas, nos postes de luz, e às vezes no meio da rua, em grupo, disparando neles com fuzis de longo alcance. Derrubamos ou avariamos mais de um.

As munições começam a escassear, mas também começa a funcionar a entrada de mais armas e munições para a Frente Norte, vindo de Honduras e trazidas pelo pessoal de Rubén e pelo pessoal da GPA. Armas e munições que cheguem, seja pela via que cheguem, são repartidas igualmente. O inimigo tem um bom abastecimento aéreo por meio da pista local, que está fortemente controlada por eles. Há um momento em que o inimigo se dá conta que os aviões não são tão efetivos para acertar no alvo, contra nossas forças vivas, começam então a aparecer os helicópteros armados e carregados com bombas de 500 e mil libras. Mas lá embaixo não há diferença entre população e tropa, afinal, tudo é a mesma coisa. Os helicópteros desciam um pouco mais baixos que os aviões, pousavam à procura das nossas linhas avançadas ou dos diferentes postos de comando e como as bombas são cegas e brutas, causa mais estragos à pouca população que ainda resta e às casas e edifícios.

A essa altura, já não há eletricidade nem água, um bando de urubus e uma nuvem de moscas sobrevoam Estelí junto com o aviões e helicópteros. Os tanquetes não saem mais, parece que guardam de reserva para a última batalha contra o quartel central, onde está o comandante da Guarda Nacional. O fedor dos cadáveres já é insuportável. O quartel-general inimigo é uma fortaleza extremamente fortificada, quase inexpugnável, muros, torres, fossos, poços, obras de engenharia de todo tipo.

Quando parte das tropas da Frente Norte começa a tirar na ponta de bala e incendiar as posições avançadas do inimigo, eles tentam recuar para o quartel-general pelo corredor que eu te dizia. A Bacho Montoya tem entre uma de suas missões interromper esse corredor. No corredor, eles têm diversas posições que fomos batendo uma a uma até chegar a concentrá-los em uma só posição. O inimigo tem, em uma casa alta que fica em uma esquina, um ninho de metralhadoras de onde têm uma grande vantagem para nos abater de longe. Esse ninho de metralhadoras não nos permite avançar, nos mantém na linha. Estão nos impedindo de atingir os guardas que estão sendo desalojados dos edifícios principais.

Eu me irrito com esse ninho de metralhadoras, porque além disso tem franco-atiradores que estão fazendo estragos na Bacho. Tomo a decisão e peço oito voluntários, nove comigo; o primeiro que se apresenta é Júlio César Aviles, não lembro o nome dos outros.

Eu os reúno e proponho acabar de uma vez por todas com aquele ninho filho da puta, que cada um carregue 300 tiros e quatro pentes cada um e todas as granadas que nos restam. Eu os reviso, lhes explico: como vamos avançar, como vamos fazer. Estamos a cerca de 200 metros do ninho. Fomos avançando por dentro da fileira de casas que dão para a rua, saltando casa por casa, lançando granadas, casa por casa; disparando cada vez que entrávamos em uma casa. Agora me lembro, um dos voluntários é um dos Blandones, os donos daquela propriedade de Canoas que estava indo para Zapote, em direção à casa do comandante Jorge, lembra? Pois bem, havia me esquecido de lhe dizer que os havíamos recrutado e eram cinco irmãos e os cinco estavam na CAS. A verdade é que vamos como selvagens, como animais enfurecidos, disparando as *galiles** em rajadas. Chegamos atirando propriamente até a esquina oposta ao ninho de metralhadoras. Ficamos quietinhos observando-os detrás de um muro e detrás das frestas de uma casa de madeira. Eles não sabem que estamos ali. Estamos aproximadamente a 15 metros deles. Eles estão disparando e disparando sobre a rua reta em que estão nossas tropas tentando avançar, sem poder fazê-lo. Os observamos. Pegamos as últimas três granadas e em um ato de irresponsabilidade inaudita saímos de repente da casa frente a eles, atiramos as três granadas juntas como se fossem bolas de beisebol e por sorte caem todas justamente dentro da casa do ninho. Imediatamente, saímos os nove como um meteoro, disparando como diabos os *galiles* em rajadas sobre a posição do inimigo. Alguns companheiros caíram na corrida dos 15 metros. Se levantaram e continuaram correndo. Nós continuávamos disparando até que entramos, nem sequer havíamos percebido a que horas eles haviam deixado de disparar. Aniquilamos todos e não tivemos nenhuma baixa, só encontramos charcos de sangue, armas, apetrechos e alguns mortos. Fizemos a senha às tropas, para que adiantassem imediatamente a fim de terminar de cortar o corredor. Chegam e o primeiro que entra é Justo, furioso e olha como se fosse meu chefe e me diz: "Que acontece contigo, companheiro! Isso lhe parece engraçado?". E grita comigo. A primeira vez que grita comigo em

---

*   Fuzil de assalto, de batalha. (N. T.)

toda sua vida e o faz frente a meus subordinados, e ele, que é meu subordinado, é quem grita comigo. Justo está eputecido e volta a gritar comigo: "Você é um irresponsável!". É a primeira vez que me trata por você, porque ele sempre me chamava de senhor. E volta a gritar: "Vou informar isso a Palo Alto!". Palo Alto havia ordenado que os chefes principais não entrassem diretamente em combate desnecessariamente. Justo queria me enforcar. Logo chegaram outros da Bacho e da CAS e me disseram o mesmo, mas com outro tom, não com o tom de Justo. Fizeram me sentir culpado, quase como que havia cometido um delito contra a Pátria ou contra a Frente. Claro, como não sou nenhum bruto, compreendi que eles não queriam que me matassem e deixei passar a insolência de Justo, e quase como se fosse subordinado de Justo lhe prometi que não faria de novo, mas que por favor não informasse a Palo Alto. Depois, me dediquei apenas a dirigir, nunca mais voltei a fazer. Acontece que esse ninho de metralhadoras estava me deixando com as bolas inflamadas.

As tropas avançaram, tomaram posições e quebramos o corredor, fizemos um tipo de tapume e barreira ao longo do corredor, e a todos os guardas, esses que vinham recuando, buscando o quartel, os caçávamos no tapume que fizemos entre os edifícios e o quartel da cidade. O inimigo foi desalojado de todos os edifícios e do quartel da cidade. O inimigo foi desalojado de todos os edifícios e dizimado em sua retirada até o quartel.

Depois foi toda a Frente contra o quartel central. Não havíamos conseguido impedir o abastecimento do inimigo por avião, o bombardeio continua seletivo. Os aviões, geralmente à tardezinha, entre cinco e meia e seis e quinze, voltavam a Manágua. O combate amainava, estava diminuindo. À noite, apenas tiros esparsos e um ou outro morteiro que já não prestávamos mais atenção.

À noite nos reuníamos como Estado-Maior Conjunto no refúgio do Zorro, avaliávamos o dia, fazíamos planos e depois cada um ia dormir no seu posto de comando. O meu ficava no porão de uma casa de dois andares, voltada para o centro da cidade. Ali eu dormia com minha sombra, Miriam Corea, em alguns colchões e papelão. Quando chegava ao porão, começava a conversar com Peter, o sueco, com Susan Meiselas, os jornalistas que vi em Honduras, e com Alma Guillermo Prieto, que de tanto falar e falar e compartilhar o perigo com eles, falar da luta, de política e de literatura, nos tornamos amigos.

Lembro-me que um dia, já no final de junho, quando apenas o quartel estava de pé, estávamos em uma mureta, descansando, sentados, esperando que partisse o último avião que sobrevoava Estelí. Estão Miriam Corea e outros que não me lembro, quando de repente ouvimos um barulho ensurdecedor e uma faísca no chão, na ponta dos nossos sapatos. Fomos todos catapultados a vários metros de distância. Estamos todos no chão, surdos, atordoados. Estou consciente, sei que estou vivo. Eu me verifico. Eu não estou ferido. Olho os outros e os vejo da mesma forma que eu. Todos estão bem. Ficamos surpresos. Não sabemos o que aconteceu. Voltamos à mureta com a sensação de que era algo assim, como coisa do demônio, porque não entendíamos o que aconteceu. Olhamos para o chão ao pé da mureta. Já está quase escurecendo e vemos a cauda de um foguete enterrado no solo, que não havia explodido. Ficamos com os olhos arregalados, perplexos, olhando um para o outro e vendo o foguete e nos vendo, até que entendemos que o avião que sobrevoava lançou seu último foguete, bateu no tijolo da calçada e em sua penetração lançou a faísca que não entendíamos. O impacto de sua penetração foi o que nos jogou a vários metros de distância. Estamos atônitos. Não sabemos como isso poderia ter acontecido. Simplesmente, o foguete não explodiu.

Quando passou o nervosismo, Miriam disse: "Chefe, a questão é que as ervas daninhas nunca morrem". E fomos para o nosso refúgio, ressuscitados.

57

> Em León, já está tudo tomado, só existe uma posição, que é o Fortín de Acosasco, uma antiga fortaleza situada na periferia, no sul da cidade, numa colina bastante íngreme, famosa porque por ali passaram milhares de presos e centenas foram assassinados nos porões daquelas masmorras.

O Estado-Maior Conjunto da Frente Norte decidiu que como apenas o quartel-general de Estelí permanecia como objetivo militar, era necessário avançar para Sébaco. Sébaco, que fica ao sul de Estelí, é uma posição importante por ser o entroncamento entre Matagalpa e Estelí, vindo de Manágua. Estão combatendo em Estelí, em Matagalpa, estão combatendo em Manágua, Masaya, Carazo, León, Chinandega, Chontales. Sébaco é um importante local para as manobras da Frente Norte, já que, sendo um entroncamento de rodovias, é necessariamente uma passagem obrigatória do inimigo; se trata de reforçar ou contra-atacar Estelí ou Matagalpa.

Concordamos então em enviar tropas para o assalto e assumir a posição de Sébaco. Vai como chefe Isauro, com Justo e Chicho González. Eles começaram os combates. Julio Ramos e eu partimos depois para Sébaco e já há pouco o que fazer, a situação foi dominada em 48 horas. Lá, eu recupero um jipe azul, *Renegade*, e retiro a capota. Mais tarde, decidimos que deveríamos ir a Achuapa, El Sauce e San Juan de Limay, para ver como estão as coisas por lá, não temos comunicação com eles. Devemos ver também o que acontece com o atraso de algumas armas e munições que tinham que entrar por aquele lado para reforçar nossas tropas no local do quartel de Estelí, e aproveitar para receber alguns cineastas que vêm filmar a insurreição.

Vou no jipe com quatro companheiros, incluindo um dos Blandones. Não vamos pela rodovia, podemos ser emboscados. Como o jipe é uma maravilha, com pneus grossos e tração nas quatro rodas, decidimos ir de Estelí à primeira dessas cidades apenas pelas montanhas, por pastagens, por milharais baixos. Parece um verdadeiro safári africano. Fomos passando por lamaçais, pastagens lodosas, descendo colinas, subindo colinas, subindo colinas pedregosas onde a mente humana não poderia conceber que um veículo pudesse passar. Estamos rompendo cercas de arame, derrubando postes, quebrando pedras, até chegarmos lá.

O jipe era definitivamente um sandinista. Eu nem sei como conseguimos ir pela montanha em um veículo. Quando chegamos, eles já estão nos últimos combates. Os chefes são: um rapaz alto, magro, de óculos, sério, jovem, estudante universitário, que o conhecia de nome, Víctor Hugo Tinoco, e o veterano sandinista Manuel Rivas Vallecillo, aquele que voou comigo do Panamá para Honduras como um instrutor da famosa escola de Patuca. E quando eu vejo o negro Alí, é assim que chamávamos o Rivas Vallecillo, eu falo pra ele, pode imaginar, Negro, estaríamos em Patuca a essa hora. "Você viu Juan José, ele me diz, que horrível, que houvéssemos perdido".

Há apenas um quartel de pé. Participo do planejamento do ataque. O quartel está sitiado há vários dias. Insistimos em sua rendição. Eles não se rendem. O combate continua. O inimigo está dizimado, sem água, com seus mortos e feridos no quartel sem poder evacuá-los. O fedor da morte é sentido de fora do quartel. Os guardas se rendem. Entramos e o chão e as paredes e os muros estão completamente ensanguentados, cheio de mortos e feridos e os vivos, magros e extenuados.

Os sinos tocam, faz-se um comício com a população, onde eu falo e que é suspenso por causa da aviação. Ao meu lado estão Ana Julia Guido, a ex-BPU, Horacio Rocha e Marco Arévalo (Marcón). Depois chegou o legendário Pablito com as armas e munições de Honduras, e com os louros cineastas Berta Navarro e Jorge Denti e outro que não lembro seu nome.

Começamos a percorrer as três cidades, as cidades estão em insurreição, saudando a passagem da caravana, como em toda parte, bandeiras vermelhas e pretas, pichações, carinho, ofertas de comida, de café, por toda parte. Voltamos a Estelí por rodovia, com reforços em homens e em armas. No dia 2 de julho, ainda em Estelí, Zorro e eu recebemos instruções para irmos a León, sede do Estado-Maior da Frente Ocidental. Temos que ir porque temos que conversar com eles sobre o curso da ofensiva e apoio mútuo em homens e em armas. O futuro das manobras ofensivas e até diz-se que chegará um membro da Direção Nacional Conjunta para participar da reunião.

Zorro e eu saímos à tarde no jipe azul. Eu vou dirigindo. Passei anos sem dirigir. Atrás vem um veículo de escolta, em que só trazemos feras que não acreditam em ninguém. Necessária precaução, caso nos encontremos com alguns guardas dispersos pela rodovia de San Isidro a León. Saímos à tardezinha para evitar que a aviação nos detectasse. Estamos calculando entrar à noite. Tomamos cuidado, não por causa da aviação, mas porque os rebeldes fizeram valas e barricadas por toda a estrada.

Zorro e eu dissemos um ao outro: não vamos morrer com um tiro, mas seremos desnucados numa destas valas, porque inúmeras vezes tivemos que descer ou frear com toda força para não cair na vala e não morrer desnucados efetivamente. Quando vamos na estrada, o Zorro e eu vamos conversando, ainda bem que o Zorro não fala muito e me deu tempo para ir pensando. León? León? León! León! Parece-me mentira que vou para León. É quase real que estou indo para León, há cinco anos havia deixado León, minha cidade e minha casa. Em León, já está tudo ocupado, só existe uma posição, que é o Fortín de Acosasco, uma antiga fortaleza situada nos arredores, a sul da cidade, numa colina bastante íngreme, famosa porque por ali passaram milhares de presos e centenas foram assassinados nos porões daquelas masmorras. Em Estelí, me dei conta que Claudia está em León. Também me dei conta que meu irmão Raúl Cabezas está lutando em León.

Vou dirigindo, vou tenso, vou alegre, estou voltando para León e até me belisco. Voltar para León já cheira a vitória para mim. Voltar a León, não posso te explicar, como posso te explicar se de León saí escondido, perseguido, culpado, processado. Como vou poder te explicar se nasci lá, cresci na pobreza, se lá entrei para o FER e depois para a Frente, como vou ser capaz de te explicar, se para mim León é a primeira referência à palavra Pátria. Como posso te explicar se lá estudei, se aí fui presidente da Associação dos Estudantes de Direito, Vice-Presidente da CUUN. Se aí começarmos a luta de massas contemporânea, pedindo a liberdade de Francisco Ramírez e Efrain Nortalwalton, se aí está a universidade com toda sua história de rebeldia, se aí está Mama Concha, El Barcito, Los Raspaditos, Lezama, Prío. Se em León me conhecem desde as putas até o bispo, passando pelos padres, os beberrões, os operários, minha família, a guarda, a segurança, todos os bairros de León, as cantinas, o Corinto Bar, El Popular Rene, Félix, Los Pescaditos. Se em León todo o mundo me conhece. Entrar em León, para mim, é algo que não posso te descrever. Lá eu sofri, me diverti, lá a guarda me pegou 50 mil vezes, lá me prenderam; aí trabalhei com os sindicatos, com as subtiavas, com as enfermeiras. Não houve igreja de minha cidade que não me tomasse, não houve manifestação em que eu não estivesse. Fui agitador, um organizador, orador de barricada, um incendiário julgado pelos tribunais três vezes antes de completar meus 20 anos, acusado de subverter a ordem pública. Se lá fizeram minhas primeiras entrevistas na rádio e nos jornais. Se lá em León recrutei um grande número de pessoas, que nem me lembro quem foram. Se lá eu compartilhei com aqueles que já estão mortos e com aqueles que ainda estão vivos. Se lá estudei Direito e Sociologia. Aí participei de congressos e dez mil seminários. Se aí conheci Claudia; León é minha vida e meu povo, até seu calor é meu. Lá começamos a Frente com unhas e dentes, quando éramos quatro gatos pingados, quando ninguém acreditava na gente, quando nos olhavam como loucos. Lá organizamos a FER, que era apenas um nome. E Rommel Martínez, Rogelio Ramírez, Alan Tonkin, que mal conheci, porque já estavam saindo da universidade. E então transformamos a FER em uma organização poderosa que chegou a estremecer León, e que a irradiamos por todo o país, e transformamos a FER em uma organização temida pela ditadura. Aí organizamos o Movimento Estudantil do Ensino Médio.

Vou para León, vou ao encontro comigo mesmo, com minha própria história. Entrar em Leon é muito forte, é demasiado impacto para um corpo tão magrinho como o meu, para um cérebro que tem demasiadas lembranças acumuladas. Olho meu relógio. São sete horas da noite de 2 de julho de 1979. Impossível! Muita coincidência. É o que eu digo, que essas merdas só acontecem comigo. Saí de León para as montanhas precisamente no dia 2 de julho de 1974 e estou entrando na minha cidade exatamente cinco anos depois no mesmo dia e no mesmo mês, Omar... Omar...

Chegamos à noite, nos encontramos com a primeira barreira de compas no escuro, e nos detêm. Falando com eles, dizemos que somos Juan José e Rubén, que somos do Estado-Maior da Frente Norte, que vamos a uma reunião. Fui um tonto ao me identificar e não percebi que toda a barreira alegre havia me reconhecido como o magrelo Cabezas.

O companheiro chefe da barreira me cumprimenta com grande efusão. Eu o saúdo com naturalidade. Eu não o conheço, o companheiro me pergunta sério: "Não me reconhece?" Não, eu digo a ele. E ele repete: "Você realmente não me reconhece?" Não, digo a ele, quem é você? O companheiro começa a rir e não me responde, não me dá seu nome porque tem outros combatentes por perto. Eu arranco devagar intrigado e quando vou correndo a dez metros me viro e grito com ele: Polo Rivas, irmão! E vejo que ele ri contente. Simplesmente não o via há nove anos. Puta, pensei, estamos ficando velhos. Seguimos pela avenida Debayle, passamos em frente ao Hospital San Vicente, o mesmíssimo que, em uma noite de greve de enfermeiras, a guarda a cercou e revistou quarto por quarto procurando por mim para me capturar, e as enfermeiras e médicos me colocaram em uma sala de cirurgia e me operaram de mentira e me tiraram com soro, vestido e operado numa maca, puseram-me numa ambulância debaixo do nariz dos guardas e eles não me encontraram. León está cheio de barricadas, fossos. Não há mais lugar para uma letra, mais uma pichação nos muros, sem luzes, não há casas sem bandeiras da FSLN. Estamos seguindo devagar no jipe, quero me lembrar de todas as casas e todos os quarteirões. Cada rua é uma lembrança. Veja, foi aqui que atiraram as bombas de gás lacrimogêneo contra nós. Continuamos avançando. Vê, aqui mora fulana. Vê, aqui vivem sicranos. Vê, nessa esquina foi onde uma vez o Gato e eu apanhamos da guarda. E vamos avançando. E vê, aqui vivia a fulana que tem uma bunda maravilhosa, eu dizia para o Zorro, e o Zorro rindo. E vamos avançando. Vê, aqui foi uma casa de segurança. Vê, vê, a gente ia nesse restaurante e saía sem pagar, a gente fazia a leonesa. E assim vamos percorrendo León e minha cabeça é um filme que vai me passando todas as imagens e eu te juro que senti o cheiro da amendoeira onde mora Tere, e o coração, pum, pum, pum, e eu vou ver Raúl e meu outro irmão Javier Cabezas e, claro, a minha Claudia.

Fomos direto ao posto de comando do Estado-Maior Insurrecional onde estava a Dora María Téllez, que é a chefa, e a que havia negociado o assalto ao Palácio Nacional quando eu pensava que era Mónica Baltodano. Tínhamos nos visto de passagem em Honduras. Grande beijo e grande abraço. Conversamos um pouco, pergunto por meu irmão. Ela me diz que está entre as tropas que estão sitiando o forte. Eu pergunto por Claudia e ela me diz que está internada em uma clínica. Nós vamos caminhando à noite, a pé, com lanterna, até a clínica. Ao longo do caminho, vejo as casas que conheço e vejo as marcas do que tem sido uma luta sangrenta, casa por casa. O mesmo que em Estelí. Cuidado! Há uma vala ali. Valas por todos os lados, barricadas por todos os lados. Buracos por todos os lados. Casas destruídas.

Chegamos à clínica. Que alegria ver os médicos Wiron Balladares, Rigo Sampson e Chepito Esquivel. Eles são os médicos da guerrilha da clínica, velhos amigos meus. São eles que estão cuidando de Claudia, que está um pouco doente, mas nada grave. Claudia é agora membro do Estado-Maior de León, da tendência insurrecional. Entramos, saúdo-a, sento-me na cama dela, dou-lhe um beijinho, faço piadas para mimá-la, todos falamos um pouco de generalidades e depois peço que me levem até onde está o Estado-Maior do GPP, quero cumprimentá-los, conhecê-los, explicar o que estou fazendo com Zorro e, claro, que eles me mostrem Raúl e Javier. Estou morrendo de vontade de ver Raúl e ter notícias de Javier.

Chegamos ao Estado-Maior do GPP. Os principais chefes são Mauricio Valenzuela, Félix Pedro Carrillo. E a outra me assusta, é a menina María Lourdes Jirón. Não conhecia o Mauricio, nem tampouco o Félix Pedro Carrillo, só pelo rosto. Eu sei que é um subtiava. Sim, a menina, eu a conheci na universidade, ela era uma companheira ativista do Movimento Cristão. Nunca imaginei que a encontraria como membro do Estado-Maior da GPP da Frente Ocidental em León. Só pensei, porra, como o tempo passa. Quando fui para as montanhas, eu a via como uma menina com preocupações políticas, e agora a encontro transformada em uma liderança guerrilheira e uma exímia atiradora.

São cerca de dez horas da noite, depois de ouvir deles um informe pormenorizado e explicar o que estou fazendo, digo a Mauricio que quero ver Raúl, meu irmão. Maurício coça a cabeça e me diz que Raúl é um dos chefes das tropas do GPP que está no local do forte que está fora de León. Eu já sei, lhe respondo e quero que a gente vá até ele. Ele me diz que é noite e que é perigoso. Eu pergunto a ele e como está Raúl? "Está bem, ele me diz, é um rapaz valoroso. Ele se parece fisicamente com você, apenas um pouco mais baixo, e até fala meio travado como você". Faz cinco anos que não vejo Raúl. Não consigo imaginar que aparência terá agora. Quando fui para as montanhas, ele tinha cerca de 15 anos. Fico pensando e digo para o Mauricio, sério: Mauricio, leva-me onde está Raúl, quero vê-lo! "Omar, é perigoso! Há milicianos espalhados por toda parte no caminho para o forte, milicianos de todas as tendências. É noite, há rapazes jovens que não vão te reconhecer. Pode acontecer uma confusão, uma desgraça". Foda-se! Eu digo a ele, se vocês não têm uma senha e contrassenha para ir se identificando até mesmo onde estão suas próprias tropas na frente de batalha, então estamos ferrados. "Compa", Mauricio me diz, "me entenda, se algo acontecer com você aqui por minha causa, eles vão me fuzilar amanhã bem cedinho". Não homem, digo a ele, o que pode acontecer com a gente? E começo a rir. Maurício não tem mais remédio a não ser dizer sim. Ele procura dois jipes, ele e eu subimos e umas escoltas atrás. Finalmente estamos indo para o forte. Até que enfim vou me dar o prazer de ver o Raúl, ele que quando tinha 12 anos e eu voltava de madrugada para casa depois das minhas atividades políticas conspiratórias ou estudantis da universidade, o encontrava sentado na sala da casa, lendo o jornal, esperando-me para me pedir que lhe explicasse porque havia dois Vietnãs e quais eram os bons e quais eram os maus e como é a coisa dos ianques, e de que lado é a rota Ho Chi Minh e eu pegando papel e lápis e desenhando o mapa do Vietnã e explicando para ele, e ele perguntando até que ficava claro e ele ia dormir. O Raúl, aquele que quando estudava no Instituto Noturno Maríano Fiailos Gil no final do ensino médio e a FER orientava a organização do Movimento Estudantil do Ensino Médio, eu o recrutei, conversei com ele, e por meio dele começamos a organizar alunos do ensino médio, e por meio dele irradiamos para outras escolas. Raúl, que mais tarde conseguiu tirar seus colegas de classe em uma manifestação e levá-los até a esquina da universidade porque sua escola ficava a meio quarteirão de distância, e quando os alunos já estavam na esquina gritando palavras de ordem, correu até o prédio da universidade para me chamar para que eu falasse com eles e eu falava e fizemos isso várias vezes e da última vez, quando já estávamos com os alunos, eu lhe digo, agora você fala, seu frouxo, que você é o líder dos seus colegas. E ele gaguejava: "Não faça isso comigo, Omar, não faça isso comigo, Omar!" E eu dizendo a ele, nem pense nisso, babaca, fale, que foi assim que eu comecei também. E já que ele não quer falar, aí eu começo a falar e eu digo: Bom, companheiros estudantes do Instituto Maríano Fiailos Gil, agora o companheiro Raúl Cabezas vai dirigir umas palavras a vocês e eu o empurro pra frente, e ele não tem escolha a não ser falar, gaguejando, e eu me divertindo, vendo o garoto. Raúl, do que me chegavam as notícias nas montanhas, dizendo-me que ele havia se tornado um dirigente estudantil. Que tinha entrado na universidade, que falava no auditório Ruiz

Ayestas, e que todos diziam que ele se parecia comigo, nada mais do que meu pequeno Raúl, o quarto dos meus irmãos, que deixei quando era criança. Vou encontrá-lo agora convertido em líder guerrilheiro, é um dos chefes das tropas de assalto do Fortín de Acosasco, última posição do inimigo em León. Vamos de posto em posto de controle, dando senhas e contrassenhas, e senhas e contrassenhas, até chegarmos a uma casinha de madeira, escura, no sopé da fortaleza. Aqui está, Mauricio me diz. Nós paramos. Antes de sair do veículo, digo ao Mauricio, olha, vamos fazer alguma coisa, não quero que o Raúl me reconheça, quero primeiro observá-lo. Eu queria vê-lo, ouvi-lo falar sem que ele percebesse que eu estava ali. Eu estava curioso para ver como meu irmão era quando eu não estou por perto. Tudo bem, Mauricio me diz, você é um bandido, mas vamos fazer isso. Descemos, mandamos buscá-lo, ele está dormindo, eles o acordam e ele chega com mais dois companheiros. Ando como militar, barbudo, baixei o boné, já tenho bigode, já te disse, e cruzo os braços abraçando o Galil que tenho pendurado no pescoço. Maurício o cumprimenta e avisa na penumbra onde só se veem as silhuetas, "companheiro, este é um dos chefes da Frente Norte que vem verificar como as tropas estão dispostas para o assalto". Raúl, sério, um pouco nervoso porque está na frente de um dos chefes da prestigiosa Frente Norte, começa a dizer, companheiro comandante, se dirigindo a mim. E eu olhando para baixo, com o boné abaixado, para que ele não me reconheça. Tenho tantos homens, meus flancos são esses e esses, temos tantos fuzis, tantas granadas e temos tantas e tantas armas de apoio distribuídas da seguinte maneira. Quando o Raúl acaba de fazer o seu relato, abaixo os braços, fico relaxado e com um tom mais natural possível, digo-lhe: Raúl, tu não achas que tens esses 50 mal colocados, não achas que é melhor colocar desse lado porque tem maior cobertura de fogo. Raúl se assusta quando lhe dizem Raúl e não seu pseudônimo, porque lá todo mundo usava um pseudônimo; mas ele se assusta não só por causa do pseudônimo, mas porque sem ver meu rosto e depois de cinco anos sem me ver, ele reconhece minha voz e começa a gaguejar e diz: "Você, você, você, você é Omar, você é Omar". Irmãozinho, digo a ele, e nos abraçamos. "O que você está fazendo aqui?" Bem, vendo você, eu digo a ele. Vim para uma reunião com a Frente Ocidental, vou embora amanhã e não queria ir embora sem te ver. Você tem um segundo no comando? pergunto a ele. "Sim", ele me diz. Então vá falar com ele e diga-lhe que por ordens superiores você está indo para León, dê-lhe instruções e que ele fique no comando enquanto você vai para León e retorna.

Começamos a conversar assim que entramos no jipe de volta. Ele me perguntou o que eu sabia sobre minha mãe, Chema e Danilo. Eu disse a ele que eles estavam bem. Que Chema os havia levado para a Costa Rica antes que os matassem. E fomos falando de generalidades de forma desordenada até chegarmos a León. Já é meia-noite. Descemos ao Estado-Maior do GPP, onde há luz, e digo-lhe, vem, quero ver-te à luz, e fiquei um bocado a vê-lo à luz. Ele estava vestindo uma camisa militar, calça civil, um boné, um cinto, uma barbicha, um bigode. Quando fui para a guerrilha, ele não tinha acabado de se desenvolver fisicamente. Estava na fase da puberdade. De fato, Raúl era fisicamente idêntico a mim, nada mais do que um pouco mais baixo. Ele me disse que tinha uma companheira, mas que haviam se separado, que ele tinha uma filha que era o que ele mais adorava, o nome dela era Ixell Cristina, que a havia levado para a Costa Rica com minha mãe. Ele me perguntou como eu estava, respondi bem, muito bem. Ele me perguntou se eu ainda estava com Claudia e eu disse que achava que estava. Bem, eu te digo, agora é minha vez. Vamos falar sobre meu pai. O que aconteceu com meu pai? "Bom", ele me conta, "a história do velho é triste, o velho foi morar em Chinandega, virou sandinista, colaborador; sua casa era uma casa de segurança. Desde que você, Emir e Chema – que é meu irmão mais velho – foram para a clandestinidade, a guarda e a segurança começaram a assediá-lo quase todos os dias. Olha, ele me contou, dois jipes da guarda entraram na casa dele, entraram como demônios, gritando com ele, velho filho da puta, entra no jipe e vai para o hospital reconhecer se aquele cachorro é o seu filho. Eles estavam se referindo a você. Meu pai, nervoso, chegava ao hospital, mostravam-lhe 20 cadáveres de jovens destroçados, e ele começava a tentar reconhecê-lo entre os mortos, e meu pai lhes dizia que nenhum deles era você. Três dias depois, eles chegavam, faziam-no deitar no chão, começavam a quebrar toda a sua casa procurando armas e perguntando-lhe onde estavam você, Chema e Emir, e iam embora. Oito dias depois, chegavam de novo, e simplesmente o agarravam a golpes, a coronhadas de rifle, e o deixavam massacrado dentro de casa e iam embora. Oito ou dez dias depois, eles chegavam, tiravam-no de casa à meia-noite, espancavam, algemavam, colocavam em um jipe, levavam-no para as montanhas, fingiam que iam atirar nele, apontavam para ele, atiravam nele sem acertá-lo e então o levavam para casa. Outra noite, eles simplesmente passavam pela casa, disparavam contra ela e iam embora. Outro dia, eles chegavam, levavam-no de volta ao necrotério para reconhecer os cadáveres, dizendo a ele, se nenhum desses são os cachorros dos seus filhos, prometemos que da próxima vez você encontrará pelo menos um deles. Três dias depois, eles chegavam, batiam na porta com as coronhas dos rifles, simplesmente entravam, ficavam um tempo dentro da casa e depois iam embora. Na hora que voltavam, sempre à noite, dois, três jipes cheios de guardas, faziam barulho com suas armas, ligavam os motores dos veículos, só para ele os ouvir, e depois iam embora. Eles fizeram isso com ele semana após semana, durante um ano. Meu pai começou a tremer, seu sistema nervoso estava totalmente destruído e um dia de tantos, após uma das muitas chegadas que fizeram, os vizinhos o levaram, no dia seguinte, doente, para o hospital. Ele morava sozinho. Ele ficou no hospital por três dias e os médicos disseram que ele tinha morrido dos nervos".

Quando Raúl terminou a história, eu estava suado, mas não de calor, senão de horror. Quando Raúl terminou a história me senti cansado, horrorizado, e disse a ele, que horrível, que maldade, essa é a maneira mais cruel de matar alguém. Sim, Raúl me disse, foi assim que aqueles cachorros o mataram. Cara, digo a ele, e falando de outra coisa, em qual das Frentes está Javier? Raúl me pergunta, surpreso, "Você não sabe o que aconteceu com Javier?" Não, eu digo, o que vou saber se apenas desci da montanha. "É que ele caiu", ele me diz. Como? digo eu. "Sim", ele me diz, "Ele caiu". Mas quando? Como caiu? "Ele caiu na insurreição de 1978 em León, na retirada da insurreição. Um grupo de garotos do ensino médio estava voltando para o lado de Larreynaga e quando estavam cruzando um rio, a guarda os emboscou com metralhadoras 50, 30, com *galiles*, e os rapazes iam com fuzis 22, revólveres e pistolas. Foram massacrados". Total!, digo a ele, restamos apenas você e eu aqui na guerra. Já mataram Emir, Javier e nosso pai. Cuide-se nesse assalto amanhã ao forte, cuidado para que não te acertem um tiro e nos tornamos mais merda, pense na mamãe, eu lhe digo. E conto que ela não sabe o que aconteceu a Javier.

Ele me pergunta: "Mamãe não sabe o que aconteceu a Javier?" Não, lhe respondo, não sabe sobre Javier. "Pois você se cuide também", me diz, "Cuidemo-nos os dois". Pois sim, eu lhe digo. Ele fica pensativo e me diz, "Façamos uma coisa, vamos fazer uma promessa, se um de nós cai e o outro fica vivo, quando triunfe a revolução, o que estiver vivo se compromete a juntar todos os cadáveres dos três mortos, incluindo o do nosso pai, ou seja, os quatro, e um dia vai até o cemitério com a toda família, com flores, e vai colocar a última cápsula de seu fuzil que foi disparada contra a ditadura de Somoza". Prometido! Eu lhe disse, tocamos as mãos, nos abraçamos. Estava amanhecendo. Mandei levá-lo ao forte, à sua posição.

58

> No total, então, me dei esse gosto, de ver as mesmas pessoas nas mesmas casas, os mesmos louquinhos, os mesmos bêbados, vi aos que gostava e aos que não gostava, vi todos. Eu não poderia voltar para o norte sem fazer isso. Depois de fazê-lo, de me dar esse prazer, e vou para o norte, e penso de novo que já posso morrer.

Quando se fez dia, obviamente que não me aguentei e fui percorrer toda León de dia, porque você se lembra que nós havíamos entrado à noite, e mesmo que tenha visto León, não é a mesma coisa vê-la à noite e vê-la em plena luz do dia. Comi um pouco, peguei meu jipe, peguei três ou quatro compas e dê-lhe a andar pela cidade. Andava devagar, rua a rua, de boné, de barba, de uniforme, e aí, as pessoas me reconheciam com tudo e com barba, me senti como o Quevedo que o conhecem até pelo cu. E fui visitar León e acredite em mim, não para que as pessoas me vissem, mas porque um dos meus sonhos mais dourados era chegar a León um dia em plena luz do dia, andar pelas ruas armado, publicamente armado e sem medo de nada ou de ninguém. Claro, como eu estava sempre me escondendo, perseguido, fugindo, correndo, um dos meus sonhos era entrar, andar, caminhar, vagar por toda León sem que ninguém me fizesse nada, entendeu? Sonhava com essa merda. Sonhava que, com o triunfo da revolução, era algo como me vingar de todos as minhas perseguições e ocultamentos. E então passeei por León, por toda a cidade, mas não vaidoso, nem como um pavão, mas feliz, alegre, cumprimentando as pessoas, acertando contas com meu próprio passado e claro, aonde quer que eu vá, me cumprimentam e as pessoas gritavam para mim, e como eu não conseguia parar em cada esquina, em cada casa, em cada quarteirão onde me chamavam, onde me reconheciam e me chamavam, então eu apenas gritava de volta, oi fulano, como estás? Dá duro, fodido! Dá duro! Que só falta unicamente o último ataque para que a revolução triunfe. E assim fui até a universidade e passei por uma grande diversidade de lugares. Fui ao meu bairro, ao Laborío, passei pela minha casa e vi os grandes buracos que os tanques tinham feito na minha casa, acreditando que a minha mãe ou um de nós estava lá dentro. E cumprimentei dona Lillian, minha vizinha, que foi secretária dos reitores da universidade durante 16 anos, à filha dela, a Argentina, a quem eu chamava de Negra Celina, de quem eu gostava e nunca lhe disse nada. E logo me dirigi para Saragoza e as pessoas ficam contentes quando olham para mim, e eu fico feliz quando os vejo e desfruto a sua alegria. Quando eu ando por León, não tenho mais dúvidas de que a revolução triunfou e tenho quase certeza de que quando as pessoas veem o magro Cabezas montado em um jipe, armado, em pleno dia, em León, também não têm dúvidas de que a revolução já triunfou. Somente assim poderia se explicar esta questão tão antinatural ou tão anormal. No total, então, me dei esse gosto, de ver as mesmas pessoas nas mesmas casas, os mesmos louquinhos, os mesmos bêbados, vi aos que gostava e aos que não gostava, vi todos. Eu não poderia voltar para o norte sem fazer isso. Depois de fazê-lo, de me dar esse prazer, e vou para o norte, e penso de novo que já posso morrer.

 Depois da minha volta pelas ruas de toda León, encontrei-me com o Estado-Maior Geral do GPP, depois com o Estado-Maior Conjunto da Frente Ocidental, conversamos sobre o andamento das ações, explicamos que só existia o quartel Estelí, que já havíamos tomado Sébaco, como estávamos de armamentos, como eles estavam. Eles nos contaram sobre seus planos e, bem, conversamos sobre trabalho. Parece-me que naquela reunião, não me lembro muito bem, estava lá Jaime Wheelock. Depois da reunião, acho que no dia seguinte, voltamos para o norte, não sem antes passar, é claro, onde minha avó, Graciela, Chela Lacayo, a bruxa e feiticeira mais famosa de todo o oeste da Nicarágua, leu minhas mãos e me disse para não me preocupar que eu ia sair com vida, que o que eu tinha que fazer era cuidar de mim um pouco.

Zorro e eu voltamos para Estelí com tranquilidade, sem nenhum problema. O cerco ao quartel de Estelí continua. Os meninos ali estão fazendo 50 mil planos de como fazer o assalto ao quartel. Estão procurando como loucos um avião e um piloto chamado Fito, o avião ou o piloto, porque estava difícil invadir o quartel. E aí a ideia era que aquele aviãozinho de fumigação à noite passasse por cima do quartel, baixinho, deixando cair não sei quantos quilos de dinamite, e para que não o ouvissem estávamos procurando os caminhões Caterpillar para ligá-los ao redor do quartel para que o ruído dos motores se confundisse com o ruído do motor do avião e não atirassem no pobre Fito antes de lançar as bombas. Finalmente, o cerco continuou, e procurando por Fito, e fazendo planos, e lutando, pensando como atacar definitivamente o bendito quartel.

Dois ou três dias depois de voltar, Bayardo que é membro da Direção Nacional Conjunta e chefe das tropas que estão combatendo unitariamente em Matagalpa, me mandou chamar ali. Não me lembro com quem fui para Matagalpa. O único com quem lembro que cheguei foi com David Blandón, que foi minha inseparável escolta na insurreição, junto com outro rapaz de quem não me lembro o pseudônimo. Acontece que chego a Matagalpa e vejo Bayardo, e fiquei impressionado quando vejo o magricela. Ele, clandestino na cidade, não usava barba, mas havia deixado crescer durante a insurreição. Grande abraço com Bayardo, ele me pergunta como vão as coisas, informo-o com detalhes, conto-lhe sobre a viagem a León, ele me conta como vão as coisas ali. Eles estão lutando contra o último reduto da guarda que está encantonado na Catedral.

Qual é minha surpresa quando vejo Cuqui Carrión, que é o chefe das tropas terceiristas em Matagalpa, que foi o rapaz que foi me deixar em um jipe em Matagalpa, na madrugada de 2 de julho de 1974, que chegou à universidade sendo um rapaz *high*, que andava com uma garota da turma de Claudia e que vivia em uns apartamentos lá pela IBM, e que quando você entrava no apartamento sentia o constrangimento, e eu conversando com eles porque a Claudia frequentava ali porque, como eu te disse, eles eram da turma. E passei horas e horas conversando com eles, que a vida tinha outro sentido. E lembro qual não foi foi minha surpresa, a primeira, quando, naquela madrugada de 2 de julho, o reconheço, vários meses depois do que estou contando para vocês e me dou conta que o garoto evoluiu e já era da Frente. E então minha segunda surpresa, quando percebi que era do comando que atacou a casa de Chema Castillo, e agora estava lá de novo, em Matagalpa. Que alegria ver Cuqui Carrión, o mesmo da turma de Claudia, o mesmo dos apartamentos da IBM, transformado em chefe militar das tropas insurrecionais que acabam de conquistar, junto com as outras tendências, a última posição do inimigo. Lá também conheci Felipe Sáenz, o famoso Ramiro 14. Reconheço José González, o garoto bonitão do treinamento que fizemos em Santa Cruz. E então vejo algo que me comoveu de cima a baixo e é uma criatura linda, uma companheira baixinha, branca, com um corpinho como é próprio de La Paz Centro, olhos azuis, linda, mas muito linda, com uma metralhadora 30 em cima, e pergunto a Bayardo, irmãozinho, e quem é essa criatura do Senhor? Ele me diz: "Seu pseudônimo é María, Mariíta. O nome dela é Seidy Rivas, ela é uma chefa de esquadrão, uma das melhores combatentes que temos aqui. Ela é sempre uma voluntária em todas as missões mais perigosas e suicidas. Excepcional para atirar. Ela é uma garota extraordinária". Ai, irmão, digo a ele, como eu gostaria de ser subordinado dela. Seria seu soldado mais disciplinado. Tudo o que ela me dissesse, eu diria sim, para que, só para que apenas eu falasse com ela. E depois fomos à Catedral para ver o cerco, ou seja, o ataque. Claro que não aguentei e também dei uns tirinhos contra a Catedral de Matagalpa. Os guardas se renderam cerca de três ou quatro horas depois de estarem lá. Eles estavam morrendo de fome, sem comida ou água, comendo pasta de dente. Eles se entregaram com dignidade. É preciso reconhecer que a guarda que estava na Catedral de Matagalpa tinha moral combativa.

Depois, fui com Bayardo e outros companheiros ao seu quartel, lá nos reunimos e ele me disse para eu me deslocar para reforçar o Estado-Maior Conjunto da Frente Ocidental. Eu perguntei a ele quantos homens deveria levar comigo e ele disse que não, que não deveria levar uma tropa, que era apenas eu, em minha qualidade de quadro, que ia reforçar o Estado-Maior Conjunto da Frente Ocidental, porque as tropas de Tinoco e de negro Alí avançavam nessa direção. E embora seja verdade que existam altos níveis de maturidade, ainda assim sempre existem ciuminhos bobos. Então eu disse, olha, Bayardo, tudo bem se você me mandar, como membro da Direção Nacional Conjunta, eu vou, mas não quero problemas aí. "E que problemas você vai ter?" me diz Bayardo. Não sei, digo-lhe, lembre-se de que venho da Frente Norte, não sou da Frente Ocidental. "E o que isso tem a ver", diz ele, "vá, o resto deixa comigo". Fui a Matagalpa, passei pelo Sébaco cumprimentando Justo, o Chicho. E quando vou a Estelí trazer as minhas coisas e para avisar à Frente Norte que a

Direção Nacional me manda para a Frente Ocidental, passo pelo entroncamento San Isidro, pelo posto de controle que ali está, que já sabiam muito bem que eu me movimentava com meu jipe azul, e eles me param e um compa, que não me lembro quem é, me diz: "Compa, temos más notícias para você". Qual? Eu digo, sim, já sei. "Não", me diz, "É seu outro irmão". Sim compa, digo a ele, já sei que o outro caiu. "Não compa", ele me diz, "É seu outro irmão". Vamos ver, vamos ver, me explique como é. Em primeiro lugar, você me conhece? "Bem, sim", ele me diz, "você é o comandante Omar Cabezas". Pois bem, digo-lhe, preste atenção, para que possamos nos desembaraçar, Emir caiu na montanha em 1976. "Sim, eu sei", ele me diz, "eu fui amigo do Emir". Certo, certo, eu digo a ele. Javier caiu na insurreição de 1978. "Certo, certo, compa", ele me diz. "Eu conheço todos vocês, conheço seu pai e sua mãe. O que estou lhe contando é que foi Raúl quem caiu". Não, compa, digo a ele, deve ser um engano, porque eu vim recentemente de León e estive com o Raúl. "Sim, compa", ele me diz, "mas ele caiu, caiu ontem no assalto ao forte". Eu digo a ele, ele caiu no assalto ao forte? No combate de assalto ao forte?, digo. "Não", ele me diz, "ele caiu depois do assalto ao forte." Quando o companheiro me passa esta informação, não tenho a menor dúvida de que a informação é verdadeira, de que Raúl caiu e eu respondi: Ok, Ok, bem, compa, bem, compa, obrigado pela informação. Coloquei a primeira no jipe e parti em direção a Estelí.

    A morte de Raúl não me deu descarga de adrenalina. Em Estelí, em León, em El Sauce, em Achuapa, em San Juan de Limay, em Sébaco, em Matagalpa, melhor dizendo, desde que entrei na Frente, vi cair tantos entes queridos, tantos irmãos queridos, tantos seres adoráveis, amáveis, queridos, beijáveis, como diz Silvio Rodríguez, como já tinha visto durante a insurreição tanto morto, tanta dor, tanto choro acumulado, e o meu coração já é uma mortalha de dor que já não cabe mais uma dor. Isso, junto com o percurso que eu fiz em León no jipe, devagarinho, indo pelas ruas e passando pelas pessoas depois que o Raúl saiu para o forte e que eu disse a vocês que naquele passeio eu senti a sensação de vitória, aquele sentimento de vitória acompanhada de que no meu coração não há lugar para mais uma gota de dor porque não há onde alojar mais dor, foi possivelmente o que me fez responder-lhe assim. Quando Raúl caiu, não senti o que senti quando Emir caiu. Eram situações diferentes. A única coisa que pensava quando estava descendo a estrada em direção a Estelí é que porque não tinha sido eu, porque tinha que ser eu quem vai ter que cumprir a promessa que fizemos na madrugada que nos encontramos em León. E um pouco que pensei de novo foi na minha pobre mãe.

59

> Quando León se liberta, se espalha como um rastilho de pólvora. León é a segunda cidade mais importante do país, como quem diz, se a segunda cidade mais importante caiu, o certo é que as menos importantes continuarão a cair. A libertação de León moralizou todo o povo e todas as tropas FSLN do país.

Chego a Estelí, falo com meus irmãos do Estado-Maior da Frente Norte, conto o que Bayardo me mandou fazer. Também conto a eles sobre a queda do meu irmão. Zorro me diz: "Como é possível!" Pois, sim, o que vamos fazer, irmão, digo a ele. "Pois bem, ele me diz, cuide-se, não vá se arriscar a que te ferrem no último minuto". Você também, eu falo para ele, cuide-se, cuidem-se todos, tanta merda que a gente já passou e não vamos arriscar que acabem conosco na última hora.

Despedi-me da maioria dos companheiros que pude com intenção deliberada, porque, não sei por que, pressentimento ou tristeza, tinha a sensação de que ia morrer em León. Sempre quis morrer em León. Sempre quis ser enterrado em León. Era coerente. É verdade que o que ocorreu a Raúl não me doeu, ou melhor, doeu. Eu não consigo te explicar. Entenda-me o que quero te dizer, estou internamente triste, com a única alegria e fé de que vamos triunfar, quer eu veja ou não. E também tinha outra coisa dentro, é que eu não queria ir colocar aquela cápsula. Então foi uma mistura de tristeza, de dor, de nostalgia, de não querer colocar a cápsula. De tudo. E então peguei meu jipe novamente com minha escolta inseparável e parti para León.

León me fez feliz novamente. Todo mundo que eu estava encontrando estava me perguntando, já sabe? Você já ouviu? Compa, já sabe o que aconteceu a Raúl? Comandante, você sabe sobre o seu irmão? E eu a todos respondendo que sim, e dizendo a eles que já são três e meu pai, mas que temos que continuar lutando, então não afrouxem, companheiros. Ah, não, dizem as pessoas, aqui em León, ninguém se acovarda. E com tudo aquilo que ficavam me contando para onde eu ia, do meu irmão, León me revitalizou, o que mais você quer, papai? León, a primeira cidade da Nicarágua que se liberta da ditadura Somozista, como não me consolar pelo fato de que minha León foi o primeiro povo, a primeira cidade que derrotou o inimigo e levou a FSLN ao poder. O dia 19 de julho começou em León após o assalto ao forte, depois que León se libertou. Quando León se liberta, se espalha como um rastilho de pólvora. León é a segunda cidade mais importante do país, como quem diz, se a segunda cidade mais importante caiu, o certo é que as menos importantes continuarão a cair. A libertação de León moralizou todo o povo e todas as tropas da FSLN do país.

De fato, quando me apresentei aos companheiros do Estado-Maior Conjunto da Frente Ocidental, tive alguns problemas menores, mas eles foram resolvidos, graças à imposição da Direção Nacional Conjunta de Palo Alto e à maturidade dos companheiros do Estado-Maior.

Lá trabalhamos vários dias, reorganizando as forças, contando, recontando, distribuindo munições, pensando qual deveria ser a estratégia a seguir quando León fosse libertada, evacuando os feridos e sei lá o que mais.

No Estado-Maior Ocidental, somos de opinião que a manobra que se deve seguir, ou que o próximo passo não é ficar em León esperando que cheguem reforços de Manágua ou de Chinandega, que ainda não caíram, para contra-atacar León, mas sim o que se havia que fazer era avançar para Manágua, que a melhor forma de se defender é ir ganhando posições para a frente.

Temos o problema do departamento de Chinandega, que é Corinto, Chichigalpa, Chinandega, Villanueva, que não caíram. Fui então destacado para reforçar a direção do departamento de Chinandega para fortalecer tanto quanto possível aquela direção, que fica ao norte de León, procurar como resolver imediatamente a possibilidade de um contra-ataque a León através da direção do norte. Lá fui eu, estive com os companheiros, ajudando-os. Entraram alguns reforços da Frente Norte, os de Tinoco e negro Alí, e com esses reforços começamos a resolver os problemas militares do departamento de Chinandega.

Voltei a León no dia 15 de julho e informei aos companheiros como estavam as coisas. Contam-me que no dia seguinte, creio que foi o dia 16 pela noite, chegam a León, por avião, pelo aeroporto Godoy, o comandante Daniel Ortega, membro da Junta de Governo, e o comandante Tomás Borge, que já havia sido designado, desde então, como Ministro do Interior. Que alegria voltar a ver o Tomás. Recordo que estávamos em um bairro que fica na saída do balneário de Poneloya, na casa de Silvio Arguello Cardenal, um milionário leonense que obviamente já tinha ido sabe-se lá para onde, tradicional produtor de algodão e avicultor. E estamos, portanto, em sua mansão, que tem um lindo pátio gramado e é uma casa muito bonita. De manhã, estou recostado em uma mureta. Eu olho para um quarto com as portas abertas, onde um companheiro está arrumando alguns papéis e algumas coisas na cama. Ele se vira um pouco e eu o reconheço, é Daniel Ortega. Quando vejo Daniel, reconheço-o com vergonha, pela foto e por sua semelhança a Camilo e quando o vejo, de costas, arrumando os papéis na cama, fico pensando: Porra! Daniel

Ortega, e começo a me lembrar de como muitas vezes me perseguiram, me espancaram, me bateram com a culatra, me perseguiram em todas as ruas de León, por pedir sua liberdade. Tantas lembranças me vêm à mente de todas as lutas pela liberdade dos presos políticos, quantas vezes queimei carros, incendiei casas nos protestos estudantis pedindo Natal sem presos políticos e lembro que a última vez que me espancaram foi no parque Las Piedrecitas, depois de uma marcha a pé, que fizemos de León a Manágua, exigindo a liberdade dos presos políticos. E no parque de Las Piedrecitas nos sentamos para descansar e ali estavam nos esperando as mães dos presos políticos e Santitos Buitrago, a mãe de Julio e, claro, Dona Lídia, a mãe de Daniel, Humberto e Camilo que nos davam água, comida para o descanso, enquanto continuamos a caminhada até Manágua, e a guarda chega a Las Piedrecitas e se lançam contra as velhinhas para tirarem a comida e a água para que elas não nos deem. E não me esqueço nunca quando um capitão negro, de origem costenha. que se chama Melvin Hodgson, se atira sobre dona Lídia para tomar o que ela ia nos dar, e dona Lídia empurrando-o para que não lhe tirassem e Melvin Hodgson a empurra e a derruba e eu me atiro em cima dele e não podia caminhar pelo cansaço, por não dormir e porque não aguentava os pés cheio de bolhas pela caminhada, lembre-se que de León a Manágua são 90 quilômetros, que os fazíamos saindo de León pela tarde e chegávamos a Manágua às sete da manhã. E o Melvin Hodgson me bate com uma submetralhadora negra, muito bonita, e me joga no chão, e me chuta, e eu sem armas e sem nada e gritava para Dona Lídia para que corresse e para Santitos para que corresse, para que eles não lhes batessem. E eu estou olhando para o Daniel, e estou pensando em tudo isso, e fico olhando para ele e digo para mim mesmo, bem, porra, se esse compa soubesse o que me custou e eu olhando para ele absorto, admirando-o, feliz em vê-lo vivo, ali, sabendo quanto isso me havia custado. E estou morrendo de vontade de cumprimentá-lo e de lhe dizer, compa, sou Omar Cabezas e veja que eu fiz isso e isso por você. Mas claro, como vou fazer isso? É uma loucura, o que ele vai pensar? Eu não podia contar a ele, mas queria contar a ele. Estou olhando para ele, ele está de costas e não está olhando para mim. Ele nunca havia me visto em sua vida. É a primeira vez que o vejo e de propósito espero ele sair do quarto para cumprimentá-lo, para abraçá-lo, não sei, para vê-lo de perto, para tocá-lo. Estou morrendo de vontade de abraçá-lo e o compa sai do quarto. Eu fico na frente dele. Ele me olha como se olha para alguém que não se conhece. Ele sai, sério, com seus papéis, chega aonde eu estou e diz: Olá. Acho que ele apertou minha mão e continuou andando. Me senti péssimo, o vi como mal-agradecido, mas claro, o coitado do Daniel nem sabia quem eu era, pois ele nunca tinha me visto, e se alguma vez me viu em foto, não teria me reconhecido, porque eu estava de barba, de bigode que antes não usava, com boné, com um rifle em cima, com duas granadas penduradas. No fundo, eu disse a mim mesmo, perdoe-o, Senhor, porque ele não sabe quem eu sou.

60

> Sangue de Cristo! Eu disse, não me digam que vou ser membro do Estado-Maior do novo Exército e vou até mesmo me encontrar com os guardas. Cuidado! Gosto de estar no Estado-Maior, mas não gosto nem um pouco de estasr com os guardas desse Estado-Maior.

Naquela manhã em que te digo que fiquei feliz por ver o Tomás, vejo-o ao lado de um homem com mais de um 1,80 metros, robusto, forte, parecia um internacionalista. O chefe me liga e diz: "Veja Omar, quero apresentar a você esse colega, o pseudônimo dele é Moro. Como você está reforçando a Direção Norte da Frente Ocidental, quero que o aceite como assessor, ele é um homem muito experiente e será seu assessor permanente. Mas se algo acontecer a este homem, você me responde com sua vida". Veja que feliz! – eu disse –, ele vem para me assessorar, ou seja, que ele sabe mais do que eu, ou seja, que ele pode me ajudar, em todo caso ele é aquele que pode me ajudar a salvar a minha vida, e o Tomás me diz que ele é meu assessor e que se algo acontecer com ele eu respondo com minha vida. Moro riu, nos cumprimentamos, me apresentei e passamos o dia acompanhando Tomás em seu trabalho e Moro colado em Tomás e em mim.

Naquela tarde, estamos todo o Estado-Maior Conjunto da Frente Ocidental no posto de comando, quando começa a famosa rodada de que como é a coisa, de que vai se formar um novo

Estado-Maior da Guarda Nacional no qual estarão metade da guarda de Somoza e metade comandantes sandinistas, e há uma discussão sobre avançar ou não avançar para tomar posições em busca de Manágua, ou seja, La Paz Centro, Puerto Somoza. Está acontecendo, pois, uma discussão por rádio entre todas as Frentes do interior do país com Palo Alto. E começam a embaralhar nomes de quais são os companheiros comandantes da FSLN que vão fazer parte desse Estado-Maior. E embaralhar nomes e nomes até que os nomes finalmente saem. O primeiro a sair é o de Joaquín Cuadra Lacayo, depois não lembro quem e depois dizem Juan José, o Pipito, e até pulei, porque com isso eu não contava. Sangue de Cristo! Eu disse, não me digam que vou ser membro do Estado-Maior do novo exército e até mesmo vou me encontrar com os guardas. Cuidado! Gosto de estar no Estado--Maior, mas não gosto nem um pouco de estar com os guardas desse Estado-Maior.

Naquela noite, depois da rodada em que se combina que vai se avançar sobre Manágua, a Tomás lhe ocorre mais à noite que o levem para ver as clínicas onde estão os feridos e os cárceres onde estão presos os guardas. E nunca me esqueço daquele quadro dantesco, quando entramos nas clínicas, e vemos a pilha de camaradas destroçados, alguns feridos, com as tripas de fora, outros com grandes buracos no peito, perfurados com armas de grande calibre, outros companheiros com as pernas destruídas, vivos, queixando-se, gemendo de dor, o amontoado de crianças feridas, mulheres mortas e nunca me esqueço quando vejo um companheiro morto com o crânio despedaçado, com o cérebro para fora, e Tomás se aproximou como um sacerdote, como um bispo, como um Messias, como eu não sei o quê, como Coração de Jesus, como Pai Eterno, e deu ao companheiro que tem o cérebro lá fora sobre a mesa em que está deitado, um beijinho nos restos de sua testa. E foi assim que o Tomás foi de um a um e só me lembrei daqueles filmes sobre Jesus Cristo que vi no cinema Teresita de León, quando Jesus Cristo caminhava curando e consolando os enfermos. Foi essa a impressão que Tomás me deu, agarrando com as duas mãos com muita delicadeza as testas dos feridos que estavam vivos. E eu disse, quanta resistência sendo um velho, como é que ele vem para entrar aqui, porque para mim é uma tortura ver isso, e o velho consolando e eu querendo ir à merda ou me converter em Deus ou mago para curar, para salvar as pessoas que estavam morrendo, e eu puxando Tomás, dizendo-lhe, vamos chefe, temos que ir para outro lugar. E Tomás, pequeno, baixinho, caminhando vagarosamente de ferido em ferido. E havia mães chorando por seus mortos e chorando por seus feridos e elas se agarravam a Tomás como quem se agarra a Deus e imploravam para que ele os revivesse. Homens chorando, adultos chorando, mulheres chorando, jovens chorando, pedindo ao velho, tocando Tomás como se lhe pedisse para se transformar em Deus e o que Tomás fazia era beijá-los, abraçá-los. E ao velho lhe saíam as lágrimas e eu dizendo velho, vamos sair daqui, temos que ir pelo outro lado, porque eu sinto que vou chorar, que é masoquismo ficar aí dentro. Mas o velho insistia e ia espalhando consolo, beijos, ternura, doçura, segurando a todos com as duas mãos como sacerdote e bispo a todo mundo. E uma velhinha veio e disse ao Tomás para lhe dar uma arma, que ela não queria mais viver porque seu filho e seu marido haviam morrido, para lhe dar uma arma para ir lutar e morrer. Tomás ficou me olhando e eu me fiz de dissimulado, porque eu já estava afeiçoado com a minha arma. O velho me entendeu. Ele olhou para um de seus guarda-costas, pegou a arma dele e entregou à velhinha. E até que finalmente consegui, com a ajuda do Marcelo, tirá-lo dali, porque já não aguentávamos mais.

Não me lembro bem se era dia 16 à noite ou 17 à noite. O que me lembro perfeitamente é que ele foi às clínicas e fazer tudo o que estou lhe dizendo e que eu não conseguia tirar ele de lá. Dia 17 à noite, que era nessa mesma noite, porque já te disse que não me lembro bem, mas o que te vou dizer é dia 17, porque não me esqueço disso, é que estamos na grama verde do pátio da casa de Silvio Arguello, ouvindo a Voz dos Estados Unidos da América, que já anuncia a saída de Somoza naquela noite. E eu, como sempre, só vendo para crer. E então lembro que estamos no pátio, Daniel, Chayo, Dora María, se não me engano Polo, Mauricio Valenzuela, Tomás e outro grupo, ouvindo o rádio dizendo que Somoza está para ir embora, e a gente olhando para cima à noite, porque estávamos dizendo, se esse filho da puta for embora, temos que ver o avião passar. No pátio em que nos encontramos, dá para ver perfeitamente todo o céu que tem, aliás, poucas estrelas. E você não vai acreditar em mim, de repente a gente vê a luz vermelha presa com uma luz branca cruzando o céu, e não havia outro jeito, tinha que ser Somoza que estava indo embora. Quando vemos a luz vermelha e a luz branca do avião, estamos todos vendo bem, que não seja um cometa ou aquelas exalações que de repente caem do céu para baixo, em vez de Somoza. E olhamos para a luz vermelha batendo na branca, bem, bem, por um tempo, até percebermos que não estava descendo, mas subindo direto, e dissemos que era o filho da puta. Ele vai de uma vez. Se foi. Isso é Somoza. Ele está indo embora. Somoza se foi. Finalmente, o filho da puta do Somoza foi embora. E todos nós começamos a nos abraçar, nos beijar, pular, nos parabenizar como se fosse 31 de dezembro, como se fossem 100 dias 31 de dezembro juntos.

Todos tínhamos a certeza de que se Somoza saísse, a guarda desabaria e, portanto, tínhamos a certeza, quando vimos o avião de Somoza passar, que a revolução tinha triunfado, era questão de dias, de horas, porque a guarda era de Somoza e se Somoza não estivesse, cortaríamos as bolas da guarda, a esquerda, que é a prenhadora, isso se a guarda não desabasse por si só. E parecia uma mentira, e nos abraçamos, e ficamos todos histéricos de alegria e, finalmente, finalmente, finalmente, aquele que nos ferrou tinha ido embora. É só questão de continuar atacando mais um pouquinho e a ditadura e a guarda vão acabar de uma vez por todas.

61

> Em todo o país, a ofensiva sandinista continua. Estamos tirando força de nem sei de onde. Certamente, da segurança infinita na vitória. Vamos, coragem. Isso vai triunfar já, não vamos deixar que nos matem e que sejamos derrotados. Raúl, irmão, vou cumprir a promessa. Irmão, pai, eu quero cumprir, não quero morrer.

Com a saída de Somoza, o presidente do Congresso Nacional, Urcuyo Maliaños, assume a presidência da república no dia 17 de julho, às 11 da manhã. Urcuyo não cumpre o acordo de fazer um exército conjunto e não me lembro o que mais, mas diz no rádio que, para haver paz e liberdade na Nicarágua, os sandinistas devem "entregar todas as suas armas diante do altar sagrado da Pátria".

Em resposta a esse descumprimento e falta de seriedade, pois Urcuyo estava mais perdido do que um cachorro em procissão, a Direção Nacional Conjunta ordena a todas as Frentes do país que lancem Pátria Livre ou Morrer, sem trégua nem quartel, contra os quartéis e redutos que o inimigo ainda mantém.

A guarda, de fato, com a partida seu papai, com a partida de seu chefe, com a partida de seu cordão umbilical, com a partida de sua mamãe, quando aquele que os criou e os gerou vai embora e os abandona, ele que os criou e os engendrou, depois que o pai de Somoza gerou Somoza, que por sua vez, foi gerado e engendrado pelos fuzileiros navais norte-americanos quando nos invadiram em 1927, e nem me lembro mais quantas vezes, para lutar contra o general Sandino, porque simplesmente a guarda não conseguia nem se levantar diante do ataque de nossas tropas, que se atiraram contra o quartel como tigres, procurando como rasgar e assaltar, primeira e definitivamente, o céu, os sonhos, o poder, a liberdade. Nossas tropas se lançaram de peito aberto, disparando os últimos tiros que nos restavam, não nos cartuchos, mas nos fuzis, porque quase não estávamos atirando. Imagine que eu, que era um chefe, tinha apenas cerca de 60 tiros no total. Agora ou nunca. Agora. Todos contra os quartéis. Pátria Livre ou Morrer. Revolução ou Morte.

Pernas para que te quero. No dia seguinte, 18 de julho, às 11 da manhã, recebemos a notícia de que o tal Urcuyo está deixando sua presidência e deixando o país. Para que mais. Naquela mesma manhã, em minha León, na minha querida León, lá onde começa o conceito de Pátria, lá no auditório da universidade, onde tantas vezes discursei ainda como aluno, lá, naquele auditório, onde tantas vezes me viram como louco, como preguiçoso, onde os somozistas, os sociais cristãos, os socialistas e os comunistas tantas vezes debocharam de mim, onde também nos chamavam de aventureiros e pequeno-burgueses porque pregávamos a luta armada e eles diziam que Somoza só poderia cair com a luta cívica, etecétera, etecétera, etecétera. Ali, no Auditório de León, toma posse a Junta de Governo da Reconstrução Nacional, em meio à última insurreição, e León é declarada Capital da Revolução.

Tomás e Jaime mandam-me, nesse mesmo dia, para Chinandega e Corinto. Mandam-me com o Marcelo (José Fígueroa) e o Moro, para ver como está a investida, o assalto final. Saímos no jipe azul, com outro veículo de escolta. Faz um ou dois dias que não dormimos nada. Eu vou quase com certeza que a revolução triunfou. Em todo o país, a ofensiva sandinista continua. Estamos tirando força de nem sei de onde. Certamente, da segurança infinita na vitória. Vamos, coragem. Isso já vai triunfar, não vamos deixar que nos matem e que sejamos derrotados. Raúl, irmão, vou cumprir a promessa. Irmão, pai, eu quero cumprir, não quero morrer. De León a Corinto, vou me cuidando por todo o caminho, conversando com Marcelo, às vezes calando-me e pensando e relembrando aquele fragmento do poema de Gioconda Belli que diz:

> Claro que não somos pompa fúnebre,
> apesar de todas as lágrimas engolidas
> estamos com a alegria de construir o novo
> e desfrutamos do dia, da noite
> e até do cansaço
> e arrecadamos risos no vento forte.

E eles nos pararam em um posto de controle de companheiros no caminho e depois em outro e depois em outro e não me lembro mais quantos, até que chegamos à Portuária de Corinto, que era um dos postos de comando das tropas do norte da Frente Ocidental. Com tanta barreira e tantos postos de controle nos fazia supor internamente que a coisa já estava resolvida, visto que o posto de controle é um sinal de controle e domínio da situação.

Chegamos ao prédio da Portuária de Corinto, um prédio moderno de vários andares, luxuoso e acarpetado, com lindos vidros e enfeites, móveis de qualidade, máquinas, pergolados, tudo de qualidade. Não tinha a mais mínima ideia da existência de um edifício e escritórios tão luxuosos em Corinto. O luxo dos gabinetes contrastava com a indumentária, o aspecto de todo aquele pessoal, com botas, peludos e barbudos, armados, sentados, deitados nos gabinetes, que estavam desordenados pela ausência de secretárias e pela presença de combatentes que entravam e saíam, com recados, incumbências, para cumprir ou vir de cumprir uma missão.

Efetivamente, tudo já estava encaminhado. O pessoal de Alonso Porras e Carlos Zamora, com o reforço de algumas tropas da Frente Norte e o pessoal de Dora María e Mauricio, colocaram o inimigo para correr, capturando outros e sei lá. O fato é que a situação estava dominada. Marcelo, Moro e eu ajudamos em algumas coisas, mas definitivamente já estava tudo resolvido.

Enquanto estávamos lá, na Portuária, nos encontramos com Jaime Wheelock, membro da Direção Nacional Conjunta, e foi um choque vê-lo ali. Assustados, porque pensamos que era arriscado sua presença, para a sua segurança, porque a essa altura todos os guardas do departamento de Chinandega e dos seus municípios, como Chichigalpa, Corinto, El Viejo, sei lá, fogem em grupos, em pares, sozinhos, armados e espalhados por todos os campos do Oeste. Há grupos e pequenos grupos de guardas procurando a fronteira com Honduras. Há grupos que procuram as montanhas para se esconder da perseguição dos rapazes. Há grupinhos e duplas e outros que andam sozinhos, procurando na zona rural um parente para se esconder, disfarçados de civis, ao sul, ao norte, a leste e a oeste do ocidente, há guardas por toda parte, procurando, angustiados, desnorteados e desesperados, onde entrar e se esconder, ou procurando o que fazer. Eles provavelmente ainda estavam assustados e tontos com o que havia acontecido. Eles também estavam furiosos e dispostos a matar e se defender antes que colocássemos nossas mãos sobre eles. Por isso nos preocupou a presença de Jaime ali, na Portuária, porque tínhamos medo de que, ao regressarmos a Chinandega e depois a León, encontrássemos um grupo perdido por aí e tivéssemos que lutar, ou eles nos emboscassem e matassem Jaime e a nós. Imagina?

Anoitecemos em Portuária. Marcelo, Moro e eu pensamos que iríamos ficar para dormir lá, com Jaime, e depois ir para Chinandega no dia seguinte, e depois voltar para León, mas Jaime vem e diz que temos que ir para Chinandega esta noite mesmo, que a coisa já está resolvida, que ele tem o que fazer, etc. etc., e que no final das contas temos que sair naquela mesma noite. Eu me oponho e digo a ele que é perigoso sair à noite com tantos guardas espalhados. Jaime insiste e eu o detenho com força para persuadi-lo a não fazer isso. Jaime insiste que tem que fazer aquela viagem, que depois tem que ir a León para coordenar com a direção, e assim por diante. Como o homem está decidido a ir embora, é claro que não o deixaria ir sozinho com sua escolta ou sei lá, e onde manda o capitão, não manda o marinheiro, decido, sem poder persuadi-lo, que o iríamos acompanhá-lo.

Decidimos não irmos juntos no mesmo veículo. Vamos em veículos separados, além dos outros veículos de escolta. Eu venho no jipe, dirigindo. À minha direita, Moro e, se bem me lembro, Marcelo no banco de trás. Para que vou te dizer? estou extremamente tenso. Quase assustado. Venho todo o caminho apenas esperando que nos acertem tiros pelos lado da rodovia ou de frente para a estrada.

Insisto para que Moro abra bem os olhos, porque eu estou dirigindo. Me sinto pressionado pela segurança de Jaime. Pressionado porque Tomás me disse que se acontecesse alguma coisa ao Moro, responderia quase com a minha vida. Pressionado por minha própria segurança. Meu pai e meus três irmãos, metade da minha família, já são mortos suficentes e dor suficiente para minha pobre mãe. Além disso, não quero morrer, porque a Revolução já quase triunfou. Eu sinto que seria um crime me matarem, que não tenho o direito de me matar, que eu não deveria morrer depois de ter feito tanto e passado tanto e tantas coisas, e vicissitudes desde que entrei na Frente em 1968, depois de lutar contra Somoza e pela Revolução por 11 anos, por 11 intensos anos, cheios de dor, alegria, sofrimento e prazeres, às vezes, como se não quisesse morrer por nada no mundo, porque a Revolução já está

triunfando. Não quero morrer por Raúl, por Claudia, por mim. Não quero morrer por egoísmo pessoal, porque não é justo que me matem, que mereço não morrer, melhor dizendo, não quero morrer, está me entendendo? Venho atemorizado com tudo, mas principalmente porque não quero morrer. E o tiroteio começa.
    Puta que pariu! Já imaginava isso. Eu avisei e avisei a ele. E o tiroteio vem de lados diferentes. Eu ouço impactos batendo no jipe. Eu rapidamente vejo os flashes das armas do inimigo disparando dos dois lados da estrada. Eu penso em Jaime. Eu penso em Moro. Eu penso em mim Eu não penso em ninguém. Penso que devo sair vivo. Estou a ponto de morrer. São segundos de reflexão. Não podemos parar e descer para lutar. É de noite. Estamos em uma estrada vazia. O que há que fazer é sair de lá vivo, rápido. Passam-se segundos antes de atirarem em mim e o jipe bater em qualquer coisa, ou derrapar porque estou morto ou ferido e depois acabem comigo, ferido ou acidentado, se eu sair vivo do vulcão. Eu piso no acelerador até o fundo e sento no meu assento sem ver a estrada à frente, mas em vez disso, sou guiado pela diferença entre o asfalto e as colinas vistas na penumbra, pelo lado esquerdo, onde estou dirigindo, e muito mais impacto de balas na carroceria metálica do jipe, impactos de bala no vidro da frente que caiu em cima de mim. Filho da puta, vou morrer no dia 18 de julho, e acelero e não posso atirar, e não quero morrer, quero sair. Eu avisei, eu avisei. Só falta um segundo disparo. Uma dor não sei em que parte. Estou apenas esperando que a bala atinja qualquer parte do meu corpo, e Moro me diz: "Juan José, eles me acertaram". E eu me viro para vê-lo e seu rosto está ensanguentado, e Moro encolhido, deitado no banco disparando seu rifle em rajadas, como um louco, sem ver nada. Ele atira antes de morrer ou antes de ser baleado novamente. Falta o meu tiro e não quero senti-lo e continuo guiando-me pela lateral da estrada, Moro disparando e eu pisando no acelerador com todinha minha

força e o veículo avançando e Moro disparando e não entendo por quê. O tiro é no rosto e ele está vivo e me diz: "Juan José, não posso ver nada". E só falta eu. Dos outros veículos, não sei nada, e Moro atirando e os tiros foram ficando para trás, e não me acertam, que não me acertem e não me acertaram e os tiros ficaram distantes, e eu me levanto no assento, e Moro se levanta no assento. Moro está vivo, mas ferido. Eu vejo pouco pelo vidro, porque as balas estilhaçaram todo o vidro e aí continuo me guiando pelos dois lados da estrada e pergunto ao Moro onde foi o tiro e ele me diz que não sabe, que não vê porque o sangue lhe cobre os olhos, não sabe onde lhe atingiram mas todo o rosto arde, mas fala bem, como se não tivesse bala no rosto, na boca ou nos olhos, até que percebe, porque ele toca seu rosto e sente muitos vidros finos enterrados em todo seu rosto. Felizmente menos em seus olhos, mas o montão de feridinhas escorriam sangue que caiu em seus olhos e ele não podia ver. Puta, que sorte!

Nós saímos vivos. Chegamos a Chinandega, ao Hotel Cosigüina, onde se concentram todas as tropas do norte da Frente Ocidental, para marchar a León e depois a Manágua. Ali, com uma pinçinha, do tipo que trazem os canivetes vermelhos suíços, tiraram com muita paciência, um a um, todos os vidrinhos do rosto do Moro. Eles o curam, colocam álcool, ou sei lá o quê. Contamos a todos sobre o susto e a algazarra dos que vinham nos diferentes veículos. Felizmente, apenas Moro havia se ferido. Estávamos todos vivos, incluindo Jaime, a quem eu disse: Eu te disse, e ele respondeu algo assim como: "O que foi que eu te disse? Que não ia nos acontecer nada". Pus-me a rir por consolo. Comemos e nos banhamos na piscina do hotel. Foi a primeira vez na vida que tomei banho na piscina de um hotel. Há um cheiro, uma cor e um sabor inequívoco da vitória. Se bem me lembro, foi lá no hotel que conheci pessoalmente, pela primeira vez, Sergio Ramírez, hoje membro da Junta de Governo de Reconstrução

Nacional. Ele se parece com Rogelio, Rogelión, seu irmão, que foi meu colega de classe na Faculdade de Direito por um tempo, com quem aprendi alguns truques e algumas manias do álcool. Ele parecia Rogelio em grande estilo. Conhecia Sergio pelas referências de Rogelio, pelas referências do movimento estudantil, porque Sergio era do Conselho Superior Universitário Centro-Americano (CSUCA) e morava na Costa Rica, aí alguém me disse que ele também morava na Alemanha e também o conhecia porque ele tinha um livro que era vendido na livraria da universidade, e a livraria ficava logo na entrada, e a porta da livraria era de vidro e aí ficou colada a capa do livro, acho que por anos. O livro se chamava *De tropeles y tropelías*, Sergio Ramírez Mercado, e toda vez que eu entrava na universidade e via na livraria *De tropeles y tropelías*, e gostava do título, porque você imagina um tropel de puras tropelias, e eu gostava da frase e a usávamos com frequência para fazer piada com alguém quando era mulherengo, e lhe dizíamos fizeste um tropel de tropelias com as mulheres, agora aí, o Sérgio Ramírez em pessoa e eu conversando com ele. Eu não o conhecia, mas gostei do tipo. Principalmente porque ele se parece com Rogelio, e eu gosto do Rogelio.

Não me lembro bem se foi na noite do dia 18 ou na manhã do dia 19 que Marcelo, Moro e eu voltamos para León; acontece que quando voltamos a León, a Revolução havia triunfado, até os da Junta já haviam ido a Manágua de avião, para a posse oficial. O 19 era uma questão de procurar veículos. Dora María, Mauricio, Polo, estavam na azáfama de procurar qualquer traquitana que tivesse quatro rodas e andasse, para levar os milhares de combatentes a Manágua, à concentração do triunfo da Revolução na Praça da República, doravante denominada Praça da Revolução.

62

...e a caravana se tornou a caravana
maior do mundo, e vejo todo mundo,
incluindo Andrés, e avançamos para
Manágua, e um a um, o imenso
manancial de porcos-espinhos
eriçados de fuzis, paramos pela
Embaixada americana, e seguimos
adiante, dizendo-lhes adeus aos
americanos, a sua mediação, a sua
intermediação e a todas suas merdas
havidas e por haver que trataram de
fazer para não ver e que não víssemos
o triunfo da Revolução.

Toda noite do dia 19, a madrugada do dia 20, foram chegando uma quantidade de veículos e milhares de companheiros que vinham do departamento de Chinandega, Corinto, Chichigalpa e demais municípios, as tropas nortenhas da Frente Ocidental. León é o ponto de reunião para a concentração de tropas da Frente Ocidental para marchar a Manágua. Dia 20 pela madrugada, pela manhãzinha e pela manhã, León inteiro é uma loucura de entusiasmo, de júbilo, de ordem e desordem, de buscar como organizar, ordenar, o mar de guerrilheiros e veículos para começar a marcha, e os compas sobem e descem do veículos e nós os subindo e a ordem e a desordem e o alvoroço e por fim, depois de tanto aguarde e resguarde e de espere e desespere, de que as pessoas se acomodem e reacomodem, se empoleire, se suba e entrem em todos os veículos da caravana, que de dia e em linha reta não se pode ver onde começa nem onde termina. Estando com os motores ligados, a ponto de dar partida, vejo que Claudia está vindo para os veículos. Já está buscando em qual deles vai entrar, pois todos estão cheios e recheios, e lhe grito: Claudia, aqui! Aqui, amor! Aqui, comigo! Ela corre para o jipe. Um dos companheiros a ajuda a subir e se acomoda no jipe.

Demos partida. Vamos rumo a Manágua, ao impossível, ao incrédulo, porque eu não creio, porque só vendo para crer. E arrancamos e vamos rumo a Manágua, e ainda não creio. Parece que é mentira, que estamos brincando, que estamos sonhando, que eu estou acordando no Kilambé ou Canta Gallo, onde sonhei um montão de vezes com essa merda, e tenho medo de despertar, porque se desperto é mentira. Porque já me aconteceu várias vezes, e sempre Claudia estava no meio. Mas vejo o velho a meu lado, Lourdes,Vicky, Dora María, Mauricio Valenzuela, que vão atrás, com Claudia. Esta merda é demasiadamente real para ser um sonho. Tem que ser real, porque se esta merda é um sonho, e vamos caminhando e Tomás vai falando, e todo mundo vai falando e muita gente vai falando. Já teria despertado se fosse sonho, e não desperto porque é verdade, porque a coisa é real, porque a caravana já rumou. Vamos descendo da Catedral para baixo, e vão todos os veículos descendo, os motores rugindo, os apitos apitando, as pessoas falando, a caravana gritando, e eu não desperto. Então é verdade que vamos para Manágua, mas é que não consigo imaginar, não posso imaginar, não posso pensar, não posso assimilar, me custa acreditar que seja verdade todo esse concerto de veículos que pareciam uma interminável fila de porco espinho, cheias e recheadas de guerrilheiros e companheiros com os canos de seus fuzis para cima, brandindo seus braços e seus fuzis como que atiçando, empurrando, o futuro. Mas digo a mim mesmo, já teria acordado, quantos anos teria acordado se fosse mentira. E eu vou dirigindo com Tomás ao lado, com Claudia ao lado. Essa merda não parece o triunfo da revolução, mas a culminação de um conto de fadas, e tenho a mente enredada, mas me dou conta, por ver Tomás, Claudia, Dora María, sentir minhas mãos que são as que estão dirigindo, minhas pernas que vão no acelerador, na embreagem, no freio, que são minhas nádegas e minhas costas no assento, talvez a revolução seja como um conto de fadas. Mas mesmo que esteja dormindo, não me importo, não paro essa jornada e continuo descendo, pensando, vendo, ouvindo a gritaria de todos os gritos que gritam, e não me desperto. Estou convencido. A realidade me convence que é verdade, que estou vivo e que vou para Manágua, ao desfile, à concentração do triunfo da revolução. Isso eu só tinha lido e ouvido da Revolução Cubana, mas agora somos nós, e que Cuba era uma exceção e que diabo, se na realidade a revolução triunfou com tudo e mesmo com a tese de que Cuba é uma exceção... Se alguém me acordar eu o mato. Mas eu já sei que não vou matar, porque não vão me acordar porque eu me dou conta que é verdade.

E saímos de León e pegamos a estrada. Vamos para Manágua. Em Manágua, dizem que vamos nos juntar com todas as Frentes, e que juntos vamos entrar em Manágua, e que juntos vamos entrar na praça, porque na praça vai ser a concentração do triunfo da Revolução. E a vanguarda de nossa caravana, que é a maior caravana que já vi, vai na frente, por qualquer percalço, para que o inimigo não esteja lá e nos embosque e nos acorde a tiros, e eu estou dirigindo e pensando e voltando a olhar para trás, vendo Claudia, vendo Tomás.

Se esta merda é sonho, já teríamos despertado e embora a caravana vá devagar, sinto que vamos ganhando espaço, vamos ganhando estrada e vamos ganhando terreno e vamos ganhando quilômetros de espaço, e Claudia e eu olhando-nos e sorrindo, como dizendo-nos, advertindo-nos, prometendo-nos com os olhos: Cuidado, vai que você acorda! E eu dizendo: Cuidado, é você que vai acordar! E vejo Tomás acordado ao meu lado, e se o velho está acordado, com certeza estamos todos acordados. E a caravana é lenta e sinto que avança, e trava, depois destrava, depois avança, e eu estava colocando a primeira, segunda, e nunca podia colocar a terceira, porra! Porque a terceira pegava no veículo da frente, e nós ultrapassando os que iam na frente para que não nos embosquem, para que não nos acordem, para chegar de uma vez por todas a Manágua e ver que era verdade. Porque dizem que vamos reunir todas as Frentes, as Frentes Sul e Ocidental, no parque de Las Piedrecitas onde tantas vezes cheguei de manhãzinha a pé, de León, antes do triunfo da revolução. E chegamos a Las Piedrecitas, e é claro que o filho da puta negro de Melvin Hodgson não está lá, só nós e nós, vendo cruzar, atravessar a Rodovia Sul, aqueles que vêm da Frente Sul em caminhões, jipões, tanques, tanquetes, camionetes, carros civis e militares, igualzinho a como nós viemos, e nos juntamos e avançamos em direção a Manágua, e a caravana se tornou a maior caravana do mundo, e eu vejo todo o mundo, inclusive Andrés, e avançamos em direção a Manágua, e um a um, o imenso manancial de porcos-espinhos eriçados de fuzis passamos pela Embaixada americana, e seguimos em frente, despedindo-nos dos americanos, da sua mediação, da sua intermediação e toda suas merdas havidas e por haver que trataram de fazer para não ver e para que não víssemos o triunfo da Revolução.

Toda nossa caravana vem até a tampa de guerrilheiros, milicianos, militantes, comandantes. Combatentes, valentes, desocupados, ocupados, guerreiros, agoureiros, mas desta vez anunciando a boa nova, e me toca a sorte de que vou dirigindo o jipe azul onde vem Tomás e o Estado-Maior Conjunto da Frente Ocidental a se juntar com todas as Frentes, que vamos a nos reunir antes de entrar na praça. Durante todo o percurso, desde que saímos de León até chegarmos ao ponto onde nos detivemos, vimos centenas de milhares de pessoas saudando as tropas da Frente, comemorando, gritando, bandeiras vermelha e negra comemorando a Frente. No caminho, na rodovia, as pessoas querem nos parar, agarrar, tocar, apertar, mas temos que chegar ao ponto da reunião para entrar juntos à celebração do triunfo da revolução. É 20 de julho e tenho a sorte que venho com Tomás, que é membro da Direção Nacional Conjunta que, como Junta, vai se reunir em um ponto para entrar junta na Praça e por fim chegamos a um ponto, exatamente na hora da concentração, e aí estacionamos e esperamos. E vejo que começam a chegar ao lugar o velho Víctor, a primeira vez que o via pessoalmente, o velho Víctor, que andou com Carlos Fonseca desde o tempo do *curu--cucú*. E vejo que se juntam Daniel, Wheelock, Bayardo, Carrión, que fazia tempo que não o via, desde a última vez que chegou ao Congresso Estudantil em León, e que agora é da Direção Nacional Conjunta. Vejo Modesto, claro que o reconheço, como imediatamente reconheço Humberto, que está uniformizado. Reconheço Humberto, que vejo de uniforme, ataviado com tudo o que se pode ataviar e colocar por cima. De todos que vejo, Humberto é o que tem mais insígnias, mais medalhas, mais coisas e sei lá o quê, por todos os lados. Ele está com um lenço no pescoço, está com um lenço no ombro esquerdo, no ombro direito, em cima dos bolsos da camisa, a insígnia da FSLN, no outro bolso da camisa, insígnia vermelha e preta, na boina tem pendurada outra coisa, não sei o quê. De todos aqueles que portam coisas, ele é quem mais carrega coisas em cima de si. E quando eu o vejo mais idêntico a Camilo do que o próprio Daniel, por magro e alto, eu fico olhando para ele, observando. Ele está coordenando, ordenando, organizando a Direção e a Junta antes de entrar na praça. E quando vejo Humberto, que é a primeira vez na minha vida que o vejo, assim, de longe, a uns dez metros de distância, e ele não me vê, e então já sei que não estou sonhando nem que estou despertando, que merda nenhuma, que a coisa é verdade, eu vejo, eu observo e, não sei porque, acho que o cara que se parece com o Camilo, só que mais velho que o Camilo, tem algo a ver comigo, e que tem algo a ver comigo e tem algo a ver com o que está acontecendo naquele dia. Vejo Humberto e penso, não sei por que coisas da vida, repito, te digo, porque não sei por que coisas da vida, pensei que este homem tinha algo a ver com o fato de eu não estar comendo macacos no Kilambé ou Canta Gallo. Não sei por que pensei que esse homem tinha algo a ver com que a BPU não se extinguisse lá em cima. Não sei por que, quando eu o vi, eu o vi de novo, eu observei e depois o apalpei, porque desci para cumprimentá-lo, achei que esse cara tinha alguma coisa a ver com o que estava acontecendo nesse momento. E dentro de mim senti uma gratidão escondida, e se não o beijei naquele momento foi porque pensei que ele ia pensar que eu estava louco ou terrivelmente louco ou sei lá que diabos que o homem ia pensar, mas o que quero te dizer que o vi, em determinado momento, como o salvador de todos nós. Mesmo que não fosse assim, mesmo que não fosse o salvador, mas meu olho observador naquele momento o viu com esse olho. Mas fui incapaz de lhe dizer e nunca o disse, e não porque ele tivesse feito a revolução, mas porque eu estava consciente que o tipo havia imprimido outro ritmo, outro curso à luta revolucionária contra a ditadura. Não é que tenha sido apenas ele que fez tudo, mas enfim, o que queres que te diga, quer que minta? Se foi isso o que eu pensei. Por que não vou dizer? Como não lhe agradecer nesse momento de concentração da direção para entrar na praça que vai ser a Praça da Revolução? E vejo que também se aproxima da direção outro companheiro que se chama Carlos Nuñez, que o havia visto uma ou duas vezes em León, antes do triunfo da revolução, quando ia a minha casa a buscar meu irmão Chema, o mais velho, para lhe deixar o correio ou para retirar correio. E sobem todos em um só veículo, que me parece que era um caminhão do Corpo de Bombeiros, tenho certeza, e sobe Robelo, do MDN, e o vejo com sua barba feita com um belo corte, seguramente de algum salão de beleza de Costa Rica, que não tinha nada a ver com as nossas barbas, que era um burguês. Mas os burgueses, antes da vitória, haviam feito o imenso sacrifício de até fazer uma greve e contribuir com acréscimo pelo menos suas perdas de dois meses. Sobe dona Violeta, a quem eu respeito por Pedro Joaquín, e creio que a senhora fez o que pôde na ausência de seu marido. E vejo Moisés Hassán, magro, de óculos, e Sérgio Ramírez, grandote, altão, e já vão juntos à Junta e à Direção Nacional Conjunta. E Carlos Fonseca não aparece. E eu digo, onde está o chefe? Que está acontecendo aqui? Que acontece com o chefe que não está subindo, que não se junta com todos? Por que anda escondido se já não há necessidade de andar escondido? Por que quer se disfarçar e atrasar a marcha, se temos que entrar à praça? E o veículo dá partida e Carlos não está nele, e Mario Martínez me disse que se disfarçou de morto, e eu lhe digo, pois agora se disfarce de vivo e venha com todos nós, comigo, no veículo da frente, em frente, junto com toda a direção da Frente, e Carlos não aparece porque resolveu continuar disfarçado de morto, e eu decepcionado e irritado porque não estou de acordo com a decisão de Carlos de não entrar na praça no dia da revolução.

E a caravana arranca e eu detrás deles, contente em vê-los, sentindo-os meus, protegendo-os, e desembocamos na praça e isso sim já não posso te contar. Não posso te contar. Não me peça que te conte, porque não posso te contar. Como posso te contar que do jipe em que vou, que já não vou sentado e sim encarapitado no assento, dirigindo e entrando na Praça, vejo de repente, de cima, uma estrondosa e multitudinária multidão portando, carregando, faixas, cartazes, fotos, faixas com rosto de Sandino, milhares de imagens de Sandino que nunca houvera imaginado. Sandino, antes clandestino, como santo. Sandino publicamente na praça, incrível. Sandino como santo, público, bíblico. Sandino como santo em procissão no triunfo da revolução. Como posso descrever 50 mil, 100 mil, 200 mil cabeças negras, com cabelos pretos, longos, curtos, cacheados, enrolados, lisos, crespos, *chuzos*. Como te descrever que cabeças negras não são cabeças negras, que são 100 mil pessoas, 200 mil pessoas, sei lá, mas que são pessoas que não são só cabeças negras, mas também têm rostos, que são de rostos de homem, de mulheres, de jovens, baixos, magros, gordos, altos, brancos, morenos, com bigodes, sem bigodes, de saias, sem saias, velhinhas, milhares de garotas bonitas. Como posso te descrever, apenas sendo um descritor poderia descrever 200 mil rostos juntos, vendo as Frentes entrarem juntas, as caravanas juntas de todas as Frentes juntas, junto com a Junta e a Direção no esperado dia do triunfo da revolução. O povo está reunido, aglomerado, espremido na praça, e vejo a Catedral em ruínas, que parece uma árvore de Natal, junto com as árvores verdadeiras, carregadas de todas pessoas suspensas, empoleiradas, com todas as cores e bandeiras da Frente, acenando, celebrando. Como descrever 200 mil rostos com 200 mil narizes chatos, pontiagudos, grandes e pequenos. Como te descrever 200 mil, 400 mil pares de olhos te vendo, te saudando, rindo com você. Quantas bocas, quantos lábios largos, grossos, pequenos, minúsculos, quantas dentaduras, banguelas, dentes brancos, ordenados, bagunçados, lindos. E o povo rindo com seus olhos, com seus narizes, com seus rostos, com suas bocas, com seus furinhos nas bochechas, rindo com seus comandantes, com suas barbas e suas cabeleiras. Você se lembra de todas as cabeleiras que o vento traz? Você se lembra de tudo que o vento faz com a noite? Bem, isso estava acontecendo ali, só que em plena luz do dia e a pleno sol, em público, na nossa frente, por favor, me entendam, que o povo, as massas, perderam o rubor e o pudor. Como te descrever, por favor, me entenda, como te descrever 200 mil rostos se divertindo, sendo felizes e nós felizes com eles, e nos regozijando com eles. Como te explicar, como te descrever, pelo amor de Deus, me entenda, 400 mil olhos negros, brilhantes, as pessoas rindo com os olhos, com os rostos. Como descrever para você como as pessoas derramavam a felicidade por suas testas, pelos rostos, seus rostos, escorrendo deles. Como descrever tantos olhos por todos os lados, em todos os lugares, quando os únicos que eu tinha visto assim eram os olhos de Claudia. Você entende o que eu quero te dizer? Pois bem, imagine os olhos de Claudia multiplicados por 400 mil olhos. Você se lembra de como desses olhos escorria mel, música, cores, cheiros, sabores? Bem, isso escorria das pessoas na Praça da Revolução. Foi como um gigantesco orgasmo coletivo das massas, onde a felicidade e a alegria escorriam por seus cabelos, pelos rostos, pelos peitos, e escorriam e escorriam, e talvez se derramavam até cair no lago. Puto lago, quando foi tão derramado e tão amado quanto nesse 20 de julho?

A concentração na Praça da Revolução é algo delicioso, deliciosíssimo. É como cócegas, como borboletinhas no estômago. A concentração na Praça da Revolução também dói, é dolorosa, é um misto de dor e felicidade. A concentração na Praça da Revolução é como um parto. Nicarágua nascendo. As pessoas, a sociedade estão nascendo. É verdade que sociedades nascem, que novas sociedades podem nascer, com novos homens, que pessoas podem nascer de novo. Que homens melhores geram sociedades melhores.

E as caravanas avançando de frente, rumo à entrada do Palácio Nacional, que é para onde vai a Direção da Revolução, e a praça é como todas as manifestações reunidas que já tinha visto na minha vida, e vou tocando no saquinho onde ainda carrego as orações de dom Leandro, que tanto salvaram minha vida. E vamos passando diante de um mar de gente torcendo pela Frente e, de repente, a imagem, a foto, o cartaz, o pôster do Che com aquele olhar penetrante de não sei o quê, e fica me olhando, e eu o vejo, e ele olha para mim, e eu digo, o que vê em mim? Você não vê que estou aqui? Não sou como você, mas juro que tentei ser como você, e ele continuava me olhando, insistia em olhar para mim e eu já estava olhando para ele sem medo, sem vergonha de sua presença, não abaixei meus olhos nem o rosto e as pessoas erguiam o rosto para nos ver, suas mãos, e havia milhares de mãos estendidas no ar nos saudando, nos beijando, nos acariciando, e cada mão tinha dedos e um montão de dedos, e as mãos no ar, milhares de mãos no ar, milhares de milhares de milhares de dedos no ar tentando nos agarrar, nos prender, que somos o céu sob o céu azul dessa manhã. E as mãos, e as milhões de mãos de operários, camponeses, profissionais, técnicos, estudantes, padres, artesãos, cristãos, lúmpens, ladrões, honestos e sem honra, pobres, ricos, meio-ricos, com unhas pintadas, com unhas sem pintar, mãos enrugadas e sem rugas, mãos magras, mãos gordas, as mãos de todas as mãos do mundo querendo nos agarrar, nós, que somos o céu, ou o céu que somos. E me sinto como uma formiga, como uma formiguinha, que não fiz nada para merecer isso, que só fiz o que tinha que ser feito, o que o Juan José, o que o Leonel me disse que eu tinha que fazer, e o os tipos não estão aí, e a caravana avança, e Carlos não chega, e Ronco não chega, e o Gato se perde, e todos os valentes se perdem e não querem chegar, e estamos nos aproximando, e Ricardo, e Danto, me irrita que não chegam e nós já vamos chegar, e Camilo não aparece, e Julio Buitrago não aparece, e José Benito não aparece, e todos os meus não aparecem, e estamos chegando à tribuna, e não chegam, e eu me irrito, e chegamos, e eles nunca chegaram. E procuro Salinas Pinell, Nicolás, Mercedes Galeano, o Gordo Montenegro, Roberto Huembes, filho da puta! Filho da puta! Meu pai! Meu pai! E eu procuro pela cabecinha negra do meu pai no mar negro de cabeças negras, e procuro por ela, e procuro desesperadamente por sua cabecinha negra, e não vejo a cabecinha negra, e o que custa que sua cabecinha negra esteja ali, e penso o que há de errado com uma cabecinha negra, se a revolução não vai cair, se a sua cabecinha negra nem vai ser notada, e olho rapidamente, por associação mental, para os caminhões e os jipões procurando, esquadrinhando meus irmãos entre os milhares de milhares de fuzis, e procuro Emir em um caminhão, procuro Raúl em outro, Javier em outro, e eu procura os três juntos em um só jipão, e não os vejo, qual é a dificuldade, a quem vai fazer mal se vierem mais três fuzis, por favor, mais três fuzis, merda de vida, só te peço uma cabecinha negra e mais três fuzis, e eu te perdoo por tudo que você me fez na vida, e eu nunca vi a cabecinha negra nem os três fuzis em todo o mar de fuzis e cabeças negras, e os valentes não chegam, e nós estamos descendo, e eles estão nos atrasando, e eu não sei o que eles esperam para descer e subir e empoleirar-se na tribuna, porque esse dia era o dia de todos nós, de que tanto falamos, que tanto sonhamos, e os putos não chegam, mas felizmente as mãos de mar de gente continuavam a bater como asas de gaivotas, de garras, suavemente, docemente, como se acariciassem delicadamente, ternamente, como lambendo, limpando-nos, fechando nossas feridas, nos devolvendo tudo o que lhe havíamos dado, e nos pedindo tudo o que lhe havíamos exigido.

    E a Direção Nacional Conjunta desce junto com a Junta de Governo, e o sol está forte, e eu não estou forte, faz muito tempo que o sol não brilha em mim. E eu subo para a tribuna escondidinho, pedindo licença às pessoas, e vou atrás de todas as pessoas que estão na tribuna e os comandantes da Direção Nacional começam a falar um por um, e eu observando e vendo tudo isso e pensando que de tudo que está acontecendo, eu tive um pouquinho a ver com tudo isso. E os discursos terminaram e cada um, cada cabeça, cada mão, cada olho, cada perna, cada corpo, cada vida, seguiu seu curso. As pessoas, imagino, voltaram para suas casas bem ensolarados. A revolução havia triunfado. Entrei no Palácio para procurar meus companheiros. Havia tantas pessoas na tribuna. Tantas pessoas que apareceram de repente, que não conheciam, que nunca viram, mas que estavam lá porque tinham sacrificado dois meses de seu lucro, como Alfredo César junto com outros, e nós, toda a nossa vida, toda a nossa juventude, apenas com a esperança de que esse dia chegasse um dia. E finalmente chegou. A revolução havia triunfado. As pessoas foram se dispersando e ficamos sozinhos, conversando, falando, nos conhecendo os que não se conheciam.

63

> Todo mundo, como uma mola, se pôs de pé, começamos a aplaudir, e os nove não tiveram outro remédio que não se abraçar diante de nós.

A Direção Conjunta Nacional reuniu todos nós, os quadros principais, os 200 ou 300 melhores quadros das três tendências, das três Frentes, naquela que foi a escola de formação das tropas de elite da ditadura, no dia 21 de setembro de 1979, em homenagem a Rigoberto López Pérez. Estamos no auditório, todos sentados, esperando para ver o que vai acontecer, para o que eles nos chamaram.

Estando na reunião um companheiro, não me lembro qual, pega o microfone, porque já havia luz, nem sei como, e diz: "Companheiros. Irmãos. Proponho que a Direção Nacional Conjunta não seja designada por Direção Nacional Conjunta, mas sim Direção Nacional". E os nove estão na nossa frente, que somos das três Frentes, e um deles, não me lembro qual, diz: "Desaparece a Direção Nacional Conjunta, e a partir de agora existe a Direção Nacional da Frente Sandinista de Libertação Nacional". Todo mundo, como uma mola, se pôs de pé, começamos a aplaudir, e os nove não tiveram outro remédio que não se abraçar diante de nós. E nós, lá embaixo, continuávamos aplaudindo até que nossas mãos se arrebentassem. A Frente Sandinista de Libertação Nacional voltava a ser uma. Voltava a ser a mesma Frente de Carlos, de Santos, de Julio, de Ricardo, de

Casimiro, de Rodrigo, de Federico. Voltava a ser, de novo uma só Frente, sem Insurrecionais, sem GPP, sem Proletários. Único, indivisível, para sempre.

.

64

> Foi como se as meninas compreendessem, ao me ver chorar pela primeira vez na vida, ao ver a Ruth chorar, compreendessem que não havia necessidade de falar.

Cinco anos se passaram com a bendita e maldita cápsula do meu último cartucho disparado contra a ditadura, cinco anos vagando de lá para cá, de lado a lado, de casa em casa por onde ia me mudando. Primeiro, foi no porta-luvas do carro. Depois, passei para a pasta de trabalho, depois para a gaveta da mesinha de cabeceira que fica à esquerda da minha cama, mas cada vez que abria a gaveta para tirar alguma coisa, via a cápsula e me lembrava do compromisso, mas sempre deixava para depois, porque estava sem tempo, e sempre pensei que mais tarde iria cumprir minha promessa. O trabalho me impedia de algum dia dizer aos meus irmãos e ao meu pai: Missão cumprida! O trabalho sempre me impedia e cada vez que eu abria a gaveta e via a cápsula e a cápsula me via, me incomodava. Então a mudei de gaveta. Em vez de ficar na gaveta de cima, passei para a gaveta de baixo e que se dane! Quando abria a de baixo, a cápsula continuava me olhando como quando estava na de cima, e eu me fazia de desentendido. Aí resolvi passá-la para um móvel que ficava ao lado, mas também tirei e a coloquei no armário de roupas, mas toda vez que tirava minha roupa do armário, a cápsula me incomodava, me inquietava, porque me lembrava do compromisso e isso me fazia sentir mal comigo mesmo e com a cápsula. Sentia-me mal que houvesse passado tantas semanas, meses, anos, e não cumpria a promessa, aquilo que prometi e que, de qualquer modo, me cabia cumprir, que era o que havia saído vivo e que não cumpria porque não me dava tempo de tanto que eu trabalhava. Cada vez que olhava para a cápsula, lembrava-me do pacto sagrado que Raúl e eu tínhamos feito em León naquela madrugada, em plena insurreição, e isso me inquietava porque já não sabia se não ia pelo trabalho ou porque não queria ir ou porque a cápsula também não queria ir e para evitar essas especulações e contradições, optei por trasladar a capsulinha a uma caixinha de madeira para não ter que vê-la e não continuar me sentindo mal. Então a trasladei, e a transferi para outro lado e depois outro lado e assim andou a cápsula, correndo, fugindo de mim, de casa em casa, andando, vagando por quanta mesa, gaveta, móvel, lugar, canto de quantos quartos e casas andei, até que um dia me aborreci e me irritou que a cápsula se colocasse nesse plano de reclamações, porque, ultimamente, cada vez que a via, lhe agarrava por andar a me reclamar coisas, e claro, que eu não gostava disso, não lhe permitia isso, porque ela nem sabia que era ela a que ia ser a última cápsula disparada por mim contra a ditadura, nem me conhecia, nem nada, nem nunca tivemos relações de nenhum tipo antes de ser disparada, embora eu a carregasse. No fundo, me irritava que a cápsula me repreendesse, e inclusive sentia que me acusava, e eu pensava que ela não tinha nenhuma autoridade para me repreender nem me dizer nada. Por dentro, eu me dizia, esta porra dessa cápsula acredita que apenas pelo fato de ter sido a última cápsula vai estar fodendo minha paciência a cada instante, como se eu fosse um desocupado como ela, que não fazia nada e que só estava ali, esperando enquanto eu trabalhava. Mostrei-lhe minha autoridade, por abusiva, por pretensiosa e desrespeitosa. Castiguei-a e a castiguei porque não reconhecia nela autoridade para andar reclamando coisas a mim, sobretudo quando sempre andou correndo por todos os lados, se fazia de dissimulada, me entende, castiguei-a por ser covarde e desrespeitosa e a coloquei no fundo de uma caixa de papelão e coloquei uma pilha de panos em cima dela. E assim eu disse a mim mesmo, esta bandidinha não me vê e não me reclama de coisas das quais ela não tem que reclamar, e se ela não apanha ar e sol e se ela se desbotar e se ela fica com bolor e se ela amassar, que não me venha culpar, isso é culpa dela, porque foi o que ela ganhou por se intrometer em coisas que não lhe dizem respeito.

Foi assim por muito tempo. Claro que isso me fez sentir melhor, me acalmou por um tempo, mas o tempo não durou muito, porque depois a coitada me fez sentir pena dela, porque às vezes sou muito sensível, ou muito choramingão, e imaginei como ela ficaria amarelada no fundo do armário escuro, coberta e sufocada debaixo de livros e panos. Mas, bem, a cápsula também foi perversa comigo, porque ela se vingou e me castigou também. Acredita que, por vezes, quando eu estava no carro, para fazer alguma diligência, de urgência ou sem urgência, me lembrava dela; estava em um ato político público e, sem me dar conta, ficava calado, pensando nela; em mais de uma reunião importante, as pessoas estavam falando e eu, de vez em quando, pensando nela; estava nas praças, nas praias e lá estava ela; estava em frente à televisão e ela; estava em um estádio assistindo a um jogo de beisebol e sempre ela; estava numa festa dançando uma música maravilhosa e cativante e ela estava presa na minha cabeça, a puta não me deixava em paz, e começou a me perturbar e me torturar porque, uma vez, quando estava fazendo amor com Ruth à noite e quando Ruth e eu conversávamos em um sussurro, eu senti que ela estava nos contemplando no escuro, e isso, sim, já não podia mais aguentar, nem suportar e acordei no dia seguinte, fui rapidamente até o espelho, esfreguei o rosto, entrei no banheiro para tomar banho e banhar-me dela, da cápsula, saí do banho e, num impulso de decisão determinante, peguei o telefone, liguei para León calmamente, falei com minha mãe e meu irmão mais velho, e lhes comuniquei seriamente, e mais sério do que aborrecido, que no dia tal, a tal hora, iríamos colocar a cápsula com uma placa sobre a tumba de meus três irmãos e de meu pai, que avisassem a toda família, que já deixava claro que não havia nem mudança nem sugestão de mudança de data, que era uma decisão, que nessa data eu iria para León.

Era a única maneira de acabar com essa angustiante espera, porque quando eu defino a data de alguma coisa, porque continuo sendo teimoso, o teimoso de sempre, cumpro do jeito que for. Entenderam? Ao fim e ao cabo, tinha que fazê-lo. E quanto antes, melhor. Melhor por mim, por eles, por ela.

Fomos em três ou quatro veículos, porque levei toda família. Esperei cinco anos para poder fazê-lo, até agosto de 1984. Mamãe, minha esposa, Ruth Elizondo Cabrera, a gata mais linda do mundo, minhas três filhas, meus dois irmãos sobreviventes, Chema e Danilo, o quinto de meus irmãos, e eu, minhas sobrinhas, minha avó, minhas tias, a família inteira compareceu ao encontro que eu sempre me neguei a ir, e que por honradez tive que comparecer. Pela tarde, reunidos todos no cemitério mais humilde de minha cidade, onde enterram os mais pobres, os despossuídos de León, os que nunca tiveram dinheiro nem propriedades, vestido com meu uniforme de comandante guerrilheiro e de Brigada e com um par de óculos para o sol, porque não eram para o sol, mas sim por qualquer coisa, porque eu sabia o que ia fazer e porque é sempre uma merda. Chegamos à tumba de meus três irmãos e de meu pai. Cada qual levava uma flor na mão, todos em silêncio diante da tumba dos quatro, colocamos a placa com meu último cartucho disparado contra a ditadura. Comecei a falar sem vontade de falar, porque não queria falar, porque sabia o que Raul e eu havíamos falado. E quando estou falando, aconteceu. Sinto que os olhos umedecem e eu faço força para que as lágrimas não me saiam por debaixo dos óculos, e quando já me vão a jorrar e as lágrimas vão sair por baixo dos óculos, me apresso, termino a história rápido e digo, com solenidade: Emir, Raúl, Javier, papai. A voz do idiota se embarga. Lágrimas não se derramam. Esforço-me. Respiro forte e do fundo da minha alma, valendo-me de minhas reservas que ninguém conhece, digo: MIS-SÃO CUM-PRI-DA!

Peguei minhas filhas pelas mãos. Saímos com Ruth do cemitério em silêncio. Minha família ficou ali, ao redor, vendo, falando, comentando. Eu senti que já não tinha o que fazer ali. Não queria continuar ali. Já está escuro e tenho que voltar a Manágua, pois no dia seguinte tenho reunião da Direção Superior do Ministério do Interior. Subimos todos no carro, devagar e em silêncio. As meninas, pela primeira vez, não pediram para ficar brincando com suas primas. Saímos para Manágua. Sinto-me lento, leve, mas descansado. Me sinto livre, distensionado, descarregado e um pouco letárgico. Vou dirigindo. Ninguém fala. Vamos saindo de León, vendo de novo os velhos lugares e cantando mentalmente aquele poema de Antônio Machado que foi musicalizado por Joan Manuel Serrat e que foi levado a León por aquele dirigente estudantil chamado Agustín Lara Valdivia que diz: Todo passa y todo queda/pero lo nuestro es passar/passar haciendo caminho... Nunca perseguí la gloria/no dejaren la memoria/de los hombres mi canción *

Pegamos a rodovia para Manágua e o mesmo silêncio. Eu dirijo e Ruth está à minha direita. Vejo Ruth de soslaio, através das luzes dos carros que nos iluminam. Ela mostra uma terna

---

*   Tudo passa e tudo fica / mas o que nos cabe é passar / passar fazendo caminho... Nunca persegui a glória / não deixar na memória / dos homens minha canção... (N. T.)

tristeza em seu perfil. Tem a gravidade de ter chorado e não saber o que me dizer, o que comentar, o que fazer, o que perguntar ou exclamar. Nem sequer toca minha mão ou se volta para me olhar. Continua com sua tristeza terna. As meninas, no banco de trás também não falam. Vêm em silêncio. Primeira vez que vamos todos, e sobretudo elas, em silêncio. Não falaram sequer entre elas, muito menos com seu pai ou com Ruth. É como se elas compreendessem que não havia o que falar nem dizer nada. O carro e os corpos, o ambiente, era de silêncio. Foi como se as meninas compreendessem, ao me ver chorar pela primeira vez na vida, ao ver a Ruth chorar, compreendessem que não havia necessidade de falar. Como se soubessem que não havia ocorrido nada a seu pai nesse momento. Mas como que compreendiam que havia ocorrido algo antes e por isso, nessa tarde, chorou ali, no cemitério. As meninas, como os animaizinhos da montanha, compreenderam que era perigoso ou inconveniente falar durante a noite. As meninas se tornaram, como os animaizinhos, cúmplices do respeito pela noite. Chegamos a Manágua. Nunca ninguém falou ou perguntou nada. Certamente sabiam ou suspeitavam, que a resposta estava no vento que soprava naquela noite.

Quatro capítulos de 1982 a 1987 e sessenta capítulos de 5 de janeiro a 5 de fevereiro de 1988. Xiloa. Manágua, Nicarágua.